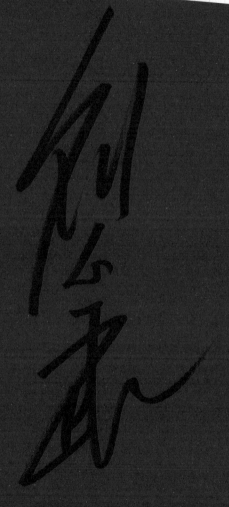

红楼梦

金瓶梅

合璧◎赏读

刘心武——著

北京联合出版公司
Beijing United Publishing Co.,Ltd.

图书在版编目（CIP）数据

红楼梦金瓶梅合璧赏读 / 刘心武著. -- 北京：北京联合出版公司，2024.6
ISBN 978-7-5596-7535-4

Ⅰ. ①红… Ⅱ. ①刘… Ⅲ. ①《红楼梦》研究②《金瓶梅》—小说研究 Ⅳ. ①I207.411②I207.419

中国国家版本馆CIP数据核字（2024）第063377号

红楼梦金瓶梅合璧赏读

作　　者：刘心武
出 品 人：赵红仕
责任编辑：孙志文
封面设计：沐希设计

北京联合出版公司出版
（北京市西城区德外大街83号楼9层　100088）
嘉业印刷（天津）有限公司印刷　　新华书店经销
字数415千字　880毫米×1230毫米　1/32　印张15.5
2024年6月第1版　2024年6月第1次印刷
ISBN 978-7-5596-7535-4
定价：78.00元

为什么建议
《红楼梦》《金瓶梅》合璧赏读？

　　首先要解释一下"合璧"。璧在中国自古就有，是一种用玉石制作的、圆形的、扁平的、中间有孔的高级工艺品。讲究的玉璧，在它的两面还会有一些精美的雕刻。在圆形的外轮廓上，有时也会生发出一些其他形态的、附属的、装饰性的附件。最早，璧是用来祭祀的。后来，璧也成为人们衣服上的一种佩戴品、装饰品。也有人把它搜集起来，作为收藏品放在家里面欣赏。绝大多数的璧是用玉石制成的，后来也有用别的材料制作的。

　　在中国古典小说的发展历程当中，有两部古典长篇小说，都可以形容为文学史当中光彩夺目的玉璧。一部是产生在明朝中晚期的长篇小说《金瓶梅》，另一部是产生在清代乾隆朝的长篇小说《红楼梦》。《红楼梦》更可以被比喻为一块光彩照人的、夺人眼目的、令人心旌摇曳的玉璧。

　　这两部小说在中国文学发展史上占有非常高的地位。首先来说《金瓶梅》，因为《金瓶梅》产生得比《红楼梦》要早，大约是产生在距离今天400多年的明代中晚期。它有什么特点？第一，它是中国文学发展历史上第一部由一个作者独创的、独立写作出来的长篇小说。有人会疑惑，不是在《金瓶梅》之前就已经有很出色的长篇小说了吗？像《三国演义》《水浒传》《西游记》，我们把它们都称作古典名著，传阅至今，难道《金瓶梅》比它们要好很多吗？是的。首先，虽然现在你拿到这三本小说以后，会发现都有作者署名——《三国演义》署名为罗贯中，《水浒传》署名为施耐庵，《西游记》署名为吴承恩。这三位作者当然都很了不起，他们手下形成这样三部长篇小说，但是严格来说，这三部作品都不具有独创性。

在《三国演义》之前，就有《三国志》那样的历史书，也有一些零散的文学作品，包括剧本，写到了很多三国故事。《水浒传》也是一样，《西游记》里唐僧取经的故事也是一样，在它们之前就出现了一些相关的文学作品，而且在民间口头相传，产生了很丰富的资料，所以这三部小说就不能算是作者的原创作品。《金瓶梅》就不一样了，它是由一位署名兰陵笑笑生的人士独立创作的、具有很高的独创性的一部长篇小说。虽然他借用了《水浒传》中的一部分情节和几个人物，借树开花来构成这样一部作品，但它绝大多数的内容，包括人物、故事情节、细节、语言都是完全独创的，这是中国长篇小说创作史上的一个壮举。

而且，你仔细想一想，《三国演义》《水浒传》《西游记》写的是什么内容？《三国演义》写的是帝王将相，《水浒传》写的是英雄豪杰，《西游记》写的是神佛妖魔。在这三部长篇小说里面，基本上没有什么社会上普通人的形象存在，即使有一点，也是群像或者是很次要的角色，而且有的形象是很模糊的。而《金瓶梅》是第一部真正描写世俗生活的作品，里面出现了上百个普通的、史书上没有记载的、名不见经传的生命。《金瓶梅》讲述了他们的故事，这是很大的突破。

另外，你可以发现以上那三部小说虽然很精彩，有很多优点，但是其世界观、价值观是值得探讨的。在《三国演义》《水浒传》《西游记》里面，作者肯定帝王将相的生命价值，肯定英雄豪杰的生命价值，肯定神佛的正面价值和妖魔的负面价值，可是却没有给予社会上的普通生命以价值。《三国演义》里面出现的人物，基本都是史书上有记载的人物。《水浒传》里面，作者只承认 108 个英雄豪杰的生命价值，此外的普通人的生命价值是被作者忽视的。比如，作者写梁山英雄好汉在梁山根据地的周边开包子铺，包子铺卖的是什么包子？人肉包子。店家如果觉得包子馅儿不够了，看到店里的顾客身上的肉比较好，就会毫不犹豫地用放了麻药的酒把这个人麻倒，然后把他杀了、剁了，来包子卖给后来的顾客吃。

在作者笔下，如果你不属于这 108 个英雄好汉之列，你的生命不但没有价值，就算有也只有负面价值，可以剁来做包子馅儿，这是成问题的一种生命观。《西游记》承认唐僧以及几个徒弟的正面价值，甚至也承认一些妖魔鬼怪的某些负面价值，但基本不出现普通人，即使出现了也是模模糊糊的，并未赋予普通人以价值。

《金瓶梅》就不一样了，它具有开创性，它开始表现社会上大量的、史书上没有记载的、没有留下名字的普通生命，写他们的悲欢离合、生死歌哭，这是具有突破性的。另外，像我们前面提到的三部小说，它们当中出现的角色基本都是男性，有一点女性角色，也都是很次要的。《三国演义》里面有一些帝王将相的夫人形象，用笔非常简约，形象比较模糊，没给读者留下深刻印象。貂蝉的形象还算鲜明，但也只是很小的配角。《水浒传》108 个英雄好汉里面，105 个是男性，只有 3 位是女性，作者也没有去强调这 3 位的女性特征。在 108 个英雄好汉之外，也有一些女性，有的写得还比较生动，比如潘金莲、阎婆惜、潘巧云，但都是作为负面形象出现的，都是淫妇、荡妇。作品里的性别歧视非常明显。

在《金瓶梅》里面，虽然作者的妇女观在今天看来也有一定问题，但是他毕竟给女性角色提供了很多描写空间，书中出现大量的女性角色，如果算总数的话，其中女性角色的总和超过了男性角色的总和。这在中国古典长篇小说里面也是具有开创性的。

《金瓶梅》作为一块玉璧，有其光彩之处。《红楼梦》更是一块闪光的玉璧。为什么要建议大家把《红楼梦》和《金瓶梅》来合璧赏读呢？

《金瓶梅》距今400多年，《红楼梦》距今200多年，在它们之间的那段时间里也出现了一些古典长篇小说，但是绝大多数都比较平庸，都不具备它们这样高度的文学价值。

刚才说了《金瓶梅》的几个突破性，那为什么要把《红楼梦》和《金瓶梅》相提并论？就是因为《红楼梦》继承了《金瓶梅》的这些优秀基因。第一，它是文人独创的作品。《金瓶梅》是兰陵笑笑生这位作家的独创作品；虽然《红楼梦》的作者究竟是谁还有争议，但是大多数研究者达成了共识，它的作者就是曹雪芹，《红楼梦》是曹雪芹独创的作品。第二，《红楼梦》继承了《金瓶梅》的一个优秀基因，就是它所描写的也都是历史书上没有记载的人物的故事。这些人物不是从历史书上扒下来的，是作者根据自己的生活阅历想象出来的，具有独创性。另外，《金瓶梅》里面有着大量的女性角色，《红楼梦》不但有大量的女性角色，而且作者对女性的价值观呈现超过了《金瓶梅》，这在中国文化发展史上具有很高的超越性，达到了很高的思想境界。

上面已经说了，璧就是圆形的、扁平的、中间有孔的美玉，最早用于祭祀，后来可以作为人们衣服上的一种配饰，也可以作为一种收藏品放在家里来欣赏。什么叫合璧？有两种解释，一种是将美丽的玉璧一剖两半，得到一半以后寻找另一半，找到以后对在一起，使其完整，叫作合璧。也可以有另外一种想象、另外一种解释——一块美丽的玉璧，它本身就已经熠熠生辉了，那么找到另一块美丽的玉璧，两个玉璧的直径差不多，圆周差不多，当中的孔洞大小也差不多。一块就很美丽了，把两块叠放在一起，合并在一起，就更加美丽辉煌了，这也是合璧。

现在建议大家把《红楼梦》和《金瓶梅》作为两块美玉，进行合璧赏读，就是对照着阅读，这样会产生特殊的审美愉悦。大家知道，早在18 世纪，就有一种中西合璧的建筑，圆明园这样的皇家园林里面，很多建筑就是中西合璧的，当然很可惜，后来被英法联军焚毁了。19 世纪以后，中国大地上出现了更多中西合璧的建筑，它们有中国古典建筑的某些特征，如大屋顶，中国古典建筑对这些屋顶的样式会有一些特殊称呼。另外，中国古典建筑会有一些比如斗拱、雀替这样特殊的建筑构件。西方建筑，比如巴洛克建筑，它有很多特殊的圆形、椭圆形的装饰性建筑构件。另外像更早的古希腊的建筑，它的柱子的形态有科林斯柱、多立克柱、爱奥尼亚柱等。

19 世纪的中国大地上，一些大城市，特别是一些像上海、宁波、广州这样作为通商口岸的城市，就出现了不少中西合璧的建筑。把西洋古典建筑里面的精华和中国古典建筑里面的精华结合在一起，设计、建造出一些建筑，我们看了以后就会觉得挺好的，挺有特点的。

我们现在也可以想象《红楼梦》《金瓶梅》是两块美玉，它们各自的优点也可以结合在一起，在穿插阅读、对照阅读当中，我们会获得特殊的审美愉悦和思想升华。

不过，我要跟大家强调，不要只看到《红楼梦》和《金瓶梅》的相同之处，之所以要合璧赏读，并不是因为它们完全相同、相似。它们有相同、相似的一面，《红楼梦》继承了《金瓶梅》很多优秀的基因，但是，二者之间又有着巨大的不同，这是我们把它们合璧赏读的另一个乐趣。对照当中，我们不但可以发现它们的相同之处，也可以发现它们的差异。

首先，《金瓶梅》里虽然写到了很多女性角色，在女性人物占比上超越了《三国演义》《水浒传》《西游记》，但是这些女性总体而言还是被男性玩弄的，甚至蹂躏的，写的是这样一些生命存在。作者写到了很多女性，写到她们不同的遭遇，大多数的结局都很悲惨。虽然有时候作者笔下对这些女性有同情、有怜悯，但是作者并不具有先进的女性观念，没有男女平等的观念，基本上还是在男权社会的意识形态的前提下来描写这些女性。

《红楼梦》就不一样了。《红楼梦》里出现了大量女性，这些女性的身份虽然不一样，有小姐、丫头、媳妇，但是《红楼梦》的作者有一个独特的女性观。他通过书中的男一号贾宝玉发表了这样的宣言：女儿是水做的骨肉，男人是泥做的骨肉，我见了女儿便清爽，见了男人便觉浊臭逼人。

所以，《红楼梦》既继承了《金瓶梅》的一些优秀的基因，又摆脱了《金瓶梅》当中一些不好的，甚至可以说是糟粕的观念和思想，超越了《金瓶梅》。它提供了新的思想、新的思路，这是很了不起的。拿女性观来说，《红楼梦》是石破天惊的，在封建社会里发出了一道强烈的光芒。

另外，你读这两部作品会发现，两部作品作者叙述文本的风格是不一样的。都是写历史上没有记载的人物，写一些普通人的喜怒哀乐、生死歌哭，但是《金瓶梅》是什么特点呢？《金瓶梅》的笔触可以用一个字形容，就是冷。他写这些人的生命存在，生生死死，写成什么样子？即死者自死，生者自生，每一个生命都是为自己活着，里面死了不少人，但是其他人对于这些死亡，往往都无动于衷、麻木不仁，笔触很冷。他写社会的黑暗，写社会的各种弊病，从官场的腐败到民间的道德沦丧，他写得很好、很深入，甚至可以说很深刻，看了以后让人脊背发凉。但是他过于冷静，似乎是在作壁上观，冷冷地看着这一切，看着这些人的尔虞我诈、生死搏斗、生生死死。他不做过多的评价，甚至不做评价，只是客观地描摹。这是《金瓶梅》的一大特点，但也是它的一大缺陷。因为这样的描写不能给人以希望，没有给读者指出社会发展的前景，没有引领读者去追寻一种更高的精神境界。他写得很棒、很精彩，但是笔调过冷。《红楼梦》不一样，《红楼梦》的作者是带着情感来写的，作者自己就说了——字字看来皆是血。是饱含着血泪来写，从头到尾都很动感情，作品浸透了作者的爱憎。而且作者通过书中一些人物形象，比如男一号贾宝玉、女一号林黛玉，提出了一些对人类社会发展虽然朦胧却闪烁着光彩的追求和理想；他虽然不可能明确地告诉读者，你应该怎么对待自己的生命和周边的人，怎么去对待这个社会，怎么去期望社会的发展，但是，他却不断地发出一些闪光，好像在河道上设置一些河灯、一些指引性的光点，起到领航作用，引导读者去深入探究、独立思考，去追寻人类在大地上如何能够构建一种更合理的、更美好的生活。

所以你看这两部书，《金瓶梅》是冷的，《红楼梦》可以概括为一个字——热。它是有温度的，是有热度的。虽然这两块玉璧都很美好，但是它们除了相同之处之外，还有不同之处。这是我们对这两部作品应有的一些认知。那么，就文学性而言——什么叫文学性？主要看两点：一是作为长篇小说，文学性就是作品里的人物形象塑造的生动度、深刻度；二是整个文本的生动性、魅力程度。抛开思想性、社会性的评价不说，就文学性而言，这两部书也有得一比。有的文人读者、知识分子读者往往会认为，就文学性而言，《金瓶梅》还高于《红楼梦》。因为《金瓶梅》里的很多形象写得非常生动，而且在挖掘人性的深度上达到力透纸背的程度，这是不得了的。《三国演义》《水浒传》《西游记》都提供不了能够达到这种程度的文学形象，但《金瓶梅》里面这种人物形象不止一个，甚至形成一个系列，写得非常好。

另外，《金瓶梅》里除了写人物在一定场景当中的对话，还有很多叙述语言。无论是作者的叙述语言，还是其所展现的生动的人物对话，会不断地让读者感到审美愉悦，不断地产生快感。《红楼梦》也不错，相比而言，《红楼梦》在这方面还稍逊风骚。所以如果将这两部作品合璧赏读，即把它们合起来阅读，穿插地阅读，对照地阅读，会有很多心得，有比单独来读一部作品所获得的审美感受更为丰富的审美愉悦。因此建议大家把《红楼梦》和《金瓶梅》合璧赏读。

目录

一个男子和一群女子的故事：
西门庆和他的女人们

　　《红楼梦》和《金瓶梅》——为什么我把《红楼梦》放前面？其实《红楼梦》产生的年代比《金瓶梅》要晚200多年。通过前面所讲，我们可以知道这两部作品有很多相同之处。正如领袖毛泽东所指出的，**《金瓶梅》是《红楼梦》的祖宗，没有《金瓶梅》就没有《红楼梦》。但总体而言，《红楼梦》超越了《金瓶梅》**。

　　虽然就文学性而言，有人认为《金瓶梅》超越了《红楼梦》，但是《红楼梦》的总评分应该超过《金瓶梅》，因为《金瓶梅》没有给人以希望和理想，而《红楼梦》给了，这是《红楼梦》的了不起之处。这两部作品出世以来，引起了历代读者的极大兴趣，也出现了很多研究者、评点者，也有很多普通读者读了以后会自发地进行讨论，所以后来就形成了两门学问，一门是红学，另一门是金学。红学很热，到现在为止，大家都知道红学的存在。其实，《金瓶梅》的研究也源远流长，有很久的历史。

现在有红学界，也有金学界，只不过红学界的影响比较大，一般老百姓都知道，金学界的影响相对来说比较小，好多人不清楚。

在当代，有不少学者、专家在研究《金瓶梅》方面都做出了很大贡献，比如复旦大学的黄霖教授、吉林大学的王汝梅教授、徐州的文化学者吴敢先生等，他们在金学研究方面都有很多建树，对我启发很大。

最早提出把《红楼梦》和《金瓶梅》合璧赏读的就是吉林大学的王汝梅教授，他在一些地方做了演讲，也发表了文章，他认为这两部中国古典长篇小说单独来读当然很好，但是如果把二者合起来，穿插着、对照着合璧赏读的话，会产生一加一大于二的效果，会产生化学反应，会有极大的审美愉悦和极大的思想启迪。

我很早就看到了王汝梅教授的这个倡议，也积极响应。到目前为止，我还没有看到王汝梅教授或者其他人就这两部小说的合璧赏读发表系列言论或形成系列文字出成书的。所以我自己现在就来尝试一下，把王汝梅教授的倡议拿来实践，把《红楼梦》《金瓶梅》进行合璧赏读。

通过比较这两部书的内容，我们会发现，首先在一点上就可以合璧赏读，或者叫对照阅读。《金瓶梅》写的是一个男子和一群女子的故事，《红楼梦》也可以这样概括，写的也是一个男子和一群女子的故事。一部长篇小说里有一个男性主角，又有一群女性的主角加配角，这样的内容建构在它们之前是没出现过的，《金瓶梅》开了一个头，《红楼梦》隔代呼应，这是很有意思的。

如果你大体知道这两部书的内容的话，我想你应该是同意这种概括的——两部书都是写一个男主角和一群女子之间的故事，这就有了合璧赏读的一个角度。兰陵笑笑生和曹雪芹这两位相隔200多年的作者，他们写了两部书，都是一个男主角和一群女性角色。他们有没有不同之处？他们有同样的书写视角——一男数女，实则又大不相同。

《金瓶梅》的男主人公叫西门庆，根据书里描写，他是运河边清河县里的一个大财主。西门庆在清河县从开生药铺开始，一步步地积攒财富，从开一个店到开几个店，到后来还开当铺、走标船。什么叫走标船？就是他得到官方的一种特殊的准许令，有一种官方开具的证件，可以在运河里面运送盐、铜、布匹、香烛等重要物资。他一个地方商人，最后官商结合，贿赂官员，让官员帮他办事，紧接着他爽性自己通过金钱运作，也成了官员。乃至最后他和京城的大臣权贵取得了直接联系，还进京参与了盛大的政治活动，甚至见到了皇帝。

《金瓶梅》写的是这样一个男子的故事。一方面，写他发财的经历，写他一步步通过金钱攫取权力的过程。另一方面，用大量的篇幅写他的情欲。西门庆是一个健壮的、情欲旺盛的男子，他对女性，尤其是美丽的、年轻的女性极有兴趣，他把她们当作玩物，玩弄她们以发泄自己的情欲。

有人会问了——西门庆不是《水浒传》里的人物吗？他不是被武松给打死了吗？如果你仔细读《金瓶梅》会发现，它很巧妙，作者一开始的写法是借树开花，借《水浒传》这棵树嫁接以后来开自己的花。《水浒传》里写武松到了县城以后，在街头遇到他的哥哥武大郎武植，哥儿俩见面以后，如果你发挥想象，会发现一个很有趣的画面：这哥哥是个小矮矬子，叫作"三寸丁谷树皮"，不但矮小，而且丑陋，在街上挑个担子卖炊饼。武松身形伟岸，当时打虎以后，县官把他留下来在衙门里办事，但是他们俩居然是亲兄弟。这哥儿俩在街上这么一站，旁人一看都会哑然失笑，可是他们俩确实是亲兄弟。哥哥武大郎就邀请弟弟搬出衙门宿舍，到家里去住。

武大郎有个媳妇叫潘金莲，是一个美女，底下的情节大家都很熟悉。武松住进哥家以后，嫂子对他进行性骚扰，武松当然不干，他对女性没有兴趣。后来武松离开了哥哥家，正好县里的官员派他去出差，在武松出差的过程当中，潘金莲由于性苦闷，勾搭上了县城里面的土财主西门庆。在一个开茶馆的中年妇女王婆的教唆下，最后潘金莲害死了她的丈夫武大郎，和西门庆不但勾搭成奸，而且要求西门庆把她娶到家里去。

《水浒传》里写的是，武松出差回来发现他哥哥死得不明不白，就展开追查。最后查出来是王婆教唆他嫂子把他哥哥害死了，而他嫂子潘金莲和当地的土财主西门庆勾搭成奸，他就先把王婆和潘金莲杀死了，然后再去寻找西门庆。在街上一家叫作狮子楼的饭馆二楼，他发现了西门庆，就把西门庆从二楼窗户扔下去，摔死在街上了。

在《水浒传》里，西门庆是一个很小的配角，出场一阵子就死掉了。《金瓶梅》借树开花，前面情节和《水浒传》大体一样，但是写武松到狮子楼去寻找西门庆，他并不认识西门庆，就没认准，他揪着一个人的领口，把他扔出了二楼窗外，把这人摔死了。结果这个人并不是西门庆，西门庆这时已经溜走了。所以在《金瓶梅》里，西门庆并没有被武松杀死，从此也就展开了有关西门庆的大篇幅的生活故事。所以要搞清楚，《金瓶梅》虽然借用了《水浒传》的几个人物和一段情节，但它后来的大量篇幅都和《水浒传》完全不一样。而且作者写西门庆和众多女子发生关系，其中出现了很多故事。

西门庆的女人们可以分为四组，第一组是他的妻妾。在那个社会，一个男子除了正妻以外，还可以娶小老婆。西门庆有一个正妻，也叫正房、大房，叫吴月娘。他还有几房小老婆，第一个小老婆，也就是二房，叫李娇儿，是从妓院娶过来的。故事开始以后写他又娶进了孟玉楼，是一个富有的寡妇，作为三房。他又把故去的前妻的丫头孙雪娥收了四房。后来又娶进了潘金莲，作为五房，最后娶进了李瓶儿，是六房。

在《金瓶梅》里面，虽然潘金莲的结局也是被武松杀掉，但是在故事发展了很多情节之后，快结尾时才写到这个结局。

西门庆的第二组女人，是他所居住的西门府里的丫头、仆妇。潘金莲有一个大丫头叫庞春梅，西门庆特别宠爱。他早就占了吴月娘的大丫头玉箫，又把李瓶儿的丫头迎春、绣春都占了，李瓶儿死后，他又占有了官哥儿的奶妈如意儿（李瓶儿一度为他生下儿子官哥儿，如意儿是雇来给官哥儿喂奶的，官哥儿夭亡后，如意儿仍留着）。他占有了府里男仆来旺儿的媳妇宋惠莲，书里有好几回专门写他和宋惠莲的故事。

他还占有了府里男仆来爵的媳妇惠元。

西门庆的**第三组女人，是府外的情人**，其中戏份最多的是他雇的绒线铺掌柜韩道国的老婆王六儿。他还跟招宣府王招宣的遗孀林太太幽会，互为情人。他的小厮玳安的情妇贲四嫂，也是他的情人之一。

西门庆的**第四组女人，就是妓女**。书里写他最常去的妓院是丽春院，他的二房李娇儿就是从那里娶来的。此前他还娶过一个妓女卓丢儿，不过故事开始以后就说已经得病死掉了。他在丽春院梳拢了李娇儿的侄女李桂姐，这个李桂姐后来到他家穿堂入室，甚至还拜吴月娘为干妈，介入西门府内部事务。除了丽春院，别的妓院他也是常客。他跟勾栏后巷吴四妈那里的妓女吴银儿也一度打得火热，跟乐星堂的妓女郑爱香儿、郑爱月儿也都鬼混。

西门庆还有**性幻想对象**。京城何太监的儿子后来成为清河县提刑所副提刑，其老婆蓝氏就成为西门庆的性幻想对象。在他没能勾引到蓝氏时，他跟别的女性做爱时就常将对方幻想为蓝氏，他的死亡当然主要是他纵欲无度，以及潘金莲强悍的性索取，但也与他对蓝氏的性幻想非常炽烈有关。

这部书的书名为什么叫《金瓶梅》？它就是把跟西门庆有关系的三个最重要的女性，每个人名字当中的一个字取出来，合在一起构成了这本书的书名。"金"就是潘金莲，"瓶"就是李瓶儿，"梅"就是庞春梅。潘金莲可以说是一个从《水浒传》里面借过来的角色，虽然有发挥，但是是有依托的。李瓶儿和庞春梅是作者完全独创的女性艺术形象，所以，有人把《金瓶梅》概括为一个男人和一群女人的故事是有合理性的，符合全书文本的特点。就这一点而言，虽然作者的妇女观是有问题的，这些女性都是被西门庆拿来玩弄的、泄欲的，西门庆在人格上是不尊重她们的，但是毕竟有大量的女性角色出现在书中，而且多数刻画得十分生动，这是对《三国演义》《水浒传》《西游记》这样的长篇小说的一个重大突破。

《红楼梦》为什么也可以说是一个男人和许多女人的故事？它和《金瓶梅》有这样的相同之处，又有什么不同之处呢？

一个男子和一群女子的故事：
贾宝玉和金陵十二钗

　　在现代社会，长篇小说写一个男人和许多女人的故事不稀奇，但是在400多年前的明代，写很多女人的故事、女人的命运，这样的写法是具有重大突破性的。虽然，用今天的眼光看，《金瓶梅》的妇女观是不端正的，它对妇女是不尊重的，是把她们当作男人的玩物和泄欲工具来写的，但是它写得很生动，许多女性通过文字表现活跃在我们眼前，栩栩如生——因为它纯客观的描写，这些被西门庆掌控、玩弄的女性，也各有自己独特的生命历程、性格特点，乃至于某些闪光的成分。

　　《红楼梦》和《金瓶梅》之所以可以合璧赏读，原因就在于它们在同一个框架下既有相同点、相似点，又有不同之处，这样对照阅读就特别有意思。

　　有人把《红楼梦》也概括成一个男子和一群女子的故事，这样概括也没毛病。作者大量描写主人公贾宝玉和众多青春女性之间的故事。我们都知道《红楼梦》对女性角色的设置有"金陵十二钗"这么一个框架，在第五回就透露了，金陵十二钗起码有三组女性，最起码有三十六个了，这就很不少了。

第一组是《金陵十二钗正册》里面的十二位女性，书里面把她们都完整地点了名，也描写出来了。第二组叫作《金陵十二钗副册》，里面正式交代了一位女性，其他十一位女性是谁？是书里面的哪些女子？读者们可以去猜测。第三组叫作《金陵十二钗又副册》，正式点名交代了两名女性。这样看起来的话，光是金陵十二钗系列，女性的数量就很可观了，《红楼梦》就写了宝玉和她们的故事。

值得注意的是，《红楼梦》里的妇女观和《金瓶梅》里的妇女观大相径庭，在《金瓶梅》的男主人公西门庆的眼里，这些女性都是供他享受的，是他的玩物，是他想得到的对象，他可以蹂躏她们、摆布她们，他充分显示出他作为男性在那个男权社会里面的威严和霸道。

《红楼梦》里的贾宝玉不一样，虽然贾宝玉所生活的社会环境也还是男权社会，妇女在这个社会里面，总体而言也是被压抑的，青春女性大门不许出，二门不许迈，等于禁锢在鸟笼里面，但是贾宝玉对这些女性的态度和西门庆完全不一样，他把她们当作花朵一样来欣赏，欣赏她们青春的美丽、青春的活力，同时尽可能地去体贴和呵护她们。宝玉不只这样对待女性，他曾经有一句有名的话叫作"世法平等"，他有一种在那个社会里面非常宝贵的早期民主思想的萌芽，他认为人应该是生而平等的，男女应该是平等的。甚至于他认为青春女性高于男性，是水做的骨肉，男人是泥做的骨肉。见了女儿，他觉得清爽愉快，见男人觉得发出臭味，他必须远离。

《红楼梦》所塑造的贾宝玉这个男性角色，他的历史内涵、思想内涵、文学高度都超过了《金瓶梅》里的西门庆。暂且不说宝玉对金陵十二钗的欣赏和呵护的态度，除了这些女性以外，宝玉对其他一些女性也持有这样的态度。这些女性可能也会收录在金陵十二钗另外的册子里，但是现在传世的曹雪芹的《红楼梦》前八十回里没有明确交代。副册除了第一位香菱以外,还有哪十一位?又副册除了晴雯、袭人以外还有哪十位?有没有金陵十二钗的第四册、第五册、第六册?不是很清楚。虽然如此,我们还是可以举一些例子,说明贾宝玉在那个时代所体现出的一种进步观,一种进步的思想取向。

比如,书里面写到有一个小官员叫傅试,从这个名字就可以知道他是一个趋炎附势的人。他有一个妹妹叫作傅秋芳,傅秋芳年龄已经很大了,书里情节发展到点出她名字的时候,已经有二十一二岁了。那个时代十五六岁的女子就可以出嫁,到了二十一二岁就很大了,她为什么老嫁不出去?不是傅秋芳面相丑陋、没文化、没能耐,而是她哥哥总想把她当作一个发财的工具,要去攀附大富大贵的人家,想把她嫁给富贵公子,高不成、低不就,耽误了她。当时傅试打主意想把傅秋芳嫁给贾宝玉。

书里描写贾宝玉那时才十几岁,傅秋芳比他大很多岁了,但是傅试打定了主意,经常派家里的婆子来给贾宝玉请安,说是请安,实际上就是来活动,想谋取这样一门婚事。宝玉对傅秋芳是什么态度呢?书里说,"那宝玉闻得傅试有个妹子,名唤秋芳,也是个琼闺秀玉,常闻人传说才貌俱全,虽未亲睹,然遐思遥爱之心十分诚敬"[1]。贾宝玉并未见过傅秋芳,但听说以后觉得她也是一个青春女子,应该也像花朵一样在春天正盛开。他没见过傅秋芳的面就产生好感,甚至产生了遐思遥爱之心。这就说明宝玉的妇女观和西门庆大不相同。

书里还写到秦可卿,这是宁国府的一个女子,她死了以后大办丧事,在起灵运送到家庙铁槛寺去停灵的过程当中,宝玉和堂嫂王熙凤坐在一辆车上,半路上拐到了一个农庄,王熙凤要去方便一下。宝玉在农庄里遇到了一个农村姑娘,叫二丫头,二丫头在炕上摆弄纺车,教宝玉怎么用棉花纺线。后来王熙凤方便完了,洗了手出来继续坐车,宝玉只好跟

---

[1] 本书所引用《红楼梦》原文,参考《周汝昌校订批点本石头记》。

着她上车了。书中这样写道："一时上了车，出来走不多远，只见迎面那二丫头怀里抱着他小兄弟，同着几个小女孩说笑而来。宝玉恨不得下车跟了他去，料是众人不依的，少不得以目相送，争奈车轻马快，一时展眼无踪。"他偶然遇到一个农村的柴火妞二丫头，就对她产生好感。他对青春女性的欣赏，不限于贵族，更不限于小姐身份。对丫头，对农村偶遇的柴火妞，只要是青春女性，他都觉得要欣赏，他都恨不得跟这些纯洁的、美丽的女性长期相处。他只见了二丫头一面，就恨不得跳下他贵族的马车和二丫头一块儿去生活，你看，这是什么心思？这样的笔触出现在 200 年前的《红楼梦》里面，是石破天惊的。

那个时代、那个社会没有几个人会有这样一种妇女观、这样一种情感，可曹雪芹就通过贾宝玉书写出来了。还记得书里有这样的情节吗？大过年的，宝玉忽然有一个想法，那时他的贴身大丫头袭人请假回家过年了。袭人不是贵族府第荣国府家生家养的，她是荣国府用银子从民间买来的一个女子，后来成了宝玉的首席大丫头，所以在过年时她请假回家。她家离荣国府不是特别远，就在一个巷子里头。他们家姓花，袭人实际上就是花袭人，哥哥叫花自芳。当时她母亲还活着，她回家看母亲，府里就允许了。宝玉知道以后，就让自己最亲近的男仆焙茗（书里有时又把他名字写作茗烟）陪着他，说咱们偷偷地去你袭人姐姐家看一看，居然就去了。他一个豪门贵族的公子，突然出现在一个小胡同里的平民家里，花家人大吃一惊，当然也接待了他。待了不一会儿，袭人就不让他多待，怕府里知道以后责备宝玉，而且她自己本身也罪过不小，就让宝玉回到府里去了。后来袭人回到荣国府，宝玉问她，我在你们家看到炕上有穿红衣的姑娘，挺好的。袭人一听就不高兴了，说那是我两姨妹子，你什么意思？是不是觉得我在你们家当丫头，也想把她买来你们家当丫头？宝玉赌咒发誓说绝不是那个意思。其实他心里面就是欣赏像花朵一样的青春女性，他说我们当亲戚不可以吗？他说这话是发自肺腑的，他认为人人平等、世法平等，他不觉得人家是穷人家的女孩子就低自己一等，他感兴趣就说出来。

这段情节也充分说明，《红楼梦》里面的一个男子和一群女子的故事，和《金瓶梅》大不相同。《红楼梦》的男一号贾宝玉的女性观和《金瓶梅》的男一号西门庆的女性观大相径庭。甚至于书里写贾宝玉听刘姥姥陪贾母聊天，刘姥姥是一个从农村到荣国府来争取得到一点赏钱去过冬的人，她胡诌说有年冬天隔了窗户一看，外面柴禾堆那儿有一个穿红裙子的女子在抽柴。这明明是瞎编的一个故事，但宝玉听了以后，对故事当中抽柴的女子就感兴趣了。他听刘姥姥说，在他们农村有一个庙，供了一个民间的女神仙，这个抽柴女子应该是那女神仙幻化出来的。宝玉就派焙茗寻找那个庙。为什么呀？他听到了这样一个冬天冻得不行去抽柴的女子的故事，就产生了怜爱之心、怜悯之心、体贴之心，这就是《红楼梦》里面男一号的心思。还有一笔写到他到宁国府去。宁国府跟荣国府是同一个祖宗传下的两房后代，宁国府是他堂兄贾珍主持家务的一个府第。那边演戏，他去看戏，他嫌这些戏吵吵闹闹，不乐意坐那儿陪着，他在宁国府里产生什么心思呢？他说这个府里有间屋子老空着，里头挂着一轴美女的画像。画上的美女一定很寂寞，我去看望看望她。你看，他连画上的青春女性都惦记，这就是《红楼梦》里面的男一号的特点。

所以把这两部书当作两块美玉合璧赏读的话很有意思。它们有相同之处，都是写一个男子和一群女子的故事，这样的构思、这样的小说的基本构架是其他古典长篇小说所没有的。但是这两部书的男一号又大不相同，体味他们的不同之处，这样读起来就会很有意思，也留下很多思索的余地。

西门庆和贾宝玉各自的来历

我们来聊一聊作者是怎么设定两部书里男一号的来历的。这么对比，很有意思，两位作者都很了不起。

先说《金瓶梅》的作者兰陵笑笑生，他重点塑造了男一号西门庆这样一个艺术形象。这个人物看起来是从《水浒传》里面挪移过来的，但是他把这个角色嫁接过来以后，完全成了他自己独创的一个人物形象了，和《水浒传》里面的西门庆应该说关系不大了。

兰陵笑笑生笔下的西门庆，他的来历交代得比较含糊，兰陵笑笑生没有上溯三代，详细地介绍西门庆家族是怎么一代一代传下来到他这儿的，有一笔写西门庆给儿子官哥儿到道观寄法名时，提到"祖西门京良，祖妣李氏；先考西门达，妣夏氏；故室人陈氏"[1]。他父亲西门达的信息稍多一点，交代其是一个游商。游商即指不是在一个固定的商铺或者

---

[1] 本书所引用《金瓶梅》原文，参考《刘心武评点全本金瓶梅词话》。

一个地点来经商的商人，而是游动贩卖者，主要赚取地域差价。游商比定点的商人要辛苦得多，相对来说，积累财富也就更艰难一些。通过阅读全书，最后知道西门达在游动经商当中收留了一个孤苦无依的少年，后来就跟他一起游动经商。最后西门达通过游动经商积累的一点钱财，在清河县固定下来了，不想再游动了。他在清河县赁下了一个铺面卖生药材。在西方医学传进中国之前，中国人有自己的医疗理论和医疗体系，那就是中医。中医用药不像西医，西医经常用一些化学合成物，中医主要用天然的植物，包括一部分矿物和动物。经过多年来的实践，可以知道哪些植物的根、茎、花、果、叶能够针对什么症状起到治疗的效果。

在中国过去的社会发展历史上，人们看病主要依靠中医，所谓医生都是中医。人们所需要服用的药材就由这种药铺来提供。为什么叫生药铺？因为它提供的都是天然的，主要是以植物为主的可以治病的药材。

西门达后来在清河县就不再游动了，定居在清河县，开一个生药铺卖药材，这样来继续他的事业。这个生药铺开得很成功，西门达去世以后，生药铺就传给他的儿子西门庆。刚才说西门达在游商过程当中收留了一个少年成为他的家仆，叫兴儿，因为是在甘肃那边收的，所以也可以把这个人物叫作甘兴儿。西门庆继承了父亲的生药铺以后，也就把这甘兴儿也继承过来了，作为自己的一个男仆。故事后来还有很多有关这个兴儿的情节。虽然作者交代了西门庆的父亲叫西门达，传给他一个生药铺，但其他的信息就很少了，如他母亲是什么家庭背景，他有没有兄弟姐妹，书里都没交代。而且从后面的描写来看，他好像没有什么兄弟姐妹，父系和母系都没有什么近亲，就是一个单摆浮搁的生命，在那个社会里面属于一个上下左右摇摆、没有什么依靠的生命。他这么设定西门庆的来历，仔细想还是挺有意思的，因为这么一个人，最后居然在清河县里成为一个大财主，那主要是靠他自己的奋斗。所以这个男一号的来历，从交代上看的话，是很草根的，最初被称为清河县的一个破落户，是一个很粗鄙的生命。西门庆究竟上没上过学，读没读过书，也都没有仔细交代，但是从全书描写来看，还不至于是一个文盲，但受教育程度肯定不高。读西门庆的故事就会觉得很世俗，他的生活可以说很粗鄙，他是这样一个角色。

但是《红楼梦》里的贾宝玉就不一样了，《红楼梦》把贾宝玉的来历写得非常仔细。贾宝玉有两个来历，一个来历就是说他实际上是天上的神仙，有一个隐蔽的来历，很多人都不知道他这个来历，他自己也不清楚。据书里的很浪漫的想象，在天界有西方灵河岸，三生石畔，有一座宫殿叫赤霞宫，里面住着一个神仙叫神瑛侍者。这就是贾宝玉的原始来历。

神瑛侍者在天上主要做一件事，他发现三生石畔有一株绛珠仙草，绛珠仙草后来有点枯萎，他就每天去接天上的甘露来灌溉绛珠仙草，使绛珠仙草生长得很好，就幻化成一个女体，绛珠仙草后来就成了绛珠仙子。

这个想象非常浪漫，曹雪芹的这些想象是独创的，没有根据过去已经有的一些古代传说或者民间传说。后来神瑛侍者想下凡，当时想下凡有一个办法，天上有个地方叫作太虚幻境，太虚幻境有一个主持幻境的仙女叫作警幻仙姑，警幻仙姑会安排天上这些男女神仙下凡，神瑛侍者就在警幻仙姑那儿挂了号。警幻仙姑安排下凡，不是说随便就可以下凡的，要根据仙姑的判断，先来后到，逐一安排。神瑛侍者挂了号，等待仙姑安排他下凡。

绛珠仙子听到神瑛侍者要下凡的消息以后，就说，我也要下凡，我下凡以后，我要用我一生的眼泪，来回赠给这个下凡的神瑛侍者，因为在天上，他用甘露浇灌了我，才使我能够从一株仙草变成一个仙女，下凡以后，我就成为一个人间的女子了，我用一生的眼泪来还他的灌溉之恩。这是曹雪芹非常浪漫，也非常美丽动人的一个想象。后来在神瑛侍者下凡若干时间以后，绛珠仙子也下了凡，落生在巡盐御史林如海家中，就是林黛玉。

所以《红楼梦》里的贾宝玉，首先有一层天界神仙的身份，这是个隐蔽的身份。警幻仙姑安排他下凡，在什么地方下凡呢？在大地上一个有皇帝的国家的首都，京城一个贵族家庭，就是荣国府，是一个被封了国公的荣国公居住的府第。他虽然去世了，但是往下传了几代，这家人一直住在荣国府里面。人间的这家人姓贾，神瑛侍者就落生在荣国府，他的父亲叫贾政，母亲叫王夫人，他落生后被唤作贾宝玉。

　　他生出来以后有一个很怪异的现象，一般孩子生下来就是一个孩子的样子，他却嘴里含了一块美玉，像鸟蛋那么大一块晶莹透亮的玉石，这是怎么回事？书里有交代，就是根据古代传说。女娲有一个伟大的行为，就是补天，当时天塌了一个大窟窿，女娲就炼了很多五色石用来补天。

　　女娲补天是中国古代就有的一个传说，这倒不是曹雪芹的独创，是他借用了古代传说，但是底下这些情况就是他的想象了：女娲补天以后，剩下一块石头没用上，"无才可去补苍天"，它没被用上，剩下了。剩下的这块石头很大，有一天，石头下面就来了一个和尚、一个道士，两人坐在石头下面聊天，说到人间是如何繁华美好，就把这石头说动了。这石头是有灵性的，不是一块普通的石头，甚至可以开口说话，他就跟那一僧一道说，人间那么美好，你们能不能够让我到人间游历一番呢？和尚和道士就答应了他的请求。怎么安排他游历？就把他从一块巨大的石头变化为可以搁在手掌心上的一块鸟蛋那么大的玉石，他们去找警幻仙姑，警幻仙姑正在安排神瑛侍者下凡，于是一僧一道就说，你把这块石头夹带着一块儿下凡吧。警幻仙姑答应了，所以神瑛侍者下凡到大地上的荣国府时，嘴里就有夹带，他跟别的孩子不一样，他嘴里衔着一块鸟蛋那么大的美丽的玉石，这块玉石在书里叫作通灵宝玉。石头上有一个孔，可以穿上绦带，后来就穿上绦带挂在他脖子上。所以你看，曹雪芹对于贾宝玉这个人物的来历，他有这么多的想象，交代得好详细，既交代了他隐蔽的来历，就是他是天上的神仙下凡，另外又交代他在世俗社会，他上面祖宗几代、他家庭什么样都交代得很清楚。就说这个国家，皇帝上面还有太上皇，当年开国的时候，有一对兄弟立下汗马功劳，为这个皇家开国拼死拼活立大功了，后来封成了公爵，哥哥封为了宁国公，弟弟封为了荣国公。最后皇帝允许他们在京城造两个很大的府第，宁国公的府第叫宁国府，荣国公的府第叫荣国府。

书里对荣国府的描写特别多，荣国府的第一代国公爷去世以后，第二代书里没有非常明确地指出，但是我们可以意会到，贾家这个人又袭了公爵，他娶的夫人是史家的，娶过来的这位妇女就成了书里面极为重要的一个角色，就是贾母。红楼故事开始的时候，宁国公、荣国公都去世了，两个府第里面辈分最高的，只剩下一个人，就是从史家娶过来的这位贾母。

书里交代，贾母生了两个儿子，大儿子叫贾赦，二儿子叫贾政。贾赦有两个年龄相差很大的儿子：贾琏、贾琮。贾政先生了一个儿子，叫贾珠，后来成长得不错，娶妻生子，给这贾政生下一个孙子，取名叫贾兰，但是很不幸，这之后贾珠就去世了，留下他的一个妻子，一个寡妇，书里叫李纨。在贾珠之后，又生下了一个儿子，就是贾宝玉，也就是天上那个下凡的神瑛侍者。你看他交代贾宝玉这个男一号的来历，细致到这种地步。

贾宝玉出生以后，他的父亲又和他的小老婆赵姨娘，生下了一个儿子叫作贾环。

这就说明《金瓶梅》《红楼梦》这两本书，它们有相同之处，那就是都设置一个男一号和一群女子的故事，**但是《金瓶梅》里面的男一号西门庆，他是世俗的、粗鄙的，书里对他来历的交代是粗线条的；《红楼梦》里的贾宝玉，他的来历是浪漫的、高贵的**。这就决定了，两本书虽然都是写不见于史书记载的人物，但是一个写的是世俗的市井人物，一个写的是京城的贵族府第的公子。把两本书的两个男一号的来历梳理清楚，对我们理解两本书有好处，而通过对比，我们就可以在今后两本书的穿插阅读当中，不断地发现他们的相同之处和他们的相异之处，提高我们的认知。

崇祯本《金瓶梅》绣像·俏潘娘簾下勾情

西门庆和贾宝玉都是"异数"，先说西门庆

我要告诉大家，《金瓶梅》里面的男一号西门庆和《红楼梦》里面的男一号贾宝玉，在当时的社会里都是异数。跟别的一般的人不一样，这样的生命存在可以叫作异数。

先说说西门庆。从书里的描写来看，表面上好像没什么太新鲜的，就是一个土财主，一个性欲旺盛的很霸道的男子。这个在当时社会里面是很多的，不稀奇。我们知道中国的古代社会是神权社会、皇权社会、男权社会，整个社会被这三权笼罩，从皇帝到老百姓都信神。所以，你到北京来发现有好多坛，天坛、地坛、日坛、月坛，还有很多其他坛，比如社稷坛、先农坛、先蚕坛。从皇帝起就拜天地，敬畏神，所以到处都有庙，有道观，也是供一般百姓拜神的地方。皇帝借着对神的弘扬，强调他的皇权是神授的，用来巩固自己的统治。所以那个时候皇权是很厉害的，普天之下，莫非皇土。皇权之下，要注意到，基本上它是一个

男权社会。

当然在中国的封建社会的发展历程当中，偶尔出现过一些杰出女性，如武则天，一个女子当了皇帝，但这只是短暂的个别现象，总体而言是男尊女卑的社会。所以书里写西门庆的日常生活，他去想办法攀附权贵，最后甚至还见到了皇帝；写他积累财富、发财，然后利用他的财富蹂躏女性和其他一些普通人。这都不算稀奇，不是异类、异数的表现。

但是通读《金瓶梅》会发现，兰陵笑笑生很了不起，他的这个男一号超出了以往类似的小说里面所出现的一些财主，以及那些欲望很强烈的男子形象。西门庆怎么个异数，怎么个异类，怎么跟其他人不一样？书里写得很清楚。这个男子在那个社会里面，他来历又不分明，如果仔细追踪的话，无非是一个游商的后代，他没有什么出身的优势，他的起步无非是一个父亲留下来的生药铺，资本、本钱也不是特别雄厚。那他靠什么？有人说他靠能力，他能干，光能干不够，他有思想，他在经济上、财富观上有独特见解，这个见解在那个时代是很多人都不具备的，包括大批的财主都还没形成那个意识，但他形成了。

书里有一次写他和他的哥们儿，说起了金钱的事情。那个时代社会流通的作为金钱的东西，主要是银子，也有金子和一些流通性的钱票，但是人们主要使用的是银子，当然也还有比银子价值低的铜钱。

西门庆有一次跟他的朋友聊起银子的事，他怎么说？他的话石破天惊，他说"兀那东西"，这是个粗口，市井里的普通人说话很粗鄙。"兀那东西"就指那银子，"是好动不喜静的，怎肯埋没在一处！也是天生应人用的……"人家以为他开生药铺，最后又想办法发财，获得很多银子以后，就会都存起来，搁在自己家里面堆着。他就把这说破了。他在那个时候就有让银子流动起来，让钱生钱的鲜明意识。这在那个时代是一般人，甚至一些财主都不具备的。

他说银子一个人堆积，就有一个人缺少了。他得出一个结论："因此积下财宝，极有罪的。"意思是你挣的那些银子，放在自己家里头，没事儿一个人在那儿欣赏，来回来去倒腾、欣赏，那是不对的，要让银子流动起来，要把一锭银子去变成两锭、三锭乃至更多的银子。如果你把银子都堆在屋子里，你就犯了罪了。因为你堆积了银子，社会上流通的银子就少了，经济发展就慢了，对谁都不好。

兰陵笑笑生很了不起，他写西门庆，不是一般来写他的故事，他写出了在明朝那个时期，出现了一种新人。西门庆具有一种新人特征，是一个新鲜人物，这种人在当时社会上不多，兰陵笑笑生敏锐地捕捉到这种人物的存在，把他写出来了。**他有鲜明的让金钱流动、以钱生钱这样的经济意识、财富意识，这是一种很重要的思想。**

《金瓶梅》的故事假托是在宋朝，好像是写宋朝的一个故事，实际上写的是明朝。金学界一般都认为，作者假托宋朝，实写明朝，更具体而言，写的是明朝嘉靖年间的故事。

那时明朝正从农耕社会缓慢地转型为商业社会，这个转型在当时速度不是很快，而且经常停滞，走回头路。但是毕竟在转换中，从农耕社会发展到商业社会，其中很重要的一个因素，就是货币流通，只有通过货币的充分流通，刺激消费，刺激财富积累，才能够在一部分人巧取豪夺成为大富翁的同时，使整个社会的财富积累数有所增长。当然那也是一个不平等的、贫富悬殊的、贫穷人吃亏的社会。但是，毕竟那个社会在缓慢向前发展，发展中出现了从农耕社会向商业社会转化的迹象。西门庆这个艺术形象，就是从农耕社会向商品流通社会转换期间的一个典型人物。

书里写得很有意思，西门庆作为那个社会当中的一个男子，他想发达，有一条路径是官方设置的，鼓励大家来走的，也是社会上几乎所有的男子都争先恐后去走的，就是科举考试。所以当时农耕社会叫作耕读社会。什么叫耕读？就是这些农民，当然"农民"是一个泛称，当时务农的人的区别已经很大了，有大财主、中等财主、小财主，还有一些沦落到最底层的贫雇农，但有很大一块是自耕农。这些男子当时有什么样的办法能使自己在社会上跃升？他们提高自己的社会身份、增长社会财富的途径是什么呢？就是读圣贤书，然后去参加科举考试，争取考上，改变命运。当然，各朝各代科举考试的具体规则有所不同，大体而言是通过在私塾里面读书，学做文章，然后以童生的身份先考秀才，在乡里面考上秀才以后，再到省城参加会考，考中了就是举人，中举以后就可以到京城，参加大比、会考、会试，考中的就是进士了，举人就可以做官了，进士就更可以封官了。考中进士的第一名就是状元，第二名是榜眼，第三名是探花。

作为一个在封建社会，住在县城里面又发点财的男子，西门庆按说应该走这条路，去争取自己更好的前程。但是通读《金瓶梅》会发现，西门庆根本不读书，不但不读圣贤书，他什么书都不读，完全没有准备去进行科举考试的相关描写。他生活得很自在，他也奔自己的前程，但是他完全无视读书上进，不走这条通过科举考试改变命运的道路。他信奉什么呢？他只信奉用钱生钱。所以，在《金瓶梅》里面作者塑造的西门庆这个角色，其实具有独创性、开创性，很值得我们读者仔细去思索。

所以，不要以为《金瓶梅》只是一部故事书，只讲了一个地方土财主的故事，它里面其实在客观表现当中，无形中使我们认识到中国社会的发展轨迹，至少在明代社会就出现了西门庆这样一种人物，你可以说他有好多毛病、很多阴暗面——他好色，不尊重妇女，有时候对下人很残暴，但是在他身上有新思想、新作为，有闪光的地方。

西门庆如此，贾宝玉又如何呢？

西门庆和贾宝玉都是"异数"，再说贾宝玉

上面讲到了《金瓶梅》里面的西门庆，这个艺术形象在当时社会是一个异数、一个异类，是一个和其他男子不一样的生命存在。《红楼梦》的写法和《金瓶梅》有类似之处，它的男一号贾宝玉在当时社会也是一个异数、一个异类，跟同时代的一般男子不一样的人物。

贾宝玉身上有几个特点，都是在那个社会里面很特殊的，跟别人不一样的。首先，**他毁僧谤道，他不迷信，不信神佛**。什么叫"毁僧谤道"？他不信和尚，有时候还说一些否定性的话语；他也不信道士，同样说一些诽谤性的评价。那个社会男女多数都是信鬼神的，都是迷信的。从皇帝打头，到普通民众乃至于下层一些人，都信鬼神、和尚、道士。

从《红楼梦》里的描写可以看到，从贾母到王夫人，再到一些其他角色，都很迷信神佛。当然《红楼梦》里的艺术形象，也不只是宝玉一个角色不迷信，它里面写到了王熙凤这样一个女性角色，她自己就说她

不信鬼神，不信阴司报应。所以在《红楼梦》里面贾宝玉也不是完全没有同道的。但是总体来说，这些人是少数、异类。

书里写有一次大家在一起说话，说到了一种药的名称，王夫人就说，我想不起来是什么药了，贾宝玉在旁边提醒她，是不是八珍益母丸，要不就是麦味地黄丸。王夫人说都不是，她只记得有"金刚"两个字。这时候宝玉就扎手笑道——什么叫扎手？在《红楼梦》里经常写人物这样一个姿态，即两手五指微微张开，向两边伸直，是一种很有趣的姿势——从来没听见有个什么金刚丸。若有了金刚丸，就有了菩萨散了。他拿金刚、菩萨开玩笑，说得满屋人都笑了。薛宝钗当时在旁边抿嘴笑，但是她补台，给她的姨妈王夫人挽回面子，说太太想说的可能是天王补心丹。王夫人笑了，说对，是这个名，如今我也糊涂了。这时候宝玉脱口而出："太太到不糊涂，是叫金刚、菩萨支使糊涂了。"这话就是典型的毁僧谤道。书里多次写到王夫人的正房里面是有佛堂的，她常常进佛堂去念会儿经，拜会儿神，拜会儿佛，但是宝玉完全不信这一套。这些描写都是很珍贵的，塑造出了在那个社会的人，这样一个封建贵族大家庭，从上到下都充满了迷信的氛围，这里面的宝玉很超脱，虽然他对现实中的和尚、道士具体的这种生命存在还是尊重的，可是对僧道所崇尚的神佛，以及所谓的预言，他是不信的。书里还写到，夏天他午睡，薛宝钗悄悄坐到他卧榻前，忽然，他在梦里喊骂说："和尚道士的话，如何信得！什么金玉姻缘，我偏说是木石姻缘！"

西门庆对科举考试没有态度，《金瓶梅》里从头到尾没有写到任何他想去读书上进、参与科举考试这样的情节，也没有写到他对这样一条当时男子去争取上进的官方所指定道路的评价。就好像在他生活的清河县，根本不存在科举考试一样，跟他没关系，写得很有意思。实际上反映出来，他对那一套完全无所谓，是鄙夷的、轻视的，认为那个东西跟他没关系。**到了《红楼梦》里的贾宝玉，他就非常明确地站出来反对科举考试。**宝玉虽然是一个贵族公子，是荣国公的后代，但是封建社会有个游戏规则，到清代大体也如此：只有少数的贵族被封的头衔可以世代罔替，可以一代一代传下去，只要这期间不犯事，不被后来的皇帝逮住毛病，给你免了，就可以一代一代不递减地继承贵族头衔。像清代的铁帽子王，封了王爷以后，老一辈死了，下一辈的儿子还是王爷，这个人死了，孙子还是王爷。但是这种贵族头衔享用者很少，而且很多都坚持不到最后一代，都半当间儿就被当时的皇帝或后来的皇帝给褫夺了，取消了，贬斥了。而其他的贵族头衔是不可以世袭罔替的——你没犯什么错，你们家下一代还可以享受贵族头衔，但是要往下降，本来是王爷，下一代就不能再是王爷了，本来是公爵，下一代就不能再是公爵了。

《红楼梦》里的贾府——宁国府也好，荣国府也好，他们公爵的爵位后来都递减了。书里交代得很清楚，宁国府的宁国公没了以后，当时宁国府的府主是贾敬，应该由他来继续袭一个贵族头衔，就不能袭公爵了，要往下降。结果贾敬是一个怪人，他拒绝享受这个待遇，而且他不住在宁国府了，他跑到城外的道观里，和道士胡羼炼丹。他把他应得的贵族头衔让给了他的儿子贾珍，贾珍就晚一辈了，那就不能给得很高了。给贾敬可能还高一点，给他儿子就要再降一点，就是三等将军，这是一个将军级的贵族头衔。荣国府呢？书里写荣国公去世以后，皇帝很顾念他们祖上开国的功劳，亲自过问了荣国府的情况，知道荣国公有个大儿子是贾赦。当时这个贵族头衔往下传，都是要传给长子。比如你是一个公爵，你有好几个儿子，往下赐予贵族头衔，不能每个儿子都给，只给一个，给谁呢？给老大。贾赦是长子，是老大，当时这个贵族衔就给了贾赦。给了个什么贵族头衔呢？一等将军。贾赦和贾敬是一辈的，他们取名字，你看贾姓氏后面那个字都有一个文字边，是文字辈。可以推测，如果贾敬不推辞皇帝颁赐的贵族头衔的话，应该也是一等将军。他推辞了，他不要，他的儿子来承袭贵族头衔，所以他的儿子贾珍——他和贾宝玉是一辈儿了，就是一个三等将军。

第二个儿子贾政就轮不到袭贵族头衔了，那怎么办？按道理的话，他得参加科举考试，考中进士，再给他一个高官来当。但是书里写皇帝对他们家很照顾，就说老二贾政不用参加科举考试了，我赐你一个当官的资格。最后贾政直接当了官，在工部成为一个官员，级别不是很高，但也很不错。

因为贾政没有能够得到贵族头衔，他有一种焦虑感，下一辈怎么办？本来他的大儿子贾珠娶妻生子，而且进学了，什么叫进学？就是已经进入了科举考试的通道，准备去应考了，可没想到很不幸，一病就死掉了，所以希望就寄托在贾宝玉身上了。

书里不断地写到，贾政要求贾宝玉好好读圣贤书，好好学习八股文，好好准备去参加科举考试。因为这个家族到这一辈已经不可能白得到贵族头衔了，得靠自己在科举考试这个通道里争取一个好的成果。书里面写宝玉和他父亲的矛盾冲突，基本都围绕着这个问题。父亲让他好好读书，别闲逛荡，说他喜欢写的那些诗词歌赋属于杂学、旁门，八股文才是正经。因为当时清代考科举是要做八股文的，文字要根据一定的规矩来写，要分成八个层次，层层推进，把古代圣贤的意思分成八股一层层地来加以阐释。那是很无聊的一种文章，是压抑人的自由思想、自由意志的，宝玉坚决不干。书里面的宝玉是一个大大的异数，书里面写他的下一辈，他哥哥的儿子、他的侄子贾兰，在他母亲李纨的指导下，一天到晚准备去应考。当时考举人除了文举以外，还有武举。有一种是考你做文章，还有一种是考武功。贾兰在大观园里面拿弓追鹿，练习骑射，就是准备去考武举。宝玉对此都看不上，嗤之以鼻。

书里面这些女性，比如薛宝钗、史湘云都说过劝他读书上进的话。只不过史湘云是鹦鹉学舌，学薛宝钗的一些劝告，宝玉很不以为然。宝玉为什么特别喜欢林黛玉？除了有真挚的爱情以外，他们思想上是有共鸣的，林黛玉从来不在他耳边唠叨你得读书上进，你得参加科举考试，你要考中。而薛宝钗时时要提这一套。书里有一段就明明白白地写出来，说"或如薛宝钗辈，有时见机导劝"，贾宝玉就反生起气来，只说"好好的一个清净洁白的女儿，也学的吊名沽誉，入了国贼禄鬼之流，这总是前人无故生事，立言谏词，原为道后世的须眉浊物，不想闺阁中亦有此风也，真真有负天地毓秀钟灵之德"。

他不听宝钗的劝告也罢了，一生气，他"祸延古人，除四书外，竟将别的书焚了"。这是宝玉的做法。当时读圣贤书主要是读四书，所谓"四书"，指的是中国四部古书：《论语》《孟子》《大学》《中庸》。其实宝玉对这些书里面所宣扬的某些东西，也是不以为然的，但是毕竟是古代圣贤留下的著作，后来有好多去解释四书的书，特别是后来为了帮助这些男子在科举考试中获得好成绩，就有好多八股文的指南，或者是一些历代考中状元的人的文章合集，这都是贾政这样的家长逼迫贾宝玉来读的书。他读那干吗呀？他最后就只留下四书，把别人这些让他学习上进的书都烧了，这是很惊人的。

在《金瓶梅》和《红楼梦》里面，它们所塑造的男一号在当时社会当中都是一种跟别人不一样的人物。这两个艺术形象——西门庆和贾宝玉，虽然他们的人格、思想可以说是完全不同，但是他们对当时社会上一般人的思想行为的突破、颠覆、反叛，这种反叛性、超越性，又是互相呼应的。这两个形象还值得我们更仔细地加以品鉴。

西门庆形象的复杂性

　　好的文学作品所塑造的人物形象都是血肉丰满的，不是平面的、扁平的、性格单一的。如果写得不好，读者很容易给他们贴上好人或坏人的标签，这样的文学形象不能算成功。真正成功的文学形象一定要是立体的、性格丰满的。作为一个活生生的人，是有血有肉的，是多方面展示他的生命存在、生命状态的。以这个标准来衡量的话，《金瓶梅》里面的西门庆和《红楼梦》里面的贾宝玉都是达标的。这两部作品里设置的男一号，虽然是两个完全不同的艺术形象，但是作者在写出人物的复杂性，使他们呈现出一种立体的生命状态这方面都是很成功的。所以，合璧赏读就是把西门庆的形象和贾宝玉的形象穿插地来阅读，这是很有意思的。

　　有人没有仔细看过《金瓶梅》，或者仅仅看过根据《水浒传》的故事改编的一些舞台剧，或者是影视里面的西门庆形象，就会把他简单理解成一个坏人、一匹色狼，不是好东西。在《金瓶梅》这部长篇小说里面，不能给西门庆这样简单地来贴标签。作者没有一个写作上的前提，就是我要写一个坏人给你们看，他当然也没有反过来的前提，说要写一个成功的财主，我要给你呈现他的很多优点，他也没有这个意思，他就是活生生地呈现出一个生命。

阅读了他的文本以后，你会相信在那个时代，在清河县那个地方，在临清码头一带，真有这么一个人在那儿生活过，他是一个非常真实的形象，也是一个非常丰满的形象。如果有人没有仔细地阅读《金瓶梅》，他就会简单地觉得西门庆就是一个土财主，这样的土财主见了美女就想占有，他能有什么审美趣味和审美眼光？可是《金瓶梅》里面的西门庆作者不是这样塑造的。他固然也有那一面，看见美女就垂涎三尺，想去占有，他和潘金莲的故事就是这么开头的。当时在武松走了以后，武大郎到街上去卖炊饼。武大郎在县城里不是一个富有的人，但也不是很穷，他们家有自己的小院子，而且房子有楼上楼下，里面房间都不大，但毕竟是楼上楼下。潘金莲那天在楼上拿叉竿来挑窗帘，一不留神没拿稳，叉竿掉下去了，正好砸在楼下一个过路人的头上，这个人就是西门庆。这些描写在《水浒传》里有，《金瓶梅》里也有，但《水浒传》往下写，西门庆的形象就比较扁平，就是一个见色就起狼心的坏蛋，而且后来为了占有潘金莲，和王婆一起设下毒计，害死了武大郎。

虽然在《金瓶梅》前面几回也有这些情节，这样来写西门庆，但是前面不是说过了吗？《金瓶梅》和《水浒传》的分岔从哪儿开始？从狮子楼开始。武松出差回来听说哥哥被王婆和潘金莲害死了，当中还有一个坏蛋起了很大的作用，就是西门庆，于是他就杀了潘金莲和王婆，再去寻找西门庆，要用私刑的方式来了结这段恩怨。他跑到狮子楼，一个两层的酒楼，到了二楼去寻找西门庆。《水浒传》的写法是，他找着了，一番格斗以后，把西门庆从二楼窗户扔到街上摔死了。《金瓶梅》从这儿开始和《水浒传》拜拜了。《金瓶梅》里写西门庆当时不在现场，武松误把在衙门里面办事的李皂隶，从窗户扔出去摔死了，并且他很快就发现杀错人了。武松是一个憨厚的老实人，自己杀错人了，就到衙门自首，被流放了，西门庆就此逃脱了武松的追杀。

从此以后，兰陵笑笑生开始描写西门庆在清河县后来的生活历程。他写得很细致，从多方面来描写西门庆，比如有一个细节会让读者读的时候心里一动。西门庆当然好女色，前面说过，他已经有几房妻妾了，但对自己府里面的这些仆妇、丫头、奶妈子，他又动心思。他的外面还有情人，他还和妓女来往。

书里写有一天他的大老婆吴月娘和他几个小老婆在吴月娘屋里面聚会，正妻和小老婆们之间有时候会有矛盾，会钩心斗角，有时候她们也会停战，一起喝酒解闷。这时就写西门庆回家，走到了吴月娘的居住空间，其实也应该是他平时的居住空间。书里后来交代他并不经常和吴月娘同房，而是经常在后面盖起来的花厅书房里过夜，或者到其他小老婆的房里过夜。

西门庆到了吴月娘住处以后，没有马上进屋，他掀开帘子——这些屋子都有很华丽的门帘，门帘有时候就不会完全掩住，会有缝隙——西门庆从缝隙往里看，注意到了一个仆妇，是当时府里面的仆人旺儿新娶的媳妇。府里面的男仆人很多，有的男仆人娶了老婆，他平时不是特别注意这些人，但这天他在吴月娘住房门外往里看，发现这个仆妇长得挺漂亮，想起来这应该是男仆旺儿新娶的媳妇，叫作宋惠莲（不同版本的《金瓶梅》里这个人物名字有区别，我这里按照《金瓶梅词话》来写）。实际上西门庆在这之前已经对她垂涎，还特别把她丈夫旺儿派到杭州采买，但一时还没顾得上勾搭她。这天西门庆一看到她，就再不放过了。但作者没有马上接着去写他怎么想勾搭、占有宋惠莲。他写西门庆有一定的审美眼光，别看他是一个土财主，他对女性衣衫的搭配，特别是颜色搭配，有自己独特的见解。当时宋惠莲在屋子里为西门庆的妻妾服务，斟酒、递茶、端菜。西门庆发现宋惠莲穿的衣服不对头，怎么不对头？上身穿的是一件红袄，底下配一条紫色裙子。他觉得这个搭配不对。这时吴月娘的大丫头玉箫看见府主回来了，就要上前伺候。西门庆故意问玉箫："那个穿红袄的是谁？"玉箫回道："是新娶的来旺儿的媳妇子惠莲。"西门庆说："怎的红袄配着紫裙子，怪模怪样！到明日对你娘说，另与他一条别的颜色裙子，配着穿。""你娘"指的是吴月娘，他让一些仆妇，特别是丫头都把吴月娘叫作娘，这些丫头也就把西门庆叫作爹。他说你明天跟你娘说，另外给她一条别的颜色的裙子配着红袄穿，意思就是说要不现在这样我看着扎眼，不好看。

你看兰陵笑笑生写西门庆写得很细，他虽然是一个土财主，你说他坏，他本质上是不好，但是他有审美趣味，他对女性衣着的颜色搭配深有见解。当然从此他就盯紧了宋惠莲。后来他就自己找出了一匹翠蓝色的缎子给玉箫，当然是瞒着他正妻，也不让别人知道。他让玉箫把它送给宋惠莲，并说，宋惠莲那件红袄子，用这种翠蓝色的绸缎做成的裙子相配才好看。这匹翠蓝色绸缎不是一般的绸缎，它上面有一些暗花，这种暗花绸缎是很高级的纺织品，隔远看过去是翠蓝色，似乎没有花，走近了，会看到暗花，有很多花卉组合成一些美丽的图案，时隐时现。

宋惠莲后来果然被西门庆勾搭到手了，而且宋惠莲后来变得很下作，被主子勾搭不以为耻反而很得意，一度还在府里面嘚瑟。其实西门庆占有她也不太愿意让别人知道，但宋惠莲巴不得让别人知道。宋惠莲的故事我们暂不细说，只说兰陵笑笑生塑造人物的高妙处，他写西门庆占有一个女性，但是希望她衣服颜色搭配得更恰当，他有这方面的审美需求，写得很有意思。

西门庆在清河县可以说是巧取豪夺。他做生意，一方面有遵守贸易规则的表现。如果大家都不遵守游戏规则，社会就彻底乱套了。该怎么借贷，该怎么还钱，该怎么流通，该怎么运作，当时还是有一套规矩的，买卖双方要遵照这个游戏规则来交易，西门庆大体上是在这个框架里行事。另一方面，不消说，西门庆很不老实，逮住机会就要多贪多占。特别是，他知道如果一个土财主要想在地面上站得住脚，就得寻求保护伞。

他经常主动借银子给地方上的一些小官僚。说是借，很多时候就是贿赂，不在乎还不还。那些小官僚得了他的好处，他遇到事以后，自然就站在他这边维护他，所以他的生意越来越红火。后来他有更进一步的觉悟了，说我老靠这些小官僚罩着我也不是个事儿，干脆我自己当一个官僚，于是通过贿赂朝廷权贵买了官，自己成了清河县提刑所的一个副提刑，相当于当今的公安局副局长。

兰陵笑笑生写了他很多贪赃枉法的事，为了挣钱，没有人性，很冷酷、冷血的事。但是又写他性格有其他方面，他是一个立体的多棱多角的人物，一个活生生有血有肉的人物。他开头混迹在清河县，因为地位很低——一个游商的后代，他就结交了一些地痞流氓，跟他们拜把兄弟。《金瓶梅》有不同的版本，有一种版本，故事一开头就写他怎么热结十兄弟，他自己当老大，和另外九个形形色色的人拜把兄弟，这样也是为了在地方上形成一股势力，好作威作福。但这些把兄弟里面有的是一些县城里很穷的人，如有一个叫常时节的人。这个名字是谐音，给角色取一个谐音的名字，以体现其性格特点，这种手法在《金瓶梅》里被运用得很娴熟，后来曹雪芹写《红楼梦》也学他这招，通过给人物起谐音的名字，让你一看名字就大体知道这是个什么人物。"常时节"谐什么音——"常时借"，即长时间地靠借贷维持生活。他和媳妇两人是贫贱夫妻，他在清河县混迹多年，岁数大了，还没有一个属于自己的像样的房子住，老想着怎么能得点银子买一个居所。他要求也不高，有那么一间门面、一间客坐、一间床房、一间厨灶，四间屋子也就可以了，但是这个愿望老实现不了。西门庆发展得比其他九个人都好，成了县城里的大财主，又做了小官僚，他银子当然就比较多了。

有一天，另外一个帮闲的兄弟应伯爵在西门庆耳边唠叨，就说你看咱们的哥们儿常时节，到现在还没有一个好房子能住下，你能不能帮他一下？按说，西门庆是一个唯利是图的人，别人有银子，他恨不得都扒拉过来呢，他自己的银子要拿来流通，钱要生钱，他哪舍得给人？但是书中在此写到了西门庆心中柔软的一面，他忽然有所触动。因为过去他父亲是个游商，自己也有过住小房子，甚至有过没房子住的经历。他当然舍不得给常时节大把银子，可是他有一些碎银子。什么叫碎银子？过去的银子都是一锭一锭的，现在北京什刹海不是前海、后海之间有个桥叫银锭桥吗？为什么把这桥叫银锭桥？就因它的形态像一个倒扣的银锭子。银锭子有大有小，又叫作银元宝。西门庆在外面做生意，不可能都是整锭整锭银子的交易，有时候要用碎银子交易，即要用一种特殊的剪子把银锭剪碎，然后放在戥子上头称，该给你三钱，就从一锭或一块银子上剪下一部分，一称是五钱，就再剪一下，直到符合三钱的标准。如此一来二去，他就攒下了一些碎银子。

西门庆一听常时节的事情后就动了善心，他让仆人到吴月娘的正房取一包碎银子，他也不计较银子有多少，就说把这包银子给常时节送去。这对西门庆来说是一包碎银子，对常时节来说就是天上掉了大馅饼。

书里描写常时节得到西门庆赠送的碎银子以后，两口子在所居住的小破屋里，贫贱夫妇百事哀，把那状态写得很生动。

为什么说《金瓶梅》和《红楼梦》都是特别优秀的古典长篇小说？就在于它们在塑造人物方面，不是贴标签似的，不是从一个概念出发，写出一个扁平的、很好评价的人物，它们塑造的是立体的、有血有肉的艺术形象。西门庆的这个形象有复杂性，同样，《红楼梦》里贾宝玉的形象也是具有复杂性的。

贾宝玉形象的复杂性

　　《金瓶梅》的作者兰陵笑笑生所塑造的书中男一号西门庆的艺术成就很高，他写出人物的多面性、复杂性。到了清代，曹雪芹写《红楼梦》，他塑造的书里面的男一号贾宝玉，就继承了这样一个人物塑造的优良传统，他把贾宝玉也塑造得很立体，很丰满，也写出了这个角色的复杂性。

　　贾宝玉总体而言跟西门庆不一样，人们往往一提西门庆，就觉得他是色鬼、土财主、坏蛋。人们提到贾宝玉，比较倾向于好的评价。**虽然他是一个贵公子，但是他平等对待青春女性，才华横溢，具有慈善心，追求恋爱、婚姻自主权，甚至于可以说是在那个时代、那个社会具有先进思想的市民社会的新人**。人们会给他贴一些这种标签，或者给他一些这样的概括。但实际上曹雪芹笔下的贾宝玉也是一个复杂的形象。作者哪里是一味地写他如何好？作者虽然肯定了他反对仕途经济、反对读书上进走科举考试道路的这一面，即写了他反封建的一面，但实际上作者是把他当作一个活生生的艺术形象来塑造的。作为荣国府这样一个公爵府第里的后代，一个继承者，他没有机会再得到他伯父那样的袭贵族头衔的机会了，他的父亲就一再教训他，你得走科举考试这条道路，通过科举考试，保持住咱们家族的荣光。考中状元最好，实在不济也得考一个一般的进士，这样可以在朝廷里面当官，获得在社会上的价值。但是贾宝玉对此持反抗态度。有读者问了，说他持反抗态度，如果这个家族没有崩溃还往下传递，他也没去参加科举考试，荣国府的老一辈，如贾母去世了，贾政也去世了，这个家产是不是由他继承？虽然他还有一个弟弟叫贾环，但贾环是小老婆生的。那个时代的封建社会，讲究你是嫡出还是庶出，父亲的正妻生的叫嫡出，父亲的小老婆生的叫庶出。嫡出和庶出在家族遗产继承上是不平等的。嫡出占优势，庶出处于劣势。宝玉是嫡出的，即使他反叛到底，不参加科举考试，最后没有考中——不去考怎么能考中——他是一个没有取得举人、进士资格的贵族公子，他也还可以得到荣国府的家产继承权。所以，虽然他反抗父亲的旨意，父亲还是执意要他去走参加科举考试谋取功名的道路，这在当时社会叫作仕途经济，仕途就是通向当官的一条道路，经济在当时指的是通过当官取得社会高位，然后去谋取财富。贾宝玉反对走这条道路，尽管这样，他毕竟是在贵族府第里长大的，从小像捧凤凰似的，几辈的长辈把他捧大，养尊处优，所以他不可避免地具有贵族公子哥儿的某些特点。

曹雪芹写得很好，他不是只写贾宝玉反叛的一面，他说他主张世法平等，实际上，作为一个从小就被府里面的几代仆人伺候着的公子哥儿，他习惯了被人伺候，习惯了在不平等的情况下享受生活的快乐。

比如，书里面有几笔介绍枫露茶事件。那个时候还没有元妃省亲的事，也还没有造出大观园来，他还和贾母住在贾母的院落的正房里面，他把自己的居住空间叫作绛芸轩。有一天他串亲戚——林黛玉是他的一个表妹，是他父亲的妹妹的女儿，也就是他姑妈的女儿，姑表妹。但林黛玉后来算不上亲戚了，因为后来林黛玉的父母双亡了，家里也没有其他的人了，整个林家都没有嫡派的前辈了，她是到京城来投靠她的外祖母贾母的、寄人篱下的这么一个孤苦的女孩子。而且贾母也安排林黛玉住在她的院落的正房里面，跟贾宝玉实际上是挨着住。所以他们俩从小在一块儿玩儿，谈不到谁到谁那儿串亲戚。

但是书里写，有一门亲戚是贾宝玉的母亲王夫人的妹妹嫁给了姓薛的人家，薛家是世代给朝廷搞采买的。皇帝要过奢华的生活，宫廷里面需要很多物品，就需要有一些皇商帮着他们到处买这些东西，从皇宫的管理部门领了银子，然后到各地去采买需要的东西，买回来以后报账，再领新的银子去做新的采买，薛家就是干这个的。王夫人的妹妹嫁给了姓薛的皇商，她是宝玉的姨妈，书里把她称作薛姨妈。那个社会的妇女嫁给了谁，一般来说，称呼她的时候，就把她丈夫的姓冠在她的头上。薛姨妈的丈夫在金陵死了，薛姨妈就带着她的儿子薛蟠、女儿薛宝钗来到京城。来京城主要的目的是，薛宝钗当时到了可以参加宫廷选秀的年龄了，准备来参加选秀。他们家在京城是有房子的，可是他们不住自己的房子，而是借住在荣国府。荣国府很大，贾母的院子在荣国府的最西边，薛家来了以后，包括丫头、婆子、仆人在内，他们住在荣国府东北角的一个院落，叫梨香院，原来是荣国公年纪大的时候静养的地方。荣国公早就去世了，梨香院空着，就让他们住了。所以宝玉要从荣国府的最西边贾母的住处去看望一下薛宝钗，就要穿过整个荣国府的北部，从西边到东北角去，这确实可以叫作串亲戚了。

书里写宝玉那天去到梨香院，薛姨妈招待他吃餐喝酒，他喝醉了，醉醺醺地回到住处，就是贾母这儿。他想喝茶，有个叫茜雪的丫头捧过茶来给他喝。他一看就不乐意，说我不要这茶，我不是一早就沏了一杯枫露茶吗？把枫露茶拿来给我喝。茜雪告诉他枫露茶没有了，被李嬷嬷喝了。李嬷嬷是宝玉的奶妈，宝玉很生气，说怎么让她喝了？书里将这个李嬷嬷写得很奇怪，她到宝玉住的地方，见什么好吃的吃什么，见什么好喝的喝什么，是这样一个人。而且当时她随着宝玉去了薛姨妈和薛宝钗那儿，她唠唠叨叨，劝宝玉不要喝酒。宝玉是一个在生活上追求自由的人，不愿意受约束，跟她就有冲突。原来枫露茶在他们出发之前，已经被李嬷嬷喝掉了。宝玉一听就火冒三丈。因为枫露茶是一种很稀罕的茶，平常很少有人喝，据说是采下枫树叶刚冒出的嫩芽制成的一种茶，这种茶沏了以后不能马上喝，过半天才出点儿颜色，把这一道滗了，兑上水再沏，要那么三四道，最后沏出来有颜色了，喝着才舒服。这种茶在那贵族府第里也不是常见的，也不是马上可以再沏一杯的。宝玉大怒，就把茜雪递给他那杯不是枫露茶的茶，咣当摔在地上，杯子碎了，茶水溅了茜雪一裙子。

这就是贾宝玉作为一个贵族少爷的一面，他有特权，他可以这么做。书里写得很真实、很生动，让我们觉得宝玉确实不是十全十美的人物，也会耍公子哥儿脾气。

后来书里写了这件事造成什么后果。因为当时大家都住在一个大空间里面，贾母的正房虽然很大，可能是五到七间那样大开间的高台基上面的大房子，地面可能铺的是很高级的那种雕着花的地砖。这边摔杯子，那边能听见声，就惊动了贾母，贾母问怎么回事。这时宝玉的首席大丫头袭人就跟贾母解释，说是刚才因为外头下了雪，我走路时脚滑，不小心摔了一跤，摔了茶杯。按说这么一解释不就完了吗？可宝玉不仅摔茶杯，还嘟嘟囔囔，声音还不小——撵出去！撵出去！他厌烦李嬷嬷，宣称要把她撵走。荣国府的仆人、丫头在伺候主人时，如果被主人认为有问题，就会被轰出主人生活的空间，回到下人住的群房，等待下一次再分配，像犯了罪遣返原籍似的，是要被人嘲笑的。而且本来有一点报酬，月银子什么的，也就都革除了，所以被撵出去是很大一件事，一般的仆人、丫头都承受不了这样的遭遇。贾宝玉的嚷嚷声也被贾母听见了。在这段情节以后，作者没有马上交代，隔了几回以后就交代出来，最后贾母就发威撵人了。

撵的是不是李嬷嬷？不是，撵的是谁？是茜雪。茜雪在那一回被撵了以后，前八十回里再没有出现。据和曹雪芹合作写书的，同时也是誊抄原稿及编辑者、评点者脂砚斋透露，茜雪要到八十回以后，在某一回才再次出现，这就叫作伏笔——草蛇灰线，伏延千里。曹雪芹写宝玉，哪里是一味写他怜花惜玉、温柔体贴？你看，把他发少爷脾气写得入木三分，他酒后发怒，造成了一个丫头茜雪的人生悲剧。

后来写到，有一次贾宝玉在大观园里闲逛——那时已经有大观园了。他逛着逛着下雨了，就赶紧跑回他的住处怡红院，急着要回屋子躲雨，结果没想到院门从里头闩上了。贾宝玉气得要死，敲门半天没人开，院里的丫头们当时都没想到他会这个时候回来。最后是袭人去开门，宝玉一脚踹在了袭人的心口上。虽然宝玉看见是袭人以后有点后悔，但是他作为一个府第里面嫡系的传人，他是贾政和王夫人的嫡子，本来有老大贾珠，但死掉了，他就是老大，整个府第今后都是他的，所以他就由着性子来，他有打人、骂人、踢人的权力，他也并不是特别痛心疾首。晚上袭人发现胸口青了一块，而且吐血了。

袭人是他喜欢的一个丫头，当然他更喜欢的是一个叫晴雯的丫头，但袭人跟他是有身体关系的，他们俩是有云雨情的，但碰到他气头上，他也可以把她踢得吐血。

作者写这些情节的时候，文笔很流畅，情节流动当中并不让人觉得突兀，感觉这个公子哥儿在这个特定情景下就会这么干，所以你看他写得多准确。

贾宝玉这个形象和西门庆的形象一样，都是立体的，体现出人物性格的复杂性，这也是我们把两本书合璧赏读所能获得的一种审美收获。

世俗的李瓶儿如何追求安全感

前面已经多次提到，《金瓶梅》和《红楼梦》两部书都是写一个男子和一群女子的故事，现在，我们就把两本书里面所写到的女子各挑出一个来，加以对照阅读。

《金瓶梅》里面一个重要的女性角色是李瓶儿，如果说潘金莲还是一个从《水浒传》里面借过来的角色，然后加以发挥构成的艺术形象，那么李瓶儿就是兰陵笑笑生完全独创的一个艺术形象，且塑造得非常成功。

李瓶儿是一个在乱世当中艰辛生存的女性，她的父母是谁不清楚，她从小就被卖到了一个大官僚梁中书的府里面去做侍妾。侍妾的地位低于正妻，也低于正式的小老婆，但是比丫头地位又高一点，所以也还是要派专人伺候的。李瓶儿有一个冯妈妈——比她年龄大的妇女——作为她的养娘。根据书里描写，一群梁山好汉冲到梁中书府里面把他杀了，而且还放火烧了梁中书的府第。混乱当中，李瓶儿和冯妈妈就逃出来了。

她们俩挺有心眼，因为梁中书是一个大贪官，家里面财宝很多，她们在逃的时候就带出了一百颗西洋大珠和一对二两重的鸦青宝石，这些东西虽然体积小，但是非常值钱。

她们逃到东京，就是现在的开封。然后怎么办呢？李瓶儿的一生贯穿着一个主题，就是寻求安全，怎么能够获得安全呢？就要嫁一个适当的人家。冯妈妈很会来事儿，因为她们手里有大珠子，有宝石，不是完全没有陪嫁的。后来通过冯妈妈张罗，李瓶儿嫁给了一个叫花子虚的人。这是个什么人？是一个太监——花太监的儿子。有的读者可能会有疑问——太监？儿子？什么叫太监？他们不是封建社会里面一些被阉割的男人吗？没有生殖能力的人怎么会有儿子呢？实际上在明清两代，不少太监参与封建统治，都获取了一些钱财，他们在皇宫外面有住宅，娶老婆，收养男孩子做养子，也过一种家庭生活。花子虚就是花太监抱养的一个儿子。花太监后来被朝廷派到南方做事，最后年纪大了告老还乡。他的故乡就是书里面所写的清河县。后来花子虚和李瓶儿就住到了清河县，而且恰巧住在西门庆家隔壁，形成这样一个格局。

故事写得非常曲折。本来花太监积累了很多财富，他们住的院落很华丽，按说花子虚和李瓶儿好好过日子不就完了吗？但是出现了两个情况，一个就是花子虚虽然身边有这么一个美丽的妻子，但是他不在家好好待着，总去妓院鬼混。那个时代某些男子有这样的恶习，有一个美女在身边并不满足，总去妓院寻求一些刺激，喜欢到那儿去赌、闹、嫖，寻求家庭里面没有、妓院才有的那种刺激性的生活。

李瓶儿虽然嫁了花子虚，但是她到了清河县以后，相当于守活寡，她丈夫不是一两天不着家，是动不动很长时间都不见影儿。然后又出现一个更糟糕的情况——花太监年纪大病死了，他的财产按说应该由花子虚来继承，可不然，花太监的几个侄子来争财产，和花子虚打官司。花子虚打输了，花太监的财产都被判给了他的侄子。最后花子虚不得不把他们的大宅子卖掉了，谁买了呢？西门庆买了，就在他家隔壁嘛。

花子虚和李瓶儿后来搬到狮子街上的一个比较小的宅子，虽然小一些，但是比一般的穷人家还是体面多了。是有楼的，楼上楼下的房间虽然都比较小，但是还有小院子。这个楼临街，从楼上往下看，就是街道，很适合开商铺。

因为官司输得很惨，花子虚气病而死，李瓶儿从守活寡变成了真寡妇。但是书里写，李瓶儿早在花子虚在世的时候，因为性苦闷就和邻居西门庆勾搭上了。当然是西门庆主动去勾引她，她也就顺水推舟和西门庆好上了。花子虚死了以后，李瓶儿就盼嫁，她想嫁给西门庆。一个女子在那个社会，必须依附于男人才能获得安全感，那是一个男权社会。西门庆也答应娶她，她也曾经把花家的财产转移到了西门庆家。

她为了嫁给西门庆，到西门府去拜见了吴月娘以及西门庆的其他几个小老婆，讨好她们，希望她们为她说好话，让西门庆能够顺利地把她娶进门。而此时西门庆忽然遇到了麻烦。简单来说，朝廷里面出现了政治动荡，皇帝给一些人定了罪名，而且开了单子，跟这些人有关系的人都上了黑名单。

西门庆其实离政治中心挺远的，可是万万没想到，他有一个前妻生的女儿——西门大姐，嫁给了一个姓陈的小伙子，叫陈经济（有的版本这个角色写作陈敬济，我按《金瓶梅词话》的写法）。陈经济的父亲叫陈洪，这陈洪沾包（东北方言，比喻受连累）了，是倒台的一个政治集团当中一个人的亲家，西门庆这么算起来的话，不过是这个亲家的亲家，但是上了黑名单。

西门庆当时虽然有了一些钱，有一个大宅子，消息传来还是吓个半死。于是，一方面收留了从东京潜逃回来的女儿、女婿；另一方面关紧西门府的大门，躲起来了。这种情况下，李瓶儿很苦闷，想嫁给西门庆，但是每次让冯妈妈去打听消息，西门庆家都大门紧闭，看不见人影。李瓶儿耐不住寂寞，为了寻求安全感，不得以求其次。她因嫁给西门庆不成，而苦闷生病了，就请了县里面一个叫蒋竹山的医生给她看病，在治病过程当中，她觉得西门庆嫁不成，那干脆就把蒋竹山招赘了吧，正好这个房子是个铺面房，可以开一家生药铺，蒋竹山不但可以坐诊，还可以骑着驴出诊，这样过上小康生活不也挺好吗？于是，她就把蒋竹山招赘了。但过了一段时间以后，她发现蒋竹山性无能，不能让她满足。然后她又发现西门府的大门打开了。原来西门庆派仆人到京城去拿钱开路给他活动，最后得以从黑名单上去除，脱险了。

本来在这场政治风波当中，西门庆也不是什么重要人物，受了贿的官员很轻松地就把黑名单中他的名字勾换掉了，这样就没事了。于是李瓶儿就再次哀求西门庆娶她，但是西门庆如果娶她，就要求必须得把招赘的这个男人轰走。这就出现了不堪的一幕，先是西门庆雇流氓去他们的药铺闹事，后来李瓶儿主动把招赘进来的蒋竹山撵走。

蒋竹山也没办法，因为房子是李瓶儿的，开店的本钱也是李瓶儿的，甚至他出诊骑着的那头驴也是李瓶儿帮他买的，蒋竹山是一个依附于李瓶儿的男子。按当时社会的总体游戏规则，只能是男人休掉妻子，不能是妻子休掉丈夫。可李瓶儿很厉害，她把蒋竹山给撵出门了。这还不算，她还让冯妈妈将一盆水泼在蒋竹山的身后——泼水休夫。

从前面这些情节来看的话，李瓶儿人性当中有恶，有很阴暗的一面。后来出现一个情节叫"西门庆怒娶李瓶儿"。娶媳妇怎么叫怒娶呢？因为在西门庆关起门来避祸之前，他跟李瓶儿是有婚约的，他也接受了李瓶儿很多财物，等于是女方给很多订礼、陪嫁。西门庆在祸事过去之后，李瓶儿要求娶她，他虽然答应了，但是心里有火，因为蒋竹山从身材、相貌上，比西门庆差太远了。而且李瓶儿招赘蒋竹山以后，等于是戗了西门庆的行。西门庆做什么生意？虽然后来做了很多其他生意，但从根儿上来说，他最重要的一个生意就是生药铺。县城里面本来药铺就不太多，西门庆的药铺应该是历史最久、影响最大、生意最火的。李瓶儿又在狮子街开了一个药铺，这不是抢生意吗？西门庆的药铺没有坐堂医生，更没有出诊的医生，李瓶儿那个矮个丈夫还能骑驴出诊，从声势上来说，压了西门庆一头，西门庆心里头是愤愤不平的。

过门那天，李瓶儿都到了西门府门口了，没人出来接。最后，吴月娘勉强出来把李瓶儿接进府，西门庆不露面。当时女子嫁人要抱一个宝瓶，李瓶儿只能自己抱着宝瓶，灰头土脸地到了府里花园中事先给她准备好的三间婚房。一连三天，西门庆都不露面，这算怎么回事啊？嫁给西门庆以后还守寡，李瓶儿受不了这屈辱，上吊了，但是没死成，被其他几个小老婆和吴月娘救下来了。然后终于见到了西门庆，西门庆对她很不客气，辱骂、拷打，甚至把绳子再扔给她，让她上吊给他看。李瓶儿哭哭啼啼，苦苦哀求。西门庆问她："我比蒋太医那厮谁强？"李瓶儿回答："他拿甚么来比你！你是个天，他是块砖，你在三十三天之上，他在九十九地之下。休说你仗义疏财，敲金击玉，伶牙俐齿，穿罗着锦，行三坐五，这等为人上之人，自你每日吃用稀奇之物，他在世几百年，还没曾看见哩！他拿甚么来比你？你是医奴的药一般，一经你手，教奴没日没夜，只是想你。"李瓶儿这一番软话说出来之后，西门庆才消了气，把她搂过去，算是跟她圆了房。

这段故事说明在那样的时代、那样的社会，女性在社会上生存，需要寻求一种安全感，最安全的办法就是嫁一个强人，既有钱又有势，依附于这个男人去求得所谓的幸福安康的生活。这是李瓶儿故事的前半部。《金瓶梅》里塑造出这样一个女性形象，她寻求安全感，《红楼梦》里面那些女性怎么样呢？其实也都是在纷纷寻求安全感。咱们下面就要讲一讲林黛玉。有人会奇怪，林黛玉是天上神仙下凡的一个女子，怎么能拿来跟李瓶儿对照呢？咱们就要对照一下。

崇祯本《金瓶梅》绣像·李瓶儿许嫁蒋竹山

仙气的林黛玉追求高层次的安全感

上面讲到了《金瓶梅》里的李瓶儿，她一生都在不断地寻求安全感，经过一番曲折以后嫁给了西门庆，终于获得了安全感。从此以后，她的生活态度、生活方式发生了变化。她在吴月娘和西门庆的几个小老婆面前，尽量地退让包容，还不断地自我净化。她后来有一个什么优势？她为西门庆生下了一个男孩子，这在那个社会是不得了的事，吴月娘也好，其他几房小老婆也好，都没有为西门庆生育。

当时西门庆度过了政治危机，而且花钱买到了官。前面说了，他这个副提刑官职，相当于地方上的一个公安局副局长，他很得意。李瓶儿给他生的儿子，就取名为官哥儿。西门庆成了财迷加官迷了。后来府里面这些小老婆之间的矛盾冲突，特别是潘金莲和李瓶儿的冲突，造成了官哥儿的死亡，李瓶儿也得了不治之症，奄奄一息。

故事写到在那样的情况下，西门庆竟然和李瓶儿之间出现了超越肉体关系的爱情升华。但是，李瓶儿最后的结局是悲催的，她最后走形了，散发出不雅气息，虽然这个时候她得到了西门庆的真爱，但也挽救不了她的生命，悲惨地死掉了。

《红楼梦》里面的林黛玉按说跟李瓶儿没有可比性。前面说了，李瓶儿的一生充满了市井气、庸俗气，她人性当中有阴暗的一面，导致她甚至于还泼水休夫，把亲自招赘的蒋竹山下狠手撵走了。她到了西门府以后，对西门庆低声下气，以个人尊严去换取一个作为小老婆的稳定的家庭地位。通过给丈夫生儿子，她更大大提升了自己在丈夫心目当中的地位，但到头来这个儿子没保住，自己也得了不治之症死掉。这是一个典型的市井妇女。林黛玉和她不一样，根据书里交代，她是仙女下凡，是天界的西方灵河岸三生石畔的一株绛珠仙草，后来经天上赤霞宫的神瑛侍者用甘露浇灌，修成女体；书里交代，绛珠仙子听说神瑛侍者下凡了，她随后就去求警幻仙姑，也安排她下凡，她要把一生的眼泪还给神瑛侍者，以报答他的甘露灌溉之恩。她下凡到哪儿了呢？她没有能够落身在京城，她下凡在金陵地区的扬州。当时在扬州有一个官员叫林如海，他前几辈都曾经承袭过贵族头衔，到他这儿，皇帝就不再给他们家颁赐贵族头衔了，他要靠参加科举考试去立声身扬名。

林如海考中了探花，而且有了一个官衔——兰台寺大夫。皇帝派他去扬州管事，让他担任巡盐御史。大家知道扬州一带是出海盐的，把海水运上岸来，搁在池子里面，让太阳晒，水分蒸发以后结晶出来的就是海盐。盐是人们生活当中以及生产当中非常重要的一种东西，历代都是由官府来掌控，不允许私自产盐、运盐。故事里的皇帝派林如海在扬州出任巡盐御史，管理盐务，这可是一个肥缺。可以想见，林如海即使不主动贪污，主动上门贿赂他、给他送礼的应该也不少。旁的不说，皇帝给予他的这个待遇是很高的，他因此会很富有。

林如海娶了京城荣国府贾母的一个女儿为妻，也就是故事里面贾赦、贾政他们的一个妹妹贾敏。这个婚配也是很不简单的，一个在科举考试当中考上探花的人，又当了巡盐御史，他娶的妻子又是京城贾家的一个千金小姐，他们两口子生了一个男孩，但没养大，后来又生了一个女孩，养大了，就是林黛玉。

林黛玉有仙女下凡的身份，但是她的父母并不清楚，她自己在人间也不是很清楚。但是书里后来写林黛玉父母双亡，不得不投靠到京城荣国府，投靠贾母，贾母是她的外祖母，贾母的亲女儿的亲女儿就是林黛玉。**林黛玉和《金瓶梅》里面刚才讲到的李瓶儿全然不同，她身上没有市井气，她对财富视若粪土，她对社会上的男人也没有一种当时社会意识形态下的敬畏感。**

有一次，贾宝玉给了她一串手串，说这是北静王——一个王爷给我的，而北静王还说了，这是皇帝给他的。北静王是书里面当时的皇帝的一个小弟弟。你想这手串的来源多了不起，贾宝玉得到以后就兴冲冲地送给林黛玉，林黛玉就扔到地上，说什么臭男人戴过的，她不要。

她不但视财富为粪土，她还把权势、皇帝都视为粪土。她是一个完全脱离了世俗价值体系的充满仙气的女性，和李瓶儿截然不同。但是，林黛玉也缺乏安全感。因为一个青春女性在那个时代、那个社会，到头来是要嫁人的，那个社会是不允许青年男女自由恋爱的，婚姻要靠父母之命、媒妁之言，自己是没法掌控自己的恋爱和婚姻的前景的。林黛玉到了荣国府以后，她就和贾宝玉从小在一块儿生活，他们有很长一段时间是在贾母的院子的正房里面共同生活，耳鬓厮磨，产生了纯真的感情，产生了真正的爱情。

宝玉也是一个视财富如粪土的人，同时也是一个视权势为粪土的人，他们两个在价值观上是心心相印的。贾宝玉厌恶仕途经济，对他父亲一天到晚唠叨，让他读书上进，通过科举考试去谋得一个好的前程，反感透顶。林黛玉从来不劝他去走这样一条读书上进的道路。他们两个就是两小无猜，纯真相爱。书里写其他女性，笔触还不一样。曹雪芹写林黛玉确实写得像一个女神一样，高尚、高雅、高傲，仙气满盈，是这样一个很独特的女子。

《金瓶梅》里面的李瓶儿跟她一比就鄙俗不堪，为什么要把她们俩合璧赏读，穿插着对照来讲呢？你今后读这两本书，之所以可以挑出有关她们的情节来对照阅读，就是因为确实都有一个安全感的问题。林黛玉和贾宝玉不顾封建礼教的束缚而自由恋爱了，但是前景怎么样？最后能不能真正成为一对夫妻？贾宝玉能不能成功地娶林黛玉为正妻？前面还有许多的障碍，面临很多的危机。特别是书里写到，林黛玉在荣国府后来遇到了一个潜在的竞争者，就是王夫人妹妹的女儿薛宝钗。这薛家在书里写得很有意思。这家人从故事开始，就从南京来到了京城，住进了荣国府，一住就不走了。后来那个梨香院，即他们一开头住的那个院子，需要腾出来养小戏子。因为荣国府里面贾政的大女儿贾元春进宫，到了皇帝身边，才选凤藻宫，加封贤德妃了，要回来省亲。省亲当中有很多环节，有一环节就是要演戏，所以荣国府就从姑苏买了十二个小姑娘，要找个地方把她们养起来，找教习教她们演戏、排戏，这样就把梨香院腾出来，给这些小戏子和教习居住。按说你薛家就别在荣国府住着了，但他们搬出梨香院以后还在荣国府赖着，梨香院不能住了，就往东北边更远的一个角落选择个院子，布置起来，又住下了。薛姨妈带来的一儿一女，儿子叫薛蟠，是一个很糟糕的纨绔子弟，而女儿，就是薛宝钗。据书里面描写，薛宝钗长得非常美丽，和林黛玉的美法还不一样，如果说林黛玉的美丽是一种瘦形的，类似历史上传说的汉代的赵飞燕，能在一只盘子上跳舞的那样一个身体轻盈的美女的话，那薛宝钗就是另一种类型的美，唐代的美——唐代崇尚女子要胖一点，以胖为美，就是唐明皇宠爱的妃子杨贵妃那种美。

薛宝钗从美貌上虽然和林黛玉属于两个流派，但任是无情也动人，像牡丹花一样，很富丽。林黛玉爱贾宝玉，可是薛宝钗暗中也爱贾宝玉，所以林黛玉就有一种不安全感。在小说的第三十二回，就从回目上体现出来林黛玉和贾宝玉之间的特殊关系，叫作"诉肺腑心迷活宝玉"。写黛玉和宝玉之间有一番对话，掏心窝子来说话，概括起来就是林黛玉表示她还总是不放心，贾宝玉就赌咒发誓，你有什么不放心的？其实这个话题在故事前面多次出现过，像前面那部分，那时候还没有大观园，府里面不但有了薛宝钗，还来了一个青春女性，是宝玉的另一个远房的表妹史湘云，这样就让林黛玉心里更不平静了。当时就有过两人之间的心理冲撞。林黛玉当时说了一句很重要的话，告诉宝玉，说我之所以这样，为什么呢？我是为我的心。这是很重要的一句话，林黛玉的不安全感，只出于一个点，就是她怕贾宝玉见了薛宝钗，见了史湘云，就去爱她们，就不爱她了。她对宝玉要求，不是说你给我财富，给予我权势，给我这些保护，这样的安全感，我要的就是一颗真心。

宝玉后来也确实赋予她一颗真心。所以我们就可以通过《金瓶梅》里面的李瓶儿和《红楼梦》里面的林黛玉来对照阅读，分析女性对安全的需求。虽然都是需要安全感，可是有像李瓶儿那样一种世俗的欲求，也有像林黛玉这样一种超俗的纯精神层面的将心比心的需求，这是一种更高层次的安全需求。

这样对照阅读，对我们今天的读者还是很有启发的。当今社会有些女性也还是缺乏安全感，可见现在一些电视上的相亲节目，以及现实生活当中的一些相亲活动。女性和女性的家长，首先希望男方，你有没有独立住房，你这房子能不能够把产权人加上今后你妻子的名字，甚至于就完全变成你妻子的名字？另外你有没有车？还不能是普通的车，最好是高档的车。再就是你有多少存款，有没有稳定的工作，稳定的高收入。对此我就只能发出喟叹了，我们的社会已经发展到今天了，但是还有一些女子，她们安全感的诉求跟《金瓶梅》里面的李瓶儿没太大差别。不是说物质保障方面的安全感可以忽视，而是你得到了房子、车子、款项，却没能得到一颗真心，你能有真正的、长久的安全感吗？当然，像曹雪芹笔下的林黛玉那样，视一种纯精神上的安全感为需求，在当今社会也是有的，但是相对来说较为罕见，林黛玉毕竟是神仙下凡，我不建议当下的青春女性都以林黛玉为楷模，世俗一点也无妨，但林黛玉那种追求一颗真心的恋爱观，确实值得弘扬。因此，建议在把《金瓶梅》中有关李瓶儿的情节和《红楼梦》中有关林黛玉的情节合璧赏读的时候，我们大家可以思考和讨论一下，女性在社会中应该如何去寻求安全感，寻求什么样的安全感。

清代改琦《红楼梦图咏》·黛玉

潘金莲释放欲望自我解放身体

　　这次我再从两本书里面各找出一个女性角色，把她们的相关情节加以对照阅读，我说出名字来，你可能会吃惊，你会觉得这两人的对比度就更大了。一个是《金瓶梅》里面的潘金莲，一个是《红楼梦》里面的薛宝钗。有的读者可能会做出这样的反应——哎呀，潘金莲是个荡妇，薛宝钗可是一个恪守封建礼教的标准的封建仕女，你怎么把这两个人拿来一起说呢？她们两个的区别确实很大，但是她们也有共同点。**前面说李瓶儿和林黛玉的共同点是追求安全感，潘金莲和薛宝钗的共同点是什么呢？就是如何处置内心的欲望。先说潘金莲。**

　　潘金莲在《水浒传》里面已经被写得很生动了，但是因为她只是一个小配角，不够丰满，相对来说写得还是比较简单。《金瓶梅》借树开花，把《水浒传》里的这个女性角色挪到自己这部书里面来，大大丰富了这个角色的艺术形象，这个艺术形象就变得非常丰满。

　　在《水浒传》里面，作者没太仔细去叙述潘金莲的出身，但是在《金瓶梅》里面就介绍了她的父母，父亲是个裁缝，简称潘裁。母亲在书里面叫潘姥姥。故事开始的时候，潘裁就已经去世了，潘姥姥还在，而且这个人物一直贯穿到全书的后半部，有戏份，经常出现，这是跟《水浒传》不同的。

在《水浒传》里面，潘金莲和武大郎在一起特别不幸福，让人感觉这个武大郎不但身子丑陋，而且根本就没有性能力。但是《金瓶梅》写得就不一样，《金瓶梅》写武大郎在娶潘金莲之前是有过妻子的，妻子死了以后，留下了一个女儿叫迎儿。潘金莲被娶进来以后就是迎儿的后妈，这些都是兰陵笑笑生独创性的艺术构思。

潘金莲的生命轨迹在《金瓶梅》里面和在《水浒传》里面大体相近。简单来说就是她小时候就被卖给富贵人家了。她先被卖给了招宣府，招宣是一个大官。招宣府对买来的丫头还进行培训，教识字，以及教写简单的顺口溜，或者勉强可以叫作诗词，教弹琵琶，教弄乐器。所以《金瓶梅》里面的潘金莲就和《水浒传》里面的潘金莲又有了差异，她是一个有才艺的女子。

后来招宣死了，招宣府就把府里面这些丫头遣散了，潘姥姥就把潘金莲领出来了，再卖给了张大户。张大户的老婆是一个醋坛子，老防着，不让张大户占有潘金莲。但是有一次张大户的媳妇出去参加她的社交活动，张大户就把潘金莲给玷污了、占有了。他的媳妇知道以后就大吵大闹，张大户就赌气，留不住潘金莲，就把她嫁给了卖炊饼的武大郎。潘金莲嫁给武大郎以后很苦闷。

有人对后来的情节发展有这样的分析，说潘金莲还是具有一定的突破封建礼教束缚的反叛性的，她算不算是一个个性解放的艺术形象？我的看法是这样的，潘金莲绝对谈不到个性解放。**个性解放指的是一种精神的解放，潘金莲是身体的解放**。她早在招宣府里面，年龄比较小的时候，就特别会打扮自己，会做出很多风骚的姿态来引诱异性，所以后来她就彻底解放自己的身体了。**她不是一个个性解放的艺术形象，她是一个性**

解放的艺术形象。

为什么很多人读过《金瓶梅》以后会对潘金莲产生同情呢？就是觉得，第一，她本来自己不能控制自己的身体，她的身体任人摆布。特别是张大户，张大户比武大郎还恶心，他是一个糟老头子，糟蹋她，但是她很难抗拒。到了武大郎这儿以后，虽然《金瓶梅》里面写这个武大郎是有生殖能力的，前妻还留下一个女儿，但是非常丑陋。男女寻求身体愉悦，进而做爱，双方难免都要看对方的颜值，你自己生得很美，身体发育得很好，身材也很好，你面对的男子是一个"三寸丁谷树皮"，作为妻子又不得不让人家来摆弄你，身体不由自主，这是很悲苦的。所以故事后来她偶遇了西门庆，两情相悦，最后成了西门庆的一个小老婆，成了最佳的性伴侣。这些描写其实都不招人厌恶，她招人诟病，且必须要否定她的是，她为了获得和西门庆性交的快乐，在王婆的教唆下，谋杀了亲夫，手段非常残暴，这是她一生最大的污点，这是刑事犯罪，是不可原谅的。

那么绕过这件事情，她后来的种种表现让人感觉到，**她是一个懂得享受身体快乐，懂得享受性爱，但是却不真的懂得爱情的女子**。她嫁给西门庆的过程中也有一番波折，不赘言。她嫁过去以后，在西门府里面，就和其他那些妻妾争风吃醋，她老霸占着西门庆，希望西门庆夜夜都在她那儿过夜，遭到了西门庆正妻吴月娘和其他小老婆的反对和抵制。

这还不算什么，根据书里描写，她在追求性快乐方面有一些很不堪的表现。西门庆一度沉迷在一个叫丽春院的妓院里面，不着家。潘金莲性苦闷，就去和府里一个小厮私通，所以她所谓的身体解放又很粗鄙，是很形而下的。这种身体解放从冲破封建礼教的束缚、冲破男权社会对女性身体的控制这方面来说，也许还有一些积极意义。但是从她种种表现来看，实在不足为训。后来在西门庆没死之前，她就和西门庆的女婿陈经济勾搭上。西门庆去世以后，她就更放肆地跟她的丫头春梅，一起跟陈经济发生关系。甚至于后来事情败露以后，她被吴月娘给撵走了。

吴月娘撵她的办法就是把她退给王婆，因为最早她嫁入西门庆府邸的契机就是王婆牵线，王婆等于是媒人。潘金莲的性饥渴在王婆家里面也忍耐不住，就主动去和王婆的儿子王潮发生关系。从这点来说，一些读者把潘金莲看作一个荡妇，也并不冤枉她，她确实有人尽可夫的一面。所以很多读者对潘金莲的观感是复杂的，书里写她美丽、聪明，有时候敢跟西门庆叫板，敢于反抗，写得活灵活现，塑造出一个活泼的生命。而且潘金莲从小压抑，因此自己解放自己的身体——我的身体我支配。虽然有些不堪的表现，但是也有一些读者对她采取理解，甚至容忍和同情的态度。

053

潘金莲就是这么一个艺术形象，她要自己寻求自己的快乐。对于死亡，她反而比书里的其他人物要坦然。有一次府里面的女性找了一个卦姑来算命，之前她们也找过一个叫吴神仙的人来给大家算命。潘金莲对算命的态度是什么呢？她说："常言，算的着命，算不着行。想着前日道士打看说我短命哩！怎的哩？说的人心里影影的。"什么叫"影影的"？就是不爱听，而且留下了一个阴影，说我短命这个话会经常浮现心头。她就表明一个态度——"随他明日街死街埋，路死路埋，倒在洋沟里，就是棺材"。由此可见，她的生死观倒还蛮豁达的，后来她果然就被武松杀了，杀了以后就胡乱地埋在路边了，就应了她自己这个话。

潘金莲这个艺术形象，历来就引起了很多读这部书的人的评议，其中在崇祯朝出现了《金瓶梅》的一种新版本，不但有故事的原文，还有一些批语。批语里面有一条特别值得我们重视，就是书里面后来写到了潘金莲还是被武松杀了，杀她的手段非常暴力、残忍。在这样的描写旁边有批语，怎么说呢？说读到潘金莲被杀，"不敢生悲，不忍生快，然而心实恻恻难言哉"。为什么这个批注者说读到武松杀潘金莲不敢生悲？因为潘金莲她罪有应得，武松确实没有冤枉她，武松的哥哥武大郎，就是她亲自参与杀害的，她是有血债的。但是她之所以那样做，又是因为她要解放自己的身体，她不想一辈子拴在这样一个似三寸丁谷树皮的矮小丑陋的男子身边，她想掌握自己的身体，敢于将自己的身体交给其他的男人，她一度看上了高大威猛的武松，后来又偶然遇到了西门庆，西门庆也是威风凛凛的一个男子汉，身材高大，微胖，很有男子气概，很霸道，有的女子偏喜欢这种气派的男人。她不愿意和武大郎相守一辈子，她要自己解放自己。你自己解放自己可以，但是你不能采取这样残暴的手段去杀害你亲夫。

读到这儿，说句老实话，跟评论者一样，有的读者就会觉得，还是要悲叹，这么一个美丽的女子，被这么残忍地杀了。可是不敢生悲，因为想起她有血债，有人命案。又不忍称快，说她是杀人犯，有血债，那把她杀了，不是应该拍手称快吗？又不想拍手称快，因为她有值得怜悯的一面，所以叫心实恻恻难言哉，就是心里隐隐对她有所同情却又难以开口。

《金瓶梅》塑造了这样一个艺术形象，**一个欲望的化身，一个性爱的女魔**。到了二百多年后的《红楼梦》里面，有没有内心隐藏着欲望的女性形象呢？是有的，我现在点出来，就是薛宝钗，你惊讶吗？请你想一想。

薛宝钗压抑欲望失却人生乐趣

上一讲讲到了《金瓶梅》里面潘金莲的形象，潘金莲是一个性解放的女子，她主动解放自己的身体，去寻求和自己喜欢的男子做爱的快乐。有人说《金瓶梅》是一部色情小说，里面有露骨的色情描写。把整部书笼统地划入色情小说的范畴，是不恰当的。因为《金瓶梅》全书有100回，其中涉及性爱、性描写，写到生殖器这样的文字，加起来不过几千字，不足一万字，不到全书的百分之一，所以笼统地把《金瓶梅》说成是一部色情小说、一部淫书，是冤枉它的。但是话说回来，它里面确实有一些文字是露骨的性爱描写，一直写到了男女的生殖器官。

在这些色情文字当中，涉及潘金莲的占到一半以上。我们现在说潘金莲是一个放荡女子的形象，并不冤枉她。所以我不太赞成说她是一个个性解放的女性形象，个性解放首先要解放你的心，而不是要解放你的身体。谁是个性解放的一个典型形象呢？是《红楼梦》里面的林黛玉——我是为我的心。她解放的是自己的心灵、自己的精神。现在说到《红楼梦》

里面的薛宝钗，把她跟潘金莲相提并论，有的人可能觉得无论如何心里过不去，有心理障碍。

薛宝钗从书里的形象来看的话，应该是一个恪守封建礼教的女性，是模范的、特别约束自己不逾矩的这样一个标准仕女，你怎么说她也有那样的欲望呢？其实书里面是这样写的，开始说薛宝钗跟着她的哥哥、母亲，从金陵地区到北京是有目的的。当然目的有好几个，最重要的目的跟她有关，书里有这样的措辞："近因今上崇诗尚礼，征采才能，降不世出之隆恩，除聘选妃嫔外，凡世宦名家之女皆报名达部，以备选择，为宫主、郡主入学陪侍，充为才人赞善之职。"这句话翻译一下，其实就是说薛宝钗进京是为了参加宫廷选秀。《红楼梦》这本书没有直接使用"选秀"这样的字眼，但它说的就是清朝的宫廷选秀。

当时社会上的每一个女子都有参加选秀的资格吗？不是的，在清代，一般来说，必须是满族的或者蒙古族的，属于满族八旗或者蒙古族八旗，首先是满族八旗的。这些官宦人家的女子，到了15岁，有时候可能放低一点年龄限制，有时候又可能会提升一点年龄限制，15岁上下的女孩，到了一定的时期，家族不能隐瞒，得把她的名字以及相关的如生辰八字等资料报上去。报上去以后，先进行字面的检索，然后会选择一部分进行通知，到时候进宫，由有关的人员来当面挑拣。最幸运的就会被挑选到皇帝身边，或者宫里面的这些皇后、妃子以及嫔等身边，伺候他们。同时，也会选一些女孩子去陪伴公主，还有的会去陪伴太子、皇阿哥，根据女子的姿色和对其整体的评估，分好几等予以录用。

薛宝钗在书里出场的时候，已经十四五岁了，到参加选秀的年龄了，她的名字和资料应该也已经报到宫里面了，就等着通知哪天去参与选秀了。一开头，薛家包括薛宝钗本人心气儿是比较高的，想通过宫廷选秀一鸣惊人，进宫或者实在不济也到公主、太子、皇阿哥身边去。那么后来书里写没写到选秀情况呢？没有明写，但是暗写了。在书里三十回前后，写端午节的情况，你仔细阅读就会发现，一贯被认为是端庄、文静、脾气好，对小丫头们都非常和蔼的薛宝钗变得非常烦躁。甚至一个小丫头只问了她一句，说您是不是藏了我的扇子，能不能还给我？薛宝钗当众勃然大怒："你要仔细！"就发怒成这个样子，为什么呀？就暗写她宫廷选秀失败了，居然没选上，她怎么会选不上？我在我相关的讲座和著作里面有具体分析。

没选上以后，她的母亲薛姨妈和她的姨妈王夫人，就开始进一步扩散一个舆论，这个舆论原来就造过，但是在她宫廷选秀失败以后，就造得更沸沸扬扬了。什么舆论呢？就是有一个和尚说了，薛宝钗这样一个姑娘，今后是要嫁给一个戴玉的公子的，她自己一直戴着一个金锁，这个金锁需要配美玉，成就一段金玉姻缘。王夫人、薛姨妈就开始张罗，怎么能把薛宝钗嫁给贾宝玉，成为贾宝玉的正妻，你阅读《红楼梦》的时候要读懂这些。

为什么要把薛宝钗跟潘金莲相提并论呢？不管是薛宝钗参加选秀也好，根据金玉姻缘的舆论，实际上想嫁给贾宝玉，成为贾宝玉的正妻也好，都谈不到她内心里有什么情欲呀？！实际上，她是有的，不过她和潘金莲相反，潘金莲是释放自己的情欲，解放自己的身体，有机会就要快乐一番。薛宝钗作为一个青春女性，特别到 15 岁上下，她的身心发育都很健全了，她有欲望，她在之前就有欲望了，她怎么办呢？——压抑，收敛。

书里有好几笔这样的描写。首先是冷香丸，有这么一种很怪的药出现。书里写王夫人的一个陪房，就是王夫人身边的一个仆妇，有一次见到了薛宝钗，俩人聊起来，薛宝钗就说自己是每天要吃药的。她看着很健康，脸如银盆，身体很丰满，像牡丹花一样地灿烂开放，她怎么吃药呀？药的名字也很怪，叫冷香丸。而且冷香丸的炮制，要求非常之苛刻，你去读《红楼梦》原文会发现，几乎是人间造不出来的。但是他们家后来居然给她准备了很多冷香丸，从金陵地区带到了京城，装在一个坛子里面，埋在梨香院的梨树底下，要吃的时候就把这个坛子取出来。那个坛子应该不小，里面应该有很多冷香丸，她经常要吞食冷香丸。为什么要吃冷香丸呢？她有热毒，什么叫热毒？就是具有青春自发的火焰，有青春的情欲，会像火一样燃烧。

她和潘金莲在生理上没有区别，作为一个青春的女子，都会有这种情欲的，潘金莲是放纵，她是收敛、压抑，通过吞冷香丸，把这个热毒给解掉，给压下去。

薛宝钗对贾宝玉真的就没有身体亲近的想法吗？她是有的。别看很多情节描写她好像就和林黛玉不一样，林黛玉就显得有点不太懂事，和宝玉这样的谦谦公子，耳鬓厮磨，耍个小脾气，让对方来哄。**薛宝钗好像总是很端庄、很文静，其实她内心的欲火经常熊熊燃烧。**

在《红楼梦》第三十六回，有一个很重要的情节叫作"绣鸳鸯梦兆绛芸轩"，绛芸轩是贾宝玉给自己居住的空间取的名字，当时他住在怡红院里面。大热天的，贾宝玉在怡红院睡午觉，按说这个时候薛宝钗作为一个小姐，皇商的女儿，四大家族之中，薛家也是一家，也是一个贵族家庭了，这样一个女子，自己又号称是恪守封建礼教的，人家睡午觉，你这时候串什么门呀？她压抑不住自己内心的情欲，她到了怡红院。大家知道怡红院里面有很多丫头、婆子，当时应该都在睡午觉，她要接近贾宝玉那个卧榻，得越过好几个层次，绕过丫头、婆子休息的那些榻、蒲团什么的。她就不管不顾，一直逼近到贾宝玉的卧榻前。当时谁在伺候贾宝玉呢？是贾宝玉的头号大丫头袭人，袭人当时在贾宝玉卧榻边干吗呢？在刺绣，给贾宝玉绣一个肚兜，上面绣的是鸳鸯戏水图案。这种图案是有情爱隐喻的，虽然当时宝玉已经是一个挺大的少年了，按说到了一定岁数，不用再去穿肚兜了，但是他很娇气，袭人还在为他绣一个鸳鸯戏水图案的肚兜。而且当时袭人还做了一件事，拿了一个特制的拂尘一类的东西，轰什么呢？不是苍蝇、蚊子。当时怡红院里面种了很多花，有很多很小的虫子，从花蕊里出来以后，会从窗纱的缝隙钻进屋子里来，叮人一下也挺不好受的，袭人拿那个东西来赶这些小虫子。

袭人和薛宝钗的关系很好,看薛宝钗来了,就说正好我去休息一下,袭人就离开了。袭人离开以后,薛宝钗作为一个贵族小姐、皇商后代,你就别在一个男子的床边待着了。但她舍不得离开,她不但没有离开,还一屁股坐到了贾宝玉的卧榻边,坐在原来袭人所坐的那个凳子上头。按说这是不符合封建礼教的规矩的,那是伺候公子的丫头的坐具,你是一个贵族小姐,你要坐也不能坐那个位置,她顾不得,她就坐了。她还把袭人做的两件事都接手来做,一个是拿那个东西来赶小虫子,然后一看那个肚兜绣得很漂亮,她拿起来就补针。你说这个薛宝钗,她内心里没有情欲吗?她那是干吗呢?你一贯劝你这个表弟,要读书上进,要参加科举考试,通过考试去为官做宰。那么这大中午的,人家午睡,你到这儿来,能达到这个目的吗?你要达到什么目的呀?就是亲近这样一个男子,她喜欢贾宝玉,喜欢贾宝玉的身体,她就情不自禁了。

但是贾宝玉当时忽然——似乎是说梦话,究竟是不是说梦话,不同的读者可以做出不同的分析,反正贾宝玉侧身睡着,背对着她,就忽然大喊起来:"和尚道士的话,如何信得!什么金玉姻缘,我偏说是木石姻缘!"金玉姻缘指的就是一个戴金锁的女子,和戴一块通灵宝玉的贾宝玉,两人缔结姻缘。贾宝玉的母亲王夫人和他姨妈——薛宝钗的妈妈薛姨妈,从来不掩饰这一点,她们要造就一段金玉姻缘。什么叫木石姻缘呢?贾宝玉认为自己佩戴的通灵宝玉不是什么不得了的东西,就是一块石头,而林黛玉自称是一个草木人,所以贾宝玉就把他和林黛玉之间的爱情,和今后他们所争取到的婚姻叫作木石姻缘。

贾宝玉就在卧榻上发出吼声了,但薛宝钗在这种情况下也还没有离开那个卧榻,这个情景被正好来到窗外的林黛玉和史湘云看到了。书里面的这方面描写很重要,写出了貌似完全没有情欲的一个恪守封建礼教的小姐薛宝钗,其实内心里面也燃着熊熊的情欲之火,她只能吞冷香丸往下压。在宝玉卧榻前,都听到宝玉喊出那样的话,还屈辱地忍着,继续去争取成为贾宝玉的正妻。但薛宝钗压抑自己情欲的结果,是失却了青春期许多的人生乐趣，到头来也并未获得宝玉的爱情，过上幸福的婚姻生活，仍是一个悲剧人物。

我们合璧赏读两本书，把关于潘金莲的描写和关于薛宝钗的描写对照来看的话，就不但更加理解潘金莲，也能够看透薛宝钗了。实际上，这是一个很简单的道理，哪个姑娘不怀春？青春女子到了一定年龄，产生情欲，有这样的想法，首先是合情合理的。像明代戏曲家汤显祖，他所作的一出剧叫作《牡丹亭》，写的就是少女怀春。最后剧里面的女主角杜丽娘就和梦中情人柳梦梅发生了身体关系，双方得到了畅快的满足，作品是歌颂这个东西的。

所以到现今社会我们还可以讨论这样一个问题，就是如何对待青春女性这种情欲冲动。像潘金莲般放荡是不对的，因为整个社会有其公序良俗，就不说更高的道德规范了。一个女孩子要珍惜自己的初恋、自己的第一次，珍惜自己的贞洁。同时，也不要反过来拼命地压抑自己，像吞食冷香丸一样，去扑灭自己正当的情欲，变得虚伪。表面上好像无情，实际上内心里面情欲之火在熊熊燃烧。**如何把握好自己青春期的情欲，是摆在每一个发育期的青年男女面前的一个严肃的课题。合璧赏读可以有很丰富的心得。**

清代改琦《红楼梦图咏》·宝钗

《红楼梦》里有个凤辣子

大家知道《红楼梦》里面有一个非常出彩的角色——王熙凤。王熙凤在《红楼梦》的第三回正式出场，当时，林黛玉从扬州进京来投靠她的外祖母，即荣国府的贾母。贾母和其他人正跟林黛玉说话呢，有个人就从贾母正房的后门进来，人还没出现，先听见了她的声音——高声笑着说："我来迟了，不曾迎接远客。"

书里写当时林黛玉内心很纳罕，觉得很奇怪、很惊讶：这里人个个皆敛声屏气，恭肃严整如此，这来者系谁，这样放诞无礼？

贾母是荣国府的老祖宗，她那一辈儿就剩她了，不仅荣国府如此，加上宁国府，那老一辈子，就剩下这么一个老太婆了，其余全都去世了。按宗族的长幼尊卑的次序排列的话，贾母是宝塔尖上的人物。林黛玉来了，大家都很高兴，在那儿迎接，可是当着贾母，谁都不敢高声说话、放诞无礼，唯独这个人，人没出现，声音先传进来。

《红楼梦》这一段精彩的描写，在所有根据它改编的舞台演出、戏曲演出、电影电视剧里面,编导、演员们都不会放过,都会呈现出来,是《红楼梦》里面一个非常精彩的段子。特别有意思的是,林黛玉正在疑惑,心说这是谁呀,在王熙凤进来以后一看,一身华丽的装束,头饰也是非常华贵,贾母就笑道:"你不认得他,他是我们这里有名的一个泼皮破落户儿,南省俗谓作辣子,你只叫他'凤辣子'就是。"贾母是高高在上的长辈,她可以拿晚辈来开涮、开玩笑,因为王熙凤是她的什么人呢?是她的大儿子贾赦所生的一个儿子贾琏的媳妇,是她的一个孙媳妇,所以贾母对她可以做这样调侃式的介绍。

通过贾母这句话可以知道,故事这一段情节应该是发生在京城,否则贾母不会这么说话,贾母说"南省俗谓作辣子",因为他们原来是金陵地区的人家,后来到京城来了。金陵是他们的故乡,金陵那边就是南边的一个省份,那边有俗话,就给这种性格的人一个外号——辣子,王熙凤名字里有凤字,说可以把她叫作凤辣子。辣子是形容人的性格很泼辣,说话爽利,办事有杀伐,跟辣椒似的,有人就害怕这个东西,就像有人怕辣。有人还专好这一口,贾母其实挺喜欢王熙凤的,喜欢王熙凤这么风风火火、泼泼辣辣的,在她眼前装傻充愣、调笑,故意做一点所谓失礼的事情逗她开心。《红楼梦》里面,自从王熙凤出来以后,作者对她的描绘,就保持这种辣子式的风格,成为这个角色的一个性格标签。

书里面相关的情形就很多了,**王熙凤为人做事不但泼辣,甚至有时候可以说是毒辣**。比如,宁国府有一个贾母的重孙的媳妇秦可卿死掉了,府里大办丧事。当时王熙凤就协理宁国府操持丧事,后来就要把秦可卿的灵柩从宁国府移到他们的家庙。贾氏宗族有他们自己花钱祖上就盖好的,自己用来做各种祭祀活动,包括停放灵柩的家庙,就是铁槛寺。

到铁槛寺以后,那个老尼姑不是个好东西,晚上跟王熙凤开口,就说有一桩亲事,就不细说了,反正就是有两家要结亲,有人就要从中破坏。希望贾府能出面干预这件事情,破坏掉这两家的婚事,让第三家得逞。老尼姑的意思就是请王熙凤帮忙,老尼姑为什么这么做?因为如果这件事做成的话，那个破坏婚事的第三方会给她银子，当然也会给贾府办事的王熙凤银子。

王熙凤晚上和这个老尼姑在一块儿说话，老尼姑不断地说一些吹捧的话，说得她晕头转向的。开头王熙凤不想做这件事，因为这件事情对贾府来说了无关系，不是什么牵扯到贾府利益的事情。但是老尼姑透露，对方愿意花大代价，来请贾府干预。王熙凤就来了兴致，在兴头上就跟老尼姑说："你是素日知道我的，从来不信什么是阴骘司地狱报应的，凭你什么事，我说要行就行，你叫他拿三千银子来，我就替他出这口气。"

王熙凤表面说三千两银子，她自己也不要，只不过是给去做事的人、跑腿的人一点劳务费，但是实际上这笔银子王熙凤独吞了，她不仅是泼辣，而且很毒辣，造成什么后果呢？被破坏婚事的两家的青年男女双双自尽了，第三家没得逞，最后这个银子也得给王熙凤，王熙凤就瞒着整个贾府的人，也瞒着她丈夫，以她丈夫的口气给当地的官员写信，破坏这桩婚事，造成了一对青年男女的死亡。所以王熙凤的这个辣，有时候辣出边了。

书里有很多相关描写都凸显她这种辣子的性格。比如，有一段情节写到，她在王夫人那儿跟王夫人聊天，其实也不是聊天，她等于是汇报。因为本来荣国府的事务应该是由府主婆王夫人来管理，王夫人最后就把她这个管理权下放给了她的大侄子，就是贾赦的儿子贾琏，贾琏又是一个怕老婆的人，最后真正在荣国府管事拿权的就是贾琏的老婆王熙凤。王熙凤也姓王，从血缘关系上来说，她是王夫人的一个侄女。王熙凤既然管理这个府邸的事务，就要跟王夫人做一些汇报，王夫人听了以后，盘问了她一些事。说了半天话以后，王熙凤转身从王夫人的住房，也就是荣国府的中轴线的主建筑群的一个最重要的空间——荣禧堂，从那儿出来，到了廊檐下。有几个执事的媳妇正在等她回事，因为她等于是 CEO，总管理嘛，那些底下的婆子总是等着她，见面以后可以汇报，也可以听取她新的指示。她出来以后那几个人就都赔笑。见了拿权的王熙凤，哪能不赔笑？"奶奶今儿回什么事，说了这半日，可是要热着了。"当时是夏天，天气挺热的。

曹雪芹怎么写这个王熙凤？说她把袖子挽了几挽，这种动作一般在那个时代，一个贵族家庭的妇女是不会做的，但她是凤辣子，她就这种做派。上头把袖子挽几挽倒也罢了，脚底下怎么样？跐着那角门的门槛子，她把她的脚就跐在门槛子上，就是踏在门槛子上，不是重踏，是轻踏，叫跐着。这是什么姿势？就是"辣子"这种性格的人的姿势。她发出冷笑，说这里过堂风倒凉快，吹一吹再走。又跟底下人说："你们说，我回了这半日的话，太太把二百年头里的事都想起来问我，难道我不说罢！"

其实被王夫人盘问，她挺有气的，可是王夫人是她的长辈，她不好在那儿发作，出来到了廊檐下，她就发作了。然后她又冷笑道："我从今已后，到要干几庄克薄事了。报怨给太太听，我也不怕！糊涂的油蒙了心，烂了舌头，不得好死的下作东西，别做他娘的春梦了……"王夫人之所以盘问她，是因为贾政的一个小老婆赵姨娘，在王夫人面前说了一些抱怨的话，王夫人其实也很讨厌赵姨娘，但是不得不来询问王熙凤。王熙凤就气不打一处来，当面不好发作，出来以后就发作了。

这是《红楼梦》里面的王熙凤，凤辣子，行事做派像不像辣椒？像吧？在《金瓶梅》里面有没有类似的像辣椒一样的人物呢？是有的。《金瓶梅》这个书名，总有人望文生义，觉得是一个金子打造的瓶子里面插着梅花，你非要这么理解，也不失为一种有趣的解释，但实际上这本书的名字，前面说了，它是把书里面三个重要的女性角色的名字各取一个字，合在一起构成了书名，金就是潘金莲，瓶就是李瓶儿，梅就是庞春梅。

清代改琦《红楼梦图咏》·王熙凤

《金瓶梅》里有个庞辣子

　　庞春梅的性格也是辣的，不妨把她叫作庞辣子。这个庞春梅身份其实很低，书里面写到了西门庆有正妻吴月娘，还有几房小老婆，他的小老婆先是有一个从妓院娶回来的李娇儿，然后娶了一个叫孟玉楼的，又把原配的丫头孙雪娥收为四房，后来又娶进了五房潘金莲，最后娶进了六房李瓶儿。庞春梅是不是他的小老婆呢？还不是，是什么人呢？是服侍潘金莲的一个丫头，最早庞春梅是被买来伺候吴月娘的，西门庆娶进潘金莲以后，把她拨到潘金莲那里，两人相处得很好。西门庆对庞春梅非常喜欢。书里交代得很清楚，西门庆对她宠到什么地步呢？她说什么听什么，要什么给什么，百依百顺。西门庆发起火来，不但经常骂人，还动手，潘金莲都挨过西门庆的打。但是这个庞春梅，书里说西门庆对她一个手指头都没动过，是被西门庆所欣赏和宠爱的一个丫头，她在府里面就是一个辣子似的角色，后来几乎谁都不敢惹她。

　　我们可以把这两本书里面的这两个角色相关的描写穿插着阅读，一个是《金瓶梅》里面的庞春梅，一个是《红楼梦》里面的王熙凤，兰陵笑笑生和曹雪芹两位作者都很会塑造人物，他们分别在自己的书里面塑造出了这样火辣辣性格的女性角色。

庞春梅在西门府里面其实只是一个丫头，她的身份不但不是正头夫人，连小老婆都不是，**但是庞春梅利用她的性格优势在府里头立威，也仗着西门庆喜欢她，宠着她，所以她在府里面很厉害，她比有的小老婆还厉害，有时候她比正妻吴月娘都厉害，她经常借碴儿在府里面发作立威**。比如，府里面不但会有一些妓女穿堂入室，西门庆有时候为了解闷也会招来一些乐工，就是妓院里面一些演奏乐器的人来给他服务，给他弹唱。尤其是请朋友开宴席的时候，就更要请这些人来助兴，同时这些乐工有时候也兼家庭教师，因为西门庆喜欢听弹唱，所以他让乐工来教丫头们弹奏乐器，如弹琵琶、弹筝、拉琴、吹笛子等。

有一个丽春院的乐工叫李铭，作为乐工，经常到西门府来。西门庆跟他很熟，对他很包容，不讨厌他，后来就让李铭教府里面的这些丫头学乐器，庞春梅是学员之一，跟着李铭学弹琵琶。本来是很普通的一件事情，一个是教习，一个作为学生，跟他学。但是庞春梅就借着有一次别的学员暂时去休息离开了，走得晚一步，李铭教她弹琵琶的时候——其实李铭当时还没有那个用意，不是真打算调戏她，只是因为她的大宽袖子在学弹琵琶的时候套住了琵琶的一部分，李铭就想把那个袖子解下来——她就利用这个机会，大叫大嚷，说李铭调戏她了。你动我了，那不行。嚷嚷得整个西门府邸所有人都听见了，李铭吓坏了，因为都知道西门庆是宠着这个春梅的，你得罪了春梅的话，今后还能不能到西门府讨口饭吃？李铭吓得赶紧躲走了。这样，庞春梅就给自己立了威风，这是一种"辣子"行为，所以把她叫作庞辣子，一点不冤枉，好泼辣。

后来还有一次，吴月娘和她的亲戚请了一个盲的说唱人，当时一种瞎了眼的说唱的艺人，被称作仙儿。有时候写成先生的先，有时候写成神仙的仙。这是一种尊称，实际上是什么意思？就是瞎子（北京话，把瞎儿快读便是仙儿）。有一个盲艺人叫申二姐，她在吴月娘的正房弹唱，整个府里都能听见一点声，离远了就声音小一点，离近了就声音大一点，很好听，她口齿清晰，声音婉转动人。有一天庞春梅听见申二姐在正房那边演唱，她和潘金莲住在府里面的花园，离正房比较远，但是模模糊糊能听见声，她觉得很好听，就派人去叫申二姐到她那儿来唱。她觉得自己跟主子的地位没有什么区别，她派小厮跟申二姐说，春梅大姑娘让你去唱，申二姐就不去，说正在这里给大姑娘唱呢，哪里又冒出来个大姑娘？当时西门庆的女儿西门大姐在听唱，申二姐认她是大姑娘，也就是具有主子身份，申二姐就心想：你春梅算老几呀？我现在在正房这里唱呢，你是几房啊？你连小老婆都不是，你不过是一个丫头，你指使我干什么？就不去。庞春梅亲自跑过去把申二姐臭骂一顿，骂得极其粗野，每句都麻、辣、烫，谁也劝不住，最后申二姐哭着离开了西门府。

后来西门庆去世了，潘金莲和庞春梅两个人就和西门庆的女婿陈经济公开地乱来，原来他们就不干不净，在西门庆死后更肆无忌惮了。后来被吴月娘发现了，吴月娘决定把这两个人都处理掉，先处理春梅，因为春梅毕竟是个丫头，比较好处理，潘金莲不管怎么说是她丈夫娶进来的一个小老婆。你春梅只是一个丫头，原来你仗着府主宠爱你，作威作福，现在府主死了，你算老几呀？所以吴月娘就下狠心，把她轰走。怎么轰走？叫作罄身出府，什么叫罄身？就是除了她自己穿的那身衣服以外，等于是两手空空的，让她滚蛋，什么都不许带，作为一个府主婆，下狠手驱逐她。庞春梅怎么样？她什么性格？她是辣子，你让我罄身出府，行，走！仰着头，挺着腰，头都不回地走出了西门府。

后来吴月娘才处理潘金莲，她把潘金莲退给王婆，因为潘金莲当时嫁进来，是开茶馆的王婆牵的线，潘金莲离府还哭哭啼啼的，潘金莲按说性格够刚硬的，但是还比不了庞春梅，庞春梅罄身离府不落一滴泪，真是辣子，辣得你眼痛出泪，自己却毫无所谓。没想到庞春梅后来的处境居然变得极好，她后来给卖到了周守备家。守备是一种武官，虽然地位不是特别高，但在当地也是数得着的官僚。守备有正妻，后来正妻得病死掉了，正妻也没有给他留下孩子；有一个小老婆，没生儿子，只生了一个闺女。庞春梅被他买去以后，先是做小老婆，但是庞春梅很快就给周守备生了一个儿子。在那个时代、那个社会，一个妇女给这个家族生了一个男孩，那不得了，地位就要提升，所以后来就把她提升为正妻了，她居然成了守备夫人了，守备的行政地位，比提刑官的地位要高，西门庆在正提刑那样一个官衔位置上死去，虽然也不错，属于当地一霸，官职很有实权，但是比起守备来说，还是低一等。庞春梅一来二去地成了守备夫人，社会地位越过吴月娘了。

成了夫人以后怎么样呢？她有很多故事，咱们现在只说她复仇的故事，她后来成了一个复仇之魔。她首先要报什么仇？当时在西门府里面，她和西门庆的一个小老婆结了仇，谁呀？就是孙雪娥。孙雪娥原来是西门庆前妻——死掉的那个妻子的丫头。她有什么特长？她特别会烹调，不是一般地会做饭，她能够烹制出非常精美的食物，西门庆很喜欢，所以后来西门庆就在前妻死了以后，把她收房了，提升为一个小老婆了。她专门给西门庆烹制美食，有一次西门庆早上想吃早点，就吩咐她做一种汤，做一种饼，这种汤、饼都不是一般的汤、饼，也不是一般的厨师能够做出来的，但是孙雪娥能做。这个制作的工序比较复杂，比较耽误工夫，当时西门庆是在潘金莲的房里面，和春梅在一起，就让春梅去催孙雪娥，春梅就催去了。结果孙雪娥就觉得你春梅不过是一个丫头，两个人言语不和，发生口角。春梅就回到潘金莲的住处跟西门庆报告，西门庆宠着这个庞春梅，一气之下就亲自跑到厨房，不等孙雪娥解释就拳打脚踢，所以庞春梅和孙雪娥之间是有矛盾的，有冲突的，这是一次比较激烈的冲突。

西门庆死了以后，孙雪娥有她的故事，现在是简单地说，就是她跟着吴月娘守了一段时间寡，但后来她和府里面一个叫旺儿的仆人，两个人私奔了，算是追寻自己的幸福吧。她一直就跟旺儿不干不净的，有私情，但是私奔以后，因为形迹可疑，就被官府给拘捕了，一审问，闹半天才发现这个孙雪娥是西门府的一个小老婆，官府还不好处理了，就要把她退给西门府，让吴月娘接收。吴月娘坚决不要，那能要吗，这么一个女子？官府就只好把孙雪娥官卖，由官府出面把她卖掉，谁买了呀？守备府。为什么买她呀？庞春梅知道了这个情况以后，派人故意把她买来的，原来她是府里的一个小老婆，庞春梅只是另一个小老婆的丫头，地位是悬殊的。现在下人把买来的孙雪娥带到庞春梅面前，孙雪娥一看就慌了，原来是仇家把自己买了。那庞春梅就不客气，先把她头上那个叫作鬏髻，就是标志妇女主子身份的一种特殊的头饰揪下来，再剥下相对好的衣服，让她穿上厨娘的粗服，拉到厨房去干杂役，又刁难她做一种工序复杂的鸡尖汤，做出来故意说咸了，再做出来又说不好，泼到地上，后来干脆把她卖到妓院，孙雪娥被改了名字，在临清码头接客，最后在那里遇事难脱，上吊自尽。

庞辣子报复孙雪娥，是硬鞭子抽人。她报复吴月娘，用另一种方式，就是软刀子割人，或者叫作用橡皮钢丝鞭抽人，看上去软软的，抽到身上无痕，却鞭鞭入心。她后来以守备夫人的身份到西门府做客，四抬大桥，丫头、婆子、仆人、军人一大群，是吴月娘从未享受过的排场；见了吴月娘，故意倒头便拜，似乎还是吴月娘的使唤丫头，谦卑得让吴月娘脊背发麻。她每个表情、每句话其实都仿佛在往吴月娘鼻子里灌辣椒水，那半回故事叫作"春梅游玩旧家池馆"，有的读者读不明白，以为是写庞春梅怀旧，其实写的是庞辣子狠狠报复了吴月娘当年对她的罄身出府。读不出那股辣味，就辜负了作者的苦心。

吴月娘处理突发不雅事态的睿智

　　《金瓶梅》和《红楼梦》两部书都是写的家庭故事，《金瓶梅》写的是西门庆这一家人他们的故事。虽然故事发生在一个县城，远不如首都大城市，但是生活在那儿的人们贫富差距悬殊，发了财的人像西门庆，也有挺大的宅子。它写这个宅子内外的故事，很多情节发生在这个宅子之内。《红楼梦》是写京城的一个豪富家族、贵族家庭——贾氏宗族，他们有两个相连的府第，一个是宁国府，一个是荣国府。写荣国府最多，也基本上是写这个府里面的种种情况，故事情节会辐射到府外，但是以府内的生活故事为主。所以这两部小说，它们故事的空间设置有相同之处，都是主要安排在一个府第里面。西门府相对来说小一点，但是它内部的构造也不简单，有居住区，也有花园。《红楼梦》里面的荣国府，它比西门府的面积要大多了，里面的名堂也更多，后来又在里面修造了一个大型的园林——大观园。

　　两个府第里面的故事，也有一些笔触有相似之处，先说《金瓶梅》。《金瓶梅》写西门庆去世以后，吴月娘成了寡妇了，但是她毕竟还是一家之主。西门庆临死的时候有遗嘱，就当着吴月娘和其他的小老婆说，希望你们以后姊妹还能守在一处，把这个家庭维系下去。当时大家哭哭啼啼的，似乎也都在呼应，在表示这是一定的。但是过没多久，吴月娘还在坚持为西门庆守寡守节，其他人就陆续生变了。首先是李娇儿，李娇儿本来就是从丽春院娶来的，李娇儿不等吴月娘安排，她就自己盗银归院了，她偷走了吴月娘正房大柜子里面放的大板箱里的很多锭大银元宝，居然回到丽春院去了。这种妓女你对她还能有什么要求和束缚呢？她认为她归到妓院去是非常正常的行为，吴月娘也只好容忍。

孙雪娥一度和吴月娘度过了一段守寡的时光，对吴月娘似乎也还不错，但是她自己有情人，她和府里面一个叫作旺儿的男仆，老早就私通了，所以逮着机会，她和旺儿就私奔了。剩下的小老婆，李瓶儿早就死了。潘金莲，吴月娘恨死她了，讨厌她，就把她处理掉了，当然连带她的丫头庞春梅也处理掉，而且先于潘金莲，让她罄身出府。这样吴月娘身边后来就只剩下一个孟玉楼陪着她。一开头觉得孟玉楼好像还能跟她做伴儿，守住这个府第，维持住西门府的面子。没想到后来在她们给西门庆上坟的时候，又正好赶上踏春，春天郊外有很多游艺活动，孟玉楼在踏春的过程当中，就和一个李衙内——县官的一个儿子——眉来眼去的，互相有了情愫，最后这个孟玉楼就坦率地跟吴月娘说，她打算改嫁。吴月娘没法阻拦，她能强迫孟玉楼留在自己身边一块儿来守寡守节吗？不能。吴月娘就只好同意了。

书里有一段写得很好，说孟玉楼再嫁了，她再嫁，吴月娘当然也给她面子，去出席了婚宴。从婚宴上回来以后，吴月娘是什么感受呢？这个婚宴花团锦簇，非常富丽堂皇，非常喧嚣热闹。结果她归到家中，进入后院，院落静悄悄的，无人接应。原来她作为大老婆，每次回来以后，总有一两个甚至全部的小老婆，不管心里是愿意还是不愿意，都会出来迎接她，现在一个也没有，就想起当初西门庆在时，姊妹们那样热闹，往人家赴席，回了家都来相见说话，当时一条板凳都坐不下，如今并无一个了。她就扑着西门庆的灵床，不禁伤心，放声大哭。

作者写得很精准，写一个活人的感受，虽然当时吴月娘作为正妻和这些小老婆都有矛盾，但是在她从孟玉楼的婚宴回到西门府以后，这一刻，像潘金莲的刻薄狠毒、李娇儿的婊子心肠、孙雪娥的颠顶无耻，都可以忘怀，毕竟她们当时在钩心斗角以外，也经常在一起荡秋千、玩骰子、饮酒听曲、赏雪观灯。这些在书里都有很多具体的描写，兰陵笑笑生写得非常好，**写出了人在深深的孤独当中，就连昔日的对头想起来也还有亲切感。**他写这个吴月娘，后来就在孤苦伶仃的情况下，坚持她守寡的人生道路。好在她给西门庆生下了一个遗腹子，就在西门庆死的时候，她正好临盆，生下了一个儿子，取名叫孝哥儿。当初李瓶儿那个儿子叫官哥儿。插一句，庞春梅嫁到守备府以后，也给周守备生了一个儿子，取名叫金哥儿。这种对婴儿的取名，也体现了那个时代人们的价值观念：官、金、孝。

吴月娘身边剩下的丫头也不多了，她原来有两个丫头，一个叫玉箫，后来玉箫被东京的权贵给要走了，就剩下一个叫小玉的一直随着她。小厮也都散了，像旺儿就和孙雪娥私奔了，其他有的根本不在这个府里边了。真跟在身边顶用的只剩一个了，叫玳安。就是说留在她身边服侍她的女性就一个小玉，男性就一个玳安。这两个要是再失去的话，那她的生活就崩溃了。结果有一天，出现这么个情况，她在正房里头呼唤小玉，原来这些丫头不等你呼唤，就会主动来伺候你，现在出现的情况就一天不如一天，原来是不叫自到，后来是有叫必到，再后来是叫半天才到，这一次她叫小玉，居然就半天不到，不见影，她只好去寻找。本来应该是丫头来伺候主子，主动地到主子面前，现在搞得吴月娘作为西门府的府主婆，亲自找丫头。当然，西门庆死后，西门府里边的房间还是很多，就找到一间空房子，一看，看见什么了？看见极其不雅的一个场面，小玉跟玳安两个人——留在她身边的唯一的丫头和唯一的小厮，躺在一张床上做那种事。

当然，这是一个很不雅的局面，要搁在过去她一定大怒，她会惩罚这两个人。但是书里写得很精准，**吴月娘在这种情况下，发挥了她紧急应变的能力，体现出她的一种睿智。**现在西门庆死掉了，那些小老婆也都不在了，剩下的许多小厮、丫头也都散了，面对眼前赤条条躺在床上的小玉和玳安，应该怎么办？读者们想一想，替她想一想应该怎么办。结果呢，兰陵笑笑生写得非常好。吴月娘想出一个非常睿智的应变的办法，她装作好像没看见他们俩在干吗，那两个人当然就很慌，应该是赶紧就爬起来穿衣服什么的。吴月娘淡淡地说，臭贼肉——她就是跟那个小玉在说话，小玉是服侍她多年的一个丫头——你不在后边看茶去，你且在这里做什么呢？这样就等于为这两个偷情的青年男女解了围。这俩人当时都很慌，如果她的态度很强硬，她尖锐地指责，甚至高声地斥骂，那么这两个人可能就干脆离开这个府第走掉了。他们走了，谁服侍她呀？吴月娘很睿智，她没等玳安、小玉想明白，就立刻花钱请一些人来，布置一间新房，让小玉和玳安正式结为夫妻。本来两人是私下偷情，等于是非法行为，经过她这个睿智的反应和明智的处理，就过了正路了，成了正式夫妻了。

小玉和玳安当然高兴，因为西门庆死后，像他们俩这种情况很难找到其他生活出路，玳安是一直跟着西门庆出出进进的贴身小厮。当时县城里的人经常会看见西门庆骑着马，后面跟着一个小厮，这个小厮还往往在胳膊底下夹着一个包袱，随着西门庆的马走。看惯了，他们俩总是形影不离的，这是很信得过的贴身的小厮，而且玳安在处理西门庆和吴月娘的关系上也是很机灵的，等于一仆二主，因为吴月娘和西门庆也是有矛盾的，他得两边应付。这样一个小厮在西门庆死了以后，他再投靠别的主人，被收留的可能性不大。小玉更不消说了，从小她就伺候吴月娘，离开了西门府，她另外去找一个人家也不容易，这就是一个最好的结局。故事往后，这个玳安就成了吴月娘的儿子了，改名西门安，就和小玉一起经营这个西门府，给吴月娘养老送终。

这是《金瓶梅》里面的府主婆吴月娘应变的故事，她很睿智。《红楼梦》里面有没有这样类似的情节呢？其实也是有的。

贾母处理突发不雅事态更加睿智

在《红楼梦》里面，荣国府比西门府要宏大得多，社会地位也要高得多。但是人性是相通的，虽然这个故事前后差不多相隔了二百年，但是随着时间的流逝，社会上生命的生生死死，在新的时空里面，这些新的生命，他们的人性有相通之处。

在《红楼梦》里面，写了一个重要的角色，就是贾母，吴月娘没法跟贾母比，吴月娘只不过是一个县里面的财主、提刑官的夫人，那贾母不得了，她是公爵夫人。她是这个故事开始以后，贾氏宗族里辈分最高、最养尊处优的宝塔尖上的人物。贾母很会享受生活，她可以说是享尽荣华富贵。她有很多的后代，她的大儿子是贾赦，贾赦生了一个儿子叫贾琏，贾琏娶了一个媳妇就是王熙凤。书里还出现了贾赦的另外一个儿子叫贾琮，他还有一个女儿叫迎春。贾母二儿子是贾政，贾政生了一个大女儿叫元春，后来进宫一度受到皇帝宠爱；大儿子叫贾珠，贾珠不幸去世了，留下了寡妇李纨，但是也留下了一个孙子叫贾兰；在那之后贾政生了贾宝玉，这是他的正妻王夫人生的；后来他的小老婆赵姨娘又生了女儿贾探春和儿子贾环。

荣国府在当时人丁虽然不算太兴旺，但是也过得去，贾母作为一个长辈，一个老祖母，说是儿孙满堂不为过。但是这样一个贵族家庭在表面的这种美丽的、文雅的、和谐的生活状态下面，也潜伏着很多的暗流，时不时会爆发出一些事情，这些事件中包括很不雅的事情。

书里写到有一次贾母出主意，说王熙凤要过生日了，这次咱们怎么过？打破常规，咱们学府外面那些小户人家的做法，就是凑份子，大家都出点银子，凑在一起，给她过生日。而且把这个事情交给宁国府的尤氏来操办，尤氏是宁国府那边的贾敬的儿子贾珍的媳妇，对于贾母来说也是一个孙子辈的媳妇，和王熙凤平辈。后来尤氏把王熙凤这个生日操办得非常成功，丰富多彩，不但酒席安排得好，还安排戏曲演出，还安排说书、杂技等各种娱乐活动。但是在过生日的时候，就出现了极不雅的事情，就是王熙凤被大家恭维着敬酒，喝醉了，心里突突直跳，所以她得便就想从举办寿宴的场所回到她自己住的小院子去歇一会儿。

没想到，她往家一走，还没走到小院子里头呢，就看见一个小丫头在那儿好像是放哨，被她发现以后，小丫头就装模作样地迎上来，表示好像要伺候她。她看破了，不是那么回事，她就闯到院子里面，闯进她的卧室，发现她的丈夫贾琏在和府里面的一个仆人的老婆乱搞呢。这就跟前面讲到的《金瓶梅》里面吴月娘寻找小玉，找来找去发现在一间屋子里面，玳安和小玉在床上做那种事，场面差不多。《红楼梦》里写这个贵族府第，它比西门府要大很多倍，结果王熙凤，这个权贵府第的人，她也发现不雅之事。丈夫居然趁她在酒席上面应付大家的时候，回来偷腥，把一个下人的老婆勾引到他们的卧室里边做这种事。当时她就立刻大闹，这一回的回目叫作"变生不测凤姐泼醋"，本来她就是一个凤辣子，一个很泼辣的女性，遇到这种情况岂能干休？于是就发生了激烈的冲突。

后来她就披头散发地往贾母这边跑，当时她的婆婆，就是贾赦的夫人邢夫人，还有王夫人，以及其他一群人，都还在宴席上呢。她跑过去，就跟贾母哭诉，说贾琏居然在这个时候做这种事，而贾琏这时候就拿着一把剑追过来，也喝醉了，趔趔趄趄的。王熙凤说，你看他要杀我，当然，邢夫人等就都吼住贾琏，贾琏就撒酒疯，这是一个很不堪的局面。

如果说《金瓶梅》里面的吴月娘，她发现不雅场面的时候，旁边没有别的人，就她一个人，处理起来还比较方便，就看她自己当时够不够睿智了，最后她只当没看见，淡淡几句话就把这件事化解了，然后赶紧找补，让玳安、小玉正式成亲。《红楼梦》里面这个场面，大家替贾母想一想，多不堪，她出的主意，大家凑份子给王熙凤过生日，过成这个样子。几辈人都在眼前，这么不雅的事情出现了，这个残局怎么收拾？当然她也呵斥贾琏，最后很多人连说带劝，把王熙凤劝回屋了，贾琏自觉没脸，就另外到书房里面去躲着了。可是这个时候一大屋子人还在，宴席也还没完呢。贾母一看眼前，邢夫人、王夫人站着，还有亲戚呢，王夫人的妹妹薛姨妈也在那儿，还有其他的晚辈，宝玉、黛玉，包括薛宝钗也都在，还有好多丫头、婆子，一大屋子人。大家都慌了，贾母怎么办？

大家可以合璧赏读，你读完《金瓶梅》里吴月娘处理玳安、小玉不雅事件那一段以后，再翻《红楼梦》看贾母怎么处理这样一个远比二百年前发生在西门府里面的事更荒唐、更不雅的事件，这个事态，这个残局，怎么应付，怎么收拾？这个时候贾母的睿智就比吴月娘更胜一筹，大家以为她一定会气疯了、气昏了、气晕了，会立刻让大家散去，终止这样一个原来很欢乐的局面，结果不是。贾母怎么样做？贾母笑道："什么要紧的事！小孩子们年轻，馋嘴猫似的，那里保的住不这么着。自从小儿世人都打这么过的。都是我的不是，他多吃了两口酒，又吃起醋来。"说得众人都笑了。

她居然在这个场面下忽然笑了，而且大事化小、小事化了。她说不是什么要紧的事，别一个个的在那儿张嘴合不上，大惊小怪的。她说贾琏这种公子，在她眼里就是小孩子，还年轻，馋嘴猫儿似的，哪里保得住不这么着。她理解青年一辈的情欲，不稀奇，是人性的本能，这当然是翻译成现代的话语了，意思是这样的。而且她干脆把话说破，从小儿世人都打这么过的。她就把这个上下几辈都包括在内了，就连她的丈夫国公爷也包括在内了。世界上的人其实都打这么个情况过来的，没什么稀奇的。

这个时候大家一听，紧张的心弦都松弛了，这时候她就评价王熙凤，说都是我的不是，叫她多吃了两口酒，又吃起醋来。本来王熙凤在这个事情上是被丈夫背叛的一个女子，她应该百分之百向着王熙凤才是，可是她把一场不雅之事化为笑谈。她说因为她让尤氏操办这么大的一个生日宴请，大家敬王熙凤酒，王熙凤喝多了。酒喝多以后又吃起醋来了，把一个发生在贵族府第的很不雅的事件化为王熙凤——这个凤辣子打破醋坛子了，是一场笑谈。

后来贾琏和王熙凤居然又复合了。这个事情当中，王熙凤的丫头，其实也是贾琏的丫头，叫通房大丫头。所谓通房大丫头，就是在这种夫妻做爱的时候，她可以在场，有时候还可以在主人召唤下参与其事。当时王熙凤发现这个情况以后，还打了平儿，平儿气得又去打那个娼妇，就是和贾琏乱搞的那个仆妇，当时乱作一团。局面很不堪，要是一个不睿智、不理智的家长的话，最后就会让这个事情继续发酵，发展到不可收拾的地步，但是贾母非常睿智，举重若轻，几句话把这个事化解了。王熙凤后来得到了贾琏的道歉，贾琏自己服了软，平儿后来被宝玉通过袭人请到了怡红院，给她理妆，所以那一回又叫作"平儿理妆喜出望外"。三个人都得到了妥善的安排，最后这一家人和好如初，贾琏和王熙凤又若无其事地过起了他们的夫妻生活，平儿继续作为他们的通房大丫头，帮他们管理府内的事务。

但是曹雪芹下笔也有冷峻的一面，那个仆妇怎么样呢？那个仆妇的丈夫是鲍二，她叫鲍二家的。当时这些底层妇人往往都没有自己的名字，或者有自己的名字，但不被拿来称呼，她们的丈夫是谁，就被人用丈夫的名字连带着叫，比如周瑞家的、王善保家的、鲍二家的。鲍二家的这个妇人，她在经过这场风波以后，就上吊自杀了。所以说这个贵族府第，他们大事化小，小事化了，把一场不雅的闹剧化为笑谈，但是却造成了一个下层妇女生命的终结。

你看两本书都写得很好，写到了富人家的寡妇，她们的机智，面对着不雅之事，她们怎么睿智地化解眼前的不雅场面，使得生活可以再按照原来的状态和节奏往下延续。

精明的孟玉楼如何把握自己的命运

在《金瓶梅》里面，塑造了一个非常出色的女子形象，就是孟玉楼。《金瓶梅》里边的女性形象，除了潘金莲是从《水浒传》里借来的以外，其他的基本上都是作者兰陵笑笑生的独创。虽然从第一回到第六回，大体上跟《水浒传》里面武松、潘金莲、西门庆他们的故事是相近的，但是也有区别，也不是完全照抄、照搬，他有他独特的叙述方式，有一些独特的细节的设置。

从《金瓶梅》第七回起，它的文本就彻底地和《水浒传》相异了，第七回写的是什么呀？写的是西门庆娶了一个新的小老婆叫孟玉楼，这一回的文字非常精彩，人物对话生猛鲜活，历来被评论家和读者所称道。

孟玉楼是个什么人呢？孟玉楼是一个寡妇，她丈夫姓杨，杨家是世代贩布的，算是一个富有的家庭。后来她丈夫死了，按封建道德规范，按封建伦理的原则，一个女人，丈夫死了，就应该守寡到底，又叫作守节，不能二嫁。

但是故事所反映的这个时代，封建礼教实际上已经开始出现裂缝了，再往下发展近乎崩溃了，已经不能够束缚住所有的人了，寡妇里面有一部分人，确实还是依照封建礼教的规范去苦苦地守寡，守到底，一直到自己老死。而且封建社会里皇帝还经常接收地方官员的报告，说某某女子，年纪轻轻的丈夫就死了，守寡几十年，不改嫁，就叫作节烈，守节成为一种烈士了。皇帝一高兴，还可能下圣旨，给她立牌坊。现在一些偏远的村落里面，还残留一些这样的牌坊，叫作贞洁坊。

　　但是时代发展到书里所写的托言宋朝，实际上是明朝嘉庆年间那个社会情况，就出现了孟玉楼这样的女子，**她不愿意年轻轻就扼杀自己的青春，扼杀自己的欲望，去守寡，为一个死去的布贩子孤苦地活一辈子，她要改嫁。**后来经过媒婆的撮合，她跟西门庆见了面，她一见西门庆，很满意。西门庆人高马大，威风凛凛，很有男子汉气概，而且她也知道西门庆在县里面是数一数二的土财主。当然，那个时候西门庆还没有得到官职，只是有钱而已。西门庆见到孟玉楼，很喜欢，为什么喜欢呢？第一是孟玉楼形象很有特点，从身材上说吧，她高挑，大长腿，这就和他的正妻吴月娘，以及他后来很喜欢的潘金莲、李瓶儿有区别了。书里说李瓶儿是五短身材，今天我们一听这个五短身材，就觉得是一个贬义词，就说这个人可能个儿矮，但是在当时的语境里面，五短身材不是说这个人特别矮矬，只是说她相对来说不是那种高大型的人物，应该也是比例匀称的一种正常的身材。但是孟玉楼身材高挑，这种身材特别容易招到一些男子的追捧，西门庆看了以后也很满意。

　　孟玉楼身材很好，长相怎么样呢？北京土话就是看女子，一要看条，就是看身材，一要看盘儿，就要看脸庞。这个是我引申出来，用现在的北京土话来解释，《金瓶梅》不是这样的文字风格，书里交代，孟玉楼脸上有一些浅浅的麻点，按说一个女子脸上有浅浅的麻点，应该是破相了，不好看了，是吧？但是看你怎么来审美了，有的人他就喜欢这种相貌，皮肤很白皙，五官很端正，但是脸上浅浅地有些个麻点，就觉得反而更好看了。就好比一个池塘，一池清水固然很美丽，但是增添一点浮萍在水上点缀起来，看着更美丽。孟玉楼脸上浅浅的麻点，就起到清水湖上生浮萍的作用。

她通过相亲，决定嫁给西门庆，而西门庆另外看上的是，她是一个有钱的寡妇。虽然杨家的钱财不能都归她，但是她自己攒了不少私房，有很多私房银子，她还有一些自用的家具，如昂贵的拔步床，她就有两张之多。此外因为丈夫是布贩子，留下来许多没有卖出去的仓储的布匹，有一部分就归她，所以她寡而不贫，甚至还相当富有。西门庆把她娶了以后，这些东西都可以带到西门府里面去，所以西门庆对她相貌感兴趣，对财富更感兴趣。有人说西门庆娶媳妇，娶小老婆，都是为了贪财，总是希望通过这样一桩婚事，增加自己的财富。其实不尽然，像他娶潘金莲，潘金莲没有什么财富，李瓶儿当然财富很多，那得另说。我们不能够对西门庆做一个简单化的贴标签式的评价。他后来下定决心要娶孟玉楼，除了以上两点以外，就是媒婆告诉他，孟玉楼会弹月琴，书里说这句话就可在了西门庆的心上，就说明西门庆他不完全是图财。像潘金莲，他是图色。孟玉楼呢？听说还有才艺，会弹月琴，他很喜欢，今后娶进去以后，他闷了就可以让她弹月琴解闷嘛，这样就把婚事定下来了。

但是孟玉楼都打算出嫁了，那个时候西门庆请来帮忙的人，都开始把孟玉楼那些拔步床、箱笼等东西，往院子外搬了，没想到受到了阻拦。谁出面阻拦呢？张四舅。她丈夫姓杨，丈夫的母亲姓张，所以他有一个姓张的舅舅。虽然姓杨的丈夫的父母早没了，可是这张家第四个舅舅，他还揽事，他来阻拦。他阻拦的道理不是可以立刻驳倒的，他就说你现在搬的这些东西，有的应该是属于杨家的，得再加以清点、检查，搞清楚了每一件都确实是你孟玉楼的，才能够搬走。对此孟玉楼很坦然，因为她确实并不需要贪污杨家的什么财物。那你看呗，都是我的东西。

这种情况下，张四舅就打算攻心，就跟孟玉楼提出几条，就是你考虑好了，这个西门庆你是不能嫁的。第一条是什么呢？他说西门庆他们家现在有正头娘子，乃是吴千户家的女儿。西门庆虽然原来有过妻子，妻子死亡以后，他又续弦，但是他迎娶的这个吴月娘，也不是一般人家的女儿，是吴千户家的女儿，就是她的父亲是一个户籍头，管着一千家呢。张四舅警告孟玉楼，你嫁过去以后，是做大还是做小？况且他房里又有三四个老婆，除了上头的丫头不算，你到他家，人多口多，还有得惹气呢。拿这个话来打动孟玉楼。没想到孟玉楼就回嘴："自古船多不碍路，若他家有大娘子，我情愿让他做姐姐，奴做妹子。虽然房里人多，汉子欢喜，那时难道你阻他？汉子若不欢喜，那时难道你去扯他？不怕一百人单撺着，休说他富贵人家，那家没四五个？你老人家忒多虑了，奴过去自有个道理，不妨事！"孟玉楼这样回应，后来张四舅又提出好几条理由，继续阻拦她，一条说西门庆是一个暴躁的男子，他会打老婆的。孟玉楼见招拆招，回应说："男子汉虽利害，不打那勤谨省事之妻；我在他家，把得家定，里言不出，外言不入，他敢怎的？"张四舅就抛出第三条理由来阻拦她，说你知道吗，他家里还有一个没有出嫁的女儿，"三窝两块惹气怎了？"其实那个时候，西门庆前妻给他生的一个女儿西门大姐，已经嫁出去了，张四舅故意这么说。孟玉楼表示无所谓，说："大是大，小是小，凡事从上流看。待得孩儿们好，不怕男子汉不欢喜，不怕女儿们不孝顺。休说一个，便是十个，也不妨事！"最后张四舅就抛出了第四条理由，说这个西门庆，你可注意了，他专门在县城里头不着家，眠花宿柳。就是他经常在妓院里面瞎逛，没想到孟玉楼对这个威胁也是见招拆招。她就索性跟张四舅说明白："他就外边胡行乱走，奴妇人家只管得三层门内，管不得那许多三层门外的事。莫不成日跟着他走不成？"

最后张四舅被她回嘴，倒回得哑口无言了，张四舅还要在那儿霸拦着，不让她嫁。没想到这个时候屏风的后头转出一个人来，谁呀？是杨家的姑妈，是她丈夫父亲的姐姐，是她丈夫的亲姑妈。当时姑妈也可以叫姑娘，在明代和清代，姑娘这个词有多重含义，其中一重含义就是姑妈。这个杨姑妈，也就是杨姑娘，她事先就被西门庆跟媒婆说通了，也买通了，给她银子了。屏风后头一转出来，说一大篇话，就跟张四舅杠上了，两个人就互相骂。二人互骂这段对话写得特别精彩，你可以翻开原著来看。那是不是杨姑妈就把这个张四舅给骂倒了呢？其实她主要不是用她的话语把张四舅骂倒，而是以她的身份，因为在当时那个社会，你一个舅舅，你来管杨家的事，也可以管，但是你的权威性不够，毕竟你是外姓人。杨家本身出来一个女性杨姑娘，她说话代表了杨家，那就压你一头，这时候很多邻居都在围观，一听杨姑娘开口，说的什么都是其次，主要一看她的身份，这是杨家姑妈，就说还是听姑妈的，听姑妈的。张四舅终究就没有斗过杨姑娘，孟玉楼就嫁到了西门庆家。

《金瓶梅》里面孟玉楼的篇幅不少，她的故事比较曲折，但是你通读全书以后就会发现，**这个角色的正面性比其他的角色多一些。在西门庆的女人们当中，她是一个值得读者去特别品味一下的女性。她的随和里透着精明，在复杂的人际关系当中是能够游刃有余的，这是不但能保住安全，还能保持愉快生活的一个非常重要的因素。**

在府里面，她也知道，其实最难对付的就是潘金莲和庞春梅这一房，她就主动向潘金莲这一房伸橄榄枝，最后她们就处得比较好。书里经常写到，她有时候跟潘金莲手拉手出出进进的，但是她也不是完全糊里糊涂地去跟人交好，受人支配。后来不是娶进李瓶儿，李瓶儿就给西门庆生了男孩子官哥儿嘛，其他的女性都很嫉妒。吴月娘作为正妻，她希望丈夫有后代，嫉妒心还比较弱，其他几房的小老婆都很嫉妒，潘金莲尤其嫉妒。潘金莲很着急，我怎么生不出一个儿子来呢？她总和西门庆做爱，但是她不怀孕。所以后来在官哥儿庆生的时候，她就在一旁说怪话，说得很难听。

一开始孟玉楼因为也有嫉妒心，跟她有所共鸣，但是当她把话说得过分，说破了嘴瓢，说到什么程度呢？意思就是说还不知道这个孩子究竟是不是西门庆的呢，这个时候孟玉楼就不吱声了，因为她的天性就告诉她，你可以适度去嫉妒一个人，但是你不可以无端去诬陷一个人，伤害一个人，她就终止了和潘金莲的议论。

从这里可以看出来，这个女子有她自己的一些自我约束和自我操守，她是一个随着自己性子生活的人，她的性情自然、温婉，不像庞春梅是个辣子，也不像潘金莲那样浪荡。她有她本身的优势，她的优势就是她随遇而安，她没有什么主义，不扯旗帜，在西门府复杂的人际关系当中，尽量保持中立。她对任何人都没有攻击性，也尽量在人际矛盾中扮演和事佬，但是她很精明，她总是把自己保护得好好的。后来西门庆不是死了吗？她陪伴了吴月娘一段时间，她不是装出来的，她不是说我要个阴谋，假装先陪她一段时间，根据她的性情，她确实也愿意陪伴吴月娘。因为吴月娘在当时的情况下孤立无依了，她能给吴月娘一些慰藉、一些温暖。

但是后来去给西门庆上坟，在踏春过程当中，有那种热闹的等于是露天庙会似的场景。有人骑马表演，她就看中了骑在马上表演的李衙内，这个李衙内的父亲是衙门里的县官，所以这个青年男子被人称作李衙内。他们一度还四目相对，互相都留下了很好的印象，这个时候孟玉楼就不约束自己，由着自己的性情流动她的生命：我既然觉得这个李公子引起了我的好感——用今天的语言来说就是一见钟情了——我爱上他了，那我何必强迫自己留在西门府里面去陪吴月娘呢？所以她就大胆地跟吴月娘表露自己的心愿，吴月娘也就拦不住她，后来她就嫁给了李衙内。之后她一度被陈经济诬陷，和李衙内一起有段至暗时刻，但很快也就把握住了自己的命运，迁往北方生活，生育后代，与丈夫白头偕老。在西门庆的遗孀中，她的结局最好。

憨慧的史湘云如何由着性子生活

　　在《红楼梦》里面也有一个随性而活的角色，由着自己性子说话、做事、生活的女子，就是史湘云。史湘云是贾母史家的一个后代，史家不得了，根据书里描写也是被皇帝封了贵族头衔的。在《红楼梦》故事开始以后，贾家说老实话也有点衰落了，虽然保留两个公爵的府第——宁国府、荣国府，但是府里面的男一号——府主都已经不是公爵了。

　　古代皇帝给有功劳的男子封爵，一般来说有公、侯、伯、子、男几等。公爵最大，侯爵次之，这两个是排在前面的。在故事开始以后，贾家就已经都不是公爵了，王家和薛家更不消说，都没有什么贵族的爵位了，可是史家居然还保留了侯爵的爵位，贾母的两个侄子，同时被皇帝赐予了侯爵的爵位，一个是保龄侯，一个是忠靖侯。

　　史湘云是史家的一个后代，她是谁的后代呢？她是保龄侯和忠靖侯这两兄弟他们一个死去的兄弟的女儿。如果说保龄侯和忠靖侯，这两兄弟都是贾母的侄子的话，史湘云的父亲应该也是贾母的一个侄子，只不过这个侄子故去了，所以史湘云的身份就是贾母的一个侄孙女。史湘云有她优势的一面，她是一个侯门的小姐，她父亲死了以后，她怎么办呢？就由她两个叔叔，两家轮流来抚养她，可能在这家住一段时间，到那家住一段，她两个婶婶对她并不好，但是大面上过得去，因为毕竟是史家的后代，还得把她当作小姐来对待。在家里头可能两个婶婶对她比较苛刻，比如让她做很多刺绣的活儿，但是到外面要给她穿得很好，让她带上一大群丫头、婆子尾随着，显示着我们这个侯爵家，没有亏待自己的侄女。她是这么一个处境。

史湘云在两个叔叔婶婶家都得不到很多的温暖，甚至完全得不到温暖，因此贾母主动把她接到荣国府来，她也会主动提出到荣国府来，住在她的祖姑家里，过一点开心的日子。因为贾母很喜欢她，一个是有血缘关系，一个是她聪明伶俐，长得很漂亮、很乖。从血缘关系来说的话，她也是贾宝玉的一个表妹。林黛玉是亲表妹，是贾宝玉的姑妈的亲女儿；史湘云是他祖母家的亲戚，按辈分也是他的一个有血缘关系的表妹。

书里把史湘云写得很有趣，活泼伶俐，性格粗犷。在书里面，在太虚幻境，警幻仙姑让一群仙女为贾宝玉唱歌听曲，还伴之以舞蹈。有一曲唱的是史湘云，曲目叫作《乐中悲》，就是很欢乐，但是这当中又有悲哀，怎么回事？这支曲就把史湘云的情况唱出来了——"襁褓中，父母叹双亡"。她出身是很高贵的，是史家的后代，但是她还是个婴儿的时候——襁褓就是包裹着婴儿的那些小被子——她那么小，还不懂事的时候，父母就双双都亡故了，最后只能跟着叔叔婶婶生活。"纵居那绮罗丛，谁知娇养？"叔叔、婶婶养她，也必须照着家族的游戏规则来做，虽然不是自己亲生的，表面上你得当自己亲生的女儿那样，当一个小姐来养，穿的也是绫罗绸缎。可是实际上两个婶婶并没有真正地把她抚养起来，有时候还逼她做很多针线活。可是她性格非常好，曲里唱道："幸生来，英雄阔大宽宏量，从未将儿女私情略萦心上。好一似，霁月光风耀玉堂。"就好像天上那个明亮的月亮，好像清爽的风一样，照耀着，吹拂着一座用玉搭造的殿堂。她的性格就这么样豁朗、清爽。她后来"厮配得才貌仙郎，博得个地久天长，准折得幼年时坎坷形状"。

现在我们所看到的一百二十回《红楼梦》里面，没有照着这个曲子来写，但是在曹雪芹原来构思八十回后，她嫁给了一个很不错的男子，应该也是有好的家庭背景的，才貌双全，甚至可以称之为仙郎。本来这桩婚姻是可以期望白头到老的，这样就把她幼年时候襁褓中父母双亡的那个坎坷给找补回来，但是又怎么样呢？曲里又唱道："终久是云散高唐，水涸湘江。"没想到最后这个丈夫不幸地去世了，她年轻轻就成了一个寡妇，处境很困难，但是她由着自己性子生活，她不像有的人就会哭天抢地，活不下去了，她顽强地生存。于是曲里就唱道："这是尘寰中消长数应当，何必枉悲伤？"

所以她始终是一个快活的女子，遭遇很多不幸，最后她生命力还很顽强，由着自己的性子生活。有人可能会这么说了，说我看了《红楼梦》，她跟着薛宝钗一块儿劝贾宝玉读书上进，走所谓仕途经济的道路，贾宝玉当场给她没脸，就因为她说了几句薛宝钗说过的话，贾宝玉就居然跟她这么说："姑娘请别的姐妹屋里坐坐去，我这里仔细脏了你知经济学问的！"这是拉下脸来说狠话了，宝玉这样做有点过分，因为他们俩从小一块儿玩耍，感情应该是很好的，但是一听史湘云学薛宝钗，劝他去读书上进，就是走科举考试，去走当时那个社会里男子汉的所谓正经的仕途经济之路，他就不由得翻脸。而且他还跟史湘云说："林妹妹从来说过这些混帐话不曾？"他把薛宝钗那一套的劝告叫作"混帐话"。史湘云觉得很惊讶，这原是混账话吗？

但是《红楼梦》的读者们要懂得，薛宝钗是一个有思想的人，她脑子里有封建社会主流的价值观，她真心真意希望贾宝玉能够好好读圣贤书，学习八股文，今后在科举考试当中拔得头筹，下一步就为官做宰。特别是后来她依据她母亲和她姨妈两个人所造的那个舆论，就是和尚说了，我戴金锁的女子，就是要配一个戴玉的公子，她后来主动去想方设法接近贾宝玉，要争取成为贾宝玉的正妻。她是有这样一个整套的思路的，她的所作所为都是有明确的目的的，虽然她有时候表现得比较隐蔽，但薛宝钗是一个有心计的人，她不是由着自己的心性生活，她的心性本来也是一个青春少女，心里面也有情欲的火焰在燃烧，她还吞冷香丸往下压，她把这叫作热毒。她拼命地掩饰自己的这一方面，她去讨好贾母，希望能成为贾宝玉的正妻。

史湘云不是这样的，史湘云说这些话是鹦鹉学舌，她从本质上来说并没有这样的思想。书里写她有些什么表现？大雪天，外头雪积得比较厚了，她当时又到荣国府来，住在她的祖姑贾母的屋子里头，她把贾母炕上的红毡子围在身上，拿绦带捆紧，干吗呢？到雪地上扑雪人。扑雪人这种游戏是一些胆子大的男孩子做的，就是雪积得很厚以后，我伸开双臂，然后啪地扑在雪地上，站起来以后就留下一个人印子，叫扑雪人。她敢做这种游戏，你说她是不是一个非同寻常的女孩呢？你能想象林黛玉、薛宝钗做这种事吗？只有这个心性活泼、无拘无束的女孩子才会做这样的事，而且她有时候还女扮男装，她把宝玉的衣服拿来穿上，远远地站着，扶着椅子对贾母笑，哄得贾母以为就是宝玉，说宝玉你别站在那儿，那上头有灯，那灯穗子上有灰，小心灯穗子上的灰落下来，迷了你的眼。后来才发现不是宝玉，是史湘云，逗得大伙哈哈大笑。

她由着自己性子生活的一个最高潮的画面，就是在一次他们公子小姐聚会以后，她喝醉了，一个人躲到山石后面的一块石头上，她拿她的鲛帕，就是一种高级纺织品做成的手帕，包了一些芍药花瓣，就在长条石上睡着了。当时芍药花盛开，又有风，无数的芍药花瓣飘飘扬扬，落了她一身。有人发现以后，把她叫起来，她才知道自己是醉卧芍药裀了。可是她嘴里面还在说酒令，唧唧哝哝地说道："泉香而酒洌，玉碗盛来琥珀光，直饮得梅梢月上，醉扶归，却为宜会亲友。"湘云醉卧的画面令无数读者读了以后，都获得无穷大的审美愉悦，书里这个具体描写我再念一下，你跟着我想象一下：

果见湘云卧于山石僻处一个石磴子上，业经香梦沉酣，四面芍药花飞了一身，满头脸衣襟上皆是红香散乱，手中的扇子在地下也半被落花埋了。一群蜂蝶闹穰穰的围着他，又用鲛帕包了一包芍药花瓣枕着。

史湘云憨态可掬，却又聪慧无比。有两句话体现出她的襟怀与志向：惟大英雄能本色，是真名士自风流。

兰陵笑笑生在他的《金瓶梅》里面塑造了一个由着自己性子，不让自己委屈的女性形象孟玉楼。在《红楼梦》里面，曹雪芹又塑造了一个如此天真烂漫、随性而活的史湘云形象。这样的合璧赏读也真是余味无穷。

悲剧婚姻的贾迎春与葛翠屏

《金瓶梅》和《红楼梦》都写了许多的女性形象，前面说了，这在中国长篇小说发展史上是具有突破性的，而且它们所写的这些女性角色，各有各的命运，各有各的性格，各有各的供读者去思索的因素。在两部书里面都写到了这样的女子，就是她们虽然缔结了一段婚姻，但实际上完全没有享受到作为妻子的丝毫快乐，身处一种很悲惨的婚姻、很凄惨的处境中。

《红楼梦》里面一个最典型的例子就是贾迎春。故事开始以后，贾氏宗族两府跟宝玉同辈的一共有四个女子。一个是贾元春，根据书里描写，她是贾政和王夫人所生的一个大女儿，比宝玉大很多，贾元春在《红楼梦》故事开始不久就进了宫，而且还一度得到了皇帝的宠爱，并且还回家省亲。

按年龄排序的话，第二个就是贾迎春，贾迎春是贾赦的女儿，虽然贾赦比贾政大，但是因为贾元春比贾迎春大，所以贾迎春排行就排第二位，就是二小姐。第三个小姐是贾政跟他的小老婆赵姨娘生的女儿，就是贾探春。还有一个年龄比她们都小的女孩子，是宁国府的，据交代是贾敬的女儿，是贾珍的一个同胞妹妹，叫贾惜春。

这就是《红楼梦》里面的四春，这四个女孩子的名字连起来的话，谐音寓意就是"原应叹息"，原本就应该为她们叹息，就说明这四个女子的命运都不好。其中，贾迎春的命运很糟糕，是怎么回事呢？因为荣国府的贾母喜欢女孩子，虽然这四个女孩子的父母不一样，但是她把她们都集中到荣国府来生活。当然，贾元春是进宫了，贾探春本来就是荣国府的人，只不过她的母亲不是正妻，是一个姨娘，也就是一个小老婆，有点小差别。贾迎春虽然是贾赦的女儿，贾赦不住在荣国府，住在另外一个自主的院落里面，但是贾母也把她接到荣国府来生活；贾惜春的情况类似，虽然她是宁国府的，也让她搬到荣国府来生活。

贾迎春在荣国府里面，她的生活应该还算是不错的，因为她毕竟是一个小姐，她是有身份的，所以给她配置的丫头、仆妇数目也不少，该有的她都有一份。比如，这种贵族小姐在一些正式的祭祀、宴请这类活动当中，都要戴一种高级的头饰，叫累金凤，用金丝编制的有凤凰样式的一种头饰，贾迎春自然也有。平日吃穿用都是很高的待遇。但是她生性懦弱，故事后来写到，她的一个奶妈在这个府里面，实际上是一个夜里开赌局的人。府里面的这些仆妇，她们白天、晚上是要分班来值班的，值夜班的时候，她们就经常聚在一起打牌、赌博，她的奶妈就是其中一个赌头，赌博输了，没有赌资了怎么办？就把她的累金凤，就是金丝编制的那个昂贵的头饰，偷偷拿去当掉了。当了以后又赌输了，赎不回来。这个事后来暴露了，贾母亲自过问。这种情况下，你想，那个奶妈还有什么脸面？她作为小姐，自己这一房，出了这种事，还不应该过问吗？你应该拿出小姐的款儿呀，要求这个奶妈把累金凤赶紧赎出来还给她呀。而且那个奶妈的后辈，就是低一档的仆妇，很方便找到，也在她居住的地方干活，结果她懦弱到什么地步呢？她倒被这个奶妈的媳妇威逼，就说现在你的奶妈犯事儿被撵出去了，你得到主子面前去求情，你去找王夫人，找贾母求情，把她给放了。那就蛮不讲理了，是吧？你们偷人家的累金凤，当了以后到现在不赎回来，反倒逼着小姐去找更高一层的主子，为这个偷东西的人说情，这很荒谬。

这个情景后来就被宝玉、黛玉、探春看到了，他们都很气愤，都很着急。可是贾迎春面对这样的事态她在干吗呢？她倚在床边看一本书，叫《太上感应篇》，是一本讲因果报应的迷信的书。当时林黛玉看了这个情景，就有一个评价，说："虎狼屯于阶陛，尚谈因果。"就是有的人太糊涂了，老虎跟狼都已经蹲在你的屋子的台阶上了，你还糊里糊涂，人家要吃你了，你还在那儿看什么因果报应的故事，还讲什么因果。贾迎春就这么懦弱。

后来几个人都劝她，说你要管管这个事，而且就斥责逼她去找长辈求情的那个奶妈的媳妇。说你太不像话了，起码两件事要分开，第一件事最要紧，就是你要去把你婆婆偷的累金凤先赎回来，先还回来。另一件才是求二小姐迎春，帮你婆婆去求个情。哪有你这样的啊？你是一个仆妇，你跑到小姐的住房里边大喊大叫的。但是迎春在这种情况下居然还是很懦弱，她怎么说？她说我没脸去找太太，找老太太，去求这个情。她说过几天如果有重要的礼仪场合，我没有这个累金凤戴在头上，太太们问起来，我也不能够隐瞒，我只能实说。如果这事能够混过去，太太们没有追究，那么偷累金凤的这个人，就算有福气。大意是这样的，说得让大家又可笑又可气。

结果她的父亲贾赦就胡乱地把她嫁出去了，嫁给谁呀？嫁给一个叫孙绍祖的人。这个人在军队里面有点头衔，也不是什么高位的武官。他虽然长得很魁梧，弓马娴熟，但是品质极其恶劣。贾迎春嫁过去以后，就发现这个人早把身边这些丫头，年轻一点的女仆都奸污了。对她进行虐待，实施家暴，非常不幸，最后贾迎春就被孙绍祖蹂躏死了。**所以不要以为富贵家庭的女性婚姻就一定能圆满，能幸福。贾迎春就遭遇这么**

一场婚姻，而且就因此亡故了。

这是《红楼梦》里面写的这样一个懦弱的女性，她虽说是结婚了，但还不如没结婚呢——很糟糕的一段婚姻。在《金瓶梅》里面，有没有这样类似的角色有类似的遭遇呢？是有的。他写有一个女子叫葛翠屏，出身也还不错，父亲是个员外。员外就是有当官资格，或者曾经当过官的人，但是在这段时间里面，因为种种原因，特别是因为年纪大了告老还乡，就不再当官，仍享受官员的一些待遇，过的也是很富足的生活。她就由家里包办，嫁出去了。嫁哪儿去了？嫁到清河县的周守备的守备府里面去了。

前面不是讲到了吗？西门庆原来府第里面有一个丫头叫庞春梅，庞春梅经过一番曲折，嫁给了周守备，而且后来成了周守备的正妻，成了守备夫人了。但是庞春梅是一个很糟糕的女子，她在西门庆家的时候，就和西门庆的女婿陈经济私通。后来西门庆死了，陈经济就成了一个很不堪的、很糟糕的人物，气得吴月娘把他撵出去了。他还有流浪，甚至讨饭这样一些很不堪的经历。但是庞春梅一直想占有他，最后通过周守备府里面的一个亲随去找他。什么叫亲随？就是经常随在主子身边保护他、为他服务的这种人，很亲近的服侍者，叫张胜。这个张胜，经过一番曲折，就把已经沦落为小工的陈经济找来了，找来以后他就跟庞春梅汇报，说您让我找那个说是您弟弟的人，我找到了，带来了。庞春梅就把已经沦落为小工的陈经济，梳妆打扮一番，然后跟周守备说，这是我亲弟弟，失散多年，现在找到了，因此要留他在咱们府里面一块儿生活。周守备一听，那不就是小舅子吗，那还有什么说的？就把陈经济养起来了。

庞春梅在自己的府第里面公然地养自己的情人，可是这么养着的话，也不是个事。周守备年纪大了，经常被皇帝派到外面去执行任务，但是府里还有别的人呢，指指点点的，养这么一个年轻的小伙子，他是谁呀？说是你弟弟，你弟弟怎么自己不成家立业呀？怎么就在姐姐姐夫家里住啊？于是庞春梅心生一计，打算给他娶个媳妇。于是就通过媒人说媒，把葛员外的女儿，叫葛翠屏，娶进了守备府，成了陈经济的妻子。实际上，陈经济对葛翠屏毫无兴趣，陈经济不但和庞春梅保持一种不正当关系，而且当时他从他的姐夫，算是姐夫，周守备那儿，也就是从庞春梅那儿得了大笔银子。他到离清河不远的临清码头那儿跟人合伙开买卖，开了一个很大的酒楼，就经常到那儿去。在那儿他还包养了暗娼，就是当时卖身的女人——有一种是官方给执照的官妓，还有一种就是身份好像是民间女子，实际上暗中也做皮肉生意，就是暗娼——他跟这些女子都有染。

陈经济不但害了葛翠屏，使得葛翠屏结了婚跟没结婚一样，成为活寡妇，同时他也背叛了庞春梅，只是他在临清码头的荒唐事庞春梅不知道罢了。

你想想这个葛翠屏，虽然她没有像《红楼梦》里面的贾迎春那样遭到丈夫的蹂躏和家暴，但实际上她经历的是一种无性婚姻，很不幸的。最后陈经济被杀了，葛翠屏只好为陈经济守寡，你说，她这是什么命运啊？后来书里写金兵打过来了，整个临清县都沦陷了，兵荒马乱当中，她总算被葛员外——她的父亲给接回去了。

这样对照阅读，我们就可以知道在封建社会里面，有一些女子的命运就属于这种类型。好像是结了婚，实际上比不结婚还糟糕。所以那样一个社会，从这个角度来说，它是不合理的。现在我们终于迎来了一个崭新的社会，我们要珍惜。

自强的贾探春与窝囊的西门大姐

这两本书里面写了许多女性形象，其中还有两个形象可以加以对照，一个是《红楼梦》里面的贾探春，一个是《金瓶梅》里面的西门大姐。

这里牵扯到一个出身问题，在封建社会，无论是青年男子还是青年女子，他们都面临一个出身的问题。当时一个人的出身分两大类，一种叫嫡出，一种叫庶出。什么叫嫡出？当时社会实行一夫多妻制。当然，也有一些较真儿的人提出这样的见解，就说封建社会，像明清两朝，严格来说应该是一妻多妾制，正妻只有一个，然后男子可以娶小老婆、姨娘、妾。小老婆、姨娘、妾都是一个意思，就是非正妻。这么较真儿意义不大，因为在封建社会的历史上，也有一个男子娶两个正妻的现象，所以我还是采取一夫多妻制这样一个说法。就是一个男子娶一个正妻，然后他还可以娶一些小老婆。由正妻生的子女就叫作嫡出，由小老婆生的叫作庶出，按说都是这个父亲的孩子，有什么区别呢？在封建社会，这是有区别的，嫡出的身份比较高，在今后的财产继承上占优势。庶出的在家庭里地位会比较低，像女孩子出嫁，有的男方就会挑，你是嫡出的，我可能比较愿意聘娶，你是庶出的，我就要考虑考虑。所以在那个时代有嫡庶之分，男子是嫡出还是庶出就有区别，女孩子区别就更大了。一般来说，嫡出的小姐就占优势，庶出的小姐就往往面临生存的困境。

在《红楼梦》里面，前面说了，贾氏宗族当时跟宝玉一辈儿的有四个女孩子，老大贾元春进宫了。老二贾迎春，前面讲了，婚姻不幸，被丈夫虐待而死。排第三的是贾探春，贾探春出落得端庄美丽，而且她聪慧过人，还有一技之长，就是会书法，是一个书法家。她在荣国府里面生活得也很好，看起来她的父亲贾政，贾政的夫人王夫人，对她也还不错。书里写到，有了大观园以后，就让她住在秋爽斋，后来一个农村妇女刘姥姥，跑到荣国府来打秋风。什么叫打秋风？就是在秋天、冬天到来之前，穷人到富人家想办法讨点银子，好过冬。

没想到这个刘姥姥二进荣国府以后，就被贾母知道了。贾母平常虽然有王熙凤这样的人围着她说笑话调笑，但还是很寂寞的，喜欢接受点新鲜的刺激，就热情地接待了刘姥姥，然后带她到大观园里面去逛，就逛到了贾探春的住处秋爽斋，书里有很具体的描写，总而言之，贾探春的住处布置得非常阔朗、非常豪华、非常雅气，说明她的待遇很好。但是从书里后来描写来看的话，虽然贾政和王夫人对她不错，其他的姊妹，包括嫂子，像王熙凤、李纨对她也都不错，但是她心里总有一个大大的阴影笼罩着。

怎么回事呀？她不是王夫人生的，即她不是正妻生的，她不是嫡出，她是庶出，她是贾政的一个小老婆赵姨娘生的。

书里写了很多贾探春的故事，这样一个先天的缺陷，造成她永久的焦虑。故事里写后来因为王熙凤一度病了，王夫人就委托她出来代理王熙凤的管理权，让她理家，当然王夫人同时还让李纨和薛宝钗参与，但是以她为主。有一回就写了一段故事"欺幼主刁奴蓄险心"，就是有办事的婆子，被作者在回目里面称为刁奴，她居心不良，用心险恶，给贾探春出难题，刁难她。怎么回事？赵姨娘的兄弟赵国基死了，根据府里的游戏规则，府里死了这样的人，需要赏银子，用今天的话说就叫作给抚恤金。

贾探春就碰到这样一个事情，要进行处理，赏多少银子呢？办事的这个女仆是府里面一个管财务的吴新登的老婆，叫吴新登家的。她知道府里的很多旧规矩，如果还是王熙凤当家的话，她会不断地给王熙凤出主意，说您看这个事有这么几个办法，您挑一个，我建议您怎么样。但是吴新登家的现在面对的是未出阁的三小姐，而且她心里知道这个小姐是庶出的，是赵姨娘生的，现在赵姨娘的兄弟死了，该给多少钱，赏多少银子，她不出主意，不吱声，想看贾探春的笑话。后来贾探春就说，有没有赏银的例子？有人就告诉她，前些时候袭人的母亲死了，赏了四十两。贾探春一想，这个也赏四十两吧。当时主子发这种话以后，就会给她一个领银子的兑牌，办事人拿这个兑牌就可以到府里的银库那儿去兑银子。结果吴新登家的拿了兑牌转身就走，贾探春是一个精明人，她一看就觉得有点不对，她说你先回来。就问这个吴新登家的，说府里过去的规矩，是不是凡是死这种人都赏四十两啊？吴新登家的就很傲慢地跟她说，嗨，赏多赏少，难道我们底下人还会争吗？大意是这样的。

贾探春就发觉不对头了，她可能是在耍我，就说你办事办老了，就是说你跟王熙凤办了多少年这种事，你知道的事太多了，你在我面前就装傻充愣，那不行，你把账本拿来。因为每一笔赏赐都会有账目记载的，你拿来我看。没办法，吴新登家的就把账本拿来。贾探春拿来一看，每次赏赐的银子是不一样的。简单来说，凡是死去的人是从府外买来的，他的来历是当年外买的，这样死了以后，给他家里人的赏银就多一点，四十两。如果是府里家生家养的，就只能赏二十四两。

这就需要了解封建时代，贵族府第的仆人的来源了。一般是两个来源，一个来源是家里仆人不够了，丫头不够了，就拿银子到社会上去买，社会上有些贫困家庭卖儿卖女的，卖给他们，拿来当男仆和丫头。

还有一种就是，因为这个贵族府第存在很久了，家里面有很多老仆人，有的就好几代了，男仆和女仆结婚以后生的孩子，就天然地再成为这些贵族家庭的奴仆，男孩就成为小厮，女孩就成为丫头。小厮、丫头再长大了，再给他们婚配，再生下一代，再为这个家庭服务，世代奴隶。这样的世代奴隶在府第的游戏规则里面，死了以后给的抚恤金就少，只给二十四两。

探春一看有先例，就说不能给赵国基抚恤金四十两，只能给二十四两。这个刁奴吴新登家的居然还嘴议论，说给多给少还不是你们随便嘛，讪讪地拿着这个兑牌走了。贾探春做完这件事以后没多久，赵姨娘就来大闹。赵姨娘是什么意思呀？就说我是你亲妈，你是从我身上掉出来的，爬出来的，你舅舅死了你多给二三十两银子怕什么呀？别人踩我倒也罢了，你怎么也踩我呀？赵姨娘觉得死的这个赵国基，她的这个兄弟，应该算是贾探春的舅舅。按咱们当代人的角度来看，他们有血缘关系，生她的这个女子的兄弟，可不是她舅舅吗？但是贾探春就拉下脸来不认，她说，谁是我舅舅？我舅舅年下才升了九省都检点，哪儿又跑出一个舅舅来了？她不认赵姨娘为母亲，不认赵国基为她的舅舅，她说她的舅舅升了九省都检点，指的是王夫人的兄弟王子腾。

贾探春在那个社会，因为她是庶出的，很受压抑，所以她拼命地强化自己的自尊心，维护自己的自尊心。在家庭伦理的次序上，她只认贾政是她的父亲，这当然没话说，同时她只认王夫人是她的母亲，赵姨娘是个姨娘，是她父亲的一个生育工具，她不认她为母亲。当代读者读到这儿，有时候会觉得贾探春太过分了，是过分，但是她之所以这样做，就是因为她要克服自己这个庶出身份所带来的生命困扰。

故事继续往下讲，就是贾探春理了家之后，还是很有成就的。最后她的命运也不是很好，她被皇家充作郡主，远嫁他国和番，坐着大船航行万里，成了一个小国的王妃。虽然大家一听觉得王妃地位很高，但那是蕞尔小国、不毛之地，而且她就从此再也回不到荣国府来了。贾探春是这么一个情况，虽然庶出，但是自强不息，这在那个社会里面也是有代表性的。

《金瓶梅》里面也有一个小姐，就是西门庆和吴月娘他们有一个西门大姐。这个西门大姐不是吴月娘生的，但她也不是姨娘生的，她是西门庆前妻生的，所以她是一个正牌嫡出的女儿。因为她是西门庆的第一个孩子，又是女的，书里把她叫作西门大姐。

西门大姐这个形象，兰陵笑笑生写得不是很好，形象比较模糊，给人的感觉就是这个女孩子很窝囊。按说她是嫡出，不是庶出，后来李瓶儿虽然给西门庆生了一个儿子官哥儿，但按封建家庭的伦理秩序，官哥儿不是吴月娘这个正妻生的，是小老婆李瓶儿生的，也只是一个庶出的儿子。西门大姐的地位应该比他高，当然她作为女性，在男尊女卑的社会，她没有男子尊贵，没有儿子尊贵。

书里没有详细讲她是怎么出嫁的，故事开始以后，她就已经出嫁了。嫁给谁了？嫁给了一个叫陈经济的小伙子，陈经济是什么家庭背景呢？父亲叫陈洪，书里在后面才交代，陈洪是在县城里面卖楠木的。因为过去搞建筑，尤其离不了木头，包括你临时搭个棚子，也得有一些木材，陈洪是一个卖木材的商人，经济上也还不错。他们两家结亲的时候，西门庆可能还只有一个生药铺，从父亲那儿继承下来的，在县城里面也不是特别富有。一个卖生药材的人，把他的女儿嫁给了一个卖木材的人，还算门当户对。

陈洪在京城攀了一个有地位的亲家，就西门大姐来说的话，她的处境应该是相当好，本来这场婚姻就是门当户对，自己的公公又跟朝廷里面有一定地位的官员结亲，应该是春风得意的。可没想到后来那个官员被皇帝整治了，陈洪就受到牵连，最后甚至一直牵连到西门庆。这样西门大姐和陈经济就逃难回到了清河县，藏进了西门府里面。西门庆一开头也吓得要死，紧闭大门，躲灾祸。但是后来这个灾祸化解了，陈经济和西门大姐两口子就一直住在西门府里面。开头好像陈经济表现得还像个女婿的样子，对西门庆、吴月娘比较尊重，而且他监工花园改造，也挺辛苦的，最后造成的花园也不错。

但是故事再往后发展，这个陈经济很糟糕，跟潘金莲、庞春梅私通，在西门庆死了以后更肆无忌惮。后来还虐待西门大姐，吴月娘最后把陈经济赶出了家门。他的父亲陈洪和他的母亲对他这样的表现很不满。父亲先死，母亲被他接到清河县以后也被气死了。吴月娘轰走陈经济以后，就把西门大姐送到他那里去了，但是他居然和一个妓女鬼混，把那个妓女接到家里面住正房，把西门大姐轰到偏房去待着，而且对西门大姐施行家暴，最后西门大姐在绝望中上吊，等于是被他家暴而亡。

这样一对比的话，《红楼梦》里面的贾探春虽然在出生身背景上不是嫡出，是庶出，但是通过自强不息维护了自己的自尊心。虽然没有逃脱最后的悲惨命运，但是总比她的堂姐贾迎春强，她没有被丈夫虐待而死，而是到远方的小国做了一个王妃，这是一个庶出的女子自强不息的故事。**西门大姐就很窝囊了，她明明是嫡出的，是有优势的，但是在那个男权社会里面，她最后还是被丈夫家暴而亡。**这样对照阅读，对我们理解那个社会的女性、她们的出身和其命运的关系还是有帮助的。

贾惜春的孤怪决绝与韩爱姐的古怪荒谬

　　下面我们讲两个古怪的女子。先说《红楼梦》，贾氏宗族一共有四位小姐即四春——元、迎、探、惜，贾惜春是最后一春。

　　书里面把贾惜春写得很有意思，她前后着墨不多，但是当中有一回突出地写了她的孤怪脾气。在荣国府里面，后来出现了一个事态，就是抄检大观园。究竟为什么抄检、怎么抄检，你可以去看书里面相关的描写，咱们现在只说这个贾惜春。她的住处也被抄了，当然主要是抄她丫头的东西，她的随身丫头，大丫头叫入画。如果说贾探春有才艺，会书法，是书法家的话，那么贾惜春会画画，是一个小画家，所以她的丫头就叫入画。入画的箱子就被抄检的人翻检了，查出一些男人用的东西。于是就认为是问题，你一个女孩子，一个小姑娘，箱子里怎么会有男人的用物？入画就解释，是她哥哥想办法存在她这儿的。

　　贾惜春原来是宁国府的一个小姐，她是宁国府贾珍的同胞妹妹。原来是住在宁国府的，后来被贾母接到荣国府来居住。她过来，当然也就把她的丫头，像入画等带过来了。但入画的哥哥还是宁国府的一个男仆，是伺候贾珍的，贾珍有时候就赏赐入画的哥哥一些东西，入画的哥哥很珍惜，但他是一个单身小厮，可能跟别人合住在一个宿舍里面，没法保存，就想办法托人，如宁国府看后门的、荣国府看旁门的这些人帮忙，把些个东西传递到大观园贾惜春的住处，让她妹妹入画先替他保存，以后再还给他。虽然她哥哥这样私自传递东西不对，但也不是什么不得了的罪过，这些东西的来历是清楚的。后来尤氏——尤氏是贾珍的妻子，是续弦的，从伦理关系上来说的话，贾惜春虽然跟她只是名义上的姑嫂关系，但是毕竟你得把尤氏当作嫂子，尤氏也必须把她当作小姑子——尤氏到了大观园贾惜春的住处，看了抄出来的这些东西，尤氏就做证了，说是你哥哥赐给入画的哥哥的，我一看就明白，不算什么大罪过。

但是贾惜春就不依不饶，尤氏当时还没有主动到大观园贾惜春的住处——叫暖香坞——那儿去，是贾惜春主动让人去把她嫂子尤氏叫过来的。就说这个入画我无论如何不能要了，你把她带走，或打，或杀，或卖，随你们便；你打她，你离我这儿远了再打，我听不惯挨打的声音。贾惜春就是如此冷面冷心。尤氏说入画伺候你这么多年，难道你就对她一点感情都没有吗？怎么拉下脸来就让她走啊？当然，这不是原话，我这是转述尤氏的态度。贾惜春就古怪到底，说不但你把入画带走，永远不要再回来，而且就是我跟你们呀，她指的就是跟宁国府的这些人，跟她的哥哥嫂子，今后也不要再见面。尤氏就很受刺激，她说，这是为什么呀？对吧？不管怎么着，我毕竟是你名义上的嫂子，你也是我的一个小姑子呀，作为哥哥嫂子，我们对你也没有什么特别不好，你怎么就杜绝我们呢？

贾惜春非常坚决，说我每时听见一些风言风语，这些所谓的风言风语，都是说宁国府不好，应该是私下在议论宁国府的丑闻，尤氏就说了，谁敢议论呢？议论谁呀？我们是谁，你是谁呀？大意就是说，谁要议论的话，应该追着他去问，对不对？是他不对。贾惜春说你们连累了我，我清清白白一个人，凭什么被你们带累坏了？这个话说得太尖锐了，太刺激了，尤氏一个平常脾气比较好的人，听这个话出来以后也忍不住了。她就说，我们怎么带累坏了你呀？是不是？最后尤氏就气呼呼地带着入画走了。

《红楼梦》里面的贾惜春，**作者把她写成一个冷面冷心、六亲不认、很冷血的女性。**当然，如果我们深层次分析的话，就可以理解，贾惜春有她很悲苦的一面。实际上很多《红楼梦》的读者都在探讨一个问题，就是：贾惜春究竟是谁生的？说是贾珍的同胞妹妹，贾珍在书里出现的时候，应该接近40岁了，可是这个贾惜春出场的时候，书里写得明明白白，说她形容尚小，还是一个小姑娘，这兄妹之间年龄差距也太大了呀。他和贾惜春的母亲是谁，谁生的他们，书里都没有明确交代。贾惜春的父亲贾敬，应该是她落生后就离开宁国府，到城外道观去跟道士胡羼一起炼丹，她根本见不着，得不到丝毫父爱，书里没有她母亲出现，应该是老早死掉了，她也丝毫感受不到母爱，等于是一个没有父母的小女孩，被她的堂祖母，就是贾母，接到荣国府来居住。她和其他小姐的关系都是淡淡的，虽然大观园里公子小姐起诗社也有她一份，邀她参与，但是她一首诗都没作，跟他们的关系若即若离。她一定不断在内心里叩问：我究竟是谁？我怎么会在这儿？所以贾惜春的性格就变得如此孤僻，如此怪诞。她对贾氏宗族的溃灭早有预感，她在大厦垮塌前就决断地出走，成为一个沿街捧钵乞讨的黑衣尼姑，晚上就在古庙清冷的佛像下歇息。

《红楼梦》里写了这样一个性格比较古怪的女子，《金瓶梅》里面有一个比她更古怪的女子，不管怎么说，贾惜春的怪诞还是为了守住自己，她说了唯求自保，别人她不管，她要保持自己的一份纯洁。那么《金瓶梅》里面一个古怪的女子就不是守正的，而是荒唐、荒诞的，这个女子叫韩爱姐。《金瓶梅》书里面写到了一对夫妇，丈夫叫韩道国，是西门庆雇用的一个绒线铺的掌柜，妻子叫王六儿。这是一对无耻的夫妇，王六儿主动献身西门庆，西门庆占有了她，韩道国对此不但不愤怒、不遗憾，还很高兴，为什么呀？因为西门庆占有了王六儿以后，就给了王六儿不少银子，他们买了新居所，添了丫头。他们两个为了金钱，丧尽廉耻。韩道国作为一个丈夫，人家霸占你妻子，不但不愤怒，还主动提供条件，经常是西门庆到他那儿去以后，他就主动躲出去，不成个样子。王六儿并不爱西门庆，但西门庆蹂躏她的时候，甚至在她身上点香，不是一般的做爱，就是性虐待，她都承受。两口子把满足西门庆的变态性欲当作一桩生意来做。

西门庆后来碰到一个问题，就是不知怎样才能够攀附京城里面的权贵。当时京城里面最大的权贵就是当朝的一个宰相蔡京，蔡京的儿子叫蔡攸，这一对父子把持朝政，贪污腐败，搞得民不聊生。西门庆为了自己的政治前途，为了自己能够增加更多的财富，就派人去巴结蔡京、蔡攸，他自己最后也到京城去攀附这些权贵。蔡京府有一个管家叫翟谦，这个翟谦很不像样子，他不但接受西门庆给蔡京府的贿赂，自己私下也接受很多贿赂。并且最后翟谦干脆跟西门庆提出来，就说我老婆没给我生育，我需要娶年轻漂亮、有生育能力的小老婆，你在清河县帮我物色，提出这样的要求。西门庆一度还把这个事忘了，后来翟谦就干脆给他写信提醒他，还有这么个事你没兑现。于是西门庆就跟他的正妻吴月娘商量该怎么办，一时也没有头绪。后来西门庆就想起来，他的一个小老婆李瓶儿，那时候已经去世了，留下俩丫头，一个叫迎春，一个叫绣春，西门庆就说，咱们干脆把绣春给送过去吧。但是吴月娘是一个还挺有心机的女子，她提醒西门庆：迎春、绣春可都是你用过的——就是被西门庆玷污过——不是处女了，一旦送过去以后，翟谦发现你送过来的不是处女，那可能会发怒的，本来你要巴结这个人，最后不但巴结不上，反倒会惹事。所以就必须找一个既年轻漂亮又没有破过身的女孩子，找来找去就找到了谁呢？就找到了韩道国和王六儿的女儿，就是韩爱姐。最后西门庆就以他自己的干女儿的名义，等于是自己嫁闺女，把这个韩爱姐让人给送到了京城的翟谦那儿，而且给了好多陪嫁。韩爱姐过去以后，翟谦一看挺喜欢，但是那个时候翟谦的老母亲还活着，这个老太太一看韩爱姐也很喜欢，就开口了，说这个姑娘先留在我身边伺候我。翟谦只能先放一放把她纳为小老婆的事宜，先让韩爱姐伺候他妈。

翟谦盼着早点从他妈那儿，把韩爱姐给娶成小老婆，给他生孩子。可是没等这种情况到眼前，蔡京就倒台了。虽然皇帝一贯很宠信蔡京和他儿子蔡攸，这两个人多年来在朝廷里面专权，可终究是天怒人愤，底下有很多人冒死向皇帝上书，揭发他们的罪行，皇帝最后也就不得不惩治了他们，翟谦跟着也倒台了。这种情况下，韩爱姐面临一个新的局面，翟谦倒台前，韩爱姐已经把她的父母都接到翟谦府来了，本来想一块儿过养尊处优的生活，也过了那么几天，但是完全没想到，忽喇喇似大厦倾，翟谦随着他的主子一起完蛋了，这样他们一家三口就逃离了翟谦府。

他们逃出来以后，打算回清河县，顺着运河往下走，路过一个大码头，就是临清大码头。这个临清大码头在书里面后来成为一个很重要的故事空间，也说明当时明代的水运或者叫漕运，已经相当发达了，所以形成了这样一个大码头——运货、提货、存货，因此也带动了当地其他方面的经济发展。比如，码头上就有了很大的酒店，既是饭馆，可以吃饭，也可以住宿，还有很多空余的房间可以出租，可以当作商铺，当作仓库，甚至于有一些做生意的妓女，租那个房子来进行色情活动。

韩家三口子坐了一只船到了临清码头，他们决定先到临清停留一阵子。码头上有个谢家大酒楼，当时楼上有个人倚着窗户望，正好看见这三个人在码头那儿下船，而且往酒店里搬行李。在窗口那儿望他们的人就是陈经济，那个时候他已经害死了他的老婆西门大姐，已经被周守备的夫人庞春梅谎称是自己弟弟，接到守备府去享受富贵生活了，当然也就成了庞春梅包养的一个男子了。为了掩人耳目，庞春梅给他娶了一个媳妇，就是葛翠屏。但是他对庞春梅并不忠实，他从周守备、庞春梅那儿拿了一大笔银子，到临清码头做生意，跟人合伙开了这家大酒楼。结果这三个人进了酒楼以后，陈经济下了楼，对方认出他来：这不是西门大官人的那个女婿嘛！他也就认出来，哎哟，这不是我岳父当时聘的那个绒线铺的掌柜跟他老婆嘛！他再一看，眼前又出现一个年轻美貌的女子，就是韩爱姐。陈经济是个色鬼，凡是漂亮女人他都一见钟情。故事往下发展，读者就知道，韩家三口从东京翟谦府逃出来以后，怎么维持生活呀？王六儿一路做一些皮肉生意，到了临清码头以后，她就教唆她的女儿韩爱姐也做这种生意，所以这母女两个人等于是暗娼，是一种很不堪的生命存在，但是陈经济就勾搭上了这个韩爱姐。

故事再往下发展，陈经济回到守备府以后，在一种特殊情况下，被人杀了，庞春梅给他安排的媳妇葛翠屏就成一个寡妇了。有一天葛翠屏去给他上坟，葛翠屏跟他之间没有什么爱情，甚至连有没有正式的夫妻生活都存疑，但是根据封建礼教规范，你丈夫死了，到一定的忌日，你得去上坟，没哭也得装哭。葛翠屏就去了，葛翠屏去这是很正常的，但是守备府的夫人庞春梅也去了。她去呢，似乎也还说得通，因为她说那是她弟弟嘛。

但是她们去了以后就发现，有一个女子在她们到之前，就已经在那个坟前了，哭得不行。这很奇怪，经过询问，双方就知道了对方的身份，这个痛哭不已的女子就知道，来的是守备府的夫人和陈经济的妻子。对方也问这个哭泣的女子是谁，这个女子就告诉她们，说我就是韩家的一个女子，在临清码头，我跟陈经济相好，我爱他，现在他死了，我很悲痛，我要给他守节。但这是不成逻辑的呀，你是陈经济的什么人呢？按封建礼教的规范，谁才有资格守节？你是他的正妻，或者你是他正式娶过去的小老婆，他死了你可以守节，葛翠屏人家是有守节的资格的，你怎么有守节的想法呢？

韩爱姐的想法按说是不合逻辑的，但是最后庞春梅和葛翠屏竟然都接受了她，她就离开她的父母，住到守备家里面，跟葛翠屏住在一起，给同一个男人守节，真是不伦不类。**韩爱姐好荒谬，好滑稽。作者这样**写，说明社会发展到明朝那个时候，封建礼教那一套规范已经被瓦解了，或者叫被解构了。就有韩爱姐这样的女子，她很古怪地为一个没有娶过她的男人，其实说到底就是一个嫖客，去守节。韩爱姐的行为逻辑，越往下看就越觉得荒唐。后来北方的金兵就南下，宋朝的军队溃散，金兵掠夺了不少地方，这个时候临清码头也好，清河县城也好，都乱了。

周守备后来升官了，升为统制，比守备要高一级，手里的兵也多了，但是作战的任务也更重了。周守备后来在和金兵的战斗当中战死了，他的府第不叫守备府，叫统制府了。在府里，先是陈经济被周统制的一个亲随杀死了，后来庞春梅又因为纵欲过度而亡，葛翠屏在金兵南下，统制府分崩离析的时候，被她的父亲葛员外接回家去了，金兵就席卷了这个地方，韩爱姐就只好逃难，她抱着一个琵琶，一路往南走。她先到临清码头去找她的父母，打听到她的父母也早就往南边逃了，逃到湖州去了，是一个与其母交往甚密、叫何官人的嫖客，把她母亲给带走了。最滑稽的是她的父亲韩道国，明知道这个何官人是自己妻子的嫖客，居然就愿意跟着妻子去那个何官人的老家湖州。

韩爱姐决定往南到湖州去寻找她的父母。中途她路过了一个村庄，看到有些河工在挖河泥，有一个老太婆在一个破棚子里边，给这些挖河泥的河工煮饭，她就去讨饭吃。原来她在自己家里面吃得就不错，到了翟谦府以后吃得更好，在临清码头吃得也不错，但是现在吃的什么饭？国破家亡饭。只见那个老太婆开饭，等于是一锅稗子，什么叫稗子？就是麦田稻田里面长的一些野草结出的穗粒，以那个为主，再加点杂豆，很粗糙的饭。有没有菜呢？有菜，就是把生菜剁成碎块，撒一点盐，什么拿油炒都谈不到，没有条件了。但是她吃这个饭，居然也吃得进去，因为实在太饿了。

吃饭当中，她发现有一个人老盯着她看，一个河工，她也就看那个人，俩人越看就越觉得对方眼熟。结果两人走近了一询问，那个河工就是她的叔叔，是韩道国的兄弟韩二，韩二也认出来，说你是不是就是我的那个侄女韩爱姐呀。哎哟，两个人就抱头痛哭，国破家亡，在这么一种情况下，两人相遇，然后他们就结伴往南到湖州去寻找韩道国夫妇。后来居然找到了，找到以后就是一个很不堪的局面，这么一些关系按说比较暧昧的人，居然混居在一起。但是后来何官人死掉了，再后来韩道国也死掉了。这样剩下的人就可以建立新的比较简单的关系了，就形成了韩二娶了王六儿这样一个局面。这个时候韩爱姐年龄大了，韩二和王六儿劝韩爱姐嫁人。也有人愿意娶这个韩爱姐，但是韩爱姐说她还是要继续为一个叫陈经济的人去守节，这个陈经济是她什么人，是她丈夫吗？不是，情人都算不上，就是一个嫖客。后来父母逼急了以后，她就索性把自己的眼睛给刺瞎，去做尼姑了。

在兰陵笑笑生笔下，韩爱姐真是一个很荒谬的角色，她的生命轨迹是不成逻辑的。不像《红楼梦》里面的贾惜春，贾惜春虽然显得很孤僻、很冷血，拒所有人于千里之外，但是她的生命逻辑是清晰的，她唯求自保。后来她果然躲过了皇帝对贾氏宗族的打击，虽然作为一个尼姑沿街乞讨也挺凄惨的，但避免了跟整个家族一起被皇帝惩治。

两本书里面这两个角色都是塑造得比较古怪的，韩爱姐尤其古怪，但是由于兰陵笑笑生的文笔很好，顺着读下来也能接受，就说在那个时期、那个地方，有这么一个女子，她就这么想，就这么做。

孙雪娥与秦司棋的寻爱悲剧

　　两部书所描绘的是明朝和清朝，虽然两个朝代还有一些区别，但是总体而言都属于封建社会。在封建礼教的束缚下，妇女没有爱情自由，也没有婚姻自由，但是历代当然也包括明清两代，总有一些女子在这样一种生活环境里面，去追寻自己的爱情。

　　先说《红楼梦》里面的一个角色，就是秦司棋，有的人可能要问，司棋是贾迎春的首席大丫头，可是她怎么就姓秦呢？书里面后来写到，她和大观园的厨房的厨头柳嫂子闹矛盾，她希望有一个人来替代她所痛恨的这个柳嫂子，这个人就是一个叫秦显的仆人的媳妇——秦显家的。后来交代出秦显家的就是这个司棋的婶婶，证明她的叔叔姓秦，她叔叔姓秦，他的父亲当然也姓秦，她当然就姓秦。

　　秦司棋是伺候贾迎春的，作者写得很有趣，贾迎春是一个懦弱不堪的小姐，后来被父亲安排，嫁给了一个中山狼似的坏男人，被蹂躏而死。但是伺候她的大丫头秦司棋，性格跟这个主子小姐完全不同。秦司棋这个形象书里有描绘，在丫头群里面，她骨骼比较大，身材比较丰满，而且她的发型还很特别，梳鬏头，就是她把那个头发先高高地拢起，然后在头顶上造成一个比较高的造型，是这么一个高大强壮的女子。她的性格跟她的外表是匹配的，很强悍，她为了厨房换厨头，去跟当时厨房的厨头柳嫂子闹别扭，找碴儿。她让她底下的小丫头小莲花，去跟厨头柳嫂子发话，说司棋姐姐要吃鸡蛋羹，你给司棋姐姐炖一碗嫩嫩的鸡蛋羹。柳嫂子对司棋她们不客气，和小莲花发生了口角，小莲花回到了贾迎春的住处，就跟司棋说，柳嫂子说没有鸡蛋，伺候不了什么的。其实柳家的也不敢完全得罪死司棋，她后来还是炖了一碗鸡蛋羹，让人给送来，司棋把整碗鸡蛋羹泼地上。这还罢了，她安排完小姐贾迎春进餐以后，就领着小莲花，一群小丫头，到厨房里面去打、砸、抢，她掐着腰指挥底下小丫头，让她们打开厨房里面存菜的那些柜子，把东西都往外扔，说扔了喂狗吃，闹得沸反盈天。

司棋轰走柳嫂子，让她的婶子秦显家的当厨头的计划险些成功，甚至于事态发展到柳嫂子都被撤职了，秦显家的都已经上任半天了，在这个情况下忽然出现一个大转折，结果是又恢复了柳嫂子的厨头职务，她的嫂子秦显家的，兴冲冲地上任半天，最后又被灰溜溜退回原处。什么叫原处？她原先就是在园子里看门值班的，还去干这个，管不了厨房，司棋气得倒仰。

她虽然有这样一些毛病，如霸道，想更换府里面厨房的人事安排，而且居然带着小丫头大闹厨房，可是她的勇敢也体现在一些应该赋予正面评价的事情上，就是她不甘受封建礼教的压抑，因为像她这种大丫头，今后嫁人的话，是没有自主权的，要由府里面的大管家来安排。府里有一个游戏规则，这些丫头到了一定的年龄，就不让你再继续做小姐的贴身大丫头了，就把你匹配给府里面某一个小厮，这个小厮还不由你自己挑选，由府里管家指派。**司棋对这一套是勇于反抗的，她要自主恋爱，自主婚姻。这就是值得肯定的，在那个时代、那个社会，不容易。**

　　司棋有时候也会回她自己家，所谓回她自己家，就是说在这种贵族府第除了主子居住的区域以外，还会有一片比较低矮的平房，是这些男仆女仆他们的住处。他们的儿女如果被分配了到府里面服侍哪个公子或者哪个小姐的任务，可以和这些公子小姐，在非仆人居住区居住。有的丫头，像司棋当大丫头，她就可以和贾迎春住在一起，小厮住的可能会低一档，但也会比住在仆妇区的矮房里头要稍微强一点。

　　他们有时候也会从公子、小姐、太太、老太太的居住区域，回到仆人的居住区域见自己的父母，司棋当然也是这样。在这个过程当中，司棋就和她的一个表兄叫潘又安的产生了爱意，潘又安给她写情书，送荷包，那种荷包叫作绣春囊，上面绣了一些色情图像。司棋很大胆，她甚至约她的表兄偷偷地到大观园里面幽会。有一次他们两个晚上正在一个偏僻的角落做爱，被贾母的首席大丫头鸳鸯发现了。鸳鸯当时想解手，大观园也不是到处都有厕所，她回到贾母那儿来不及，就想找一个偏僻的角落方便方便，没想到撞见了司棋和潘又安在做那种事。鸳鸯是一个品质很高尚的女子，她放过了他们，但是司棋觉得自己这个事情败露了，而且被鸳鸯看见了不得了。鸳鸯是谁的丫头？是贾母的丫头。贾母是谁呀？是整个贾氏宗族宝塔尖上的人物，最高权威，万一她知道了，一发令，那不光是撵出去的问题，粉身碎骨都可能，司棋就很紧张，一紧张就病了。结果鸳鸯还偷偷来看她，她可能是在迎春住处的住丫头的那个房间里面，看周围没有别的人，鸳鸯就安慰她，说你放心，我不会跟任何人说，你好好养病，别丢了小命。但是后来抄检大观园，把潘又安给她写的情书抄出来了，情书上写了送荷包，事情败露了，她就面临灭顶之灾了。但是书里写司棋很镇定，这件事既然已经败露，那该怎么着怎么着，我还不在乎了。当然府里就把她撵出去了，撵出去以后，听说那个潘又安得到消息以后害怕，逃跑了。司棋就气得要死，说怎么能这样呢，要活一块儿活，要死一块儿死嘛。

　　在我们所看到的一百二十回的《红楼梦》里面，八十回后，关于她和潘又安的爱情故事是这样一个结局：后来潘又安回来了，来找秦司棋了，司棋就痛斥，说他当年不该逃跑，就自尽了，潘又安一看她自尽了，也自尽了。是这么样一个悲惨的结局。不管怎么说，**虽然秦司棋大闹厨房，不足为训，但她大胆地追求自己的爱情，寻找真爱，而且最后不怕牺牲，还是可歌可泣的。**

《金瓶梅》里边写了西门庆有一个小老婆叫孙雪娥，西门庆其实并不喜欢孙雪娥，他各个小老婆房里轮流去，很少去孙雪娥那儿。他之所以把她纳为小老婆，是因为他感念他的前妻，前妻的这个丫头很会做饭，会做很精美的食品。基于对前妻的怀念，他兴致一来，一冲动，就把孙雪娥也算是纳为一个小老婆。孙雪娥得不到他的光顾，但是作为一个青春女子她也有情欲呀，结果孙雪娥就爱上了府里面的一个男仆，就是旺儿。她爱上旺儿的时候，旺儿是有媳妇的，旺儿的媳妇是宋惠莲，就是有一次穿着个红袄子，底下穿着一条紫色裙子，被西门庆看见以后，说这个裙子颜色不对，后来就把她霸占了的那个女子。

孙雪娥和旺儿，两个私下里相爱，发生关系，西门庆为了把宋惠莲霸占住，就派旺儿出差到杭州去给他办货，旺儿回到西门府以后，除了把主人交代的这些货缴纳清楚，还自己留了一些东西，一些妇女用品，他偷偷去送给孙雪娥，所以孙雪娥在故事里面有值得人同情的一面。当然，从封建礼教的角度来说，她偷汉子——你有丈夫，你丈夫是西门庆，你怎么可以去和另外的男子私通呢？何况你私通的是一个地位低下的男仆。但是男女之间相爱的话，是不管这些的，她就爱这个旺儿，旺儿也爱她。

西门庆死后，孙雪娥陪伴了寡妇吴月娘一段时间，后来她和旺儿就决定，两个人还是要谋求自己的幸福生活，就从西门府逃出去，私奔了。很不幸的是，他们私奔没能顺利成功，虽然出了西门府，却被街上巡逻的算是警察一类的人吧，给拘捕了，最后这个事败露了。官府给旺儿判了罪，流放；给孙雪娥也判了罪，但是判罪以后的惩罚方式，一开始只是让西门府把她领回去。虽然西门庆不在了，但是他的正妻还在，吴月娘还在。吴月娘拒收，官府就把她拿来官卖了，最后被庞春梅买走了，买走那段情节前面讲过了，就不重复了。

这个孙雪娥，不管怎么说，她虽然有好多毛病，但是她爱旺儿，她勇于和旺儿私奔，从这一方面来看的话，还是一个和《红楼梦》里面秦司棋有得一比的女性，**在封建时代，一个女子能够这样勇敢地去追寻属于自己的爱情，有值得肯定的一面**。但是孙雪娥的命运是很凄惨的，她被庞春梅买去以后，折磨羞辱，最后干脆就被卖到妓院去了，卖到临清码头，成了一个官妓，就是一个登记注册的妓院里招客的妓女，也改名字了。后来又被牵连到一个事件里面，跟她相好的那个男子被认为是有罪的，被惩治了，她就只好上吊自杀了。你看书里面写这样的女子，她们的爱情追求，最后都是一个悲剧的结局，这其实符合那个时代的真实状况。

清代改琦《红楼梦图咏》·司棋

大丫头玉箫与金钏

两部书里写到这些太太、小姐，都要不止一个丫头来伺候，《红楼梦》里面写到还有老祖宗贾母，也是要有很多的丫头来伺候。年纪大的仆妇、婆子那还不算，光丫头就得很多个，丫头里面当然一般都会有首席大丫头，首席大丫头的命运一定就会好吗？那才难说呢。

《金瓶梅》里面的一个大丫头叫玉箫，是吴月娘的首席丫头，吴月娘有好几个丫头，前面讲了有小玉，后来和玳安走在一起，给吴月娘养老送终后，成为西门府新的府主和府主婆。但是在西门庆死去前后，玉箫的命运就不那么顺了。一方面，玉箫伺候吴月娘应该是很周到的；另一方面，她是被西门庆占有过的，跟西门庆关系又很好，好多事西门庆瞒着吴月娘，都是通过玉箫来做。比如，前面说到，西门庆发现一个仆妇宋惠莲，穿着的裙子颜色不对，就想找一匹另外一种颜色的高级的绸缎拿去给宋惠莲做裙子，这个事他不能够让吴月娘知道，他就是通过玉箫去把这个事办成的。

按说玉箫对府主和府主婆都很尽心，他们应该对她都很好啊，其实不然。西门庆死掉了，当朝那个奸相蔡京和他儿子蔡攸还没倒台，蔡京的管家翟谦还挺有势力，翟谦曾经给西门庆写信，讨要一个年轻美貌的姑娘去做他的小老婆，给他生孩子，后来不就把韩爱姐送去了嘛。西门庆死了，翟谦又给吴月娘写信，说你们府里面有的丫头能弹奏乐器，我们家老太太正缺能给她奏乐解闷的丫头，你能不能卖我两个呀？他说买，其实他哪想给银子呀，他就知道西门庆死了以后，西门府养不了那么多丫头了，他想白要，说是给银子，吴月娘能真问他要银子吗？吴月娘一想，这个家要支撑下去，也不能得罪朝廷里面这样有权有势的人，就硬着头皮找了俩丫头给翟谦送去。

找的哪俩丫头？她居然把她的大丫头玉箫首先挑出来，然后再搭配上李瓶儿死了以后留下的丫头迎春，给京城的翟谦送去。让谁送去？让来保送去，家里面有很多男仆，来保是最得力的。当年西门庆闭门避祸，派人上京去贿赂官员权贵，争取脱罪，而且最后不但脱了罪，还得了官职，这些事情都是来保上京去帮他办成的。书里后来交代他姓汤——汤来保，是一个很能干的人。

西门庆死了以后，来保仗着对这个家族有功，还到吴月娘的屋子里面去调戏她，吴月娘拿他有点难办，现在遇着这么一件事，只能给京城的翟谦送俩丫头去，干脆就派汤来保送去。原因一个是他门路熟，一个是省得他在眼前晃悠，动不动说一些挑逗性的话。但是汤来保不是什么好货色，路上就把玉箫和迎春都占有了，自己先享受了，再把她们转移给翟谦。翟谦的母亲看了这俩丫头以后，确实会演奏乐器，很高兴，给了银子，但是汤来保贪污了一半。按翟谦的意思根本就不要给银子，老太太还算大方，觉得这俩丫头值点钱，给了银子。

玉箫的命运很悲苦，其实她也曾努力追求过爱情。西门庆有几个小厮，其中有一个书童，玉箫跟书童两个人擦出了火花，互相生爱。但一次书童和玉箫做爱，潘金莲闯进来，吓得两个人跪下求饶，潘金莲要挟玉箫，让她以后必须把吴月娘大房那边的情况报告她，把大房的东西拿给她，并且要她说出吴月娘求怀孕的秘方，玉箫只好答应。书童呢，忍受不了西门府的黑暗，就自己溜走，乘船逃回自己家乡苏州去了。玉箫没争取到爱情，却落入了虎口。到翟谦家里以后，其实就被侮辱，被损害，再加上后来翟谦的后台蔡京倒了，翟谦也垮台了，整个家族就崩溃了，玉箫不知所终。

《金瓶梅》里面这个大丫头玉箫的故事，作者写得还是很成功的。玉箫的戏份通观全书还不少，是一个有血有肉的人物。特别让读者发出叹息的是，她不但为西门庆忠心耿耿地办事，她对吴月娘尤其好，吴月娘平日的生活主要靠她照应，那个小玉都是其次的。可是吴月娘竟忍心割舍她，把她往虎口里送，大丫头又怎么着？主子抛弃起来，是毫不留情的。

在《红楼梦》里面，贾母的首席大丫头是鸳鸯，鸳鸯的故事我们现在先不说，我们先说一说王夫人的首席大丫头金钏。这个金钏对王夫人可以说是忠心耿耿，王夫人的很多事情都是由她来帮着料理，比如王夫人午睡的时候，她自己其实也很困乏，特别是夏天，中午溽热，王夫人卧在一个榻上歇午觉，金钏不能够也歇午觉，就在旁边轻轻地给王夫人捶腿，她应该是一个很尽心尽力为王夫人服务的大丫头。

但是有一天，宝玉因为种种原因，心里比较苦闷，就逛到了王夫人住处。一看王夫人在那儿眯着，金钏在旁边给王夫人捶腿，可是自己也困，乜斜着眼睛，身子摇摇晃晃的，强撑着为太太服务。宝玉就去揪她的耳坠子，跟她调笑，两个人说了一些低级趣味、不正经的话，金钏确实有些轻佻，但是你说这是多大的事呀？而且两个人调笑是宝玉挑的头，并不是金钏主动去跟宝玉调笑。宝玉当时作为一个贵族公子，觉得可以为所欲为，无所谓，主动去跟金钏说一些调笑的话，引得金钏也说了一些听起来确实失格的话。没想到王夫人并没有睡沉，她听见了这些话，突然起身，顺手就给金钏一个大耳刮，骂金钏是小娼妇，说我们家好好的爷们儿都是你们这些人带坏的。她不责备他儿子，她只责备大丫头金钏。宝玉居然也不为金钏辩护，一溜烟就逃跑了。前面不是讲过嘛，宝玉是一个复杂的艺术形象，不能因为他有一些优点，你就忘记了他有很多毛病。包括他和金钏的互相调笑，他是挑头的，但是事发以后，他就只顾自己，怕他妈责备他呀，跑了。

　　结果王夫人起身以后就不依不饶了，让人立刻把金钏的母亲叫来，就说你把她领走，就撵出去了。什么叫撵出去？那种贵族家庭的丫头，哪怕你是大丫头，平时你可以和主子住在一起，当然不是完全在一个空间里面，会安排你在主子附近，随叫随到的这种空间里，但是吃的、穿的、用的，说老实话跟主子也差不太多，生活还是很优越的，而且如果你是大丫头的话，小丫头们，其他的那些丫头，对你都会奉承几分，退让几分。金钏本来在府里面还是比较有面儿的，撵走就是让她回到主人活动区外的仆妇的居住区，在里头没有职务了，就不能再进来了。她的母亲把她领回了仆人居住区以后，就遭到了一些人的嘲笑，本来就有人嫉妒她，凭什么就当了府主婆的首席大丫头？穿那么好，吃那么好，见过大场面，就嫉妒她。现在看看，灰头土脸、哭哭啼啼地被领回来了，其他仆人就少不得拿手指头冲她划脸皮，嘲笑她。

　　金钏禁不住这些羞辱，她平时心气儿也太高，老觉得自己好像怎么着都无所谓，她跟宝玉调笑，书里写了不止这一次。前面就有描写，写她主动挑逗宝玉，她知道宝玉有一个毛病，爱吃红，就是爱去和青春女性接吻。有一次她见了宝玉居然跟他说，我这嘴上刚擦上香喷喷的胭脂，你要不要尝尝啊？说老实话，作风不是很正派。当时贾政和王夫人在正房召见宝玉，宝玉在屋子外头遇见她，她居然说这样的话，宝玉当时也不理她，就进屋去了。

　　现在呢，宝玉在王夫人午睡的时候，主动跟她调笑，没想到事情闹成这样。宝玉还来不及细打听呢，忽然得到消息，金钏被撵出去以后，因为被仆妇区居住的一些人，特别是她的同辈嘲笑，觉得很羞耻，就跳井自杀了。你看《红楼梦》写得也很好，那个社会是有主子和奴才的区别的，首席大丫头毕竟是个奴才，主人对你有生杀予夺之权，王夫人平常倚仗你做事情，甚至还夸赞你，但是她稍觉得你不对头，伸手就一个耳刮子，立刻给撵出去。金钏丢尽了脸，深感耻辱，就跳井了。

你对照着读，就会觉得还是很有嚼头的，偏偏都写了一个府主婆的首席大丫头，她们的命运最后都不好。一个被抛弃，给送进了虎口；一个主子完全不顾多年来伺候自己的辛劳，一巴掌打过去，几声吆喝撵出去，就导致人家觉得丢尽了脸，没法活，跳井自尽。所以两部书都有着相当浓厚的社会性，虽然《金瓶梅》写得很冷静，《红楼梦》的文笔有温度，但是都道出了那个社会当丫头的无尽酸辛。

伶人郁大姐、申二姐与龄官

　　《金瓶梅》之前的古典长篇小说当中，一般都是男性角色数量超过女性角色，《金瓶梅》打破了这个格局，塑造了一系列的女性形象，加起来数量上超过男性角色，而且这些女性形形色色，也包括艺人的形象。当然，在《金瓶梅》里出现的艺人，地位都比较低下，没有上过什么大台面。有一些艺人经常出入县里面的富贵之家，通过演唱为他们服务；有的是妓院里面的，妓院里面除了妓女以外还养一些乐工，演奏乐器的，他们在演奏乐器的同时也会唱曲。

　　书里面写到的乐工有好几个，唱曲的也不止一个。书里写到两个唱曲的女盲人，前面说过，她们被称为仙儿，实际上就是"瞎儿"的转音，写出来也可以是"先儿"。女仙儿在《红楼梦》里也出现过。《金瓶梅》里唱曲的仙儿，一个是郁大姐，她给吴月娘她们唱曲，一唱要唱很长时间，有时从傍晚唱到深夜，听得人可以打瞌睡，她却必须保持着应有的状态，丝毫不敢懈怠。一次郁大姐在上房为吴月娘等人唱曲，中间歇停，孟玉楼夹菜给她吃，称她"贼瞎"，潘金莲则故意夹起一块肉，蹭她鼻子，就是不喂她嘴里，肆意戏弄，她心里肯定酸辛，表面上还得强颜欢笑。本来西门府长年有郁大姐来唱曲，也就可以了，但是王六儿向西门庆推荐了邻居申二姐，王六儿的用意是让申二姐成为卧底，好把西门府里的种种内情告知。申二姐一去，就和郁大姐形成竞争局面，她俩同时在上房唱曲，申二姐抢郁大姐风头，令郁大姐难堪。前面讲过这段故事了：申二姐在后面正房吴月娘住的地方唱，清亮婉转的声音飘到花园，有两个小老婆住在花园里面，一个是潘金莲，一个是李瓶儿。潘金莲有一个丫头，前面多次讲到了，就是庞春梅。虽然身份是丫头，但是西门庆与她特别好，府里谁都不敢惹。那天吴月娘带着众小老婆外出赴宴，留在府里的庞春梅、迎春等聚在春梅屋中听郁大姐弹唱解闷，申二姐在上房那里给西门大姐、吴大妗子等弹唱，结果春梅就嫌郁大姐唱得平常，听远处传来申二姐的歌声甚是动听，就说出个曲目，派小厮去叫申二姐，称"大姑娘让你前头唱去"，申二姐不去，说："大姑娘在这儿，哪里又跑出来个大姑娘？"小厮回去一学舌，庞春梅大怒，就亲自跑到正房，指着申二姐一顿臭骂，骂出的一些话语很不堪，申二姐气得哭着离开了西门府。

申二姐这个表现应该予以肯定，她是在维护自己的尊严，你不能够以势欺人。不管你是谁，你对我这么吆三喝四的，甚至跑到我跟前，指着我鼻子，用不堪的话骂我，那怎么行啊？不在这儿待着了，不但不给你唱，你们整个西门府的人我都不给唱了。也不等府里派小厮护送，摸黑她就自己回家了。

这段描写展示民间有种艺人很有骨气，我卖艺不卖身，我卖的是我唱曲儿的这个把式、才艺，我不是你的奴才，不能对我吆三喝四的。**郁大姐逆来顺受，申二姐不畏强横，申二姐是值得敬佩的。**

在《红楼梦》里面，出现了一个比申二姐更能维护自己尊严的戏子，就是龄官。元妃省亲当中有很多环节，其中一个环节就是要演戏，为此贾氏宗族早做准备，派了宁国府宁国公的一个后代，比宝玉晚一辈，叫贾蔷，到姑苏买了十二个小姑娘，领回京城以后，养在荣国府的梨香院，派教习教她们唱戏，给她们排戏。十二个小姑娘都取了艺名，艺名都是两个字，第一个字是一个特别的字眼，第二个字就是官，这官、那官，所以也有人说这一组小姑娘形象可以叫作红楼十二官。其中有一个是龄官。后来贾元春省亲，就开锣唱戏了，她们粉墨登场，贾元春看了以后，觉得龄官唱得最好，派太监赐给她糕点。在那个时代、那个社会，一个皇妃赐你金盘糕点，那是非常高的荣誉了。龄官当然没拒绝，还挺高兴的，然后贾元春就下谕旨了。因为她是皇妃，她的命令叫谕旨，说龄官唱得好，让她再唱两出。

贾蔷是戏班子的班头，他跟龄官说，你唱《游园》《惊梦》这两出，这两出是汤显祖剧作《牡丹亭》里面的，词句特别优美，唱起来声腔婉转动听，而且一个小姐和一个丫头配合着演，舞姿身段也非常曼妙，在那个场合唱这两出也很得体，但是龄官就耍艺术家的脾气，执意不从，她不唱，说这两出不是我本角之戏，也就是说并非我的拿手好戏。那什么是你的拿手好戏？她说有两出我最愿意唱，就是《相约》《相骂》。这个《相约》《相骂》，咱们先不去探讨是哪个戏曲家的作品，什么内容，您听这戏名，这是什么场合呀？贵妃省亲，《相约》倒也罢了，《相骂》，这戏名就不合时宜，是不是？不能这么唱啊。贾蔷急得要死，因为贵妃娘娘坐在上头等着开锣，等着继续唱戏呢，你怎么这样啊？但是龄官就是艺术家的脾气，说我得唱我自己愿意唱的拿手的戏，我就唱这两出。

这时候底下太监也在催了，说怎么还不开锣？贾蔷没办法，硬着头皮让她唱，他还不知道报完这个戏名，唱完这个戏，会是什么结果呢，搞不好贵妃一发怒，怎么着，我来省亲怎么叫相骂呀？但是龄官就要唱这两出，就真唱了。没想到，结果是圆满的，贾蔷出了一身冷汗，到最后贾元春并没生气，没有挑剔，还说唱得不错，还要赏她。

龄官有艺术家的倔脾气，违拗班主贾蔷的命令，故事后来写到，她和贾蔷成了一对恋人。有一天中午，贾宝玉在大观园里面瞎溜达，忽然听见蔷薇花架那边好像有人在啜泣。蔷薇花架是园林里面设置的一种很高的架子，上面爬满了藤萝状的蔷薇花，宝玉在蔷薇花架的这边，往蔷薇花架那边看。只见一个小姑娘，蹲在地上，拔下头上的发簪在泥地上抠字。宝玉觉得很奇怪，她在地上写什么字呀？跟着她的那个手指头动作，自己在手心上还原这个字，是一个蔷薇花的"蔷"字，她干吗老写这个蔷字？写了一个不算，又再写一个，再写一个。后来下雨了，宝玉就在架子这边往那边递话，说你别写了，下雨了，别淋着。

其实这个女孩子就是龄官，龄官一抬头，花架那边怎么有人说话呀？因为宝玉的长相很俊俏，蔷薇花的这些花朵叶子衬着宝玉的脸，看上去跟一个少女差不多，所以龄官说了，你怕我淋着，姐姐难道你不怕淋着吗？宝玉才意识到下雨了，宝玉就离开蔷薇花架了。后来有一天宝玉到梨香院去了，要求龄官给他唱个曲儿，宝玉在荣国府大观园是人见人爱的一个贵族公子，多少丫头等底下人想接近他都接近不了，现在贾宝玉来到了梨香院的屋子里头，到龄官休息的一个卧榻旁边，甚至可以说是低声下气地求她唱个曲儿，如果是别人的话，巴不得，是不是？没想到龄官仍旧是艺术家的脾气、艺术家的风范，说唱不了，我嗓子坏了，前些日子贵妃让我进宫唱，我都没唱呢。宝玉从来没有受过女子这样的冷淡，只好讪讪地走出屋子，迎面碰见贾蔷，贾蔷提着个鸟笼子，见了宝玉，因为宝玉是他的叔叔辈嘛，只好垂手侍立，问个好，匆忙进屋去了。宝玉跟进去一看，就看明白了，闹了半天，贾蔷和龄官是一对恋人，贾蔷哄龄官说，你看我给你买什么玩意儿了？龄官说，你买了一只鸟，这只鸟在鸟笼里头会叼着小旗，叼着鬼脸壳，假装扮戏，你不是嘲弄我们吗？你们把我们这些小姑娘从姑苏那边买过来，装神弄鬼地给你们唱戏还不够，你还买一只鸟来戏弄我。其实贾蔷没有戏弄她的意思，就赶紧把这个笼子拆了，把鸟给放生了。**宝玉看到这一幕就明白了，人跟人之间的爱情、缘分是天定的，不属于你的，你要不来。**《红楼梦》后面的情节，这个戏班子解散了，有的戏子回老家了，有的留在贾府当丫头，有的不知道去哪儿了，其中这个龄官就不再提了，想必她后来和贾蔷从一对恋人成为一对夫妻了。你看《红楼梦》里写到的这个龄官，真是一个很有艺术骨气的戏子。

把两本书里写到的伶人、戏子，两相对比，合璧赏读，申二姐和龄官那样的身为下贱却傲骨嶙峋的艺术家形象，真能给我们带来很大的审美愉悦。

宋惠莲的光彩超过晴雯

在两部书里面有两个角色，关于她们的描写可以对照阅读，她们都是具有一定反抗性的奴才。先说《红楼梦》里面的晴雯，这个角色大家都很熟悉了，没看过书的也看过电视剧。这是贾宝玉最钟爱的一个丫头，贾宝玉和他的首席大丫头袭人之间是有身体关系的，但是他和晴雯更多的是心灵上的互相呼应，在一起生活的时候他们并没有身体关系。

晴雯的来历在书里后面找补交代了，前面说贾府的丫头小厮来源有两个，一个是家生家养，一个是拿银子从外面买，这是一个大概的情况，个别的情况也有，比如像晴雯，她既不是荣国府家生家养的奴才，也不是像袭人一样是从府外买来的。她的来历是这样的：荣国府当年有一个伺候贾母的老女仆，出场的时候已经上年纪了，被叫作赖妈妈，她的儿子赖大那时候是荣国府的大管家。她虽然退休了，也经常要回到贾府给主子们请安，特别是给贾母请安。有一次她来给贾母请安，带来一个小姑娘，这个小姑娘聪明伶俐，贾母看了很喜欢，赖妈妈就说您既然喜欢，我就把她当作小玩意儿献给您了，贾母就接收了。这个小姑娘就是晴雯，所以晴雯是奴才的奴才，出身是极为下贱的。

晴雯虽然身为下贱，可是心比天高，她非常自尊，不觉得自己比别人低。比如，袭人虽然排在贾宝玉的丫头系列的首席，但是晴雯并不觉得自己就比袭人差。她由着性子生活，很任性，风流灵巧，但没想到，因为她风流灵巧、任性，而且她过分地活泼，在一些主子眼里她就不像个丫头的样子。后来王夫人做主，抄检大观园，在这之前王夫人就已经公开宣示了对晴雯的厌恶，抄检到怡红院的时候，袭人等丫头都老老实实地把自己的箱子打开让抄检者来检查。当时王熙凤领了一群人，其中有一个人是邢夫人的陪房，丈夫叫王善保，她是王善保的媳妇，就被叫作王善保家的，她也是一贯看不惯晴雯。她虽然是邢夫人院里的，有时候也会到荣国府这边来，所以就针对晴雯，要进行特别的检查。晴雯是一种抵抗的态度，袭人她们都主动把箱子打开，晴雯的箱子搁在那儿，她不去打开，王善保家的就问，这是谁的呀？怎么不开呀？开了好搜啊，袭人觉得晴雯太倔了，她自己不开，干脆我帮她打开得了。结果呢，晴雯还不要别人帮着打开，她绾着头发闯进来，因为她是在隔壁间屋子里面，当时病了，躺着，她一听王善保家的这些人那么作威作福，她就爬起来绾着头发，闯进了放箱子的这个空间，咣啷一声把箱子掀开，然后两手提着箱子，底儿朝天，把里面所有的东西都尽情倒出，哐啷哐啷掉了一地。这个举动是非常具有反叛性的，王善保家的等人低头一检索，没有什么可以作为她罪证的东西。

书里这一笔非常精彩，在一百二十回《红楼梦》里面还多出一些描写，就是王善保家的看晴雯这样反抗，就跟她说了，是太太派我来的，拿王夫人来压她，晴雯高声回嘴，说你是太太派来的，我还是老太太派来的呢！确实晴雯原来是贾母那儿的，是贾母派她去伺候宝玉的。

但是晴雯很不幸，因为王夫人执意要除掉这个眼中钉、肉中刺，其实王夫人除掉晴雯的一个很重要的心理依据，就觉得她的眉眼做派，有些像林妹妹，晴雯是林黛玉的影子。后来就把她撵出去了，撵哪儿去了呢？前面讲过，在荣国府除了主子们的居住区以外，还有一些仆妇们居住的平房区，生活条件就差多了。别看晴雯的性子这样任性泼辣，她是有善心的，她不是被赖妈妈送给贾母了吗？在荣国府里面生活，作为一个高级奴仆，吃穿待遇都是不错的，每月还发零用钱。这时候就想起来，她有一个姑舅哥哥，一直漂流在外，会一点厨艺，但是漂泊不定，可能今天在这家餐馆给人做厨子，明天到那家餐馆给人做厨子，而且还是干粗活，如宰牲口、宰鸡、剖鱼什么的。这么一个姑舅哥哥，跟她的血缘关系其实不是很清晰，因为要么是姑妈的儿子，是姑表哥，要么是姨妈的儿子，是姨表哥，或者舅舅的儿子，叫舅表哥，怎么叫姑舅哥哥呢？反正她知道是与她父母有血缘关系的、比她年龄大一点的小伙子。

她忽然有了这样的想法，她说我在荣国府，现在待遇还不错，我干脆跟大管家求求情，让我的姑舅哥哥到荣国府来吃工食。什么叫吃工食？就是到这儿来做工，就不是打零工了，就有一份固定的待遇，吃饭、住房，基本的温饱就得到解决了。后来大管家赖大——赖妈妈的儿子同意了，所以她的姑舅哥哥后来就在荣国府打工了，这个姑舅哥哥娶了一个媳妇，是一个浪荡的女子，他们就住在荣国府下人居住区的那些平房里面。

晴雯被撵出去以后，当然就只能够暂时在她姑舅哥哥家里安身，一般主子是不会到下人居住区去活动的，宝玉瞒着家长和丫头、婆子，冒着风险潜到了仆役们居住的区域，找到了晴雯姑舅哥哥家，见到了晴雯，两个人就像生离死别一样。有一段话晴雯是这么说的，她说我现在不过是挨一刻是一刻，挨一日是一日了，我也知道横竖不过三五日光景，我就好回去了，只是一件我死了不甘心的，我虽生得比别人略好一些，并没有私情蜜意勾引你怎样，如何一口死咬定了我是个狐狸精呢？我大不服，今日既已担了虚名，而且临死，不是我说一句后悔的话，早知如此，我当日也另有个道理，不料痴心傻意，只说大家横竖在一处，不想凭空里生出这一节话来，有冤无处诉。

王夫人判定她是狐狸精，勾引贾宝玉，其实王夫人所欣赏的，后来甚至给予了准姨娘身份的那个袭人，才是勾引宝玉的，晴雯是清白的。但是后来晴雯病死了，王夫人下命令，说她得了女儿痨，赶紧火化。后来王夫人就把这个事跟贾母汇报了，因为晴雯毕竟是贾母派给贾宝玉的丫头。贾母听了以后怎么说？人已经死了，贾母也无可奈何，但是贾母等于是斥责了王夫人，她说晴雯这丫头，我看她甚好，不是一般的好，是甚好，你说她现在很糟糕，怎么会这样呢？她不信王夫人对晴雯的那些负面评述。她说我的意思，这些丫头的模样、爽利、言谈、针线都不及她，将来只她还可以给宝玉使唤。晴雯死之前，王夫人背着贾母已经把袭人提升到准姨娘的地位了，就是今后宝玉娶了正妻以后，娶小老婆，第一个就应该娶袭人。现在贾母跟王夫人摆明了她的态度，她认为晴雯甚好，她原来的计划是如果宝玉要娶姨娘的话，首席应该是晴雯。书里面关于晴雯的描写非常之多，是一个光彩照人的艺术形象。

《金瓶梅》里有没有类似的形象呢？这两本书是各自独立的创作，都是非常具有独创性的，完全雷同的形象很少，只有类似，但各有千秋的艺术形象。从这个角度来分析的话，在《金瓶梅》里面有一个角色，可以拿来和有关晴雯的这些故事合璧对照着阅读欣赏，这个角色就是宋惠莲。前面其实已经提到她了，还记得吗？有一次西门庆回到府里面，看见妻妾们正在吴月娘的正房里面吃吃喝喝，他隔着门看见了一个女子，上面是紧身的红袄，下面穿一条紫色裙子，衣服颜色不搭配，怪模怪样。他所注意到的这个女子就叫宋惠莲，是府里面一个叫旺儿的男仆娶的媳妇。宋惠莲的故事在《金瓶梅》里面占有一定的份额，关于她的篇幅挺多的，这个形象塑造得也很立体，很丰满。她最后所发射出来的光彩，还超过了《红楼梦》里的晴雯，是怎么回事呢？

宋惠莲原来叫宋金莲，到西门府当仆妇后，吴月娘觉得她跟潘金莲重名，就给她改名叫惠莲。西门府里原有的仆妇，有叫惠庆、惠祥、惠秀、惠元的，这样她叫惠莲也就排进了序列。她跟男仆旺儿都是二婚。后来西门庆看上她了，就把她霸占了。西门庆霸占宋惠莲，当然还有一些曲折的过程。开头他只能和宋惠莲在一个花园的山石洞里面去幽会，潘金莲住在花园里面，所以就被她发现了。潘金莲想来想去，也阻止不了西门庆，西门庆是府主，而且西门庆见着漂亮女子就要占有，后来潘金莲就做出一个大方的表示。当时是冬天，山洞里头挺冷的，干脆过了明路，你们要做爱就到我屋里来得了。潘金莲虽然嫉妒宋惠莲，但是她想这样的话就等于把两个人都控制起来了，反正西门庆总是要找女人的，与其背着我搞得我不清不楚，不如让我看得明明白白，所以就形成一个比较古怪的局面。

西门庆占有了宋惠莲以后，宋惠莲一开头的表现是很糟糕的，她很得意，在府里嘚瑟起来。她甚至拿了西门庆给她的碎银子，大摇大摆地到府门外去买零食，有时候买了瓜子以后，府里面正在大宴宾客，她本来作为一个仆妇，应该去干杂活，帮着照应，她不，她坐在厅堂外面的椅子上嗑瓜子，嗑一地瓜子皮。有的小厮扫瓜子皮就不耐烦，跟她说你别在这儿嗑了，嗑这么一大堆干吗呀？她不以为然，她说你不愿意扫，别人来扫。因为大家都知道西门庆跟她好，所以都敢怒不敢言，她的人性当中有很黑暗的一面，她被主子霸占，不以为耻，反以为荣。

西门庆为了霸占她，经常玩弄她，故意把她的丈夫旺儿派到外面去做采买，这样旺儿一去很长时间，西门庆就可以更方便地和宋惠莲去做那种事，而且也不必非得在潘金莲那儿了，旺儿走了，到旺儿家里去就行。宋惠莲一开始的表现是很不堪的，是一个不但没有光彩，而且让人觉得有点厌恶的角色。但书里写得很有意思，旺儿后来出差回来了，他的那些哥们儿，就是府里面那些和他年龄、地位相当的男仆，聚在一起喝酒，主子霸占宋惠莲的消息他就知道了，他借着酒劲儿说了惊心动魄的话，他说西门庆只休撞到我手里，我教他白刀子进去红刀子出来，好不好，把姓潘的那个淫妇也给杀了，反正也只是个死。

因为他知道西门庆占有他的媳妇，潘金莲起了很恶劣的作用，所以他借酒劲儿说了这样的话。其他仆人听了目瞪口呆，没想到他在醉了以后，说出来的话更吓人。他说他与西门庆之间，仇恨结得有天来大，他说我一不做二不休，到跟前咱们说话，而且更高声叫出两句话，其他人听了以后，更吓得不行，叫作"破着一命剐，便把皇帝打"。就是他觉得他不但可以杀西门庆，他不活了，他为了反抗，为了拼命，甚至连皇帝都敢去招惹。

有人说《红楼梦》里面不是有这样的话嘛——"舍得一身剐，敢把皇帝拉下马"，其实这个话就是从《金瓶梅》里面演化过来的，《金瓶梅》里面的旺儿就说了这样的话。旺儿口出狂言，一开始还没有人去跟西门庆汇报，因为你跟西门庆汇报的话，你重复这个语句的话，等于你恶攻了，西门庆听了不高兴，会连你一块儿给处置了。再说了，旺儿也是因为喝醉了酒，发酒疯说这个话，万一你没告成，旺儿发了酒疯，先跟你拼了命，你也划不来。但是旺儿他回到自己家，跟宋惠莲在一起的时候，他出于气愤，也说要杀西门庆什么的。宋惠莲是什么态度？书里写宋惠莲，一方面她做西门庆的情妇，心甘情愿。另一方面呢，她就还认这个旺儿做她的丈夫，旺儿从杭州那边出差回来以后，她接待他的时候还挺高兴的，她说，你怎么吃得又黑又胖啊？还跟他过夫妻生活，当旺儿口出狂言，说要杀西门庆的时候，她还劝旺儿，她说咬人的狗儿不露齿，是言不是语，就是你要注意，墙有缝、壁有耳，你别吵吵，让别人听见，她对旺儿是一种容忍和保护的态度。旺儿爱不爱她呢？旺儿并不爱她，旺儿爱的是西门庆的一个小老婆——孙雪娥，两人偷偷地幽会，而且旺儿从杭州回来以后，单给孙雪娥带了一些女性用品。这个情况宋惠莲是知道的，但是她就希望能够维持一个什么局面呢？一方面做西门庆的情妇，另一方面继续做旺儿的媳妇，希望生活能够这么继续下去。但是没有想到，后来西门庆终于知道了旺儿的这种表现，就设了一个陷阱，让旺儿掉进去，总而言之，就是西门庆讹赖旺儿偷换了他的银子，对他拷打，把他送到衙门去治罪。

这时，书里面写宋惠莲的表现，出乎一般读者的意料。按说你宋惠莲甘心做西门庆的情妇，而且你也知道你的丈夫旺儿和西门庆的一个小老婆私通，那西门庆把旺儿给结果了，对你不是有好处吗？从此以后，你不仅可以稳做西门庆的情妇，甚至还可以让西门庆把你也娶为一房小老婆，那不挺好的吗？你维护对你不忠心的旺儿做什么呢？但是宋惠莲的表现却是，她竭力为丈夫辩护。她说你们说他要杀爹——府里下人把西门庆叫爹，把吴月娘叫娘——是没有的事。其实她自己在家里就亲耳听见了，旺儿不仅是喝醉酒跟这些哥们儿这么说，跟她也说过。她最后冲到西门庆面前说，爹，此是你干的营生，你活埋人，也要天理。你因他什么，打他一顿，如今拉着送他哪里去？当时旺儿已经被打得皮开肉绽，而且西门庆就让人把他扭送到官府了。当时西门庆还不是提刑官，倚仗着自己在县里面的影响，就把旺儿送到官府去治罪了，后来判了他流放罪，要从清河流放到徐州那边去。旺儿哀求押解他的差役，说能不能让我先到西门府去取点衣服。结果到了西门府门口，根本不让他进，最后他实在没办法，只好到宋惠莲的父亲，就是他的岳父那儿。宋惠莲的父亲是一个卖棺材的，自己做棺材、卖棺材，小本生意。一看女婿成了这个样子，不落忍，给了他一点银子，一些其他东西，带在路上吃用。这些情况，宋惠莲都不知道。西门庆哄她，说你放心，我就是责罚责罚旺儿，过几天我就发话把他放回来，宋惠莲信以为真。后来传来消息，旺儿已经被押解到徐州那边去了。这种情况下，她就发出了更强烈的反抗的声音，这个描写引起了历代读者的讨论，这个宋惠莲确实可以探究一下，她并不爱旺儿，旺儿更不爱她，旺儿爱的是孙雪娥，她甘心情愿地让西门庆霸占，把旺儿打发了，甚至把旺儿弄死了，对她不是更有好处吗？可是书里写宋惠莲过不了心里这道坎儿，她知道了真实情况以后，就关闭了房门，放声大哭，高声嚷嚷，她的话语从她的屋子传到了院子里，府里很多人听见了。她说我的人哦，她指的是旺儿，你在他家干坏了什么事来，被人糊纸棺材暗算着你，你做奴才一场，好衣服没曾挣下一件在屋里，今日只当把你远离他乡弄的去了，坑得奴好苦也，你在路上死活未知。她说这些情况我就如合在缸底下一般，怎的晓得？

她对旺儿，有一种超出了夫妻关系、三角感情关系的纯正的人与人之间的情感，就说在这个世道上，一个人不可以这样对待另一个人。旺儿怎么了，你西门庆为什么把他往死了整啊？她哭诉以后，就上吊了，被人发现了，给救活了。西门庆听到消息，跑来看她。西门庆觉得这是怎么回事，我惩治旺儿，我又没有惩治你，我赶走他留下你，今后咱们不是更快活吗？宋惠莲一看西门庆来了，当着一群人就控诉他，说爹，你好人啊，你瞒着我干的好勾当，你原来就是个弄人的刽子手，你把人活埋惯了，你害死人，你还看出殡的！你也要合凭一个天理，你就是打发，两个人都打发了，如何留下我做什么？

在这时，她完全忘记了旺儿对她的背叛，也不在乎她和西门庆之间的私情，她居然完全站在旺儿的立场上，还把旺儿作为自己的丈夫，俩人合在一起是一体，说你要打发，把我们两个人都打发了，你留下我干什么呀？其实这个问题西门庆听了以后应该觉得不是问题呀，留下你不就为了咱俩一块儿快活嘛？但是宋惠莲过不了这道坎儿。西门庆在府里面是非常有威严的，谁敢骂他呀？背地里骂都冒风险，当面就骂，怎么得了？但是宋惠莲就这样高声地骂了出来。

宋惠莲在西门府里面的这种控诉之声，仿佛划破黑暗天空的几道闪电，撞击着读者的心灵。我们可以讨论一下，宋惠莲为什么是这样的表现？兰陵笑笑生究竟在写什么？兰陵笑笑生是在客观地描述，他本身对这个事情没有什么更多的评议、褒贬，他写的就是一个人内心里的底线，这个底线就是良知。宋惠莲有糟糕的一面，被西门庆玩弄，一开始她还挺得意，甚至她还想在维系和旺儿的夫妻关系的同时，继续享受和西门庆不正当的情爱关系。当她看到自己的丈夫旺儿，虽然旺儿不爱她，甚至还去和孙雪娥偷情，但是她又觉得这个人世间，你西门庆这样一个人，你不可以对另一个人这么样下狠手，不可以这样做。这写出宋惠莲的一条心理上的良知底线，这是很可贵的一种良知。直到今天，对当代的读者也都还有启发：人应该怎么对待人？

所以我得出一个结论，两本书都写了一个女奴，她们反抗的表现，综合评估，宋惠莲的光彩还超过了晴雯。

崇祯本《金瓶梅》绣像·宋蕙莲含羞自缢

两组琴棋书画

之所以把两本书合璧赏读，也确实有这么一个根本的原因，就是《红楼梦》的写作是受到了《金瓶梅》的启发和影响的，没有《金瓶梅》就没有《红楼梦》，《金瓶梅》是《红楼梦》的祖宗，它们之间的承袭关系可以举出很多的例子来说明。比如，《红楼梦》里面有一组"琴棋书画"，是荣国府的、宁国府的四个小姐，她们的丫头的名字包含了琴棋书画，贾元春的丫头叫什么呀？抱琴，说明贾元春她是会弹古琴的，她不弹的时候，琴就装在一个琴囊里，由这个丫头给她抱着。

二小姐贾迎春的丫头叫司棋，迎春会下围棋，书里面几次写到迎春下围棋的场景，所以她的首席大丫头就取名叫司棋。

三小姐贾探春会书法，书里写她住在大观园的秋爽斋，大梨花案上摆着许多砚台，这些砚台除了研墨以外，还具有收藏和观赏价值；另外还有很多自古以来的书法帖子，她练书法可以加以参考；她案上笔筒里面插的笔像树林一样，所以她的首席大丫头叫待书（一作侍书）。待书就是在旁边伺候着，铺好纸以后，帮她研墨，帮她递笔，帮她放镇尺，等待她把书法作品创造出来。

四小姐贾惜春会画画，但是她自己说了，她其实画不了大幅的、构图复杂的画，她就是简单地用毛笔蘸了几种简单的颜色，画一点花枝、一点花鸟，画点简单的小幅的作品，但毕竟她是会画画，所以她的首席大丫头就叫入画。后来贾母来了兴致，命令她画一个大观园的行乐图，要有大观园的这些园林，还要有很多在当中游玩的人物的形象，她就很为难。贾母布置的这个大观园行乐图任务，起码到全书第八十回，她也没有完成。

贾氏宗族的四位小姐，她们丫头的名字，最后一个字连起来就是琴棋书画，体现出一个贵族家庭深厚的文化背景。

在《金瓶梅》里面，有没有琴棋书画的仆人呢？是有的，但不是丫头。西门庆在刚暴发时，生活的形态比较粗糙，后来他有了一个豪宅，他这个宅子有七间门面、五进大院，很可观了，不要说在县城，就是在京城里面，你有一个这样的院落也不得了啊。

西门庆给自己造了这么一个大宅子住进去，当时它的主子一共有几个人呢？主子加起来无非九个人，就是他自己一个，另外六房妻妾，这是七个，最后他女儿西门大姐和女婿陈经济，从东京来投奔他，加起来九个主子。九个主子住进大院，那就需要许多仆人来伺候他们，从书里面细细检索的话，他们的男女仆人加起来应该有三四十个之多，平均每一个主子大概就有四个人来伺候服务。当然在《红楼梦》里面，荣国府的面积就更大了，建筑的规模就更恢宏了，里面的主子虽然只有十几个，仆人却达到几百个之多，所以《红楼梦》里面的荣国府是一个放大了的西门府。两部书里写有钱人的生活，《红楼梦》对《金瓶梅》是参照过的。

西门庆后来积攒的财富越来越多，从一个生药铺，最后开了很多其他的铺子，如绒线铺、绸缎铺，最后他还开了当铺。除此以外，他还做运河上的运输生意，他更用金钱买了官职，开头是县城里的副提刑官，后来就成了正提刑官，相当于一个地方公安局的正局长。有了这样一些财富和权势以后，他就越来越嘚瑟，觉得自己不一般了，要跟街上的普通人拉开距离了。所以他在使用他的小厮方面，就设置了琴棋书画四个小童，找四个少年为他做特别的服务，他其实不学无术，究竟识几个字，读过几本书，从书里边你通读下来都搞不清楚。他是土财主，没文化，但后来他有钱有势，接触到一些有文化的人，接触到一些高雅文化，他就附庸风雅，给自己设置了琴棋书画四个小童。

这四个小童中故事最多的是书童。书童原名张松，是苏州那边的。清河县以及附近的临清大码头，在运河边上。从书里描写来看的话，应该还是属于北方，苏州是运河南边的一座城市，通过运河坐船来到临清码头，来到清河县也不难，但是毕竟有一段距离。张松用今天的话说就是一个北漂，家里比较拮据，到北方找出路，最后他找到清河县县衙，谋了一份差事，当一个小小的办事员。西门庆和县官李知县官商勾结，有来有往，一来二去，李知县就把张松作为一个礼物赠送给了西门庆，西门庆就把他叫作书童，给自己当文秘。

那个时候那种社会，一些小生命都是很悲苦的，前面讲到《红楼梦》里面的晴雯，就是被赖妈妈当作一个小玩意儿送给荣国府的老祖宗贾母的。在他们眼里，这首先不是一个生命，而是一个玩意儿，张松也是一样。不过张松出场的时候，书里说他已经十八岁，是个青年了，但是还被当作一个玩意儿，不被尊重，李知县跟西门庆好，互相送礼物，除了送一些吃的、用的以外，干脆就送人，李知县就把张松赠给西门庆了。西门庆为什么愿意要呢？因为西门庆当时就觉得要附庸风雅，张松知书达理，又能文会写。张松一度住在他的书房。西门庆的书房建造得非常宽阔，布置得非常豪华，西门庆经常待在这个所谓的书房里面，有时候他也需要跟人家通通信，或者人家送来信以后，需要读一读，给回封信，这类事情就由书童来帮他完成。

书童到了西门庆这儿以后，吃穿用度都还过得去，但是知道自己不过是一个玩意儿，被当作一份礼物送到这儿来的。西门庆果然也就玩弄他，因为他长得很俊俏，用今天的话说就活脱脱是个小鲜肉，西门庆有时候一时间找不到女子，就玩弄他。这个书童是很不幸的，表面看着住在西门府吃喝穿都不是问题，但他实际上就是一个玩物。西门府开宴，他还男扮女装唱曲陪宴。西门庆有时候在书房的大理石睡榻上歇息，他只能在脚踏上卧着，西门庆有时候就让他到榻上，供他泄火，书童不得不俯就。其实书童的自我性别认知，以及性心理、性追求，都是明确的，作为一个男青年，他爱慕女青年。前面讲到吴月娘有一个大丫头玉箫，玉箫跟他一来二去的就产生了感情，擦出火花，这是很自然的事，也是很美好的事。他们有自主选择爱人的权利，但是他们两个只能够私下里来往，府里面不但有主子，还有那么多仆人，耳目很多，他们见缝插针来交流感情。

书里写了一把银执壶的故事。有一次府里头在宴请宾客，玉箫想着书童，就拿了一把银执壶，里面装满了酒，还拿了一些下酒的东西，送到书房给书童来享用。没想到，书童当时不在，这事被另外一个男仆发现了，就把这把银执壶偷走了，引出一场风波，后来他们两个就想办法化解了这场危机。但是当他们难得插空做爱的时候，被告发到潘金莲那里，潘金莲闯进来，他们就面临了严重的生存危机，只能双双下跪求饶。潘金莲要挟玉箫，玉箫只好答应。潘金莲可以辖制玉箫，却难以辖制书童，因为西门庆十分宠爱这个小鲜肉，但书童心里明白，他跟玉箫是有情人终成不了眷属，他就想开了，这个地方不能够再待下去了，所以有一天他就卷了一些银两，走出大门。西门府是有看门的，即便是书童，也不能够随便出入，他就谎称是爹，即府主，让他到外头去买一些文具，看门的都知道西门庆挺宠爱他的，就放他走了。他到了码头，雇上船，沿着运河逃回苏州去了，书里把这段情节叫作"书童私挂一帆风"。书童逃走，西门庆当然生气，但也无可奈何，这么一个生命，原来是一个玩意儿，为他去花大力气追捕也划不来。《金瓶梅》里的书童，是一个身为下贱、心比天高，为维护自身尊严不惜冒险的值得肯定的艺术形象。

另外几个小厮，琴童是孟玉楼嫁过来的时候带来的。孟玉楼是一个阔寡妇，她不但带来了大量私人财富，包括两张拔步床，还带来了丫头和小厮。其中叫琴童的小厮和潘金莲私通，西门庆发现以后大怒，就把这个小厮打一顿撵出去了。后来西门庆娶了李瓶儿，李瓶儿也带过来一个小厮，叫天福儿，西门庆为了凑齐琴棋书画四小童，就把天福儿叫作琴童。另外还有一个画童、一个棋童，故事不多，但是说明西门庆作为一个土财主，他后来也在想办法改进自己的形象，附庸风雅，其实他既不会弹琴，也不会下棋，也不会写书法，更不会画画，可是他却为自己设置了琴棋书画四个小童。《红楼梦》可能受到了《金瓶梅》的启发，设置了四个大丫头，名字里面嵌进了琴棋书画的字样。所以这两部书，它们之间是有承袭关系的，这也是一个例证。

一群妓女与一个妓女

在明清两代都有妓女的存在，整个封建社会乃至于一直到民国以后都有妓女存在，直到1949年中华人民共和国成立以后，才彻底扫荡了妓院，结束了有妓女的这种社会状态。所以在明清两代的小说里面出现妓女，这是很正常的事情，但是你检索两部书会发现，都写到妓女，但是在《金瓶梅》里面是出现了妓女的群像，写了一群妓女，而《红楼梦》里面看到前八十回只出现了一个妓女，这个对比度是蛮大的。

《金瓶梅》里面写西门庆，在还没有积累到很多财富，也没有当官的时候，是一个社会上的混混，他经常到妓院去鬼混，所以他一开始娶的小老婆，居然就是妓女。他娶过一个卓丢儿，这个角色只提到了名字，后来他自己说卓丢儿是得了一种病，死掉了。卓丢儿这个名字就是一种妓女的名字。后来又在一个很大的叫丽春院的妓院，娶了李娇儿，排列在所有小老婆的最前面。根据书里描写，李娇儿额尖鼻小，身体沉重，走路不方便。虽然你可以想象西门庆把她娶进来的时候，可能还没这么胖，但是说句老实话，其貌不扬，也说明西门庆在发迹过程当中，一开始他没有那么大的财力、那么大的势力，能够把美女娶过来，所以他首席的小老婆，居然是一个从丽春院娶来的色衰的妓女。书里多次写到这个丽春院，应该是清河县最有名的一个妓院，它的鸨母，就是妓院的女主管。鸨是一种鸟的名字，古人有一个误解，觉得这种鸟好像是只有母的，没有公的，所以后来就把管理妓院的中年妇女叫作鸨母，其实鸨这种禽类，从生物学的角度来说的话，也是有公有母的，这里不做细致的探讨，反正李三妈就是这个丽春院的鸨母。

李三妈旗下就有很多妓女，都姓李，她们未必是她亲生的女儿，也未必是李氏家族的，但是到了李三妈的这个丽春院，取名的时候就都随她姓李，然后再取一个名字，李娇儿就是从李三妈这儿嫁到西门府的。

后来又写到丽春院有一对姐妹，是李娇儿的侄女辈儿了，一个叫李桂卿，一个叫李桂姐。西门庆老到丽春院去鬼混，有时候一去很久都不回家。他和这个李桂姐打得火热，他就居然梳拢了李桂姐。什么叫梳拢？就是在那个时代，明清两代，妓院里面的首席，或者是头几把交椅的漂亮的妓女，她们所谓的妈妈，就是鸨母，妓院的老板，把她们养大了以后，第一次接客，一般就要想办法找一位有钱的，或者是财主，或者是官员，或者又是财主又是官员，作为她们的第一个嫖客，让她们来接待。一个妓院里面出色的妓女，鸨母让其第一次接待一个嫖客，嫖客的这个行为就叫作梳拢。梳拢时嫖客要出大价钱，要办酒席，要举行仪式，之后每月或每年要付包银。西门庆再到丽春院以后，居然又看上这个李桂姐，就梳拢她，这其实是很荒唐的，因为从都姓李的伦常秩序来说的话，按辈分儿她比李娇儿要矮呀，你已经娶了一个李娇儿了，怎么又去梳拢她的侄女儿呢？这不乱伦吗？

但是明朝的那个时候，封建礼教已经开始土崩瓦解了，只剩下表面的一个堂皇的说辞或者装饰，实际上社会很混乱，这种情况在当时也不稀奇。书里是这么写的，按说李娇儿听说西门庆要梳拢她的侄女，应该生气呀，岂有此理呀！你娶我做了小老婆了，你怎么能动我侄女儿呀？但是李娇儿听了以后居然很高兴，她是一个很吝啬的人，可她还拿出银子来为梳拢活动添砖加瓦。说明这些妓女完全没有廉耻感，只要是妓院能够挣钱，怎么着都行。西门庆死了以后，李娇儿盗银归院，她虽然嫁给了西门庆，住在西门府，却始终觉得自己是丽春院的人。

书里后来就由李桂姐把这事儿说破了，李桂姐把这种妓女的价值观、人生追求说透了，论辈儿是姑妈的李娇儿，还是她动员归院的。她说了，咱们妓女喜新厌旧为本，趋炎附势为强，她公然发出这种宣言。所以李娇儿就很坦然地，趁人们都没注意，从正房吴月娘的板箱里面抱出好多大银锭子回到了丽春院。

书里对丽春院等妓院的描写，对我们认识那个时代的社会生态是有帮助的。这些妓院里面，像丽春院是李家的，女孩子就都去做妓女，男孩子一般就做乐工，在嫖客和妓女饮酒的时候弹唱。丽春院的李桂姐那一辈儿的一个乐工李铭，在书里就有他的一些故事。清河县的妓院不止一处，书里写西门庆除了和李家妓院来往以外，还和吴家妓院有关系。吴家妓院里面有个妓女叫吴银儿，她有个兄弟叫吴惠，跟李铭一样，也是乐工。后来又写到他去了一个妓院叫作乐心堂，里面的妓女是郑爱香儿、郑爱月儿，她们有一个兄弟叫作郑奉，也是乐工。西门庆虽然拥有一个挺不错的宅院，七间门面，五进院落，还有花园，可是他并不只满足于在那个空间吃喝玩乐，他甚至于更喜欢妓院里的嬉闹喧嚣与肆意放纵，这也是他那个阶层不少男子的癖好，反映了明代地方的土财主，或者是地方官僚，以及依附于他们的一些男子惯常的一种生活形态和心理需求。

西门庆把妓院当作另一个家，而妓女也可以到西门府穿堂入室，书里写丽春院的李桂姐到了西门府，用北京土话讲叫平趟，可以直接走到正房，走到吴月娘的那个住处，而且后来干脆她就拜吴月娘为干妈，坐到炕上了，这样西门庆不就成她干爹了吗？这样就可以从府里面捞取更多的利益。**这种娼妓文化在当今读者看来真是匪夷所思，但《金瓶梅》这样写是严格写实。**

我们拿《金瓶梅》对比《红楼梦》，《红楼梦》写的是贵族府邸的生活，宁国府、荣国府，包括贾赦自己单独住的一个院子，妓女可不可以随便地进入府邸，甚至穿堂入室呢？是不可以的。所以在《红楼梦》里面，写了很多宁国府、荣国府，包括贾赦住的院子里面的生活情景，写荣国府最多，却没有任何一笔写到有妓女出现。虽然两府的一些男性，像宁国府的贾珍和贾赦的儿子贾琏，他们在府外可能有招妓嫖妓的行径，可是在府里面，他们必须道貌岸然，在府外也不能流连妓院夜不归宿。这符合清代贵族家庭的生活形态，这样描写是准确的。

《红楼梦》里面有没有妓女出现呢？有的，只出现了一个，写得很微妙，她没有出现在贾氏宗族的府第，既不在宁国府，也不在荣国府，也不在贾赦那个院落，出现在哪儿呢？有一天贾宝玉得到邀请，到哪儿去呢？谁邀请他呢？一个叫冯紫英的将军之子，祖上可能封过很高的爵位，到了父亲那辈，爵位就降低了，只是一个将军，但也算得上是一个王孙公子，住的也是一座豪华的府第。冯紫英的生活比较随便，不像荣国府在贾政的管理下那么严谨，他是招妓的。当时他邀请贾宝玉去赴宴，同席的还有薛蟠——贾宝玉的表哥，就是薛姨妈的儿子，薛宝钗的哥哥。他们一块儿吃饭喝酒、说酒令、说笑话。在座的还有一个优伶，就是一个戏子，按说当时戏子是没有社会地位的，上不了台盘的，但这个戏子非同寻常，大名叫作蒋玉菡，艺名叫作琪官，书里写他表演才能非常高超，引起了两个权贵的争夺，一个是北静王，另一个是忠顺王。后来两府争夺这个琪官，这件事情还牵连到贾宝玉，招致宝玉挨了父亲一顿暴打。冯紫英家里的这次家宴，客人成分比较复杂，席间还有一个妓女，这个妓女的名字历来就有读者觉得奇怪，叫云儿，她所属的妓院叫锦香院。云儿，有人就猜疑了，那不是史湘云吗？因为书里面描写，有的时候史湘云就被同辈人称作云儿，林黛玉就用云儿这样的称谓唤过史湘云，所以也有人认为这是一个伏笔，说明史湘云后来家族落难，不幸也沦落为妓女。这些咱们现在不做深度探讨。

这个云儿在相关的情节里面，表现得还是挺有尊严的，她对这些贵族家庭的事情都很了解，比如她就知道贾宝玉的首席大丫头叫袭人。在他们几人一起饮酒作乐的时候，要轮流唱曲，云儿也唱了一曲，实际上就是窑调儿，妓院里面的妓女唱的那种曲调，内容也是跟妓女的生涯相关，她是这么唱的："两个冤家，都难丢下，想着你来又记挂着他。两个人形容俊俏都难描画，想昨宵，幽期私订在荼蘼架。一个偷情，一个寻拿，拿住了三曹对案，我也无回话。"然后有一个叠句。这就是一种妓女的口吻，和小姐们所作的诗词大相径庭。

两相对比，我们可以分析出来，尽管都有钱，但是土豪家庭和富贵家庭，他们所承袭和延续的生活形态是有区别的。在小地方清河县，西门庆那样的土财主家里面，妓女可以穿堂入室，在京城的荣国府这样的府第里面，府里的男性是不可以招妓的，妓女是不可以进入的。当然，一个是明朝的故事，一个是清朝的故事。再强调一下，《金瓶梅》托言宋朝，其实写的就是明朝，更确切地说写的就是明代嘉靖年间的故事。在生活形态上，这两朝的土豪家庭和贵族家庭之间，生活形态是有区别的。

西门庆的十兄弟与贾宝玉的社交圈

　　人都是社会性的存在，两本书里面的男一号，《金瓶梅》里面是西门庆，《红楼梦》里面是贾宝玉，除了写他们和他们的家人之间的种种故事以外，还主要写了他们的社交圈。

　　西门庆热结十兄弟，就是除了他自己，还有九个人一起拜把子，结为异姓兄弟。西门庆是游商西门达的儿子，他发财有一个过程，最早他父亲只留下一个生药铺，算是一个发财的基础，但是在县城里面也算不上什么，县城里面商铺很多，有钱人不少，西门庆又不读书，跟科举考试这条道路了无关系，所以在社会上混，他就必须拉帮结派，于是就和清河县的一群地痞流氓结拜成了兄弟。这十兄弟结拜的时候，**西门庆排第一**，并不是因为他年纪最大，而是他相对来说算是有钱的，其他这些人经济条件都没他好。

　　第二个叫应伯爵，伯爵是一个谐音，并不是他封了爵位，是谐音寓意，他老是白吃白喝，所以这个伯爵谐音就是白嚼。

第三个叫**谢希大**，也是谐音寓意，这个人总是希望能够大捞一票，大占便宜。

应伯爵和谢希大是出现得最多的，经常跑进西门府，蹭吃蹭喝，丑态毕露。

第四个是**花子虚**，李瓶儿原来的丈夫，是花太监收养的一个侄子。原来一个叫卜志道的人死掉了，才把花子虚拉来补上。花子虚后来也死掉了，又补进西门庆一个店铺经理贲地传。

往下有一个叫**孙天化**的，就是这个人说话像天花乱坠一样，又叫孙寡嘴，说大话没边。再往下一个叫作**祝实念**，一天到晚着实地念叨发财。第七个叫**云理守**，就是他手伸得很长，都伸到云里面去了，可见也不是什么正经货色。第八个叫**吴典恩**，一点都不知道报恩。第九个叫**常时节**，老跟人借钱，时常要借贷。第十个叫**白赉光**，就是老想借光，得一点小恩小惠，占点便宜。你看这十兄弟，包括西门庆自己，实在都不是什么正经人。

在不同的版本里，这些结拜兄弟的名字写法有差异，历来读者对其谐音的理解也有差异。

后来西门庆越来越有钱，并且用钱买了一个官，当了县提刑所的副提刑，最后成了正提刑。他越来越有钱，后来又有了势，就对这些兄弟区别对待了，不是都那么称兄道弟，都那么照顾了。有的他来往得比较密切，也比较信任，像应伯爵和谢希大；有的他甚至很厌恶，比如像白赉光，书里面有一段情节就写这个白赉光破衣烂衫地跑到西门府，看门小厮告诉他西门大官人不在家，但是他就赖着不走，小厮也知道他是跟西门庆拜过把的兄弟，也不好把他怎么样，就让他等着。西门庆当时既做生意，又在官场上混，接来送往的都是一些有钱人或官员。西门庆把这些来客，一些有身份的人招待完了，甚至跟他们吃完了饭，白赉光还不走。最后西门庆只好看在拜过把的兄弟的分儿上，很勉强地招待他吃点东西，他吃饱喝足以后才走。为此西门庆把没能拦住他、劝走他的小厮，当然再加上些别的原因，痛打了一顿。这个角色在有的版本里写作白来创，上述情节可不就是白白地来硬闯西门府嘛。

这些人对他经商挣钱并没什么帮助，对他争取当官，当上官以后进一步往上升，也没什么帮助，那么西门庆为什么一直到最后还基本上维持着和这些人的关系呢？两个原因，第一个，就是西门庆虽然在发财路上一步步往前迈，钱积累得越来越多，他当官路上也一步步往前走，最后甚至当了这个县里面的正提刑。可是钱财和权势给他一定的满足，却不能够完全使他得到快乐，他的内心有时候是空虚的，他进不去那些高雅人士的圈子，也欣赏不来高雅文化，而维系和这些人的关系，吃吃喝喝，说一些荤段子，甚至于做一些下流的事情，能让他得到快乐，填充了他在发财和当官以外的心灵空白。所以书里有很多情节写他怎么跟这些人在一起过一种低级趣味的混混生活。

另外，这些人对他来说还有很大的功能，就是帮嫖。西门庆不是总愿意到妓院去鬼混嘛，书里写有时候他到妓院，就住在妓院里面，不回家了。为什么他愿意去妓院？家里有这么多的妻妾，而且有些仆妇跟他也有肉体关系，怎么还去妓院？因为妓院提供了一种可以放肆发泄自己欲望的特殊环境和氛围，可以在那儿胡闹，家里面毕竟没有妓院里那么方便。这一群所谓的结拜兄弟就经常跟随他到妓院，这些人一钱银子也不花，都由他来埋单，跟着吃吃喝喝，获得低级乐趣。所以他需要有这群人帮着他取乐，光是一个人闷得慌，一群人在胡闹，就构成一种很低档的下流社交圈的特殊的氛围，他喜欢这种氛围，喜欢到离不了。

书里写有一次他又到丽春院大吃大喝，还在里面踢球。当时那种球跟现在的足球有区别，是用动物的膀胱做的，踢球的时候，有的妓女虽然裹了小脚，也参与，勾拐踢送，非常自如。妓院里还有专门陪嫖客踢球的群体，叫作圆社。那次在丽春院里面恣意胡闹，把餐厅里面的椅子都弄坏了两把，最后西门庆说散吧，他毕竟有时候也想回家看看，临出门的时候怎么样呢？请看他这些把兄弟的丑态：孙天化把妓院堂屋里面供养的镀金铜佛，抓过来塞自己裤腰里。西门庆去丽春院，主要是跟李桂姐鬼混，他花银子包了这个妓女。既然老大包了这个李桂姐，那么应伯爵就不客气，觉得老大花了银子了，等于是为我们大家都付了嫖资了，他就强迫性地去亲吻李桂姐，李桂姐躲也躲不及，他还顺手把李桂姐头上的一个金首饰拔下来顺走了。谢希大一看孙天化顺走了镀金的铜佛，应伯爵还顺了李桂姐头上的金首饰，他也想顺，但是妓院里其他东西都比较大件，没法往身上披，怎么办呢？他发现西门庆有一把洒金扇儿，这洒金扇儿是当时四川出的一种很有名、很贵重的扇子，妓院的东西没得顺，他就乘其不备，把西门庆的洒金扇儿占为己有了。祝实念一看，他们都有收获，我不能就这么空着手走啊，就钻到李桂姐的房间里面去找，看到了镜子。明代一般都是铜镜，但是李桂姐屋子里面居然有一面水银镜子。铜镜是铜制的，把镜面打磨得特别平整光润，这样可以当镜子照，但是毕竟不如水银镜子，水银镜子就近乎现在的玻璃镜子的效果了。他一看这个水银镜子不错，就给顺走了。常时节什么也没捞着，大家乱哄哄地往外走，他只能跟着往外走，路过柜台的时候，西门庆结账，常时节想起来，他跟西门庆借过一钱银子，他就把这一钱银子添写在西门庆付账的账单里面了，这样他就等于赚了一钱银子。这一群人真是不像样子，但是西门庆跟他们总体来说臭味相投，还挺合得来。书里面有很多细节写他与这些所谓的兄弟一起鬼混，说穿了这是一种粗鄙下作的社会文化。西门庆属于这种文化，对于他来说，就像泥鳅离不开渍泥浑水，在这个社交圈里他很享受。他后来也附庸风雅，但是很吃力，得不到快乐活受罪，是为了升官发财不得已而为之，因此他一直保留着这个社交圈。虽然他逐步地区别对待，但总体并不离弃。**这应该是封建时代县城级的土财主典型的社交圈形态。**

《红楼梦》里面的男一号贾宝玉就不一样了。贾宝玉生活在京城，一个贵族家庭，他是公爵的后代，是一个正宗的王孙公子。他的社交圈，所来往的人物的层次趣味，和西门庆大相径庭。

有的读友可能会这么说了：《红楼梦》里贾宝玉所交往的，肯定都是贵族成员，一定是一些王孙公子或者豪富人士。这么说并不准确。你仔细阅读《红楼梦》就会发现，贾宝玉的交往还是挺特别的，书里写他首先交往了秦钟，秦钟是谁呢？宁国府府主是贾敬，但是贾敬到城外道观跟道士们一起炼丹，就把宁国府交给了他儿子贾珍，贾珍就成了宁国府实际的府主，而且贾珍还是整个贾氏宗族的一个族长，贾珍有一个儿子是贾蓉，贾蓉娶一个媳妇叫秦可卿，这个秦可卿名义上是一个小官僚收养的一个女儿，这个小官僚后来又生了一个儿子，就是秦钟，伦理上是秦可卿的弟弟，当然，他们既不同父也不同母。

　　秦钟的家庭背景和贾宝玉的家庭背景相差很远，一个是公爵府里的公子哥儿，而另一个是比较穷酸的小官僚家庭的后代，两人的社会背景和财富背景是不对等的。但是书里写得很有意思，因为秦钟姐姐嫁到了宁国府，有时候他也会去宁国府见他的姐姐、姐夫。宝玉见到秦钟以后，书里的描写是这样的，说他一见秦钟人品，心中便如有所失，痴了半日，自己心中又起了呆意，他就私下里这么想，他说：天下竟有这等人物，如今看来，我就成了泥猪癞狗了。可恨我为什么生在这侯门公府之家？若也生在寒儒薄宦之家，早得与他交结，也不枉人生一世。可知绫锦纱罗，也不过裹了我这根死木。美酒羊羔，也只不过填了我这粪窟泥沟。富贵二字，不料遭我涂毒了！

　　他见了这个家境贫寒的秦钟，心里没有这类念头：你看我是荣国府今后的财产继承人，我们家多了不起呀！一点这种自傲的情绪都没有，反而非常惭愧。而且自我否定到这种地步，认为自己是泥猪癞狗，是死木头，是粪窟泥沟。这写得很有意思，就是贾宝玉完全不去考虑两人的家庭背景差距，只是觉得秦钟长得又俊俏，谈吐又很文雅，而且竟然有点腼腆，很可爱的样子，他就自觉形秽了。

　　书里写秦钟见了宝玉以后也有心理活动，宝玉形容出众，举止不浮，再加上一看金冠绣服，骄婢侈童——就是伺候他的丫头，一个个都是很傲慢的；伺候他的小厮，一个个也都是很奢侈的样子——内心就对自己说，果然这宝玉，怨不得人人溺爱他。可恨我偏生于清寒之家，不能与他耳鬓交结。可知贫富二字限人，亦世间之大不快事。

书里写宝玉和秦钟后来就成为好朋友了，俩人一块儿还到贾氏宗族的私塾里面去读书。宝玉当然有资格在贾氏宗族的宗学里面去读书，只是他平时还不去，他更多的时候可能是专门请老师到荣国府来教他念书，但是秦钟来了，秦钟就作为贾氏宗族亲戚的一个孩子，到贾氏宗族的私塾里面去读书，叫作附读。跟着宝玉就去了，两个人在私塾里面还有一些故事，后来就非常亲密。但是秦钟很不幸，年纪轻轻的就得病死掉了。书里后来还交代，宝玉想念他，让最亲信的小厮茗烟，把大观园湖里才结出的莲蓬，拿去给他上坟。

宝玉和秦钟的交往，意味着宝玉交往的前提，他不是说非得交往跟自己家族对等或者是比自己家族地位还高的这些人。**他的着眼点不在社会中心，他特别喜欢社会边缘人，秦钟就是一个社会边缘人。什么叫社会边缘人？和社会主流的价值、主流的那些行为模式有区别，甚至格格不入的**，他喜欢这种人。他跟秦钟在一起的时候快活得不得了，虽然他们一块儿去私塾念书，但是对所谓的读书上进、仕途经济，他们都没什么兴趣，不受封建礼教那一套束缚，他们一起享受青春期的友情。

还有一个社会边缘人物，宝玉也跟他特别好，叫柳湘莲。书里交代他原来也是世家子弟，但是读书不成，父母又很早就死去了，于是他成了一个什么状态呢？就是素性爽侠，不拘细事，酷好耍枪舞剑，赌博吃酒，以至于眠花卧柳，吹笛弄筝，无所不为。而且他会唱戏，本来像他这种世家子弟，身份限制，是不能够上台唱戏的，但是他无所谓，兴致来了以后，他就上台唱戏，扮相又美，声音又靓，所以有人就误以为他是优伶一类人物。概括一下，他是个什么人物呢？是破落世家的飘零子弟。这个家族原来一度也居于社会中心，蛮显赫的，但是后来破落了，成员多数死了，柳湘莲就成了一个飘在社会上的边缘化的生命存在了。宝玉跟他很好，而且书里后来交代，柳湘莲和秦钟也很好。一次他们见面，提到了秦钟的祭日，宝玉说我让小厮茗烟拿些新摘下的莲蓬，到他的坟上替我祭奠，茗烟回来跟我说，前次去，那个坟因下雨等种种原因，坟丘走形了，但是这次他去替我摆莲蓬祭奠的时候，发现这个坟又修过了。柳湘莲就告诉他说，是我修的。**他们作为社会边缘人，互相之间是尊重的，即便去世了，也是不忘怀的。**

贾宝玉还和戏子琪官，名字叫作蒋玉菡的，结交成为好朋友。很多贵族大官都喜欢琪官，他才艺非常出众，稳坐京城演艺界的头把交椅。书里面写两个王爷——北静王和忠顺王，都想把他在自己的府第里面豢养起来，专门给自己唱戏。蒋玉菡为了摆脱忠顺王的追索，一度隐居到东郊。作为一个戏子，在那个时代、那个社会，总体而言是一种下贱的社会存在，别看王爷宠着，人们在心里面都觉得他们是下等人物。但是宝玉不在乎琪官的戏子身份，而是觉得他身上有一种独特的气息，就是那种由着自己性子生活，冲破牢笼，争取自由的可贵的精神。

贾宝玉和秦钟、柳湘莲、蒋玉菡交往，都说明他愿意和有别于社会主流的边缘人物来往。有读友可能会问了，贾宝玉和北静王不是挺好吗？北静王地位多高呀，他是皇帝的兄弟，而且皇帝对北静王很好，北静王很看重宝玉，宝玉也很喜欢北静王，但是并不意味着宝玉就看重北静王的社会地位。书里一再写宝玉最不愿意和高层的人物交往，他对一个人的背景不感兴趣，他感兴趣的是这个人本身。他之所以跟北静王交好，并不是因为他觉得北静王是皇帝的兄弟，是地位很高的当朝人物，而是因为两人性情上有共同之处。北静王虽然身为王爷，但是他在这个朝廷里面也是一个异类，也是一个边缘人物，他和皇帝所推崇的朝廷主体的那些东西，是有区别的。

152

书里写在秦可卿的丧事过程当中，北静王亲来上祭，然后北静王和宝玉见面了。书里写宝玉举目见北静郡王水溶，头上戴着洁白簪缨银翅王帽，穿着江牙海水五爪坐龙白蟒袍，系着碧玉红鞓带，面如美玉，目似明星，真好秀丽人物！宝玉原来是最看不起这些达官贵人的，但是一看这个北静王，他很赞赏。

北静王见了宝玉也很喜欢，还让宝玉把身上的通灵宝玉解下来给他看，然后北静王就有这样一段话，你要特别注意，北静王说小王虽不才，却多蒙海上众名士凡至都者，未有不另垂青眼，因是以寒第高人顿聚。令郎若常去谈会谈会，则学问可不日进矣。就是北静王经常在他的府第里面聚集各地来的一些名士，一起高谈阔论，这个是在当时时代和社会，皇帝所不允许的，是违反皇家的游戏规则的。北静王就很随意，仗着当时的皇帝对他比较溺爱，皇帝可能也不太清楚他私下在府第里面搞这些名堂，所以北静王是很另类的，他把他自己的这个府第变成了一个自由论坛了，而且他还邀请贾宝玉去参与那种非主流的、不合时宜的社会活动，用今天的话就叫派对。

所以宝玉和北静王的交往，实际上也是和社会边缘人交往，在整个皇族里面北静王也是一个边缘人物。书里面后来还几次写到北静王和贾宝玉的交往，北静王在和贾宝玉第一次见面以后，就从手上褪下了一个手串，赠给了贾宝玉。这个手串叫作鹡鸰香念珠串，宝玉回到荣国府以后，见了林黛玉，还很得意地把这个鹡鸰香念珠串转赠给林黛玉，而且告诉她这是北静王给的，而且北静王说了，这是皇帝给他的。结果林黛玉说什么臭男人戴过的，我不要，啪的一下扔地上了。

后来又有一个情节写下雨的时候，那时候已经有大观园了，宝玉就从怡红院到了潇湘馆。林黛玉见宝玉头上戴一个大斗笠，身上披着蓑衣，而且后来发现宝玉的穿戴是配套的，除了头上这个斗笠和身上的蓑衣以外，底下还有一双棠木的雨鞋，可以套在已经穿好的鞋上。这三样东西都不是寻常街市上买来的，是很特别的，宝玉就告诉她，这三样都是北静王送的。他说王爷在下雨的时候，在家也这样穿戴。而且宝玉为了表示跟林黛玉友好，说要不我也弄一套来送给你呀。这些细节都说明，宝玉和北静王始终保持着联系，北静王所邀请他参与那种府第里面的聚会，一些各地来的名士在那儿聚谈，宝玉也参与过。这种聚谈可能所谈的，就不是主流意识形态的内容了，应该是一些边缘化的话题。按曹雪芹的构思，八十回后可能有这样的情节：北静王这种越轨的聚众议政的行为，被贾雨村那类人告密，皇帝改变了对北静王的态度，牵连到贾宝玉，加上别的因素，导致了宁荣两府的覆灭。

合璧赏读两本书，就发现两位作者都很会写，写书里面的男一号，他的社会性一面，他交往的朋友圈，都很符合这个人物本身的身份，也体现出这个人物本身的追求。西门庆没有高档的精神追求，他喜欢这些跟在他身边的混混兄弟在他面前插科打诨，嬉皮笑脸，说黄段子，挥洒低级趣味。如果缺少这种低级趣味，他觉得生活就没乐趣了。贾宝玉却是专门选择和他父亲不一样的，那种在思想上比较自由、行为上比较浪漫的社会边缘的人来往。在和这些人来往当中，他能获得从父亲那儿、从主流的意识形态那儿获得不了的一种精神放松和精神快乐。

两对旺儿和兴儿

有一个现象，读过两本书的读友一定会发现，就是在《金瓶梅》里边写西门府，男仆里面有叫旺儿的，有叫兴儿的。到了《红楼梦》里面，写到的男仆，也有一个叫旺儿的，一个叫兴儿的。两本书里各有一对旺儿和兴儿，这很有趣。这也说明两本书确实有着承袭关系，《红楼梦》确实受到了《金瓶梅》的影响。

先说《红楼梦》里面的这一对旺儿和兴儿，旺儿和旺儿的媳妇经常出现，从书里面描写就可以知道，荣国府管理府务的是贾琏和王熙凤，他们有一个通房大丫头叫平儿，协助他们管理府务，权力也挺大。王熙凤有一心腹小厮叫旺儿，旺儿和旺儿的媳妇对王熙凤可以说是忠心耿耿，他们为王熙凤的服务当中有一项特殊的服务，就是荣国府有一个总账房，除了对外的经济交往以外，府内的这些人从贾母起到太太们，到姨太太们，到小姐、公子这些人，乃至于他们的丫头、婆子、小厮，每个月要发给一定的银钱，主子们是津贴零花钱，丫头、小厮、婆子、男仆就是工钱，银子按两算，如果银子不能成整数的话，就给成吊的铜钱。这些都由王熙凤来发放，比如贾母一个月要二十两银子，王夫人要二十两银子，小姐们一个月要二两银子等。王熙凤有一个做法，贾琏都不清楚，平儿知道，就是每次她从总账房把所有银子总领过来以后——府里这么多人，加起来起码得好几百两——她先不往下发放，她放高利贷。当然，像贾母和王夫人这些顶尖级的人物她不敢怠慢，及时发放。就连贾宝玉、林黛玉这些公子小姐，她都敢不及时发放。有一次宝玉的首席大丫头袭人就跑来问平儿，说这都什么时候了，怎么这个月的月银还没发下来呀？就可见王熙凤不及时地把大把的银子往下发，而是放高利贷，当然是短期高利贷。在当时社会上有一种人，为了资金周转，会接受很高的利率，越是短期，利息越高，王熙凤就赚这个利息。比如，这个钱你借去十天，借你三百两，十天还回来可能就得是三百六十两，甚至于四百两。有的借贷的人就接受这种高利息，这个按清代法律是违法的，叫作违例取利。官方对民间借贷有规定，利息不能够太高。你可以比官方借贷，或者官方允许的，如当铺这种机构利率高一点，但是你不能够过高。王熙凤就是违例取利，她是以很高的利息，把钱借出去，一二十天，再把这个钱连利息一块儿收回来，收回来以后这个利息就归她个人了，她再把银子根据府里规定发放下去。王熙凤这个违例取利的事，就是由她心腹的小厮旺儿和旺儿媳妇这两口子给她操办的，很长时间连贾琏都不清楚。

旺儿和她的媳妇为王熙凤这样一个府里面的管家做特殊服务，王熙凤对他们也是有回报的，书里有一回叫作"来旺妇倚势霸成亲"，就是来旺媳妇，倚仗着王熙凤对她和旺儿的信任，因为他们私下为王熙凤做了很隐秘的事情，她就要强娶府里的漂亮丫头，嫁给他们丑陋、酗酒、不成才的儿子，王熙凤竭力成全。

王熙凤和贾琏还有一个男仆是兴儿，这个兴儿是专门为贾琏服务的。书里有一段很重要的情节就是贾琏瞒着王熙凤，偷娶了尤二姐，这是怎么一个人物关系呢？宁国府贾珍原来的妻子去世了，就娶了一个尤氏填房续弦。尤氏家里面又出现一个很古怪的局面，尤氏的父亲还在，但是她母亲去世了，这个老父亲续娶了一个寡妇，书里叫作尤老娘，她嫁过来的时候，带来两个拖油瓶，什么叫拖油瓶？就是过去那个社会里面对寡妇带过来的孩子的一种不雅的称呼。这两个拖油瓶女孩子，一个叫作尤二姐，一个叫作尤三姐，因为从伦理关系上来说，从尤氏往下排，两个都比尤氏小嘛，尤氏就算是大姐，然后是二姐、三姐，其实尤氏和这两个女子，既不同父，也不同母。后来因为宁国府实际的府主贾敬在郊外的道观炼丹，吞了丹，以为升天了，其实是中毒死亡了，这样宁国府就需要大办丧事，人手不够，就把尤老娘，以及尤氏名义上的两个妹妹接过来，到宁国府来帮着照应。在这种情况下，贾琏就瞒着王熙凤偷娶了尤二姐，在城西北的花枝巷买了一所院落，包二奶，把尤二姐包养起来，让尤老娘和尤三姐也搬去住。开头瞒着王熙凤，后来当然就败露了，王熙凤就趁着贾琏出差，把尤二姐骗进了荣国府。

贾琏做偷娶尤二姐这些事，为他服务的小厮就当然不是旺儿，而是兴儿。兴儿对贾琏忠心耿耿，为贾琏保密。书里写贾琏在花枝巷包养尤二姐以后，有一天贾琏不在，尤二姐和尤三姐就让兴儿蹲在炕沿儿底下吃东西。兴儿因为是仆人，没有资格坐在炕沿儿上，也没有资格坐在椅子上，就只能在炕沿儿底下蹲着吃尤二姐上给他的一些酒菜。尤二姐就一长一短地打听荣国府里的事，因为尤二姐虽然模模糊糊知道荣国府是怎么回事，但是毕竟不是很清楚，于是就让兴儿提供情报。书里写这个兴儿就笑嘻嘻的，在炕沿儿底下一头吃，一头就把荣国府的事情详细地告诉了尤二姐她们。

兴儿这么说："我是二门上该班的人，我们共是两班，一班四个，共是八个。"就是他们没有事的时候是不能随便进入贾琏和王熙凤住的那个院子的院门的，他们在二门外头等着候着，传下话来，给他们布置任务，他们去完成。兴儿就说了，不是一共有八个人嘛，这八个人有几个是奶奶的心腹，有几个是爷的心腹。奶奶就是指的王熙凤了，爷就是指的贾琏。说奶奶的心腹我们不敢惹，爷的心腹奶奶就敢惹。可见这个贾琏是怕老婆的，王熙凤是很厉害的。然后兴儿就告诉尤二姐，提起我们奶奶来，告诉不得，奶奶心里夕毒，口里尖快。我们二爷也算是个好的，哪里见得她！然后就夸平儿，说平儿有善心，对下人比较好。

后来又说到王熙凤，说她一味地哄着老太太、太太欢喜，她说一是一，说二是二，没人敢拦她。又恨不得把银子钱省下来，堆成山。如今连她正紧婆婆大太太都嫌了她，说她雀儿拣着旺处飞，黑母鸡一窝儿，自家的事不管，倒替人家去瞎张罗。按伦理秩序，贾琏是贾赦的儿子，王熙凤是贾赦的儿媳妇，贾赦的夫人是谁呢？是邢夫人，所以正经婆婆应该是邢夫人，但是王熙凤又是王夫人的侄女，所以她在荣国府做事，处处都维护着王夫人，所以邢夫人对她有闲话，说她雀儿拣着旺处飞，黑母鸡一窝儿。兴儿居然就把府里面的一些矛盾都披露了。

然后尤二姐就说了，你说起这个二奶奶这么厉害，我倒想见见她。兴儿就连忙摇手道，说奶奶千万不要去，我告诉奶奶，一辈子别见她才好，嘴甜心苦，两面三刀，上头一脸笑，脚下使绊子，明是一盆火，暗是一把刀，都占全了。像奶奶这样斯文良善的人，哪里是她的对手？后来尤二姐被王熙凤骗进荣国府，果然被王熙凤借刀杀人，死于非命。

其实在《金瓶梅》里面就有两个小厮，一个叫旺儿，一个叫兴儿。相比而言，《金瓶梅》里面的这两个小厮形象，比《红楼梦》里面的旺儿和兴儿的形象还要鲜明，特别是旺儿。而且请注意，在《金瓶梅》里面这两个小厮，作者都交代了他们的姓氏。旺儿又叫来旺，姓郑，叫郑来旺，简称旺儿；兴儿叫甘兴儿。《红楼梦》里没交代的旺儿和兴儿原来姓什么，就是旺儿和兴儿。

《金瓶梅》里的旺儿原来是有媳妇的，他媳妇死了以后，他续娶的谁呀？前面讲了很多，就是宋惠莲。宋惠莲嫁给他以后，两个人将就着过夫妻生活，但是旺儿私下里跟西门庆小老婆孙雪娥私通。前面讲到过这个旺儿被西门庆支开了去出差，西门庆让他出差就是为了更方便地占有宋惠莲。但是旺儿出差回来以后，跟府里其他男仆聚集喝酒，听说了主子占有他媳妇的事，旺儿虽然不爱宋惠莲，但是作为一个男子汉，觉得自己媳妇被西门庆占有，他也是很气愤的，借着酒劲儿就说了要杀西门庆那样惊心动魄的话。这些男仆要不要去向府主西门庆报告呢？实际上除了一个人以外，其他人听就听了，都没有去报告，为什么呀？你去报告这件事情，对你自己能有什么好处？搞不好西门庆一听当场发火，先把你给惩治了，再去找旺儿。所以其他男仆听了这个话觉得很吓人，却都没有去检举揭发，那后来西门庆是怎么知道的呢？谁去检举了呢？就是甘兴儿。

兴儿是西门庆的父亲西门达，当时作为游商跑到甘肃去收养的一个流浪的孩子，不知他的父母是谁，就作为一个小厮，带回清河县了。因为是从甘肃带回来的，所以就把他叫作甘兴儿。按说这个兴儿在西门府应该是服侍西门家族历史最悠久的一个小厮，西门庆原来对他也谈不到什么不好，因为甘兴儿从小跟着西门庆的父亲西门达到处游荡着经商，所以他是一个对外出采购很有经验的人。顺理成章地，西门达死了以后，在清河县留给西门庆一个生药铺，像收购药材这一类事情照例由兴儿去完成，西门庆对他也还是信任的。

但是西门庆忽然对府里的一个仆妇宋惠莲产生了兴趣，他占有宋惠莲，宋惠莲那个时候恰巧又成了旺儿续弦的妻子。西门庆为了能够更畅快地和宋惠莲发生关系，就把原来由兴儿承担的采买任务转交给了旺儿，这对兴儿是个打击。因为大家知道主子让你去外出采买，会给你一笔资金，这笔资金除了采买的那些东西需要付出以外，剩下的就可以归自己，所以是一件肥差、美差，谁都不愿意放弃这份美差。旺儿夺了兴儿的美差，兴儿心里面是怀恨的。旺儿出差回来以后，男仆们聚集在一起喝酒，兴儿听见旺儿口出狂言，要杀了西门庆，他就决定要告发这个事情。但兴儿多年在西门府生活，他也知道西门庆的脾气。你当他的面说难听的话，这个话可能是别人说的，你转述，他听了以后也会生气，可能一跳三尺高，先把你给惩治了，所以兴儿就决定另找办法。

　　好在兴儿跟潘金莲够得着，能够说上话。他就没有直接地去找西门庆告发旺儿，而去找了潘金莲，把旺儿跟大伙一块儿喝酒说的这些狠话告诉潘金莲了。旺儿当时借着酒说的那个狠话里面，不光要杀西门庆，也要杀潘金莲，因为他后来也知道是潘金莲干脆提供场地，让西门庆和他的媳妇发生关系，所以他就说要把两个人都杀了。潘金莲一听就急了，那还得了，就把这个事告诉西门庆了，而且跟西门庆说，这个旺儿你要斩草除根，不光要给他治罪，最好让他死掉。后来西门庆就设计陷害了旺儿。

　　而郑旺儿的经历在《金瓶梅》里面还挺曲折，形象远比《红楼梦》里的旺儿丰满。前面讲过的不多重复，旺儿后来不是被西门庆陷害，交给官府严刑拷打，最后流放到徐州那边去了吗？西门庆死后，孙雪娥当时还跟吴月娘一起守节，有一天孙雪娥走出西门府的院门，因为听见有惊闺的声音。什么叫惊闺？现在社会还有，就是有的游动做生意的人，拿着一串铁板摇晃着哐当哐当响，声音传到院子里的闺房，所以叫惊闺。孙雪娥就知道有人要来游动着卖东西，就出去看，一看，来的这个人怎么有点眼熟？仔细端详，不是别人，就是来旺，怎么回事？原来旺儿被流放到徐州后，经过了一番曲折，他逃脱了流放那种悲惨的处境，又混回清河县，跟着一个打造银器的师傅学了点手艺。他现在摇动惊闺，背着一个箱子到这儿干吗呢？就是沿街叫卖，卖他箱子里那些银器，这样就和孙雪娥重逢了。

　　当然，后来他们俩就想方设法幽会，甚至于最后想了一个办法，让孙雪娥逃出了西门府，一块儿私奔了。但两个人的结局都很不好，他们私奔没有成功，被官府抓捕了，孙雪娥被官卖了，被她的仇人庞春梅买到守备府去了，经过一番折磨以后，又从守备府转卖到妓院，成了临清码头妓院的一个妓女了。最后又因为种种的矛盾冲突，上吊自尽了。旺儿的结局也不好，本来好像柳暗花明了，又混回了清河县，跟着一个打

160

造银器的师傅学点手艺，沿街背着箱子卖银器了，但没想到和孙雪娥重逢以后私奔没成功，二次被流放，后来就不知所终了。

兴儿把旺儿说狠话的情况到潘金莲面前揭发了，潘金莲告诉了西门庆，西门庆处置了旺儿，他算立了一功，继续留在西门府。旺儿被处置以后，估计采买的活就又归他了。他是西门府最老的仆人，所以就一直留下来。西门庆死了以后，在西门府里面，吴月娘看在他是老仆人的分儿上，也给他做了一个安排。那个时候李瓶儿早就死了，但是李瓶儿生下官哥儿以后，有一个奶妈叫如意儿，如意儿后来跟西门庆还发生了关系。西门庆死了以后，如意儿还继续留在西门府，于是吴月娘做主，就干脆让兴儿娶了如意儿，这样她身边有小玉和玳安一对夫妇给她养老送终，兴儿和如意儿成为夫妻以后，也可以继续在府里面为她服务。**总体来说，两对旺儿、兴儿，《金瓶梅》写得比《红楼梦》情节更丰富，人物性格也更饱满，对人性的揭示也更深刻、更可信。**

两个偷金的丫头

　　两部书都是写富人家的生活,《红楼梦》写的是京城的豪门贵族,《金瓶梅》写的是地方财主。不管什么样的富人家庭,在当时,金子、金子的制造品,都是他们所看重的。

　　西门庆挣回来银子,也增加家里金子的储存量。有一天给他跑买卖的人向他汇报买卖收益、缴纳买卖所得的时候,也是为了携带起来方便,更是为了讨他的喜欢,一部分的收益就以五个金锭子的形式交付给他。这五个金锭子和一般的银锭、金锭的造型不同,是打造成了五个很宽很厚的金镯子。当时西门庆春风得意,不仅财富增加了很多,而且谋得了官职,成为清河县提刑所的副提刑,更可喜的是他的小老婆李瓶儿给他生了一个男孩,取名官哥儿。得了这五个金镯子以后,他不像一般的财主,会很看重,赶紧拿到上房,妥善地收藏在保险的地方。他很豪爽,他喜欢李瓶儿,更喜欢李瓶儿给他生的官哥儿,就把这五个金镯子拿到李瓶儿的住处,作为官哥儿的玩具。官哥儿一个婴儿,根本不懂得什么金子,抓在手里头也不知是个什么东西。李瓶儿是一个富婆，她嫁给西门庆的时候，自己并不贫穷，之前就转移了一些财产给西门庆，正式嫁过来以后又带过来一些财产，见过金子，也没有对这几个金镯子大惊小怪。而且她觉得金子比较凉，小孩直接摸着不好，就拿着一个大手帕，把这些镯子包起来，再让孩子玩儿。

西门庆的这个举动令潘金莲嫉妒，她就跟孟玉楼议论，说你看这么小的孩子，就拿这么大的金镯子给他玩儿。因为有了这五个金镯子，官哥儿在玩儿，就引来家里边很多人围观，一些其他当时手里没活儿的丫头都来看热闹，乱哄哄的。这些人逐渐散去了以后，李瓶儿就发现手帕里应该是五个金镯子，只剩四个了，少一个，怎么回事？想必当时乱哄哄，一群人围在床边，看官哥儿，看热闹，有人趁乱偷走了一个。把这个情况报给了西门庆，西门庆当然生气，谁呀？分析起来，肯定是当时围观的那些丫头当中的一个，西门庆就发狠，说挨着个儿给我拷打，问出来是谁偷的。当时在厨房里面一些丫头帮着做饭，有一个丫头叫夏花儿，李娇儿的一个丫头，她听有人在议论说，爹——就是指的西门庆——让人买狼筋去了。她听了以后就问，什么是狼筋？有人告诉她说，哎哟，你可不知道这个东西，是从狼的身上抽下来的筋，又长又特别有韧性，拿那个抽人的话，抽到你身上，那个筋就像蛇一样缠着你的身子，疼死你。说爹现在急了，要拷打人，要问出来是谁偷了这个金镯子。夏花儿听了以后瑟瑟发抖，因为就是她偷的。她一听，哎哟，不得了，一会儿真把狼筋买回来，西门庆挨个儿让丫头来坦白，挨个儿拿这个狼筋来抽，怎么办呢？她就打算逃跑。西门府挺大的一个宅院，门口都有把门儿的，你一个丫头这个时候往外跑，跑得出去吗？结果，她躲在马棚里的马槽底下，打算在天黑以后爬出来，再设法溜到府外去。

结果狼筋有没有买回来并不知道，就听见正房里边闹嚷嚷的，西门庆在发怒，而且有人发现了夏花儿不见了，就有小厮到马圈那儿搜查，把她找到了，将她带到西门庆的跟前，让她坦白是不是偷了金镯子。夏花儿开头不承认，于是就让人搜她的身子，结果一搜，咣当，那个金镯子很大，就从她怀里头掉出来了，但夏花儿说不是偷的，是捡的。西门庆没有拿狼筋抽她，因为那会儿是扬言要买狼筋，可能没买来。但是给她上一种刑罚，叫作拶刑。明清两代都有这种刑具，用烫红的铁丝在一些很结实的竹片上面上下穿孔，再用很结实的皮条，把若干个竹片连起来，然后两边再设置可以放松和收紧的带子，也用很坚韧的皮子来做。怎么行刑呢？就让受刑者把十个手指头分别放到这种刑具的竹片的缝隙里面，然后就问你说不说，你不说，两边就有人去拉那个收紧的带子，一收紧以后，竹片就把手指头紧紧地夹住，再使劲儿的话，就会让手指头皮肉开绽，再使劲儿，甚至可以把手指头的骨头弄断。这是一种很残酷的刑罚。

西门庆就让人给夏花儿上拶刑，痛得她杀猪般地叫，又被掀翻在地敲了二十棍，最后她才承认是趁乱偷的。这个事最后怎么了决呢？按说应该把夏花儿撵出去或者卖掉，若开恩留下，应该是吴月娘跟西门庆说。但是，却有人先一步到西门庆跟前求情，就是丽春院的李桂姐。李桂姐跟西门庆的关系很好，西门庆梳拢了她，闹翻后又原谅，她后来更拜吴月娘为干娘，到西门府长驱直入，直达正房炕上。李桂姐有一个想法，就是夏花儿虽然偷了金子，很讨厌，但是夏花儿是二房李娇儿的丫头，李娇儿是从丽春院嫁过来的，论辈分是她姑妈，如果偷金子这个事闹大，把夏花儿处置得很惨的话，传出去对她姑妈李娇儿的名声不利，对丽春院的名声也不利，也会影响到她的名声，她就仗着西门庆对她宠爱，到跟前去求情，意思就是，你看这个金子也回来了，夏花儿打一顿就算了，就还留在李娇儿那个房里头，估计以后她也就不敢再偷东西了。西门庆是一个喜怒无常的人，听李桂姐这么一求情就答应了。夏花儿虽然偷了金子，但是居然没被撵走、卖掉。

吴月娘知道以后就很生气，她心想，我才是这个府的府主婆，我是西门庆的正妻，底下丫头犯了事，要赦免，应该由我来跟他说，怎么李桂姐说了，西门庆就听了，这个事就算了呀？但是吴月娘也不好发作，因为西门庆已经同意了李桂姐的建议，而且吴月娘对那样给夏花儿上拶刑、打棍子也心有不忍，早有赦免之心。吴月娘心里窝火，总得找个出气筒，最后就借机把气撒到小厮玳安头上，玳安明知自己无辜，却隐忍承受。**兰陵笑笑生把人情世故写得力透纸背。**

《金瓶梅》里夏花儿偷金这一段情节很值得咀嚼。写到了底层的丫头，有时候会产生一个想法：我不能老在这儿这么当丫头啊，有这个机会，我偷一个金镯子，一旦能溜出这个府，这个金镯子就是我今后谋求好生活的一个经济基础。**当然这种偷窃的行为并不值得肯定，但是作为下层的一个丫头，她有想办法逃出去，为自己谋求一种更好的生活的勇气，又是值得我们理解和同情的。**

和《金瓶梅》一样，《红楼梦》里面也写了一个偷金的丫头，就是贾宝玉身边，怡红院里面的一个丫头，叫坠儿。这个坠儿偷了什么呢？当时冬天一群公子、小姐在大观园里面吃喝玩乐，吃生烤鹿肉。烧烤这种吃法自古就有，《红楼梦》里面就写到，公子、小姐们围在一起，把生鹿肉放在铁丝蒙子上，用火炭烧熟了，然后拿叉子叉着吃。这个事是史湘云领头的，其他的小姐和宝玉都跟着吃。这个过程当中，王熙凤的大丫头平儿，她虽然身份是丫头，但是府里面的公子、小姐对她都很尊重，把她视作跟自己地位一样的人，所以就在一起吃。平儿当时手上戴了一个虾须镯，这个手镯的主体是金子，形状虽然是一个圆圈，但是不断地好像有虾须伸出来，而且上头还镶了很大的珍珠，是一件很贵重的首饰。

平儿吃烧烤的时候，为了方便，就把这个镯子褪下来，搁一边儿了。没想到吃完想再戴回去的时候，就不见了。谁偷了呀？就是怡红院里面的小丫头坠儿，她偷了以后被人发现，告发给了平儿，平儿好心肠，她觉得宝玉是一个顾脸面的人，如果传出去是宝玉屋里的丫头偷了金子，对宝玉是名誉上的损失，所以她就偷偷来到怡红院，把宝玉身边的一个丫头麝月，叫出来两人说悄悄话。平儿的意思就是现在知道是坠儿偷了，而且举报者也把坠儿偷的那个虾须镯拿来交给她了，她说你们知道就行了，不要外传了。问起来，怎么这个虾须镯你又戴手上了呀？我就说，可能是我不小心掉在雪地里头，被雪盖住了，现在太阳一晒，雪化了，黄澄澄的在那里发光，我捡起来一看，就是虾须镯，所以我就捡回来了。

这段对话正好被宝玉听窗根听见了，宝玉觉得平儿真是不错，能够把这个事瞒起来，既顾了他的脸面，也等于是保护了整个怡红院丫头的名声。同时宝玉又觉得这个坠儿也确实可气，怎么就那么没眼力见儿，那么贪小？其实也不是贪小，这是很贵重的一件金首饰。宝玉就把这个事跟正在养病的晴雯说了，晴雯是个火暴脾气，就做主把坠儿给撵出去了。坠儿为什么偷虾须镯？跟《金瓶梅》里面的夏花儿一样，也是为自己今后能够掌握自己命运做打算。因为像她这样的丫头，长大了以后就会由府里面的管家，不管你自己愿意不愿意，把你指配给一个小厮，去为荣国府再生男仆和丫头。她偷拿一个虾须镯，今后就可以把它变卖，换成银子，贿赂有婚姻分配权的管家，给她一个比较像样的配偶，或者今后被撵了，出了府以后，作为自己谋求今后较好生活的一个经济基础。

两本书写的这两个偷金的丫头，她们的偷盗行为都不足为训，而她们之所以要偷金，其中所反映出来的一种心理，就值得我们去分析，最后对这样底层的小人物，能够理解他们，甚至于去怜悯他们。

崇祯本《金瓶梅》绣像·避马房侍女偷金

夏提刑与冯紫英

　　两部书里面都写到主人公和一些人的交往，西门庆的朋友圈，主要是他结交的十个社会上的混混，他们拜了把兄弟，叫作十兄弟。贾宝玉和一些社会边缘人来往，有一些角色，还不能算是他们的社交圈里面主要的角色，但是也有交往，在这种交往当中，也形成一些故事。

　　《金瓶梅》写的是清河县的故事，托言宋朝，其实写的是明朝的社会生活，那么就得使用一些宋朝的真实人物的名字。它里面写到了一个叫朱勔的人物，朱勔是宋朝宋徽宗时期实际存在的一个人物，这个人后来被认为是一个国贼，北宋的灭亡跟这个人有关系。朱勔当时在朝廷里面是负责全国司法系统的一个高官，所以像清河县的提刑，这种机构，这种官员，都是归他总管的。书里写朱勔开始很受宋徽宗的信任和宠爱，封他一个什么官啊？当时封官，皇帝喜欢你，一大串的官名，叫作光禄大夫掌金吾卫事太尉太保兼太子太保，还有一大堆其他的词，其中最值得你注意的是"金吾卫"这个头衔，就意味着他是全国的警察警务这方面的总指挥。

故事的开头西门庆在清河县混，跟他热结的十兄弟在当地胡闹，他自己还不是官，所以他就想办法贿赂官员，官员也不是你随便就可以去贿赂的。官员吃贿赂，但是他希望隐蔽一些，不要让外人知道。西门庆当时用一个什么办法呢？就是借钱给官员。名义上我不是贿赂，官员买一所房子，买一些田地，银子不凑手，我借给他，我没白送给他，今后他有了银子，连本带利还给我，这样人们就说不着什么了，实际上就是一种变相贿赂。当时清河县提刑所的正提刑，是夏龙溪，夏提刑。通过借给夏提刑钱，西门庆在清河县遇到什么事，跟夏提刑打个招呼，夏提刑就是他的保护伞，就会罩着他。后来西门庆经商越来越成功，财富越来越多，而且他就不是只贿赂提刑官这样的官员了，他就干脆派人到首都东京，当时宋朝的首都，又叫东京，现在开封那个地方，大手笔地贿赂东京的大官，后来他自己就得到了官位，在夏提刑之下。夏提刑是正提刑，他成为清河县的副提刑，他们成为同僚了，两人一度合作得也还不错，沆瀣一气，狼狈为奸。再后来西门庆就不满足了，逮了一个机会，就是当时全国提刑官的总头朱勔要举行一个大型的活动，把全国各地的提刑官都召到东京聚集，接受他的检阅。各地的提刑官纷纷来到东京。当时朱勔府第门口挤满了人，都插不下脚，各地提刑官都派人给他送礼。西门庆当时准备了三十杠礼物，什么叫一杠？就是这个礼物需要两个人拿一根杠子，前后抬着，杠子当中吊着一个大箱子之类的东西，里面都是贵重的物品，这叫一杠。西门庆一下就可以送三十杠，他只是一个县城的副提刑官，他就送三十杠的礼物，你想，当时北宋有多少正提刑、副提刑，都送礼物的话，不堆成山了吗？当然，每一个提刑官送礼物可能还不完全一样多，西门庆因为是土财主，兼这个县里面的副提刑，所以他特别阔气，他就能够一下子送三十杠。注意：不是三十担啊，担是一个人拿一个扁担，两头吊着东西，那叫一担，一担的东西没有一杠多，一杠是两个人前后共同承重，杠子上吊着一个很大的东西。

相对来说，夏提刑虽然在当地也是作威作福，鱼肉百姓，但是自己不经商，所以他的财富就没有西门庆多，他肯定也送礼，可他就送不了三十杠。西门庆未到京城，就开始钻营，到京城以后，更积极活动，投靠一些他认识，而夏提刑并不完全认识的人。夏提刑有亲戚朋友在京城，开头西门庆也在夏提刑亲友的邸宅住过，但后来西门庆开拓出自己在京城的路子，最后造成一个什么结果？就是他经过活动以后，就让朱勔把他提升为清河县的正提刑，这样一来，夏提刑就多余了，多余了怎么办？想了一个办法，就是把他从清河县调到京城，从一个县里面的提刑官，调到京城当一个级别比县提刑官高的位置，叫作卤簿指挥，什么叫卤簿？就是皇帝和大官，他们出行有仪仗队，皇帝的仪仗队人数最多，排场最大，名堂也是最复杂，朱勔这种大官比他稍微减一点，其他的官员就再减一点，就是仪仗队规模不同。你在电影、电视剧里面可以看到明清两代的这种卤簿仪仗队。比如，有一队人，先提着香炉，又有一队人提着灯笼，还有一队人捧着如意，最后还有一队每个人举着一把有很长伞柄，好像大扇子的东西，但是那个不是用来扇风的，是用来体现出行这个人的地位的。还有一个就是用很高的竿子，挑着圆形的布幔围成的伞，还有其他的名堂。这个是有严格规定的，皇帝的仪仗队是多少人，拿些什么东西。像朱勔这种大官的仪仗队又拿一些什么东西，这叫卤簿，卤簿指挥那个级别的俸禄，当然比一个县城的提刑官要高要多。但是大家想一想，你在县里面等于是一个公安局长，多少案子从你手里过，多少人要来贿赂你，你根本不用靠你那个级别所规定的俸禄来生活，你靠这样那样的人给你进献，靠接受贿赂就可以非常富有，可是你作为一个卤簿指挥，谁贿赂你，贿赂你干吗呀？贿赂你没有意义呀，这个官职没有油水，所以实际上夏提刑的遭遇就是明升暗降，最后西门庆所巴结的一个太监，就把自己的一个侄子派到清河县，顶替了西门庆原来的职务，就是副提刑。西门庆成了清河县的公安局局长，那个太监的侄子就成了当地公安局的副局长，夏龙溪就被顶走，明升暗降了。**书里写这样一些官场的情况，**

很有参考价值。

《红楼梦》里面，贾宝玉交往的一个角色也很有趣，叫作冯紫英。冯紫英是一个贵族公子，他的父亲叫冯唐。冯唐可能祖辈贵族的头衔比较高级，到他这一辈也只是一个将军，就跟书里面的贾赦、贾珍一样，都是将军级的贵族，冯紫英就是神武将军冯唐的儿子，也算一个王孙公子吧。这个角色在书里面暗场出现很多次，正面出场起码有两次，他是一个神秘人物，为什么这么说？书里写有一天贾宝玉表兄薛蟠得到很多珍奇食材，请贾宝玉去一块儿享用，正在薛蟠家大吃大喝的时候，忽然有人报告。薛蟠当时住的不是一个大宅子，但是也有看门的、传话的仆人，就报告说冯公子来了，薛蟠跟宝玉就赶快迎上去，只见冯紫英一路说笑，不等去迎，就走进来了。走进来以后，当然薛蟠跟贾宝玉以及陪客，就赶紧站起来给他让座，但是冯紫英不坐，只是笑道："好呀！也不出门了，在家中高乐。"宝玉跟薛蟠就问他，说一向少会，先问他父亲，就是冯唐，神武将军，说："老世伯身上康健？"冯紫英就回答说："家父倒也托庇康健，近来家母偶着了些风寒，不好了两天。"这个时候薛蟠发现冯紫英脸上有青伤，就笑了，说："这脸上又和谁挥拳来着，挂了幌子了？"冯紫英笑道："从那一遭把仇都尉的儿子打伤了，我就忌了，再不淘气，如何又挥拳？这个脸上是前日打围，在铁网山被兔虎捎了一翅膀。"

什么叫打围？因为《红楼梦》写的是清代的情况，这些贵族都是满族八旗人，满族他们把自己的族员军事化地组织起来分作八旗。他们靠八旗兵打进山海关，入主中原。进了山海关以后，他们坐镇紫禁城的第一代皇帝是顺治皇帝，之前他们就称帝了，但是打进北京城以后是顺治皇帝，所以他们很重视武功，重视骑射的能力。为了保证自己始终有骑马射箭的本领，他们在春秋两季都要打围，就是打猎。当时在关内关外都有一些围场，一些野生的树丛、草原，把它围起来，里面有野生动物，也会有一些放养的动物，他们可以在那儿练习骑射，进行围猎。

冯紫英就解释自己脸上的这个青伤，说不是因为跟人打架，原来跟仇都尉的儿子打过架，说现在不随便怄气，不打那种架了，现在是打围去了。在哪儿打的围呢？铁网山，脸上怎么会有一个青伤？他们打时胳膊肘上经常是架着鹰，放鹰去帮着抓兔子什么的，说被那个老鹰捎了一翅膀，老鹰那个翅膀一张开很大，一不小心的话，打在脸上就会出现青伤。说完以后，请他坐下一块儿喝酒吃餐，他辞谢了，说他还要回去，父亲找他还要商量事。说笑着进来，问答以后，站着喝了敬酒，匆忙又离去，这是怎么的一个人物？而且请注意，他说他打围的地点是在铁网山，书里面在写宁国府的秦可卿丧事的时候有一笔交代，说最后她棺材用的槠木，就是潢海铁网山产的，这个槠木棺材料原来是谁订的货？是义忠亲王老千岁。那后来怎么就不用这个槠木做棺材了？因为义忠亲王老千岁后来坏了事了。**根据书里这些蛛丝马迹，就可见这个冯紫英，应该和这个坏了事的义忠亲王老千岁有关系。**他们的对立面有一伙人，其中就应该有仇都尉。但是这些情节在《红楼梦》八十回里面闪闪烁烁，一百二十回通行本的四十回，对这些伏笔都没有加以照应。特别是冯紫英说，在铁网山遭遇了"大不幸中又大幸"，究竟怎么回事？留下了一桩疑案。书里后来写到冯紫英在自己家请贾宝玉、薛蟠赴宴，在座的还有名伶琪官，也就是蒋玉菡，以及一个妓女云儿。如果说《金瓶梅》里的夏龙溪跟西门庆走得很近，一度是同僚，但他们始终算不得朋友，那么，《红楼梦》里的冯紫英跟贾宝玉走得很近，同属京城王孙公子阶层，但跟秦钟、柳湘莲相比，终究也算不上挚友。**两部书通过夏龙溪、冯紫英这两个人物，写出了书中男一号人际交往的错综性、复杂性。**

薛蟠与陈经济的荒唐度比较

　　两本书里面都写到富贵家庭的纨绔子弟，在《金瓶梅》里面写到了西门庆的女婿陈经济，就是开头好像看着还可以的这么一个小伙子，后来变得非常堕落和凶恶，是非常不堪的一个生命。《红楼梦》里面写到了一个呆霸王薛蟠。两本书里的这两个人物的荒唐度有得一比。

　　先说《红楼梦》中的薛蟠，他是贾史王薛四大家族里薛家的一个后代。祖上就是为宫廷做采买的，也就是皇商，传到他这一代父亲去世了，母亲还活着。他的母亲就是京城荣国府王夫人的妹妹，书里叫作薛姨妈。虽然父亲去世了，但他们家为皇帝进行采买这个资格并没有取消，他子承父业，还干这个事。不过他自己是不做具体事的，只是顶着父辈传下来的这个名义，能从宫里面领出银子来，然后让他底下办事的给他跑动，去进行采买，自己就是吃喝玩乐。他的妹妹就是大家都很熟悉的、《红楼梦》里面重要的女性角色薛宝钗。

　　在故事一开始，就写薛蟠极为荒唐，当时他就打算带着他的母亲和妹妹进京。进京有好几个目的，包括前一阶段的采买任务完成了，需要进京汇报，再领取新的皇银，继续为宫廷采购物资。这还不是最主要的，最主要的是她妹妹薛宝钗当时马上就要十五岁了，那个时代就女孩子而言，算是到了谈婚论嫁的年龄了。当时清代满族八旗有一个制度，就是凡是八旗家庭的女孩子，到了十四五岁，要向宫廷呈报，说明她的年龄、她的名字、她的生辰八字、她的父母，以及其他家庭情况。呈报上去干吗呢？就是为了参与宫廷选秀，书里面没有直接用选秀的字样，但是告诉读者，在报名达部后，争取被选中，选不到皇帝身边伺候皇帝，可以选到公主和皇阿哥身边，像康熙朝还封了太子，那就到太子身边，去做女官，去为皇帝生下的儿子和女儿服务。

薛宝钗已经把名字报上去了，就要等通知，通知一到，就得进宫参与相关的选秀活动，所以薛蟠带着母亲、妹妹进京，主要目的是希望妹妹能够被选上，因为被选上以后全家光荣，也有像荣国府的贾元春那样灿烂的前景。当时还没到北京呢，在南京地面，薛蟠就犯了人命案，打死人了。有一个拐子卖小姑娘，这个小姑娘长得挺漂亮，一看就不俗，薛蟠就把她买下了。但是拐子很恶劣，他其实在把人卖给薛家之前，就已经另外卖给了一个姓冯的公子，姓冯的给他银子以后没有马上来领人，因为根据迷信的说法，需要选择一个良辰吉日再把女孩子接走，人贩子就又把她卖给了薛蟠。这个拐子就打算拿着两笔银子，甚至于还把这个小姑娘霸着，一块儿潜逃。没想到姓冯的公子，到那天就来领人了，薛蟠也来领人，两家遇见了，相持不下，人贩子在这种情况下就只顾自己，由他们两家去闹，最后薛蟠指使他手下的人，把冯渊打得稀烂，抬回家就死掉了。薛蟠强行地把这个女孩子抢走了，这个女孩子在《红楼梦》书里面第一回出现时，交代是姑苏阊门外，一个叫甄士隐的退休官员的女儿，小时候由仆人带着去看街上节日烟火的时候，被拐子抱走了。养大以后，拐子就把她拿来当作商品出售，结果造成了两家人争夺，薛家的人就把冯家人给打死了。薛蟠摊上人命官司了，冯家还有一些人，不

174

是被打死这个人的至亲，但是也还算亲戚的人，到官府去告状。告到了
一个官员贾雨村这儿来，贾雨村就胡乱判案，打死就打死了，薛家给点
银子，把那些告状的冯家的远亲一打发，这个案就结了。薛蟠带着他的
母亲、妹妹就奔京城来了。有的人读《红楼梦》读不懂，觉得他是畏罪
潜逃吧，打死人了嘛，其实书里说得很清楚，他到京城是既定计划，并
不是因为打死人才临时起的这么一个主意。书里说他把打死人的这个命
案交给他家里一些管事的人，在地方上去应付，自己便同母妹等，竟自
起身长行去了。人命官司一事他却视为儿戏，自为花上几个臭铜，没有
不了的。**这是很沉痛的叙述语言，那个时候的社会很黑暗。**

书里写他到了京城以后，就和贾珍、贾琏、贾蓉这样一些京城里面
的纨绔子弟一起鬼混。他仗着自己有钱，胡作非为。有一次甚至于还要
调戏柳湘莲，看柳湘莲在台上串戏，看着挺好看的，他就起了坏意，想
勾引柳湘莲，占有柳湘莲，最后遭到柳湘莲一顿毒打，打得跟癫猪似的。
被打了以后，因为他这个事见不得人，不能说破，就表示他要亲自拿着
从宫廷里领的钱搞采买，就到南方去了。故事后面还有一些描写，这儿
就不多说了，总归薛蟠是一个非常恶劣的纨绔子弟的形象。

但是书里写薛蟠也不是平面化的描写，所塑造的形象不是一个扁平
的形象，也还是一个比较立体、丰满的形象。他在社会上荒唐，在家里，
有时候在他母亲、妹妹面前，还流露出一些天性当中、人性当中较好的
因素。他的母亲和妹妹经常劝他，不要再跟那些狐朋狗友鬼混了。有一
天早上他去给母亲、妹妹问好，他发誓，说："我再合他们一处旷，妹
妹听见了只管啐我，再叫我畜生，不是人，如何？何苦来，为我一个人，
娘儿两个天天操心，妈为我生气还有可恕，若只管叫妹妹为我操心，我
更不是人了。如今父亲没了，我不能多孝顺妈，多疼妹妹，反教妈生气，
妹妹烦恼，真连个畜生也不如了。"口里这么说，眼睛里就禁不住也滚
下泪来。作者写薛蟠是从多方面来写的，他也有这一面。

《金瓶梅》里面陈经济的形象，就远比《红楼梦》里面的薛蟠写得

更充分、更丰富、更立体、更耐人寻味。**陈经济的荒唐度就大大超过了薛蟠。**他其实也有人命案的，西门庆死了以后，他露出真面目，吴月娘知道他和潘金莲、庞春梅乱搞，他甚至让潘金莲怀了他的孩子，要是这个孩子生出来的话就不伦不类了——他乱伦了嘛。潘金莲无论如何是他父亲的小老婆，他也得叫妈，潘金莲把这个孩子生出来以后扔茅坑了，让掏粪的掏走了，非常恶劣。后来吴月娘就把陈经济撵出了西门府，好在他在清河县还有家族留下的房子，还能住。可是他不好好住，他把一个妓女弄进家里头来，住正房。他岳母吴月娘后来把他媳妇西门大姐送到他这个住所，他让西门大姐住偏房，跟那个妓女好像是正头夫妻似的过日子，对西门大姐又打又骂，最后由于他的家暴，西门大姐就上吊自杀了。他后来不好好过日子，倾家荡产，甚至沦落在街头乞讨，当小工被包工头玩弄，最后被庞春梅以她弟弟的名义接到守备府居住。为了掩人耳目，庞春梅还给他娶了一个媳妇，就是葛翠屏，前面讲到过，这里不多说了。他拿着从周守备和庞春梅那儿得到的银子，跑到了离县城不太远的一个临清大码头做生意，又勾搭上了一个暗娼韩爱姐。最后他被守备府守备的一个亲随杀死了——非常荒唐的一生。**对比而言，兰陵笑笑生塑造的这个陈经济的形象更丰满、更耐人寻味、更值得探讨。**陈经济在《金瓶梅》里面是一个非常古怪的存在，而作者写他，笔触非常冷静。有些描写让人毛骨悚然，他不光写出了一个纨绔子弟，而且写出了一个人渣，这就远比那个薛蟠的形象更让人觉得脊背发凉。所以读《金瓶梅》不可不注意到陈经济这个艺术形象。

醉金刚与过街鼠

　　两部书里面都出现了一些有绰号的角色，而且还不是文雅的绰号，是很粗鄙的绰号。

　　《红楼梦》里面有一个市井人物，绰号叫作醉金刚。《红楼梦》里面写到的贾氏是一个很大的宗族，家族发展史上有两个兄弟在开国过程当中立下汗马功劳，后来皇帝就封他们为公爵。这个宗族的人丁一度是很繁盛的，有一些跟这两个公爵辈分相同的人，没有封为公爵，他们往下再传，这些子弟的生活境况就一代不如一代。从血缘上来说，他们跟宁国公、荣国公后代还是挺亲的，都是从一个高祖传下来的，但是传到故事开始之后，他们就变得比较穷了。

　　故事里面的人物，像贾敬、贾赦、贾政这一辈儿，他们的名字里面都有一个反文，就是文字辈儿。下一代是玉字辈儿，像贾珍、贾琏、贾珠，他们的名字都有一个玉字边，贾宝玉的大名书里没有明确交代，但他和上述兄长，以及比他小的贾琮、贾环一样，肯定属于玉字辈。再往下一辈，像贾珍的儿子贾蓉、贾珠的儿子贾蘭，还有宁国府那边传下来的贾蔷，就都是草字头的一辈儿了，当然贾蘭的蘭字后来被我们简化为兰，显示不出草字头那个样子了。草字头这一辈儿就是贾宝玉的侄子辈儿，比他矮一辈儿了。

故事里面出现了一个贾氏宗族较穷的后代贾芸，他比宝玉要晚一辈儿，但是他的岁数比宝玉还大。这是常有的事，在一个大家族里面，后来往下繁衍，有的辈分儿大，年龄反而小，有的年龄小，辈分儿反而大。宝玉和贾芸就是这么一个情况。贾芸因为毕竟是贾氏宗族大家族里的成员，所以他还是能够想办法进入荣国府的。但他也不能够随便登堂入室，多数情况下，就是在荣国府主建筑群和西边贾母大院之间那个夹道里面待着，寻找机会看能不能碰见贾琏、王熙凤，凑上去说说话，让他们给自己谋一份差事。那个时候荣国府正处于比较红火的时期，特别是有一个贾元春进宫了，给整个宗族人都带来了希望，自己家族的荣国府，现在情况这么好，叫作鲜花着锦，烈火烹油，能不能够分一杯羹呢？后来贾芸通过耐心在夹道里面等候，终于遇到了管事的王熙凤，向她献上了节期可以使用的香料麝香和冰片，过些时从王熙凤那儿谋求到了一个差事，就是在大观园里面补种一些花草树木。得到这个差事以后，就可以得到一个兑牌，拿到荣国府的总账房那儿领银子，除了请花匠、买补种的花草这些开销以外，剩下的钱就归他自己了。书里的贾芸被写成一个很有心计、寻找机会、努力改变自己贫穷的命运的青年。他献给王熙凤冰片、麝香，这些香料体积小，重量也轻，但是很值钱，他放盒子里揣身上也比较方便，择机献给王熙凤也不丢份儿。但是他哪有钱去买这些香料，当时他们家已经贫穷到什么地步呢？他的父亲去世了，他和他的寡母，借住在一个庙宇西边廊子底下的空房子里，叫西廊下。当时一些大的庙宇东面西面都有很长的走廊，走廊里头有一些房间，原来可能是给和尚住，或者给一些上香的香客暂住的，后来一些穷苦的人走走关系，跟庙里的方丈说说，也能借住，贾芸和他母亲就穷困到那儿借住。

他还有一个舅舅，他母亲的兄弟。舅舅做点小生意，有一天他到舅舅那儿去借点银子，想买点麝香、冰片，结果被他舅舅抢白了一顿。书里给这个舅舅取了一个谐音的名字，叫作卜世仁——不是人，亲舅舅对自己的亲外甥不但没有感情，还很冷酷。贾芸从他舅舅那儿离开以后，心情很郁闷，在街上走着走着，一不小心撞了一个人，那个人一把抓着他的衣领，挥起拳来就要打他。他一看要打他这个人不是别人，是他的一个邻居倪二，绰号醉金刚，他赶忙跟醉金刚说，是我，你别打我。醉金刚睁开醉眼一看，认出来了，哎哟，芸二爷，怎么回事呀？他就把他在舅舅家借钱，不但没借到，还受了一肚子的气的事跟醉金刚说了，醉金刚就决定帮助他。

贾芸碰见醉金刚，本是偶然的，没想到遇见了及时雨，醉金刚听了他的叙述就说，要不是你亲舅舅，我就骂出口来了。醉金刚从怀里掏出一包碎银子，就说我这儿正好有一包碎银子，拿去用吧。书里就写贾芸心理活动，他心下自思，素来就知道这个倪二是街上有名的泼皮无赖，但是这个人好像对人也不都一样，对有的人可能很冷漠，对有的人他也有热心肠，比如现在对我。早听说这个醉金刚颇有义侠之名，他现在既然慷慨地把银子给了我，我就别推辞了，就接受了吧，改日我加倍还他，不就行了嘛。于是他就得到了醉金刚的这包银子，去买到了麝香、冰片，就在荣国府的夹道里面等啊等啊，等到了王熙凤出现，献上麝香、冰片。王熙凤得到这些高级香料，就可以在节期办货时，少买同量香料，从总开支里省下的钱，就归王熙凤个人了。但王熙凤没有马上给贾芸差事，直到有在大观园里面补种花草树木的项目出现，才把这个差事给了贾芸，这个项目的资金出自府里总账房，并不用王熙凤自己出钱，她等于是收受贾芸贿赂，回报给贾芸一个肥差，贾芸贿赂她的那些麝香、冰片所付出的银子，在从总账房兑出项目资金后，所占比例就显得微不足道了，贾芸也很快偿还了醉金刚。书里写贾芸的故事，连带写了一个市井人物醉金刚倪二的形象，蛮有趣的。

《金瓶梅》里面写这种市井有粗鄙绰号的人物就更多一些。李瓶儿丈夫死了以后，想嫁给西门庆，西门庆老不娶她，她当时不知道西门庆是受到朝廷里面政治风波的牵连，为了避祸才大门紧闭，就等不及，招赘了一个医生蒋竹山。等到西门庆躲过这场祸事以后，西门府大门顿开，西门庆才知道李瓶儿居然耐不住性子，主动嫁人了，而且还是招赘，两口子还开起生药铺，跟他戗行，西门庆就使了点小钱，指使两个社会上的混混，去到蒋竹山、李瓶儿他们开的药铺寻衅滋事。这两个流氓一个叫草里蛇鲁华，一个叫过街鼠张胜。你看这两个绰号，比那个醉金刚还粗鄙。草里蛇能是好东西吗？过街鼠，过去俗话叫作"过街老鼠人人喊打"，能是好东西吗？最后因为这两个人到那儿去敲诈勒索，大闹一场，整个生药铺被砸烂了。后来蒋竹山就被李瓶儿赶走了，李瓶儿最终还是嫁给了西门庆，前面讲过，不重复了。

书里边这个草里蛇鲁华，后来就没有再写了。但是这个张胜后来成为一个很重要的角色。张胜和一个叫李安的人，成了守备府里面很重要的仆人，叫作亲随。守备府里面有不少的仆人，男仆、女仆都有，男仆当中最重要的两个就是张胜和李安。张胜一开始忠心耿耿地为周守备服务，周守备后来不是娶了庞春梅为小老婆嘛，庞春梅为周守备生下了一个儿子，周守备正妻死了，庞春梅被扶正，那在守备府里地位就很崇高了。张胜不但为周守备服务，也为庞春梅服务。

有一天守备在府里面审案子，审到一个犯人，就是陈经济。当时张胜给庞春梅抱孩子，逗孩子玩儿，走到审判庭边上，那孩子见到陈经济，就伸出双臂，好像希望跪在地上的陈经济抱他。张胜走开了，见到庞春梅，汇报了这个情况，引得庞春梅好奇，也就去观望，认出是陈经济，她就让守备放了陈经济，说那个犯人是她失散多年的兄弟，周守备一听，就将陈经济无罪释放。陈经济被释放后，立马脚底抹油赶紧溜得不见踪影，庞春梅就交给张胜一个任务，把那个人，也就是她的兄弟，给找回来。但是形同大海捞针，到哪里找到这个人啊？！

　　春天到了，有一天，庞春梅让张胜到郊区的花田去给她采购芍药花。书里就出现了这样的画面：张胜穿戴得很整齐，一身短打扮，提了一个篮子，从郊区买了很多芍药花，美丽的花朵，馥郁的花香。骑着马回守备府，半路上路过一座庙，就看见庙墙底下有几个小工在歇息，其中一个脱了衣服逮虱子。啊，有些眼熟啊，下马仔细端详，这不就是那回守备审问的犯人，夫人所说的那个她兄弟嘛，敢情已经沦落成修庙的小工了啊！书里前面交代，当时有个包工头侯林儿，人高马大，收容了陈经济，让人白天跟他干活，晚上由他玩弄。张胜发现了陈经济，很高兴，很激动，就过去招呼他舅爷，开头陈经济很慌，后来听明白是守备夫人也就是庞春梅派人找的他，就喜出望外。

　　张胜就把陈经济带回守备府，一路上他让陈经济骑着马，自己提着一篮子鲜艳的芍药花。把陈经济带到守备府以后，庞春梅高兴坏了，就把他包养起来了；守备听说是小舅子被找回来了，也挺高兴。为了掩人耳目，庞春梅给陈经济娶了一个媳妇，葛员外的女儿葛翠屏。其实庞春梅、陈经济根本不是什么姐弟，就是一对情人，守备那个时候经常被皇帝派出去打仗，年纪越来越大，府里的事渐渐都不清楚了，庞春梅就在府里和陈经济乱来。前面说过，陈经济从周守备和庞春梅那里拿大笔银子，到临清码头开了买卖，在那儿又和一些妓女，包括暗娼王六儿、韩爱姐鬼混。

　　陈经济在临清码头鬼混，跟他过不去的也不少。有一天陈经济回到守备府，周守备又不在家，庞春梅就和陈经济在他一个人住的地方幽会。这个时候正好该张胜在府里面值班巡夜。张胜走过了他们俩说话的窗根儿，听见他们俩议论，陈经济说现在临清码头有一个人跟我过不去，这个人就是张胜的小舅子坐地虎刘二，又提到张胜在临清暗中包养了一个妓女，就是孙雪娥。这个时候陈经济跟庞春梅对话当中，完全没有任何的其他想法，两人得出结论，必须把张胜给结果了，等守备一回来，咱们就告他一个恶状，让守备把他处决了。读者读到这里，会倒吸冷气，这两个人也太狠毒了呀，因为从某种角度来说，张胜不是他们的恩人吗？没有张胜把陈经济接回来，他们两个能有这种幽会吗？能有今天吗？张胜在窗外一听很吃惊，怎么这俩人完全不顾及当年我对他们的奉献呢？守备一回来，他们就要把我置于死地！那成，咱们看谁先死！张胜就回他自己的宿舍去拿刀，正好这个时候丫头来找庞春梅，说少爷病了，正抽风，不得了了，庞春梅一听就回自己屋去了，因为她的儿子得病了，惊风了，必须得处置，找医生什么的。张胜拿着刀回到他们说话那个房间外头的时候，不知道庞春梅已经走了，他冲进去本来要把两个人都杀了，结果只见到陈经济一个人，他就把陈经济杀了，陈经济这样一个荒唐的人，就死于张胜刀下。但是张胜再想去杀庞春梅就不行了，因为动静大了以后，府里面其他人就都赶过来了，张胜最后被乱棒打死了。

兰陵笑笑生写得很血腥，很冷酷，写人性的黑暗面写到极致，陈经济和庞春梅怎么就非得置张胜于死地，而且在做出这一致决定时，一丝犹豫全无，张胜是迫于无奈，才决定杀了他们，也没有把庞春梅杀着，只杀了一个陈经济。**这些故事情节读起来，让我们毛骨悚然，但是又不得不佩服作者刻画人物，写人性的黑暗，那真是力透纸背**。对比来看的话，《金瓶梅》里面张胜这个形象的塑造，超过了《红楼梦》里面醉金刚的塑造。

吴神仙与警幻仙姑

　　在两本书里面都设置了这样的情节，就是书中人物的命运，在一个特定的场合，由一个特殊的人物，进行了预测、预告。

　　《金瓶梅》里写到一个吴神仙，号称神仙，其实就是一个道士。他在清河县到各个官员、富人家里面给人算命，预测这些人的前途。西门庆那个时候还没成为官员，只是发了一些财，但是他也进入了清河县上流社会的圈子。他和守备府有些来往，守备府的人跟他说，我们这儿来过一个吴神仙，给大家算命特别准。西门庆是一个不信鬼神的人，是一个封建礼教和那个社会主流意识形态的反叛者，他并不信那一套，但是觉得有趣，他就把吴神仙请到西门府，给大家算命，首先给他自己算。

　　书里写这个吴神仙的长相、打扮就是一个普通道士，但他有一个特殊道具，拿一个很大的乌龟壳当扇子。算命的地点在西门庆他们家的厅堂。他给西门庆算的时候，西门庆用一个软屏，就是质地比较轻盈的屏风挡住，让他的妻妾们在屏风后头听。吴神仙先给他算，说他当下如何如何好，还会如何如何更好，但是最后有些不好，听到后面说他今后有些不好，他也无所谓，他就是算着玩儿。但是屏幕后边那些妇女，有的就心痒难熬，特别想算，于是西门庆就让吴神仙挨个儿给他这些妻妾算一算。

当然，首先是给吴月娘算，然后小老婆们一个一个出来，都给算一下。吴神仙算命，先要看这个人的形象，然后问一问生辰八字，还要这个人走几步，移动着让他看一看。最后口中念念有词说出一些预测的话，结束的时候还说出一串顺口溜。所有妻妾都算完了，西门庆把他特别宠爱的庞春梅也从软屏后头叫出来，让吴神仙给她算算。按说庞春梅没有资格参与这项活动，因为西门庆请吴神仙来，是给府里面的主子们算命，庞春梅身份只是一个丫头，但西门庆为她破例。

春梅就从屏风后头走出来了，西门庆并不向吴神仙说明这些女子的身份，吴神仙不知道春梅什么身份，就给她算。大家都听见吴神仙这么说：此位小姐五官端正，骨骼清奇；发细眉浓，可见她品性要强；神急眼圆，她为人急躁。把她的性格说得很准了。然后吴神仙再仔细端详她的面相，说："山根不断（山根指鼻梁），她必得贵夫生子；两额朝拱，早年必戴珠冠。"过去一个女子嫁了一个富贵人家，丈夫做了官，作为妻子也得到皇帝的敕封，丈夫穿官服，妻子戴一种只有那种身份的人才能戴的镶珍珠的华丽帽子。大家听了以后，都有点吃惊，吴月娘就特别上心。整个算命活动结束以后，吴月娘回到正房就跟西门庆说，这个春梅，怎么算出她今后会必得贵夫生子呀？吴月娘正急着要给西门庆生孩子，特别是生儿子，她私下里还找尼姑给她找一些画着符号的纸，烧成灰，然后拿水冲着吞噬，催胎。她如此想给西门庆怀孩子、生孩子，可是都没成功，春梅怎么会今后得贵夫，还生孩子呢？她就是一个丫头嘛！吴月娘更想不通的是，吴神仙还预告，说春梅今后还会成为一个贵夫人，还会戴珠冠，吴月娘一想，我都还没戴上呢，她算老几呀？愤愤然。西门庆在一旁打哈哈，说，哎呀，这就是算着玩儿，你信这干什么呀？

但是对吴月娘来说，就是一块心病。

《金瓶梅》里写吴神仙算命，从场景氛围到算命的内容，和人们的心理反应，都是非常写实的。整个笔触是客观的、冷静的。

《红楼梦》里面，也出现了一个场景来预测角色的未来，也出现了类似的文字。《红楼梦》肯定受到了《金瓶梅》的影响。但是《红楼梦》的作者没有照搬《金瓶梅》的预测方式，他的构思和笔法非常高明，在《红楼梦》第五回，他写到了在一个地方有一个女神仙，引导着梦中的贾宝玉，就看到了、听到了整个荣国府的青春女性命运的预告。一对比的话，《金瓶梅》里的写法比较笨拙，而《红楼梦》的作者曹雪芹的写法非常浪漫，非常灵动，非常巧妙，也非常好看。

他写贾宝玉梦里面到了天上一个地方，叫作太虚幻境，烟云缥缈，他看见有很多宫殿，还有一个大牌坊，牌坊上有对联，牌坊当中写着太虚幻境字样，对联令人深思：假作真时真亦假，无为有处有还无。写得迷离扑朔，然后就听见有人唱歌，随着歌声就出现了一个仙姑，后来知道是警幻仙姑。警幻仙姑领着宝玉在太虚幻境里面游玩，去了很多地方，有一所宫殿匾上头写着薄命司，推门进去以后，里面有很多很大的橱柜，橱柜里面放着有画有字的册子，宝玉随手开了三个柜门，拿出里面的册页就翻，书里写他翻了三个册页，《金陵十二钗又副册》他只翻了两页，《金陵十二钗副册》他只翻了一页，但他把《金陵十二钗正册》里面的十二幅画和画边的那些文字，叫作判词，都看了，不过不得要领，看不懂，但是他默默地记住了。这些图画、文字，就是作者在暗示人物今后的命运走向和结局。

比如，在《金陵十二钗正册》里，他翻看到一幅画，两个人在放风筝，一片大海，一条大船，船里头有一个女子掩面哭泣。旁边有四句判词：才自精明志自高，生于末世运偏消；清明涕送江边舰，千里东风一望遥。不同的《红楼梦》版本上，这个判词的写法有些差异。后来书里面就陆续地揭晓，这幅画画的就是荣国府的三小姐贾探春，是在暗示她的命运。

画上为什么有两个人在放风筝呢？实际上就是有两家人都在跟她送别，她要到哪儿去呢？一片大海，一条大船，漂洋过海要到很远的地方去，那么她很愉快吗？很高兴吗？不是，她在船里面，拿袖子挡着脸在哭。

《金瓶梅》里面吴神仙算命，到最后要说几句押韵的话，《红楼梦》里面，贾宝玉所看到的这些册页，在暗示人物命运的画的旁边，也有一些押韵的话。这幅画旁边的四句话，表明贾探春这个人物是一个才女，有很高的志向，但是她在这个家庭里面出生以后，整个家族就走向衰落了，她没有生在这个家族的上升时期，她生在这个家族的衰落时期，对贾氏宗族来说，是这个家族的末世了，她的运气非常不好。结果怎么样呢？在一个清明节，清明节本来是鬼节，是给死去的人烧纸的这么一个节气，可是她偏在这一天嫁出去了。在这一天在江边和家里人告别，坐在一条大的船里面，大船就叫舰了，这条船驶向哪儿去呢？千里东风一望遥，最后会漂洋过海远航千里，岸上的人会看这条船越来越小，越来越小，消失在水平线上，最后她就再也回不到家了。

除了写在薄命司里面翻看这些册页，作者还写警幻仙姑领着贾宝玉到一个地方坐下来，喝茶饮酒，茶是千红一窟茶，酒是万艳同杯酒，字面好像都挺美好，但谐音是"千红一哭""万艳同悲"，意味着书中的这些女子，今后都没有好的结局。警幻仙姑又安排宝玉听天上的仙女唱歌，听十二支曲，这十二支曲的总题目就是红楼梦，红楼梦十二支曲，实际上是十四支，因为还有一个开头和结尾。**这些曲子就更细致地揭示了书中这些人物今后命运的走向和归宿。**

这两本书之间的承袭关系，通过设置预言人物命运的情节，再一次得到了证明。相比而言，《金瓶梅》非常写实，把它当作西门府里一件普通的事情来描绘。到了《红楼梦》里面，作者的笔法就超现实了，有着非常浪漫的想象，充满了非人间、非世俗、虚无缥缈、迷离扑朔的氛围，而且故意不写通透，留下让读者探究的深广空间，使读者获得更丰富、更浓酽的审美快感。

清代改琦《红楼梦图咏》·警幻仙姑

卦姑与灯谜

　　上一讲跟大家说了在《金瓶梅》里面有吴神仙给府里面的人算命，在《红楼梦》里面又有贾宝玉神游太虚幻境，在警幻仙姑的引领下，通过阅读册页和听曲，暗示了书中一些女子的命运。**这两本书有一个特点，虽然都有浓墨重彩地写人物命运预测的篇章，但是他们又不仅是出现这样一次命运的推测，总是要通过一些其他的情节、其他的篇幅，来加强对这些人物命运的预测，加强对这些人物的命运走向和最终结局的预告。**

　　在《金瓶梅》里面，除了写吴神仙算命，作者又补写了比这个情节稍微紧凑一点的情节，来加强对这些人物命运的预测。有一回就写到了一个卦姑，什么叫卦姑？就是在明清那个社会里面，都有所谓的三姑六婆，一些特殊的妇女。六婆我们这儿先不说，咱们说三姑，就是有三种披着宗教外衣的从事活动的女性，一种就是尼姑，一种就是道姑，还有就是卦姑。尼姑、道姑都好理解，卦姑就是道姑当中的一个分支，她们不仅在道观里面给人算卦，还经常走街串巷，游动着给人算卦。算卦也就是算命。

书里写有一天，吴月娘跟孟玉楼、李瓶儿正好走到西门府的门口，看见一个卦姑走过来，她穿的衣服，头发上包的头巾，一看就知道是一个道姑。她背着一个褡裢，从这个姿态上看，可以判断出她是一个游动着给人算命的卦姑。大家知道佛教的和尚也好，尼姑也好，是要剃光头的，道教的道士是男的，道姑是女的，他们都是留发的。吴月娘她们把她叫过来，说你是不是卦姑，也能算卦呀？这个人说是，我能算卦。她们就把她请到门洞里，说你就在这儿给我们算算吧。这个卦姑就从褡裢里面取出一个乌龟壳，她算卦的方式也是要先问生辰八字，然后把乌龟壳抛起来落在地上，再观察，根据乌龟壳落地的形态做出判断。为什么像吴月娘这种人，前几天刚刚有个吴神仙给算过命，竟然还要这个卦姑再算呢？这就写出了社会上迷信的人们的一种普遍的心理状态。迷信的人一方面特别愿意算命，有时候是请人给算，有时候是通过抽签，摸一些命运牌，看上面写什么字，通过这种方式来算。算命的结果往往会是这样的，会有好的一面，听了吉利话或者看到好字样，就很高兴，但是往往又有不好的一面，于是心里就留下阴影，抹之不去。所以往往刚算了一次，没多久又想再算一下，想通过这次算，把原来预测当中一些好的部分巩固下来，把当中不好的部分给它抹去，纠正过来。这种心理很普遍地存在着，其实很可笑，但是迷信的人进入这种想算命，算完以后又不服气，想再算的心理怪圈以后，是停不下来的，所以会一算再算。

吴月娘当时就是这个心情，因为上次算命的说了她一些好话，但是也有一些她不爱听的话，她想让这个卦姑再给算算，卦姑就给她们仨算了。算了以后吴月娘心里头稍微舒服点，因为这个卦姑很会说话，她扔乌龟壳，看了以后煞有介事地比比画画，口中念念有词，她有些话说出来以后，你两面听，听着既像好话，又像不祥的暗示，说是不祥的暗示，是坏话吧，觉得又可以从好的方面去理解。其实这种卦姑，就是通过走街串巷给人算卦，挣点银子，挣点铜钱，哪有什么真正的预测能力，就是会说些扑朔迷离、让你心痒的总体吉祥的话。

算来算去，最后三个人听了以后，都觉得听着还算舒服，就分别给了卦姑报酬。潘金莲原来不在这个地方，这个时候她就风风火火地从院里头跑到院门的门洞里面来了，她就笑着问，你们干吗呢？我在后边没找着你们，闹了半天你们在这儿算卦呢。吴月娘让卦姑再给潘金莲算一算，潘金莲就不要算，她说："常言道算的着命，算不着行，想着前日道士打看说我短命哩！怎的哩？说的人心里影影的。随他明日街死街埋，路死路埋，倒在洋沟里就是棺材。"前面已经引过她这个话了，现在再引一下，这很能体现潘金莲的性格，她是一个只求眼前快乐，不计前程，不计后果的生命。最后她就没让这个卦姑再给她算。吴神仙对她的预测很准确，她说这个话等于也是自己在给自己预测，她后来果然被回到清河县的武松找到，武松为了给哥哥报仇，把她跟王婆都杀了，最后她的尸首确实被埋在街边了，路死路埋了，很惨。当然，再以后她的尸首又被庞春梅给挪到一个寺庙的一棵空心的白杨树底下，给她造了一个坟，那是后话。

这是《金瓶梅》里的写法，作者在写吴神仙算命以后，为了把某几个人物的命运预告得更精确一些，又写了一笔卦姑算命。

《红楼梦》也是一样，写了在太虚幻境，警幻仙姑领着贾宝玉游览，看册页，听歌曲，把书中许多青春女子的命运暗示了一遍。但是跟《金瓶梅》的做法一样，作者觉得光这么浓墨重彩写一回，还不够，后面他又多次通过一些其他情节，包括书中人物自己作的诗词，来进一步暗示这些人物的命运，其中很重要的一笔就在第二十二回。

二十二回写到那一年的元宵节。中国人过元宵节，除了北方吃元宵，南方吃汤圆之外，还有一个活动就是猜灯谜，把一些谜语写在灯上，看了以后根据谜面来说出谜底。当时贾元春在宫里面作了灯谜，让太监提着灯到荣国府，让她这些亲属来猜，然后她要求这些亲属也创作一些灯谜，写在灯上，让太监拿到宫里让她猜。书里写得很有趣，把府里面这些公子、小姐作的灯谜拿到宫里以后，贾元春一一都猜出来了，只有一个人作的灯谜她猜不出，谁的灯谜她没猜出来呀？就是她的一个弟弟——贾环。贾环是他的父亲贾政和一个小老婆赵姨娘生的儿子，从血统上算也是她的弟弟。但是谁都不待见他，贾元春也不待见他，贾元春让太监传达她的谕旨，就说别人的灯谜都猜出来了，就是贾环写的这个不知道说的是什么。

大家都很好奇，贾环出了什么灯谜？元妃娘娘都猜不出来，那么都去看。"大哥有角只八个，二哥有角只两根。大哥只在床上坐，二哥爱在房上蹲。"大家一看就都哄笑起来，因为措辞非常粗鄙。贾环就只好告诉太监谜底，说这个大哥有角只八个，说的是床上的枕头，过去北方人睡炕，炕上的枕头都是长方形的，见棱见角，那不就正好有八个角嘛；二哥有角只两根，是什么东西？他说是屋顶上头的那个兽头。中国古典建筑，在屋顶翘角上往往就有这种兽头，兽头是琉璃瓦烧制的，前面会有两根金属制作的角。他解释完，大家又一阵哄笑。太监就说记下了，回去告诉元妃娘娘。历来都有一些读者推敲，有的说贾环这个谜语其实有深意，是发泄他对大哥贾珠和二哥贾宝玉的不满。大哥虽然死了，寡嫂和侄子受很好的待遇，仿佛热炕上枕头，八角周全，稳稳当当，二哥被家族宠着，高高在上。是否有这类含义，大家可以讨论。元宵的灯谜活动持续了好几天。书里写贾元春又出了一个灯谜："能使妖魔胆尽摧，身如束帛气如雷。一声震得人方恐，回首相看已化灰。"这个谜语的谜底是什么呀？就是爆竹，这是很不祥的一个谜底，暗示贾元春虽然有很堂皇的外表，但是最后就像爆竹一样，会化成灰。

当时家族聚会，贾母高高在上，贾政也来表示尽孝，贾母说了一个谜语，"猴子身轻站树梢"，谜底是荔枝，其实也很不吉利，意味着贾氏宗族最后分崩离析，"树倒猢狲散"。贾政说了一个谜语，谜底是砚台，象征他一本正经的性格。书里写他细看晚辈们写出的谜语，一一道出谜底。

贾迎春写的是："天运人功理不穷，有功无运也难逢。因何镇日纷纷乱，只为阴阳数不同。"谜底是算盘，预示着她的命运跟算盘一样，老被人拨来拨去，没法自主掌握自己的命运，最后一塌糊涂。

贾探春写的是："阶下儿童仰面时，清明妆点最堪宜。游丝一断浑无力，莫向东风怨别离。"谜底是风筝，这个灯谜跟太虚幻境册页里那个画和那个判词相呼应，暗示她的命运像风筝一样，在今后某个清明节，成了断线风筝，越飘越远，再也回不到自己的故乡。

贾惜春写的是："前身色相总无成，不听菱歌听佛经。莫道此生沉黑海，性中自有大光明。"谜底是佛堂里的长明灯，暗示贾惜春最终的归宿是成为一个尼姑。

值得注意的是，我们现在所能看到的古本《红楼梦》，它的第二十二回是不完整的，一百二十回的通行本《红楼梦》，把这一回补齐了。曹雪芹的合作者脂砚斋，在他的批语里面披露，曹雪芹写这部书，不是按照拟好的回目一回一回按顺序往下写，他兴致来了，可能先把后面某一回写出来，而且，叙述文字中需要以诗词表达的部分，他有时候先空着，灵感来了再补入。第二十二回，他就一直没把灯谜都补全。

《金瓶梅》和《红楼梦》里面都有一个做法，就是在整体写了一回暗示人物命运的文字之后，在前后有时候还通过其他的方式，多次来暗示人物的命运走向和最终结局，两本书的这种写法是很有意思的。

西门府花园与荣国府大观园

　　两部书都写有钱人家生活，但相对而言，《金瓶梅》写的只是县城里面的一个财主家，《红楼梦》所写的是京城里面的公爵府。二者从建筑规模上，前者没法和《红楼梦》里面的荣国府相比。把两本书合璧赏读，你会发现，很显然，《红楼梦》的作者曹雪芹，受到了兰陵笑笑生的《金瓶梅》的启发。在《金瓶梅》里面，他写西门府除了五进院落的主建筑群以外，它的一侧是有花园的，原先花园比较小，后来把隔壁花子虚住过的宅子并过来，这样造起的花园就比较大了。书里对西门府花园的描写，读者读来都会觉得挺不错的。《红楼梦》里面荣国府后来所修建的大观园，就等于是《金瓶梅》里面西门府花园的一个放大，当然放大了很多倍，但是大格局是类似的。

　　《金瓶梅》里写西门庆在花园里面盖了一个山子卷棚，又在花园里面盖了一个三间房的两层楼，叫作玩花楼。他和妻妾们经常到这个花园里面来游玩。《金瓶梅》里列举了这个花园的一大串景观，名堂很多，有燕游堂、临溪馆、叠翠楼、藏春阁、平野桥、卧云亭、芍药圃、海棠轩、蔷薇架、木香棚，花园里有松墙竹径、曲水方池。所以别看他只是一个县城里面的土财主，但有钱能使鬼推磨，他竟造起这样一个相当不错的园林。

《红楼梦》里写荣国府为了迎接贾元春回府省亲，专门造了一个园林，后来赐名大观园。《金瓶梅》里西门庆的花园，是把自己的花园和隔壁的花园合并扩大造成的。《红楼梦》里的大观园也是一样，是把原来荣国府的花园和拆了一部分下人住的排房的空间合并，再把隔壁宁国府的一部分花园圈进来，形成一个新的大型园林。书里有一回写大观园造好以后，因为张罗元妃省亲这个事的是族长贾珍，作为一个总管，造好以后他就领着荣国府的府主贾政，还有一群清客相公尾随，后来贾政又把宝玉叫上，目的是试他的才能，因为这些园林建筑需要有匾额，需要有对联，就让贾宝玉来拟写一些匾额和对联。细读《红楼梦》中相关的文字，你会发现，除了对一些重点场景的描绘以外，还有过渡性文字，曹雪芹是这么写的：引众人出来，转过山坡，穿花度柳，抚石依泉，过了荼蘼架，再入木香棚，越牡丹亭，度芍药圃，入蔷薇院，出芭蕉坞，盘旋曲折。忽闻水声潺湲，泻出石洞，上则萝薜倒垂，下则落花浮荡……

是不是和刚才我引过的，《金瓶梅》里面关于西门庆扩建以后的花园那些描写很接近？像芍药圃，西门府花园里面有，在大观园里面也有，而且芍药这种花在《金瓶梅》里面是很重要的道具，在《红楼梦》里面有湘云醉卧芍药裀的重头戏；像蔷薇架，前面讲到龄官画蔷，宝玉隔架观望。这样来看的话，两本书在对府第建筑格局，以及附属花园的构想描写上，相似度很高，前者给了后者一个雏形，后者是前者的一个放大，很有意思。两本书里对花园的描写，还都不只是显示他们府主的富有，作者还让故事当中的很多情节发生在、流动在花园里面，这都是非常巧妙的设计。

在《金瓶梅》里面关于府第的空间描写，最多的是两处，一处就是吴月娘所居住和使用的上房。那个空间描写的次数很多，很多事情发生在那个空间里面。五进院落的其他院落，描写得就比较少，有的时候一笔带过，忽略不计。《红楼梦》里面其实也是这样，除了把贾母所住的西边的那个大院落写得比较仔细以外，还写了夹道北边的王熙凤和贾琏所住的一个小院。荣国府的主体建筑重点写了一个荣禧堂，前后提到一些书房，其他就都用笔很简略。这两本书对府第主体建筑描写得很相似，有详有略。对花园的描写相比而言，《红楼梦》对大观园的描写更完整、更细腻、更深入，也更有趣。

在《金瓶梅》里面，刚才说了，空间上描写最多的一个是吴月娘所住的那个府第的正房，另外一处就是花园里面的玩月楼，后来安排潘金莲居住，之后又把李瓶儿娶来了，也安排在花园里面居住，最后这两个小老婆基本上都住在花园的房子里，对这一处的描写也就相对比较多。然后又比较多地写到主要是西门庆个人使用的一个空间，他在花园里面盖了一个卷棚，卷棚是中国古典建筑的一种形式，一般来说它是用于休闲、消遣的一个空间，多数情况下不作为正房使用。这个卷棚后来成为西门庆经常使用的一个空间，也作为他的一个书房，随着财富的增加、社会地位的提升，他越来越对他原来的那些社会上的混混，那些把兄弟——除了一两个以外——都不太待见了。他经常迎送、招待一些官员，一些跟他社会地位相等的人物，所以他就觉得自己的这个活动空间和待客空间不能再像以前一样了，要布置得华美一些，要显得自己发了财了，当了官了，有品味一些。但是即便这样，他毕竟有的还是一个土财主的基本素养，和《红楼梦》里面所写到的贵族家庭，那些公子哥儿的生活，还是有很大的差距。

在《金瓶梅》里面，西门庆后来在他的主体建筑和花园之间，造了一个翡翠轩，他对翡翠轩精心布置，但是和《红楼梦》里面贾宝玉后来在大观园所住的怡红院相比，不仅在华美程度上有差异，也体现出很鲜明的文化差异。

西门庆的翡翠轩与贾宝玉的怡红院

　　西门庆发了财、当了官，就要附庸风雅，因此他在自己的住宅里面，在主体的建筑群和花园之间造了一个供自己平常活动的空间，叫作翡翠轩。轩、馆、斋、院、苑，这些都是中国古典园林建筑的一些称谓。翡翠轩，翡翠这个命名有两个方面的含义：一方面显示自己已经很富贵了，翡翠是一种很名贵的东西，一般多呈现为碧绿色，意味着自己进入了富豪阶层，与翡翠为伍；另一方面，翡翠因为以绿色为主，又体现出这个地方的布置是以绿的色调为主，夏天绿荫森森，就显得特别清凉可人。翡翠轩连着卷棚，卷棚就是在主体建筑延伸处再加大空间，屋顶呈一个卷棚状的建筑，他后来就把这个地方布置成一个书房，其实他不学无术，不读书，究竟认得几个字都很可疑，但是进入官场以后，跟朝廷里边的一些高层人物有来往以后，他觉得自己也得有书房，得有书童。他把翡翠轩布置得非常华美阔气，不但有书房应有的一些装置，而且他也可以在里面休息、睡觉，也有很华美的床帐。翡翠轩以绿色调为主，绿窗半掩，夏天时窗外芭蕉低映。芭蕉是大型的绿色的植物，叶子又长又宽，舒展之后的形态很美。

夏日的翡翠轩满眼绿色，很清凉，轩里面经常要点燃香料。有一种龙涎香，就好像是采集龙嘴里面流下的口水制成的，有非常特别的香味，这种香有的可能是线香，就是常见的那种细圆柱形的香，在夏天点燃；另外也可能是一些香饼，冬天搁在很精美的香炉里面，香炉里面会有炭火，香饼扔进去以后就会飘散出阵阵香气，然后再盖上一个有镂空花样的香炉盖子，这样使得整个使用空间里面都飘散着很香，甚至也可以觉得很雅的一种气息。

但是书里写西门庆在这个空间里面，净做一些不雅的、很粗鄙的事情，比如他甚至和他的小老婆李瓶儿，在翡翠轩的桌子上头做爱。他有时候晚上在这儿歇息，苦闷了，他让书童睡在他床下面的脚踏——过去豪华的床底下会有一个长方形的，往往是用很贵重的木料制作的踏板，就是你起床以后，先不忙穿鞋，你双脚先搁踏板上，然后从这儿过度到地上再穿鞋——他有时候就把书童从脚踏上叫起来，搂到床上，戏弄占有。他附庸风雅，行为却非常之不雅，他过着一种很不堪的生活。兰陵笑笑生这样写，写得很准确，写出了这种人的生活形态就是这样子，风雅的外壳，掩不住骨子里的下流丑恶。

《红楼梦》里面，写后来公子、小姐们住进了大观园，贾宝玉住的那个空间叫作怡红院。《金瓶梅》里西门庆的翡翠轩就写到了窗外有芭蕉，这个怡红院有什么特色呢？它的正房外面的院子里，叫作蕉棠两置，一边是一株西府海棠，另一边就是芭蕉。西府海棠开花的时候，花蕊是朱砂色，海棠虽然整体而言花瓣并不是红色，而是以白色为主，但是花蕊可以是朱砂色，远远望去也呈现红色，而芭蕉是绿色，所以这个院落的匾额上就是怡红快绿，怡红指的是海棠，快绿指的是芭蕉。

书里写贾政带着一群人，包括宝玉，游览后来命名为大观园的园林。第一次进入这个空间的时候，书里是这么描写的：一径引人绕着碧桃花，穿过一层竹篱花障编就的月洞门，俄见粉墙环护，绿柳周垂。进院以后，大门两边都是游廊相接，如果下雨的话，不用穿过院子，顺着抄手游廊，就可以走到正房的门前。院中点衬几块山石，一边种着数本芭蕉，那一边乃是一颗西府海棠，其势若伞，丝垂翠缕，葩吐丹砂。有学者认为西府海棠和史湘云有关联，是对史湘云身份的一种隐喻。请注意，书里面后来写史湘云到了荣国府，她带来的丫头就叫作翠缕。

　　接着写大家走进正房，就只见这几间房内收拾得与别处不同，别的园林建筑走进去以后一间是一间，一共几间，拿眼睛一看，一估算，很分明。可是后来命名为怡红院的这个地方不一样，竟分不出间隔来，那么是不是一个打通的大空间呢？又不是。原来它四面皆是雕空的玲珑木板，木板上面有装饰，或流云百蝠，或岁寒三友，或山水人物，或翎毛花卉，或集锦，或博古，或万福万寿，各种花样，皆是名手雕镂，五彩销金嵌宝的。就是这个空间你看不出是几间房，但又不是当中空空的一个大空间，它有很多玲珑木板在里面把它切割成若干的小空间，而且这些隔板样式又千变万化。这些隔板一槅一槅的，或有贮书处，或有设鼎处，或有安置笔砚处，或有供花设瓶、安放盆景处。其槅各式各样，这种隔断，这种格子，一般叫作多宝槅，这些隔断上面的小花样是变化无穷的，或天圆地方，或葵花蕉叶，或连环半璧。真是花团锦簇，剔透玲珑。走进去就像迷宫一样。再往前走的话，倏尔是五色纱糊就，一看竟系小窗；倏尔又五彩绡轻覆，竟系幽户。它有的空间隔断不是木板，也不是墙，是一种纺织品，你把它拨开以后，里面是幽静的一个空间，可以住人。它最特别，是满墙满壁皆系随依古董玩器之形抠成的槽子，这些槽是依着一些器物的形态抠的，正好把这个器物搁进去嵌在里面，就显得浑然天成，天衣无缝。这些槽子里面可以嵌入什么呢？诸如琴、剑、悬瓶、桌屏之类，虽悬于壁，却都是与壁相平的。所以贾政带着众人进去以后，大家不禁夸赞道：好精致想头！难为怎么想来！他们在里面走动，走了一层再走一层，就居然迷路了，不知道怎么绕出去了。往左看有门可通，往右看又有窗暂隔，到了跟前，又被一架书挡住，回头再走，又有窗纱明透，门径可行，走到门前，怎么迎面也进来了一群人，谁呀，怎么跟自己的形象一样？却是一架玻璃大镜相照。

这部书可是写在二百多年前，那个时代虽然从西洋传过来了玻璃镜，但是只有皇家才有这种东西，没想到公爵府里面造了一个大观园，里面也有这样的大玻璃镜，这在当时昂贵得不得了，甚至是无价的东西。前面我们讲了很多与镜子有关的事情，像《金瓶梅》里面写到一些妇女照镜子，一般都是铜镜，或者有水银镜，水银镜跟大玻璃镜还有差距，大玻璃镜不仅有水银这种原料，还有一些其他的工艺，在明代是很难达到的，但是在清代有了，虽然罕见，而在大观园里面居然就有。这个大玻璃镜挡路了，怎么办？发现有机关，稍微一拨弄，这个镜子就会自动旋转，绕过镜子，就发现这个建筑有很多门。贾珍因为是监工的，他在这些人来到之前，就已经巡查过一遍，他就跟贾政说，老爷随我来，从这门出去便是后院，从后院出去，倒比原先我们那个走法更近了。说着又转了两层纱厨锦槅，果得一门出去。只见院中满架蔷薇、宝相，转过花障，则见清溪前阻。园林当中不但有美丽的花木，还有水域。

《红楼梦》里面对于贾宝玉所居住的空间怡红院的描写，远比《金瓶梅》里面对西门庆所居住和使用的翡翠轩的描写更细腻。二者对比的话，会发现有相似之处，说明西门庆这种人在明代如此，在清代也有这种土财主附庸风雅，他努力去接近豪门贵族的生活方式，够着一点，但是整个来说还够不着，还是稍逊风骚。在《红楼梦》里面写贾宝玉所居住的怡红院，就把清代贵族最奢靡，但是又最具文化含量的这种建筑和生活方式描绘出来了，非常精彩。**所以我们读这两部书，不仅要读人物故事，也要懂得读其中的环境描写。**合璧赏读，我们能从中国古典建筑的园林艺术和它的室内装饰艺术中，获得很丰富的审美感受。

藏春坞与暖香坞

　　两本书里面都写到了花园，在《金瓶梅》里，西门府的花园内容很丰富，有一些特别的园林建筑，其中有一处叫藏春坞，一些故事情节就发生在这个空间里面。坞，是园林建筑当中的一种。中国古典建筑的空间名称很多，最常见的如"有堂有室"，所谓登堂入室，就是一般的建筑群里面都有比较大型的，可以作多种用途的一种厅堂，不但住宅式的建筑群里面会有，一些园林里面也会有，如"堂"，像《红楼梦》里面，写中秋赏月，在一个平台上，平台后面就是一个堂，叫作凸碧堂，又叫作凸碧山庄，和山下的凹晶馆相对应。

　　西门庆府第的花园虽然比不了《红楼梦》里的大观园，但是名堂也很多。根据《金瓶梅》里面对西门庆花园的描写，藏春坞应该是这么一个构造，它是在一个山子洞里。大家知道古典建筑有阁楼，如两层楼的，那么怎么登上去呢？在室内当然就有木梯。还有一种办法，就是可以从室外登上去，室外往往就用一些太湖石垒起来，形成一个斜弯形的通道，有石阶，通过这个石阶可以走到二楼。在通往二楼的石阶，这个山石堆成的屏障下面，可以形成一个洞穴，一个隐蔽的空间。西门庆后来造花园，造了玩月楼，玩月楼登向二楼的山石下面，就有一个山子洞形成的空间，他把这地方叫作藏春坞。坞在中国古典园林建筑里面，原来指的是隐蔽起来的一种小的城堡，藏春坞就是那样一个空间。

这个空间西门庆怎么利用呢？他利用这个空间和一些女性偷情做爱，他勾搭上他府里的仆妇宋惠莲以后，最早就是在藏春坞这个山子洞里面来做爱。夏天里面可能还比较凉快，但是会很潮湿，冬天就会很冷了，他曾经在里面用火盆来取暖，但是效果也不会太好；他还曾经和妓女李桂姐在这个藏春坞里面做爱。**《金瓶梅》里面所写到的西门庆花园的这个藏春坞，是一个藏污纳垢的地方。**叫作坞的这种园林建筑，在《红楼梦》里面也有，《红楼梦》后来写造成了大观园，就有很多不同的空间，有一处就叫作暖香坞，这个暖香坞从书里面描写来看，它的体量是比较小的，符合坞的定义。作者写公子、小姐们搬进大观园以后，各自住在不同的空间，贾宝玉住在怡红院，林黛玉住在潇湘馆，薛宝钗住进了蘅芜苑，贾迎春住在缀锦阁，贾探春住在秋爽斋，贾惜春就交代是住在了暖香坞。暖香坞和园子里面的藕香榭离得很近，榭是一种园林里面盖在水边或者水中的一种建筑，它应该三面甚至于四面都有窗子可以打开，而且有的榭就造在水中央，会有桥梁，一般是比较曲折的石板桥，或者是曲折的竹桥、木桥通向这个榭。

《红楼梦》里面就写有一次贾母带着一群人，在大观园里面游乐，最后就在藕香榭摆下了桌椅板凳，安排了餐具，在那儿饮酒吃东西。藕香榭，顾名思义，它周围是水域，里面会有荷花，荷花是从水下泥里面的藕上生长出来的，荷花开了以后会散发出芬芳的气息，所以这个地方叫藕香榭。

书里写从藕香榭出来不远，就是暖香坞，它叫暖香，就说明这个地方挺收拢气息的，里面如果点上香的话，这个气息就很难飘散，就会弥漫在空间，而且冬天的话，用炭盆或者熏炉，把这个屋子烘暖了以后，再散出来香味，就给人一种很安全、很静谧的感觉。后来贾母来了兴致，她知道孙女辈里面，贾惜春会画画，她就要贾惜春画一幅大观园行乐图，把她带着农村来的刘姥姥，以及这些公子、小姐，在大观园里面游览的情景，画一幅长卷。这对贾惜春来说是出难题了，因为她其实平时爱画画，只不过画一点小尺寸的花鸟虫鱼什么的，画不了这种大画，但是老祖宗的命令你又不能不执行，勉为其难来画这幅画。她就拖拖拉拉，书里就写有一次她的堂嫂，寡嫂李纨，带着其他一些姐妹，一块儿到暖香坞来看贾惜春这幅画画得怎么样了。结果贾惜春就懒懒地告诉她们，看不了，天凉了，怕颜色滞住，就收起来了，现在没法接着画，等天暖和了以后再画。**实际上在《红楼梦》这本书里边，贾惜春始终没有把这幅画完成，也意味着荣国府的命运是不长久的。**

这样一对比，我们就发现，在《金瓶梅》里面，坞这种建筑，取名叫藏春坞，把春天藏在里面，其实这个春有色情含义，是把一些年轻的女子藏在里面，然后西门庆来寻欢作乐，是一个藏污纳垢的空间。而在《红楼梦》里面，暖香坞是一个非常雅的空间，是贾惜春这样一个孤僻的女子居住的一个小而暖的空间。贾惜春是有社交恐惧症的，她连亲嫂子都不愿意来往，她跟宝玉、其他几个姐姐，包括亲戚，林黛玉、薛宝钗，他们拉着她一块儿成立诗社娱乐，她勉强应付，但是她宁愿孤独地待在她自己这个小堡里面。

通过上面的叙述就知道，两本书里都写到了中国古典的园林建筑，顺便再说一下这些建筑的名称，意味着它们有怎样的区别。前面说到了藕香榭，盖在水中的，三面或四面可以开窗的建筑。又说到了坞，好像一个小碉堡似的，就是一个小而隐蔽的空间。值得注意的是，坞在水里面造出来，是停船的，《红楼梦》里写李纨为了让贾母带着刘姥姥等玩得开心，"命小子们传驾娘们到船坞里撑出两只船来"，后来贾母等果然乘船在大观园水域里游览。现在你到北京颐和园、北海公园，还能看到外面看着跟房子一样，屋顶跟地面上的房子也没有太大区别的建筑，但是从它敞开的门洞进去以后，里面是水，可以停船，那就是船坞。

最常见的园林建筑叫作亭台楼阁，亭就是亭子，台就是有的地方造出一个平台以后，并不在上面造亭子，可以让人在上面赏月，也可以在上面举行某些活动。楼不消说，就是一层以上的建筑，中国古代的建筑，楼都不会太高，一般就是两三层到头，多数是两层。在一层以上的楼体部分，一般叫作阁。咱们经常说一个成语叫作束之高阁，就是你把一个东西放在这种古典建筑的楼上，放在阁里面，往往就是作长期保存的想法了，就不是随时可以拿来用了。

在西门庆的花园里面和在《红楼梦》的大观园里面都有馆，馆一般是带有廊子，里面的空间比较宽阔的一种建筑。《红楼梦》里写林黛玉住在潇湘馆，就大观园而言，潇湘馆的建筑群比较小巧，还不如怡红院、秋爽斋那么阔朗，那么大，但是它也不是一间屋子，它是由若干间屋子连起来构成的。还有叫作苑，像大观园里面就有蘅芜苑，后来是由薛宝钗来居住，苑的意思就是它里面一定会有很多的花木，过去经常把皇家园林叫作苑，像北京有南苑、北苑，以栽植大量的花草树木为其特点，里面当然有供人活动的建筑物。

《红楼梦》里面贾宝玉住在怡红院，院就是有围墙的，比较宽大的一个活动空间了。不消说，还有一些装饰性的建筑，如塔，除了寺庙里面有塔以外，有时候园林里面也会有塔。还有就是有舫，像北京的昆明湖，它的一角就有一个很大的石舫，是石头打造的大船。中国古代园林里面有的造的舫没有那么大，但也是那个形状，意味着是一种特殊的趣味，水边上造的这种船形建筑叫作舫。

登楼观灯与登楼取物

　　两部书里面都写到了中国古典建筑当中的楼，《金瓶梅》里面写到李瓶儿丈夫花子虚官司输了彻底破产，他们家原来的那个住宅卖给西门庆，西门庆把它合并到自己的府第，成了扩大的花园了，那么李瓶儿他们在什么地方住呢？就用这些银子，买下了狮子街的一栋建筑。这个建筑占地不大，但是有特色，它临街，门面房，三层楼，一层可以做商铺，二层、三层可以住人，可以拿来游乐。花子虚就因气病死在那里。花子虚死后，李瓶儿一脑门子心思想嫁给西门庆，她就觉得，她需要在西门庆的正妻吴月娘，以及已经娶进去的几房小老婆那儿讨点好。因为毕竟她是一个寡妇，并不是一个黄花闺女，而且她的前夫是一个太监的侄子，让人听起来也不是很雅。大家都知道太监不能生育，但是太监可以收养他的没有成为太监的兄弟的孩子，作为自己的养子，或者直接把一个侄子接过来养大，给自己养老送终。这样的家庭背景一般人会觉得差点，虽然这个太监有钱，甚至还有势，可是这样的人家的一个寡妇，不是很容易被另外的有钱有势的家庭所接受。所以李瓶儿在谋求西门庆下决心娶她的时候，就特意到西门府拜访，讨吴月娘、孟玉楼、潘金莲她们的好。

她在狮子街住的小楼，到过节的时候，特别是到了元宵节的时候，就特别有优势。元宵节又叫灯节，整个清河县城到处挂满了灯。不但街上挂满了灯，还会有些人提着灯游行，非常热闹。在她的楼上看热闹，是很难得的乐趣，所以那一年灯节的时候，李瓶儿就特意请吴月娘她们到她这个地方来观灯。西门府虽然大，虽然有花园，但是没有一个临街的楼，观灯就没有那么方便，她的住处却就有一个得天独厚的好处，可以楼上观灯。书里写到，当时吴月娘就接受了邀请，留下孙雪娥看家，孙雪娥虽然也是一个小老婆，但是她地位最低，有时候她们一起吃餐，别人都坐着，她在一旁站着吃，甚至跪着。出门游玩就没孙雪娥的份儿，让她看家。吴月娘就带着李娇儿、孟玉楼、潘金莲坐了四顶轿子，到了狮子街李瓶儿的这个住处，住处虽然总面积比西门府要小很多，但是临街有楼，李瓶儿热情地接待她们，她们就登楼观灯，这一个场景写得很详尽，很精彩。尤其是潘金莲，她身体比较轻盈，个性也比较活泼，她最愿意登楼，孟玉楼跟她关系不错，也陪着她登楼，所以当时登到楼上的，主要是潘金莲和孟玉楼。

书里写她们从楼上往下看，只见灯市中，人烟凑集，十分热闹，当街搭了数十座灯架，四下围列诸般买卖。就是这个灯节不光是挂灯，也允许摆摊卖东西。她们看见街上逛灯市的男女花红柳绿，车马轰雷。再仔细看灯笼，这些灯笼高高低低、上上下下地挂起来了。如果在街上走，走动着看灯固然也不错，但是可能你所看到的灯就有限，你要把所有灯看遍的话，就要走动再走动，可是在那个楼上倚栏观灯的话，就会看得比较远，可以看得比较全。这个时候她们这些妇女就在狮子街的楼上倚窗观看，窗户一打开，扶着窗台往下看，往远处看，就能看到整个灯市的繁华景象，都有什么灯呢？书里就罗列了，还原了明代一个县城里面元宵节的盛况，灯节挂满了灯，有金屏灯、玉楼灯、荷花灯、芙蓉灯、绣球灯、雪花灯，这是一些模拟实物的。还有一些灯做成人的形状，就有秀才灯、媳妇灯、和尚灯、判官灯、师婆灯、刘海灯，当然有的已经不是人间人物，是神话中的传说人物了。也有模拟动物形态的灯，有骆驼灯、青狮灯、猿猴灯、白象灯、螃蟹灯、鲇鱼灯……种类繁多，题材也很丰富。

那么看街上的人流，观灯的什么人都有，有王孙仕女，而且看过去还有站在高坡打谈的，有游脚僧在街上演说唐僧故事的，还有卖元宵的——摊档上高堆着果馅，还有粘梅花的，粘梅花是什么意思呢？因为元宵节那时候还是冬天嘛，清河县的地域上的景象，自然的树木，落叶木都落叶了，也不可能开花，就有人找来很多的枯枝，然后用一些鲜艳的纸剪成花朵，粘在枝子上，特别是要粘梅花。这是很有意思的，一些商贩就拿一些枯枝，然后用一些白的、粉的纸剪成花瓣儿，粘在枯枝上做成梅花，卖起来很便宜，买的人也很高兴，很多人买了以后举着这种假梅花在街上走动，形成一片一片的花海，仿佛真看到了梅花盛开的那个景象一样。

《金瓶梅》写登楼观灯，最活跃的就是潘金莲和孟玉楼了，她们趴在楼上往下看，而且她们还嗑瓜子，一边嗑着瓜子，一边观灯，还把瓜子皮吐在楼下人的身上，惹得楼下人不由得往楼上看，于是有人就看到她们了，看到她们就难免有议论，议论什么也听不清，指指点点，楼上楼下形成一种有趣的互动。**这种景象，我给它取了一个说法，叫作共享繁华的景象。**在那个时代、那个社会，在清河县那个地方，本来穷者自穷，富者自富，贫富差距还是蛮大的，而且富人和穷人不可能是同乐的。但是当时这个社会就自动形成了一种公序良俗，在特殊的日子，如过年的时候，特别是元宵节，又叫灯节，这个时候，街市就变得如此繁华，人们都变得如此快乐，穷人和富人之间好像融成一片了，都可以来观灯，都可以来街市上游动，嬉笑怒骂。可能富人在餐馆里面，或者像李瓶儿他们家的这些妇女聚餐，吃得很好，穷人还是不可能吃到那么好的食物，但是毕竟在灯节观灯的时候，穷人也可以得到一些乐趣，有些富人还会舍施一些食物来给穷人吃，这种繁华的局面在短暂的时间之内是大家共享了，所以这个夜晚大家都很快乐，书里面写到了这种共享繁华的景象，很有意思。

《红楼梦》里面写荣国府这些贵族的人物过元宵节，他们是关起门来在府里自己过，他们公子、小姐是不会走到大街上去和普通的平民一起观灯的，所以它不是一种社会共享的繁华，是关起门来的繁华。那么有没有楼呢？《红楼梦》里面写荣国府也是有楼的。宁国府也有楼，有一个楼很有名，叫天香楼，书里面的秦可卿这个人物就是在天香楼上自尽的，叫作画梁春尽落香尘。那咱们不说宁国府，说荣国府吧，荣国府的建筑结构是这样的，在它的后身有罩楼，罩住整个府第的两层楼，这个楼拿来干吗呢？和《金瓶梅》里面写的李瓶儿住的狮子街这个楼功能完全不同。李瓶儿那个是临街，底下可以做铺面，上面可以观赏街景，《红楼梦》里面荣国府这个楼在院落的最深处，是储藏东西的，府里大量的好东西都储藏在里面，是一个大型仓库，书里几次写到王夫人或者是王熙凤让人到楼里面去取东西。

后来又具体写到李纨，她作为王夫人的大儿媳妇，虽然大权旁落，后来荣国府的管理权被王夫人交给了她的内侄女王熙凤，李纨就成了一个闲散的寡妇，但有的时候，王夫人会让李纨也来管点事。书里就写到一笔，李纨后来就管了点事，当时王熙凤的一个丫头叫丰儿，拿了几把大小钥匙来找李纨，说我们奶奶说了，她口中这个奶奶指的就是王熙凤，说今天招待客人，外头的高茶几恐怕不够使了，不如开个楼，把收着的拿下来使一天吧。她说本来我们奶奶应该亲自来的，因为正和太太说话呢，所以请大奶奶开了，带着人搬吧。当时李纨被人称作大奶奶，因为她丈夫贾珠应该是他们这一辈里年龄最大的，如果从贾珠往下数的话，贾琏也只能排第二，所以叫二爷，琏二爷。他的妻子王熙凤就被叫作二奶奶。简单来说，要从楼上往下搬东西，这个权力原来属于王熙凤，现在分给了李纨，她就可以带人上去取东西。当时来了什么客人呢？并不是什么贵客，是农村来的刘姥姥，她在故事开始不久就来过一次荣国府，因为冬天快到了，家里穷，没吃的，没穿的，希望到这儿来找点银子。

第一次来果然没有空手回去，当时王熙凤给了她二十两银子。她第二次来，运气很好，她来的消息被贾母知道了，贾母平常虽然有人陪着说话逗趣吧，但都是熟面孔、熟声音、熟话题，就想找一个新鲜的、有点刺激性的人物来解闷儿，正好刘姥姥带着她的外孙子板儿又来了，贾母就带着他们逛大观园，然后家具不够，李纨就领人上楼搬东西。

书里写得很有趣，李纨让她的丫头接了钥匙，又让婆子出门把二门上的小厮叫进来，因为光是丫头、婆子搬的话，有的搬不动，得叫小厮们来搬。李纨就站在楼下往上看，那一溜楼，其中最主要的一个楼叫大观楼，但是存东西的那部分楼体还不是大观楼，它就在这儿附近。她让人上去打开这个阁，把要用的这些茶几子一张张往下抬，小厮、婆子、丫头一齐动手，抬了二十多张下来。李纨在底下嘱咐："好生着，别慌慌张张鬼赶来似的，仔细磕了牙子。"因为那些茶几都是硬木茶几，都是高档木材制作的，除了主体的构造以外，还会有一些附属的装饰性的部件，可以叫牙子。

这时就发现刘姥姥站在旁边傻乎乎地张着嘴巴看，以前没见过这种场景，于是李纨就邀请了，说姥姥你要不要上去瞧瞧。刘姥姥听说，巴不得一声儿。就把她的外孙子一拉，两人就一块儿上了楼。原来这个富贵人家的东西堆满了楼阁，楼阁上除了搬下来这些茶几子，还有什么东西呀？进去一看，只见乌压压的全是东西，堆着围屏、桌椅、大小花灯。有的也不认得，不知道是什么，只见五彩炫目，各有奇妙，她念了几声佛，便下来了。没想到这个仓库里面储藏的东西丰富到这个程度。李纨又吩咐了，说今天老太太高兴，恐怕老太太想坐船。因为在大观园里面是有水域的，有很宽阔的湖，也有河道，虽然没有院子外面的一些大湖、大河那么宽阔，但是也能行船。李纨说爽性就把划船的划子，还有船篙、船桨、遮阳幔子都搬下来给我预备着。这些小厮、婆子、丫头就都答应着又重新上楼，把这些东西又都搬了下来。

这让刘姥姥大开眼界，其实是让读者大开眼界。两本书里面都写到了楼，它们的功能不同，所呈现的状态不同，但是都写得很有趣。

崇祯本《金瓶梅》绣像·佳人笑赏玩灯楼

荣国府闭门式元宵

两本书里都不止一次写到元宵节，下笔都很用力，内容很丰富，细节也是非常有趣。但是两本书里写元宵节有重大区别，在《金瓶梅》里面，西门庆所在的清河县，过元宵节是开放式的过法，他不是关起门来自己一家人在一圈围墙里面过。而《红楼梦》里面，荣国府作为一个公爵府，一个大的贵族的府第，他们过元宵节是不对社会开放的，跟社会上的普通人家过元宵是隔绝状态，关起门来自己过。

先说《红楼梦》，《红楼梦》写荣国府过元宵节，把贵族家庭的豪华奢侈写足了。他们这样一个贵族府第用不着向社会去炫富，他们没有炫富的心理，因为社会上普通人的生活跟他们相差太远了，他们对普通人的生活也不关心，他们关起门来自己享受。书里写过元宵是这样一个情况，贾母在花厅之上，共摆了十来席。花厅是豪富之家、贵族之家府第建筑群里面的一种特殊建筑。一般会造得非常高大，里面装饰会非常豪华，用来摆宴席，而且它一般还附有舞台，可以演戏。现在北京有一所清代的王府，把它复原了，对外开放，就是恭王府，恭王府现在就保留了很大的花厅，里面就有戏台，也呈现了很多宴会桌。去参观的话，就可以体会到《红楼梦》里所写的，贾母在她的院子花厅里过元宵节的情况，可以根据恭王府花厅的实况，对书中描写加以想象。

贾母很豪气，她在西院花厅里面摆了十来席，怎么个状态呢？是每一席旁边设一个几子，这个几子不是矮的那种茶几，是比较高的一种几子，不能说是茶几了，因为它上面要摆不少东西。首先是瓶炉三事，一种高级摆设，三样东西并列，有一个瓶子，有一个小香炉，有一个小鼎。整个屋子里面焚着御赐的百合宫香。《金瓶梅》里面，西门庆作为一个地方豪富，他在书房里面也点香，但是他再怎么豪富，也比不了《红楼梦》里面这种贵族家庭，这种家庭所点的香是皇帝赐给的，是只有皇宫才用的，叫作百合宫香，西门庆再有钱也难得到。

贾母领着众人过元宵节，每个人面前摆着一个高几子，几子上除了瓶炉三事，又摆着一个八寸来长、四寸宽、二三寸高的点着山石布满青苔的小盆景，俱是新鲜花卉。看这个尺寸，你就可以想出这个几子，几面小的话，摆不下这么多东西。又有小洋漆盘，内放着旧窑茶杯并什锦小茶盅，里面泡着上等香茗。此外，更有一色皆是紫檀透雕，嵌着大红纱透绣花卉并草字诗词的璎珞，是非常罕见的高级工艺品。这种享受真是登峰造极了。

当时是这样来安排座次的，上面两席是李婶娘、薛姨妈，那个时代社交的规矩，是客人要上座，当时在荣国府做客的，一个是李婶娘，李婶娘是李纨的寡婶，就是李纨的叔叔的妻子，她的叔叔死掉了，婶婶就成了一个寡妇，这个寡妇从南方金陵地区带来两个女儿，一个叫李纹，一个叫李绮，她们进京以后，一度被好客的贾母留在荣国府生活了一段时间，一块儿过元宵节，所以李婶娘她要上座。薛姨妈大家都知道，是一直赖在荣国府的，一直享受尊贵客人的待遇，从故事一开始，她就住在荣国府，直到八十回，她还没离开，有这么做客的吗？但是元宵节嘛，她毕竟还是客人身份，就还请她上座。

李婶娘和薛姨妈是客位的上座，贾母当然就是主位，上上座。她是怎么一个情况呢？她跟其他人的待遇还不一样，她就更享受了。她的东边设一透雕夔龙护屏。大家想一想，她的座处的东边，单给她一个护着她的屏风，上面雕的是龙。然后她自己是斜在一个矮足短榻上，她都不是坐着，等于是倚着，这个榻上有靠背、引枕、皮褥，这些供她享受的东西一应俱全。榻上一头又设一个极轻巧的洋漆描金小几子。她的这个几子跟别人的还不一样，几子上放着什么呢？茶吊、茶碗、漱盂、洋巾之类，而且还必有一个眼镜盒子。请注意，那个时候二百多年前，书里描写的清代乾隆朝的故事，贵族老太太就有眼镜，戴老花镜了，这种东西今天很普通，不稀奇，但是在那个时代、那个社会，这是非常罕见的一种东西，只有这种豪富家庭的宝塔尖上的人物才能够享用。当时贾母歪在榻上，与众人说笑一回，又自取眼镜向戏台上照一回，因为她离那个舞台表演区还有一段距离，她老眼昏花看不清，就举着眼镜往台上瞄，好看清楚一点。她又跟薛姨妈、李婶两个客人笑道："恕我老了，骨头疼，放肆，容我歪着相陪罢！"她就不坐了，她干脆就躺着了，从倚着变成半躺着，这时候怎么享受呢？她的一个丫头叫琥珀，就并坐在榻上，拿着美人拳给她捶腿。美人拳有两种解释，一种解释就是琥珀用自己的拳头，因为她是一个美丽的丫头嘛，就叫美人拳。还有一种解释就是有一种工具，就像老头乐似的，有一个柄，前头做成小拳头的样子，用高级木材制作的这种按摩工具。因为最前方是一个拳头的样子，所以把它叫作美人拳，用这个按摩工具给她敲腿。书里描写，她并不是在榻下桌子上面放一些美食，那就低档了。怎么样呢？也是只一张高几子，像璎珞、花瓶、香炉这些，她也摆着，但是对她来说不是重要的，重要的是她另外还设有一个精致的小高桌，上面放着酒、杯、筷子。她把自己这一席设于榻旁，她命令哪四个人跟她一块儿来享受呢？哪四个晚辈有这个荣幸呢？是薛宝琴、史湘云、林黛玉和贾宝玉，听到这儿你觉得意味深长吧，怎么没有薛宝钗呀？贾母一贯对王夫人和薛姨妈所鼓吹的金玉良缘极不以为然，所以她就在元宵的宴席上故意地冷落薛宝钗，她觉得自己最喜爱的四个晚辈是薛宝钗的堂妹薛宝琴，再加上史湘云是她娘家的人，还有就是黛玉和宝玉，她明显是通过这样的安排，来表示她对黛玉和宝玉的木石姻缘的支持。不是说她旁边摆一个席面，上面摆满了吃的，她不是那样的，她吃东西要一样一样地来过，她就命令宝琴、湘云、黛玉、宝玉四个人坐着，每一馔一果来了，他们先捧给贾母看了，有的贾母还摇头，不要。烹制得非常精美的食品，她不喜欢，也不能上桌。她觉得喜欢了，再留在她眼前的这个小桌上，她也只是略尝一尝。

元宵节是一个灯节，不能不写到灯，贾府的人们怎么样来享受灯的快乐呢？这个贵族府第奢华到如下程度：它花厅两边大梁上挂着一对联三聚五的玻璃芙蓉彩穗灯，这种灯在《金瓶梅》关于灯节的描写里面是看不到的，只有京城贵族家庭才有这种体量很大艳丽无比的玻璃灯。《金瓶梅》写的街市上挂的灯虽然很多，很漂亮，但俗气的居多。《红楼梦》里写荣国府关起门来，他们过元宵节也有灯，为了观灯，就把花厅的窗隔门户全都摘下来，全都挂各种彩穗宫灯，花厅外面有廊檐，廊檐内外及两边游廊还有罩棚，就将各色羊角灯、玻璃、戳纱、料丝，或绣或画，或堆或抠，或绢或纸，形形色色的灯挂得满满的。

更绝的是什么？就是每一个人的席，每一个人的几子旁边，还有一个落地的、竖立着的、非常奇特的灯，灯上各有一柄涂漆的倒垂荷叶，夏天池塘里面的荷叶看见过吧？这个东西的形状首先是上面有一个倒垂的荷叶，荷叶上有烛信，插着彩烛。这个荷叶心上应该有一个下垂的托子，托子上有像锥子一样的东西，可以把漂亮的蜡烛插上去，固定住，构成一个荷叶灯。这个荷叶不是真正的荷叶，它是錾珐琅的活信，是一种珐琅制品，高级工艺品，而且它可以扭转，是活的。如果你要照自己，你可以把这个荷叶扭过来转向自己，如果你想看台上演戏，你就可以把这个荷叶扭转向外，让这个彩灯光线全向外照，这样看戏就分外真切，那是什么样的享受？

对比两本书对元宵节的描写，我们就可以看得到，《红楼梦》里写贵族家庭关起门来自我享受，其奢侈豪华的程度真是骇人听闻。但是《金瓶梅》里面关于西门庆他们过元宵的描写，却更有意味。

西门府开放式元宵

　　《红楼梦》里面的荣国府过元宵节，是关起门来自我享受。你说他们完全不接地气吗？也不尽然，他们请一些小戏子来演戏，他们自己养了小戏子，但是他们有时候不满足于老看自己养的戏班子的戏，他们也会在过节的时候外请，这一天请的是外面的戏子来演，演完以后，贾母表示要赏赐戏子，就让三四个媳妇儿，手上就都预备好了小笸箩，在一张桌子上堆满了铜钱，这几个婆子拿这个小笸箩去撮，最后这些媳妇儿手里的笸箩里面都堆满了铜钱，然后一声"赏"，她们就往台上泼钱，让这些小戏子去捡钱，他们在底下看着就觉得很开心。为了让老祖宗高兴，晚辈像贾珍、贾琏，他们就命令小厮，抬了大笸箩的铜钱，预备在花厅外头，这些泼完了，再演一出，再泼，满台钱响。所以这也不是完全没有共享繁华的意味，有一点这个味道。但是整体而言，还是这个贵族家庭的老爷、少爷、太太、小姐们，关起门来自己享受。

　　《金瓶梅》写得就很有意思了，西门庆的想法和贾母这些人不一样，当然，他们不是同一个时代的人，《金瓶梅》是托言宋朝，宋朝离清朝就更远了，实际写的是明朝，按明朝算的话，它离《红楼梦》的故事，也有差不多二百年了。《金瓶梅》写的是距今四百多年前的故事，书里面不止一次写到元宵节，在《金瓶梅》里面，第十五回第一次写元宵节，是在狮子街，当时像潘金莲、孟玉楼，她们都到楼上去看灯，那个时候李瓶儿还没有嫁到西门府。后来到了第四十二回，再写元宵节，写灯节，那个时候李瓶儿已经嫁过来了，回目就叫作"豪客拦门玩烟火 贵家高楼醉赏灯"。

《红楼梦》里面的贾府，像贾母，她用不着炫富，因为太富了，都没那心思了，她就是自我享受。西门庆是暴发户，他原来没那么有钱，更没有那么有势，现在有权有势就总想炫耀，生怕别人不知道，所以他就开放式地过元宵节。他在属于他的两个地方都来炫富，一个是前面讲的狮子楼，那个时候李瓶儿嫁给他了，狮子楼那栋有楼的住宅，一楼还可以做商铺，当然也就属于他了，他就在一楼开买卖，二三楼还是可以用来登楼观灯节的繁华景象。书里写当时西门庆登上狮子楼观灯火，吴月娘就从西门府派小厮和排军，什么叫排军？就是士卒，因为西门庆当了提刑官，提刑官就领导这些排军，而且这些排军不但他可以调用，他媳妇也可以调用，这些人就到狮子街，给西门庆送去装满了美味糖食、细巧果品的攒盒。这样就使得西门庆在狮子楼观灯，不但看着很高兴，吃得也很快乐。他当时特别愿意炫富，希望满街人看到，都赞叹他的富有，甚至他希望叫花子也高兴，这一天赏叫花子更多的钱，他沉浸在共享繁华的快乐里面。

西门庆就问给他送这些吃食的棋童，前面不是说了吗，他后来附庸风雅，安排了四个小厮，分别叫作琴棋书画四童，其中棋童被吴月娘派来，给他送装满美食的大攒盒。他就说这儿挺热闹的，咱们家那边怎么样？棋童就跟他禀报，说咱们家门口挤满了人，很多人来围观咱们家在门口放烟火。西门庆非常得意，当时他不是一个人在那儿吃喝了，有一群陪客，陪客们都恭维，他就越发得意。他到狮子街楼上观灯火以后，回他自己的家，他犒劳家里面这些帮他做生意的掌柜、仆人、伙计什么的宴席，不摆在府内，他摆在府外，让满街人都能看见，而且他又在他的府门前大放烟火，大有与民同乐的劲头。**他不像《红楼梦》里荣国府的人，关起门来自己享受荣华富贵，他想把他的富贵展示给满街人看，满街人就可以不花钱白看这些烟火。**当然，这个时候围观的人很多，就容易发生拥挤踩踏事故，好在他是提刑官，他动用排军，就是他属下这些警察来维持秩序，拿着大哨棒组成围栏，把往前涌的人往后拱，腾出一个空间，让他的掌柜、伙计、仆从们在门前大吃大喝，让大家看饱。他放烟火是很下本的，书里面描写的这种繁华景象的资金来源是什么？有的读者可能猜，说是不是县里人凑份子，人人都要出一份钱，合起来，然后呈现这样的繁华局面？当然不是，那么是不是官方来出钱呢？这个节日是一个官民同乐的节日嘛。也不是，谁出钱？就是西门庆这样的想炫富的富人出钱，他们为什么舍得出这个钱？因为通过炫富，他们达到了自我价值肯定的目的，就是我在社会上这么混，我原来就是一个游商的后代，不读书，不参加科举考试，没有功名，但是我通过做生意，从一家店铺变成两家，变成三家，我还开当铺呢，我越来越有钱，而且你看，我不参加科举考试，我没考上举人，没考上进士，我也当了官，戴上了官帽，可以发官威。让满大街人围观，他就得到了心理满足。他在元宵节一掷千金，营造这个共享繁华的场面，目的首先是自我价值的肯定，人在社会上取得了一定的成就，希望别人知道，而且通过一定的仪式来宣示，给别人一时的快乐，让自己进入极乐境界，人性中的这种因素，是恒久存在的。当然，他还有一个目的，就是显示给大家，我是有钱有势的，我现在让你跟我共享繁华，一起快乐，但是过完节以后，你心里揣着明白，我是惹不起的，不能惹我。这也有利于他进一步去盘剥这些比他穷的人，压迫、压榨这些比他穷的人，就等于他发威，树立自己的威风。因为那个时代、那种社会，一般人都有一种心理上的毛病，不是每个人都这样，但是不少人有这个毛病。就是对富人、对官员，你越富，你越有势，我越怕你，越服你。相对而言，对那些比自己穷的人，比自己还没有能力的人，反而是鄙视、嘲笑。这种不好的社会心理，不良的社会心理，甚至于在今天，在有些人心里面也都有，是我们需要不断地加以教育、加以调整的一种不良心态。

书里写当时不光是他，县里面还有一些其他的富人，由他们出资，不是由老百姓凑份子，更不是由官府用官方的钱来营造这种繁华的局面，是他们这些有钱人、商人。当然不是所有的，有的人可能很抠门，不愿意营造共享繁华的局面，但是像西门庆这样的就想通过这种手段达到自己的目的：一、自我肯定；二、让大家服气。所以当时就会由这些人出钱，在街上搭很大的烟火表演的区域，叫作鳌山，在宋朝这个最流行了。一到元宵灯节，在一些聚集区，特别县城里面，在街口就会有这种大型的烟火装置。书里面就用弹词的形式来描绘这个烟火的状态。这个鳌山一点燃以后，它的制作是非常精妙的，它分层次地来形成极其美丽的局面。最高处一般是一只仙鹤，口里衔着丹书，意味着神仙赐予了文件，仙鹤先亮起来，然后丹书闪着寒光，鳌山搭起来是像山一样的，分层次的，正当中就会有一个西瓜炮一下就迸开了，里面就出现了一些人物形象，其实就是一些神仙的形象，有八仙捧寿，而且呈现出楼台殿阁，其他周围的烟火再持续地爆发、升腾，在空中绽开，一时间火树银花，灿烂辉煌，观赏的市民们欢闹如雷，欢笑声直上云霄。鳌山上的烟火会变幻出无限的花样，令人赏心悦目，如临仙境。

这种鳌山在宋代极为流行，从《金瓶梅》的描述来看，明代也很流行，到清代少一些了，但也还有。它们的制作费用应该是不菲的，但这只是一时的景象，书里边也说得很清楚，"总然费却万般心，只落得火灭烟消成煨烬"。这些富豪，他们并不舍得把这些银子拿来变成粮食、衣服，或用来救济贫民，他们舍得把银子花在一个节期，甚至是一个晚上、一座鳌山上。这种大方，它的内涵并不是慈善均富，而是体现了这些发了财的财主内心的傲慢和霸道。所以过了这个节以后就繁华落尽，这种共享繁华只在瞬间。第二天清河县的人们又都恢复到平日的生活状态，富者自富，贫者自贫，死者自死，活者自活。因此，相对而言，《金瓶梅》里面所写的西门府这种开放式的元宵，这些场景，冷静下来一想，更惊心动魄。

崇祯本《金瓶梅》绣像·逞豪华门前放烟火

西门府女眷的元宵走百病与
大观园女子的暮春饯花神

　　两本书里面都写了众多的女性形象，单个的角色都有很充分的描绘，同时书里写了她们的群体活动。在《金瓶梅》里面，起码有两次详尽地描写元宵灯节的种种繁华景象。有一回浓墨重彩地写了西门府的妇女们的群体活动——走百病，又叫走百媚。什么意思？在宋、明两代，每到灯节的时候，很多地方平时不出门的妇女——因为整体而言那个社会是一个男权社会，女性一般来说轻易不能出大门，甚至于轻易不能够出二门，女性一般都是在围墙里面过生活，但是到了灯节这一天，有一个风俗，就是这些女性可以例外——集体上街，上街不是站在那儿看灯或者缓慢地走动看灯，她们要快步走，要走很长的距离，而且提倡见了桥就一定要过桥，到了城边，见了城门上的门钉，就要欠起脚伸直腰肢摸门钉。妇女们在这一天，可以在街上快步走，一边走一边说笑，遇桥过桥，遇到城门就摸门钉，欢声笑语，非常快乐。这种活动叫作走百病，通过这样的一次集体的体育活动，健身了，驱赶身上的百种毛病。既然是传统文化里面的一种节日的健身活动，为什么又叫走百媚呢？女性一般都是长得不错的，所以她们在进行这种活动的时候，周围的人们就会围观，指指点点：这个比那个漂亮，那个比这个还漂亮，等于是展示她们的千姿百媚，让人们欣赏，所以又叫走百媚。

书里写西门府的女眷在灯节的时候，她们就有这种活动，写得很有趣，这个活动挑头的自然是最活泼、最泼辣、最喜欢玩闹的潘金莲。她说又到灯节了，咱们得上街走百病去，她一招呼，很多人呼应，跟她一块儿去的有孟玉楼，她们俩关系一直很好，书里写她们两个经常手拉手出出进进的，所以她一说去走百媚，孟玉楼就响应；当时李瓶儿还没有怀孕生孩子，也很愿意去，这样西门庆的妻妾里面就有三位领头去了，吴月娘因为是一个比较正统的妇女，年龄也稍微大一点，她不去。李娇儿当时已经发胖了，身体沉重，走不动，也不去。孙雪娥应该是想去的，但是她在府里地位低下，所以就留下来在厨房里操持做饭。当时西门大姐想去，被吴月娘劝阻了，也没有去，所以去的主要就是潘金莲、孟玉楼和李瓶儿。前面多次讲到宋惠莲，那个时候还没有发生西门庆迫害她的丈夫旺儿的事情，她当时很高兴，她要去。还有一群丫头，像潘金莲的丫头春梅，春梅说是丫头，其实深得府主西门庆的宠爱，跟这些小老婆的地位不相上下，她当然要去。然后还有四个丫头，一窝蜂地去了。

她们走出西门府以后，欢声笑语，排成一溜，挺招人注意的。府里的妇女出动，府里要派出一些男丁来加以保护。当时就有来安、画童两个小厮，打着一对纱吊灯跟随着，等于是后卫。当时陈经济还没有暴露出他人性当中的阴暗面，似乎是一个还不错的女婿，他骑着马在前头缓缓地引领着妇女前进。当时跟随的小厮一路放烟花给大家看，不光给府里妇女看，也给街上的众人看。书里就列举了这些烟花爆竹的品种，特别是烟花的品种，有慢吐莲、金丝菊、一丈兰、赛明月等。

这些人见桥过桥，一直走到清河县的城墙，走到城门那儿，看见城门上有门钉，就摸门钉。而且一个个地欠着脚，甚至小蹦跶着，争取摸高处的门钉。当时有一种迷信的说法，摸门钉能够保你一年都身体健康，而且诸事顺利，你摸的门钉的位置越高，你得到的安全和幸福就越多，所以这些妇女还拼命地伸展腰肢，甚至于小蹦跶去摸门钉，引得很多人围观。其实就是一种有氧运动，一种体育锻炼，一种难得的身体的舒展、身体的解放。

前面说了，灯节、元宵节，整个清河县形成一种共享繁华的局面，在那段时间里面，穷人、富人混杂在一处，共同欢乐，平时的恩怨就暂时搁在一边了。西门府的这些妇女也是一样，其实她们平时互相之间是有矛盾有摩擦的，像宋惠莲，她只是男仆旺儿的媳妇，本来没有资格和潘金莲这些人排列在一起来走百病，只是因为大家都知道西门庆喜欢她，两人实际上已经是情夫情妇的关系了，不得不容忍她，但也很难真正地从心里面去待见她，可是在这一天走百病的时候，宋惠莲丝毫不觉得自己比这些小老婆地位低下，她昂着头，高声笑，在走百病的队伍里面十分活跃。当时她还有一个举动，这个举动要搁在平时的话，是要惹祸的，就是她偷偷把潘金莲的一双鞋穿出来了。她们都是三寸金莲，裹着小脚，半路上她还特意把她自己的脚从潘金莲那个鞋里面褪出来，举给大家看，意思就是你看我这三寸金莲裹得多小啊！潘金莲小脚已经裹得很好了，够小的了，但是我现在在穿着自己鞋的情况下，还可以再套上潘金莲的鞋，我是不是赛过了潘金莲哟？故事里交代，宋惠莲原来就叫宋金莲，只是因为到了西门府以后，吴月娘觉得怎么那么多金莲啊，就把她的名字改成了惠莲，她也是很会裹小脚，以她的三寸金莲来讨得西门庆的欣赏和欢心。所以她在走百病当中居然暴露出来她穿了潘金莲的鞋，搁在平时潘金莲一定是大怒，因为潘金莲虽然允许她和西门庆在自己的屋子里做爱，但是并没有允许她去穿自己的鞋。宋惠莲就趁着潘金莲不注意，把她的鞋穿出来了，而且到了走百病的过程中，在街上就居然褪出这个鞋来，举起自己的小脚让大家看，炫耀自己的小脚裹得比潘金莲还好。

在这个情景下，潘金莲居然也就跟着乐，容忍了。所以这个共享繁华和一起走百病，都是一种人际关系的润滑剂，在那段时间里面，似乎一切的恩怨、一切的矛盾冲突和摩擦就都暂时搁在一边了，这写得很有趣。她们在县城里面转一大圈，最后回到西门府，兴奋不已。

《红楼梦》里面也写了青春女子的群体活动，有一回写的是饯花神。当时元宵节过了很久了，春天到了，而且春天各种花开过了以后，又开始谢落了，到了晚春了。阴历四月二十六日正好是节气转换，交芒种节。书里说古代传下来一个风俗，就是在芒种节要有一个饯花神的仪式。什么叫饯花神？传说每一种花都有一个天上的神仙来管理，春天的百花有一个总花神，专门来管理春天的花开花落，春天花最多了，从迎春开始，一直开下来，那么春天的最后一种花是什么花呢？荼蘼花，所以有一句古诗叫作"开到荼蘼春事了"，一到荼蘼花开，就说明春天所有花就都开完了，当然夏天也会有花，秋天有时候有些树、有些草木也开花，冬天还有梅花开呢。但是夏秋冬的花是另外的花神管理，他们所管理的花的品种就比较少了，最重要的花神是管理春花的花神。这个花神经营那么多的春花，百花齐放，很辛苦，现在他要回到天上去休假了，于是闺中女儿们纷纷出动，到花园里面举行一种仪式，跟他告别，叫饯别，饯别不是一般的告别，要开宴会、摆席来送别。

《红楼梦》里写得很有趣，在那一年的四月二十六日这一天，那时候已经有大观园了，大观园里住了人了，公子、小姐，还有很多丫头、婆子都跟着一起住了。那么这些青春女性，特别是这些丫头就都跟着出动，她们用什么形式来饯别花神呢？她们就想象花神从地面回到天上，也跟贵妃省亲一样，贵妃从宫廷回家要有仪仗队，要坐豪华的皇家的轿子，她的仪仗队里面还有骑马的太监，所以这些姑娘就用花瓣柳枝编成轿马，编成小轿子，用绫锦纱罗来制作成卤簿当中的各种东西。卤簿就是过去那个社会，皇帝贵族出行的时候，包括一些高官出行的时候的一个仪仗队，仪仗队里面这些人要手里拿着不同的东西，像高大的扇子、高大的伞，乃至于一些其他的形形色色的东西，表示他的尊严和威严。大观园这些姑娘就用手头一些材料、一些绫锦纱罗来制作一种小型的仪仗队里面用到的东西。然后她们就用彩线把她们制作的一些小轿子、小马，仪仗队里面这些形形色色的东西，都系在了大观园的花木上。最后甚至于每一棵树、每一枝花上，都系上了这些东西，满园中绣带飘飘，花枝招展。这些姑娘在大观园里面跑来跑去，欢声笑语，她们为了送别花神，特别精心地打扮自己，打扮得桃羞杏让，燕妒莺惭，就连花和鸟都嫉妒她们了，一时风光无限。

　　两本书里面都写到了青春女子或者是青春少妇们的群体活动，在《金瓶梅》里面是走百病，在《红楼梦》里面是饯花神，把这两段情节描写合璧赏读，可以使我们获得极大的审美满足。

朱太尉卤簿与贾元春卤簿

　　前面已经多次讲到了卤簿，卤簿是什么概念呢？就是皇帝、皇家成员、贵族高官，他们出行的时候要有仪仗队，卤簿就是仪仗队的意思。在《金瓶梅》里面，作者写西门庆后来有机会进京，他不是提刑官嘛，当时朝廷里面管理全国所有提刑官的大官，叫作朱勔。他有很长的一串的头衔，当时皇帝对他非常信任，就让他管理全国的提刑官。各地的提刑官到了京城以后，都来到朱勔府第的门外，一大群人，黑压压的一片，他们都给朱勔带来了进献的东西，西门庆也不例外。但是当时他们在门外等候，朱勔并不在府里，朱勔在皇帝跟前，随皇帝祭祀呢，所以他们就要等待朱勔从那儿回到他的府第。等啊等啊，都等到过了午了，忽然看见一个人飞马而来，宣布说，老爷进行祭祀活动结束了，进南薰门了。大队人马回来之前，先有传报，是非常有气派的。过一会儿又一个骑马的回来，大声传报，说老爷过天汉桥了。各地来的提刑官都仰着脖子，等着他们的总头领回到府来接见他们。朱勔排场非常之大，虽然已经传报了几次，但是并没有马上出现，过了半天，远远地才看见一群人骑着马走来了，穿得非常高级，身上盔甲官衣非常华美，这些人个个儿如猛虎，马马赛飞龙。那是不是朱勔就要出现了呢？非也，离他出现还早呢，这只是打前阵的，然后又见了一对蓝旗过来，又出现一些人，穿得非常有特色，威风凛凛，相貌堂堂，这些人都骑着马，而且举着一些牌子，这也就是卤簿的一部分。大家就等朱勔出现，结果前面一对一对的都是卤簿，且见不着他呢。过了一组卤簿，又一组卤簿，后来又听一片喝道声传来，都是金吾卫士，是朱勔贴身的卫队的成员，这些人个个儿都身长七尺，腰阔三停，好神气哟。

那么朱勔该出现了吧？还没出现，又来一队一队的，叫作二道掉手，就是精选出来的一些武功最强的武士，这些人是什么样子呢？身腰长大，宽腰大肚之辈，金眼黄须，一个个看上去就是贪残类虎，完全没有一丝慈悲相，这些都是朱勔身边最厉害的爪牙。好不容易这样的人走过了十对了，才渐渐地显出一点朱勔的影子，朱勔当时坐着一个八抬大轿，缓缓地移动过来。当时坐轿子有两抬的、四抬的、六抬的，八抬就是这个轿子好像一个小房子似的，它有很复杂的抬杠，要有八个人同时用力，才能把它抬起来往前移动。而且不但有八抬，还有八簇，就是有八个人簇拥着。一般的过去这种皇家的人物或者是高官的轿子，都跟一个带屋顶的小亭子似的，主人坐在里头，轿子有小窗户，他可以从里往外看，他能看见你，但是你在街上往他那儿看，你看不清他。可是朱勔这次坐的这个八抬大轿，还不要那个亭子盖，它是明轿，就是他要把自己的身体露出来让大家看见，就说明他炫威，他不像有的皇族人员是躲在轿子里，还怕人看见。作为一个高官，他不是皇家成员，他觉得自己很了不起，他这个轿子不像亭子似的有盖子、有围子。

这样他慢慢往前移动，守在府门前的这些各地提刑官就逐渐把他看清了，西门庆也看见了，当时朱勔怎么样呢？头戴乌纱，身穿猩红斗牛绒袍，腰横荆山白玉，他的腰带都是白玉打造的，不但很神气，而且富贵外露。书里描写得很仔细，还详细写了他的靴子和头上的一些装饰。

这个轿子抬得离地有三尺高，轿子后面还有六面牌儿马，六面令字旗，再后面你以为就结束了吗？还有卤簿，骑着宝鞍骏马紧紧地尾随。这样算起来的话，前后卤簿得有几百人。这样前拥后簇，他才终于回到了自己的府第门前。当时各地迎候他的地方官员很多，黑压压地围得像铁桶一般，但这个时候非常安静，没有人敢咳嗽一声，针掉在地上都能听见声，为什么呀？他权势太盛了，谁敢得罪他？你这种情况下咳嗽一声，得罪他了，搞不好就杀头了。那么多人却没有任何声音，这个时候朱勔的轿子才到了府门前，他的下属就左右喝声："起来伺候！"所有等候的提刑官就高声地呼应，声震云霄。

封建社会的所谓卤簿，通过《金瓶梅》对朱勔回府邸的描写，我们获得了直观的感性的印象，完全懂得了怎么回事。这是封建社会、皇权社会才有的名堂。《红楼梦》里面也写到了卤簿，《红楼梦》里有一段很重要的情节就是贾元春省亲，贾元春应该是早年通过宫廷选秀，选进宫了，一步一步就接近了皇帝了。到了书里的第十六回，她得到皇帝的宠幸，册封在凤藻宫，而且给她加一个贤德妃的头衔，她得到了这样的身份以后，书里写太上皇、太上皇后也很喜欢她，准许她以及跟她身份相同的一些贵妃回娘家省亲。省亲就是去探视父母，在父母面前问好，祝父母身体健康、万事如意，去尽孝心。这是《红楼梦》作者的虚构，实际上在清代社会并没有出现这样的事态，是作者的艺术想象。

《红楼梦》里写贾元春从皇宫到荣国府，跟《金瓶梅》里面朱勔从皇帝那儿，从祭祀场所回来的节奏差不多，就是左等不来，右等不来，皇家行事是仪式感特别强，一环一环的，哪一环都不能够随便地把它度过，所以书里写贾母、王夫人她们本来在荣国府门外站着等候，左等不来，右等不来，最后传来消息说还早着呢，又只好再进去休息一下，再出来。后来终于来了，书里写得很详细，说忽然就听见外面有马蹄之声，一时间就有十来个太监气喘吁吁地跑来拍手。拍手是一种暗号，表示贾元春的卤簿和她所坐的皇舆快到了，已在现场的太监赶紧各按方位站住。贾赦领合族子侄在西街门外，贾母领合族女眷在大门外迎接。也是忽然安静得不得了，然后半日静悄悄的，才忽然看见一对红衣太监骑马缓缓地走来，到了西街门，下了马，把马赶出了围幕之外，便垂手面西站立。当时，宁荣街上，为了不让围观的人影响到这样一种庄严的仪式，很多小太监拿着围幕把街两边围起来，所以来打前站的太监，他们把马勒住，还要把这个马赶到围幕之外，使得这个通道显得更加清净肃穆。只见来了一对太监，半日又是一对，再过一些时候又是一对，一时间陆陆续续来了十来对，这是打前站的太监，然后隐隐听见细乐之声，就是她这个卤簿里面还有乐队，吹吹打打的，在前面做导引，慢慢地走过来。然后是一对对的龙旌凤翣，雉羽夔头。这都是一些卤簿的名堂，我前面说了，有的是很长的柄的，上面用孔雀毛以及珍贵的原料制作的，象征威权的大扇子，还有也是很长的柄，上面是用布幔做成的伞盖子，同样象征着威权。

书里特别写到，这个仪仗队里出现了一把曲柄七凤金黄伞，这是一个贾元春地位的象征，有专家考证出来，这种曲柄的皇家使用的伞，是在乾隆朝初期才有的，所以也证明《红楼梦》里元妃省亲的情节，发生的背景时间就是乾隆朝的初期。然后就是冠袍带履，这是一些卤簿捧的东西，又有值事太监捧着香珠、绣帕、漱盂、拂尘等类。一队一队地走过来，整个卤簿走完了，后面才是八个太监，也是八抬大轿，抬着一顶金顶金黄绣凤版舆缓缓而来。这就是贾元春所坐的那个轿子，她是暗轿，不像《金瓶梅》里面写那个朱勔，为了炫示自己的权威，坐的是明轿，贾元春她身份不一样，是一个女性，一个皇妃，不能随便让人看见，所以乘坐暗轿。一看皇妃轿子来了，贾母这些人就连忙在路旁跪下，当然就飞跑过来几个太监，把贾母、王夫人、邢夫人，三个贵夫人扶起来。

两本书里都写了当时封建社会，**皇族、贵族大官出行时的卤簿，也就是仪仗队**，对我们认识当时那样的社会很有帮助。历来多有评论者指出，《红楼梦》对元妃省亲卤簿的描写，明显受到《金瓶梅》对朱勔卤簿相关描写的影响。

元春

清代改琦《红楼梦图咏》·元春

乱离饭与缺米粥

两本书里都通过一个吃饭的情节，来象征人生的巨变。在《金瓶梅》里面，前面已经讲过了，有一个角色叫韩爱姐，是西门庆的伙计韩道国和王六儿的女儿，她一度被西门庆送到京城奸臣蔡京的府第，那个府里有一个管家叫翟谦，翟谦让西门庆给他选择一个年轻漂亮的处女，就选中了韩爱姐。后来经过一番变化，首先是蔡京被皇帝整治了，翟谦也倒台了，再后来金兵南下，北宋灭亡了。韩爱姐就流浪了，抱着一个琵琶沿路卖唱，因为她听说她的父母后来到了南方的湖州，她要到湖州去寻找，沿着运河往南走，后来就发现在运河边上有一些汉子从河里面往外清理淤泥，运河经常需要清淤，使用久了以后，河床里面就会积存下很多的杂物、淤泥，不及时清理出来，河道就不能够畅通，所以就有河工干这种粗活。韩爱姐走得又累又饿，发现了这些清淤泥的民工，跟着就发现了一个简陋的茅棚，有一个老太婆在那儿给这些民工烧饭，她就去哀求能不能够也给她一碗饭吃。

书里在之前写了很多的饭局，特别是像西门庆宴客，满桌的羊羔美酒，有些菜肴名字都很特别，而且食物丰富到什么程度呢？就是有的宴会桌上摆的东西是拿来看的，不用来吃，吃的很多，你根本都吃不完的。原来韩爱姐在清河县也好，特别到了京城在翟谦府也好，吃了不知道多少精美的食物，但是现在在这个茅棚里面，她要求分她一碗饭吃，她盛了一碗，一看，没有什么正经的米粒，都是一些杂草的稗子，再有点杂豆，这么一碗饭。有没有菜呢？这个老太婆就把一些生菜切成碎块，撒点盐，那就是菜。这是一碗乱离饭，什么叫乱离饭？就是整个国家乱了，亲人都离散了，家破人亡，妻离子散，社会发生着巨变。作者托言宋朝，其实写的是明朝，明朝也有边患，也有北方少数民族的侵扰。在社会巨变的时候吃不上平日那样的饭菜了，韩爱姐就捧着一碗乱离饭来吃。在这种情况下，她从河工里面发现有一个人面熟，对方也认出她来了，原来那是她的叔叔韩二，相认以后，二人抱头痛哭，后来他们两个就结伴往南方，到湖州去找她的父母了。

《金瓶梅》里面写这一碗乱离饭，是跟前面大吃大喝那些描写进行对比的，读来是令读者深思的。

《红楼梦》写的是清代的社会生活，作者托言地域邦国、年代纪年皆失落无考，不愿意说明白他写的是哪朝哪代的事，但是有专家考证出来写的就是清朝的事，特别是写的乾隆朝初期的事。上一讲不是说到了嘛，书里出现了一柄七凤金黄伞，这种形态的伞在乾隆朝之前是没有的，乾隆朝初年才有。就清朝而言，有所谓康乾盛世之说，就是康熙、雍正、乾隆这三个皇帝连起来，康熙和乾隆的统治时间都有六十年之多，两人加起来一百二十年，雍正只有十几年，所以往往就把他们合起来说的时候，就省略掉雍正，叫作康乾盛世。就清朝的统治者而言当时不是他们的末世，不是他们的衰落期，但是书里所写的这个四大家族，特别是书里所写这个贾家，就这个家族而言，当时是他们的末世，是他们走下坡路，乃至终于溃灭的过程，这一点我们要搞清楚。

　　《红楼梦》的前八十回里面，写尽了贾氏宗族荣国府，当然也包括宁国府，这些贵族所过的奢靡生活，他们吃的用的都可以说是顶尖级的享受。但是写到后来，书里有些情节就透露出来，这个荣国府就大不如以前了，出现了衰败的景象，虽然没有出现乱离饭，但是也开始出现了享受起来不方便，缺少高级享受物资的状况了。他写荣国府里面开饭，贾母说我吃点稀饭，尤氏——宁国府贾珍的媳妇，是贾母的一个堂侄孙媳妇，她经常从宁国府到荣国府来请安，伺候贾母——捧过一碗红稻米粥，红稻米粥是怎么回事？这个细节也就更说明，故事所写的是康乾时期的事情。

　　话说康熙当皇帝的时候，有一次他在玉泉山那边巡视，玉泉山底下有稻田，现在都还有，他发现这个稻田里面有一株稻子，长得比其他稻子高，让人拔下来给他看，当时稻子已经成熟了，稻穗特别大，把这个稻穗的壳去掉，里面的稻米是胭脂色、粉红色，是一种红稻米，后来又叫胭脂米。他很高兴，他说原来稻米可以长成这样，他就让人在这个稻田里面，再搜寻这种不同于其他稻棵的特殊稻子，后来就采集了一些这种胭脂稻米的种子，再行播种，逐年积累，经过几年以后，就培育出成片的胭脂米的稻田。他还一度把这样的种子交给曹雪芹的祖父曹寅拿到南方去播种、去养育。当时就有一种胭脂米出现，但是产量很少，而且是御用，就是专供皇帝吃的。当然皇帝有时候会赏给他所亲信的一些贵族或者官员，书里写到荣国府当时就居然得到了这种胭脂米，可能在自己的田庄里面种植一些。贾母要喝粥，那就给她用这个胭脂米做粥，据说是不但看着非常愉快，而且吃起来香糯软绵，非常可口。书里描写贾母就只吃了半碗，然后吩咐说将这粥送给凤哥儿吃去，就是送给王熙凤吃。有的读者可能就不懂了，说老太太吃了半碗，剩半碗，那不是剩饭嘛，怎么还赏人呢？但是在那个时代、那个社会，老祖宗把吃剩的东西赏给你，是对你表示宠爱的一种宣示，因此不会有人嫌弃，反而巴不得。更何况这个红稻米，胭脂米煮的粥是非常高贵的一种食品，轻易吃不到的。

贾母同时又把桌上一些剩菜做了分配，哪些给林黛玉，哪些给贾宝玉和贾兰等，然后贾母就跟尤氏说，我吃了，你就来吃吧。按规矩尤氏本来应该是回到宁国府去吃饭，如果贾母不发话，她没有资格在贾母这儿吃饭，她只能在这儿伺候贾母，但是贾母对她很友好，说你在这儿吃吧，尤氏当然很高兴，就答应了。然后贾母就离开她的坐席，在屋里面小碎步子走来走去，跟王夫人一块儿说话，叫行食，是古人的一种助消化的行为，在餐厅里面慢慢走动。她让尤氏留下来吃饭，尤氏跟她是不能同时在一个桌上吃饭的，她离开了，尤氏才能坐下。当时陪贾母吃饭的有两位小姐，是贾探春和薛宝琴，这俩人也吃完了，看贾母在行食，也就起来伺候长辈，就说失陪了。尤氏一看，一张大餐桌就她一个人吃，说剩我一个人，这么大一个大排桌，我一个人吃，不习惯嘞。贾母就笑，说那行，我让人来陪你，就对自己的丫头鸳鸯、琥珀说，你们一块儿吃，来做陪客。按道理丫头是不能上席的，但是贾母对她这两个丫头很优待，这俩丫头也很习惯享受这种越礼的待遇，尤氏又很欢迎她们，说行，快过来一块儿吃吧。贾母又让尤氏的丫头银蝶也坐一起吃，她说看着多多的人吃饭，是最有趣的。这样的话就一块儿吃，一块儿吃就要有仆妇们给她们盛饭呀，贾母在底下行食，慢慢散步，她眼尖，她一眼看见仆妇端给尤氏的饭是普通的白粳米饭。按说红稻米粥锅里应该还有，尤氏是一个主子奶奶，虽然辈分比贾母低，但是她是宁国府府主的夫人，在宗族里面还算是有脸面的人，她应该跟贾母的待遇一样啊。贾母就斥责那个仆妇，说你怎么昏了呀？你盛这个饭给奶奶呀？那个仆妇就小心翼翼地回答，说老太太的饭盛完了，今天添了一位姑娘，所以短了些，因为探春来了，探春原来不在这个地方吃饭，那天来了以后，贾母也喜欢她，一块儿吃。所以就多了一个人，就少了一份饭，鸳鸯这个时候就跟贾母解释，说如今厨房做饭都是可着头做帽子了，要一点富余也不能的。可着头做帽子，就是人戴帽子必须得合适，多大的头戴多大的帽子，可着头做帽子是对的，但是府里面吃饭，怎么能够多一个人就少一份饭呢？

怎么荣国府就到了这种地步呢？贾母就不知道，世道已经变得艰辛了，她这个府第的处境大不如前了。王夫人从贾政那儿听到一些信息，还知道点，就跟她汇报，说这一二年旱涝不定，咱们府里的田庄上交来的米，都不能够按照原来规定的数目来交，尤其几样细米，更艰难了，像胭脂米，本来产量就很少，田庄就交不了多少，所以现在就要算得很精，原来他们哪用得着这么细算，现在就必须要精打细算了。当天几个人吃，谁有资格吃这个胭脂米煮的粥，算精确了，报告厨房，做了，端过来。贾母知道这个情况了，只好自我解嘲笑了笑说：这正是巧媳妇做不出无米的粥。

所以你看书里这一笔，看来是闲闲的一笔，似乎没多大意思，实际上就透过这样的细节，写出了贵族府第的衰落。原来他们穷奢极欲，想吃什么有什么，样样东西都是有很多富余的，现在像好的大米做的饭，特别是胭脂米做的粥，就数量不足了。

两本书都写到了吃饭的情况，既写到了在太平的岁月里豪华的宴席，也写到了国家或者家庭衰落的时候所出现的吃饭的情况，在《金瓶梅》里面干脆就是稗子生菜——乱离饭，在《红楼梦》里面就写到这么大一个府第，居然好米供应不足了，这是贾氏宗族衰败的一个信号，他们的生活由此将逐步发生灾变。

棒槌之争与鸡蛋之斗

　　写市井故事，写家庭故事，就一定要写到人际摩擦、人际冲突，人在社会上生活，不可能一个人孤立地存活，一定要和其他人发生关系，这样就一定会引发出人与人之间的矛盾冲突。《金瓶梅》和《红楼梦》的文本特点就是都写得很细致，写日常生活当中人们之间的这种摩擦争斗，写得很生动，透过这些描写，也揭示了人性。

　　在《金瓶梅》里面有一个小情节，可以叫作棒槌之争。什么叫棒槌？它是一种工具，一般是木头做的，古代洗衣服要使用棒槌，如果是在郊外，会在河边，把衣服在水里浸泡以后，拿着棒槌在石头上使劲儿地敲打，把脏东西敲出来，再在水里漂；如果是在居住区，离河远，院子里就会有石槽，石槽里面也会有类似的搓衣板以及石板这些配套的设施，在这种地方洗衣服也需要棒槌，也是把衣服用水浸泡以后，拿棒槌使劲儿敲打。在古代社会生活当中，棒槌是一种几乎家家都有的日常用品。不但洗衣服要用，有时候古代御寒的衣服，没有棉花的时候，里面会放一些精心选择的植物纤维，如说家里有人当兵要出征，给他准备战袍，就要用棒槌在石头上来敲打，使里面填进去的植物纤维能够松快膨胀开，穿在身上保暖，所以古诗有"长安一片月，万户捣衣声"这样的诗句，就说明几乎家家户户都有棒槌，棒槌的作用是很大的。

《金瓶梅》里面几次写到棒槌，棒槌在特殊情况下，还有特殊用途。他写韩道国和王六儿夫妇，韩道国有一个兄弟叫韩二，韩二很不老实，偷嫂子，跟王六儿发生关系。后来王六儿被西门庆占有了，对韩二就嫌弃了，有一次韩二又来找她，她就抄起棒槌把韩二给打走了，所以棒槌在紧急的时候，还可以起到这种作用。

书里写西门府里洗衣服要用棒槌，有一场戏写如意儿在院子的水槽那儿拿棒槌捶衣服。如意儿是西门庆小老婆李瓶儿的奶妈子。李瓶儿一度给西门庆生了一个儿子，取名官哥儿，自己奶水不足，请了一个奶妈，就是如意儿。后来潘金莲设计，导致官哥儿得了惊风之症，治不好，死掉。官哥儿死了以后，李瓶儿就崩溃了，虽然西门庆还是很爱她，但是无济于事，她就悲伤地死去了。按说李瓶儿死掉了，府里面也没有另外的婴儿诞生，奶妈就用不着了，就应该遣散。可是西门庆又把这个如意儿占有了，这样如意儿就大摇大摆地继续留在了西门府。对这个事态最不满的是潘金莲。潘金莲知道这个如意儿之所以能留下来，是因为西门庆喜欢上了她，两个人发生关系。潘金莲不光是嫉妒如意儿得到了西门庆的宠爱，而且她特别怕如意儿怀上孕，生出孩子来，那样的话如意儿肯定就要被西门庆收为新一房的小老婆，如果她生一个儿子，那她的地位就和当年的李瓶儿一样了，所以她怀恨在心。

当时这些妇女都要洗衣服，潘金莲也要洗衣服，她就让丫头春梅去问如意儿借棒槌，如意儿当时仗着西门庆占有了她，觉得自己今后地位会提升，很傲慢，就不借。春梅回来跟潘金莲一汇报，潘金莲气疯了，亲自出马，冲到水槽前，指着如意儿就骂，抢棒槌，最后两人发生了肢体冲突。潘金莲还有一种特殊动作，她去抓那个如意儿的肚子，她心想你是不是怀了西门庆的种，我得让你流产，不能让你得逞，闹得不可开交。当然，最后这个事就不了了之，如意儿并没为西门庆生下儿子，故事最后是这么交代的：西门庆死掉了，潘金莲被府主婆吴月娘退给王婆了，如意儿继续留在西门府，由吴月娘安排，嫁给了一个男仆兴儿。

《金瓶梅》里面写的棒槌之争，看起来是写的日常琐事，家庭内部女性之间一场恶斗，但是它也折射出那个时代的婚姻制度，那种男权社会所形成的男性霸权对女性的引诱与压抑。

《红楼梦》里面也写到因琐事引起的恶斗。《红楼梦》你不要以为只是写贾宝玉和林黛玉的爱情故事，有人喜欢把《红楼梦》概括为一部爱情小说，这种概括是不准确的。它是写爱情，写爱情也不仅是写贾宝玉和林黛玉的爱情，书里面有很多种爱情，但是除了这些爱情描写以外，还有更多的社会生活的描写。作者写到荣国府后来有了大观园，开头大观园里面这些公子、小姐吃饭是很麻烦的，因为大观园本身并没有厨房，他们需要从大观园步行出来，到王夫人的正房或者到贾母的正房去吃饭。平常日子还好，遇到冬天，大家想一想，西北风一吹，还没吃到饭呢，先就被风给喂饱了，吃了饭以后往回走，风一扑，搞不好吃的东西都要吐出来，不方便。所以后来王熙凤就出了一个主意，在大观园单设立一个厨房，专门为大观园里面的这些公子、小姐，包括李纨和她的儿子贾兰提供膳食。原来饭菜都是统一由荣国府的总厨房来提供，现在分流了，把大观园里面住的这些人的伙食分出来，把大观园后门那儿几间空房改造成厨房来提供伙食。

书里写派了一个什么人当厨头呢？就是柳嫂子，丈夫姓柳，那个社会的女性地位很低，往往人叫她的时候就用她丈夫的姓氏来称呼，书里这种例子太多了，什么周瑞家的、王善保家的，都说的是这些女性，柳家的也是一个女性，一个中年妇女，就是柳嫂子，她管厨房。除了正常供应这些公子小姐的膳食以外，这些小姐，包括有的大丫头，有时候还额外地要她做一些东西来吃。有的她也愿意提供，如怡红院的人，她和怡红院的芳官特别好，芳官原来是府里养的小戏班子里面的一个小戏子，当时她们集中在府里的梨香院，由教习教她们唱戏，给她们排戏，柳嫂子就被分配在梨香院给这些小戏子做饭，服侍她们。后来这个戏班子解散了，有的离开了贾府，有的留下来当丫头，芳官是留下来的当中的一个，她很幸运地被分到了怡红院，宝玉很喜欢她，相处得很好。她跟柳嫂子本来关系就好，柳嫂子有个女儿叫柳五儿，原来有病，没有由管家来分配工作，现在病好了，就面临工作分配了，当然就不愿意被分配到赵姨娘那儿，或者一些别的地方，最好能分配到怡红院，所以柳嫂子就特别地照应芳官，希望芳官在宝玉面前替柳五儿说话，因为当时怡红院丫头的编制确实有空缺，宝玉主动提名要柳五儿，那该多好。所以书里写有一次柳嫂子专门给芳官做了一顿饭，饭菜都非常精美，连宝玉都蹭吃。

但是柳嫂子这样一些作为，别的丫头看在眼里，有的就有气。贾迎春的首席大丫头叫司棋，司棋就有气，她觉得你柳嫂子掌管厨房，便宜都让怡红院芳官儿这些人得了，我怎么办？对我不利呀，最好换成一个跟我关系好的人来主掌厨房，那就太好了。她一个婶子秦显家的，在这个园子里是最低档的仆妇，看后门的，看门上夜的这么一种仆妇，但是她就希望自己的这个婶子秦显家的，能够取代柳嫂子成为厨头。所以她经常去对柳嫂子挑衅，有一次她派她的小丫头，叫小莲花儿，到厨房跟柳嫂子传话，说司棋姐姐说了，要碗鸡蛋羹，炖得嫩嫩的。柳家的一听司棋，不待见，就一大篇话，说你不要鸡蛋嘛，就是这样尊贵，不知怎的，今年这鸡蛋短得很，十个钱买一个，还找不出来。当时买东西大笔地用银子，便宜点的用铜钱。柳嫂子就说一个鸡蛋居然是十个铜钱都买不来。说昨儿上头给亲戚家送粥米去，因为当时亲戚家互相来往红白喜事要送礼，送礼当中就要送一些米，送一些蛋，她说府里四五个买办出去，好容易才凑了三千个来。当然这个听着也挺吓人的，荣国府给亲戚送礼，一下就要送三千个鸡蛋，这也说明贵族之间的应酬是什么情况。柳嫂子意思是说，买办们买鸡蛋很困难，我这儿就没有了，你回去跟司棋说改日再吃吧。小莲花儿就还嘴，说前儿要吃豆腐，你弄了些馊的，叫司棋姐姐说了我一顿，今儿个要鸡蛋，你又没有了，什么好东西！我就不信连鸡蛋都没了，别叫我翻出来。这个小莲花儿很强悍，一面说一面就走去翻箱倒柜，一看，柜子里边有十来个鸡蛋，就说了，这不是鸡蛋？你就这么厉害？我们吃的是主子的，我们每个月有月银，有零花钱的，我们用这个来吃这个鸡蛋，怎么就不行啊？然后底下一句话就非常难听："又不是你下的蛋，怕人吃了？"

这时候柳家的就急了，丢下手里的活计就上来跟她对骂，说："你少满嘴里混嗳！你娘才下蛋呢！"《红楼梦》写这个贵族家庭的公子、小姐平常说话都文绉绉的，王熙凤偶尔会爆点粗口，但是总体而言主子之间说话都是文绉绉的，但是下层的厨头、小丫头，她们之间对话就很粗鄙，写得非常符合她们的身份。她们就对骂起来了，书里写虽然对骂了一番，小莲花儿回到迎春的住处，因为她们都是贾迎春的丫头，司棋是首席大丫头，小莲花儿是下面的一个小丫头，小莲花儿就把情况跟司棋汇报了，司棋大怒，伺候完迎春吃饭，就带着小莲花儿等一群丫头，冲进厨房打砸抢抄。司棋当时掐着腰，指挥那些小丫头，说给我搜，把这些东西都给扔出去，大家都别过了。所以你看，《红楼梦》也写人际冲突，他写上层的人际冲突，那些人基本上是微笑战斗，说话有时候笑着，实际上是在斗心眼儿。但是荣国府里面底层的人，像柳嫂子、像小莲花儿、司棋这些人，她们之间争斗，那就不微笑了，就撕破脸。不但对嘴吵闹，甚至于动手，写得很生动。**两本书都很会写，写人际间的冲突和摩擦，从很小的事情，茶杯里面的风波，来折射出社会上的一些情况，展示人性深处的东西。**

一丈青隔墙叫骂

　　《金瓶梅》里面的西门府有男仆有女仆，男仆前面讲了有旺儿、兴儿，其实他们也可以叫作来旺儿、来兴儿，还有一个男仆叫来昭儿，简称就是旺儿、兴儿、昭儿。这个来昭儿的故事不多，但是他媳妇有故事，他媳妇绰号叫作一丈青。有的读友一听就会乐了，说一丈青，这不跟《水浒传》里面扈三娘的绰号重了吗？《水浒传》一百单八将里面有一位女将扈三娘，绰号就叫一丈青。**实际上一丈青在明清两代，是指一种插在妇女头发上做簪子用的银耳挖子。它一头尖锐得可以插进头发里头，别住头发，一头是一个耳挖勺，可以用来掏耳朵。**为什么把来昭儿媳妇叫作一丈青，咱们暂不讨论，反正她就有这么一个绰号，府里人都知道她是一丈青。她跟来昭儿有一个儿子叫小铁棍，这个小铁棍还没长大，所以西门庆和吴月娘也没办法让他充当小厮，他是一个小男孩，在府里面，当然他不能到处都去，可是很多地方就由他跑来跑去地玩儿。小铁棍有一天跑到花园里去玩儿，捡到了一只女子的鞋，当时妇女缠足，三寸金莲，要穿绣鞋。他一个小孩，觉得挺好玩的，就拿在手里面跑来跑去，正好被陈经济看见了。故事发展到这个阶段，陈经济在这个府里面已经不老实，和潘金莲已经鬼鬼祟祟地勾搭上了。当时西门庆开当铺，让陈经济管当铺，他手里头拿着一个当铺里面别人当的东西，一个男子的发箍。他看见小铁棍拿着一个东西在那儿跑来跑去，仔细一看是一只绣鞋，他依稀认出来是潘金莲的，就跟小铁棍说，你拿这个东西干吗呀？小铁棍说好玩啊。他就说了，你干脆把这个给我得了，小铁棍不给，陈经济就说，我手里这东西也挺好玩，我跟你换行不行啊？小铁棍一想，这绣鞋也玩腻了，换了多好啊，再有一个新的玩意儿，就跟他换。谁想他骗了小铁棍，把绣鞋弄到手里，也没让小铁棍得到新的玩具。得到绣鞋以后，他就拿去给潘金莲看，潘金莲一看，果不其然是我的嘛，我说丢了一只哪儿去了，原来被这个小兔崽子给拿去了，他还到处跑来跑去让人看，潘金莲很不高兴。西门庆不久就回来了，西门庆那个时期在所有的妻妾里面，最宠着潘金莲，所以回来以后他多数情况下不去别的屋，就到潘金莲这儿来。潘金莲就把这个事跟西门庆说了，说你看，是那个小铁棍，把我的鞋捡了，给我弄得这么脏，你看像样子吗？这本来不是多大的事，但是西门庆是一个火暴性子，当时没听潘金莲议论完，就气冲冲地冲到院子里去。那个时候小铁棍正在院子里门的台阶上，跳上跳下地玩儿。这个院子有五进，这说的还不是大门，是二进或者三进，当中的每一处门都有一个台阶上去，这种建筑的台阶，两边有斜着的石头铺的斜坡，小孩可以当滑梯滑着玩儿。也有长方形的上马石，可以登上去，跳下来，再爬上去，再跳下来，蹦着玩儿。

小铁棍在那儿玩儿呢，西门庆也不说一声，不问一声，过去就一把抓住他的顶角，什么叫顶角？就是小孩刚开始长头发，头顶上开始有头发了，但是这个头发不多，当时一般就把他长得不多的头发拢起来，然后拿布缠住，像一个犄角，叫作顶角。西门庆一把抓住他的顶角，然后就拳打脚踢。小铁棍还不知道怎么回事呢，就忽然遭到暴打，疼得跟杀猪似的嗷嗷尖叫，西门庆毫不留情，毫不手软，越打越厉害，居然把小猴子一样的小铁棍打倒在地上，昏死过去了。小铁棍一尖叫，一哭，府里其他人都听到了，有人出来看。一丈青——他的母亲对他的声音最熟悉，就冲在最前头，一看果然是她的儿子刚才在尖叫，现在躺在地上好像连气都没有了，这个时候西门庆大摇大摆地回到潘金莲的住处去了。这样就写出了在那样一个府第里面，府主对底下的奴仆、奴仆的孩子，这么样残酷无情，完全不当作一个活的生命，不但不尊重，还只当作一个可以随便处置的东西。小铁棍只不过是捡了潘金莲的一只失落的绣鞋，就遭到这样的惨打，几乎被打死。府里面出来围观的那些仆人、仆妇，看在眼里敢怒不敢言，因为都发现是府主发威打的，不敢吱声。

书里就写一丈青作为一个母亲，她本能地内心里不能答应，发出了反抗的声音，所以这个事情过去以后，虽然西门庆躲到花园潘金莲的屋里去了，他也不是因为害怕才躲，他是到那儿去跟潘金莲做爱。一丈青就在院子里面高声叫骂。前面讲了，西门府里面曾经有人高声地叫骂过，首先是旺儿，他知道西门庆占有他妻子以后，他就本能地反抗。但是来旺骂主，他是借着酒劲儿，他喝醉了，酒盖住了脸，他不管不顾骂了起来。一丈青并不是借酒劲儿骂，而是以她全部的母爱来叫骂。当然在她骂之前，她就和她的丈夫，还有其他的仆妇帮忙，给这个小铁棍掐人中，不断拍打，让他苏醒过来了，就把小铁棍抱到家里面去养伤。她把儿子护理完以后，就在院子里面高声叫骂，她还不是站在哪个地方骂，她走动着，叫作指东骂西，一段海骂，她说："贼不逢好死的淫妇！王八羔子！我的孩子和你有甚冤仇？他才十一二岁，晓得甚么？知道毡生在那块儿！平白地调唆打他恁一顿，打得鼻口都流血。假若死了他，淫妇、王八儿也不好！"

就是她也要拼命，她也要和她嘴里面说的淫妇和王八拼命，淫妇骂的就是潘金莲，因为后来她也知道，无非就是捡了潘金莲在花园里玩儿的时候可能不小心褪下的一只绣鞋。首先骂潘金莲是淫妇，一丈青跟旺儿一样,是俩人一起骂,旺儿骂了西门庆以后又骂潘金莲,她是骂了潘金莲以后,骂西门庆。她就说王八,王八是那个时候骂男人的话,什么叫王八?就是你虽然有妻妾,但实际上你的妻妾偷人,跟别的男子发生关系,这既叫作给你戴了绿帽子,又叫作让你做了王八。因为府里的丑事她都知道,西门庆占有宋惠莲她当然知道,而孙雪娥和旺儿有私情,她也知道。潘金莲在他不在家的时候,和小厮私通的事,她也知道。她骂西门庆,你以为你是谁呀?你是王八,她就连淫妇和王八一起骂。

前面说了,旺儿高声骂西门庆的时候,很多仆人都听见了,但是除了其中一个跟他有利益冲突的后来去告发,其他人都不吱声,没有人去汇报,去举报。当时找到潘金莲,举报他的是来兴儿,兴儿为什么举报他呢?因为原来府里采买的活都交给兴儿来做,出去采买有很多可以藏掖的,是一个肥缺。但是西门庆后来为了占有宋惠莲,就把这个兴儿一贯做的采买的事,交给了旺儿去做,兴儿就受损失了,兴儿气不愤,所以别人听了要杀西门庆这样一些醉酒的话,听了就听了,他是去报告了潘金莲,就导致了西门庆对旺儿往死了整的一系列事态。

现在西门庆差点把昭儿和他妻子一丈青的儿子小铁棍活活给打死,作为母亲的一丈青豁出去了,也在府里面高声叫骂,而且指东骂西地骂,就是她不是站在一个固定位置,高声骂,还特别到厨房附近去骂,她知道众妻妾里面孙雪娥是分工管厨房的,孙雪娥就和他们仆人队伍里面的旺儿私通,等于就给西门庆戴了绿帽子,西门庆就等于做了王八了,她就故意要到那儿骂,这么骂她觉得心里痛快。一丈青为这个事大骂西门庆和潘金莲,为什么没有导致来旺儿醉骂那样的后果呢?也就是说居然没有人出来干预这件事,没有人去举报她,没有人到西门庆和潘金莲的跟前儿去揭发一丈青。这就是因为西门庆这件事做得太没道理了,太不人道了,而且一丈青作为一个母亲,发出这样的声音,人人都觉得很自然,她要是没反应,那就奇怪了。吴月娘肯定听见了,但是在这件事情上,吴月娘显然不愿意为西门庆辩护,当然她也不会事后去处罚骂人的

244

一丈青，她就只当没听见。另外几个人的态度也都是保持中立，像李娇儿、孟玉楼听见了，听见了以后她们只当没听见，因为她们内心里面也会觉得这个府主西门庆，跟一个小孩这么过不去，实在让她们没得可说。孙雪娥听见了，按说她应该去报告西门庆和潘金莲，但是她隐忍了，你怎么告啊？你告一丈青骂潘金莲淫妇，这倒也罢了，还骂西门庆王八、王八羔子，这就厉害了，是吧？他问起来，这什么意思呀？她为什么要这么骂，为什么要骂在你耳根儿底下？难道孙雪娥自己说我让你西门庆做了王八吗？说不出口，孙雪娥听见她骂以后，想来想去也只能算了。

毕竟一丈青没有追到花园里面去骂，因为潘金莲的住房是在院子一边的花园里面的一个楼里头，主要在楼下活动，偶尔会上楼。西门庆跟潘金莲，他们俩如果要是做那种事情的话，会把门窗关得很紧，所以他们可能就没听见，可能模模糊糊听见有些声音，不知道是谁发出来的，说的是什么，他们只是去做他们当时要做的事。这样一丈青她就等于是骂完了，出了气了，后来孩子伤养好了，她跟来昭儿一商量，也没别的地儿可去，就继续在西门府里面做奴仆。但是她叫骂过这一阵儿以后，小铁棍倒是没有再被西门庆打骂了，她还是起到了保护自己儿子的作用，后来写这个小铁棍就长大了。

这是《金瓶梅》里面的一丈青的故事，写底层仆妇叫骂，或者叫作隔墙叫骂，因为当时她没到花园去，等于是隔着府里的院落和花园之间的墙壁，痛痛快快骂了一番。那在《红楼梦》里面有没有隔墙叫骂的情节呢？也是有的。

费婆子隔墙叫骂

　　《红楼梦》里面有一段情节也写了隔墙叫骂。书里写贾母过生日，这对贾氏宗族来说是一件天大的事，操办得很隆重，来的客人很多，事务也很繁杂。宁国府的尤氏自然过来帮着把生日办好，尤氏带着一个小丫头，过生日要过好几天，在那一天的傍晚就往外走，尤氏每天来帮忙，办完事以后，她还是要回宁国府休息的。她跟那个丫头往外走的时候，发现府里面一些角门，什么叫角门？就是一个大的府第，除了正门、后门、旁门以外，各建筑群之间还有一些互通的门，一些角落上的门就叫作角门。尤氏当时和这个丫头一看，这些角门上还吊着很多的灯笼，庆寿嘛，就要布置得华丽一些，就有一些灯笼挂着。一看这个角门没关，尤氏觉得应该为贾母负责，虽然她是宁国府的，不是荣国府的，可是论起来的话，她也是贾氏宗族的一个媳妇，是贾母的一个孙子媳妇。既然来帮着管事，这个情况她就需要管一管，她就让她的丫头去到角门那儿，跟管事婆子说这个事。

这丫头过去一看，角门上的妇女忙着分东西，因为举办一个大型的庆寿活动，府里仆人会过手很多东西，吃剩的，还有一些用剩的，这些仆人就可以在当天事情完了以后，把它捡一捡，拿回自己家去，那两个妇女正在分东西。这丫头就过去跟她们说这个事了，说你们怎么回事，都这时候还不把这个角门关好，还有一些灯笼烛火，你应该把它们灭掉。这两个妇女根本不搭理她。因为她们一看此人不是荣国府的，是宁国府的，就不搭理。就说管事的人回家去了，尤氏的丫头就说，她回家去，你传她去呀，就是你把我们奶奶的话转达给她，让她来处理呀。所谓回家了就是回到荣国府那个仆妇居住区了，也还在一个大范围之内，就说她下班回家了，你去叫她呀，我们奶奶等着回话呢。没想到那两个妇女就说了很难听的话，难听到什么地步？叫作扯你的臊！我们的事，传不传不与你相干！你想想，你那老子娘在那边管家爷们跟前比我们还更会溜呢。咱们清水下杂面你吃我也见。最伤人的话是底下两句，叫作各家门、另家户，你有本事，排场你们那边人去！我们这边，你还早些呢！这两个婆子就说了最难听的话，就是说你宁国府跟荣国府不是一回事，是各家门、另家户了，宁国府的你管不着我们荣国府的事，**这两个妇女说的，其实也基本符合书里面所写到的情况，宁国府和荣国府确实是两个府第，经济上也是各自核算**，但是尤氏她是几乎隔三差五，甚至于天天都要来荣国府帮着伺候老太太的。你这么一说，宁国府的丫头听了以后觉得受刺激，就回来跟尤氏说了，尤氏当然也很生气，你对我那么不尊重，什么叫作各家门、另家户，宁国府、荣国府都是贾家，你们下人能这么说话吗？

尤氏很生气，这个事后来就被王夫人的一个陪房叫周瑞家的听见了，周瑞家的就要讨好王夫人，而且也要显示自己在荣国府拿事。周瑞家的是王夫人的陪房，什么叫陪房？就是王夫人当年嫁过来的时候，王家会给她很多的陪嫁，除了实物陪嫁以外，还从王家拨几家奴仆，丈夫妻子乃至于儿子女儿，一块儿作为陪嫁，随着她从王家到贾家来，周瑞家的就是一个原来王家的仆人，周瑞的老婆跟着王夫人来到了荣国府，王夫人很信任她，倚重她，她也在府里面很嘚瑟，什么事都要插一手，露一手，好像自己多能干似的。她就飞跑去把这个事报告了王熙凤，王熙凤当时身体不太好，强挣扎着来应付老太太的寿宴活动，听了以后就表态，说你去把这两个说什么各家门另家户的妇女，也可以叫作两个婆子，捆起来，送到马圈去。然后你报给那边大奶奶，指的就是这个尤氏，由她发落。

王熙凤这么做，她觉得自己还是有道理的，因为荣国府的仆人得罪了宁国府的主子嘛，必须要重罚，先捆起来再说，但是最后怎么发落，那还要听宁国府的尤氏的。这样就等于在这个寿宴当中就起风波了，由一轮一轮的涟漪，变成了一场不大不小的风浪，浪打浪，越闹越大。当时听从指示，去捆绑这两个妇女的是府里面的管家林之孝，管家婆叫林之孝家的，就由林之孝家的派人实施这项指示，就把两个婆子捆起来了，等待尤氏的发落。

这个事发生了以后，这俩婆子的闺女听说了以后，就哭哭啼啼地来找林之孝家的，就说能不能把我妈妈给放了呀，她们也年纪不小了，捆起来受多大罪呀，再说这算多大个事啊？林之孝家的就跟其中一个女孩子说，你别那么哭哭啼啼的，你好糊涂啊，你有门路解救你妈的，怎么回事呢？你想一想，你姐姐嫁给谁了呀？嫁给了宁国府那边的大太太——说的就是邢夫人——的陪房费大娘的儿子了，所以你妈和这个费大娘是亲家，你赶紧去通知费大娘，有这么个事，让她赶紧去找邢夫人求情，邢夫人毕竟是贾赦的正妻，虽然不住在荣国府里面，但是从伦理关系上来说，她是贾母的大儿媳妇，你去让费婆子求邢夫人，邢夫人跟荣国府的人一说，特别是跟王熙凤一说，就能把捆起来的人放了。这姑娘一听，对呀，我赶紧去找费婆子，找我们家这个亲家。另一个小姑娘还在那儿哭，林之孝家的就说你真糊涂，她妈解脱了，不会单把你妈继续捆起来处置的，那不就一块儿解脱了嘛。于是就决定照这个办法办。

邢夫人本来对贾母就有意见，因为按伦理关系，她是贾母的首席媳妇，她是大儿子的正妻，是大儿媳妇。但是从书里描写来看，后来这个大房，贾赦这一房被边缘化了，荣国府主建筑群像荣禧堂什么的，由二儿子贾政和他的夫人王夫人来居住使用。荣国府的事务都是由王夫人来做主，当然，她的儿子，就是贾赦的儿子贾琏，她虽然不是贾琏的亲生母亲，是后妈，但是贾琏的母亲死掉了，她成为了贾赦的正妻，从伦理上来说的话，她就是贾琏的母亲，贾琏娶的媳妇是王熙凤，就是她的儿媳妇。贾琏和王熙凤到了荣国府去管事以后，处处都维护荣国府的利益，维护王夫人的利益，使得贾赦和她就没有什么话语权了，所以邢夫人对王熙凤一直就不满，有这么个事以后，她就觉得她能够插手一下。

第二天接着贾母庆寿，大家欢聚一堂，在贾母的正房里面，人们花团锦簇地在那儿热热闹闹地给老太太祝寿。那么邢夫人就来了这么一招，当着很多人，这些人都没散去呢，邢夫人就不跟贾母说话，而是跟王熙凤说话。大意就是说二奶奶，这是老太太的好日子，这种好日子我们施恩还来不及呢，怎么能够捆人呢？你把两个老婆子捆起来搁在马圈里头，这合适吗？我跟你求情了，把她们放了吧。大家听见以后都很惊讶，因为按伦理秩序的话，邢夫人是王熙凤的婆婆，一个婆婆这么样故意假装低声下气地来跟儿媳妇说话，这不故意说给大家看嘛，等于说你们看我这个儿媳妇多霸道，我当婆婆的，都不得不低声下气跟她去这么说话、求情。

她这么一说，所有人都听见了，后来贾母也知道了，当然就把这两个婆子放了，王熙凤后来就委屈地偷偷哭，因为她婆婆当着众人给她没脸嘛。那个时代、那个社会，哪有婆婆当着众人跟媳妇求情的呀？这不故意的嘛，王熙凤就解释说，我这么做不是说我要责问这两个婆子，是因为要和宁国府搞好关系嘛。尤氏是宁国府府主贾珍的夫人，是她的大堂兄的正妻，等于也是她一个大嫂子嘛，咱们这边得罪了大嫂子，我这么做就是尊重大嫂子的一种做法，让大嫂子最后去处置。而想必大嫂子这个人内心很仁慈，也会放掉她们的。所以《红楼梦》写得很妙，他写宁国府和荣国府之间，荣国府大房和二房之间，是有矛盾的，最后曲曲折折的，通过这样的小事情反映出来，从这个小涟漪发展成不是很大的波浪，但也是浪打浪，搅得贾母这个生日没过好。

这个费婆子是什么身份？她是邢夫人的陪房。周瑞家的，你不是王夫人陪房，作威作福嘛？费婆子是邢夫人的陪房，由于邢夫人这边在荣国府这一支被边缘化被挤对，费婆子本来心里就有气。费婆子以她的身份不好去骂王夫人王熙凤，但是骂周瑞家的，她们的地位应该是平等的，她是邢夫人的陪房，周瑞家的是王夫人的陪房，都是陪房。按说她这个陪房的地位应该高于周瑞家的，因为她是贾母大儿子贾赦的妻子的陪房。按当时封建伦理的排序，她应该在周瑞家的之上，没想到这个周瑞家的为了讨好主子们——她认为是周瑞家的下的狠手——为了一点小事就把她的亲家捆起来，扔马圈里了，所以她就隔墙大骂，怎么叫隔墙大骂呢？贾赦、邢夫人他们住的那个院子是一个黑油门的单独的院子，这个院子是紧挨着荣国府的其他部分的，但是之间没有门相通，从荣国府到贾赦住的这个院子，还需要走路，像邢夫人身份尊贵，就还需要坐车。虽然两个院不相通，但是隔一堵墙，高声叫骂，对方就能听见。

于是这个费婆子来劲儿了，就到她所伺候的邢夫人他们家和王夫人他们家隔开的墙的这边，高声讲话，意思就是说她的亲家没有什么不是，不过是和那边府里的大奶奶、小丫头斗了几句嘴，什么不得了的事？你周瑞家的就挑唆咱们的二奶奶，把我亲家捆到马圈里去，说过两日还要打她们呢，反正就不依不饶地骂了半天。荣国府那边一定有人听见了，即便周瑞和周瑞家的自己没听见，一定会有人去学舌，报告给周瑞家的。**本来这两房之间就有矛盾，通过这件事情，这个矛盾就深化了，所以写得也很有意思。**

两本书里面都写了园内叫骂的事，都是隔墙叫骂，一丈青是在西门府的主居住区和花园之间的那个墙外头叫骂，《红楼梦》里面这个费婆子是在邢夫人所住的这个院落和王夫人所住的院落的界墙那儿，隔墙叫骂。两本书里叫骂的情节都包含着丰富的内涵。

明清太监一脉相承

　　两本书里面都写到了太监的形象，太监究竟是怎么回事？为什么过去宫廷里面会有那么多太监？太监制度是皇权体制下的一种反人道、反人类的现象。不但中国封建社会有太监，在外国有些历史阶段，一些情况下，宫廷里面也有太监。这种制度的形成是因为皇权统治，皇帝一个人要占有很多的美女，他除了皇后以外，还有很多的妃嫔、宫女伺候他。这样一个庞大的后宫，需要有男性来伺候，但是怕这些男性有生殖能力，乱了皇家的血脉。为了防止这种现象发生，所以进宫为他们服务的男子，都需要经受一种残酷的手术——阉割生殖器。这样这些人来了以后，不管怎么样，他就不至于和皇帝的女人发生关系，造成皇家血统的错乱。

　　《金瓶梅》托言宋朝，其实是明朝的故事，明朝有太监，清朝也一样。而且明朝的太监比清朝的太监还厉害，他们经常是讨得皇帝欢心以后，把持朝政，越权。清代的太监虽然做了很多很糟糕的事情，但是大体而言还没有形成过太监专权的现象。这里不细说这些事情，就说书里所写的这些太监的情况。这些太监因为生理上被阉割了，心理上也就变得跟常人不一样了，对他们而言这是一种悲苦的事情，这里对这些情况不多说，就说他们因为接近权力中心，所以他们就经常倚仗他们所获得的权力方面的便利，作威作福，贪赃枉法。

太监生理上被阉割了，没有生育能力，但是他们也渴望有一种普通男人那样的生活，所以太监也公然娶媳妇，生不出孩子来怎么办？就抱养孩子，多数情况是从自己的兄弟那里抱养侄子。因为他当了太监，他的兄弟可能没有当太监，一窝都当太监的情况不多，所以兄弟有生育能力，有男孩子，那么就找一个来作为自己身边的等于儿子一样的角色。有的就直接明确了这种过继关系，就叫儿子，有的还保持侄子的身份，反正你来给我养老送终就好。

书里面的花太监就是这么个角色，但是故事开始的时候，花太监就已经死掉了，所以对他的描写很模糊。但是书里写到了另外两个太监——外派太监。太监按说应该都是在京城宫里面来为皇族服务，但是有时候皇帝也会派太监出差，到外地为皇族做一些事。书里写的这两个外派的太监，老百姓称他们为公公，一个是刘公公，一个是薛公公。派到清河县给他们都安了一些头衔，刘公公管理皇家的砖厂。皇家造宫殿，造庙宇，需要大量的砖瓦，砖瓦不是任何地方都可以大量生产的，清河县有比较好的土材，所以皇家就在那儿设置了很大的砖瓦厂，派刘公公来监管砖瓦的生产，这种砖瓦厂生产的砖瓦都是高级的，包括宫殿庙宇要用的那种高级的琉璃瓦，都是由这样的皇家的砖瓦厂来生产。薛公公被派到清河县来管理皇庄，皇帝除了向全国的农民，从地主到自耕农征收赋税以外，他自己也有很多属于皇家直接管理的田地，就形成所谓的皇庄，皇庄也需要派太监来监管。这两个人就在那儿，被地方上这些土财主和官员捧着，因为他们来自最高权力集团，来自京城。书里写到，西门庆宴请他们，讨好他们。宴请的时候，刘公公和薛公公闹好多笑话，而且他们虽然是被阉割了生殖器，但是并不等于说他们完全没有性心理，就表現得很恶劣。西门庆宴请他们的时候，请一些妓女作陪，其中就有李桂姐，西门庆故意安排李桂姐坐在两个公公旁边，事后李桂姐就抱怨，说刘公公还好，那个薛公公快玩，快玩就是他快活地玩弄她，说把人掐拧得魂也没了。太监他没有做爱的工具，就变态地通过摸呀掐呀，来满足自己的性欲。这样的写法就揭示出了太监的变态心理和行为。

总体而言，明清两代的太监和之前的太监一样，都是毛病很多的，多数都是糟糕的。《红楼梦》里面也写了太监，特别是贾元春她才选凤藻宫，加封贤德妃，伺候她的就都是一些太监。其中有一个太监叫作夏守忠，他的身份是六宫都太监，皇帝有六个宫殿用来给妃嫔们居住，他是总管。夏守忠在书里出现过几次，有一次是这样的：王熙凤和丈夫贾琏正在商量事，忽然有仆人来回话，说夏太府打发了一个小内监来说话。夏守忠自己还没来，他底下还有小太监帮他跑腿，贾琏一听就皱眉了，心说又是什么话？一年他们也搬够了。就是知道一来发话，都没好话，就是要银子，勒索他们。王熙凤就说：你藏起来，等我见他。说是小事我就处理了，要是大事，我自有话回他。贾琏就躲入套间去了。凤姐命人带进夏守忠底下办事的小太监，本来太监地位应该是低下的，但是因为从宫里来，不得不对他客气，请他在椅子上坐，还让丫头倒茶给他喝。就问他什么事啊。小太监就说了："夏爷爷——他称呼他的主子夏守忠为爷爷——因今儿偶见一所房子（就是想买一所房子），如今竟短二百两银子，所以就打发我来问舅奶奶家里，有现成的银子暂借一二百，过几天就送过来。"就是敲诈勒索来了，明着要银子，口称这是舅奶奶家里，就是以贾元春为本位，故意把贾琏说成是贾元春的一个兄弟，那不就是舅子嘛，舅子的老婆不就是舅奶嘛，称呼倒是挺甜美的，实际上就是要钱。

曹雪芹真是一支妙笔，王熙凤怎么对付这个事？那个小太监说从这儿先拿二百两银子，过几天就送回来。王熙凤听以后就笑道："什么是送过来呀？我这儿有的是银子，只管先兑了去。改日等我们短了再跟你们去借也是一样的。"小太监就接着说："夏爷爷还说了，上两回还有一千二百两银子没送来，等今年年底下自然都一齐送过来。"闹了半天在之前夏守忠已经从他们那儿拿走了一千二百两银子，加上这二百两，就是一千四百两了。扬言是到年底的时候，一千四百两银子都还回来，那能还回来吗？王熙凤巧妙地应对，就笑道："你夏爷好小气，这也值得提在心上？我说一句话，不怕他多心，若是这样还记清了还我们，不知还了多少了！只怕没有，若有，只管拿去。"话虽如此说，她能爽爽快快地拿出二百两银子来吗？底下王熙凤就装穷，装给小太监听，就跟底下人说把那个旺儿媳妇给我叫来。旺儿媳妇来了，于是王熙凤就跟旺儿媳妇说："出去不管哪里，你先给我支二百银子来。"旺儿媳妇这种事经多了，两个人配合得很好，旺儿媳妇就说："我才到别处去支银子，支不动，才来和奶奶支的。"王熙凤就对着旺儿媳妇说，其实是说给这个小太监听的，说你们只会里头来要钱，叫你们到外头弄去就不能了。表面上很豪爽，我这儿有银子，你们夏爷爷要，没问题，拿去，不用还。实际上当着小太监面，等于就哭穷，没银子，你看我找我底下管事媳妇支银子去，支不出来。于是王熙凤就叫她的贴身大丫头平儿，说平儿，你把我那个金项圈拿出去，暂且押四百两银子。就等于告诉这个小太监，我们没有银子，你非要银子，我就只能当我的首饰。这样就只见平儿去到另外屋子里面，后来拿了一个锦盒子来，里面两个锦缎包袱包着东西。打开看，一个是金累丝攒珠的，上面那个珍珠都有莲子大小，还有一个是翠嵌宝石的。这两个金项圈的规格做工跟宫里面那些妃嫔用的不离上下。然后就果然把这两个金项圈拿去到当铺当了，小太监就等着，最后拿回来四百两银子，王熙凤命令仆人给小太监把那四百两的一半，二百两，包起来给他，那一半二百两就给旺儿媳妇，说你拿去办八月中秋节吧，那个小太监拿到了这二百两银子才告辞，王熙凤就命人替他拿着银子，送出大门去了。夏太监派来的小太监走了，贾琏才从藏着的套房出来，就笑说："这一起外祟，何日是了？"就是好好地人在家里坐着，就老有人来敲诈勒索，宫里太监就来要银子。凤姐跟他说，你看咱俩刚议论着就来这么一股子。贾琏就说，岂止这个夏太监，昨儿周太监来过，张口一千两，我稍微地回应得慢了一点，他就不自在。贾琏最后就说了这样一句话，说将来得罪人之处不少，这会子再发个三二万银子财就好了。

这就说明贾琏曾经一次就发过三二万两银子的财，那么他哪一次一下子发那么大个财，怎么回事呢？很多《红楼梦》的爱好者都探究过，现在把其中一种说法，供读者们参考，就说是林如海死了以后，贾琏带着林黛玉回扬州去奔丧，林如海的遗产，最后被贾琏带回荣国府贪污了，所谓三二万两银子，其实就是林黛玉理应继承的她父亲的遗产。这说法都仅供参考。

两部书里写到太监的嘴脸，相比而言，《红楼梦》写的夏太监的嘴脸尤为生动。

西门庆偷情林太太与贾宝玉向往傅秋芳

　　人在生活当中对有的事物已经享受了很多了，但是往往还会产生一种心理，总想在同类事物当中，再获得一个新鲜的，具有刺激性的，那就更好了。《金瓶梅》里面的西门庆，故事开始以后，就写他陆续地再娶进一些女人，除了正妻吴月娘以外，他还有李娇儿、孟玉楼、孙雪娥、潘金莲、李瓶儿，这么多个小老婆。他还和他府里面的一些仆妇发生关系，如先有宋惠莲，后来他又把他死去的小老婆李瓶儿的奶妈子如意儿占有了。他还和他雇的一些伙计的女人发生关系，像他雇的伙计韩道国的媳妇王六儿，他还雇了一个伙计贲四，媳妇叫贲四嫂，他们也发生关系，更不消说还有妓院里面的很多妓女跟他常来常往，他相好的妓女就有好几个。他玩弄女人就够多的了，但是有一次，一个妓女跟他提到了一个林太太，就引起他极大的兴趣。因为，你细算一下，前面提到那些个妻妾也好，仆妇也好，情人也好，妓女也好，总体而言地位都高不到哪儿去。他跟这么多女子发生了关系，但是他还没有能够占有一个贵族高官家的女子。

这个林太太其实已经年纪比较大了，书里写差不多 40 岁了，是一个高官招宣的夫人，人称林太太，那地位就很高了。书里有个周守备，后来庞春梅还嫁给了周守备，成为他的正妻。守备是一个武官，没有招宣的地位高，招宣这个官职是作者杜撰的，他参考了历史上的一些其他官职，加以综合想象，招一般是招抚，就是皇帝派这种官员去到边远地区平叛，把那里的少数民族给制服了、招顺了，宣就是皇帝可以派他到各地去宣示皇帝的指示，所以书里设计的招宣使，是很高的一个官职，应该是高于守备这类的官职，当然就更高于清河县的县官和提刑所的提刑了。对于西门庆来说，这是一个平时够不着的官职，招宣的住宅也是他平时进不去的，听说里面有一个林太太，年纪虽然比较大，但是很会打扮，很懂风情。她丈夫死了，她就是一个守寡的贵夫人了，但是她私下里通过一种叫作蜂媒的婆子，寻找她所希望得到的男性幽会、私通，享受乐趣。

什么叫蜂媒？有人说这是不是就是媒婆？不太一样，媒婆是经过她的撮合以后，一男一女结为夫妻，做这种事情的叫媒婆。**蜂媒，就是像蜜蜂跟蝴蝶一样，到花上去采蜜。偷情，就是她所撮合的并不是夫妻而是情人，两个男女最后成为情人，从中牵线的这种婆子叫蜂媒。**西门庆后来听说有一个婆子文嫂就是给这个林太太做蜂媒，为她服务，所以他就想要找到文嫂，让文嫂给他牵一次线。这并不是说他要娶林太太，他也娶不了，林太太也不可能嫁他，林太太表面上是一个高高在上的为丈夫守节的模范寡妇。但是林太太既然想偷情，他也想尝一尝这种贵夫人的滋味，所以就希望找到文嫂来满足他的欲望。

书里写他的贴身小厮玳安，帮他找到了文嫂，经过一番周折以后，就联系上了林太太，西门庆就很高兴，很激动。于是在一天晚上，他就带着他最亲近的小厮玳安，去找林太太偷情，林太太住在一个很大的宅院，当然比西门府就要大得多，而且神秘得多了。他本来参加一个宴会，提前退场，趁别人不注意，他就溜了。西门庆骑着马，玳安和另外的小厮牵着马，随着马跟他去偷偷摸摸地和林太太见面，他在马上还戴了眼纱，这个是特别值得一提的，就是明代那个社会，有人还可以戴眼纱呢，什么叫眼纱？就是男人会戴帽子，帽子上罩着一个黑颜色的纱圈，挡住眼睛，这样他透过纱能看见外面的事物，而外面的人就看不清他是谁，是一种自我保护的手段。他们在夜色苍茫当中到了一个扁食巷，然后就把马停在对面的屋檐底下，一个小厮在那儿候着，他就按事先说好的办法，敲这边的一扇小门。

有的读者可能就有点着急了，说这个林太太住着一个大宅院，西门庆怎么会去敲一个小门呀？难道里头就是林太太吗？当然不是，小门"吱呀"的一声开了，里面出现了一个中年妇女，西门庆就闪进去了。这个妇女叫段妈妈，段妈妈很谨慎地把西门庆引到这个屋子里面以后，就先停顿一下，觉得安全了，然后领着他出了小屋子。闹了半天段妈妈所住的这个小屋子，是招宣府的外围附属的房子。出段妈妈这个屋子的后门是一条夹道，夹道那边有很高的墙，那个墙里面才是林太太居住的空间，就领他走过这条小巷。西门庆当时心里还挺高兴的，因为原来他占有潘金莲，占有李瓶儿，做一些事情，他都是大摇大摆的，不必偷偷摸摸，没有神秘感，现在到这个地方来和林太太幽会，充满了神秘感，他也觉得能满足他内心的某一些需求。那么这条夹道还挺长的，终于走到一个地方以后，夹道那边墙上有门，段妈妈就敲门，是敲一种暗号，半天没回应，过好一会儿，这个门"吱呀"的一声开了，是一个丫头，林太太的侍女，把他们两个引进了这个门里面，引进门里面是不是就见到林太太了呢？没那么容易，那里面有廊子、有穿堂什么的，走来走去又到了一个空间，是一个厅堂，厅堂上挂着一个大匾，叫作节义堂。好大的口气，因为当时那个社会封建礼教，宣谕的礼教的核心叫忠孝节义。他们到这个节义堂，大匾两边还有对联，上联是"传家节操同松竹"，下联是"报国功勋并斗山"。其中特别有"节操"的字样，表示这个家族是特别讲究节气、操守的，像招宣使死掉了，他的太太一定是恪守封建礼教规范，要守节的，像松竹一样在风雪当中都能够挺立。这就当然很有讽刺意味了，这林太太通过蜂媒招男子来过性生活，还有什么节操可言呢？但是书里就写西门庆到了这个厅堂，就觉得气派不同一般，他的西门府跟这样的景象一比的话，就成鸡窝了。那么是不是就见到林太太了呢？还没有，其实这个时候林太太就隔着她的居住空间和介于他们之间的帘幔偷看西门庆，一看西门庆果然跟文嫂介绍的一样，高大的身材，强壮的男子，符合她追求性快乐的标准。这样再经过一番周折，他才终于被这个丫头引进了林太太的居住空间，书里有非常详尽的描写，布置得非常高贵华美。西门庆在西门府里面盖了花园，造了卷棚，他自己还弄个书房叫翡翠轩，固然布置得也很华丽，但是两者有什么区别呢？一个是非常高雅，富有贵族气派，一个不管怎么样附庸风雅，还是显得土气。**就是他进入了一个比他自己层次高的文化氛围里面了。**

然后林太太跟他就分别坐在椅子上，表面上林太太打出的招牌是请他来帮忙解决儿子的问题。林太太的儿子叫王三官，这个招宣使姓王，所以他的儿子叫王三官，王三官一天到晚在妓院里鬼混，被妓院和妓女骗走了很多的钱财，王三官其实娶了媳妇了，这个媳妇应该也是养在深宅大院里面的，可是他不着家。表面上林太太约他来，就是来谈这个事，因为你是提刑所的提刑官，就等于你是公安局的副局长嘛，妓院诈骗嫖客，我儿子被妓院给拴住了，这个事在你的职权范围之内，你该管，表面上是这么一个由头。

西门庆看着林太太垂涎三尺，因为他没有尝过贵夫人的滋味，虽然这个人年纪比较大了，化的是浓妆，脸上的粉挺厚，可是徐娘半老风韵犹存，挺吸引他的。后来说着说着就进一步地请他喝酒吃餐，喝酒吃餐当中，林太太就逐步地卸下了她虚伪的面纱，最后两个人就互相占有了。书里写得很有意思，以往西门庆占有妇女，他一点都不尊重那个女性，他是很粗暴的，他是主动方，他想怎么着就怎么着，甚至他实行性虐待。

但是对这个林太太，他低声下气地俯就，他是被动的，去满足林太太的需求，以让林太太感到快活为宗旨。**书里写这一幕，整个书的内容更立体化了，揭示了那种贵族妇女的高度虚伪，也对西门庆的性格做了更立体化的刻画。**

完事以后，他退出林太太的那个空间，再经过夹道回到段妈妈的小屋子，再出去。然后玳安跟另外一个仆人牵着马，他骑上马再回家。那个时候一天霜气，万籁无声，对他来说是人生当中一个很难得的体验。

近的不稀奇，远的生遐想，这种心理在《红楼梦》里面也有表现，贾宝玉生活在青春女性的花丛里面，天天和这些青春期的美丽的姐妹、丫头厮混，但是他也有类似西门庆那样的心理。当然，**他不是一个色鬼，他向往的不是身体交往，而是和青春女性愉快地相处和交谈等，但他也觉得远处的可能更美好。**他听说有一个叫作傅试的低层官员，有一个妹妹叫作傅秋芳，听说她是个琼闺秀玉，是养在深闺里面的一个美女。常闻人传说是才貌俱全，他并没见过这个人，光听传说，就产生了什么心理呢？他虽未亲睹，然遐思遥爱之心十分诚敬。

《红楼梦》写贾宝玉的心理，也写到这个层次，就是向往新鲜的、远处够不着的，越是那样，心里越会有痒痒的感觉，想一睹芳容。他本来是一个最讨厌老婆子的公子，后来听说是傅秋芳家派来的婆子想见他，给他请安，就破例地接待了。所以两本书在人物的心理描写上都达到了深层次的挖掘。

韩家怪象

　　两本书都写了当时社会的一些怪现象，《金瓶梅》里面写的韩道国一家，就充分体现出那个不合理的社会所形成的畸形家庭、畸形人格、畸形命运。这个韩家充满了怪象，前面讲到很多，讲过的不多重复，没讲到的要予以补充。

　　西门庆把李瓶儿娶进来以后，李瓶儿原来在狮子街住的那个房子不是临街嘛，底下有铺面房，正好用它开了一个绒线铺，请一个掌柜的替他经营，这个人就是韩道国。县城里的人给他取了一个外号——韩一摇，他走路姿势很特别，两个肩膀左右摇摆着走，而且有时候还爱穿奇装异服，有人说穿得看上去像一只大型跳蚤一样。他爱吹牛，虽然被西门庆聘为了绒线铺的掌柜，也无非是一个雇员，因为那个时候西门庆开的铺子已经很多了，不光有生药铺，还有绸缎铺，后来还开了当铺，还在运河里面走标船，搞水上运输，已经不是一个小财主，而是一个大财主了，所以他虽然是西门庆一个店铺的掌柜，但并没有很多机会见到西门庆本人。在街上他一摇一摇地走，有时候有的临街的商铺，如茶馆、小饭铺的人招呼他，他坐下跟人家高谈阔论，说什么我刚从西门府来，刚跟西门大爷喝过酒。有一天他还这么吹牛，结果闹笑话了，他正说呢，他怎么在西门庆那一桌子吃饭，有什么好菜，喝什么好酒，这个时候有人慌慌张张来找他，说韩一摇，你们家出事了，他说出什么事了，来人说你媳妇跟你兄弟被人捉奸捉双，被人捆着往官府送呢，他就慌了，有人跟他说了，你怕什么呀？你不是随时随地可以见到西门庆大官人吗，你跟他一说，这事不就了了吗？但是他并不能够马上见到西门庆，到了西门府的门口，他想进去都难。他只好"曲线救国"，去找西门庆的哥们儿应伯爵，他真找着了，应伯爵当时正在一个地方跟一个嫖客喝酒吃餐，吃完了出来，这一笔写得很生动，就只见应伯爵的帽子上头插着一个牙杖，就是牙签，一个可以多次使用的，可能制作材料比较高级，如象牙骨头的一个牙签，也活化出这样一个白嚼的人物的特色，到处蹭吃蹭喝。他去求应伯爵，应伯爵进入西门府比较方便，一般西门府看门的不会拦，这样去求西门庆把问题化解。所以他吹牛就吹爆了，真到紧急关头，他并不能马上见到西门庆。

韩道国的媳妇跟他兄弟都很不像样子，趁他不在家，两人通奸，被街坊邻居给发现了，因为那个时代、那个社会认为通奸是犯法的，一群混混起哄就把他们俩捉奸捉双，捆在一起，往官府扭送。这两人就很狼狈。后来多亏西门庆把这事化解了，这就说明韩道国的弟弟韩二，根本就不是好东西，小叔子偷嫂子，也说明当时那个社会市井里面有一种风气，特别喜欢别人家出事，特别喜欢有捉奸捉双的这种局面出现，一捉到以后，不光是几个人，而是几乎这条街上所有人都来围观，看热闹，闹得沸沸扬扬。但故事往后发展，这个事平息了，西门庆居然占有了韩道国的媳妇王六儿。王六儿出身很低贱，书里交代她母亲还在，叫王母猪，街坊邻居都叫她母亲王母猪，她母亲也不以为意，还答应着。

这个王六儿姿色怎么样呢？书里写得很奇怪，按说她并不是一个美女，她身材可能还不错，她的头发好像也不错，两个发鬈看着很有趣，但是她的皮肤不但不白，连黑都谈不上，是紫膛色的。你想，紫膛色是什么颜色？类似猪肝那种颜色，按说是很难看的，但是西门庆的性需求重口味，居然也喜欢这种紫膛色面皮的妇女，最后他就把王六儿占有了。

书里写的情况是什么样？王六儿被西门庆占有，她还并不嫌弃她的丈夫韩道国，西门庆不在的时候，她跟韩道国还过他们的夫妻生活。而且她和韩道国商量好了，把西门庆对她的兴趣和占有当作一桩生意来做。西门庆对她的性玩弄，是虐恋的形式，在她身上烧香，她忍受，怪不怪？这一对夫妻能够无耻到这种地步，西门庆来了，韩道国就主动地出去避让。王六儿接待他，但是她对西门庆并没有什么感情，就是出卖自己的身体获取钱财，获取利益。有一天，韩二不知道他嫂子被西门庆占有了，还跑来想跟他嫂子再重叙旧情，他从袖子里抖出一根香肠，以为王六儿还像过去一样，吃不上什么好东西，我带一根香肠，咱俩幽会，还可以享受美食。没想到王六儿早就从西门庆那里得了好多银子，可以吃非常丰盛的美食了，还在乎他这根肠子吗？就拿起棒槌把韩二给打跑了。

后来东京奸臣蔡京的管家翟谦，让西门庆给他找一个美丽的处女，找来找去，最后就找到韩道国和王六儿的女儿韩爱姐，就把这个韩爱姐给送到东京翟谦府去了。故事写后来西门庆死了，西门庆临死前派他的男仆来保和韩道国给他在运河运布、卖布。他们卖布回来，先后听说了西门庆的死讯，于是两个人就都起了欺诈之心。韩道国就没有把卖布得来的钱去交给吴月娘，如果西门庆活着他不敢这样，他会到西门府去汇报，把卖布得的银子在西门庆那儿进行交割，当然这个过程中他会得到很多回扣，会贪污很多银子，但是他毕竟会把大笔银子上交。听说西门庆已经死掉了，他们两口子当天晚上一商量，这大包银子咱们就不给西门府了，两个人就收拾东西，带着这大包银子到东京投靠他们女儿韩爱姐去了。后来翟谦的靠山蔡京倒台了，树倒猢狲散，他也倒霉了。韩家三口就都到了临清码头，住进了码头上的大酒店，那个大酒店是陈经济和一个外号叫谢胖子的人合资的，叫谢家大酒楼。在那里，陈经济就和韩爱姐又勾搭上了。《金瓶梅》通过这家姓韩的人，写出当时明代社会发展到那个阶段，封建礼教的所谓礼义廉耻，已被无所不可买卖的商品经济无情解构，传统的道德规范土崩瓦解，整个社会礼崩乐坏了。

后来金兵南下，韩爱姐单独流浪，再后来遇见了她的叔叔韩二，就跟韩二一块儿到南方湖州去寻找韩道国和王六儿。韩道国、王六儿是怎么到的湖州呢？这个写得更怪了，在临清码头的时候，王六儿做零碎的皮肉生意，她还不是一个官妓，她没有在官方有关部门登记注册，她是一个暗娼，但是有一个湖州来的嫖客叫何官人，包养了她，最后在社会混乱的情况下，何官人决定回到老家湖州，作为嫖客，他要带走他常包的这个暗娼，就是王六儿，王六儿居然愿意跟他走。这已经是社会怪象了，结果何官人一想，王六儿有丈夫韩道国，就跟王六儿商量，说要不干脆把你丈夫也一块儿带着吧，就跟韩道国说了。按正常的逻辑，韩道国听了以后会大怒，哪有这样的？你一个嫖客，你把我老婆给带走，你还让我跟着走，我算什么呀？我什么身份？我怎么定位呀？可是书里写这个韩家一怪到底，韩道国就说，那可是好着呢，我愿意。居然跟着何官人随他老婆去了湖州，在湖州就不伦不类地住在一起。他是丈夫，但是他处于一个附属的地位，何官人并不是丈夫，但是却等于和王六儿过一种夫妻生活，好怪哟！

韩爱姐后来和她叔叔韩二也到了湖州，大家聚在一起，真是不伦不类的一窝子。何官人死了，后来韩道国也死了，韩二就和他的嫂子结为夫妻了。那么就劝韩爱姐嫁人，韩爱姐还继续要为陈经济守节，陈经济是她什么呀？是丈夫吗？不是，情人都算不上，也是一个嫖客而已。而且韩爱姐为了表示她坚决不嫁人，就把自己的两只眼睛给扎瞎了，到尼姑庵当尼姑去了。《金瓶梅》里面所写的韩家怪象，折射出了那个社会在崩溃期的很多很多问题，读者们可以扳着指头捋一捋，爆出了多少问题。

尤家怪象

　　《金瓶梅》里面写了韩道国一家，这一家人从头到尾都很古怪，折射出那个社会到那个阶段，实际上已经礼崩乐坏了。封建礼教讲究忠孝节义、礼义廉耻，韩家这家人一点耻感都没有了，这是《金瓶梅》里面所写到的怪象。

　　《红楼梦》里面写的是贵族家庭，从整体描写来看，贵族家庭和西门庆这种土财主家庭还是不一样的。西门庆在西门府里面，他自己和其他的人举止有时候都非常粗鄙，说出的话经常是爆粗口。《红楼梦》里面的贵族家庭，大体而言人际关系上蒙着一层温情脉脉的面纱，人们斗心眼儿，多数情况下不是互相对骂，而是微笑战斗。当然，在《红楼梦》里面也体现出社会发展到那个阶段，即便是贵族家庭，温情脉脉的面纱有时候也干脆不披了、不罩着了，也体现出支持那个社会的忠孝节义、礼义廉耻，这些封建道德规范已经被解构了。

　　其中写到了尤家，就是宁国府，宁国公当然早就去世了，只是故事开始的时候他还活着，但是他不在府里住，他跟贾赦、贾政一辈的有一个叫贾敬的到城外道观和道士们炼丹去了。后来写到突然有一天传来消息，在道观里面，他认为这个丹炼成了，就吞丹了，结果死了。当然道士们就说是升天了，驾鹤西去了，其实是吞了那个炼出来的丹，就等于是吞了毒药一样，毒死了。这样的话就为他举行了很盛大的丧事，当时贾敬的儿孙后代贾珍和贾蓉不在家，丧事就由贾珍的妻子尤氏来料理。她不是贾珍的原配，贾蓉不是她生的，她是贾珍续弦的妻子。尤氏在书里面是一个出场次数很多、戏份很多的一个角色，总体而言，她是一个心地比较仁慈的、善良的、宽厚的妇女，也有一定的管家能力，但是她因为是续娶的，又由于贾珍很强势，所以她在家里面和王熙凤相反。王熙凤是驾驭着自己的丈夫，丈夫是怕老婆的，在故事开始以后，王熙凤就表现出来，她把丈夫贾琏压一头。尤氏不一样，她对贾珍百依百顺，所以书里有时候也指责她是过于从夫，因为她不像王熙凤是正娶的，所以尤家的背景就不如王熙凤他们家了。

书里写得很怪，尤氏的父亲还活着，母亲去世了，父亲续娶了一个妇女，书里后来被叫作尤老娘，尤老娘嫁给尤氏父亲的时候，是一个寡妇，嫁给她父亲以后还带来两个女孩子，过去的社会，对这种改嫁妇女带过去的子女，有一个很难听的称谓，叫"拖油瓶"。她带去的两个女孩子都长得很大了，当然比尤氏要小，但也都是成年女子了。这就有点怪了，宁国府这么一个的封了公爵的府第，最后在贾珍这一辈的婚姻上，就出现了这样的事态，他这个媳妇父亲填房，居然娶了一个妇女带两个"拖油瓶"。本来这种情况应该是招人烦的，但是通过书里后来的描写就知道，这个尤老娘既然和宁国府攀上了亲，也算亲戚了，就经常带着这两个女儿到宁国府来。在这个过程当中，如果排顺序的话，尤氏当然名义上就算她的大女儿，但只是名义上，尤氏和这个尤老娘没有血缘关系，和尤老娘带过来的两个女孩子更没有血缘关系，但是伦理秩序上、名义上，她算是尤大姐，带来两个姑娘，一个就被叫作尤二姐，一个被叫作尤三姐。

这两个女孩子因为生活的家境不是很好，成长过程当中的文化氛围也差，远不如林黛玉、薛宝钗等贾家这几个小姐那么有文化、有教养，而贾珍又是一个跟西门庆类似的人物，见色起意，和尤二姐尤其是不干不净。贾敬死了，府里就比较忙乱，需要有人帮忙，尤老娘就又带着尤二姐、尤三姐来到宁国府，所谓的帮忙，其实是越帮越乱。而且贾珍和贾蓉欢迎她们到来，也并不是真因为她们来了能帮上什么忙，而是他们对尤二姐、尤三姐都没安好心。书里写贾琏作为贾珍的堂弟，到宁国府来，当时尤老娘还在场，但是她老眼昏花，老打瞌睡，贾琏和尤二姐就公然地在宁国府调情。贾琏扔了一个玉佩给尤二姐，尤二姐偷偷地收藏起来，其实这都在尤老娘眼皮底下，是很不堪的局面。贾蓉回到宁国府以后就公然和两个小姨调笑，按说这俩人辈分比较高，是他名义上的母亲的妹妹，两个姨妈嘛，但是他也好色，跟这两个人没大没小地撩拨、挑逗。旁边的丫头都看不过去了，有个丫头就说了，大意是别这样，这可是你的长辈，你怎么跟她们不正经呢？贾蓉一把把这个丫头搂过来，说行，我不要她们，咱俩亲一个，非常之不堪。这可是在京城的贵族府第里面，就说明不只是《金瓶梅》里所写那个时代封建礼教已经土崩瓦解，在《红楼梦》里面所写这个时代，所谓的礼义廉耻更成为一种空谈，贾珍、贾琏和贾蓉就这样对待尤氏姐妹。

后来在贾珍和贾蓉的撺掇下，贾琏就包二奶，偷娶了尤二姐，在离荣国府不远的花枝巷买了一所四合院，把尤老娘、尤二姐、尤三姐都接过去了，他跟尤二姐就算是夫妻了。这种情况下，贾珍有时候趁着贾琏不在，还要去揩油，对尤二姐和尤三姐都怀有不轨之心。最后王熙凤知道了，就设计把尤二姐骗到荣国府，还带去见了贾母，就在自己的院子里面给她收拾出一间房子让她住。故事最后，尤二姐被王熙凤迫害，吞金自尽。

尤三姐在不同的《红楼梦》的版本里面，形象还有差异，有一种版本就把她塑造得比较纯洁，就说她拒绝贾珍、贾琏的挑逗，维持自己的个人尊严。还有一种版本写她实际上也和贾珍、贾琏有点不干不净，不是一个洁白无瑕的女子。不管怎么样，她的处境很古怪，跟着她姐姐住进了花枝巷的院子，她是什么身份？莫名其妙嘛，年龄也不小了，也思嫁了。后来她就跟她姐姐说，贾琏、尤老娘都听见了，她想嫁给一个人——柳湘莲。就是有一次有人请客，柳湘莲串戏，当时尤二姐、尤三姐都被邀请观看了，她一看台上这个柳湘莲风流倜傥，台下也是一个英俊少年，就偷偷地爱上了柳湘莲。后来经过一番曲折，贾琏也就把尤三姐推荐给了柳湘莲，柳湘莲看有人关心他的婚姻，因为他也老大不小了，一直没有正式娶妻，就拿出了一把鸳鸯剑，这种鸳鸯剑就是在一个剑鞘里面，看起来是一把剑，拔出来以后是一对剑。他把这把鸳鸯剑给了贾琏，作为定亲的聘礼。但是后来他从外地回到京城，他和贾宝玉不是好朋友嘛，见到宝玉了，他就问宝玉这个尤三姐怎么回事。宝玉千不该万不该，说了比较轻率的话，就说她是我堂兄贾珍的三姨，就是我嫂子的妹妹，从尤氏往下排，她第三，就叫尤三姐。贾琏给柳湘莲介绍尤三姐的时候，并没有说清楚她是宁国府那边的女子，柳湘莲一听就急了，就说怎么会是宁国府里的呀。宝玉说是呀，我们认识，还相处过，长得很漂亮，而且她又姓尤，这句话宝玉说得就不太得体了。过去称美丽动人的女子、性感女子叫作尤物，宝玉这个话就使得柳湘莲进一步产生误解，柳湘莲知道宁国府是一个淫乱的府第，就说宁国府，恐怕除了门口两个石头狮子以外，里头没有干净的生命，所以柳湘莲就跑到花枝巷去退亲。见到贾琏，就跟贾琏说，我这次在外地见到我姑妈了，我姑妈给我介绍了一个女子，要跟我成亲，姑妈的命令我不能不听，所以这边我就得退亲了。当时在花枝巷那个屋子里头，贾琏和柳湘莲在正房里面说话，偏房里面尤三姐听见了，她本来满心满意想嫁给柳湘莲，她一听这话就知道，柳湘莲一定是听到了什么风言风语，怀疑她不贞洁，觉得他们尤家的人不干不净，所以来退婚。尤三姐就把那个定亲之物鸳鸯剑拿在手里面，出来哭着说，我知道你为什么要退亲，你信不过我，大意是这样，于是就拿着这个鸳鸯剑的雌剑抹脖子自杀了。这样的情况下，柳湘莲看见这个女子原来不仅非常美丽，而且性格非常刚烈，才后悔，但是她死了也就死了。

书里写这个尤家，从尤老娘开始，到她带来的尤二姐、尤三姐都有些古古怪怪的。当然，相比而言，《金瓶梅》里面的韩道国一家更古怪，尤氏一家相对而言还没古怪到那种程度，我所说的古怪就是羞耻感的缺失，韩道国一家是完全没有羞耻感了，而尤氏这家也欠缺羞耻感。**而羞耻感是很重要的一种心理素质，我倒不是提倡大家去恪守封建道德所提倡的所谓忠孝节义、礼义廉耻，但是作为当代人，一个有自尊心的人，一个正直的人、正经的人，应该要有羞耻感，丧失羞耻感是人生的悲哀。**

清代改琦《红楼梦图咏》·尤三姐

潘金莲写情书

　　两本书都写到了男女之间的情爱，《金瓶梅》里面男女之间的性吸引写得比较多。《红楼梦》文本很纯净，他写贾宝玉和林黛玉之间就是一种淡化了肉欲的纯净的精神恋爱。人在恋爱当中为了表达自己的爱意，有时候行诸文字，就是写情书。两本书哪本里面有非常符合情书标准的这种东西呢？有人立刻会猜到《红楼梦》，《红楼梦》里面的公子、小姐都是文化水平比较高的，能作诗，能填词，文章也都写得不错。但是我要告诉你，在整部《红楼梦》里面，真正称得上情书的不在公子、小姐之间，而是在丫头小厮之间。书里写抄检大观园，抄出一封情书，是一个叫潘又安的小伙子写给大观园里面贾迎春那一房的大丫头司棋的。而在公子、小姐之间，并没有出现严格意义上的情书。

　　《金瓶梅》里面有没有可以说是严格意义上的情书呢？是有的，谁写给谁的呢？是潘金莲写给西门庆的。总有些读者有一个误解，觉得潘金莲是一个没有文化的人，她原来是卖炊饼的武大郎的老婆，哪来的文化？跟谁学的写字？跟谁学的写文章？**其实潘金莲不仅会识字写文章——当然她只能写简单的——同时，她还会写曲呢。**《水浒传》里面的潘金莲没有展示她这方面的能力，她在《水浒传》里面是一个过场人物，戏份不重。但是在《金瓶梅》里面她几乎贯穿全书，是一个极其重要的角色，这本书叫《金瓶梅》，书名是由三个女性的名字当中的一个字组成，首席就是潘金莲。

在《金瓶梅》里面，作者兰陵笑笑生把《水浒传》里面的潘金莲借过来，大大地丰富了这个形象，在他的笔下这个姑娘家里穷，父亲是一个裁缝，简称潘裁，母亲在父亲死后成为一个寡妇，在后来被人称作潘姥姥。潘姥姥一开始是把潘金莲卖到了一个有钱人家，卖哪儿去了呢？前面咱们不是讲到了招宣府嘛，林太太嘛，就卖到那样一个高官家里去了。当时招宣活着的时候买丫头，不光是为了服侍自己，端茶递水，做一些生活服务，有一部分丫头他还请人教她们认字，教她们写点东西，而且要教她们至少掌握一种乐器，教她们演唱。潘金莲在这些丫头里面是出类拔萃的，她后来不但能够弹琵琶，能够唱曲儿，还能自己写曲儿呢，写出押韵的曲词，然后自己来唱。这个交代是很清晰的，也很合理，所以后来嫁到西门府，她保持这个特长，那些妻妾都不行，吴月娘大字不识几个，孟玉楼也不行，孙雪娥可能还是文盲，李娇儿是妓院来的，更谈不上有文化了，后来李瓶儿可能稍微有点文化，也完全比不了潘金莲，所以书里面有这样的情节：**潘金莲至少前后给西门庆写过两次情书，都是以填曲的形式写的。**

一次是潘金莲在王婆的教唆下，害死了亲夫武大郎，她等着西门庆来娶她，但西门庆很长时间并没有来娶她，西门庆最早跟她偶然相遇以后，两个人就勾搭上了，王婆牵线，两人发生了关系。但是西门庆还是把她当作一个玩物，并没有很认真地考虑要把她娶进来，所以在她盼着西门庆娶她的时候，西门庆去娶了孟玉楼，因为孟玉楼不但有才艺，而且是一个有钱的寡妇。潘金莲就被冷落了，潘金莲就盼嫁，她老在门口张望，看西门庆有没有出现。有一次没看见西门庆，看见了老跟着西门庆的亲信小厮玳安，她认识玳安，就把玳安叫进屋，她说你把这个东西给你们老爷送去，她把她写好的一封情书折成了一个什么形状呢？叫方胜儿，现在有人还会用纸叠出这种形状，就是两个正方形斜着连在一起，折成这个样子叫方胜儿。

在过去的旧时代，人们有时候传递写好的东西，包括情书，就习惯折成方胜儿来传递，她就把这个方胜儿交给了玳安，玳安拿回去给西门庆看了。西门庆可能也不怎么识字，但总还是能够想办法把写的这个内容读下来。潘金莲填的是一首叫作《寄生草》的词，当时有些词有现成的词牌，词牌就规定了用多少句，每句怎么押韵，她就写了一首《寄生草》，内容就是情书，向西门庆诉衷情，是这样写的："将奴这知心话，付花笺，寄与他；想当初结下青丝发，门儿倚遍帘儿下，受了些没打弄的，担惊怕；你今果是负了奴心，不来，还我香罗帕！"对西门庆充满了哀怨，有一个词大家很熟悉，叫"结发夫妻"，有的年轻读者不懂，什么叫结发夫妻？就是在明代以前，男人都是要留满头发的，女的也一样，轻易不剃发不剪发，到多了以后就把它堆起来，女的就盘成各种不同的发髻。男的就把它盘好以后别起来，戴上一个帽子罩上，穷的没有帽子就用一个巾帕把它包上。做夫妻了，结婚了，恩爱了，双方就都把头发散开了，散开以后夫妻在做爱的时候，头发都很长，这些头发有时候就会纠结在一起，这就叫作"结发夫妻"。潘金莲那时候还没有被西门庆娶走，但他们已经发生过关系，"想当初结下青丝发"，西门庆说好来娶她，却久久不来，她就写了这么一首《寄生草》。这个情书还是起作用的，西门庆本来把她都有点忘了，忙别的事，一看，一想，对呀，潘金莲很可爱呀，所以后来虽然潘金莲没有什么财产，不像孟玉楼，还有李瓶儿，都是富婆，潘金莲比较穷，但是美丽动人，还给他写过情书，他就把潘金莲娶进了西门府。

西门庆娶了潘金莲以后，并不老在家里待着，他经常到妓院里面去鬼混。他在妓院不但可以和他认为是美丽的女性发生关系，妓院里面还有很多娱乐活动，还有一种特殊的氛围，他喜欢，在那儿一待就待很久。更何况还有一些帮嫖的朋友，在他跟前插科打诨，一起哄架秧子，所以他到了丽春院以后，多日不着家，吴月娘和其他小老婆当然都很有意见，但是没有办法。潘金莲有办法，她又写了一首曲子，等于是又写了一封情书。当玳安要往丽春院给西门庆送东西的时候——因为西门庆老在那儿待着，有时候要换衣服，要一些东西，他托人带信儿，让家里仆人给他送去。吴月娘再不高兴，再不满意，也只好准备这些东西让玳安给送过去。潘金莲知道了，她就又叠了一个方胜儿给玳安，说你给爹送去，就是给西门庆送去。这次她填的一首词，词牌叫作《落梅风》，你看她是不是还挺有才能的，她填词还不是只会填一种词牌的词，这个情书就更露骨了，内容是这样的："黄昏想，白日想，盼杀人多情不至。因他为他憔悴死，可怜也绣衾独自！灯将残，人睡也，空留得半窗的月。孤眠衾硬浑似铁，这凄凉怎捱今夜？"写得还不错，下边她还有落款，"爱妾潘六儿拜"。她在府里被称作六儿，不是因为她在妻妾排序上第六，而是因为她是她父母的第六个女儿，从小就被叫作六儿。

玳安去了丽春院以后，把东西给了西门庆，同时就递给西门庆潘金莲给他的一封信。西门庆蛮不在乎，不看重，不在意，就被他的狐朋狗友之一，帮嫖的，叫祝日念，抢到手里了，就当众把这个内容念了出来。别人倒还无所谓，有人却生气了，就是西门庆去梳拢的丽春院的这个妓女——李桂姐，李桂姐非常生气，这是什么东西呀？李桂姐的意思就是说，你既然来到我这儿就属于我，不许别人跟你来这一套。但是大家要懂得，潘金莲对西门庆的渴望，如果你把它要叫作爱情的话，那么其中精神层面的东西很少，身体层面的很多，他们两个互相欣赏对方的身体，互相玩弄对方的身体，能产生很大的快感。潘金莲并不是真正思想解放的那样一个先进女性，而是只要解放自己身体的一个性解放的女性。

在那个时代、那个社会，一个妇女敢于宣布我的身体我支配，自主选择做爱的对象，大胆追求性爱，也具有一定进步意义，是对封建礼教的一种反叛、突破。但是潘金莲第二封情书到了西门庆手里以后，没有取得效果。我们说第一封情书还打动了一下西门庆，后来西门庆就还是找个空当把她娶进来了，但是这第二封情书都不是西门庆自己首看的，是他的一个帮嫖的狐朋狗友念出来给大家听的，大家哈哈一笑，还惹得李桂姐生气，他并没有马上回家。书里写潘金莲由于性苦闷，西门庆不回来，她耐不住，她就和西门府里一个小厮琴童苟合，拿这个琴童来泄欲。这个琴童原来是孟玉楼带过来的一个小厮，原来不叫琴童，是西门庆把他叫作琴童。西门庆从丽春院回来以后就发现这件事情，就很生气，就鞭打了潘金莲，轰走了这个琴童。后来西门庆就有琴、棋、书、画四个小厮，那个琴童是后来又补进来的。

《金瓶梅》里面有女子给男子写情书的情节，《红楼梦》里面除了小厮潘又安给司棋写情书以外，还有没有某一个角色用笔墨来倾诉自己的爱情呢？是有的。

林黛玉题帕

　　《红楼梦》里面作者写得很精准，传递情书这种事情，多数情况下发生在比较下层的人物之间。书里面有小厮潘又安给贾迎春的丫头司棋写情书的情节，这个情书后来抄检大观园的时候被查获了，最后酿成了司棋和潘又安的爱情悲剧。书里面所写这些贵族府第的公子、小姐，他们当然也有七情六欲，会有爱情萌发，甚至也会有对异性身体方面的欲望。**从精神层面来说，贾宝玉爱林黛玉，爱到极致，但是他也有他的身体欲望。**首先他和他的首席丫头袭人就偷偷地发生了身体关系，夏天有一次他看见薛宝钗穿的衣服露出了丰满的臂膊，书里就有一笔写他的心理活动，他说这个要是长在林妹妹的身上，我就可以摸一摸。这就说明他不是一个没有身体欲望的生命，他有的，也说明他对林黛玉除了精神层面的欲望以外，他的意识里面也有在精神相通之后，互相获得身体快乐的这种想法。但是，一来在这样一种贵族府第里面，从家长的角度来说，就管得很严，再加上所受到的教育都是封建礼教这方面的训导，具体到生活方式，身边又总是尾随着一大批仆人，公子有女性服务，就是一群丫头，小姐更是这样了，还有婆子。**在《红楼梦》所写的环境里面，男女之间要获得精神上的爱情和身体上的快乐难度都很大，倒不如《金瓶梅》所写到的那种县城里面的，市井生活里面的男男女女。**所以在整部《红楼梦》里面一直到八十回，没有公子、小姐之间传递情书的情节发生，但是有一笔写得很有意思，实际上有一个人也写了情书，只不过不是写在纸上，也没有把写好的情书传递给所爱的人。

这段情节就是宝玉在冯紫英家做客，冯紫英是一个将军的儿子，在做客的时候就见到了一个戏子，大名叫蒋玉菡，艺名叫棋官，两个人一见就都很喜欢对方，就交换了礼物。他和蒋玉菡结交的事情最后传遍了京城，就导致忠顺王——忠顺王是地位很高的一个贵族，但公爵远在王爷之下，王爷是贵族当中封位最高的人物——派了府里的长史官，什么叫长史官？这种王府跟小朝廷一样，管理府务的最高官员叫长史官，竟然亲自跑到荣国府，要见贾政。贾政当时正好在家，觉得很奇怪，心想：跟忠顺王府素无来往，怎么忽然派这么一个长史官来呢？

长史官来了以后就跟贾政说，王爷喜欢一个戏子，叫棋官，就是蒋玉菡，听说你们府里的公子贾宝玉跟他有来往，现在这个棋官找不着了，是不是被你们这个公子藏起来了？要是别的东西王爷都可以舍弃，但是这个棋官，王爷特喜欢他，万不能舍弃，所以要把这个棋官还给我们。贾政听了一头雾水，怎么有这种事呀？开头贾宝玉还撒谎，为自己辩护，就说不知棋官为何物。长史官当时就冷笑，说你不知道棋官为何物，怎么他的腰带到了你的腰里呢？原来他们俩在冯紫英家结识以后，因为互相要好，就交换了汗巾子，汗巾子就是那个时代男人女人都要用来系在腰上的一种类似腰带，有那种功能的纺织品，一般是绸子做的。

宝玉听长史官揭破他的谎言，也没经历过什么大事，慌了，就供出来了，说难道你们不知棋官在东郊紫檀堡，买了地，置了房，在那儿长住了。长史官就说好，那我们就去找，找不着的话还要来问你要。长史官走了以后，贾政就气疯了，说你这不是给我惹事吗，得罪谁都还好说，怎么得罪忠顺王爷呢？其实当时是这么回事，忠顺王爷喜欢这个棋官，因为他唱戏唱得很好，想把他养起来，像用金丝笼子养一只云雀一样，随时用来消遣。但是棋官向往自由，而且他不喜欢忠顺王，他喜欢北静王，北静王爷也喜欢棋官，所以实际上棋官是两个王爷——一个是忠顺王，一个是北静王——争夺的一个角色，宝玉夹在当中了。

于是《红楼梦》里面就出现了贾政痛打贾宝玉的情节，打得皮开肉绽。当然这个事惊动了贾母，惊动了王夫人，宝玉最后被抬回怡红院养伤，众人纷纷来看望，宝钗爱宝玉，也哭红了眼睛，手里托了一个药丸，因为他们家是给宫廷做采买的，有专供宫廷使用的治跌打损伤的好药丸，她手里托了药丸来献给宝玉。林黛玉当然也来看望宝玉，林黛玉心疼宝玉，眼睛哭得跟两个桃子似的。薛宝钗拿正统的道理来劝解宝玉，林黛玉不来那一套，林黛玉知道宝玉喜欢交往这些社会边缘人，她知道他喜欢秦钟，喜欢蒋玉菡，也喜欢北静王，这些人虽然地位不同，但是在主流社会里边都属于边缘人，北静王从整个皇族体系来说，也是当中的一个异类，居然在自己家里面搞自由论坛，从这个角度来说，他也是一个权力结构当中的边缘人物，宝玉喜欢跟这些人来往。林黛玉就只劝了一句，说你从今都改了吧！并不是一句真正的敲打宝玉的话，而是点出了充分理解贾宝玉，让贾宝玉以后少吃亏，少吃苦头。宝玉对别人的看望也都表示感谢，但是对林黛玉的探望特别动心，林黛玉当时说这句话的时候周边没别的人，宝玉就觉得林黛玉理解自己，林黛玉对自己的怜惜是真的疼爱自己。

到了傍晚，宝玉把晴雯叫过来，晴雯说什么事，他说你给林妹妹送手帕去。什么手帕呀？不是什么新手帕，就是他日常用过的手帕，拿两块手帕给了晴雯。书里写得很有意思，每次要到薛宝钗那儿取东西，如要去借书，宝玉都是派袭人去，但是要到林黛玉那儿去送东西或者拿东西，都是派晴雯去，因为他心目当中知道，袭人和宝钗是一类人，晴雯和黛玉是另一类人。当时晴雯也不明白，她到了潇湘馆，就看见林黛玉的一个叫春纤的小丫头，正在回廊栏杆上晾手帕呢，这也就暗写出林黛玉因为宝玉挨打，哭得更厉害了，平时就爱流泪，老得用手帕子擦眼泪，这次哭大发了，所以她的手帕要不断地洗了晾，晾干了再用。春纤一看晴雯来了，就摇手，说睡下了。这个时候从傍晚到天黑，林黛玉已经上床休息了，但是晴雯要完成宝玉给她的任务，还是走进了潇湘馆里头黛玉的卧室，黛玉就问：是谁呀？因为当时她已经睡下了，光线已经很昏暗，看不清是谁。晴雯说：是我呀，晴雯。黛玉问：你做什么来了呀？晴雯说，二爷——说的就是宝玉，在《红楼梦》里面宝玉家里面的丫头们、婆子们往往称他为二爷，因为从贾政和王夫人这个角度往下算的话，他有一个哥哥贾珠应该是大爷，已经去世了，他排第二，所以叫二爷——教我给姑娘送手帕子来了。黛玉听了就心中发闷，说：送手帕子，这个时候送我手帕子干什么呀？就问晴雯，说：手帕子谁送他的呀？必定是上好的了，教他留着送别人吧，我这会子不用这个。因为宝玉有时候得了一些别人赠送的东西很好，会转赠给黛玉，如他就曾经从北静王那儿得了一个香串，觉得很好，转送给黛玉，当时黛玉还不稀罕，扔地上了。黛玉想这次可能类似北静王这种人送他一种宫中上等的手帕，她也不稀罕，就说我不要。结果晴雯怎么说？说：不是新的，就是家常旧的。一听越发闷住了，这是怎么回事呀？但是林黛玉是一个聪明人，很快就想明白了，这不是一般的送礼物，这是宝玉把他的心给我送来了。醒悟以后就连忙说，放下去罢。晴雯听了就匆匆往回走。

晴雯虽然也是一个聪明人，可是她一路思量，也不知道这宝玉是什么意思。书里写林黛玉醒悟到宝玉送旧手帕子的意思，就不觉神魂驰逸，就有一大段关于林黛玉的心理描写。《红楼梦》在人物心理描写上超过了《金瓶梅》，超过了之前所有中国的古典小说，而且和二百多年前世界上所出现的其他国家的一些小说相比的话，在心理描写上不但毫不逊色，还略胜一筹。它是这样写林黛玉的心理活动的：宝玉的这番苦心，说明他能领会我的这番苦意，又令我可喜；我这番苦意，不知将来如何，又令我可悲；忽然好好的送两块旧手帕子来，若不领会深意，单看了这手帕子，又令我可笑；再想私相传递，我又可惧。在那个时代、那个社会，即便是公子、小姐之间，私下传递东西，如果被家长得知了，也是罪过，所以她又觉得有点害怕。她说我自己每每好哭，想来也无味，又令我可愧……她如此左思右想，一时七情六欲，将五内沸然炙起，她犹不觉得，尚有余意缠绵，便急命掌灯。丫头们可能都睡了，她屋里本来没有点灯，可是她就忽然命令丫头来给她点灯。也想不起嫌疑避讳等事，便向案上研墨蘸笔，就在两块帕上走笔写诗了，写的其实就是情诗，从某种意义来说的话也是情书。

第一首是这样写的："眼空蓄泪泪空垂，暗洒闲抛却为谁？尺幅鲛绡劳解赠，教人焉得不伤悲！"第二首："抛珠滚玉只偷潸，镇日无心镇日闲。枕上袖边难拂拭，任他点点与斑斑。"写两首了还不尽意，又写了第三首："彩线难收面上珠，湘江旧迹已模糊。窗前亦有千竿竹，不识香痕渍有无。"写完三首以后意犹未尽，还要往下写，可是这时候一看两块帕子都写满了，这才搁下笔。刚搁下笔就觉得浑身火热，脸上发烧，就自己走到镜台前揭起锦袱一照——镜子不用的时候有一个锦绣的套子，叫锦袱，把这个套子褪下以后，照镜子，就只见腮上通红，自羡压倒桃花，自己都觉得自己格外地美丽，腮像桃花一样。她不知道这是病态，她的病也由此萌发了，一时她方上床睡去，睡的时候还拿着那个帕子思索。

对比两部书所写的情况，潘金莲写情书，她填了两首词，内容都是对西门庆的思念，但是看得出来，格调比较低，是市井女子的口吻。她想念西门庆，主要是想念他的身体，想跟他做爱，境界不高。但是《红楼梦》里面写林黛玉爱贾宝玉，贾宝玉也爱林黛玉，贾宝玉就把自己平时用的两块旧帕子给她，这就具有无限的含义了，上面没写什么字，等于是无字的情书。黛玉就在帕子上题了三首诗，所体现的是一种精神上的互相叩问。林黛玉所想的不是宝玉的身体，而是她和宝玉心心相印，可是又难以跨越封建家长所设置的种种障碍，所以她苦闷、哀伤。而且她是写的格律诗，符合格律诗的所有要求，词意优雅，是一种贵族小姐具有了相当的文化修养以后，写出来的一种表达爱情的诗。所以我们可以把《金瓶梅》里面潘金莲写的那两首曲，和《红楼梦》里面林黛玉写的三首诗合璧赏读，懂得不同阶层的人、不同文化背景的人、不同思想境界的人表达爱情会有什么样的不同形态，会有什么样的差异。

宝钗扑蝶与金莲扑蝶

两部书里面都出现了女性扑蝴蝶的场景，所以说《金瓶梅》是《红楼梦》的祖宗，没有《金瓶梅》就没有《红楼梦》，说《红楼梦》的作者从《金瓶梅》的作者的文本当中获得了很多的灵感和启发，真是一点都不错。

先说《红楼梦》，《红楼梦》里面宝钗扑蝶是脍炙人口的一段情节，后来人们画画，或者拍电影、电视剧，都会展示宝钗扑蝶这段情节，展示她的形象。

《红楼梦》里面这一段写得非常好，前面说过了，薛宝钗当着长辈的面，做出一副非常懂事、端庄静穆的样子；在同辈面前，就经常以自己最符合封建规范，一种模范姐姐的形象来给人一定的压力。她曾经把林黛玉带到她的衡芜院去审问，无非就是发现林黛玉在大家玩骨牌的时候，说出了两句《西厢记》《牡丹亭》里面的戏词，她就不依不饶，抨击林黛玉，教训林黛玉。似乎她是一个最遵守封建道德规范的标准淑女，但实际上她内心是有情欲火焰的，所以她又不得不每天吞食冷香丸，压抑自己内心的所谓热毒。在家长们和同辈们视野之外，她青春的、野性的一面就会自我显露出来，宝钗扑蝶就是在她觉得别人都没看到的情况下，自己真本性的一次暴露，或者说是冷香丸没有能够压下去、化解掉的内心所谓热毒的一种外泄。

　　她毕竟也是一个正当青春的女孩子，所以有一次她就离开了热闹的人群，自己一个人活动。当时在大观园的滴翠亭附近，滴翠亭是一个造在池塘中央的四面有窗的亭阁式建筑，她在那儿一个人活动，没有人注意到她，她就卸下了假面，不再装了，恢复了青春女性的本性。看见一只蝴蝶扇动着翅膀在飞，哎呀，逮住它多好呀！按说要是她跟其他的那些姐妹在一起，有人要去扑蝶，她会劝止，她认为不端庄了，不是淑女了，不对了。但是现在没有别人，就她自己，她就从袖子里掏出她的扇子，来扑这个蝴蝶，宝钗扑蝶用的什么扇子？过去人们画这个场景，两种画法，一种是拿一把展开的折扇，一种是拿一把带柄的团扇。这两种想象都有合理性，那个时代男女的衣袖都挺宽大的，无论是折扇还是比较小的团扇，都可以事先放在袖子里，总归她就掏出了扇子去扑蝶了。

　　书里说她扑得娇喘吁吁，香汗淋漓，这蝴蝶也有意思，并不马上飞得远远的，好像在前头逗引着她，她就一直追着这只蝴蝶。蝴蝶就往滴翠亭那边飞，从岸上到滴翠亭是有桥的，一般是拐几个弯的桥。她扑这只蝴蝶，一路就扑到了桥那边的滴翠亭边，这个时候就听见亭子里面有两个人在说话。后来书里就揭晓了，说话的一个叫小红，一个叫坠儿，两个人都是宝玉的怡红院的丫头，两个人说起一件隐私，涉及小红和贾氏宗族的一个后裔——贾芸之间的爱情。在那个时代、那个社会，这种话题是很敏感的，是不能让外人听见的，是必须保密的。两人在亭子里说话，忽然就有所警觉，说咱们这么说话，让外人听见多不好，因为滴翠亭是四面有窗的，说干脆咱把窗都打开吧，就把窗子都打开了。可是她们一部分的谈话内容已经被薛宝钗听见了，薛宝钗怎么应变？薛宝钗是一个很有应变能力的女子，她当然就不再扑蝶了，她就想，我得金蝉脱壳，她们一开窗户就看见我了，就怀疑我把她们的私房话听走了呀，虽然我是一个住在这儿的阔亲戚，一个小姐身份的人，但是我长期住在这儿的话，她们作为底下的丫头，要报复我，也是可以想出很多办法的，我必须脱离这种困境。

薛宝钗这时候有一个很恶劣的做法，她一看见里面的人推窗户，就一顿脚，说：颦儿，你往哪里跑？颦儿是他们给林黛玉取的一个绰号，那位老爱哭，老爱皱眉头，皱眉头就叫颦，颦儿就是老爱皱眉头的姑娘。这样就使得里面的两个丫头以为林黛玉站在窗户外头，可能站半天了，被岸那边的薛宝钗看见了，所以薛宝钗跑过来找林黛玉。薛宝钗这一招就是嫁祸给林黛玉，平时她好像是一个品格端正、恪守封建礼教的模范女子，但她这招大家想一想，恶劣不恶劣？按封建礼教你也不应该这样做，她就这么做了，她表示刚才林黛玉站在窗户外头，她说颦儿你往哪里躲，而且她还故意走进亭子里面搜了一遍，就更让两个丫头觉得林黛玉一定听见她们两个人的私房话了，这样就在两个丫头的心里面播下了对林黛玉不满的种子。薛宝钗假装进亭子搜索，没有收获，就跑出来，滴翠亭两边都有桥，通两边的岸，她就从那边的桥跑到那边岸上去了，临走还说，颦儿到那边去钻山子洞了吧，闹不好被蛇咬一口，巩固那两个丫头对林黛玉偷听了她们私房话的印象。**《红楼梦》写宝钗扑蝶，它既展现了一个青春少女的活泼美好的形象，又写出了这样一个女子的心机险恶。**

《红楼梦》里面的这个扑蝶的情节，显然是受到了《金瓶梅》里面一段情节的影响，那段写的是潘金莲扑蝶。书里写潘金莲在花园里面活动，当时大家正在翡翠轩那边吃餐饮酒，她离席往花园的山子石后头，芭蕉丛深处那边去，看见一只蝴蝶翩翩飞舞，她就用手中的白纱团扇去追捕那只蝴蝶，《红楼梦》里面宝钗扑蝶，是不是跟潘金莲扑蝶非常相似？《红楼梦》产生在《金瓶梅》的二百年以后，那显然就是《红楼梦》作者受了《金瓶梅》书里这段情节的影响，而且他也有一个金蝉脱壳的情节设计。

《金瓶梅》写潘金莲扑蝶，陈经济从后头追上去——陈经济是西门庆的女婿，他那时就开始和潘金莲有不轨之事，两个人调笑。当时陈经济领了一个任务，吴月娘让他去买一些上好的手帕子给各房送去，他当时就从自己袖子里抽出一块手帕子给了潘金莲，两个人有很不堪的肢体接触。正好这个时候李瓶儿过来了，李瓶儿那个时候已经为西门庆生了儿子官哥儿，而且有奶妈子，李瓶儿抱着官哥儿，奶妈子如意儿跟着，从松树墙那边转过来，无意中正好看见潘金莲和陈经济两个人有不雅的接触。那怎么办呢？李瓶儿当时不愿意得罪潘金莲，倒不是潘金莲不好意思，而是她不好意思了，觉得潘金莲发现了我，就等于知道我看见了她和陈经济的不雅行为，潘金莲是一个报复心很强的人，搞不好今后潘金莲对自己就不利，本来潘金莲对她就很嫉妒，就已经不利了，加上这个事，再来找她麻烦，那不难办了嘛，所以李瓶儿就主动往后躲闪，就躲到山子洞里面去了。

那潘金莲不是傻子呀，就跟《红楼梦》里面写的小红和坠儿在滴翠亭里面一样，就知道有人发现了自己的隐私，于是潘金莲就用了一个金蝉脱壳法。什么法子呀？她就大声地招呼李瓶儿，招呼如意儿，说你们两个出来吧，跟我一块儿扑蝴蝶吧，扑一个给官哥儿玩儿。她表示自己是正常在扑蝶。当时陈经济也还没有溜走，她就故意大声地问陈经济，说：陈姐夫，你把汗巾子给她了吗？因为府里都知道是西门庆和吴月娘派陈经济到街上给她们去买好的汗巾子。汗巾子不是一般的手帕，是可以拿来当作腰带系在腰上的，当然也有拭汗的功能。这样她就掩饰她和陈经济身体的亲密接触，就说刚才是姐夫把买来的汗巾子，我的那份给了我，现在他正要找你们，要把你们那份给你们用。她这样金蝉脱壳。**你看两本书里面的两段扑蝶的情节，在设计上相似度太高了：第一，都是扑蝶；第二，都有金蝉脱壳的这种摆脱尴尬局面的设计。**但是相对而言，《红楼梦》的宝钗扑蝶写得更好一些，读者们可以把这两段扑蝶的情节合璧赏读，其乐无穷。

琐碎一浪汤

琐碎一浪汤，是《金瓶梅》里玳安这个人物说的一句话。怎么回事呢？前面不是讲过了吗？西门庆已经占有了很多女性，但是他还没能够着一个地位很高的官太太。最后有人给他提供线索，说你找到了一个蜂媒文嫂，就能够达到和招宣府林太太见面的目的，于是西门庆就命令玳安去寻找文嫂。清河县虽然比京城小很多，但毕竟也是一个住户很多、街巷很多、人也很多的热闹的县城，哪儿找这个文嫂去呀，这不是大海捞针吗？但是这个时候陈经济给玳安提供了一个线索，说我知道怎么能找到这个文嫂。陈经济就跟他说了一大串话，听起来就很复杂，听完以后玳安就感叹，说真是琐碎一浪汤。这是当时明代清河县的一句俗语，就是你炖汤，要么鸡汤，要么鸭汤，很清爽，用料很明白。但是现在你指导我炖一锅杂碎汤，乱七八糟一堆东西去炖一锅汤，就是玳安埋怨陈经济提供的这些信息，让他寻找文嫂太麻烦了。后来他又不能不执行西门庆的指示，按着陈经济的说法去找文嫂，他骑一匹马去寻找这个文嫂，等于是硬着头皮喝一锅杂碎汤。

书里写他挥鞭驱马，出了东大街，这段路还好走，是比较宽阔的路面，然后就往南过一个同仁桥的牌坊。过了牌坊以后路就比较窄了，进了一个王家巷。这个巷子构造比较复杂，当中还有个巡捕厅儿，对门是座破石桥儿。什么叫巡捕厅？就是一个县城，西门庆他们这样的提刑官，有时候需要聚集巡捕，就是他们的手下人，在那儿点名、派任务，那个空间就叫作巡捕厅。巡捕厅对面是一座破石桥，桥那边有半截红墙，是一个尼姑庵，叫大悲庵儿。到了大悲庵再往西是一条胡同，这个胡同还不是平的，而是斜坡的。北上坡挑着个豆腐牌儿，就是有一个卖豆腐的小店，挑着一个幌子，写着豆腐的字样。在这个豆腐牌底下的门口，看见一个妈妈，就是一个中年妇女在那儿晒马粪，写得很生动，很细致。当代有的年轻人可能不懂，晒马粪干什么呀？那个时代、那个社会，马粪是可以回收的，因为马吃草，吃完以后它拉出粪便，没有把草全部消化掉，把粪便晒干了以后，铺开，可以搜集出一堆没有消化完的纤维，就是植物纤维，还可以再把这些植物纤维拿来作为饲料，再卖给喂马的人，再去喂马，所以有人专门做这种生意，需要先晒马粪。

玳安到了这儿，马就已经没法骑了，只能牵着马，停下来问：这附近有一个说媒的文嫂吗？那个晒马粪的这个中年妇女就告诉他，说那边门儿里的就是。他就去叫门，开门的是一个男子，就是文嫂的儿子，开头还不愿意接待他，后来玳安说明白了，我是西门府的，是当提刑官的西门老爹派来的，这样才把他让进去。让进去以后这个男子还撒谎，说我妈不在家，出去了。玳安说，她出去了我等着呀，最后文嫂从里屋走出来。文嫂原来跟西门府是有来往的，她在城里面给人提亲做媒，也是一个有点名气的媒婆，后来为什么不来往了呢？因为她在做媒当中犯了事被人告了，还被罚了款，现在西门庆成为县里的提刑官，她觉得不方便了，就躲起来了。这种犯过事的人当然是怕警察局的局长了，所以她躲着不见西门庆也是可以理解的，但是没想到西门庆派人找上门来了，文嫂有点惊讶，她跟玳安说："这真是冷锅中豆儿爆。"就是当时炒豆都要用热锅，把豆子搁进锅里以后，烧热的锅会使锅里的豆热得崩起来，这样把豆子炒熟。文嫂的话是什么意思呢？就是现在我是个冷锅，怎么这豆也爆起来了呀？就是说你们西门府冷落我这么久，更不搭理我了。她不说自己躲着西门府这一头，她的想法，她的作为，她不说这个，她说我等于被你们弄成一口冷锅了，现在怎么忽然豆爆了，你怎么出现在我眼前？

玳安实话实说，是我们府里的爹让我找你来的，你现在跟我走吧，到他那儿，你就知道他要你做什么了。这样文嫂才跟着玳安去见了西门庆，西门庆才亮出这个底牌，闹半天是让她想办法见到林太太，把他和林太太两头的线拴在一起。这当然就不是正当的做媒了，正当的做媒是让一男一女通过媒婆的牵线，成为一对夫妻，而这实际就是暗地里拉皮条、找情人，所以叫作蜂媒。文嫂当时就答应了。书里写得很有意思，西门庆答应给文嫂五两银子，玳安随着文嫂往外走，就要文嫂分他一两银子。文嫂就说这个事现在能不能成我还不知道呢，就好比扔一个筲箕，扔到墙那边去，它落在墙那边是扣着还是仰着还不知道呢。

后来文嫂就把这个事给办成了，前面讲过西门庆和林太太幽会的事情，这里就不重复了。玳安寻访文嫂这一段的写法，就把明代一个县城里面街巷复杂错落的景象展现如画，很显现作者兰陵笑笑生的白描功力。玳安从西门府出去找到文嫂，你看曲曲折折经过那么多的地方，见到那么多的场景，正所谓"琐碎一浪汤"。

《红楼梦》的写法和《金瓶梅》不完全一样，《金瓶梅》是冷静的白描，《红楼梦》加进了浪漫的成分，《红楼梦》的描写有时候比真实的生活更夸张，但是也可以借用"琐碎一浪汤"来形容。

《红楼梦》里面写宝玉挨父亲一顿痛打，贾母和王夫人就让宝玉在怡红院养伤，她们心疼他，就问他，你想吃什么呀？想吃什么让厨房给你做什么。宝玉就说了，倒也不想什么吃的，就那一回做的小荷叶、小莲蓬汤还好些。他就想起了一种特殊的汤，他想吃。这是什么汤呢？王熙凤在一旁听了以后就笑，听听口味不算高贵，只是太磨牙，巴巴的想吃这个了。贾母心疼她这个孙子，就一迭声地说快让人做去。凤姐就笑道：老祖宗别急，等我想一想，做这个汤需要一种模子，这个模子谁收着呢？闹半天，这个汤做起来很麻烦，先要用一种纯银器皿，后来底下人就拿来一个小匣子，打开以后，里面装了四副银子打造的模子，都有一尺多长，一寸见方，上面凿成有栗子大小的，有菊花形的，有梅花形的，有莲蓬形的，有菱角形的，形状居然有三四十样。做这个汤需要有那种银子打造的模具，把特殊的面，用特殊的方法和好以后，在模子上再把它变成一些精细小巧的搁在汤里面的小面食。

当时连薛姨妈——薛姨妈按说是皇商家庭的一个太太，也是很有钱的了——都没见过，说你们府上真是想绝了，吃碗汤，还有这些个样子，你要不说，我都不认得这些银模子是做什么用的。凤姐儿就跟她解释，说姨娘哪里晓得，这是旧年备膳，他们想的法儿。不知弄些什么面印出来，借着清汤的味儿，最后这些面食也有了特殊的味道，就吃个新鲜罢了。《红楼梦》写到荣国府这个贵族家庭，饮食就讲究到这种地步。

后来又写农村来的刘姥姥，她二进荣国府，得到了贾母的接见，贾母还带着她在大观园里面玩耍，两次在大观园宴请她。其中有一种菜，王熙凤告诉她说这个是茄子做的，叫茄鲞。贾母就说：凤儿，你把这个茄鲞搛一些喂给刘姥姥。她就搛了一些茄鲞让刘姥姥品尝，刘姥姥一吃，说：哎哟，别哄我了，茄子跑出这个味儿来了，我们种茄子吃茄子，老吃这东西，都是这个味的话，我们也不用种粮食了，我们就种茄子得了。然后大家就都笑着和她解释，说你吃的这个东西真是茄子。刘姥姥就很诧异，说："真是茄子？我白吃了这半日了。姑奶奶你再喂我一些，让我再细嚼嚼。"凤姐儿就又搛了一些放在她嘴里面。她就细嚼了半日，就笑了，说："虽有一点茄子香，只是还不像我们平日吃的那种茄子，你告诉我是个什么法子弄的，我们回家以后也学着做一做。"

《金瓶梅》里写玳安去找文嫂，一路上的情景，虽然读起来觉得是很复杂，琐碎一浪汤，但是很真实，是真实存在的事物的白描。《红楼梦》里面写王熙凤跟刘姥姥解释茄鲞这道菜的做法就很夸张了，她这么说的：首先她说这也不难，你回家不是要做嘛，这也不难，你把才下来的茄子抛了皮，只要净肉，切成碎丁子（这道工序好像也还不难做到），说然后你用鸡油炸了，用鸡油炸。这就有点麻烦了，因为平常食用油都是菜油或者猪油，这特别要用鸡油来炸，但是也不是做不到，那就用鸡油炸吧，炸完以后怎么样呢？底下要这么做：再用鸡脯子肉（用一些鸡胸脯上的肉），还有香蕈、新笋、蘑菇、五香腐干、各色干果子，都切成丁子，用鸡汤煨干。这就比较麻烦了，做这一道茄子菜，得多少东西来配它呀？煨干以后怎么办呢？将香油一收，外加糟油一拌，盛在磁罐子里封严了，这是基本做法。要吃时拿出来，用炒的鸡瓜一拌就是了。什么叫鸡瓜？就是鸡的腿上有一种肉，分离以后像瓜子一样，用那个东西炒了以后再来一拌，她说这样一道叫作茄鲞的菜就做成了。刘姥姥听了以后，摇头吐舌说道："我的佛祖！到得十来只鸡来配他，怪道这个味儿！"

　　虽说主材是茄子，菜名叫作茄鲞，但它实际上需要许多复杂的配料，经过多道工序，最后才是这个味道。这些描写也可以用"琐碎一浪汤"加以概括。所以两本书在写现实生活方面都写到了其复杂性。对比而言，《金瓶梅》的就更冷静，是一种白描，《红楼梦》就是浪漫的写法，由不得我们说太夸张。

应伯爵与贾雨村

两本书都写到有一种人忘恩负义，在人际关系当中，这种事情直到今天也还在发生，这涉及人性当中的阴暗面。**在《金瓶梅》里面，忘恩负义的角色不止一个，但其中写得最多、最生动的是应伯爵。**前面已经讲了很多他的事了，这个人原来家里面还不是很穷，还有点身份，有点财产，只是到了他这一代以后就完全败落了。书里说他是什么身份呢？专在本司三院帮嫖贴食。这句话当代的年轻人可能就不懂，什么叫本司三院？就是当时官方是允许开妓院的，在清河县有三所妓院，是在有关机构登记注册的，书里都写到了，其中主要是丽春院。

应伯爵一天到晚就专门到这些妓院里面去，他自己是花钱嫖妓吗？不是，他总是依附于妓院里面一些豪客帮嫖贴食。什么叫贴食？就是嫖客在妓院里面会大摆宴席，跟妓女们吃吃喝喝，他在那儿白嚼一顿，自己不花钱，贴上去撮一顿。所以有人给他取一个外号，叫作应花子，花子就是乞丐的意思，他等于是一种高级乞丐，不沿街乞讨，而是专门到妓院里面去讨嫖客的唾余。

　　书里写他和另外一个叫谢希大的人，是西门庆的结拜兄弟里面的跟西门庆走得最近，来往最多的。他基本上在两个地方混，一个是妓院，另一个是西门府。西门庆到妓院去，他一定跟着，西门庆回到西门府，他有时候就跑到那儿蹭吃蹭喝。他蹭吃蹭喝的手段就是不要脸，插科打诨，为了讨得这些嫖客的欢心，地上打滚他都干，他是这么一个下三滥。但是从书里描写看，西门庆对他特别好。这些结拜兄弟，有的西门庆后来就很烦、很讨厌、不以为然，但是对他还真是很破格。他到了西门府就跟回了自己家一样，西门庆把他当作一个家里人看待。他从西门庆那儿得到的好处太多了，有时候人家有什么事求他，走他的门路，就是让他跟西门老爷说说，化解一个什么问题。他帮着去说，他就得到很多银子，或者是其他的馈赠，直接和间接从西门庆那儿得到了很多好处。

　　但是西门庆一死，他什么表现呢？他得去奔丧，走进西门府，他只是礼仪性地哭了一回，真哭假哭，旁人看不清，他自己心里明白，假哭，他没有什么悲伤感。他跟周围人说："可伤，做梦不知哥没了。"但是西门庆尸骨未寒，灵柩还没有下土，他就立刻背叛西门庆，做了一系列忘恩负义的事情。比如，西门庆手下有李三、黄四这么两个帮着做事的人。当时西门庆让李三、黄四干吗呢？就是在运河走标船，承揽官方的一些货物的运输，得到了官方的一种批文，有一个等于是牌照的东西，在运河上航行的时候，这个船上就可以插上特殊的旗子作为标志，别人不敢惹。李三、黄四在西门庆死的时候，刚刚得到了一个新的批文，可以为官方做一种香烛生意。因为官方像宫里面、高官家里面，那个时候没有电灯，照明主要靠点蜡烛，蜡烛的需求量很大，蜡烛的种类也很多，品质也不一样。他们得到贩运的牌照，允许运大批的最高档的蜡烛，这样运输的收益是很大的。李三、黄四得到批文以后就想，西门庆死了呀，我难道把这个批文去交给吴月娘吗？我不如另外投靠一个主子，把这个批文献给他，这样可以有更大的收益。

应伯爵在这个时候什么表现呢？按说他是西门庆的哥们儿，西门庆对他又一贯那么好，他起码应该跟李三他们说，这个批文还是给哥他们家，原来咱们跟着哥吃喝玩乐，何等快活呀，从中都得了不少好处了，现在他刚死，咱们是不是念及友情，顾点面子，把这个批文还是交给西门家。可他不是这样，他一听这个事以后，立刻就参与进去，说不能再给西门府了，这个批文咱们要找另外一个人来做主，来给咱们做这件事。因为这个批文到了以后，你要去从事这个香烛贩运的话，还是要先投入一定的本钱。他说我知道张二官现在发展得很好，走，咱们一块儿去找张二官去。

这个清河县的张二官是个什么人？先说长相，跟西门庆就没法比，跟武大郎倒是有得一比，长得极其难看，满脸黑麻子，眼睛两条缝，长得很磕碜，身材也非常矮小。从外表看就比西门庆差远了，那咱不看外表，看他的各方面的品行。西门庆的品行当然不太好，但是西门庆毕竟还有点优点，有时候西门庆对朋友还是很慷慨的，有时候心肠会软下来，做点好事，但这个张二官完全是一个浑蛋，是很糟糕的一个人。当时西门府的丧事还没办完，应伯爵就领着李三、黄四投靠了张二官，张二官一看有现成的批文，那这个事得做。因为一个批文的到手，其实当中有很多贿赂的环节，西门庆是通过拿银子开路得到这个批文的，再投入一点银子，就可以通过贩运香烛获得很大的利益。他们把这个批文献给张二官，张二官一看，省得他去贿赂各个环节的人了，这不是给我送宝来了吗？当然很高兴。

就在西门府丧事办理过程当中，应伯爵就已经投靠了张二官，而且他给张二官出主意，说现在西门庆的小老婆李娇儿回到丽春院了，你把她娶过来。李娇儿那个时候已经是一个中年妇女了，长得也很难看了，是额头尖、身体沉重这么一个女子了。那么他为什么要给张二官出这个主意呢？因为张二官当时在清河县正在展拓自己的势力，一时还没有超过当时的西门庆。他说你把李娇儿娶过来，就让全县人知道，你现在发达了，当年西门大官人大家都捧着，他首席的小老婆归你了，多有面子呀！他给张二官筹划，张二官果然就到丽春院把李娇儿娶进门了，然后他又把西门府的私事，很多隐私，别人不知道，他知道的，一五一十地讲给张二官听，全方位地为张二官服务。张二官对他也像当年西门庆对他似的，也挺不错。他就当着全县人的面，整天骑着张二官给他的一匹大马，上面还有华丽的马鞍，干吗呢？到妓院，再去帮嫖。

应伯爵当年在西门庆跟前，一天不知道要叫西门庆多少声哥，攀附上张二官以后，对张二官又哥不离口。《金瓶梅》里面应伯爵这个角色是一个典型形象，忘恩负义，全无廉耻。这种人的基因已经传到了我们新的社会，当然，这种人在我们新社会里面，不可能像当时那个时代、那个社会那么如鱼得水了，但是也还有，其人性当中的黑暗是深不可测的，我们必须加以注意。

《红楼梦》里面有没有忘恩负义的角色呢？是有的。《红楼梦》写得就比《金瓶梅》高明了，它不是直接勾画出一个非常不堪的形象，这个忘恩负义的角色是隐蔽在堂皇的外表和堂皇的行为后面的。这个角色就是贾雨村。贾雨村原来是一个穷书生，进京赶考，没钱了，滞留在姑苏，借住在葫芦巷里面的一个葫芦庙中。他隔壁是一个乡宦，就是当过官，但是后来赋闲了，这个人就是甄士隐。甄士隐对他非常好，有时候到庙里面去跟他聊天，有时又把他请到家里面喝酒。后来甄士隐知道他是因为没钱，所以困在这个地方了，甄士隐就很慷慨地支援他，给他银子，给他冬衣，帮他进京赶考。他也淡淡地，不高声道谢，接受了，然后也不告别，得了这些银子和衣物以后，连夜就上京赶考去了。后来他还真考中了进士。

书里写这个贾雨村形象很好，那是《金瓶梅》里那个张二官没法比的。《红楼梦》通过甄士隐家一个丫头的眼光来看贾雨村。当时贾雨村在甄士隐家做客，甄士隐临时有事离开了书房，他就站在书房的窗口往外看，外面是一个小花园，有个丫头正在那儿掐花。这个丫头就往窗户里头看，就看见贾雨村了，说这个贾雨村虽然是敝巾旧服，一看就是穷书生，然而生得腰圆膀厚，面阔口方，更兼剑眉星眼，直鼻权腮，福相。这个丫头叫娇杏，谐音就是侥幸，说她"偶因一着错，便为人上人"。那个时代一个女子去看男人是错误的，但就因为她掐花的时候，看了贾雨村，临走的时候又回头看了贾雨村，贾雨村才留下了印象。

后来贾雨村当官了，成为大如州的地方官。那个时候娇杏也不住在原来姑苏葫芦巷的那个宅子了，当时那个宅子已经被大火给烧了，她随着甄士隐夫妇投靠到大如州，甄士隐的岳父封肃那儿了。在一个偶然的情况下，贾雨村发现了娇杏，就给了封肃银子，把她娶进了家里，最后贾雨村原配死了，把她扶正，她就成了贾雨村的正妻了。

贾雨村得到了甄士隐那么多好处，但是他后来的表现非常恶劣，忘恩负义到极点，怎么回事？他后来一度丢了官，又一度复了官。复了官以后他就当了应天府的官，应天府就是很大一片的管理区域了，他管审案子，遇到了一桩人命官司案。前面讲过很多，这里只简单概括一下，就是薛家的薛蟠和一个姓冯的，叫冯渊，一个地方的公子，争夺一个人贩子卖的一个姑娘，一开始他听说薛蟠他们为了把这个姑娘抢走，把冯渊给打死了，然后全家进京了，他很生气，他说天下哪有这么放屁的事呀，打死人就走了，但是后来一个门子，门子就是在这种官府里面办事的办事员，跟他说，这个薛蟠可是这个京城四大家族的成员，你当官你得懂得这个"护官符"。当时这个"护官符"上首先写的就是贾、史、王、薛四家，薛蟠是这个薛家的，京城里面贾家、王家都是他的亲戚，你今后要进京发展的话，你走门路，你也姓贾，首先你要找贾家，他们会帮你的，他一听就明白了，所以他就胡乱地判了这个案子。

这个门子就告诉他，说我是原来葫芦庙里面的一个小和尚，咱们原来就见过，只是你没注意我。后来大火把这个庙跟那条街都烧了，我出来以后就把头发再留起来，到这儿当了门子。那个被抢夺的女孩子是谁呢？就是甄士隐的女儿，有一次甄家的仆人抱着她，过节在街上看热闹，把她给弄丢了，被拐子拐了，几年过去以后，拐子把她养大了卖了。大家想一想，甄士隐当年对他多好啊，他之所以有今天，进京赶考，考上了，不就是因为甄士隐给了他银子，还给他冬衣吗？

贾雨村知道了这个被抢夺的女孩子就是甄士隐的女儿，按说，你应该把这个姑娘给解救出来呀，你怎么能够放任薛蟠就把她带到京城去了呢？当时虽然甄士隐已经失踪了，但是甄家娘子还在呀，你也知道住在大如州，后来搬去的地址你也知道嘛，但是贾雨村就狠心到这种地步，他不去告知甄家娘子。他后来就进京给荣国府写信，说你们的这个亲戚，薛蟠这个命案，我给了结了，你们就别担心了。这样就得到了整个贾氏宗族的接纳，后来他和贾赦、贾政、贾珍都来往得很密切。他后来攀附贾家，说自己也姓贾，应该是同一个祖先传下来的。这个人很糟糕，后来却一再升官，升到大司马这个官位，那是很高的掌握兵权的官位。

书里写他为了满足贾赦对古扇的欲望，陷害了一个贫民石呆子。诬赖他欠官府钱不还，以抄家抵债的名义，把他珍藏的古扇抄出来献给贾赦，非常之恶劣。虽然我们现在看到的作者原笔大约只有前八十回，故事后面曹雪芹怎么写的不是很清楚，但是通过前八十回里的一些伏笔，以及一些脂砚斋的批语，就可以知道，后来贾家被皇帝抄家了，贾雨村是什么态度？没有伸出援手，也没有保持沉默，而是借机落井下石，踹了一脚。一百二十回通行本，别人续的后四十回，也把贾雨村写成一个忘恩负义之辈。

对比而言，《红楼梦》里面这个忘恩负义的角色贾雨村塑造得更好，他有着堂皇的外表，表面上所作所为好像也都是冠冕堂皇的，但是作者写出了他骨子里面的那种人性的阴暗，极端的忘恩负义。两本书里这两个忘恩负义的角色，值得我们对照阅读。

男主角的奇装异服

　　两本书里面写人物，不可避免要写到人物的穿戴。《金瓶梅》托言宋朝，里面人物的穿戴，实际上都是明朝人的穿戴。从宋、金、元到明，中国人不论男女的服装都有变化，但是没有根本性的变化，特别是男子的服装，变化不是特别大。但到了清代以后，清朝是一个很特殊的朝代，它是关外的满族，他们八旗兵闯进了山海关，入主中原建立的。他们在关外建立了政权，打入关内以后在北京建都，持续了二百多年的统治，它是一个人数比较少的满族，统治人数最多的汉族。满族打进关以后，对男女的穿戴进行了管制，尤其是对男性，要求所有汉族男性都要像满族男性一样改变发型。原来明朝的男子是蓄发的，从胎发就蓄起，头发很长，然后把头发盘起来，戴一个帽子，或者穷人用头巾把头发包起来。

　　有些年轻人看到清朝以前的画像，就说怎么男子帽子两边往往还有翅子，这是怎么回事？最早是因为汉族的男人成年以后，把头发盘起来，要拿一个布巾来包，然后在后头要扎紧，这样就出现两个布巾的角。后来讲究的人不用头巾，就戴一个帽子，用帽子来套住头发。为什么帽子比较高？你想，因为他蓄发嘛，头发盘起来以后就有一定的体积，所以帽子自然就会比较高，虽然戴上帽子了，不是原来那个头巾扎起来的形状了，但是保留两个布角的形态，就在帽子两边加上翅子，这时候这个翅子就完全成了装饰性的东西了。平民和官员的帽式还不一样，有种规定，这里不细说，这是明代男子头部的情况。

到清代，满族人是要把额头前的所有头发都剃光的，正面看的话就是一个大秃脑门，但是后面的长发留着，编成一根辫子，满族入关以后就很严厉地下剃发令，所有的汉族男子都要跟满族男子一样，把前面的头发都剃掉，后面留一根辫子。

在《金瓶梅》里面，没有任何男子后头扎一根辫子的描写，因为它那个是早于清朝的二百多年前的明朝的故事，托言宋朝，宋朝也没有这种奇怪的发型。它里面写到西门庆的日常生活，西门庆有一天早上起来倚在躺椅上，把头发散开，让一个小周儿，是请来的一个按摩师，也是梳头师，给他篦头、按摩，这里很清楚地写出了故事里男性头发的样式，平时要盘起来，戴帽子。然后在沐浴的时候、梳头的时候、按摩的时候，要把它散开，完全不是清代男子那样的头发形态。有读者会问，《红楼梦》里面写没写男人梳一根辫子的情况呢？是有的，只有一例，写的是贾宝玉，其他的男性角色，什么样的发型都写得很含混，完全没有写到清代男子那种把前面的头发剃掉，后面是一根辫子的形态。这是为什么？这是因为作者曹雪芹不愿意把清朝满族政权对男性发型的规定如实地写出来。这跟曹雪芹家世有关，在我相关的著作里面有分析和说明，这里从简。

宝玉是不是一个清代男子的标准发型呢？完全不是，书里对宝玉的发型穿戴的描写，可以说完全是奇装异服。宝玉第一次出场是通过林黛玉的眼光写的，林黛玉一看宝玉当时回到贾母住处以后，先去褪下大衣服，再出现的时候已换了冠带，头上周围一转的短发都结成了小辫。他头上是怎么个形态呢？并没有把额头前的头发都剃掉，而是都留着，形成了一圈短发，这些短发都结成了小辫，用红丝扎结。再下一步怎么梳妆呢？就把这些小辫子共同地集中到了头顶，头顶就有胎发了，就有很长的头发了，这些周遭的短发扎成的小辫子，再和头顶当中的胎发结合在一起，总编一根大辫子，这根大辫子倒有点像满族男子脑后的辫子，黑亮如漆，从顶至梢，一串四颗大珠，用金八宝坠角。满族男子的辫子，一般情况下是不允许在上面附加装饰品的，但是宝玉的这根辫子，他从顶至梢，装饰了一串四颗大珠子，就是大珍珠，而且最底下用一个金子制造的八宝形的坠子坠住。这是很奇怪的。既不是明代男子常态的发型，也更不符合清朝满族统治者对所有男子的发型规范，这是《红楼梦》的作者为这个男主角贾宝玉设计的一种特殊的发型，写得很有趣。

贾宝玉当时上身穿着银红撒花半旧大袄，依旧戴着项圈、宝玉、寄名锁、护身符等物，下面半露松花绿的撒花绫子的裤腿，锦边的弹墨袜，厚底大红鞋。底下就形容贾宝玉的面貌了，说长得非常好看，在这个发型和服装的衬托下，越显得面如团粉，唇似施脂，转盼多情，语言常笑。说他是天然一段风骚，全在眉梢；平生万种情思，悉堆眼角。

他的相貌表情咱们先不说，就他这个发型和服装，真可谓是奇装异服，是作者为他专门想象出来的一种形态。有意思的是他在书里所描写这样一个人物形象，这种形态，虽然实际上在清代的社会生活当中并不存在，但是从小说在乾隆朝被印刷出来，流布在社会上以后，清代就有不少人来画绣像，就都照着曹雪芹这种描写来画，画出的宝玉有时候头上还戴着一个小的紫金冠，这个形态实际上在清代真实的社会生活当中可能一例都没有。但是清乾隆朝以后历来的读者都接受了这个形象，到现在人们在舞台上扮演贾宝玉，在电影电视剧里面表现贾宝玉，都是照这个路数来塑造这个人物的外表，这是很有意思的事情。

我前面说过了，如果说贾宝玉是《红楼梦》描写的那个时代的一个异数，一个具有叛逆性的公子形象的话，那么《金瓶梅》里面的西门庆出场的时候，他的形象也是具有叛逆性的，也是奇装异服。当时西门庆还不是大财主，还没有发达到后来那个程度，更没有当官。他路过了武大郎、潘金莲住的那个地方，潘金莲在楼上，当然武大郎虽然是卖炊饼的，不是一个财主，但是那个房子还过得去，小小的两层楼。潘金莲在楼上拿一个叉竿挑帘子，没拿稳，叉竿掉下来了，正好西门庆路过，就打在西门庆头上了，两人对望，就擦出火花了，互相爱慕上了。当时西门庆是什么样的装束呢？书里是这么写的，说头上戴着缨子帽儿，就是他戴了一个帽子，帽子顶上有一个红缨子。在宋朝、明朝一些绘画作品上，都会看到这种缨子帽，这个还不算稀奇，然后呢，他头上还有金玲珑的簪儿，这就比较特殊了，一般男子不这么装束，他是一个风流成性的男子，他帽子底下，头发上显露出有金玲珑的簪儿。他脖子上戴着金井玉栏杆圈儿，戴着一个金圈，上面镶着玉。穿的是什么衣服呢？身穿绿罗褶儿，这是他的上衣，带褶的一种绿颜色的上衣，这个颜色就很富于挑逗性。脚下是细结底的陈桥鞋儿，当时认为陈桥这个地方做的鞋是最好的，他穿一双这样的鞋。清水布袜儿。当然他有裤子，但他裤子上还套着护膝，是两扇，因为是双腿嘛。玄色的挑丝的护膝儿。玄色这个颜色倒不是非常鲜艳，但是它做工很精细，是挑丝的，也是很吸引眼球的。手里还摇着一把洒金川扇儿，当时四川出的一种扇子很有名，这个扇面上洒着金点子。所以你看西门庆出场的时候奇装异服，按说明代的一个成年男子平时不这么打扮，作者特意为他安排了这样一身打扮，说明他是一个轻佻的，也是一个对封建礼教不在乎、蔑视的、自得其乐的市井的浪荡子。他的这一身装束，在清河县应该是很扎眼的，特别是他一个成年男子，穿的上衣是绿罗褶，相当轻佻。难怪潘金莲掉了叉竿以后往下看，当然，首先看他身材觉得不错，面庞也很好，但这身衣服肯定也起了作用，一个正经的古板的男子不会这么穿戴。一看，谁呀？上身穿着绿罗褶儿，手里还摇着一把洒金川扇儿，一下子就对上眼了。

　　所以两本书对男主角服装的设计、穿戴的设计都是具有匠心的，值得我们对照着来品味。

正式的娃娃亲与潜在的娃娃亲

　　大家知道在过去和现在都有一种婚配的模式，叫作娃娃亲。当然现在是越来越少了，而且不提倡。但在过去很流行，就是两家，一家生了一个男孩，一家生了一个女孩，生出来都还没养大呢，两家人就把它说定了，长大以后结为夫妻。甚至有时候在妊娠期，两家这孩子还没出生呢，只不过做母亲的怀孕时间相差不大，就说定了：如果生出来都是男孩，就让他们结拜为兄弟；如果生出来都是女孩，就让她们结拜为姐妹；如果一男一女，就定娃娃亲，今后就让他们成为夫妻。在过去的时代，有的时候生出来一男一女，女方会把那个女孩子，没长大就送到男方那家去，叫作童养媳，等到长大了，就让他们结为夫妻。

　　《金瓶梅》和《红楼梦》两本书里面都写到了娃娃亲，先说《金瓶梅》。《金瓶梅》里西门庆有六房妻妾，前妻不算在内，前妻给他生了一个女儿，是西门大姐。后来他又娶了吴月娘做正妻，吴月娘在故事的前面没给他生孩子，直到西门庆死的时候，她生下了一个遗腹子，那是后话。西门庆娶进来的二房李娇儿是一个妓女，妓女一般很难生育，自然就没有后代。又娶进一个孟玉楼，孟玉楼也没给他生孩子。他又收了一个孙雪娥为他的小老婆，他很少和孙雪娥做爱，也没孩子。他最喜欢的是潘金莲，潘金莲也一心一意想给西门庆生一个孩子，但是老怀不上。后来潘金莲打听到，吴月娘有一个做法，让尼姑给她一种神符，就是所谓开过光的有符语的特殊纸张，把它烧成灰以后，用水送下去，这样可以求得怀孕。她打听到这样一个秘密以后，照着做，但是在西门庆生前，她也没怀上孕。后来又娶进来一个李瓶儿，她给西门庆生了一个男孩。当时西门庆生意发达，财富积累越来越多，而且又买了一个官，当上了清河县提刑所的副提刑，真是春风得意，西门庆对李瓶儿就加倍地喜欢，加倍地呵护，对所生的这个儿子喜欢得不得了，因为当时刚当了官，觉得自己不得了了，嘚瑟，所以就把这个孩子取名为官哥儿。

他是一个富商，又是一个地方有权势的官员，很多人就打他们家主意了。正好他对门一个大院子，住了一家人，叫乔大户。在那个时代、那个社会，大户人家不一定是官僚人家，就是由于种种原因，他可能很有钱，住的房子也很大，人丁也挺多，但是可能还是一个白衣家庭。什么叫白衣？就是没有资格穿官衣官袍，头上自然也戴不了官帽，乔大户就是这样一个情况。乔大户跟他们对门，两家的女眷是有来往的，像吴月娘跟乔家娘子，本来就是邻居嘛，她们有来往。正好那边生下了一个女儿，跟这个官哥儿出生的时辰差不多，有一些中间人牵线，乔家就很主动，愿意和西门府定下娃娃亲。有一次两家还把两个小孩抱在一起玩儿，俩小孩之间也很友善。吴月娘很高兴，吴月娘的价值观比西门庆要简单一点，有钱就好，大户人家呀，不是穷人，觉得又是邻居，应该说是门当户对，娃娃亲不错，吴月娘就答应了。

两家就有一些依着娃娃亲的游戏规则所进行的礼尚往来，西门庆当时因为刚当官，忙于他的官务，回来就到李瓶儿屋里头逗孩子。他知道得比较晚，吴月娘跟乔家那边已经都说好了娃娃亲了，他才知道。他不高兴，为什么呀？要是他没当这个官，他可能不会不高兴，可能无所谓。现在自己当官了，他就跟吴月娘这么说："乔家虽有这个家世，他只是个县中大户白衣人，你我现居着这官，又在衙门中管着事，到明日会亲酒席间，他戴着小帽，与俺这官户怎生相处？甚不雅相。"西门庆当时目光比吴月娘更长远，就说我不能光是有钱，还得当官，还得有势，现在我当官了，他们家虽然是大院落，也挺有钱的，但是他们家没有人当官，是白衣人；而且西门庆想到了这一层：如果真是两家结亲办婚事，摆酒席，席间一坐，我戴着一个官帽，他没有资格戴官帽，只能戴一个小帽——那个时候没有当官的男子，戴帽子不能戴像官那样的大帽子，只能戴一个小帽子——甚不雅相，就是让外人看去，他很没面子。原来西门庆也是一个白衣人，但现在他不是了，他就嫌弃白衣人了，他就不愿意了。吴月娘一听，才明白还有这一层的差异，但已经定下娃娃亲了，那怎么办呢？马上去退也不好意思，就先含混着。

后来西门庆他们知道一个情况，虽然这个乔大户，他和他的子弟什么的没有人当官，但是他们乔家有一个女子进宫了，在宫里有身份了，所以乔家算是皇亲了——像《红楼梦》里面的荣国府有一个女儿贾元春进了宫，整个荣国府的人都觉得很荣耀，宁国府的人也觉得很荣耀，整个贾氏宗族都觉得很荣耀——西门庆的态度才稍微缓和一点。但是后来官哥儿被潘金莲设计，受惊吓而死，李瓶儿随之也死掉了，当然这一桩娃娃亲也就不了了之了。

在《金瓶梅》里就明写了这么一桩娃娃亲，最后没有一个好的结果。《红楼梦》里有没有娃娃亲呢？虽没有明写娃娃亲，但有潜在的娃娃亲。

《红楼梦》写了一个农村来的刘姥姥，到城里荣国府来想办法要点救济。第一次来的时候，只见到了王熙凤，王熙凤很慷慨，给了她二十两银子，足够他们家过一年了。转眼过了一年，刘姥姥又来荣国府了，还带着外孙子板儿。这次被贾母听说了，贾母平常虽然有好多媳妇、公子、小姐围着她说笑，但毕竟没有新鲜感，没有刺激性。听说来了一个农村老太婆，很愿意见一见，一块儿聊一聊，解解闷。刘姥姥在第二次到荣国府的时候，不但见到了贾母，而且贾母兴致很高，领着她在大观园里面游逛，一天之中两次宴请，这个过程当然板儿都跟着。

在大观园里面，贾母带着刘姥姥去了好几处地方，去了林黛玉的潇湘馆，当中还去了贾探春住的秋爽斋，前面讲过，她的住房不但很讲究，而且很有特点。她这三间大房子打通，当中没有间隔，她的卧床——拔步床，和她平时写书法的大案子，以及其他一些东西，都设置在同一空间里面。板儿跟着刘姥姥去了秋爽斋，当时王熙凤的女儿也被奶妈带着一起逛，也到了秋爽斋，后来刘姥姥给凤姐这个女儿取名巧姐。在秋爽斋的摆设当中，有一种是高级盘子里面堆满了金黄的佛手，佛手就是一种跟咱们平常吃的柚子有亲属关系的植物的果实，长得跟佛的手似的，前面好像有几个手指头，有长有短。板儿见了这些佛手以后，就想拿一个，刘姥姥就打他，说他不懂事。但是贾探春看他要，就递给他一个，跟他说拿着玩儿，不能吃。佛手能不能吃？其实佛手如果切成片是可以做菜吃的，但它不能够像水果那样来吃。

这个时候就写到两个小孩之间的互动，板儿是一个小男孩，巧姐是跟他年龄差不多的一个小女孩。巧姐看板儿拿着的佛手很好，就偏要那个佛手，板儿当然不愿意给了，大人就劝。在这个时候巧姐手里也没空着，抱着一个大柚子，她在到这儿之前得了一个大柚子。大人就劝板儿，说你把这个佛手给她吧，让她把这个大柚子给你，你们换一下。板儿后来一看，这个柚子又圆又好玩，觉得可以把它当球踢，就同意了，于是俩人就交换了。这样巧姐就得到了一个佛手，板儿就得到了一个柚子。这一笔，曹雪芹的合作者脂砚斋写批语的时候，就告诉读者，说这就是一个大伏笔，属于草蛇灰线，伏延千里，伏的什么呢？伏的就是一段姻缘，在小说八十回之后，贾家被皇帝抄家，崩溃了以后，巧姐被她狠心的舅舅和一个奸诈的堂兄给卖到了妓院，这种情况下，好几个人都来解救她，其中就有刘姥姥和板儿。巧姐得到了解救，被刘姥姥带回了农村，长大以后就嫁给了板儿，成为了板儿的媳妇。

　　因此书里所写的这个场景，就是一个原来抱着佛手，一个原来抱着柚子——柚子又叫香橼——俩人进行了交换，就意味着他们是一对娃娃亲，只不过《红楼梦》里面所写的这个娃娃亲是潜在的，不像《金瓶梅》里面所写的西门府和乔家大户之间的娃娃亲那么明显。《金瓶梅》里面明写的娃娃亲，最后根本就没有成功，而《红楼梦》里面暗写的娃娃亲，最后两个小孩长大以后，还真成了眷属。这样来对照阅读的话也蛮有趣的。

隔船喊话与园中行船

　　两部书里面都有关于水上行船的描写，先说《金瓶梅》。《金瓶梅》所描写的这个清河县，应该是在大运河的边上，离它不远有一个很大的码头，叫作临清大码头，书里写到码头卸货运货的繁忙景象。西门庆后来生意越做越大，他不仅有固定的商铺，开了当铺，还在运河里面搞运输。在大运河搞运输有两种办法：一种是私人运输，自己囤点货，然后行船到某个地方出货，赚差价；还有一种办法就是倚仗官府，获得官方的批准，得到某种文书，这样在运河里面行船，船上就可以插上特殊的旗帜作为标志，叫作走标船，为官家运送各种物资。

　　西门庆死的时候，他的伙计和仆人正在运河上运货，当时是运布。他派去在运河上运货的是两个人，前面都提到过，一个是韩道国，一个是西门府的男仆，叫来保。这俩人卖了布得到的钱，应该拿回来到西门府交付。书里就写到一段这样的情节，西门庆纵欲过度，死得挺突然，运河里面帮他搞运输的韩道国和来保不可能马上知道。当时他们已经把布运到南方卖完了，得到了一些银子，往回返。当时运河里边运输的船只非常多，一派穿梭繁忙景象。韩道国和来保的船应该是由南向北，要返回临清大码头，也有一些船是从临清码头出发，由北向南，两种船在河道里面会有一个交错的情况。

书里写当时往回返，来保在船舱里头，韩道国正好站在船头，这个时候对面来了一只船，船上站了一个人，这个人叫严四郎，这个人从北往南。两只船的行驶速度应该都不是很慢，但是有一个交错的时段，韩道国就听见严四郎举起手来嚷嚷，报告他一个消息，说韩西桥，你家老爹正月间没了！他听得很清楚，但是想再问就错船了，他的船就往前，那个船就往后了。这段情节可以叫作隔船喊话，写得很生动，引起读者许多的想象，这个场景蛮有趣的，运河上忽然就有人高声传递消息了。

韩道国，在前面没有一笔交代，只知道他有一个外号韩一摇，其实他还有一个字号叫西桥。这个严四郎是县城里的熟人，见到他，知道他是为西门庆跑买卖的，就报告他一个消息：西门庆大正月里死掉了。这是很重要的一个信息，西门庆死掉了怎么办？按说他死了，你回到临清码头，回到清河县，应该去找吴月娘，把这趟差事的情况做一个汇报，把卖布所得的银两交给吴月娘，剩下的布匹应该还给吴月娘，把这个事情做一个圆满的了结。但是书里写人性之恶，首先韩道国就对来保封锁消息，因为当时来保不在船头，在船舱里，就没有听见严四郎这样的报告。因为河道里船很多，声音很嘈杂，隔船喊话，只有韩道国站在船头听清楚了，所以韩道国第一步就是瞒过来保。第二步，回到清河县，韩道国跟媳妇王六儿商量，王六儿人性当中的黑暗面更甚，说不要把这个银子交给吴月娘了，归咱们自己得了。俩人商议好以后，第二天收拾点东西就往东京，投靠他们的女儿韩爱姐了，那个时候韩爱姐在东京的大奸臣蔡京的管家翟谦家里，两口子把属于西门府的银子吞掉，就在那里落脚了。

当然很快来保也知道西门庆死掉了，他对吴月娘也采取了很阴险的做法。他知道得晚一步，就在吴月娘面前装作很尽心、很效力的样子，还上交银子，骗取吴月娘的信任。实际上他只上交了部分银子，贪污了属于吴月娘的很多银子，而且还把本来属于西门庆的一些布匹，扣下归自己所有，欺负吴月娘不懂生意不会算账，大大喇喇地在街上和亲戚一起开起了布匹店。

从这段情节就体现出，兰陵笑笑生很会写，他通过严四郎隔船喊话，写出了当时运河运输的繁忙景象，而且透过相关情节，揭示了韩道国、来保人性当中那种很浓酽的恶。兰陵笑笑生写人性恶，用笔冷静，不动声色，让人脊背发凉。

《红楼梦》里面有没有行船的描写呢？有的读者可能会说，有一点吧，林黛玉当时从扬州投靠贾母，沿着运河坐船北上，但那个描写非常之简略，还构不成一段情节。那么我告诉你，在《红楼梦》里面构成一段情节的是在后面，写刘姥姥二进荣国府，贾母带着刘姥姥在大观园里面一顿游逛，其中就有行船描写。

贾母来了兴致以后，她的孙媳妇之一李纨，就有一个预测，说今儿老太太这么高兴，可能要坐船，所以她让人到二楼的仓库里面去取东西的时候，不但取下了吃餐要用的一些几子什么的，顺便就把坐船要用的一些船桨、船篙、船篷都取下来了。果然，贾母当天的兴致高得不得了，她要坐船。大观园里面是有水域的，有很大的湖面，也有河道，当然跟大运河没法比，窄多了，但是也可以行船。书里描写了大观园行船的情景，他们到了一个叫作荇叶渚的码头，看见有从姑苏那边专门选来的几个驾娘，早把两只棠木舫撑来了。荣国府的生活很奢靡，为了元春省亲，从姑苏买来十几个女孩，组成一个戏班子演戏，在省亲之后，他们自己利用这些小戏子给自己演戏唱曲解闷。为了大观园河道里面能行船，还专门从姑苏大老远的地方找了几个驾娘，就是划船的妇女，预备着，给他们划船取乐。当时河道里面就停了两只棠木舫。

众人扶了贾母、王夫人、薛姨妈、刘姥姥、鸳鸯、玉钏儿上了其中一只。

李纨跟着上去了，凤姐儿也上去了，她立在船头上，跟驾娘说，你把那个篙竿给我，我也要撑一撑。贾母当时坐在船舱里面，就跟她说："这不是顽的，虽不是河里，也有好深的，你快给我进来。"虽然这不是天然的河流，是人工凿出来的小河道，但水很深，贾母的担心是有道理的，凤姐儿笑道："怕什么呀，老祖宗只管放心。"说着，她就拿着篙竿一点，船就离开了岸，就到了水当中。船小人多，凤姐就只觉得乱晃，这才把篙竿递与驾娘，自己蹲下了。还有一拨人就是迎春姊妹等，还有宝玉，上了第二只船，跟在第一只船后面往前行驶。其余的那些婆子丫头就沿着岸边随着船往前走。没那么多船让她们坐，主要是这些主子享受大观园里行船的乐趣。

船就在河道里面行驶，贾宝玉就有一个议论，说这些破荷叶可恨，怎么还不叫人来拔去？因为那个时候已经是秋天了，荷花早都开败了，莲蓬都摘完了，河道里的荷叶都枯萎了。这个时候林黛玉有一个议论，说我最不喜欢李义山的诗——李义山就是李商隐，唐代的一个诗人——但他有一句我喜欢，叫作"留得残荷听雨声"，其实李商隐的原句是"留得枯荷听雨声"，林黛玉把它说成是"留得残荷听雨声"，也讲得通，就是荷叶枯萎了，残败了，看着好像不好看了，但是下雨的时候雨点落在枯荷叶面，会发出一种特别的声音，跟弹琴似的，好听！林黛玉是一个聪慧的女子，是一个懂得欣赏自然界诗意的女子，所以她有这样的议论。宝玉一听，说果然是好句呀，说那就别让人来把这些残荷拔掉了。

《红楼梦》里面也写了河里行船的情景，不过它是贵族家庭在自己家里的园林里面驾船游乐，坐船玩儿，和《金瓶梅》描写的大运河里面，来往船只忙于运输物资是两回事，但是两本书都写了河中行船，各有意趣，对照阅读也很有味。

西门府的汤来保

　　两本书里面都写到主仆关系，一个是清河县里面的土财主，后来也当了官，有自己的府第，门面七间，五进院落，当然除了主子以外，得有很多的奴仆来伺候他们，给他们办事。《红楼梦》写京城的贵族府第，那是很大的建筑群了，主子就非常之多，伺候他们的奴仆得好几百个，所以都要写到主奴关系。

　　在《金瓶梅》里面有一回叫作"汤来保欺主背恩"，回目上出现了一个奴仆的名字——汤来保，说他欺主背恩。这回它写的是西门庆死掉以后了，西门府有一个奴仆叫来保，后来交代是姓汤，汤来保在运河上替西门庆做布匹的贩运，在贩运回来的途中，有人隔船喊话，就知道西门庆死掉了，喊话的时候，汤来保在船舱里面，他没听见。但是回到临清码头，到了清河县城以后就都知道了。

　　在船上听到西门庆死讯的是韩道国，他回到清河县，连夜把卖布的一大部分银子卷逃，到东京投靠他的女儿韩爱姐了。汤来保在吴月娘面前装好人，他还上交了银子，吴月娘也不知道一共卖得了多少银子，该交多少银子，因为这些事原来都是西门庆自己来管，一看汤来保交了银子，就觉得他很忠心，很高兴，其实汤来保自己贪了很多。后来东京权臣蔡京的管家翟谦问吴月娘要会奏乐唱曲的丫头，吴月娘没有办法，就让汤来保把两个丫头送到东京，献给翟谦。一路上，来保就把两个丫头都占有了，送到了翟谦府以后，翟家老太太听了弹唱，挺高兴的，就给了汤来保两锭元宝，让带去给吴月娘，汤来保回到西门府以后，交给吴月娘一锭元宝，吴月娘很高兴，就以为人家只给了一锭元宝。

汤来保后来就发展到什么地步呢？仗着酒劲儿，喝醉了酒，闯到吴月娘的屋子里，搭伏着护炕——那个时候讲究的炕有用好木头制作的小拦板——他就挑逗吴月娘了，说您老人家青春年少没了爹，你自家守着这点孩子儿，不害孤单吗？吴月娘当然无言对答，看他越来越不像话，后来就让他搬出去，别在西门府里住了，他也很乐意。搬出去以后他就跟他小舅子刘仓在街上开起了布铺，其实所卖的布全是属于西门庆的，他没有上交的，所以这一回回目叫作"汤来保欺主背恩"。

但是如果你通读了《金瓶梅》以后，对这回回目，比如像我这样的读者，就还要发点议论。说他是得到了西门府的恩典，但是他不报恩，还大占便宜，特别是西门庆死了以后，他还调戏吴月娘，好像确实是一个忘恩负义之小人。但是你看前面的话，你就会有另外的想法。前面不是说了嘛，西门庆因为朝廷里面当时发生了变故，受到了牵连，上了黑名单，吓得要死，在清河县关起大门来，以为能够避祸一时，那真要是朝廷照着黑名单一个一个来抓的话，你关大门是没有用的，缉捕你的人会闯进大门把你抓走。所以西门庆当时就派他的仆役上京城去想办法，所派出的就是这个汤来保，当时旺儿虽然跟着去了，但是旺儿根本就没有任何公关能力，就是给挑挑子；想尽办法到门口贿赂人，走进去说话，都靠这个汤来保。

当时朝廷里一对父子奸臣，父亲叫蔡京，儿子叫蔡攸，把持朝政，来保想方设法见到了蔡攸,递上礼单,光白米就五百担。这个数量太大了,蔡攸原来没听说过什么西门庆,一个小县城的白衣人,没听说过,但是一看送礼这么爽气,第一次来就五百担白米,就接见了来保,来保就说明来意,希望能够把黑名单里面他主子西门庆的名字给划掉。蔡攸得了这五百担白米的好处,当然还有一些其他的好处,就让他们去找朝廷里面的一个右相李邦彦,他们找到了李邦彦,当然也给了很多的贿赂。那皇帝亲自审定的黑名单,你不能够随便少一个人,李邦彦得了他们的好处以后就想了一个办法,黑名单总人数没有减少,但是把西门庆这个名字划了,改成一个哪儿都找不着的人的名字,假名字。所以你说恩情恩典,从这件事来看的话,汤来保是西门庆和吴月娘的恩人,没他去公关、去努力,你就是有那么多的白米、那么多的银子,谁往上递呀?所以汤来保是为西门府立了大功的。

汤来保牵上线了以后,西门庆就进一步地去走门路。当时蔡京过生日了,各地官僚都给他庆生献礼,西门庆就又派来保给他去张罗,来保又去了。进入蔡京府,来保用银子开路,也不是一路顺风,有时候你有银子,人家也不搭理你,多亏来保嘴甜,进去了,人家一看,来的这个清河县的无名小卒,说是一个白衣人来献礼,献的是什么礼呢?一看有金壶玉盏,就是用黄金打造的酒壶,用白玉琢磨出来的酒杯,酒杯当然就是一套,不会是一只。这还不算什么,你不是过寿嘛,献给你四个仙人,祝寿送仙人,这特别切题嘛。这四个仙人用纯银子打造,都一尺来高。一看还得了,比很多地方官员送来的礼物都昂贵、都高级、都华美、都可心。所以后来蔡京就亲自接见了来保,再一看,不光这些东西,还有一些非常华贵的衣服绸缎,甚至还抬去了汤羊美酒、异果时新。于是蔡京就问:你这个主人是什么人啊?来保就说是清河县的西门庆,但是现在是个白衣人。蔡京说那好办。这种大贪官、奸臣,手里有好多空白委任状,当时的名称叫作“空名诰身劄付”,就是他想让谁当官,就可以在一张空白的委任状上填上谁的名字,再填上一个官职,这人就可以在朝廷当官了，是不是很不像话？但是皇帝当时也不知道，拿权的蔡京就这么玩儿。一看一个白衣人送这么多的好东西，蔡京当然就很高兴，说行，你那个主人叫什么呀——西门庆，就顺手在西门庆的委任状上填上了提刑所理刑这样一个官，头衔叫作金吾卫副千户，所以西门庆的这个官职是由汤来保去给他落实的。蔡京看这个来保很会说话，就也给他一张委任状，填的是郓王府的校尉，当时还有一个跟着去的叫吴典恩，给他也填了一个，叫作清河县的驿丞。所以没有汤来保到京城去活动，这么努力的话，西门庆就不一定能够得到这样的官职，后来借着这个官威进一步敛财，甚至又把提刑所的正提刑给顶了，自己当了一个正提刑。为他在官场开路的，就是这个汤来保。

所以这个事看怎么说了，谁对谁有恩呢？**当然在那个时代、那个社会，在那个封建体制下，仆人做了再多的事，为主子谋了再多的福利，都可以不算。而主子给你一点好处，就叫对你施恩了，你就得报恩，得一辈子忠于主子。**所以《金瓶梅》写汤来保的故事，写得很生动，很耐人寻味。我倒不是为汤来保后来在西门庆死后欺骗吴月娘，调戏吴月娘那事、那些恶行做辩护，但就说我们今天是一个新的社会了，有新的价值判断的标识了，我们再来看这段情节的话，会觉得这种主仆关系是畸形的。当时汤来保进京，为西门庆谋取了官职，这里面有很多汤来保自己的人性恶，他也是为了自己也能够锅里有汤，分一碗，帮着主子做这种贿赂、这种枉法的事，但是回过头来，我们再想一想，西门庆后来究竟给了汤来保多少的补偿呢？也并没有，还把他当一个仆人呼来喝去，虽然后来派他走标船，运布卖布，也没有很明确要给他多丰厚的报酬。当然汤来保后来是不像话，他瞒着吴月娘吞了西门家很多银子，并且离开西门府以后，大摇大摆地在街上开起了布铺，卖起的就是原来属于西门庆的布。但是根据书里交代，汤来保结局很不好，他后来跟李三、黄四——这俩人也都是所谓做钱粮，就是得到了官方的许可证以后，押送货物来挣官方的钱，这俩人一度也是跟着西门庆做钱粮，本钱是西门庆出的，后来也都背叛了西门庆——他老跟他们在一起，但是他们后来做的事跟西门府没有关系了，他们在给官方做事当中，还贪污，官方发现了，就把他们抓起来了。汤来保就跟他们一块儿被关了一年多，家产尽绝，房子也卖了。他有一个儿子叫僧宝儿，后来有人看见觉得很可怜，别人骑马，他跟在后头奔跑着追，干吗呢？当别人的仆役，没有资格骑马，但是人家骑马你得使劲儿跑，跟着。这个汤来保的结局并不好。

这是《金瓶梅》里面所写到的主奴关系，我再说一下我的看法，就是关于背恩的问题。从书里来看，西门庆和吴月娘对汤来保有多大恩呢？也看不大出来，相反是汤来保对他们来说恩比山大。由于他进城艰苦公关，才给西门庆谋得了官职，也才使吴月娘成为了一个官员夫人，所以书里等于是宣扬了当时的一种道德观念，就是仆人为主子所做的一切似乎都是应该的，而主子对奴仆的一再驱使仿佛也都是天经地义。这样的人际关系，以今天的价值观来判断的话，是要否定的。

《金瓶梅》当中写了这样的主奴关系，《红楼梦》里面怎么样呢？有很多这方面的话题可说。

崇祯本《金瓶梅》绣像·蔡太师擅恩赐爵

宁国府的焦大

　　《金瓶梅》里面写了主奴关系，《红楼梦》也是一样，因为当时社会的主要结构就是有主子一方，奴才一方。《红楼梦》里面有个角色叫焦大，是一个老仆人，是宁国府的。宁国府的贾蓉有一个媳妇叫秦可卿，秦可卿有一个弟弟叫秦钟，书里写这个秦钟有次到宁国府来看他姐姐，并且结识了贾宝玉。秦钟到宁国府做客，晚上还是要回自己家的，于是就要派人把他送回家。当时府里派的就是这个老仆人焦大，焦大喝了酒，很不满，派他活儿的管家叫赖二，焦大就骂，说赖二不公道，欺软怕硬，有了好差事就派别人，像这样黑更半夜送人的事就派给我了，没良心的王八羔子，瞎充管家。你也不想想，焦大太爷跷起一只脚，比你头还高呢！二十年头里的焦大太爷眼里有谁？别说你们这一把子杂种忘八羔子们！

　　焦大很悲惨，他是为宁荣两府立过大功的，对宁国公来说他是救命恩人，但是后来沦落为府里面最下层的仆人，他当不了管家。当时王熙凤带着宝玉到宁国府来做客，要回荣国府，问尤氏，说你们干吗偏要派焦大去做事呢？而且怎么这么放纵他呢？现在居然在那儿抗主，抗管家，不服，不听话。这个时候尤氏对她说了，你难道不知道这个焦大？连老爷都不理他的——老爷指的是贾敬，当时贾敬已经到城外道观炼丹去了。为什么不理他？理不起，因为他从小儿跟着太爷们出过三四回兵，是贾氏宗族的一个老仆人，小伙子的时候就给他们家卖命，那个时候跟太爷打仗去，从死人堆里头把太爷背了出来，得了命。自己挨着饿，却偷了东西来给主子吃，两日没得水，得了半碗水给主子喝，他自己喝马尿。说焦大不过仗着这些功劳情分，有祖宗时都另眼相待，如今谁肯难为他？他自己又老了，又不顾体面，一味地喝酒。一吃醉了，什么人都骂。

尤氏深知焦大的来历，其实王熙凤也知道一点，就好比《金瓶梅》里那个来保，如果西门庆不死，西门府越来越发达，他也老了，他虽然为西门庆他们立下了汗马功劳，但是估计西门庆、吴月娘无非还是把他当作一个老仆人使唤。**这种封建社会的主奴关系是很恐怖的，主子永远是主子，奴才永远是奴才，《红楼梦》里的焦大就是这么一个情况。**你想，根据书里交代，宁国公、荣国公为什么被封为公爵？就因为这两个人当时为书里的皇帝开国立下汗马功劳，他们为皇帝去打仗，是带着奴仆的，像宁国公就是带着焦大。前面那段话我不重复了，要是没有焦大的话，宁国公还能活着吗？宁国公当时要是就饿死了、渴死了，哪有今天的宁国府？哪有贾敬、贾珍、尤氏他们这种生活呀？但是从书里描写可以知道，宁国公后来封了公爵了，焦大虽然一直被留在宁国府，宁国公死了，贾敬把他留下来，贾敬去城外道观炼丹了，贾珍也还把他留着，但也是当一个仆人，大黑天的，管家就派活儿，让他去送客。

仆人永世不得翻身。焦大对主子是有大恩的，在他觉得不公平的情况下，他抗管家，抗主，但是要说背恩，谁背恩呢？是主子首先背恩。咱们合璧赏读对照阅读的话，从焦大这段故事反照到《金瓶梅》里面，还真不是为汤来保后来那些恶行做辩护，咱们客观地来评价的话，首先是汤来保对西门庆有恩，对吴月娘有恩，对西门府有恩，而且恩重如山。

一个仆人进城去，像旺儿跟着去，一句话都不敢说，在门外直哆嗦。后来吴典恩跟着去也是一样，使不上劲。就汤来保能说会道，有耐力，你门卫不让进，为什么不让进？我塞银子，银子不够我再多给你点，再好言好语混进去，终于见到主子以后，献上大礼。这才把关节打通，才使得西门庆改变了白衣人的状态。

咱们合璧赏读这么对照看，现在回过头来说《红楼梦》里这个焦大，焦大当时也因为喝了酒，借了酒劲儿，反抗。他说二十年头里的焦大太爷眼里有谁？他怀念二十年前，二十年前宁国公应该还在，对他会稍微好一点，当然也好不到哪儿去，他还是奴仆。现在他所救出来的太爷宁国公死掉了，后代就越来越不把他当回事，所以他就大骂。当时贾蓉——贾蓉是要送走的客人秦钟的姐夫，贾敬的孙子、贾珍的儿子，名义上是尤氏的儿子，但是尤氏不是他的亲妈，是他的亲妈死了以后，贾珍续娶的一个媳妇——对这个焦大就更不顾及了，如果说宁国公当时觉得这个人，曾经在危难中给我找吃的，给我找水喝，让我活过来了，有功，到贾敬这辈就觉得无所谓了，到贾珍这辈就忽略不计了，到贾蓉这辈根本就成了一个负担，老不死的，你还在这个府里活着！所以贾蓉见焦大反抗，就让人把他捆起来，扔到马圈去，说等明日酒醒了，问他还寻死不寻死！焦大就进一步反抗，这种奴才被逼急了的时候会激烈反抗，就大叫起来，贾蓉还躲不开，焦大追上去赶着贾蓉叫嚷："蓉哥儿，你别在焦大跟前使主子性儿。别说你这样儿的，就是你爹、你爷爷，也不敢和焦大挺腰子呢！不是焦大一个人，你们做官儿，享荣华，受富贵？"焦大说的这是真心话，也是真实情况，没有他，这宁国府哪来今天这个局面？他接着骂贾蓉："你祖宗九死一生，挣下这个家业，到如今不报我的恩，反和我充起主子来了！不和我说别的还可，若再说别的，咱们红刀子进去，白刀子出来！"有的版本就是这么写的，有的读者读到这儿曾经有疑惑，说这应该是白刀子进去，红刀子出来，怎么《红楼梦》有的版本上写的是红刀子进去，白刀子出来呢？这就是作者模拟醉汉的那个话语，他喝醉了，所以他把刀子进出这个颜色说反了。

王熙凤是宁国公的旁系晚辈，她当时已经跟宝玉上了车，准备回荣国府，就跟贾蓉说："以后还不早打发了这没王法的东西！留在这里岂不是祸害？"王熙凤对焦大也是视若草芥。贾蓉发狠命令几个小厮，上去把他揪翻捆倒，真给他扔到马圈里去了，这个过程当中焦大还挣扎，就乱嚷乱叫，骂出的话更加惊心动魄，说我要往祠堂哭太爷去，他只认他最早的那个主子。太爷就是宁国公，宁国公早就死了，只是供一幅画像、一个牌位在他们贾氏宗族的祠堂里面罢了，说我要到祠堂里哭太爷去，哪里承望到如今生下这些畜牲来！然后就揭宁国公这些后代的老底："每日家偷狗戏鸡，爬灰的爬灰，养小叔子的养小叔子，我什么不知道？咱们胳膊折了往袖子里藏！"听他骂得这么惊心动魄，这些小厮把他拖到马圈以后，就用土和马粪满满地填了他一嘴，让他住口，所以这个老仆人很惨。

焦大醉骂，最后骂到这个地步，说你们爬灰的爬灰，养小叔子的养小叔子，什么意思？就是说他们主子乱伦了。爬灰就是公公跟儿媳妇发生不正当关系，养小叔子，就是一个女子和她丈夫的兄弟发生不正当关系。这两句话焦大骂出来都是有根据的，所指的是谁？在我关于《红楼梦》的著作里面有展开的论述，这里不枝蔓。他就把贾氏宗族后代的丑事都抖搂出来了，但是没有用，那些主子照样过骄奢淫逸的生活，他依旧只是个等死的老仆。

《红楼梦》里这一笔非常重要，历来很多读者也关心这一段描写，它深刻地揭示出来那个时代、那个社会，这种所谓的大富大贵的人家，主奴之间的真实关系，你仆人为主子做了再多的事，立了再大的功，你还是奴才。只不过像宁国公也好，后来贾敬、贾珍也好，没把焦大打发到农庄上去，他们这些贵族在农村都有自己的农庄，还把焦大留在这个府里面养起来，主子就觉得自己很人道了，实际上完全忘记了他为主子所付出的那些恩德。反过来，他稍有反抗，就认为太不像话，就可以这么对待他。焦大都这么大岁数了，大黑夜还让他送客，他不乐意，还继续地强行派遣他，导致他醉骂。最后为了堵他的嘴，拖到马圈，往他嘴里填土和马粪。

《金瓶梅》和《红楼梦》都写了奴仆的血泪史，不是这些奴仆本身就都是对的，人性当中没有黑暗面。但是相对而言，这些主子更可恨，在这样的主仆对立当中，作为一个读者，不知道别的读者怎么样，我总是对奴仆多几分的理解、谅解和怜悯。对这些主子，他们人性当中善的一时湮灭，我总是深恶痛绝，如在焦大醉骂的时候，王熙凤那个态度，她觉得尤氏太软弱了，像这样的祸害，早就应该发送到宁国府的农庄上去了，让他干农活去，留在府里面养着干什么呀？对下层奴仆的一点怜悯心都没有。虽然从全书来看，王熙凤还是一个有优点和长处的女性角色，但是就她对焦大这种反应来看，就体现了她作为主子阶层的那种傲慢、那种对奴仆的蔑视，这是她人性当中阴暗一面的展现。

皇亲典当与邢岫烟典当

　　两本书里面都写到了典当的事，历来就有一种机构叫作当铺，或者叫典当铺。这种机构到今天都还有，在大街上有时候看到一个商铺的门上写着一个大大的"典"字或者是"押"字，就意味着它的业务是你把值点钱的东西拿去抵押，它给你估个价，给你钱。在规定期限之内，你拿着当票上开的钱数，可以到那个地方把东西赎出来，如果你逾期不赎，那这个东西就归当铺了。当然，今天我们的金融业务是有很严格的法律法规的，典当业必须在法律法规范畴内运行。现在咱们讲的是四百年前的《金瓶梅》里面所描绘的明代生活，和二百多年前《红楼梦》里面所描绘的清代生活，在明清两代不消说，都有典当行这种机构存在。

　　《金瓶梅》写到，西门庆的生意越来越展拓，他当了官以后，又借着官势进一步地巧取豪夺，在西门府外开了当铺。有一天他正跟他的哥们儿应伯爵一块儿下棋，忽然他最亲信的小厮玳安来跟他报告，说有人往当铺来当两样东西。本来谁到当铺当东西，用不着都跟西门庆说，但是这一天拿来的两样东西体积非常之大，而且来路不一般，是皇亲来当。什么叫皇亲？就是这家人和皇帝皇族有某种姻亲关系。比如，《红楼梦》里面的荣国府，府里大小姐贾元春进宫了，后来才选凤藻宫，加封贤德妃了，这样的话，荣国府就是皇亲，因为他们家有姑娘等于是嫁给皇帝了，虽然不是皇后，但也有一定地位，这种家族叫皇亲。

清河县不大，皇亲估计也有限，但是这个皇亲居然经济状况走下坡路了，不得不把家里的东西拿到西门庆的当铺换点银子。因为这两样东西体积大，看上去惊人，所以玳安来跟西门庆汇报，西门庆过去看，应伯爵也跟过去了。被拿来当的这两样东西，首先体积都很大，其次都是一般社会上市井人家绝对不会有的。一样是大理石的屏风，有三尺阔、五尺高，而且是螺钿描金，黑白分明。螺钿这种东西，现在你在一些高级家具店和古董行还能看见，它就是用海里面的海螺，还有一些贝壳作为原料，磨成呈平面状态，形状不一的，可以用来做装饰的一种材料，把它镶嵌在木材或者石头的制品上，特别是高级木料做成的制品上。如大圆桌，它的桌面和它的周边，乃至于它的桌腿上，都可以镶嵌很多的这种螺钿，成为高级家具。这个被拿来当的屏风上面，就镶嵌很多螺钿，螺钿本身就很值钱，把它镶嵌在大理石屏风上，做成不同的花样，就更值钱了。而且还描金，就是在成品上所构成的图案，不是说拿金粉用笔沾着描一描。这个描金指的是用真正的金丝，把它挤进图案的缝隙，勾勒出镶嵌的图案的形态。这个屏风非常华美。

另外一样拿来典当的是两架铜锣、铜鼓，铜锣很漂亮，铜鼓都是彩画金生妆雕刻云头，就是那个鼓面非常高级不消说了，鼓帮子上有彩画，有雕刻的云头状的装饰，非常罕见。皇亲来典这两样东西，当然不会自己出面，是让他府第的仆役抬过来，府里管事的来接洽。他们想当多少银子呢？三十两，一听三十两，西门庆是什么反应？呦！怎么要这么少？这两样东西怎么说价值远远高于三十两，西门庆一开头不太敢接，因为一是皇亲拿来的，皇亲是有势力的，虽说这个皇亲家可能经济上衰落了，但是如果仍然保持皇亲的身份，那你作为县里面一个提刑官，你也得小心点，不好惹。再说了，三十两银子，可能就是临时在这放一放，估计很快就会赎走，意思不大。西门庆当时还犹豫呢，究竟收不收这两样东西？这个时候应伯爵就在上边插话了，就说我知道这家人，他们赎不了了，他们是下坡车营生。就是虽然是皇族，但是经济上在败落，而当时的西门庆虽然没有皇亲那样高贵的身份，却是上车坡营生。一个是上升，一个是衰落，这种情况下，西门庆就下决心，给他们三十两银子，就把这两样东西留下了，而且不搁在当铺，就抬进自己的府第，立刻利用起来了，那个屏风就搁在自己的厅堂里面，那两个锣鼓就搁在廊子里面。这个屏风成为他自己来回欣赏的一个物品，来了乐工，就让他们敲锣打鼓，享受皇亲家高级锣鼓的声响的快乐。

这是《金瓶梅》里面一段很重要的情节，作者有意无意地写出了一个什么情况呢？就是社会发展到那个历史阶段，一些没有贵族身份的平民的这种土财主，越来越财大气粗，他们用金钱不但寻租了权力，而且逐步地杀下了所谓皇亲，就是贵族的威风。一直有读者探讨这样一个问题，书里所描写的这种明代社会的情况，如果后来没有关外满族八旗兵的打入，也没有李自成的大规模农民起义，那么这个社会这么发展下去，会不会出现这种情况——就是这些财主钱越来越多，开头是买官，后来干脆买贵族头衔，再下一步干脆把皇帝买下来，把皇帝虚位供奉，然后自己成立一个班子来掌握社会？英国的历史上不就这么发展的嘛，所以中国如果沿着《金瓶梅》所描写的这样一个社会状况往下发展的话，有没有缓慢地进入到资本主义社会的可能？这是另外一个话题，这里不多做讨论。

《红楼梦》里面也写到了当铺，《红楼梦》里面后来写有些亲戚来投靠荣国府，其中就有邢夫人的一个叫邢岫烟的侄女，她来投靠邢夫人。邢夫人安排她在大观园的迎春那儿居住，因为迎春名义上是邢夫人的女儿嘛，把自己的侄女安排在女儿住处居住，似乎非常得体。书里写当时下雪了，大观园里面的这些公子、小姐都穿着华美的御雪的衣服，来赏雪、来游玩，唯独这个邢岫烟，她没有御雪的大披风，甚至加长衣服也没有，但她也得来应酬，跟大家站在一起的时候就拱肩缩背。又由于邢夫人非常克啬，本来她被安排在贾迎春那儿居住，王熙凤根据荣国府的规矩，给每位小姐一个月二两银子的零花钱，邢岫烟也算是一个小姐，也给她二两银子，邢夫人私下就跟邢岫烟说，你要二两银子干什么？你住在贾迎春这儿，吃饭都是跟着吃，用不了那么多银子，你拿出一两银子给我，我给你父亲，就是她兄弟。所以邢岫烟就生活得非常拮据，一两银子根本就不够，因为像司棋这些丫头，伺候迎春没话说，附带伺候她，不乐意。她还得从自己的一两银子里面拿出一些来给她们，求她们也来伺候伺候自己。这种情况下，最后她的处境发展到什么地步呢？她就把她自己像样的厚衣服，悄悄地让人拿到当铺去当了。所以《红楼梦》也写到当铺，而且还点出这个当铺的名称叫作鼓楼西大街的恒舒号。但书里写得很有意思，最后邢岫烟被家长们许配给了薛宝钗的堂弟薛蝌，薛蝌当时也是一块儿进京，来投靠荣国府的，薛蝌带着他的妹妹（薛宝琴）一块儿进的京。薛宝琴被贾母留在自己身边了，薛蝌就跟着薛姨妈、薛蟠、薛宝钗他们，住在荣国府的东北角的一所院落里面。邢岫烟就由家长做主许配给了薛蝌。

在没有正式完婚的时候，邢岫烟就很狼狈，就把厚衣服当了，这个事后来被发现了，薛宝钗就笑了，就说当铺人该说了，人还没到，衣服先到。怎么回事呀？这个鼓楼西大街的恒舒号，就是薛家出本钱开的，是他们家的。所以她说这句玩笑话，就是说你姓邢的，你嫁到薛家，人没到，你的衣服先到薛家的当铺了。书里写得很有意思，就是后来这张当票被史湘云发现了，她看不懂，史湘云毕竟是侯门的后代，虽然自己父母双亡，但两个叔叔都袭了侯爵，也算是侯门小姐。看不懂，说：这是什么东西呀？林黛玉也看不懂，没见过，薛宝钗当然懂，他们家开当铺，她明白这是当票。最后史湘云就跟林黛玉一起问薛姨妈：什么叫当票？

什么叫当铺？薛姨妈就跟她们解释了一番，就像我前头说的一样，你把东西拿到这个地方去抵押，给你开一张票据，规定时间之内你拿银子来赎走，就算了事。你在规定时间赎不走，东西就归当铺所有了，当铺本来给你的银子就绝对低于你拿出这个东西的价值，但很多人最后还是没有办法去把东西赎回来，就都归了当铺，当铺就赚很多的钱。当时史湘云和林黛玉听了解释，就发出这样的议论，说：难道姨妈家的当铺也会这样吗？她们很幼稚，觉得这么做是不道德的，怎么开这种买卖？结果旁边一些婆子尾随着听见了，就都笑了，说当然也是这样的，天下乌鸦一般黑嘛。

两本书里面都写到当时社会经济生活当中的一种现象，就是有当铺，而且都把当铺的存在引入了情节发展。《金瓶梅》里面通过皇亲来当贵重的东西，写出当时社会是皇权正在走向衰落，而新兴的像西门庆这样的财主，他们的气焰正在上升。《红楼梦》里面通过有关当铺的描写，刻画出了薛家的虚伪，以及像邢岫烟这样的女子悲苦的处境，值得我们合璧赏读。

寄顿罪产

　　两本书里面都写到了寄顿罪产的事。什么叫寄顿罪产？就是在封建社会，皇帝经常会处置一些他认为是背叛了他，做错了事的贵族官僚。处置的方式之一就是抄家，把你的财产全部抄来没收。那么这种情况下有一些贵族官僚，他在还来得及的情况下，就会想方设法地把自己的部分财产加以转移藏匿。皇帝认为你有罪了，你全部的财产就叫作罪产，是应该全部抄没的，但是哪有那么驯服的贵族官僚，他们往往就会想方设法转移寄顿他们的一部分财产。

　　《金瓶梅》里面写到西门庆本来在清河县过得好好的，完全没想到朝廷里面出现了政治动荡，当时有一位高官叫杨戬，被皇帝给治罪了，皇帝一发怒，就牵连到很多人。因为西门庆的女儿西门大姐，嫁给了一个小伙子叫陈经济，陈经济的父亲叫陈洪，陈洪原来是在清河县卖楠木的，社会地位不高，但是比较有钱，因为很多贵族官僚，他们修造自己的住宅或者别墅的时候，都要用到木头，所以会和这种商人建立一定的关系。书里这点写得比较含混，就说这个陈洪和杨戬是亲家关系，其实不一定是直接的亲家，可能是他们和一家人有亲家关系，那家人又和杨戬是亲家关系，这样被牵连上了。当时皇帝一发威，株连九族，就把陈洪列入了有罪的名单，再一查，陈洪又和西门庆是亲家，又把西门庆上了黑名单。但是惩治黑名单上的人，也得一步一步来，所以并没有马上就波及陈洪父子和西门庆。但是这个灾难早晚是要降临的，因此陈经济就带着他的媳妇西门大姐，赶紧从京城逃回老家清河县，逃到西门府，他们带来了大量的财产，这些财产如果他们不带来，根据皇帝的指示进行抄家的话，抄到陈洪再抄到他，乃至最后追杀到清河县，抄到西门府，都会被没收的。陈经济带了财产逃逸，把这些财产存放在岳父西门庆家，这就是一种寄顿罪产的行为，要是追究起来的话，罪该万死。

当时陈经济和西门大姐带了一大堆箱笼，转移寄顿财产到西门庆家的时候，西门庆是很紧张的，就把大门关得死死的，躲起来。我前面讲过了，后来他想办法化解这个灾难，想办法让自己从这个黑名单上消失了，保住了西门府，因此也就保住了女儿女婿带来的这些财产。**这是《金瓶梅》里面写到的情况，当然这些财产最后又被陈经济挥霍一空，那是后话。**

《红楼梦》里面写到四大家族——贾、史、王、薛，他们联络有亲，一荣俱荣，一损俱损。除此之外，还隐隐绰绰写到了一个金陵的甄家，说是贾府的老亲。书里故意写得迷离扑朔，但实际上这两家是很难剥离开来的，书里写到后面的时候，就出现这样的描写，前面不是说了嘛，宁国府的尤氏是宁国府的贾珍的妹妹贾惜春的嫂子，贾惜春从小就被贾母接到荣国府居住，一开头是随着王夫人生活，在王夫人的正房后面的卷棚里面住。后来因为贾元春省亲，建造了大观园，公子小姐都搬进了大观园居住，贾惜春就住在了暖香坞。前面讲到了，因为一件事，王夫人抄检了大观园，也抄到了暖香坞，从贾惜春的丫头入画的箱子里抄出一些男人用品，负责抄家的人认为有问题。贾惜春知道以后就主动把尤氏叫到了自己的住处，跟她说，入画犯了事，我不要她了，你带走，或打或杀或卖，随你们便。只是你打她的时候离我远点，我听不惯打人的声音。

后来尤氏跟她的小姑子贾惜春之间还发生了口角。尤氏帮入画求情，说她箱子里这些东西我能做证，是你哥哥赏给她哥哥的，她哥哥因为是一个单身小厮，没地儿保存这些东西，所以托人转递到荣国府她妹妹这儿。这样私相传递虽然不对，但不是什么大罪过，不是入画勾引了男人，有什么不轨之事。尽管尤氏担保，贾惜春还是不依，尤氏就赌气，把入画带走了，说那我把她带回宁国府。因为贾惜春所带来的丫头都是从宁国府来的，尤氏等于是宁国府的女府主，所以自然可以把贾惜春的这个丫头入画，再带回宁国府去。你想，这个尤氏跟小姑子发生了口角，一肚子气，气不顺。她从暖香坞出来以后，出了大观园，就想到王夫人那儿去。她作为宁国府贾珍的媳妇，比王夫人要矮一辈，贾珍等于是王夫人的一个堂侄子，她是侄媳妇，晚辈要向长辈去请安，这是当时封建社会礼教的规定。既然到了荣国府，她就需要去王夫人那儿请安。

她正从贾惜春那儿出来，心里别扭着呢，往王夫人那儿走。这个时候跟着她的这个老妈妈就悄悄跟她说，奶奶现在且别往上房去。为什么呀？才有甄家的几个人来，还有些东西，不知是做什么机密事，奶奶这一去，恐怕不方便。就是跟从她的这些婆子，在她和贾惜春发生口角的时候，她们当然不能参与，也没兴趣参与，她们可能在院子外头得到了一些信息，所以现在尤氏要往王夫人那儿去，她们就把这个信息转告给尤氏，说你现在去不方便了。

那么在王夫人那儿究竟发生了什么事？尤氏也并不是完全没有思想准备，尤氏就跟她们说，昨个儿听见你爷说，她说的这个爷就是指的贾珍，看邸报甄家犯了罪，现今抄没家事，调取进京治罪。贾珍是尤氏的丈夫，他们夫妻之间感情还比较好，有什么事，贾珍也不瞒着尤氏，贾珍看了邸报，邸报是当时社会上专门给到一定级别有资格的官员看的一种类似我们后来叫作内参的东西。当时朝廷里面，到了一定级别的贵族和官员，有资格看一种邸报，上面会有一些最新的政治消息，有一些皇帝的指示或者是官场的动态。贾珍从邸报上看到，跟贾家关系密切的江南甄家居然出事了，被皇帝治罪了。他们在南京的家产被抄了。金陵就是南京。根据故事交代，甄家当时主体的成员还都是住在南京。

但是甄家在北京也有房产，有他们的财产。皇帝抄他们家，不是一下子南北都动手抄光，所以在北京留守的这些甄家的人，赶紧把在北京属于甄家的财产往贾家送，寄顿到贾家，藏匿起来。尤氏的丈夫告诉她了，甄家犯事了，而且甄家很惨，甄家那边抄了家以后，连主子带仆役都要锁起来，披枷戴锁押送到北京，再由皇帝亲自治罪。尤氏觉得情况很紧张，说怎么会今天就有人来呀？这些老嬷嬷就告诉她："正是呢，才来了几个女人，气色不成气色，慌慌张张的，想必有什么瞒人的事情，也是有的。"这几个嬷嬷，这几个婆子，她们可能在尤氏和贾惜春两人唇枪舌剑的时候，有的不但在外打探消息，有的还往正房那边去观察了，看到甄家来了几个女人，气色不成气色，不正常了，神气都变了。慌慌张张的干吗？就是到荣国府来寄顿财产，这个就是罪产，皇帝抄了以后就归皇帝，皇帝愿意赏谁就赏给谁。

所以尤氏听了这个情况以后，改了主意，先不到王夫人那儿去了，先到李纨那儿去，她跟李纨是平辈的，李纨是王夫人的儿子，贾珠的媳妇，贾珠死了，李纨是个寡妇。贾珠跟贾珍是玉字辈的，是一辈的，所以她就先不到王夫人那儿，先到跟她平辈的，等于是妯娌吧，到李纨那儿去了。这一笔很重要，虽然很快就到八十回了，八十回后的内容是别人续的，现在一百二十回通行本的后四十回，你可以看了当作参考，但实际上并不完全符合曹雪芹的原笔原意。一百二十回的后四十回也写了贾府被抄家，但被抄家的原因里面，就没有他们帮助甄家寄顿罪产这一项。而实际上在前八十回里面，曹雪芹这样写，它是一个伏笔，说明后来贾氏宗族被抄，荣国府被抄，除了其他原因以外，也可能重要原因就是他们帮助已经被皇帝下令治罪的甄家藏匿罪产。王夫人是不会有这个胆子的，显然这件事情是由贾政做主定下的，所以后来贾政被皇帝治罪，一点都不冤枉。**无论是在明代，还是在清代，替皇帝点名要抄家、罚没其全部财产的人家藏匿转移部分财产，叫作寄顿罪产，都是大罪。**

所以这两本书都写到当时高层政治的险恶，写到了故事当中的这种家庭，不可避免要受到高层政治震荡的影响，当然《金瓶梅》里面的西门府，后来很幸运地躲过了这一劫。而《红楼梦》里面的贾府，根据曹雪芹的总体构思，没能躲过皇帝的整治。两本书这样相关的情节，我们对照阅读，也会有收获。

《金瓶梅》中三寸金莲与《红楼梦》中女足之谜

两部小说都写了女性的群像，对女性角色描写很具体，写她们的相貌身材，写她们头发的样式，写她们的衣装，写她们佩戴的各种装饰品，都写得非常细致、生动、精彩，但是《金瓶梅》和《红楼梦》在对女性的描写上有重大不同。哪里不同？就是对脚的描写不同，《金瓶梅》里面写女性，一定要写到脚，西门庆所喜欢的这些女性都是缠足的，都有所谓的三寸金莲。年轻一代的读者可能就不明白了，怎么会把女人的脚从小裹起来，让它畸形发展，骨头变形，本来一双自然的脚，变成了很小很细的粽子一样的形态？

中国汉族妇女的裹小脚，或者叫缠足，有人考据，远古时代就有了，但是这种说法证据不足。比较能够为多数人所接受的说法，妇女缠足，以脚小为美，应该是在宋代开始盛行的一种陋习。宋代妇女缠足，为什么把这个裹的小脚叫作三寸金莲呢？宋太祖要统一全中国，但是他有一个心腹之患，就是南唐，唐朝所剩下的割据政权居然还存在，他必须要灭掉南唐。南唐最后的一届君主叫作李后主，他特别喜欢过一种奢靡淫荡的生活，他宫中养了一个女子叫作窅娘，窅娘能在一个盘子里面跳舞，这个盘子可能不是特别小，但是绝对不大，估计直径应该不到当今的一米。这个盘子上面雕着莲花，窅娘缠足，在这个盘子上跳舞很好看，她的脚形跟那些金莲花类似，据说是这个原因，后来就把妇女裹的小脚称作金莲。

当然，也有人说是从佛教那儿转化而来的一个概念，因为佛教认为莲花是最圣洁的东西，你看现在好多寺庙的佛像底下都有一个莲花座。所以认为美丽的女子像莲花一样，她们裹好的小脚就像莲花瓣一样，这样就形成了三寸金莲的称谓。

这些说法都仅供参考，不管怎么着吧，反正到了宋明的时候，妇女缠足就蔚然成风，几乎社会上所有的女子，从小就都要把双脚用长长的布条——有时候还要辅助以竹片，其他一些东西——裹起来，裹紧了，让它变形，最后成为咱们端午节吃的粽子那么一形态。为什么叫作三寸金莲？人的天然的脚不可能只有三寸，男女的脚虽然有区别，女性的脚会比男性的脚短一点，那也不止市尺的三寸，但是把脚裹变形以后，最后要等于三寸或者小于三寸，因此被叫作三寸金莲。这种习俗很恶劣，是那个时代、那种体制下妇女地位低于男人，妇女作为男人奴隶的一种象征，这样就使得妇女行动起来很不方便，防止娶了媳妇和小老婆以后，她们逃走；对自己养下的姑娘也是防止她们自由恋爱，自由行动，是对妇女实行空间禁锢，防止她们远遁的一种非常残酷的措施，所以它是反人道的、反人性的，是很糟糕的一种做法。

但是由于种种原因，特别是一些文人，他们把对三寸金莲的爱好加以描绘渲染，最后使得社会上一些男子，就不以女性的三寸金莲为丑，反以为美。自己的老婆、自己的小老婆、自己的闺女，脚缠得越小，就越引以为豪。有的妇女本身也产生这种畸形的价值观，也觉得我脚缠得越小，走路越颤颤巍巍，越说明我美丽动人，能博得男人的欢心。那个时代也确实形成一种不良风气，就是很多男子在玩弄女人的时候，重点玩弄女人的三寸金莲，拿在手里把玩，在做爱的时候也成为很重要的一个敏感区。

《金瓶梅》里面，就对那个时代这种畸形的身体状态，以及那个时代一些女性不以此为耻，反以为荣，和一些男性专门热衷于玩弄女人的三寸金莲，有淋漓尽致的描绘。《金瓶梅》写妇女几乎是必要写到脚，写到脚是必要描绘这个三寸金莲的，它里面一些情色文字和色情文字，都和女性的这个身体部位有关。像书里面的重要角色潘金莲，她的名字就叫金莲，书里另外一个被西门庆玩弄的女性形象就是女仆宋惠莲。而且宋惠莲的小脚裹得比潘金莲还要小，她穿着自己的套鞋，她的小脚都还能再套进潘金莲的那个鞋里面去，因此她也深得西门庆的喜欢。这种畸形的身体摧残，和当时男子对女性这种三寸金莲的欣赏和把玩的畸形心理、畸形行为，在《金瓶梅》里面几乎是充满了篇幅，屡屡出现。

我们再来说《红楼梦》，《红楼梦》里有一个现象，写女子，从头到她下面的裙子，都会写得很仔细，但是它基本上回避去写她们的脚。以至于有的读者读完《红楼梦》以后就搞不清，书里面这些女性角色，这些小姐丫头，究竟她们是缠足还是不缠足。细心的读者仔细地阅读《红楼梦》会发现，起码有几处是写到了缠足的。一处是明写，写尤三姐——前面讲了很多了，宁国府的府主贾珍，他的媳妇是续弦的尤氏，尤氏父亲又续娶了一位继妻，书里称作尤老娘，尤老娘又带来了跟前夫生的两个女儿，后来就被叫作尤二姐、尤三姐，她们是汉族妇女，是缠足的——书中写到趁贾琏出差，贾珍跑到贾琏偷娶尤二姐的那个花枝巷，想去占尤二姐、尤三姐的便宜，不承想贾琏回来了，贾珍和贾琏两兄弟，当然他们是堂兄弟，公然一起调戏这两姐妹，尤二姐就回避了，尤三姐就反抗，反抗的方式就是她反过来嘲弄调笑贾珍和贾琏。这就有一笔描写，说她当时一对金莲或并或翘，就是她故意做这种很浪荡的样子，引诱得贾珍和贾琏垂涎三尺，又得不着。她没有办法的时候，用这样一种很古怪的方法来反抗他们的调戏，这就写到了尤三姐是三寸金莲，这是很明显的一笔。

其他地方就含混了，比方说后来王熙凤到了花枝巷，把尤二姐骗到了荣国府，带她去见贾母，贾母接纳了她。贾母为什么会接纳尤二姐呢？因为王熙凤老不给贾家生儿子，贾家不能够断代呀，得续上香烟，光是贾珠死了以后留下一个贾兰，那不够的。所以虽然贾母很喜欢王熙凤，但是她对贾琏偷偷娶了一个二奶，采取了容忍的态度。王熙凤把尤二姐带来过明路，让她看，她也看，先看头，再看脸，再看手，都觉得不错。最后她的首席大丫头鸳鸯有一个动作，就是掀起尤二姐的裙子，让贾母看，看什么呢？没有明写，但是等于暗写了，就是让贾母看她这个脚缠得好不好。因为评价一个汉族女子是否美丽，要从头验到脚，脚就要看她这对三寸金莲，看裹得好不好。结果贾母满意，贾母说果然是一个整齐的孩子，就是说从头到脚都好。

另外书里面写贾宝玉的丫头晴雯，这是宝玉最喜欢的一个丫头，晴雯有一天早上在床上跟另外一个丫头打闹，说穿着红睡鞋，这就证明晴雯她是裹了小脚的。因为只有裹小脚的三寸金莲的女子，晚上睡觉才会穿睡鞋，平常的天足的、自然形态的脚的女子睡觉，是不穿袜子，不穿鞋的。贾宝玉在晴雯死了以后，写了一篇诔文，《芙蓉女儿诔》，里面有两句叫作：捉迷屏后，莲瓣无声。写这个晴雯很可爱，跟她捉迷藏，藏在屏风那边，因为她有一对三寸金莲，移动起来很轻盈，一点声音都没有，让宝玉找不着。

除了这几处以外，书中几乎就没有什么对女性脚部的描写了，只是有一次他写到贾母房中有一个粗使大丫头傻大姐，说傻大姐是一双大脚。还有就是丫头之间的对话，一个丫头指使另一个丫头去做事，这个丫头不做，就说：怎么着？你怕把脚走大了吗？可见那个丫头是三寸金莲，三寸金莲必须保持足够小，大了就丢人了。还写到丫头间互骂"小蹄子"，"小蹄子"也是三寸金莲的意思。这还是写到一些小姐以外的人物，写小姐就完全不写脚。总有人讨论，林黛玉是三寸金莲吗？薛宝钗呢？之所以出现这样的文本现象，就是因为在清代，曹雪芹的祖上是汉人，在关外，在满清王朝正式建立之前，就被满族八旗兵俘虏了，俘虏以后他们的祖先就被编入了八旗兵的正白旗，成为正白旗那些满族人的包衣，包衣就是奴隶的意思。虽然是包衣，是奴隶，但是那个时候满族八旗还不知道是不是一定能够打进山海关，能够入主中原呢，所以他们在一起作战，互相也取得了信任，甚至有了一些感情。

进关以后，这些编入满洲八旗的汉人，就都跟那些血统上是满族人的八旗里面的人一样，似乎获得了同等的待遇，就都是在旗的人，正白旗后来又成为八旗里面的上三旗。就是八旗后来又分为三个旗最尊贵，另外五个旗等而次之，上三旗就是正黄旗、镶黄旗和正白旗。所以曹家祖上编入了正白旗，顺治皇帝成为了清朝第一个统一全中国，定都北京，在紫禁城里面坐龙椅的皇帝，这种情况下，曹家祖上的人就都被封了官，获得一定的地位。他们虽然有旗人的身份，可是从种族上来说的话，他们又是汉族。所以后来就出现了比较微妙的情况，因为大家知道，前面说了，满族打进关内以后对男子很残酷，都得给我投降，首先从发型上要加以改变，强迫汉族男子必须把头上前半部分头发剃掉，后面的头发编成一根辫子，有所谓"留头不留发，留发不留头"之说。但是对汉族女性，一开始在顺治时期也是下令，要求所有的汉族妇女都不许再缠足了，为什么呀？因为满族的妇女是不缠足的，满族在旗的妇女都是天足。但是到了康熙朝，推行不下去，而且满族统治者后来发现，汉族妇女继续缠足的话，对他们的统治并没有大的妨碍，所以你看留下来的资料，清朝汉族妇女的发型、服装和明代区别不大，而且后来汉族妇女又都缠足，满族统治者也不禁止了。所以当时有一种说法，把满族对汉族的统治手段，叫作"男降女不降"，男的要彻底投降，女的就马马虎虎，保持原来这些形态都还可以。曹雪芹祖上成为了正白旗包衣的这些人，他们的妻子、女儿——因为他们一方面是汉族人，按说应该让女人缠足，另一方面他们又成了正白旗的人了，就要随满俗，应该是他们的女性就都不缠足，就是天足。这样推测的话，书里面所写到的四大家族的女子，因为她们的生活原型都是归顺清朝八旗的早期被俘的汉族人，所以应该都是天足，有没有个别的缠足？可能也有，但是作者觉得不便于写，也不想写，他也不想暴露他们家祖上这一段历史。因为有的固守明代正统的汉族人，觉得你投降鞑子、投降满族是不光彩的。如果你从写女性的脚上暴露出来这样的情况，他们就会予以嘲笑，这样的话，干脆就不写，所以在《红楼梦》里面，尤其是写到小姐的时候，他不描写脚，偶尔写的话，也猜不出来是天足还是缠足。比如他一次写到林黛玉穿靴子，能穿靴子按理说应该就是天足，不过三寸金莲的人就完全不能穿靴子吗？也难说，他写得很含混。与此相对应，《红楼梦》里写男性，尽量避免写发型，除了贾宝玉，作者为他设计了一种不同于满族男子的梳辫子的特殊发型，其余男性角色，一律避免写他们头发的形态。因此，早有红学家指出，《红楼梦》是"写男不写头，写女不写脚"，这个大异于《金瓶梅》的文本现象，我们应该注意到。

贾政与周守备

　　两本书里面都写到一些官员，都写到一些很不像样子的官员。《金瓶梅》里面写了很多贪赃枉法的官员，包括那些太监兼任的官员，揭露他们的丑恶面目。《红楼梦》里面也写了一些很糟糕的有身份的人物，如写荣国府的贾赦。荣国府老祖宗贾母有两个儿子，大儿子就是贾赦，二儿子是贾政。贾赦在他父亲死了以后，皇帝还给他续了贵族头衔，一等将军。有的读者可能会误会，说一等将军，他是不是领兵去打仗？非也，这种头衔只是一个虚名，说明他要享受相应的待遇，并不一定就去领兵打仗，而且多数情况下这个贵族头衔跟他的实际作为是两不相干的。

　　贾赦别的事咱不说了，单说一件，他好收集古董，特别是古扇子。有一次听说有一个石呆子，民间的一个普通人，虽然很穷，但家里祖传下很多把古扇。扇骨，就是做折扇支撑的材料，都是一些高级材料，这些折扇上面的字画，都是名家的手笔，很名贵。贾赦就觉得自己原来收藏的这些扇子都不中用了，并欲将石呆子的扇子攫为己有。他就通过贾雨村把石呆子给抓了，石呆子当然很冤枉，你抓我干什么呀？说你拖欠官银，就是你欠我们官府钱，你没还。这不就是诬赖人家吗？你碰见当官的诬赖你，怎么办呢？没法反抗，贾雨村就让他手下的人去抄了石呆子的家，说是把抄出的值钱的东西，抵偿所欠的官银，把这批古扇抄到手以后，就送给了贾赦。贾赦很高兴，跟他的儿子贾琏说，我让你去把这些古扇给我弄过来，你怎么就弄不来？你看看人家贾雨村就给我弄来了呀。贾琏本身也有很多毛病，是很糟糕的一个人，并不比贾赦好到哪儿去，但是连他都看不过这种做法。贾琏就说为了几把扇子，把人家弄得倾家荡产，也不算什么能为。结果贾赦听了气得要命，抄起东西就打贾琏，那么大一个儿子，愣给他打伤了。《红楼梦》里面写的贾赦虽然**还没有当官，但是有贵族头衔，就如此之恶劣**。另外他写了贾赦的弟弟贾政，有的读者可能会觉得，贾政还真是挺正经的，没有写到他什么贪腐霸道行为。

有一次写府里面过元宵节，猜灯谜的时候，贾政为了讨好贾母，就说儿子我也出一个谜，您猜，猜对了，我会给您很多的礼物，表示对您的孝敬。他出了一个什么灯谜呢？他说："身自端方，体自坚硬。虽不能言，有言必应。"什么东西呀？宝玉就在贾母耳边说这是砚台，贾母一想是呀，就说这是砚台。贾政就立刻表示高兴，母亲猜得对，就下命令说快把贺礼送上来。底下妇女答应一声以后，就大盘小盘一起捧上去，献给贾母，贾母就一件一件地看，都是元宵节灯节切题的一些新巧的玩物，就很高兴。通过这个谜语，贾政自诩是一个端方正直的人。那么究竟贾政是不是一个端方正直、没有瑕疵的人呢？其实后面有些描写就揭示了他的另一面。

贾政和王夫人虽然早年生下了贾元春、贾珠、贾宝玉，但是从书里面来看，后来他跟王夫人根本不在一起生活，不住在一起。他有的时候会到正堂——荣禧堂那儿去跟王夫人会合，处理一些事务，他大量的时间是待在自己的书房，晚上他让谁伺候他睡觉？赵姨娘，他宠爱的一个小老婆。他还有另外一个小老婆，叫周姨娘，在书里面像个影子似的，没有什么戏份，也没写到贾政到周姨娘住处去过夜，或者把周姨娘召唤到他的书房一起生活。他就是喜欢赵姨娘，赵姨娘给他生下了一个女儿贾探春，一个儿子贾环。他在府里养了一群清客相公，这些人围着他打转转，讨他的好，陪他下棋，陪他说话，陪他一块儿逛大观园。他召集他的儿子来写诗，这些人在一旁插嘴，胡乱吹捧。贾政养一群这种人，度过他的闲暇时光。书里写荣国公死了以后，把这个消息报给皇帝，皇帝就想起来贾氏宗族他们祖上对朝廷所做出的贡献，于是就首先让大儿子贾赦袭了一个头衔，就是一等将军，因为这种贵族的头衔你就不能够世代罔替一代一代都是公爵，往下长子承袭就要降格了，当然一等将军也很好。后来听说还有一个儿子是贾政，就额外赐他一个当官的名额，他就不用再通过科举考试来走仕途了，皇帝等于就是超越科举赏他一个官，后来他就在工部当官。他还是很受皇帝重视的，后来皇帝还把他派到外地，去主持外地的科举考试，还让他顺路去到发生了自然灾害的地方，比如有些地方发生了海啸，让他去视察、赈灾。总体来看，贾政似乎是一个中规中矩的官员。

但书里写得很有意思，上面刚讲过，皇帝忽然发现金陵地区的甄家有问题，就把甄家给治了罪，把甄家给查抄了，罚没了甄家的财产。可是甄家趁着皇帝还来不及把其所有财产查清，就报信给其在北京留守的或者是外派的人员，这些人就其一部分财产往荣国府转移。去了一些女人，为啥去女人？因为那个时候贾政不在家，她们要见王夫人，男仆是不能去见别的府第的女主人的，就派一些女人，气色不成气色，鬼鬼祟祟地往王夫人正房那儿搬运东西，那就是寄顿罪产嘛。你在金陵犯事，首先要抄没你金陵的那些财产，下一步就想到你在京城还有房子，还有浮财，那再抄。但是皇帝动手晚一步，甄家在京城的罪产就有一部分转移到了荣国府。这应该是贾政做主形成的一个局面，所以说他正直端方，只是相对而言。对皇帝，平时他好像表现得很忠诚，很老实，特别是他女儿根据书里描写都到了皇帝身边，才选凤藻宫，加封贤德妃，恩准回家省亲了，**但是当他考虑到自己家族根本利益的时候，他也罔顾王法，要帮甄家来藏匿罪产**。从书里描写可知，贾家和甄家是血肉相连的，一荣俱荣，一枯俱枯，他们都互相有照应。这写得也还是挺有意思的，写这么一个封建王朝的官员，皇帝真触及他们几个勾连的家族的财产利益，那就不惜顶风作案。

在《金瓶梅》里面，作者也塑造了一个似乎是没有毛病的，从皇帝的角度来说，挑不出他大过错的官员，就是周守备。甚至也可以用正直端方四个字来概括他。他忠心耿耿地为《金瓶梅》书里所写的那个皇帝来服务，在故事的开头他的官职是守备，驻扎在清河县，他的守备府就在清河县，后来升为统制了，统制就比守备要高级了。守备府是在清河县，统制府就在济南了，在更大的地方了。书里写他先是帮助皇帝去剿灭了宋江为首的梁山泊农民起义。从今天的角度来看，他是一个镇压农民起义的刽子手，但是后来金兵南下，他也还是根据皇帝的命令，奋力抗敌，从这个角度来看，是抵御外族侵略，性质和镇压农民起义不一样，值得予以肯定。他在抵抗金兵的过程当中战死了，这样看起来的话，这个角色好像没什么可挑剔的。作为那个朝代的一员武官，恪尽职守，而且身先士卒，领兵作战，后面的战斗还是为了维护国家的疆土，捐躯沙场，算得上烈士。但是书里写这个周守备，升为统制，先驻扎在济南，后来皇帝又派他去驻扎到东昌府。他根据皇帝的命令，不断地迁移，为了到新的地方去赴任，他就让他的亲随张胜、李安押送两车厢的行李细软器物回家。张胜前面讲到了，他在守备府，后来把陈经济杀了，最后被乱棍打死了，但是这件事情，就是他帮着周守备（为了叙述方便起见，就一直称他为周守备，不再改称他为周统制）转移财产的过程当中，还没发生他去杀陈经济这件事情，他还是周守备很信任的一个亲随。书里有一笔交代，说周守备在济南做了一年官，他是一个清官，为皇帝忠心耿耿地去出征打仗，怎么样呢？也赚得巨万金银，赚了之后怎么样呢？

皇帝让他转移驻地，他就想把这些巨万金银搁在自己的老宅去，转移到自己原来那个家里去，也就是转移到他的夫人庞春梅那里去。你想，他都算是一个清官了，是英勇抗敌这么一个将军了，但是不用他刻意贪腐，他在这个官位上就可以获得巨万金银的财富。那不可能都是皇帝给他的俸禄，皇帝给官员的俸禄不可能这么高，那你说打哪来的呢？所以在封建时代早有这样的话："三年清知府，十万雪花银。"知府是一个官职，不是很低的，也不是很高的，在知府任上你当三年官，不用主动贪腐，退休的时候，就一定会有十万两的雪花银收获。这说明那个时候官场不是官员个人腐败的问题，是整个体制腐败了。**在《金瓶梅》这种冷冷的白描当中，我们会有一种惊悚的感觉——什么样的社会，什么样的官。**两本书里面都写到所谓的正直端方的官员，但是读者们掩卷以后想一想，都虚伪，都不干净哟！

拔步床

　　两本书里写有钱人的生活，自然会写到他们所使用的一些器物，两本书里都写到一种床，叫作拔步床。前面提到过拔步床，现在有必要再细致地讲一讲，什么叫拔步床？这是从古代一直流传到清朝，甚至清朝覆灭以后到民国时期，始终存在的一种高级家具。大家知道中国的北方，无论普通人还是贵族，乃至于皇帝，往往睡觉都使用炕，后来又有床。在《金瓶梅》和《红楼梦》里面都是炕、床两见，对这两种睡觉的东西都有描写。

　　《金瓶梅》写西门庆的正妻吴月娘住在宅邸深处的正房，书里就多次写到她睡一铺大炕，没有写她睡床，当然她那铺炕很大，很宽阔，造得比较高档。前面不是说了吗？有一个仆人叫汤来保，西门庆死了以后，他仗着曾经为西门庆他们完成过很重要的任务，当时又喝了酒，就跑到吴月娘的正房来调戏吴月娘。他当时是一个什么样的肢体动作呢？他就倚在吴月娘大炕的护板上，一般简陋的炕不会有护板，只有这种讲究的有钱人家的炕才会有护板，人可以倚着护板说话。可见西门府里面的吴月娘的那铺炕是很不错的炕。书里经常写到吴月娘在她的正房里面搞活动，她坐在炕上，同时炕上还可以坐几位其他的妇女，比如她兄弟的媳妇，她有一个大哥，一个二哥，他们的配偶分别被她叫作大妗子、二妗子，来了以后就在炕上坐，招待在炕上坐是一种对你尊敬的表示。其他的那些小老婆来了以后，可能就在炕外的椅子上，甚至是长条板凳上坐，这是《金瓶梅》写的卧具，写到了炕。

同时也写到了拔步床，每一个妻妾居所的卧具不完全一样，像西门庆后来娶进了孟玉楼，孟玉楼睡床。书里交代得很清楚，当时那个媒婆叫薛嫂，薛嫂介绍孟玉楼给西门庆的时候就说了，说她是南门外贩布的杨家的正头娘子。当时她的丈夫去世了，她是寡妇了，说她手里有一份好钱，南京拔步床也有两张，四季衣服多到什么地步呢？插不下手去，也装有四五只箱子，金镯银钏不消说，手里现银子也有上千两，另外好的三梭布也有三二百筒。其中特别提到了她有两张南京拔步床，放在前头说，因为当时拔步床是很贵重的一种家具，而又以南京制造的最为华美，最为昂贵。孟玉楼嫁给西门庆以后，所有这些财物就都搬到了西门府，两张拔步床不消说，也搬过来了，她其实睡一张就够了，但是这是一个阔寡妇，她就带来了两张拔步床。还有谁有拔步床？书里很明确地写李瓶儿有，李瓶儿是花太监的侄子花子虚的媳妇，花太监先死，后来花子虚也死了，她成了一个寡妇。她后来也嫁给了西门庆，她也带来了拔步床。

拔步床是一种什么样的床呢？首先它本身就像一个小屋子一样，它是在高大的住房里面使用的，把它安置在屋子里面以后，就像是屋中有屋，房中有房。它构成了一个单独的空间，一般都用高级的红木制作，它有顶，有廊子，它后面跟侧面也都使用了木材。如果不是密封的话，就使用一些雕刻得很精美的格栅状的屏障。它的前廊一侧可以放一个梳妆台，另一侧可以放一个制作得很精美的马桶，这个马桶它是有办法让它的臭味不外泄的。那等于一个独立的居住空间了。当然，把它布置好以后，还会有很多华丽的帐幔，更不消说会铺着很贵重华美的褥子和放上非常华美的被子和枕头，还会吊着一些香包。这样一种室内使用的床具叫作拔步床。它为什么叫拔步床？一种说法就是你迈进它的廊子的时候，需要高抬腿，把你的腿脚拔起来，才能够迈进去。另一种说法就是它的周边，它的宽度和它的深度都差不多有八步，是那样一个尺寸。当然究竟是男子的八步，还是女子的八步，这里不做过细的探讨，应该是平均起来的那个步幅，要走八步。

这东西很贵重，所以后来潘金莲就跟西门庆闹，因为潘金莲娶进来的时候她比较穷，她睡的应该是一个普通的床具，她也没睡炕，从书里面看的话，她睡床，但不是拔步床。她跟西门庆闹，最后西门庆就给她花银子打造了一张华美的拔步床。她和庞春梅、西门庆，他们都来使用。拔步床的红木构件上也都会镶嵌着一些螺钿，前面解释了什么是螺钿，是一种海产的贝壳类的东西打磨成的闪光的片状装饰品。

在《金瓶梅》里面，拔步床是很重要的一个物件，庞春梅原来是潘金莲的丫头，但是她地位特殊，西门庆十分地喜欢她。西门庆经常打人、骂人，但是对她一个手指头都没动过，她很得宠。西门庆死了以后，吴月娘发现潘金莲和庞春梅跟他们的女婿陈经济有不正当关系，就先把庞春梅给打发了，叫作罄身出府，除了随身穿的衣裳，不许她带走任何一件东西。庞春梅并不悲伤落泪，仰头挺胸径直地走出了西门府，没想到庞春梅后来命运很好，她后来被周守备买去了，开头只是作为一个小老婆，但是因为周守备原配夫人当时瞎了一只眼睛，形象就很不堪了，又不生育。他有一个二房，倒是有生育，也只给他生了一个女儿，没生男孩。庞春梅去了以后就给他生男孩了，后来原配死了，周守备就把她给扶正了，庞春梅就成了正儿八百的守备夫人，就作威作福了。

后来庞春梅偶然又遇到了吴月娘，就报复吴月娘，她的报复方式就是满脸堆笑，倒头便拜，左一声娘，右一声娘，好像她还是当年西门府的一个丫头。但实际上笑里藏刀，她是挥动橡皮钢丝鞭抽，打得吴月娘身上没有伤痕，心里头全是苦水。后来她故意回到西门府拜访吴月娘，吴月娘作为提刑所的提刑夫人，外出当然也很神气，坐轿子，但只是一个两台轿子，前后各有一个轿夫抬着走。当然也会有仆妇在旁边跟随，无非是左边两个，右边两个。庞春梅来拜访她的时候是四抬大轿，好不神气，而尾随的人十几二十个。庞春梅到了西门府以后就怀旧，到处逛，逛到花园，原来她和潘金莲是住在花园的，走进屋子一看，拔步床没了。当年不是西门庆为潘金莲跟她专门去购置了一架打造得非常华美的拔步床吗？没有了。她就让吴月娘跟她汇报，家里其他的拔步床哪儿去了，也没有了吗？吴月娘只好实话实说，简单一句话，都没了。孟玉楼改嫁，只好让她把拔步床和丫头都带走，其他的拔步床由于后来家里困难了，没有进项了，就卖了换银子来填补生活费用了。实际上庞春梅这样来询问，发出感慨，内心她是拍手称快的，表面上嘴里说一些同情的话。吴月娘也知道，这是被她罄身出府的一个女子，这些话都是话里有话，要反着听。

《金瓶梅》里面写到了拔步床，还牵扯到人物之间的钩心斗角。《红楼梦》里面有没有拔步床呢？是有的。里面写刘姥姥和她的外孙子板儿二进荣国府，逛大观园的时候，到了贾探春的住处秋爽斋。贾探春的住处设置很特别，她把几间屋子打通了，构成一个大空间，所以她的拔步床就露出来了，一般的拔步床会在堂屋以外的另外一间屋子里面，没让你过去看，你看不到。但是因为她把三间大正房都打通了，所以一侧就露出拔步床，书里写刘姥姥的外孙子板儿，农村来的一个傻小子，他也不懂什么是拔步床，他看见床上挂着很高级的纱帐。当时夏天过了，已经是秋天了，如果冬天可能要挂更厚的一种床帐，那个时候还没到冬天，挂的还是纱制的帐子，是葱绿色的，是两面绣，双绣花卉草虫。两面绣是最高级的一种刺绣品。绣的什么呢？上面绣了一些花卉和草虫，板儿是农村来的，有的他认得，他就说这个是蝈蝈，这个是蚂蚱，刘姥姥觉得他现眼，打他一巴掌，还用农村那种粗话骂他，说："下作黄子，没干没净的乱闹，到叫你进来瞧瞧就上脸了。"打得板儿哭起来了，这是很滑稽的一个场面。

这个地方就写到，荣国府是有拔步床的。书里写林黛玉的屋里也是睡床。但是贾母的那个住处，贾母自己的那个暖阁里是炕。贾政和王夫人，属于他们使用空间的那个荣禧堂，旁边那个大房子里也是炕。而且王夫人还给林黛玉一个下马威，等于是考验她，希望她闹个笑话。当时林黛玉要拜见她的二舅，就是贾政，王夫人说你二舅斋戒去了。那个时代一些官员跟着皇帝进行祭祀活动都要先斋戒，就是先在安静的屋子里面，不吃荤腥，不喝酒，静默，然后再去参加祭祀活动。今天见不着，改日再见吧，就把林黛玉往炕上让，当时那种贵族家庭的炕上，当中会是一个非常华丽的炕几，然后两边有便于盘腿坐了以后，靠上去的那种靠背。同时，盘腿坐下以后，胳膊怎么办呢？会有一种叫作引枕的东西，搁在靠背座的两边，可以放胳膊肘。

林黛玉当时一看，王夫人坐在一边，邀她到另一边去坐，王夫人挺坏的，是吧？林黛玉当时虽然小，但聪明懂事，她知道王夫人炕几对面那个位置是她舅舅贾政的，她怎么能坐到那里呢？她就没上炕，在炕下椅子上坐了。

两本书里写床、写炕，都不是单纯地写室中器物，都使对这些器物的描写融入到情节的流动中，还起到刻画人物的作用。

薛姑子与马道婆

　　两本书里面都写到一些社会上的三姑六婆，先说三姑，**三姑指的是尼姑、道姑、卦姑**。《金瓶梅》写到了尼姑，其中出场比较多的是一个薛姑子，书里写得还是挺有意思的，说她是莲花庵的，她一度成了吴月娘的座上客。吴月娘特别地信任她，宠着她。根据书里的描写，她是一个很胖大的尼姑，生得肥头大耳，嘴很大，长相丑陋，身体臃肿。她经常和另外一个尼姑王姑子一块儿到西门府，经常在吴月娘的正房讲经，弘扬佛法。因为西门庆拈花惹草，除了正式娶的妻妾以外，还和府里的女仆丫头有染，外头还有他的情妇，还在妓院里鬼混，对吴月娘不上心，一度两人关系闹僵以后，还有冷战期，谁也不理谁，所以吴月娘的精神是很空虚的，她填补自己心灵空虚的办法之一，就是请薛姑子、王姑子到自己房里面来讲经。陪她听的，有她兄弟的媳妇大妗子、二妗子，这倒也罢了，她还非强迫西门庆的另外几个小老婆也来跟她一块儿听经。像李娇儿、孟玉楼还能勉强地忍耐，潘金莲哪坐得住？首先她根本不信这一套，另外她是一个要自己控制自己身体的活泼的生命，她不愿意被拘在那个屋里面去听经，后来她就公然地表示，说她听不了，吴月娘只好让她离开了。吴月娘说了一句很生动的话，说："拔了萝卜地皮宽，教她去吧，省得她在这里跑兔子一般，原不是听佛法的人。"

薛姑子老在上房里面活动，一开始西门庆不太清楚，因为他平常并不经常到吴月娘的正房来，他要么在外头鬼混，要么回来以后就到花园潘金莲那里去。后来李瓶儿给他生了儿子以后，又特别愿意到李瓶儿那里去。但是后来还是发现了，闹了半天吴月娘在她的正房里头，让薛姑子在那儿讲经说法，西门庆就急了，就跟吴月娘说：那个贼胖秃淫妇来咱们家干什么呀？吴月娘反驳他，说："你怎么好枉口拔舌，不当家花花的，你骂她怎的？她惹着你了？"而且吴月娘觉得奇怪，问：你怎么看了一眼就知道她姓薛？西门庆就告诉吴月娘，说这个薛姑子是一个很糟糕的尼姑，她犯过事，被人告了。西门庆还处理过她的案件，怎么回事呢？她收人银子，拉皮条，把一个小姐弄到庵里面来，然后又找了一个小伙子进去，俩人就做那个事。结果这个小伙子因为不适合做那事，就死在那个姑娘身子上了。这样当然小伙子他们家就不干了，就惹了一场官司，于是提刑所就把她给拘了，褪了她衣服，打了二十大板，勒令她还俗，没想到现在居然混到西门府来了。西门庆审问过她，知道她不是好东西，后来就更进一步地知道姑子的老底儿，她原来是有丈夫的，她丈夫在一个庙——叫作广成寺——前头，摆了一个小吃摊，卖蒸饼，经常有和尚来买，薛姑子趁她丈夫不在的时候，就勾搭上了很多个和尚。后来丈夫死了，她觉得卖蒸饼利薄，挣不着什么钱，就干脆去当了尼姑，走街串巷，出入各种有钱人家的厅堂，而且她一般都是直入后室。因为一般来说，这些有钱人家后面正房的那个正妻都是被丈夫冷落的，精神都很空虚，最容易上她的当，所以她就趁西门庆不注意，也混入了西门府，登堂入室，成了吴月娘尊贵的座上客，虽然西门庆审问过她，但是她知道西门庆经常不着家，着家的话也不会很注意哪些人出入，她钻空子，获得了吴月娘的青睐。

西门庆这个人，也有他很随便的一面，他本来是很厌烦这个薛姑子，知道不是什么好东西，更不相信她的什么讲经弘法。但是后来李瓶儿给他生了儿子了，他心情大畅，他心情好的时候看谁都顺眼，都容忍。于是又看见了这个薛姑子在吴月娘那儿，他没有发火。而且就说起当时给庙里面捐钱的事，西门庆一次就给永福寺的长老捐一大笔银子，薛姑子见缝插针，就跟西门庆说，你现在要把官哥儿养大养好，永保幸福，你应该印《陀罗经》。你不用捐大笔银子，动不动捐五百两什么的，你给个三十两银子，我们给你去印《陀罗经》，印好了以后我们帮你去分发，就给你积德积福了。西门庆当时财大气粗，银子很多，哗啦哗啦往外花，不心疼。一听说三十两银子就行，就答应了，就让薛姑子跟王姑子去印《陀罗经》，保佑他们家，特别保佑他的那个官哥儿，他好容易才有的一个传承人嘛。当时他一高兴，给的银子还更多，后来就知道，薛姑子、王姑子拿了西门庆的银子去印所谓的《陀罗经》，粗制滥造，根本就用不了那么多银子，这两个人贪污了大部分的银子，而且因为分赃不均，还闹矛盾。

在《金瓶梅》里面，作者无情地撕下了所谓讲经弘法的尼姑的虚伪面纱，让她们露出她们真实的、贪婪的、人性黑暗的一面。这是三姑里面的尼姑，还有就是道姑和卦姑，合称明清两代社会上的三姑，三种特殊妇女。前面讲过卦姑的事情，就不重复了，那么说说道姑。

《红楼梦》里面出现了一个道姑，但是作者不把她叫作道姑，把她叫作道婆，道姑、道婆是一个概念。《红楼梦》里面出现了一个马道婆，尼姑和道姑、道婆的区别就在于她们打着不同的宗教幌子，尼姑表示她信佛，弘扬的是佛法，尼姑是要把头发剃光，是要光秃的，要穿尼姑的那种特殊的服装。道姑是可以蓄发的，不用把头发剃光，也穿一种特殊服装，但是有别于尼姑装。

《红楼梦》写马道婆到了荣国府见贾母，动员贾母捐灯。说是道姑、道婆，实际上在明清两代佛道经常混为一谈，尼姑有时候也会讲一些道教方面的道理，道姑也会把一些佛教的东西当作自己要弘扬的一种内容，加以宣扬。所以这个马道婆到了贾母面前，她就欺负府里人佛道不分，其实这个佛道也确实很难分，越到清代，佛道就互相渗透得越厉害。马道婆就说，你这个宝玉前些天脸被烫了，差点被人把眼睛给烫瞎了，今后你要保佑宝玉不再受到这种劫难，有一个办法，那就是你要给他在庙里面去点长明灯，佛前你要有一种虔诚的表示，给他点灯，这个灯就日日不熄灭，长明。就说经上说了，西方有一位大光明普照菩萨，专管照耀阴暗邪祟，如果你捐了香火钱，点燃这个灯，就可以免去你们家人口的各种劫难。贾母就打听了，供奉菩萨这个长明灯，怎么个供奉法呢？马道婆就口若悬河地跟她说一大篇话，说也不值些什么，不过除香烛供养之外，一天多添几斤香油，点上个大海灯，这海灯就是菩萨的现身法像，昼夜不敢息的。贾母就问：那一天一夜得多少油啊？你明白告诉我，我也好做这件功德呀。马道婆底下的话就很巧妙，说："这也不拘，随施主菩萨们发心发愿，像我家里就有好几处的王妃诰命供奉着呢。"就举例子了，说南安郡王府里的太妃，就是南安太妃，她许的心愿最大，她一天是四十八斤油、一斤灯草。说那海灯的样子只比缸稍微小点。锦田侯的诰命次一等，一天不过二十四斤油。再还有几家，也有五斤的，有三斤的，一斤二斤的也有，都不拘数。就是穷点的人舍不起这么多的，四两半斤，我少不得也替他点一点。这个时候贾母就在思忖，马道婆很会观察人的表情，很会来事，就知道贾母可能舍不得像南安太妃那样出那么多的香油钱和灯草钱，就说了，若是为父母尊亲长上呢，多舍些也不妨；若说像老祖宗如今为宝玉，舍多了倒不好，这样只怕哥儿禁不起，还倒折了他的福。她说为宝玉要舍的话，大则七斤，小则五斤，也就是了。

350 贾母听她一说就做决定了，既然这么说，你便一日五斤合准了，每个月你到我们府上来，打趸关了去。那马道婆就从贾母这儿先骗了钱，她拿了这些钱，究竟点不点，怎么点，你无从查验。

后来写马道婆又到赵姨娘的房里去了，赵姨娘就和她抱怨在府里面被挤兑、被欺负，她最恨的是谁？最恨的是二奶奶，就是王熙凤。书里确实有很多具体细节描写，王熙凤最见不得这个赵姨娘了，确实挤兑她，所以赵姨娘就恨死王熙凤了。她也不满贾宝玉，当然对贾宝玉本人，她也觉得长得挺可人意的，她并不是说跟宝玉这个人本身过不去，但是宝玉是一个拦路虎，他是贾环的哥哥，今后贾政要是没有了，继承家业的排第一位的是宝玉，贾环轮不上。她恨王熙凤，又觉得宝玉是一个拦路的东西，所以她就跟马道婆私下商量，看能不能把这两个人给治了。她就给了马道婆一些好处，甚至于后来不但把自己已有的银两拿出来，还给马道婆写了一个五百两银子的欠条。就是你要帮我把这两个人给结果了以后，我兑现你五百两银子。马道婆于是就施行了一个法术，叫作魇。过去那个时代你要是对某人怀恨，你可以偷偷地魇他，办法之一就是拿纸剪成人形，或者做成布偶、木偶，写上那人生辰八字和名字，然后拿钢针扎到心脏等要害部分，这样魇，就能让那人忽然发狂、昏厥，直至死亡。书里后来就写到王熙凤和贾宝玉被魇后几乎死亡的情况。通过这样的描写，可知三姑中的道姑，是一种多么邪恶的存在。当然《红楼梦》写马道婆，是一石数鸟，揭示出那个时代普遍存在的迷信愚昧，反映出封建大家庭中的明争暗斗，对刻画贾母、赵姨娘等角色的性格，也起到渲染的作用。

崇祯本《金瓶梅》绣像·薛姑子佛口谈经

王婆与馒头庵老尼

　　明清两代社会上一些特殊妇女，三姑六婆，她们可以被叫作社会填充物，什么叫社会填充物？社会的主体，比如《金瓶梅》里西门庆这样的财主，周守备这样的官员，《红楼梦》里的四大家族，犹如社会的墙壁。在墙壁的大砖之间，有墙缝，墙缝里面会滋生一些土鳖虫之类的东西，就属于填充物。三姑六婆就是当时社会一些特殊妇女形成的社会填充物。前面已经把三姑解释清楚了，就是尼姑、道姑、卦姑。尼姑、道姑有时候还互相渗透，有的庙宇是佛寺，但是里面也会有供奉一些道教的神祇，道教的一些道观里面，也会有佛教的一些因素呈现。

　　三姑以外这个六婆指的是什么？就是六种特殊的中年以上的妇女：牙婆、媒婆、师婆、虔婆、药婆、稳婆。

　　牙婆是最糟糕的一种社会存在，说白了就是人贩子，专门拐卖人口，主要是拐卖年纪小的女孩子，社会上将这种妇女叫作牙婆。书里的李瓶儿，她原来是梁中书府里面的一个侍妾，地位比丫头略高，所以她有养娘伺候，这个养娘叫作冯妈妈，梁中书全家被农民起义军给杀了，李瓶儿和冯妈妈一块儿逃出来，后来李瓶儿嫁给了花太监的侄子花子虚，再后来花子虚因为打官司争财产，败诉气死了。他们那个宅院就卖给了西门庆，因为在隔壁，就并入了西门庆花园。此前李瓶儿就另外在狮子街买了一个小院子，这个院子的特点是有临街的门面房，而且有楼。后来李瓶儿嫁给了西门庆，这个地方一度空闲了一段时间，冯妈妈在那儿留守，有一回写到，有两个陌生的女孩子，跟着冯妈妈在屋里睡觉。怎么回事呢？就是冯妈妈后来就成了一个牙婆，搜罗小女孩，做人口买卖挣钱。再后来狮子街这所房子就成西门庆的了，西门庆在那里开了一个绒线铺，雇了一个掌柜，就是韩道国。这之后很少写到冯妈妈，李瓶儿死后，想必冯妈妈就专注于做牙婆，拐卖女孩子，卖给人家做丫头、做妾，做这种最黑暗的生意。

还有一种叫作媒婆，这个大家都明白了，书里也写了好几个媒婆，像薛嫂就是一个撮合了西门庆和孟玉楼婚姻的媒婆，在书里面她屡次出现。媒婆里面还有一个特殊的分支，就是蜂媒，像书里的文嫂，她不是去撮合婚姻，她是为林太太这样的人去寻找男性的性伴侣，就像蜜蜂采花蜜似的，所以叫蜂媒。

第三种叫师婆，师婆就是一种巫婆，家里有人得重病了，治不好，她就会说我能够给你驱除病魔，她有一些特殊的服装，还有一些特殊的道具，就在你家里围着病人的病床跳大神，口中咿咿呀呀，手舞足蹈，搞这一套。就是给人作法，好像是她的法术能够解除你的困苦，乃至于号称能够起死回生，这种婆子就是师婆，其实就是巫婆。

还有一种是虔婆，她们是开妓院的，妓院里面的那些主持妓院的中年妇女，被人叫作虔婆。像《金瓶梅》里面的那个丽春院，就是一个官方给了执照的妓院，它的女老板又叫作鸨母，李三妈就是一个虔婆。所以那个时候，有时候良家妇女之间互相骂架，说你是个老虔婆，就等于说你是一个开妓院的女子。在平民社会里面大家都不愿意被人家这么样地指认，所以成了骂人的话。

还有就是药婆，专门到各家各户去推销她的神药，药婆往往所推销的不是那个正经的药铺里面传统方子的药，是自己炮制的一些骗人的药，号称她独有。药婆也游动在有钱人和官僚家庭里。《金瓶梅》书里写了一个药婆，就是刘婆子，她是师婆兼药婆，她又会跳大神，又会给药。当时西门庆的独子官哥儿病很重，她就说她能够熬一种灯芯薄荷金银汤，说这是神药，灌了以后就能够起死回生，还表示她会针灸，她后来用针来扎官哥儿，效果怎么样呢？最后这孩子就被弄得昏昏沉沉，病情反而加重了，她眼看搞这一套效果很糟，当时西门庆不在家，她不等西门庆回来，赶紧溜了。

第六种婆就是稳婆，什么叫稳婆？就是帮人接生的，妇女生孩子，当时一般不会在医院，当时的医院也没有什么住院部，有的话也基本上没有给妇女接生的业务，妇女生孩子一般都是在家里，然后请稳婆来给接生。还有一种说法，稳婆是辅助接生的，妇女生孩子很痛苦，当时也没有现代医院这种设备，一个接生婆来接生，稳婆就管抱腰，抱住产妇的腰，把她稳住，以便把这个孩子生下来。

当时社会上有这六婆，在《金瓶梅》里面描写最多的一个婆子就是王婆，王婆表面上开茶馆，实际上她私下里，刚才说的六婆里面，好几个婆她都兼任。比方说她兼媒婆，潘金莲和西门庆的苟合，就是她从中撮合的。她自己也说，为了挣钱，光开这个茶馆不够，她有时候也在妇女生产的时候去抱腰，所以她也是一个稳婆。这个王婆是很坏的，她撮合潘金莲和西门庆苟合，倒还罢了，最后她就教唆潘金莲把自己的亲夫武大郎给害死了，她指点帮助潘金莲谋杀亲夫，这是一个有血债的妇女，很糟糕。

在《红楼梦》里面，没有很清晰地描绘出清代社会的三姑六婆，出场的这一类妇女，没有《金瓶梅》里面那么多，但是也出现一些三姑六婆当中的角色，比如书里说贾氏宗族除了两个府第之外，他们在郊外还有家庙。什么叫家庙？就是这个庙是他们家投资兴造的，如果和尚，或者尼姑，在里面从事宗教活动的话，经费都是由他们来供应。他们家很多的事务，如红白喜事，加上其他一些节日的祭祀活动，都会很方便地在自己的家庙里面来进行，就是自己家的一个宗教活动场所。别人可不可以使用呢？平时可能也允许一般的信众施主进去，在那儿从事一些丧葬活动什么的。

这个家庙叫铁槛寺，这个庙的称谓挺有意思，就是过去有两句古诗："纵有千年铁门槛，终须一个土馒头。"铁门槛指的是大富大贵的人家大门的门槛，你现在可以看到一些古建筑，它的大门底下的门槛，当然现在一般看到的是那种很厚重的木头，很高，这个门槛是可以往上移动卸下来的。比如，有时候有车需要进去，就要把这个门槛卸下来，平时这个门槛就安放在大门底下。铁门槛就意味着这家人大富大贵，他们的门槛都不是厚木头制作的，干脆用铁制作，或者可以理解成它也是厚木头的，包了很厚的铁皮。铁门槛就意味着这家人非常有地位，非常富有。但是两句古诗说得好，就算你家大富大贵，你享尽荣华富贵，你家的门槛是铁门槛，到头来人的寿命是有限的，你会死掉的。你死了以后就得埋起来，过去埋人以后都要起一个坟头，所以叫作土馒头。这两句古诗就是表达这么一个含义，到头来不管你多么富贵，一切都会化为乌有，归于虚无。书里写这个铁槛寺，就是以这两句诗的含义来命名的，是宁国府、荣国府，他们贾氏宗族的家庙，在秦可卿举办丧事的时候，最后一个环节就是要把她的灵柩先移到家庙铁槛寺停放，再择日埋葬。那么这件事情就是由王熙凤来主持安排的，所以在秦可卿的灵柩到了铁槛寺以后，她就住在铁槛寺附属的馒头庵里。庵里的老尼姑净虚就跟她一块儿说话，说着说着，净虚就跟她提出个要求，让她干预一桩婚事，前面说过了，但是概括地说，粗线条的，现在把它具体化。就是有三家人因为婚姻问题发生了争执，一家是一个财主，有一个女儿叫张金哥。她已经许配了长安守备那家的公子，守备咱们很熟悉了，因为在《金瓶梅》

356

里面不断提到一个官员叫周守备，守备是一种武官。这两家也算是门当户对，一家是一个财主的女儿，一家是一个守备的公子。但是张金哥在庙里进香的时候被一个恶公子看见了，因色起意了，这个人本身并没有什么官职，但是他的背景很强大，他叫作李衙内，是长安府太爷的小舅子，长安府太爷就是挺大的一个地方官了，比守备的官职要高。但是李衙内自己并不是这个官，他只是长安府太爷的小舅子，也就是长安府这个地方官的老婆姓李，她有一个兄弟，是这个官的小舅子，人称李衙内。李衙内在庙里就看见了张金哥，就非要娶张金哥。张金哥父亲，姓张的这个财主，在李衙内他们去提亲的时候，一开始当然拒绝，说我们这个闺女已经聘给了守备家了。可是李衙内就一心一意要得到张金哥，就逼着张家退聘，就是把聘礼还给守备家，再接受李衙内他们的聘礼，把女儿嫁给李衙内。

《红楼梦》写老尼姑净虚对王熙凤说："张家正无计策，两处为难。不想守备家听见此信，也不管青红皂白，便来作践辱骂，说一个女儿许几家，偏不许退定礼，就要打官司告状起来。那张家急了，只得着人上京来寻门路，赌气偏要退定礼。我想如今长安节度云老爷与府上最契，可以求太太与老爷说声，打发一封书去，求云老爷和那守备说一声，不怕那守备不依。若是肯行，张家连倾家孝敬也就情愿。"凤姐听了笑道："这事到不大，只是太太再不管这样的事。"老尼道："太太不管，奶奶也可以主张了。"凤姐听说笑道："我也不等这银子使，也不作这样的事。"净虚听了，打去妄想，半晌叹道："虽如此说，只是张家已知我来咱们府里，如今不管这事，张家不知道没工夫管这事，不希罕他的谢礼，倒像咱们府里连这点子手段也无有的一般。"凤姐听了这话，便发了兴头，说道："你是素日知道我的，从来不信什么是阴骘司地狱报应的，凭你什么事，我说要行就行，你叫他拿三千银子来，我就替他出这口气。"老尼听说，喜之不禁，忙说："有有！这个不难。"凤姐又道："我比不得他们，拉篷扯纤的图银子。这三千银子不过是给他打发说去的小厮作盘缠，便使他拣几个辛苦钱，我一个钱也不要他的。便是三万两，我此刻也还拿得出来。"老尼连忙答应，又说道："既如此，奶奶明日就开恩也罢了。"凤姐道："你瞧瞧我忙的，那一处少了我？既应了你，自然快快的了结。"老尼道："这点子事，在别人跟前就忙的不知怎么样了，若是奶奶跟前，再添上些也不觳奶奶一发挥的。只是俗语说的好，能者多劳。太太因大小事见奶奶妥贴，越性都推给奶奶了，奶奶也要保重金体才是。"一路话奉承得凤姐越发受用了，也不顾劳乏，更攀谈起来。从书里描写来看，馒头庵应该是附属于铁槛寺的，虽然王熙凤下榻在馒头庵，老尼与王熙凤密谈是在那里，但书里这一回对这段情节的概括，是"王凤姐弄权铁槛寺"。

　　第二天，凤姐便悄悄将昨日老尼姑之事说与她的心腹小厮来旺。来旺心中俱已明白，急忙进城找着主文的相公，假托贾琏所嘱，修一封书，连夜往长安县来。不过一日路程，两日工夫俱已妥协。那节度使名唤云光，久受贾府之情，这一点小事岂有不允之理？给了回书。那凤姐儿已是得了云光的回信，俱已妥协。老尼达知张家，果然那守备忍气吞声地收了前聘之物。谁知那个张财主虽如此爱势贪财，却养了一个知义多情的女儿，闻得父母退了前夫，便一条麻绳悄悄地自缢了。那守备之子闻得金哥自缢，他也是个极多情的，遂也投河而死，不负妻义。只落得张、李两家没趣，真是人财两失。这里凤姐坐享了三千两，王夫人等连一点消息也不知道。自此凤姐胆识愈壮，有了这样的事，便恣意作为起来，也不消多记。

　　《红楼梦》里这段情节，主要是刻画王熙凤的阴暗面，她后来落得凄惨下场，这件事也是因素之一。但寥寥几笔写出的老尼姑净虚，其贪婪、阴险、欲擒故纵、甜言蜜语、教唆犯罪、攫取暴利，其虚伪邪恶，远超《金瓶梅》里的薛姑子。

封肃与吴家舅子

两本书都是写有钱人家的生活，除了写住在宅院里面的主子、奴仆以外，势必要写到他们的一些亲戚来往。《红楼梦》一开篇写到了姑苏那个地方，阊门外头有个巷子，里面住着一个乡宦。所谓乡宦就是这个人当过官，现在回乡，不当官了，但他的身份比一般的平民还是要高点，这个人叫甄士隐。故事里还交代他帮助了一个借住在他隔壁庙里面的书生贾雨村，他给贾雨村银子、棉衣，帮助他到京城去应考。后来这条巷子里的葫芦庙发生了火灾，牵连到整条巷子，甄士隐家被烧了。在之前就因为丢失了独生女儿，甄士隐夫妇很痛苦，又遭遇火灾，处境更狼狈了。甄士隐就跟着他的媳妇投靠他的岳父，书里交代这个岳父叫封肃，在大如州，这都是谐音，意思是风俗大概都如此。

这就写到了亲戚，按说岳父应该是很靠得住的亲戚吧，但实际上靠不住。封肃见到女婿这等狼狈而来，心中便有些不乐，书里说幸而甄士隐还有折变地的银子没有用完，就拿出来给岳父，说你给我买一点便宜的地、便宜的房子，我就在这儿度过我的残年了。结果封肃对他怎么样呢？半哄半赚，给他买这些田都是长不好庄稼的薄田，屋子是破朽的。这样支撑了一年以后，就越发穷了下去，岳父见了他以后就说些现成话，而且人前人后叨唠，说他们两口子不善过活，只一味好吃懒做，他主要是说他的女婿甄士隐。甄士隐在这种情况下年纪又大了，贫病交加，渐渐露出了下世的光景来。什么叫下世的光景？就是离死亡不远了。甄士隐有一天出去遇见了一个道士，听这个道士口中唱出的《好了歌》，他就顿悟了，跟着这个道士远遁，失踪了。

　　《红楼梦》一开篇就写到人际关系里面的亲戚关系，写得很冷酷。那么《金瓶梅》里面怎么样呢？有意思的是，《红楼梦》里面写宁荣两府亲戚是很多的，书里四大家族，他们联络有亲，作为亲戚的角色层出不穷。但是在《金瓶梅》里面，除了淡淡地交代了一笔西门庆的父亲叫西门达，是个游商以外，没有更多的笔墨。所以西门庆简直是一个石头缝里蹦出来的生命，整部书的情节发展当中，他没什么亲戚来往，他父亲去世了，父亲有没有兄弟姐妹？他有没有大爷、叔叔？他母亲那边，有没有舅舅、姨妈？都没有，他有没有兄弟姐妹呢？更没有，简单来说他没亲戚，这写得很绝，这个人虽然后来发了财，成了财主，而且还当了官，但真正的血亲，除了他有一个女儿西门大姐以外，几乎为零。那么西门府里有没有亲戚来往呢？是有的，他的正妻吴月娘是有亲戚的，吴月娘有两个兄弟，吴大舅、吴二舅，这两个人在书里面时常出现，西门庆死了以后，这两个人还出现，这两个人的妻子，书里称大妗子、二妗子，也经常出现，但西门庆跟他们只不过是礼貌相待，并没有什么亲戚情分。

　　书里面写西门庆的二房李娇儿，来自妓院，就无所谓亲戚不亲戚了，后来西门庆梳拢的那个丽春院的妓女李桂姐，干脆就是李娇儿的一个侄女，李娇儿是她姑妈，这是一种乱伦的关系。西门庆三房孟玉楼作为一个杨姓布商的寡妇，嫁到了西门庆这儿，杨家一个姑妈，书里称杨姑娘，是支持她嫁入西门府的，后来多次出现在西门府，孟玉楼娘家有点亲戚，也出现过。四房孙雪娥本来是西门庆前妻的使唤丫头，没什么亲戚。五房潘金莲父亲是一个裁缝，死掉了，她妈妈潘姥姥算是一门亲戚，有时会出现在西门府，但是潘金莲对她妈妈很不待见。六房李瓶儿原来丈夫是花子虚，花子虚有几个叔伯兄弟，都是花太监的侄子，最后跟他撕破脸争夺花太监的遗产，把他活活气死了，你想，李瓶儿有什么亲戚？所以这个西门府说来说去，没有跟西门庆本人有血缘关系的亲戚。

吴月娘的两个兄弟以及他们的配偶，算是西门府的正经亲戚，但吴大舅、吴二舅的形象，在书里面都比较模糊。书里面出现了一个叫作吴典恩的人，这点没有写清楚，说明《金瓶梅》这本书在成书过程当中，有一个复杂曲折的历程，有些专家专门研究它成书的过程，发现其中有些回是补写的。因此书里面关于吴家舅子的描写有些错乱。这个吴典恩曾跟汤来保一起进京，通过贿赂见到权臣，因为西门庆让他们带去的贺礼异常丰厚，权臣不但给西门庆副提刑官职，也分别给了汤来保、吴典恩相对级别低的官职，吴典恩在花子虚死后，好像还补进了西门庆的结拜兄弟里面。那么吴典恩是不是吴月娘的兄弟呢？交代得不是很清晰，从书里后面的描写来看，不是，因为他后来对吴月娘很不好。当西门庆死了以后，府里的一个小厮污蔑吴月娘的时候，他当时作为一个小官，还打算给吴月娘定罪，后来吴月娘不得不放下身段去求守备夫人庞春梅，才获得解救。所以这个吴典恩，从后面这样的描写来看，应该不是吴月娘兄弟，如果是的话，他不会下狠手。

吴大舅这个形象，在西门庆死了以后，出现在相关情节里，因为他妹夫西门庆死了，他帮着处理丧事，在门口迎送一些吊唁的奔丧的人。在这个过程当中，前面已经讲到了，原来西门庆出银子做本钱，让清河县的两个混混——李三、黄四去走标船，就是西门庆用银子开路，获得了一种运输的许可证，让李三、黄四拿着这个东西在运河里面搞运输来挣钱，但是这个准许证刚下来，西门庆就死了。李三、黄四听说这个消息以后，就被应伯爵教唆，把这个执照交给张二官，由张二官再出点银子，让他们去做这个事。这个事情的来龙去脉，吴月娘的兄弟吴大舅是清楚的，他在西门府的门口张罗丧事，就有小厮跟他报告了李三、黄四的动向。他知道不妙，他的妹夫当时为了让李三、黄四这个事做成，是有前期投资的，不但出了本钱，后来还补了一千两银子，而且他记得根据当时立的契约，李三、黄四因为不是第一次搞运输，之前就领过执照，做过这种事，还欠西门庆六百五十两银子，现在李三、黄四去投靠张二官，那不等于他妹夫这些投资都打水漂了吗？欠银也不还，他妹妹家不就面临巨大亏空了吗？书里写他本来很生气，应该帮他妹妹把这个问题朝好的方面去化解，但是应伯爵进一步教唆李三、黄四贿赂吴大舅，他们在门口给了吴大舅二十两银子，吴大舅得了这些银子以后，态度就软化了。然后他们备了一张祭桌，送到西门府去，当时办丧事，亲朋好友可以往那家送祭桌，上面可以搁上祭奠的银子，他们就凑了二百两银子，备了一张祭桌，送进去。好像他们也付出了代价，二百两加二十两，二百二十两，但是你想，他们吞掉的银子得有多少？但是吴大舅贪图小利，没有追索李三、黄四吞掉的银子。得了贿赂，他就出卖了他的妹妹吴月娘。李三、黄四跟他说，我们知道是还欠你们西门府一些银子，等我们跑完这趟运输以后，我们挣了银子，会还回来。他就去跟吴月娘转达这种意思，吴月娘一介女流，当时又死了丈夫，她又生了一个孩子需要抚养，手忙脚乱，顾不了那么多，这事就稀里糊涂混过去了。所以《金瓶梅》写人际关系，写亲戚关系，写得很冷，把人性恶展现得非常充分。刚才说了，整个西门家族几乎没有什么亲戚，吴大舅、吴二舅就算是这个府第最亲近的，走动得最多，也最应该维护他们家族利益的铁亲了。完全没想到，只是因为接受了一点小恩小惠，人家拿面子敷衍一下，抬了一张祭桌，上面有二百两银子，吴大舅就牺牲了他妹妹家的利益，满足了自己贪财的欲望。

后来吴月娘上泰山还愿，中途遇险，吴大舅陪她去，起到一些保护的作用。之后金兵南下，兵荒马乱，吴月娘逃难，带着儿子孝哥儿，还有贴身的小厮玳安，以及后来她安排的嫁给了玳安的她原来的丫头小玉，这个时候吴二舅也跟他们在一起。但是吴大舅、吴二舅这两个形象，尤其是吴二舅，始终还是比较模糊的。

翟谦与赖大

　　两本书里都写到了这种有钱人家、富贵人家的管家，在《金瓶梅》里面写西门庆住着一个大宅院，有很多的仆人、仆妇，但是没有明确哪一位是整个西门府的管家，西门庆自己就兼管家。书里写了一个大管家叫翟谦，是京城里面权臣蔡京府的大管家，这个人和西门府来往密切。最早西门庆为了避祸，派来保、旺儿去京城活动，找来找去找到翟谦。翟谦最后引荐了来保，来保见到了他的主子，不但见到了蔡攸，后来还见到了蔡京，为西门庆解脱了祸事，还为西门庆讨得了官职。翟谦仗着他为西门庆做了这些事，后来就公然要求西门庆为他从清河县找一个漂亮的处女，做他的小老婆。西门庆就把韩道国、王六儿的女儿韩爱姐，以自己养女的名义献上去，这样西门庆就等于和翟谦成亲家了。后来西门庆死了，翟谦就觉得西门府那么多丫头，趁着这个时候我不要几个，不是不要白不要吗？就写信给吴月娘，他要买两个能吹拉弹唱的丫头，他说是买，怎么可能真出银了？就是乘人之危，白要。

翟谦乘人之危，跟吴月娘打招呼，想要两个能吹拉弹唱的丫头到他府里去，为他的母亲翟老太太解闷。吴月娘出于无奈，只好把她自己的一个丫头玉箫和李瓶儿留下的丫头迎春奉献出来，让来保给他送去。翟谦是依仗自己的权势来敛财，甚至于敛人，这样一个恶管家。这在当时社会是一种常态，这些管家基本都是这副德行，利用自己主子的权势，什么事都干得出来。翟谦后来的命运并不好，因为他的靠山蔡京、蔡攸，一对奸臣父子，都被皇帝发现不轨给惩治了，他受牵连，最后也家破人亡。他所得到的像韩爱姐、玉箫、迎春这些女子，也都离散了，故事没有交代玉箫和迎春最后的结局，但是继续写了韩爱姐的故事。

我不断地跟大家说，《金瓶梅》从《水浒传》借来一段情节，借来几个人物，借树开花，完成这样一部小说，托言宋朝，实际写的是明朝，什么叫托言？就是假托，他所讲述的内容是宋朝的故事。因为梁山泊大家都知道，梁山好汉的故事就是宋朝的故事，为什么说他名义上写宋朝，实际上就是写明朝呢？从他所写的这一对奸臣父子就可以看出来。他书里写宋朝的一对奸臣父子是蔡京和蔡攸，蔡京是父亲，蔡攸是儿子，你查宋史是有这么两个人的，是一对父子。而且在宋朝，后来宋朝的皇帝也确实发现这两个人不对头，把他们给惩治了。怎么惩治的？是先处理了儿子蔡攸，回过头来再处理父亲蔡京，这样一个顺序。

《金瓶梅》作者当时直接写明朝不方便，他就想了一个巧妙的办法，说是宋朝的故事。但为什么我们可以断定他写的就是明朝的故事呢？大家知道明嘉靖朝有一对奸臣父子，父亲叫严嵩，儿子叫严世蕃，把持朝政。真实的历史情况是：好多人不断向皇帝告发他们的恶行，开头皇帝还护着他们，后来发现他俩确实问题很大，就把他们父子给惩治了。惩治的顺序是先整治儿子严世蕃，再流放了父亲严嵩，后来严嵩因为作恶多端，到流放地以后，没有任何人给他提供食物，就饿死了。

《金瓶梅》托言宋朝，故意写成皇帝惩治蔡京和蔡攸，是先子后父，他为什么要这么写？就是为了影射明嘉靖朝的严嵩、严世蕃。这种写法就足以证明作者说是写宋朝的故事，其实上写的就是明嘉靖朝的故事。当然，这部书产生的时间，根据学者推断，应该是嘉靖朝之后，嘉靖朝之后有一个隆庆朝，时间比较短，后来又有一个时间比较长的崇祯朝，因此这部书应该是成书于隆庆或者是崇祯时期，因为那个时候你再通过这部书去影射严嵩、严世蕃父子，就安全了，你真在嘉靖朝这么写，那严嵩、严世蕃找上门，你会死无葬身之地。插这么一段，让大家清楚《金瓶梅》这本书是怎么回事。

把话题倒回来，说两本书里面写到管家的情况。西门府虽然是财主和地方官的一个府第，但毕竟地位还不是特别显赫，西门庆本身又年富力强，自己就有管理能力，所以从书里看，西门府没有明确谁是管家，他是根据不同的事情，指挥不同的仆人去完成任务。

《红楼梦》写京城的贵族家庭，他写到了管家，宁国府的管家叫赖二，有意思的是宁国府的地位高于荣国府，但是荣国府的管家是赖大，似乎是姓赖的两兄弟，弟弟倒在宁国府管家，哥哥是在荣国府管家，这个写得有点蹊跷，这倒也罢了。但他写这个荣国府，有一点历来读者就有疑问，引起了讨论，按说你荣国府有赖大，赖大的媳妇叫赖大家的，有这么一对管家夫妇就够了嘛，结果又出现了另一对管家夫妇，就是林之孝和林之孝家的，一个府第居然有两对大管家，都很拿事。他写赖大和赖大家的笔墨比较多，他们是贾氏宗族荣国府家生家养的奴仆，赖大的母亲书里叫赖嬷嬷，当年服侍过贾母，是荣国公活着的时候那一代的大丫头，到故事开始以后，她已经年岁大了，退休了，但还经常到府里来请安。书里写赖家，他们历年来从府里面得到了很多银子，公然在府外修造了自己的大宅院，附建很大的花园。赖嬷嬷在赖家的府第和花园里面享受到的，和贾母在荣国府享受到的不相上下。赖大夫妇白天到荣国府来管理府务，晚上回自己家。赖大后来生了一个儿子叫赖尚荣，按当时贵族府第的游戏规则，仆人生出的男孩就一定要接班，在府里面当男仆，仆人生出的女孩，就一定也要在府里面接班当丫头。但是因为从赖嬷嬷那一代，这个赖家就做大了，自己有大宅子、大花园，有头有脸了，所以荣国府现在这些主子对他们只能另眼相待，予以尊重，就网开一面，不让他们儿子赖尚荣到府里来当差。赖家有大把的银子，就给赖尚荣拿银子捐了官，最后居然就被朝廷封了一个县官的官职。为了庆贺这件事情，赖家就在他们家大摆宴席，把贾府的人全请去了，连贾母当时都去了。那更不消说什么贾珍、贾琏、宝玉，这些人全去了，甚至于小姐们也去了，像贾探春，她就去了。去了一看，赖家怎么样？大吃一惊，特别是赖家花园，这个花园虽说不及大观园，却十分齐整宽阔，泉石林木，楼阁亭轩，也有好几处惊人骇目的。什么叫惊人骇目？一看吓一跳，哎哟，怎么那么漂亮？什么叫骇目？对你眼睛有刺激性，呀，体量这么大，造得这么好！心里就会嘀咕：这不是一个仆人的家庭吗？怎么他这些园林里面个别的设施，甚至比主子大观园里面的景象还让人吃惊，还让人觉得眼睛一亮？《红楼梦》里所写这个赖家的情况，特别是写到赖尚荣，居然摆脱了奴才的身份，拿钱买官了。

值得注意的是，书里有一笔特别写到，赖嬷嬷又到贾府请安，到了贾琏、王熙凤房里，说起给她孙子花银子捐官的事，她有这样一番话："前儿在家里给我磕头，我没好话。我说，哥哥儿，你别说你是官儿了，就横行霸道起来。你今年活了三十岁，虽然是人家奴才，一落娘胎胞，主子恩典，放你出来，上托着主子的洪福，下托着你老子娘，也是公子哥儿似的读书识字，也是丫头、老婆、奶子捧凤凰似的长了这么大。你那里知道那奴才两字是怎么写！只知道享福，也不知你爷爷和你老子受的那苦恼。熬了三辈子，好容易挣出你这么个东西来。从小儿三灾八难，花的银子也照样打出你这么个银人儿来了……你看那正根正苗忍饥挨饿的要多少？你一个奴才秧子，仔细折了福。"其中最值得回味的一句是"你那里知道那奴才两字是怎么写！"这些文笔，就折射出作者曹雪芹，他们家历史上的情况，**他们家实际上就是正白旗满族主子的包衣，就是奴才**，只是因为出了力帮助清代开国的那些八旗兵打进山海关，顺治皇帝当了第一届在紫禁城统治全中国的清朝皇帝，才让曹家祖上当了官，到曹雪芹祖父曹寅，更成了康熙皇帝的亲信，享荣华，受富贵，但不管怎样，毕竟还是"奴才秧子"。

蝴蝶巷的玳安与水井边的茗烟

　　两本书里面都写到了男主人公的贴身小厮，值得对照地来研究一下。

　　在《金瓶梅》里面，西门庆的贴身小厮是玳安，他是非常重要的一个角色。书里经常写到西门庆在大街上出现，他当官以前是一个白衣人的时候，他骑着马，鞍前马后总有一个小厮跟着他，这个小厮右边胳肢窝还总夹着一个布包，这就是他亲信的随身小厮玳安。布包里面应该是包着西门庆到了地方以后随时要用的一些物品。玳安对西门庆百依百顺，照顾得很周到。玳安虽然常跟着西门庆出门，但是他平时在西门府里面也算是吴月娘的一个亲信小厮。吴月娘是西门庆的正妻，按说他们俩应该没有大的矛盾，但是书里写他们俩一度还有矛盾的，很不和谐，一度两人甚至互相不说话，西门庆到了上房取东西，他说取什么，是由丫头玉箫给他开箱子拿东西，吴月娘当时心里有气就正眼都不看他，他拿了东西就离开。

　　玳安从某种意义来说，是一仆二主，他既要讨好西门庆，让西门庆对他保持信任依赖，也要讨好吴月娘，使吴月娘觉得他最起码是一个无害的存在。但是要两头讨好很困难，因为刚才说了，西门庆、吴月娘两个人是正头夫妻，没有根本利害冲突。书里从来没有写到西门庆想把吴月娘休掉，或者吴月娘觉得西门庆太糟糕，打算离开她，自杀什么的，都没有。虽然两个人有矛盾，但是还都维系着正头夫妻的名义。这俩人都很难伺候，那一阶段两个人有矛盾不说话，但是吴月娘在做什么，西门庆有时候就问玳安，西门庆到外头，他的活动有时候吴月娘也要问玳安，玳安必须小心翼翼地两边应付。后来由于孟玉楼出面，她是一个性格比较随和，比较善于调解矛盾的人，又让其他几个小老婆都参与进来，为正夫正妻两个人搞了一次和解的餐饮活动，才终于缓和了两个人的关系，两个人终于互相说话了，因为他们的根本利益是一致的，所以他们的关系不但维系下去了，而且变好了。

有一次西门庆从府外回来，他没有很大的响动，看见吴月娘在庭院里面对月点香祈祷，意思就是说还是希望西门庆能够有后，因为当时西门庆除了一个前妻留下的西门大姐以外，还没有一个男性的后代。西门庆看见以后很感动，他说闹半天吴月娘不理他也好，赌气也好，其实都是为了这个家庭，为了他能够不要老在妓院中鬼混，能够在家里面踏踏实实地过几天，她给西门庆生不了孩子的话，她还不嫉妒，哪个小老婆给他生了孩子，生男孩，她都会高兴。西门庆听到就冲过去抱住吴月娘，表示他懂得吴月娘真正的心思了，两人就和好了。

西门庆虽说跟吴月娘的关系缓和了，但狗改不了吃屎，还是照样沾花拈草。那时候他在李瓶儿早先留下的狮子街的那个起楼的房子，开了一个绒线铺，韩道国做掌柜的，韩道国的媳妇王六儿就跟韩道国一起在这个绒线铺里面，前店后居，就是前面可以做生意，是铺面，后面有居住空间，虽然不是很大，但是完全住得下，也有厨房什么的。后来西门庆就勾搭上了王六儿，有时候很晚都不着家，就在绒线铺跟王六儿鬼混。而韩道国就躲让出去，由着西门庆和他媳妇在那里鬼混。时间久了以后，吴月娘就有所觉察。有一天玳安回到西门府，到了吴月娘跟前，吴月娘问他，说你爹在哪儿？他说在绒线铺跟韩掌柜的一块儿算账，这勉强说得通。因为作为一个当家的，虽然他性欲很强，追求女人，追求性快乐，但是他很会做生意，他几家店铺的账都是在一定的时候要亲自和掌柜的一块儿来算细账，不能少了收入。但是左等西门庆也不回来，右等也不回来，吴月娘就问玳安，算账怎么算这么久啊？玳安就撒谎，说算完账以后他又在那儿喝酒，吴月娘就听着觉得不对头了，因为吴月娘太了解她丈夫的脾性了。西门庆喝酒从来不会喝闷酒，光是一个韩道国陪着是根本不行的，从来都是要么跟狐朋狗友一块儿喝，要么干脆到妓院里面去大吃大喝，怎么可能他一个人留在绒线店喝闷酒呢？吴月娘看穿了玳安是扯谎，就训他，玳安很狼狈。

有时候西门庆又来追问玳安，家里怎么样。玳安也就两边掩饰，因为有时候吴月娘一些行为，比如她请薛姑子讲经，西门庆审问过这个薛姑子，是一个很糟糕的人，吴月娘这种活动，玳安能不告诉西门庆就不告诉他。到头来，玳安为西门庆、吴月娘两边容忍。西门庆在临死以前对玳安一直保持着信任，像他偷偷地去会林太太，就是由玳安出面陪他去的。西门庆死了以后，玳安对吴月娘还很忠心，只是他私下和吴月娘的另外一个丫头小玉好了，被吴月娘发现了。吴月娘考虑来考虑去，没有呵斥他们，而是干脆让他们结为正式夫妻，他最后就成了西门府的接班人，后来人称西门小官人。

玳安最大的优点是什么？他虽然自己会想办法攒私房、讹银子，如前面所说，王六儿托他在西门庆面前为一些混混说情，按说王六儿不是也可以在西门庆面前替那些人求情嘛，但是王六儿深知西门庆只把她当作一个玩弄的工具，这类事情也容不得她开口说，说了可能也不听，而玳安是能够说动西门庆，揽点事的。那时候王六儿就表示，这个事成了以后，人家会给她二十两银子，玳安就跟王六儿说了，你得分我一些银子才行，叫作君子不羞当面，先断过，再商量。他这类事做得很多，西门庆不知道，吴月娘也不知道。他是能够想办法来讹一些银子的，但是他绝不贪污西门庆和吴月娘的银子，这也是后来他取得了西门小官人地位的一个关键的因素。

再有，有一些小厮男仆，当西门庆和一些女子做爱的时候，愿意偷看。因为那个时候的房屋结构不像现在，钢筋混凝土，就都是木头的成分比较多，门窗都是木制，有缝，窗户纸拿舌头一舔就能舔破，能往里看。在狮子街那个绒线铺，西门庆和王六儿他们两个乱搞，有时候他是带着两个小厮去到那个地方的，一时也没让小厮滚开，这种情况下，有的小厮就忍不住要偷看，那次是玳安和琴童（前面说过了，西门庆附庸风雅，后来他配置了琴、棋、书、画四个小童伺候他）两个陪着西门庆去的绒线铺。西门庆和王六儿进了屋里头关上门，有动静，琴童就要隔着窗户缝往里头看，玳安就不让他看，玳安始终保持了这样一个做法，就是他不干预西门庆的这类活动，甚至于他还帮着西门庆找情人。比如，有一个贲四嫂，后来也成为西门庆一家店铺的掌柜的老板娘，玳安自己和贲四媳妇发生关系，然后他又拉皮条，让西门庆也占有了贲四嫂，但是当贲四嫂和西门庆发生关系的时候，他远远回避，他不偷窥。长久以后，西门庆发现他有这个特点，所以对他就比对别的小厮更欣赏。

书里写当时琴童去隔着窗户缝往里看，玳安阻止他，玳安说咱们自己找乐子去，就把琴童带走了。因为他知道西门庆做爱持续的时间会比较长，他带着琴童去了小楼后面更狭窄的一条小胡同，叫蝴蝶巷，一家低级妓院。像丽春院那种高级妓院，他去不起，到那儿去要花很多银子。在那儿他叫了一个妓女，叫赛儿，又给琴童叫了一个妓女，叫金儿。两人分别搂着赛儿、金儿在那儿吃点小酒，又让这两个女孩子给他们唱曲儿，自己小娱乐一番。时间差不多了，他就再领着琴童回到绒线铺，西门庆正好完事了，出来以后伺候西门庆回西门府。

《金瓶梅》里面写小厮玳安，尺寸量得很准，就是这么一种生命存在，他虽然也贪财，能够想办法从别人那儿讹一些银子，本身他也嫖妓，但是他能做到一仆二主，两边兼顾，不贪污西门府的财产，从来不妨碍西门庆的个人行为，这是一个很真实、很生动的形象。

《红楼梦》里面也写到了主人公宝玉的小厮，书里交代宝玉一共有四个小厮——茗烟、锄药、扫红、墨雨。这个茗烟——书里有时又写作焙茗——很乖巧，前面讲了一些他的事情，现在不重复。就说后来出现这么一个情况，贾母让府里的人凑份子，给王熙凤过生日，但是到生日那天一大早，人们发现宝玉不见了，好奇怪，你嫂子过生日，你怎么这个时候不见了呢？据说是出府了，到外面去了。这个时候你怎么到外面去呢？实际上这一天既是王熙凤的生日，也是另外一个人的生日，那个人已经死掉了，谁呀？王夫人的一个丫头金钏，前面讲过这件事情，由于宝玉自己公子哥的臭毛病，在王夫人午睡的时候，以为他妈睡着了，去跟旁边给王夫人捶腿的丫头金钏调笑，一来二去地两人说的话越来越没谱。后来王夫人就听见了，一下起身给了金钏一耳刮子，把她撵出去了，金钏觉得很耻辱，回到仆役居住区，禁不住别人的嘲笑，跳井自杀了。但是宝玉还记得她的生日跟王熙凤的生日是同一天，所以这一天他一早就换了一身素净的衣服，来到城外一个尼姑庵里的水井边，默默地祭奠了金钏，书里写茗烟站过一边，宝玉掏出香来焚上，含泪施了半礼，回身便命收了去。茗烟答应着，且不收，忙趴下磕了几个头，口里祝道："我茗烟跟随二爷这几年，二爷的事我没有不知道的，只有今儿这一祭祀，没有告诉我，我也不敢问，只是这受祭的阴魂，虽不知名姓，想来自然是那人间有一天上无双的、极聪明、极精雅的一位姐姐妹妹了。二爷心事不能出口，等我代祝：你若芳魂有感，香魄多情，虽然阴阳间隔，既是知己之间，时常来望候二爷，未尝不可。你在阴间保佑二爷来生也变个女孩儿，和你们一处相伴，再不可又托生这须眉浊物了。"说毕，又磕了几个头，才爬起来。这样的描写，体现出茗烟确实是宝玉的知音，在宝玉熏陶下，也具有了超凡的女儿观。

西门祖坟与贾氏宗祠

　　两本书里面的两家人都很富有，但是前面说了，《金瓶梅》的西门庆有点像石头缝里蹦出来的，除了有一笔简单的交代，说他的父亲叫西门达，当时是个游商，死了以后给他留下一个生药铺以外，他的母亲是谁？不知道。再往上一代，爷爷、奶奶是谁？外祖母、外祖父，也就是姥姥、姥爷是谁？不知道。他有没有兄弟姐妹呢？好像没有，他前妻给他留下了一个女儿是西门大姐，故事开始的时候他也没有别的后代，后来娶进一个小老婆李瓶儿，给他生了一个儿子，取名叫官哥儿，没想到后来被潘金莲设计惊吓抽风而死。他死的时候吴月娘倒给他生下了一个儿子，取名为孝哥儿，这个孝哥儿他也没见着，所以西门庆是一个没有根底的生命。但是后来西门庆发财了，忽然他就来劲儿了，给自己家造出了一个祖坟。其实他根本搞不清楚他自己的祖上是谁，他的上一辈、上上辈，并没有留下什么坟茔，他父亲西门达也不知道埋在哪儿。他一度在玉皇庙打醮时，让人写的疏文里有"祖西门京良，祖妣李氏，先考西门达，姚夏氏"字样，恐怕是假造的信息，就算他真有个祖父叫西门京良，也是个极其模糊的存在。

他有了钱，后来又当了官，就觉得自己也得跟其他那些大户人家，那些有祖坟的家族比一比，他生给自己盖了一座墓园，号称是西门家族的祖坟。书里说他这个墓园盖得还挺阔气，他造好墓园以后，多次增修加盖，新盖了山子卷棚房屋，又重新立了一座坟门，还砌了明堂神路，什么叫明堂神路？明堂就是进了墓园以后有很大的一个殿堂，里面可以供奉祖上的牌位。神路就是通向那些坟丘、坟头的一条很长的路，两边有时候还要搞一些石像生。你现在去参观北京十三陵，明代皇帝的坟墓群，就有神路，两边有石人、石兽，到南京会看到更古的朱元璋的坟墓的神路，就是明孝陵，一条石板砌的很宽很长的甬道，两边也都是一些石像生。

西门庆的祖坟弄得挺堂皇的，门口还栽了柳树，周围种植松柏，两边用土叠成了坡峰。清明节的时候，他大摇大摆带着府里人去上坟，其实除了他父亲西门达信息翔实以外，他祖上都有谁呀？只好请人帮忙生造出一些名字和牌位，他主要是为了附庸一些大富大贵的人家，人家有祖坟，那我现在发了财，我也得有，原来没有，我伪造一个。他去上坟，书里是这样描写的：他更换锦衣牌面，宰猪羊，定桌面。不光自己家去，他还预先发请帖，请了许多人，推运了许多东西，不但有酒米下饭菜蔬，还叫了乐工杂耍扮戏的。然后他就带领全家妻妾、丫头仆役，奶妈抱着官哥儿，那个时候李瓶儿还在，官哥儿也还在，还跟随一大群同僚朋友，这倒罢了，他还请了一群妓女，浩浩荡荡地往他的祖坟而去，光轿子就出动了二十四五顶。

去了以后，有的人是头一次看到，觉得挺惊讶的，这个墓园怎么显得那么新？不是存在很久的，要是你祖上一直富贵的话，墓园不会是一种全新的面貌，他那个就是全新的面貌，当中的甬路、明堂、神台、香炉、烛台，都是白玉石凿的，是一个崭新的墓园。那么究竟这个墓园都埋了几辈祖上的骨骸？不清楚，他只是在墓园门上新安一个牌面，上面用大字写着"锦衣武略将军西门氏先茔"，把自己称作是锦衣武略将军，然后是他祖先的坟茔。其实那些坟茔都是伪造的，底下根本就没有骸骨，连他父亲西门达的恐怕也没有。

他领一大群人上坟祭奠，怎么个场景呢？是大摆宴席，大吃大喝，看戏听乐，女眷们更是到墓园所附属的花园里面去荡秋千。这个很说不通，在自己家的花园里面你设秋千架荡着玩倒也罢了，这不是祖坟嘛，祖先的墓园，怎么里面可以有这样的一种娱乐工具呢？这倒也罢了，书里面很细致地写到，这个花园很大，有卷棚，卷棚还可以说是用来让大家歇息的，还说得通。卷棚后边又特意收拾了一明两暗的三个大房间，里面有床有炕，铺陈床帐，摆放桌椅，还有梳笼、抿镜、妆台之类，干吗用的？上坟的堂客、女眷们用来休息？其实不是，他这三间房专门用来接纳娼妓的，那些女眷可以到花园里面去荡秋千，去玩耍，他自己可以在三间房里面跟妓女们鬼混。所以写暴发户西门庆写到这种地步，连祖坟都伪造，伪造倒也罢了，你弄得正经点行不行？不正经，把祖坟的一部分布置成了一个从清河县里搬过来的妓院的分院，这是《金瓶梅》里面写西门庆的荒唐。

《红楼梦》里面提到过贾氏宗族的祖坟，但究竟在哪儿？推敲起来的话应该不是在京城的区域，应该是在他们的祖籍金陵，金陵是一个泛指的概念。从书里种种的描写和说法来看的话，这个金陵地区首先包括南京，南京又名金陵嘛，然后包括它北边的扬州、镇江，也包括它附近的无锡、苏州，乃至于辐射到南边的杭州，这一大片地域都用金陵来泛指。书里写的四大家族，他们的祖籍应该都是在这块金陵地区。甄家后来被皇帝治罪、抄家，把全部财产都罚没了，甄家也是在这个地区。但是这四大家族中的几房后来就都陆续到了京城，他们由于这样的原因都得到了书里写的这个皇帝，起码是太上皇的欣赏，封他们爵位，给他们好处。

像贾氏宗族就封了两个公爵，最后造了宁国府和荣国府。史家最早地位也很高，到了书里故事开始以后也还有两个侯爵，就是史湘云的两个叔叔，一个是保龄侯，一个是忠靖侯。王家虽然没说他们家袭了什么贵族头衔，但是王夫人的兄弟王子腾，书里多次写到他做大官，最后做到了六省都检点，是一种权力很大的钦差大臣。薛家好像比另外三家逊色一点，其实也不然，他们家虽然没有很高的贵族头衔，也没有人做大官，可是世代是皇商，几代人都是为皇宫做采买的，皇商地位很高，一般人是惹不起的。

《红楼梦》里面所写到的这四大家族，他们是有根基的，贾氏宗族的祖坟应该是在金陵地区，但后来他们到了京城，被皇帝封了公爵，林黛玉进京城投靠她的外祖母贾母，就路过了宁荣街，看见了宁国府和荣国府阔大的府门，匾上面写着敕造，什么是敕造？敕造宁国府，敕造荣国府，就是这两个府第是根据皇帝的命令，由皇帝所准许建造起来的。他们的祖坟可能不在京城，但是他们有祠堂。西门庆还没有荒诞到去伪造一个祠堂，前面说了，《金瓶梅》里面的西门庆除了他父亲以外，他是哪儿来的，自己都说不清。但是《红楼梦》里的四大家族，特别是贾氏宗族，一代一代怎么传下来的，清清楚楚。

《红楼梦》里写在宁国府的西边另有一个院宇，黑油漆的栅栏内是五间大门，就是贾氏宗祠。什么叫宗祠？就是一个宗族，他们造一座类似庙宇那样的建筑，里面供奉他们祖上的画像和牌位，每到重要的时刻，逢年过节，一些特殊的纪念日，他们就要到里面去祭奠他们的祖先。书里写贾氏宗祠写得很仔细，首先大门上悬着一个匾，写的是贾氏宗祠四个大字，谁写的？叫作衍圣公孔继宗书，虽然不是皇帝写的，但是是孔夫子嫡传的后人孔继宗给写的。祠堂门口除了这个大匾以外，还有一副很长的对联，这副对联很有意思，值得《红楼梦》的读者品味，上联写的是：肝脑涂地，兆姓赖保育之恩。下联写的是：功名贯天，百代仰烝尝之盛。这副对联的字迹是谁的呢？还是这个衍圣公孔继宗的，什么叫衍圣公？衍就是繁衍，一代一代传下来，从孔夫子传到那个时候也不知道多少代了，故事里所说的那个历史时期孔府的掌门是孔继宗，是当时的衍圣公。他给贾氏宗祠亲自写匾，写对联，那很荣耀。

这副对联里面有一句话叫作：兆姓赖保育之恩。这句话怎么解释？就是全国的老百姓，兆姓，就是说非常多的姓氏的人，都仰赖着贾氏宗族他们的保育之恩，怎么回事？就是说这个家族他们的祖辈，其中有女性是皇帝的奶妈，皇帝的保姆。这也正符合《红楼梦》作者曹雪芹的家世，他的祖父曹寅，曹寅的母亲姓孙，孙氏正是这样一种角色。在康熙当皇帝之前，当然还没有康熙这个名号，叫玄烨，是顺治皇帝的众阿哥之一，一个有继承王位资格的男孩，那个时候把他搁在宫外养育，就派了一些喂奶的，还有就是教养他的，喂奶的叫奶妈，教养他的叫教养嬷嬷，教养嬷嬷对他的作用比奶妈更要紧，从小教他好好做人，教他礼节，培养他的优良品质。这个孙氏就是康熙儿童时期的一个重要的教养嬷嬷，所以这部书的历史原型，就是曹家的一些情况。所以贾氏宗族的这副对联，就是真事隐、假语存了，作者通过巧妙的方式，把真实生活中曹家有一位女性曾经是康熙皇帝幼年时的教养嬷嬷这件事，保存在小说的文本里面了。

《红楼梦》的作者一再强调，他写的是"末世"，有的人就死凿，认为康熙、雍正、乾隆三朝皇帝统治的时期，历史上被称作康乾盛世，所以故事背景不可能是这段历史时期，因此这书写的一定是明朝覆灭前的事情。其实曹雪芹所说的"末世"，不是皇朝的末世，而是在皇权下，曹家的末世，化为小说，写的就是贾、史、王、薛四大家族的末世。任何一个历史上的盛世，都会有部分贵族、官僚家庭，更不消说一般的平民家庭，处于其自身的末世。书里写贾珍带领尤氏和小老婆提前吃月饼、西瓜赏月过中秋，却忽然听见隔壁祠堂那边似乎有人在墙根发出悲叹，吓出一身冷汗，这一笔就预示，尽管对书里的皇帝而言，那是一个盛世，但是对于贾氏宗族而言，他们是在下坡路上，离皇帝惩治他们，宴散楼塌，烛灭烟消，为时已不远矣！

明代宴席与清代宴席

　　两本书写富有人家的生活，当然要写他们吃东西的情况，特别是摆宴席的情况。两本书对比而言，《金瓶梅》对明代这种有钱人家的宴席情况写得非常细致，非常生动，给人留下了深刻的印象，《红楼梦》里面虽然也多次写到了宴席，但是作者描写得更多的是参加宴席的人的情况，以及排场摆设，对宴席上的菜肴写得并不是很充分。

　　先说《金瓶梅》，这本小说对明代的宴席情况写得非常具体，非常生动。他写明朝人吃东西，开宴席，有所谓三汤五割的提法，什么意思？就是摆宴席请人吃饭，要上三次汤，其中一定要有五道用刀割出来的原料做成的荤菜。从书里描写来看，这些富人虽然舍得花大把银子吃喝，但是并不看重海鲜，写他们吃海鲜的文字比较少。而且那个时候宴席上最尊贵的食物一定是由鹅肉做成的，有鹅为先、鹅为上这种说法，就是摆宴席请客先上鹅肉做的菜肴。而且吃餐的高潮也是由鹅肉做的菜肴引发，鹅肉被认为是一种很上等的食材，它所烹制的菜被认为是最好的菜。

这很令人惊讶，《红楼梦》里也写到了用鹅做菜，但是没有把鹅捧那么高。他写有一次宝玉的小丫头芳官——原来只是一个唱戏的戏子，是他们府里养的戏班子的一个小演员，后来戏班子解散了，芳官儿留在府里，分配到怡红院做宝玉的丫头——她跟管理大观园厨房的厨头柳嫂子私下交好，有一次她就让柳嫂子给她单做一餐饭送过来，所送过来的饭里面有一道菜叫胭脂鹅脯，就是用鹅的胸脯子肉做的，呈现妇女的化妆品胭脂那种颜色。这只是给丫头送餐时候的一道菜，在整个贾氏宗族主子们，贾母、王夫人他们吃饭的时候，都并没有出现用鹅肉做的菜，就说明明朝的餐饮习惯又过了二百多年到了清朝，它有区别。到当今社会，鹅肉虽然也还被大家所食，比如在广东有深井烧鹅，但是它只是一种路边摊下酒的菜肴，虽然也上正式的宴席，但不可能是主菜，不存在鹅为先、鹅为上这样一种宴席的价值观了。

《金瓶梅》里面有一次也提到在京城东京所举行的豪华的宴席上有鱼翅、燕窝，但是他写清河县的正规宴席，很铺张，很讲究，但没有出现鱼翅、燕窝。还有一次他提到珍奇的食物有驼蹄、熊掌，这是用骆驼的蹄子烧制的菜，和用熊的那个脚掌烧制的菜，这当然很高级了，但是不普遍、不流行。

书里写有一次吴月娘宴请皇亲乔五太太，排场很大，在家里摆了四张桌席，每桌光是各种茶果甜食、美口菜蔬、蒸酥点心、细巧油酥、饼馓等就有四十碟之多。这个席面上出现的菜肴的名称挺吓人，比如"煮猩唇"——把猩猩的嘴唇割下来做一道菜；"烧豹胎"——把豹子体腔里面的胆掏出来，做一道菜；"烹龙肝"——把龙解剖了，从里面挖出肝来，烹成一道菜；"炮凤髓"——把凤凰逮来以后，把它骨头里面的骨髓抽出来做一道菜。但是聪明的读者读到这儿以后就会莞尔一笑，其实恐怕所用的食材并不是什么真正的猩猩的嘴唇、豹子的胆、龙的肝、凤的髓，都是用一些替代的食材做成的，取一个夸张的名字而已，这种风气到今天还有。比如，"狮子头"，咱们经常在餐馆点这道菜，哪里是真正狮子的头？就是用猪肉剁碎了，和上其他材料，做成的一种大肉丸子。但是不管怎么说吧，招待乔家的人，敢在餐桌上把用餐的菜名这么来取，可见这个宴请非常隆重，非常夸张。

那个时候宴请还有一个讲究，就是除了大家围着坐的八仙方桌或大圆桌以外，还有一种叫作"吃看大桌面"的设置，这种大桌面上的东西主要是拿来看的，不是拿来吃的，当然最后你也可以吃，但是在开宴的时候，并不要马上来吃这些东西，就是摆来喂你眼睛的。这种吃看的桌面上放的是什么呢？往往放的是"高顶方糖，定胜簇盘"，大桌面上的东西不是平面摆放的，而是垒在一起放的，立体呈现。"高顶方糖"就是把一盘又一盘的糖食重叠垒起来形成高塔状，"定胜簇盘"就是把"定胜"这种图案的糕点集中摆放形成一种美丽的花样。这种"吃看大桌面"，席面上除了真可以吃的东西以外，还有一些是为了营造喜庆氛围的装饰品，如红缎子，可能会把它扎成大朵的牡丹花，还有就是用真的金丝编成的金丝花，摆在这个桌上显得非常富贵。这种不能吃的东西，就是宴席上纯粹的"看物"。

《金瓶梅》里面写到的各种食物，包括各种汤类、各种茶类，这里就不详细地一一向大家引述了。它的资料性非常强，有的也确实引人垂涎三尺，这说明到了明代的时候，中国的烹调手艺已经达到了一个高峰。

《红楼梦》里面也写到了很多宴请的情况，前面讲过，如过元宵节，贾府家族的成员会聚在贾母那个院落的花厅，他们开宴，有许多讲究，有高几子，放瓶炉三事、璎珞，有一种荷叶灯，灯罩像一个荷叶一样，可以旋转。但究竟吃了些什么菜肴，不列举。刘姥姥二进荣国府，贾母带她到大观园里面游玩，两次宴请她。有一次请她吃一种烹调出来的蛋，刘姥姥不认得，说你们这儿的鸡也俊，下的蛋怎么这么小巧？怪俊的，我吃一个，就拿筷子去夹，但是夹不稳，最后这个蛋滚落到地上了。王熙凤就跟刘姥姥说，这蛋一两银子一个呢，落在地上那个就别要了。刘姥姥本来还要弯腰去拾，脏了，丫头就给捡走扔了，让她再尝一个。刘姥姥一个庄户人，乡下人，一两银子对她来说是非常大的一笔钱，二十两银子够他们过一整年，你想，一两银子意味着什么？她就叹道，一两银子也没听见个响儿，就没了。前面讲了，后来还让她品尝一种叫作茄鲞的菜肴，说是用茄子做的，结果刘姥姥尝了以后，大吃一惊，怎么那么好吃呀？说这要真是茄子做的话，以后我们庄稼人不种别的了，只种茄子了。其实这个茄鲞是要很多其他食材，包括一些远比茄子贵重的食材，经过很多道工序做成的。书里零星写到了一些特殊的菜肴，如前面说到有一种莲叶羹，用一种特殊的模子，抠出了很小的，像莲蓬、小梅花，这样一些特殊的面制品，然后用高级的鸡汤来烹成一道菜。书里还提到有鸡髓笋，这个吃法就很刁了，把鸡骨头里的骨髓取出来，再把它灌到嫩笋的笋内，把它烹制成了以后，就是一道鸡髓笋。还提到风腌果子狸，果子狸是一种野生动物，现在国家是禁止食用的，那个时候哪有这种保护野生动物的意识，就吃果子狸，把它风腌了，然后切成片来吃。

《红楼梦》也写到一些大宴席之外的食品，写得很有趣，像他写贾探春、薛宝钗她们平常大鱼大肉吃多了，忽然就拿几百个铜钱，到厨房柳嫂子那儿，当然她们不是自己去，让底下的小丫头去，说小姐们想吃油盐炒枸杞芽儿。这是很怪的一种吃法，要在枸杞还没长好的时候，把那个嫩芽掰下来，然后用油盐炒着吃，还不是要吃枸杞，吃枸杞芽儿。像晴雯，她也是怡红院宝玉最喜欢的一个丫头，她要柳嫂子给她单加一道菜——炒芦蒿。柳嫂子特别愿意伺候怡红院的人，就问——晴雯自己也没来，也是派一个小丫头来——怎么炒？用什么肉丝来炒？小丫头跟她说了，不要肉，用面筋炒就行了，要吃一道芦蒿炒面筋。府里丫头们嘴都很刁。像前面写到柳嫂子给芳官儿单做一餐饭，给她做了一碗什么汤呢？鸡皮虾丸汤。看字面是不是就想喝？

但是你仔细阅读《红楼梦》里面写到的餐饮习惯和菜肴的时候，会发现它和《金瓶梅》里面所写到的有一个明显区别，就是《金瓶梅》里面所写到的一些菜肴都是汉族人的菜肴，在《红楼梦》里面，因为写的是清代生活了，我们前面也讲了，书里写到的四大家族的原型，特别是贾氏宗族的原型，是早期被关外的满族八旗俘虏的汉人，所以最后成了满汉混杂的情况，吃东西上就把满族的一些饮食习惯也容纳进来了。有一次写到宝玉他们跑到贾母这儿来吃饭，本来是贾母吃什么菜，他们就跟着吃什么菜，结果那天贾母说你们来得不巧，今天我吃什么呢？牛乳蒸羊羔，就是那个小羊还没生出来，就从母羊的肚子里掏出来，然后用牛奶蒸熟了吃，那是一种满族的吃法，汉族没有这种吃法。贾母就说了，这小羊羔没见天日呢，就是它还没有真正被生出来，就拿来做菜吃了，我们老年人吃大补，你们小孩就别吃了。

座次井然与杂乱并坐

　　两本书里面都会写到家族聚集起来的情况，在《红楼梦》里面你会发现，多次写到家族聚集时的座次问题，什么人能坐，什么人不能坐，什么人坐在哪儿，都是有严格规矩的。比如，书里有一次写到贾母高兴了，要给王熙凤过生日，让府里人来凑份子，这时候就把几乎所有有头有脸的人都叫来了。没一顿饭的工夫，老的少的，上的下的，乌压压挤了一屋子。贾母的正房是很宽敞的，得来多少人才能够显得乌压压呢？来了很多人，然后书里就写这些人在屋里是一个什么状态，谁坐着，谁站着，坐着的怎么个坐法，他写得很细。他说只薛姨妈和贾母对坐，薛姨妈她凭什么跟贾母平起平坐呀？有的年轻的读者可能就不明白，早就有《红楼梦》的读友跟我讨论，说薛姨妈跟贾母对坐，她姐姐王夫人呢？书里交代得很清楚，邢夫人、王夫人只坐在房门前两张椅子上，没有跟贾母平起平坐的资格，这是为什么？这就是清代满族贵族家庭他们的规矩，客人要为上，来客，不管他原来的身份高低，主人为了尊重他，照例要请他上座，或者让他跟府上地位最高的人平起平坐，所以薛姨妈在荣国府不是第一次享受这种待遇，后面还会讲到，很多场合她都是上座。她姐姐王夫人反倒没有资格跟着贾母平起平坐，因为王夫人的身份是贾母的儿媳妇，儿媳妇在多数情况下，在婆婆面前只能站立，坐的资格都没有。这一天因为要讨论事情，要凑份子，算是婆婆对儿媳妇客气点，这样让两个儿媳妇，邢夫人和王夫人有座位，但是这个座位绝不能是跟她平起平坐，跟她对坐或者跟她并排坐都不行，在哪儿坐着呢？要坐到门口那儿去。其他人怎么办呢？宝钗姊妹等五六个人坐在炕上，贾母有暖阁，暖阁有很大的炕，这些小姐都坐在炕上。宝玉坐在贾母怀前，贾母就搂着宝玉，心肝宝贝嘛，亲孙子，这么个形态。

底下满满地站了一地，因为来的这些其他人的身份都低，只能站着。但是贾母拿眼一看，发现有赖嬷嬷，还有一些资格很老的仆人，于是表示客气，说请她们也坐吧。那么她们能够坐椅子吗？不能。能够坐凳子吗？不能。坐什么呢？拿个小杌子，就是屋里的脚踏之类，勉强可以当小板凳，让她们坐。书里交代了，说贾府的风俗，年高服侍过父母的家仆，比年轻的主子还体面。你现在闭眼能想象出贾母那个大屋子里面的情景吗？什么人能坐，能坐的怎么坐，次序井然，它有一套规矩。

王熙凤能不能坐？她没有资格坐，她的身份只是一个孙子媳妇，虽然这次活动是为她而召集的，让大家凑份子来给她过生日。她的婆婆是邢夫人，邢夫人和王夫人都只能坐在门边的椅子上。宁国府来的尤氏跟王熙凤是一辈的，虽然她在宁国府是府主婆，地位很高的，但是到了这个场合也没座位，只能在地下站着。所以《红楼梦》就写出了当时这种贵族家庭，它是秩序井然，不能乱坐的。

书里几次写到他们家族聚集，如写过年，前面讲了很多，补充一点。你会发现这么样一个坐法，在花厅里面、屋子里面，这些小姐，还有一个例外就是宝玉，虽然他是公子，但享受小姐待遇。他们都在屋子里面，随着贾母、邢夫人、王夫人这些人坐席，贾珍、贾琏，这样的男性只能在花厅外面廊子里面坐席。有的读者可能又会疑惑了，那种社会不是男尊女卑吗，怎么反过来成为女尊男卑了呀？他所写的这种伦理秩序、这种伦理场面，是客观地写出了清代旗人家庭的规矩。汉族不是这样的，尤其在清朝之前，汉族家庭如果安排座次的话，一定是男子要在室内，妇女反而要在室外，妇女人室的话，排座次也要矮于男子。可是在清代旗人家庭不一样，他们有一个现象，就是姑奶奶至上，家族里面的女性地位很高，没出嫁的女性，她们有资格和家族的男性，多数情况下是平起平坐，出了嫁的女性成为姑奶奶，往往拿权拿事，很厉害，像《红楼梦》里面的王熙凤，就是一个例子。

　　这是为什么呀？因为满族八旗打进山海关之前就称帝了，但并没有统治全中国。打进山海关以后，顺治皇帝在他这一朝才把整个中国拿下，汉人都被统治了。清朝的皇族为了保持自己的统治血统的纯正，是不允许满汉通婚的，皇族男人娶媳妇，娶皇后，或者册封女子为妃、嫔、贵人，都只册封两个民族的，一个是满族，另一个就是蒙古族。因为在满族夺取全国政权的时候，蒙古族跟他们是合作的，他们那时候就通婚，所以有满蒙一家之说。汉族不行，当然后来历史向前发展，这些满族统治者还挺喜欢汉族妇女的，有的汉族妇女得到他们的宠幸，但是他们尽可能地不封这些汉族妇女很高的名号。被封为皇后或者是贵妃的，这样的女性都是满族和蒙古族的妇女。这就是一个狭隘的想法，这样给皇帝生出来的孩子，男孩子就都是满族血统，或者是满蒙混血儿，不能让汉族妇女生下的孩子最后获得皇族当中的高位，甚至最后成为皇帝。

　　皇家如此，八旗贵族也都如此，为了保持血统的纯正，他们设立了一个选秀制度，就是能到宫里面在皇帝身边，或者在皇族的阿哥格格身边服侍的这种女子，都必须是八旗女子。满族是一个少数民族，打进关以后，虽然他们养尊处优，生活状况比原来在关外强多了，但是他们所生育出来的子女数目也有限，所以那个时候八旗人家生了儿子固然很高兴，但是生了女儿更高兴。因为他们的女儿都有可能参与选秀，在选秀过程当中被皇帝选中，获得宠爱，这样的话，一人得道，鸡犬升天。所以在满族社会八旗贵族家庭，妇女地位是挺高的，因为这种家庭的每一个女儿都有一种潜在的可能性，就像书里面写的贾元春一样，有一天选秀就选中了，开头可能地位比较低，后来就才选凤藻宫，加封贤德妃了。所以书里就如实地写出了在清朝，特别是清朝早期，这种贵族家庭的特殊的伦理秩序和其座次安排。

书里写得很有意思，前面讲到了，他们过年聚集在一起餐饮，然后看戏，小戏子在台上插科打诨，贾母一声令下，婆子们就拿着笸箩，从桌上的钱山上撮铜钱往台上泼，满台叮当响，小戏子满台捡钱，底下这些贵族成员就觉得很开心，咯咯乐。那么这之后呢？就有一个晚辈向长辈敬酒的环节，书里写贾珍、贾琏他们布置小厮们抬筐、抬钱，让婆子们撮钱撒个够。这之后看贾母很开心，贾珍、贾琏就起身要给长辈敬酒，于是小厮们就忙把一把新造的乌银壶捧在贾琏手内，然后贾琏随着贾珍，弯着腰，很恭敬地到里面去。先敬谁？先敬贾母吗？不是，先敬李婶娘，当时在荣国府做客的除了常客薛姨妈以外，还有李纨的寡婶，叫李婶娘。李婶娘是临时住在荣国府的，后来很快就带着自己的两个女儿离开了，不像薛姨妈，从书里面看的话很不要脸，一住住好几年，回回聚餐都上座，姐姐在这个府第里面成为女府主了，老得站着，她也没什么不好意思。所以在所描写的过年这个场景当中，贾珍和贾琏根据当时这种家庭的伦理秩序和规矩，先给来客李婶娘和薛姨妈敬酒，因为客人至上是当时这种家庭基本的一个礼仪。然后他们两个就要去给贾母敬酒，贾母在荣国府地位至高无上，在整个贾氏宗族也是至高无上的。一看他们要去给贾母敬酒，满席的人都离了席，垂手旁立。除了客人以外，有两个人例外，就是邢夫人和王夫人，因为贾珍和贾琏是她们的晚辈，给她们婆婆敬酒，她们可以不站起来，先坐着。这个时候贾珍他们就到了贾母的榻前，贾母当时很娇贵，她不是坐着，是卧在一个榻上，这个榻当然不是像床一样完全平的，它的前半部分应该是可以调节起来的，或者本身造的就是那样的一个形态，可以倚着的。贾母是倚在一个榻上享受。这两人去敬酒，榻矮嘛，哪能站着？你光弯腰都不行了，就跪下。贾珍在前头捧杯，贾琏在后头捧壶，一看这两个兄长辈的在给老祖宗敬酒，那其他这些一辈的弟兄，像贾环这些都站起来随班按序，一溜地随着他们两个跪了一片。这个时候宝玉跑去跪下，史湘云就拉他的衣襟儿，就笑他说："你这会子又帮跪作什么呢？有这样的，你也去斟一巡酒岂不好？"因为都知道宝玉在荣国府，在这个家族里面被贾母宠溺得不像样子，所有这些礼仪，别人得照着行，他可以例外。但是宝玉随着他的两个堂兄也跪下了。有些人老是给宝玉贴标签，说他是一个反封建的人物，这个标签不能随便贴的，宝玉反的只是封建礼教、封建秩序当中的一部分，特别是科举考试制度，又特别是所谓的读圣贤书、写八股文，对于家族伦理当中体现出亲情、温情的部分，他是乐于认同的。

《金瓶梅》里的西门府没有《红楼梦》里那么些规矩。吴月娘日常起居的正房，不但小老婆们可以随意进入，进入后怎么落座也没有事先规定，有时候一条长板凳上坐好几个人。亲戚们，像吴月娘的大姅子、二姅子，来了后坐炕上，请来讲经说法的尼姑，也可以盘踞炕上。甚至于妓女到了西门府，像李桂姐，可以长驱直入，抵达吴月娘正房后，拜了干娘，便上炕。西门府里杂乱并坐的景象层出不穷。不过，作者也写到，孙雪娥因为原来是丫头身份，虽然后来被西门庆赏戴鬏髻，也算小老婆，但其他妻妾开宴时，她往往还得跪着。书里多次写到，西门庆突然回家进入正房，大姅子、二姅子赶紧避入隔壁房间，男女有别的封建规矩还是要守的。但《金瓶梅》所写，整体而言，是封建礼教下的社会规范，处于被无情解构的颓势。《红楼梦》写清代贵族竭力延续、维护封建礼教下的社会规范，似乎还颇为坚挺，但那只是社会大变革的前夜，虚伪的面纱终将撕破，不合理的社会规范势必被抛弃。

西门庆遗嘱与秦可卿梦嘱

两本书里都写到人死的时候留下遗言。

《金瓶梅》里，西门庆仗着自己是财主，有银子，后来当了官又有权势，本来他身体底子就好，是一个很强壮、很威严的男子，以为可以长久地荒唐下去，但是没想到他纵欲过度，终究还是死掉了。作者写他死在潘金莲的床上，潘金莲对他进行无限制的性索取，他自己也纵欲，导致他夜里头怎么都不行了，声若牛吼一般，喘息了半夜，天亮的时候就呜呼哀哉了。西门庆活了三十三岁。

咽气之前，家族的这些成员都到了潘金莲的住处，围在潘金莲平时使用的那张床前。那个时候西门庆已经没有儿子了，他的儿子官哥儿死掉了，他最喜欢的小老婆李瓶儿也死掉了。没有传人，他就把他女儿西门大姐的丈夫陈经济叫到跟前，他说："姐夫（当时整个西门府都把陈经济称作姐夫），我养儿靠儿，无儿靠婿，我若有些山高水低，你发送了我入土，好歹一家一计，帮扶着你娘儿们过日子，休要教人笑话！"

他把陈经济当作儿子对待，就留遗嘱了。

读者读到后面，会知道陈经济非常糟糕，非常坏，但在西门庆临终的时候，他装得还似模似样的。西门庆一笔一笔地跟陈经济交代，写得非常精彩。西门庆临死还是一个地道的商人，算账算得非常精准，他说："我死后，缎子铺是五万银子本钱，有你乔亲家那边多少本利，都找与他。"因为他后来跟对门那个乔家乔大户，合伙开了一个缎子铺，投资很大，两家合开，本钱是五万银子。这是第一笔他交代的，就说我死了就别开了，跟乔家算清楚，该还给人家多少本钱，连带利息，给人家，就把这个缎子铺关了。

他又往下交代，说让傅伙计把生药铺的货卖一宗交一宗。这是他最早开的一个商铺，就是卖药材，这个铺子是交给一个姓傅的伙计给他掌管的。他说要把这个算一算，倒不是马上关门，就不进货了，卖一宗就结束一宗，然后也就不开了。说了两个铺子了，他头脑很清楚，虽然要死了，但在钱财上头脑还是很清晰的。他说贲四绒线铺，本银是六千五百两，这个绒线铺他请的那个掌柜的姓贲，叫贲四，他提到这个绒线铺，他亲戚吴二舅，还有一个另外的铺子，卖绸缎和绒线的，本金是五千两。说这两个买卖，他死了以后也别做了，都卖尽了货物，把银子收来交给家里。

接着他想到了走标船的事，他除了开铺子以外，还经营运河上的货物运输，在运河进行货物运输需要得到官方的批文，当然不是所有的运输都需要这种官方批文，是大宗的，帮助官方运官货的，需要有特殊的批文。当时他就让李三、黄四讨批文去了，这个事他没忘，他就嘱咐陈经济，说李三讨了批来，也不消做了，李三、黄四身上还欠咱们五百两的本钱，还有一百五十两利钱，这两笔钱你要从他们那儿讨过来，送到咱们家。

然后又跟陈经济交代，说你只和傅伙计两个人——这个傅伙计是书里面经常出现的一个人物，是西门庆没有大富，也没有当官之前，就一直给他们家管生药铺的掌柜，这个人是很会算账，很会经营，而且也不贪污西门庆的钱财的一个人——意思就是其他这些掌柜的伙计都不要了，但是傅伙计是信得过的，你们就守着家门这两个铺子吧，一个是缎子铺，占银二万两，还有一个是生药铺，他最早有一个生药铺是在街上，后来在他家门外又开了一个更大的生药铺，这个生药铺他说本银是五千两，他说这俩铺子还保留，可能他觉得这两个铺子就开在西门府门外，离得很近，好管理。

然后他又提到，韩伙计、来保被他派去在运河上运送布匹，李三、黄四是打算做另外的一个运输的生意，正在等待批件。而韩道国和来保这个运河上的运输，是早已经有批件，进行中，都快返回了。他说这俩人船上四千两——用四千两银子让他们去做生意，赚回来应该是不止四千两——说你一等开了河，你就起身往下边接船去，接了来家，再把他们运的那些布匹卖了，把银子交进来，作为你娘儿们，就是你的大妈吴月娘，还有那些小妈日常生活的开销。

西门庆算得很精很细，大到几万两的账，他记得一清二楚，这不稀奇，数目大嘛，那么底下他的话就说明了，对细小的账，他也没忘，他也一笔笔地算。他说什么呢？说前边那个刘学官借了我钱，还差我二百两银子，还有一个华主簿（主簿是一个小官的官职）也借了我银子，还欠我五十两。门外还有一个徐四开的铺子，他还欠我本利三百四十两。他说这些都是有合同的，你可以查一查，然后你上紧使人催去，都给我要来。你看他几万两银子没忘，几十两银子，他也没忘。

还交代说："到日后，对门并狮子街两处房子，都卖了罢，只怕你娘儿们顾揽不过来。"就是他对门的乔亲家搬走后，他就把空房空院买下来了，而且李瓶儿给他留下了狮子街的那个带楼的铺面房，他交代陈经济，说我死了以后都卖掉。你看他死的时候还是一个商人，写得他非常真实，也让人脊背发凉。生命到了快结束的时候，他所惦记的，所算计的，还是银子，还是财富。这是《金瓶梅》里面写西门庆留遗嘱。

　　《红楼梦》里面也写到了一个人的死亡，就是秦可卿。秦可卿是宁国府贾珍的儿子贾蓉的媳妇，她跟荣国府的王熙凤特别要好，其实她俩辈分还不一样，从伦理秩序上来说，贾蓉是王熙凤丈夫贾琏的一个堂侄子，王熙凤是他的婶子，所以秦可卿对王熙凤也要称婶子。书里写王熙凤有一天睡不着，朦朦胧胧地睡过去，恍惚只见秦可卿从门外走了进来，微笑着跟她说："婶婶好睡，我今日回去，你也不送我一程！"怎么回事？秦可卿要到哪儿去呀？其实秦可卿当时已在弥留之际了，后来就死掉了，等于是临死以前留下遗言。当然秦可卿的留言不能叫作遗嘱，因为她是王熙凤的晚辈，一般只有长辈死前留下的指示才能叫作遗嘱，秦可卿就是留下遗言。秦可卿当时跟王熙凤主要讲了两个意思，一个意思就是说咱们这个家族现在状况不错，但是有的俗话你要记在心中，"月满则亏，水满则溢"，又道是"登高必跌重"。说如今咱们家赫赫扬扬，已将百载——就是这个贾氏宗族他们封公爵到现在差不多有一百年了，倘或乐极悲生，应了那句"树倒猢狲散"的俗语，岂不虚称了一世的诗书旧族了！

　　秦可卿忽然跑来托梦，在梦里面跟王熙凤交代一些事情，而且她还有具体的指点，她说素来荣辱自古周而复始，岂是人力所能常保的？她说现虽然咱们这个府里面看着好像荣华富贵享不尽的样子，但是要及早以后衰落做准备，就提出了很具体的指示，说："目今祖茔虽四时祭祀，只是无一定钱粮。第二件，家塾虽立，无一定工给。依我想来，如今盛时固不缺祭祀工给，但将来败落之时，此二项有何出处？莫若依我定见，趁今日富贵，将祖茔附近多置田庄房舍地亩，以备祭祀、工给之费，皆出自此处。将家塾亦设于此，会同族中长幼大小定了则例，日后按房掌管这一年的地亩、钱粮、祭祀、工给之事。如此周流，又无争竞，亦不能够有典卖诸弊。便是有了罪，凡物皆可入官，这祭祀产业连官也不入的。便败落下来，子孙回家读书务农，也有个退步，祭祀又可永继。"

　　秦可卿预言了盛极必衰，并且对今后如果衰败了应该怎么办，提出了具体的办法。然后她有一个预言，她说："眼见不日又有一件非常喜事，真是烈火烹油，鲜花着锦之盛。但是你要知道，那也不过是瞬息的繁华，一时的欢乐，万不可忘了那'盛筵必散'的俗语。"王熙凤就不解了，没几天就有一件烈火烹油、鲜花着锦的美事要来，什么事呀？她就不再往下说了，其实后来书里面就揭晓了，就是贾元春省亲。在这个梦的最后，秦可卿就念了两句话，叫作偈语，就是预言的意思——"三春去后诸芳尽，各自须寻各自门"。三春指的是三个春天，三年的意思，就说咱们这个贾氏宗族的好日子，也就这三年，三年过去，灾难来临，每个人就必须自己找出路了。凤姐还欲问时，只听得二门上传事云牌连叩四下，正是丧音。因将凤姐惊醒，人回："东府蓉大奶奶没了。"凤姐闻听，吓了一身冷汗。

《红楼梦》里秦可卿托梦王熙凤，有所嘱咐，道出偈语，写得迷离扑朔，阴气森森，是全书一大关键。《金瓶梅》里写西门庆临死道出遗嘱，写得实实在在，毫不神秘，却是全书的一大转折。

吴月娘之梦与《好了歌》

　　《金瓶梅》写到吴月娘逃难，因为金兵南下，一直攻到了清河县，人们纷纷逃窜。吴月娘带着儿子孝哥儿——那个时候西门庆已经死了十几年，孝哥儿已经是一个少年了，带着她最忠实的一对仆人夫妇，就是玳安和小玉，还有她的一个兄弟吴二舅，他们为了躲避金兵的抢掠，就逃难，决定去济南找云理守。云理守是西门庆结交的兄弟之一，他热结十兄弟其中就有一个是云理守，云理守这个名字的含义是说手伸得很长，一直伸到云里面去。

　　云理守当时在济南当一个武官，为什么要去找云理守呢？因为两家人都在清河县的时候，最早西门庆的小老婆李瓶儿给他生下的儿子取名叫官哥儿，跟对门的乔大户那家的一个女孩子定了娃娃亲，后来因为这个官哥儿和李瓶儿相继都死亡了，当然这个娃娃亲也就不成立了。西门庆死之后，吴月娘又生下了孝哥儿。这个时候西门庆虽然死了，但是他们家和西门庆的一些原来的把兄弟还有来往，和云理守一家相处得不错。

云理守家里有一个姑娘，落生的时间和这个孝哥儿差不多，所以那个时候两家又定了娃娃亲。云理守调到济南当武官，但是娃娃亲的说法并没有取消，所以金兵南下，兵荒马乱的，吴月娘他们一家人逃难，就决定往济南逃，去投靠云理守。而且孝哥儿也长大了嘛，那个时候一个男孩子满了十三岁就可以娶老婆了，当时孝哥儿差不多十五岁了，吴月娘就争取找到云理守，让孝哥儿和云理守的云姑娘结亲，这样就等于有一个投靠了，在战乱当中才能苟活下来。

他们一路上饥餐渴饮，夜住晓行，终于抵达了济南府，开始打听，说有一个地方叫作灵璧寨，一边临河，一边是山，屯聚有一千人马，有一个云参将在那儿统管这一千兵马。他们打听到了云理守所驻扎的地方，就去了。实际上底下所讲都是吴月娘的梦境。吴月娘在领着一家人逃难过程当中，老想着找到云理守，在一所寺庙，夜里梦中居然到了一个地方，打听到了云理守云参将是在灵璧寨。她这个梦显现的场景非常真实，栩栩如生，就跟实际发生了一样。到了灵璧寨，找到了云参将，云理守出来迎接他们，很高兴。吴月娘也好高兴，西门庆结交的这些把兄弟里面，有的在西门庆死了以后就立刻背叛，有的就疏远不来往了，但是没想到现在还有一个云理守，千辛万苦找到了他，他真是热情地招待。吴月娘心里就踏实了，希望到了这儿以后，早点安排孝哥儿和云姑娘的婚事。云理守招待她，就说不着急，你先休息，因为一路地这么寻找过来，确实非常劳累，当天晚上就安排他们歇息。

玳安夫妇和吴二舅在另处休息，吴月娘自己在一处休息。云理守说你一个人不方便，我再派一个婆子陪伴你。其实吴月娘有一个丫头，就是小玉，但是当时她觉得云理守对自己这么好，于是她说行啊，让小玉去跟玳安住在一块儿，就让这个婆子来服侍自己。这个婆子姓王，也叫王婆，没想到这个王婆跟她在一起的时候就居然做媒，意思是说，你看你现在是个寡妇，云参将现在正妻也亡故了，是一个鳏夫，你们俩正好一对，你投靠到这儿以后，你干脆嫁给他得了。吴月娘一听觉得太不妥了，哪能这么做？吴月娘是一个恪守封建道德规范的女子。当时她跟那些小老婆发生矛盾冲突的时候，她有一张王牌，就是我嫁给西门庆，我是真材实料，我是以处女身份嫁给西门庆的，我没有浪过，除了西门庆，我没有第二个男人。而底下那些女子呢，个个都不干净，所以西门庆死了以后，她是认真为西门庆守节的，现在逃难到这个地方，为的是让儿子和云姑娘成亲，怎么能够嫁给云参将呢？她拒绝了。

第二天云参将又亲自出面款待她，酒喝着喝着不但说出很不堪的话，还有动作，搂着她求欢。意思是说：你答应我得了，我现在也没有一个压寨夫人，你嫁给我多好，保你享福！这个时候吴月娘就惶恐了，怎么这样啊？云理守越来越不像话，吴月娘就跟他翻脸了，骂他，说："云理守，谁知你人皮包着狗骨！我过世的丈夫不曾把你轻待，如何你现在说出这样的犬马之言？"云理守居然无所谓，你骂你的，我还要搂你，还要跟你求欢。这个时候吴月娘一想，就说这样，你把我的兄弟叫来，我先见见他。她想缓冲一下这个局面，没想到云理守说好嘞，我告诉你吧，我把你兄弟跟玳安都杀了，一声吆喝，小的们，拿来给她看。他的下级出来，提两个人头，一个是吴二舅的，一个是玳安的，血淋淋的。吴月娘吓得面如土色，哭倒在地。云理守把她抱起来，说到了这个地步了，你就跟我做夫妻得了吧。吴月娘说，你先把孝哥儿和云姑娘的婚事办了，这样我心里才得安定。他说好啊，当时就让下属把孝哥儿和云姑娘找来，披上婚服，让他们俩拜天地，送进洞房。云理守就说：你看，婚事办完了，你还有什么说的？就进一步地强迫吴月娘做他的妻子。吴月娘就挣扎，这个时候云理守带她到了新房里面，拔出剑，一刀斩下去，把孝哥儿头给砍了，血溅了满地。吴月娘吓坏了，好在一哆嗦，醒了，是个梦，她在梦里嚷嚷着，小玉赶紧问她：娘，怎么回事？你怎么了？她就把她做的梦跟小玉讲了一遍，小玉也听得直打哆嗦，多可怕呀。

这个吴月娘之梦，是书里非常精彩的一笔，《金瓶梅》和《红楼梦》的不同之处，就在于他兰陵笑笑生写人性恶，写人性当中的黑暗，下笔非常之狠，毫不留情。你看他写这个云理守云参将，把他的人性恶写到这种地步，为了自己的贪欲，自己的情欲，可以随便杀人，血淋淋的，他的人性恶酽酽黑黑的。吴月娘之梦，不但惊醒了吴月娘，应该也惊醒了无数的读者。兰陵笑笑生通过冷峻的笔法，等于在宣示，你对人性不要抱什么大的希望，人性当中黑暗的东西是积累得很深的，很可怕的，消失不了的。你活着就要懂得这一点，时刻提防着。这样的一种写法和这样一种宣示怎么评价，现在先不说，我们只能说作者达到他想表达的那个意思，他的文笔是非常好的，吴月娘之梦写得让人读了以后毛骨悚然，浑身如浸冰水。

故事往下发展，经过这一场噩梦以后，就别去济南了呀，还能去吗？虽然是一个梦，但是真去济南，找到这个云理守云参将，情况可能比这个梦里面好一点，也好不到哪儿去。在绝望当中，最后，吴月娘被一个叫普静法师的和尚点化了。她明白孝哥儿就是西门庆的替身，西门庆死的时候孝哥儿落生，因此不可能今后通过孝哥儿的成长、婚配获得养老送终的前景，她就把孝哥儿舍给了普静法师，让他跟随普静法师做一个和尚，这样也为西门庆生前的罪孽做一个补偿。她最后把玳安认作自己的儿子，玳安被称作西门小官人，玳安、小玉两口子服侍她，给她养老送终。故事写他们后来放弃了去济南，这个时候政局发生了变化，北宋灭亡了，南宋在南方成为一个苟存的政权，一度北方还有金人所扶持的一个傀儡政权，但是清河县没有被金人统治，大体还属于南宋的管辖区，他们就回到了清河县，他们把西门府大门上的锁打开以后，万幸，金兵劫掠城市，还没有能够闯进这个大门去劫掠他们家，虽然里面房屋都破败了，要在里面居住的话，需要重新整理。但是看来金兵没有进去，盗贼也没有进去，收拾一番以后还可以居住。

《金瓶梅》通过写吴月娘的一个梦，传达了一种虚无的观念，到头来任何美好的愿望所面临的都是狰狞的现实，对人没法信任。人性的恶出乎你的预想，一旦爆发，非常可怕。《红楼梦》还不是这样一个立意，书里通过贾宝玉，以及林黛玉、史湘云、妙玉、贾探春、鸳鸯、平儿、紫鹃、香菱、小红、晴雯、芳官……这样一些青春形象，通过他们心灵中的闪光点，给读者以希望，以慰藉，超越了《金瓶梅》里面的表达，歌颂了烂漫青春的纯真，让人觉得这个世界不都是黑暗与龌龊，人性当中的真善美还是可以期盼的。

但是在《红楼梦》第一回出现了《好了歌》，《好了歌》的表达是和《金瓶梅》吴月娘之梦相通的一种虚无的消极思想。

书里写甄士隐，第一回就出现这么一个人物，开头他在姑苏的阊门外的巷子里面过着一种安适的小康生活，后来女儿被人拐走了，遭遇大火，家又被烧了，投靠岳父，岳父对他连哄带骗，把他带去的银子几乎全贪了，他就显出了下世的光景，不像能活下去的样子了。有一天他到外头散步，遇见了一个跛足道士，见这个道士一边走，一边唱，唱的就是《好了歌》。

《好了歌》先唱道："世人都晓神仙好，只有金银忘不了；终朝只恨聚无多，及到多时眼闭了。"就是说人对财富的追求到头来是很虚无的，想一想《金瓶梅》里面写的西门庆，他积累那么多的财富，开那么多铺子，还在运河里面搞运输，怎么样呢？终朝只恨聚无多，及到多时眼闭了。一场空。

《好了歌》又唱："世人都晓神仙好，只有娇妻忘不了；君生日日说恩情，君死又随人去了。"就是这个夫妻之情，也是不可以依赖的，没有什么严格意义上真实存在的爱情，到头来这种期盼也是一场空。大家想想《金瓶梅》里面所写到的西门庆，就算吴月娘对他还一直守节，但你看他那些小老婆，一个一个最后就都随着人去了，包括孟玉楼，孟玉楼在他生前表示对他忠诚，两个人关系也非常好，可是西门庆死了以后，孟玉楼春心萌动，到头来还是改嫁了。

《好了歌》再唱："世人都晓神仙好，只有儿孙忘不了；痴心父母古来多，孝顺儿孙谁见了！"封建社会最强调传宗接代，强调孝顺、孝道，但是从《金瓶梅》可以看出来，哪有什么真正的孝子？西门庆临死的时候没有儿子，就把女婿当作儿子，谆谆地对他留下遗言，在当时那个情景下，陈经济仿佛很悲痛，很认真地听他留下的遗嘱，表示要去认真地实践。结果怎么样呢？不但没有照他的遗嘱去落实，还和他的小老婆乱来，最后甚至于污蔑吴月娘，说吴月娘生下的孝哥儿是他和吴月娘生下的一个种，把吴月娘气个半死，哪有什么孝顺儿孙呢？所以《好了歌》将封建社会所鼓吹的孝道，也归之为虚无。

书里写甄士隐听见这个跛足道人唱《好了歌》，就迎上前去问他，说你满口里说些什么？只听见"好了""好了"。那道人就说，你若果听见"好了"二字，还算你明白，可知世人万状，了便是好，好便是了，若不了，便不好；若要好，须是了。道人告诉他，说我这歌名就是《好了歌》。所有的好事到头来都化为了，了就是了结、消散、虚无。

《好了歌》的情绪笼罩着《红楼梦》全书，是一种消极的世界观、人生观、价值观，是被社会的腐败、人际的恶斗、人性的黑暗逼出来的一种愤懑，但是好在，刚才我说了，《红楼梦》全书不只有这样一种情绪，它还有另外一种情绪的宣泄，就是对纯真情感的无限肯定与向往，对"世法平等""我为我心"的终极追求，它其实通过后面的情节流动与人物塑造，超越《好了歌》这种消极观念，解构了《好了歌》的虚无结论。

清代改琦《红楼梦图咏》·小红

王婆遇雨与芥豆之微

　　两本书在叙述策略方面都挺讲究，《金瓶梅》是借树开花，前五回半跟《水浒传》里面的一部分内容似乎很雷同，讲武松打虎，在县里面遇见了哥哥武大郎，哥哥邀请他到家里住，嫂子潘金莲对他进行性骚扰，他离开以后，潘金莲在王婆的教唆下和西门庆发生了不正当关系，又在王婆的教唆下毒死了亲夫武大郎。这些情节显然都是从《水浒传》里面借过来的，当然你要注意，《金瓶梅》里面这些情节并不完全照抄《水浒传》，还是有很多文本差异的，这里不细说。而且像崇祯朝印的《金瓶梅》第一回，增添了西门庆热结十兄弟的情节，那是《水浒传》里没有的。

　　不管怎么说，《金瓶梅》前面的五回半，很多内容是和《水浒传》里面那段故事雷同的。它叙述的节奏跟《水浒传》一样，紧锣密鼓的，一环扣一环，情节跌宕起伏，惊心动魄。但是到了《金瓶梅》的第六回下半回，文风有一个转折，《金瓶梅》第六回的下半回叫作"王婆打酒遇大雨"。单看这个回目，可能会有这样的猜想，王婆打酒遇见大雨了，那发生什么事情？一定会有什么惊人的事情发生，但是你仔细看书里面的文字，就会发现无非写的就是他们合伙把武大郎害死以后，西门庆和潘金莲公然在武大郎尸骨未寒的情况下，在武大郎家胡来，王婆居然给他们做酒菜，酒菜布好以后，酒不够了，王婆拿着酒壶去为他们打酒，那么打酒当中又怎么样呢？写她无非是回来路上下雨了，在一棵大树下避雨，雨停了她往回走，一切都很平常。从这一回的下半回起，《金瓶梅》的文本就和《水浒传》拜拜了，底下就完全是作者兰陵笑笑生独创的内容了。《水浒传》是写英雄豪杰的故事的，那一段是重点写的武松，但是到《金瓶梅》这本书后面，武松后来虽然也出现，重点是写没有被武松打死的那个西门庆，写的是西门庆的故事，叙述变得比较松弛了，就好像一场大雨过后，天空出现了彩虹，雨停了，树叶上滴下雨珠，一切复归正常，写的就是正常的生活流了，没有什么太多的惊心动魄的情节出现了。这是《金瓶梅》作者兰陵笑笑生在创作这部小说的时候所把握的一种叙述策略，所以王婆遇雨，然后就躲雨，无非是打酒去了，打酒回来以后怎么样呢？没怎么样，她就把酒拿回去了。

这样就使得读者从前面关于武松的那种紧张的故事情节里面解脱出来了，引导读者来看他细致描绘的清河县里面的市井生活。这是我们读《金瓶梅》要把握的一点，这回之后，他就放手去写西门庆的日常生活，他没有接着写西门庆和潘金莲的故事，他写西门庆经过一个媒婆薛嫂的说合，娶了一个布贩子的寡妇孟玉楼。从迎娶孟玉楼开始，《金瓶梅》的内容就和《水浒传》彻底不一样了，孟玉楼是《水浒传》里没有的人物，所以往后读就越读越有趣，《水浒传》那种英雄豪杰紧张的战斗气氛荡然无存了，出现的是在清河县里形形色色的普通人，写他们的生存状态。

《红楼梦》也很讲究叙述策略，第一回到第五回，信息量极大，叙述的节奏比较紧迫，五回书里面讲了很多事情，像第四回交代了四大家族的事。毛泽东主席特别喜欢《红楼梦》，他对《红楼梦》有深入的研究，有独特的观点，他认为第四回是《红楼梦》的总纲，关于四大家族的交代非常重要——第五回是贾宝玉神游太虚幻境，这一回对故事里面主要女性角色的命运发展轨迹和最后的归宿都有所暗示。但在第六回，忽然笔调一转，从沉重化为了轻松。所以两本书作者在叙述方略上，真是很相近。

《红楼梦》第六回写的什么呢？它从下半回就引入了全新的内容，写和四大家族没有直接关系的小人物的生存状态。《红楼梦》的叙述语言非常灵动，不像有的古典小说，在叙述上有时候比较死板。比如，产生在明代后期的由冯梦龙整理撰写的"三言"——《警世通言》《喻世明言》《醒世恒言》三本短篇小说集，这三本短篇小说集也很有价值，但是它们的叙述语言比较陈旧和刻板。《红楼梦》到了第六回下半回，是这么说的：按荣府一宅——因为他重点是写贾氏宗族，贾氏宗族有宁国府，有荣国府，他重点是写荣国府的故事——这一宅当中合算起来，人口虽不多，从上至下，也有三四百丁——那比《金瓶梅》里面西门府的人数就多太多了，有十倍以上——荣国府这一府事虽不多，一天也有一二十件。《金瓶梅》里面的西门府虽然是一个财主的住宅，后来西门庆又当了官，从早到晚这个宅子里发生的故事可能有几件，但是不可能有一二十件。

《红楼梦》作者曹雪芹就说了，荣国府是这么一个情况，这些人和事交织在一起，竟如乱麻一般，并没个头绪可做纲领。读到这儿，读者就跟他一块儿犯难了，你在给我们讲荣国府的故事，这么多人、这么多事，你怎么往下讲？作者就说了：恰好忽从千里之外，芥豆之微，小小一个人家，因与荣府略有些瓜葛，这日正往荣府中来，因此便此一家说来，到还是头绪。他从乱麻当中抽出了一根麻，在千里之外，有芥豆之微的一个生命存在。什么叫芥豆？芥是一种植物了，有一种菜叫芥菜，芥菜可以吃，它成熟期也会开花结子，结出来的芥子是非常小的，非常不起眼的一种东西，所以用芥表述就说明这个事物非常之微小，豆比芥可能略大一点，但是比起枣、瓜这些东西来说的话，也微不足道。

他讲荣国府的故事，干脆先抛开荣国府本身，从千里之外的芥豆之微的一个生命存在说起，所谓千里之外是一个夸张的修辞，没有一千里，但恐怕也有上百里路，是京城远处的一个农村。他说有一个小小的人家，跟荣国府这种贾氏宗族等四大家族比较起来的话太微不足道，可是这家人因与荣国府略有些瓜葛，这家里面就有人正往荣国府来，他就决定从这家往下讲。以上这些叙述的人称应该是第三人称，客观叙述，底下他忽然转换人称，第二人称，直接和读者对话，用"你"这样的人称往下讲。他说："你道这一家姓甚名谁，又与荣府有甚瓜葛？"就交代，在离荣国府很远的农村里面，有一家农户人家姓王，男主人叫王狗，从这个名称你就知道是地位很低微的、很贫穷的一个家庭；他娶个媳妇姓刘，这个媳妇的母亲，他们孩子的姥姥，就被称为刘姥姥，王狗跟他媳妇生了一个女儿青儿，生了一个儿子板儿，青儿是姐姐，板儿是弟弟，板儿还很小。

这年冬天天气逐渐转冷，他们家里，第一，没有冬衣；第二，存粮不够。北方的冬天是很漫长的，温饱都成了问题，怎么办？刘姥姥出主意，说你们王家，王狗儿他们家祖上，没有这么穷，当过小官，当时王夫人的父亲也当了官，当的官当然比王狗儿祖上当的官要大一些，但是也没大哪儿去。有一个官场上的习俗——联宗，你这个王家地位比较高，比较阔气，我也姓王，我官职比你低、比你寒酸，我就认你是我的亲戚。比如这个王狗儿的上一辈就认王夫人的上一辈为叔叔，我拜在你门下，我也姓王，我就成了您的侄子辈了，今后你多照顾照顾我。

王夫人的父亲那一辈当官不是很大，为了扩大自己的势力，有时候会接纳一些这种来联宗的人。你也姓王，那好，你叫我叔，算我侄子，今后我在官场上运作的时候，有什么事就叫你来帮忙。王狗儿的父辈觉得攀附上有钱有势的王家以后，那我们就是一家子了，遇到什么事以后可以拿出这个招牌唬人。刘姥姥提醒王狗儿，说咱们家还是有这么个线索，干脆我带着板儿到京城去碰碰运气，听说王家这个小姐后来嫁给贾家了，现在在荣国府是府主婆，找她去得了。这样就形成了刘姥姥一进荣国府的情节，当然我们往下看就知道了，刘姥姥一进荣国府没见到王夫人，但是很有运气，见到了荣国府真正有实力的管家的人王熙凤。她既是王夫人王家的一个侄女，本身又嫁给了贾家老祖宗贾母的孙子贾琏，所以她两头都有关系，四大家族她一个人占了两家。王熙凤接纳了刘姥姥，临走时给了她二十两银子，使得她很高兴地回到家里，那一冬就不愁了，不但那一冬不愁了，当时二十两银子，够王狗儿他们家过一年了。

所以你看《红楼梦》的作者也很会写。《金瓶梅》是从第六回下半回文风一转，进入了日常生活流的描写。《红楼梦》也是从第六回下半回，刘姥姥一进荣国府，找到了一个往下讲故事的捷径。这样合璧赏读，对我们理解古典长篇小说高妙的写作技巧很有帮助。

"此是他姑娘哩"

　　两本书里面经常出现一个语汇——姑娘，姑娘在书里面是什么意思呢？我们先从《金瓶梅》说起。《金瓶梅》里面有两处特别值得注意，一处就是作者写西门庆通过薛嫂说媒拉线，看上了布贩子杨家的寡妇孟玉楼，最后迎娶了孟玉楼。这桩婚事一度遭到了阻挠，谁出面阻挠？有一个叫张四舅的人。孟玉楼所嫁的这个人的母亲姓张，他的母亲有兄弟，可能有好几个兄弟，其中第四个兄弟最拿事，叫张四舅。张四舅出面阻挠，你也不能说他完全没有他的道理，因为他有身份，他是孟玉楼丈夫的一个舅舅，孟玉楼在家族活动当中也得叫他舅舅。他说一大堆阻挠孟玉楼嫁人的话，特别反对她嫁给西门庆，但是没想到薛嫂早预料到有这么一出戏，她跟西门庆早就设下了应变方案，就从屏风后面转出来一个人，跟张四舅对嘴、扛杠。书里把这个人称作是姑娘。

　　年轻的读者可能会觉得，姑娘，这不是小姐的意思吗？杨姑娘——杨家的一个小姐出来跟张四舅抗衡，那怎么能行呢？你要懂得，这里所说的姑娘，意思是姑妈，不是小姐的意思。张四舅是孟玉楼丈夫的母系那边的一个长辈，而这个杨姑娘是杨家的，她丈夫这边的一个姑妈，在那个时代、那个社会，汉族对宗族的认知上，父系的长辈权威性超过母系的长辈。就是这个杨姑娘是杨家人，孟玉楼所嫁到的这一家姓杨嘛，她是杨家的后代，是孟玉楼死去的丈夫的姑妈，也就是死去的丈夫的父亲的一个姐妹，属于父系的亲属。她一出场，张四舅就矮一截，因为在当时宗族轻重高低的排序上，你是母系的，你是孟玉楼死去的丈夫的母亲那一支的，你根本就不姓杨，你姓张。再加上杨姑妈出来以后，说话很厉害，满嘴不饶人，从气势上就压住了张四舅。当然，更重要的一个因素，是西门庆事先给了杨姑娘丰厚的银子。

当时好多邻居来围观，因为这家出情况了嘛，当今社会也还有类似现象，有些市井普通人喜欢围观，听说闹起来了，当前的网络语言叫吃瓜，就出现一批吃瓜群众看热闹。他们两个唇枪舌剑，结果杨姑娘胜出，除了她会说话，头头是道以外，就是因为她姓杨，她是杨家正宗的亲戚，是父系的亲戚。周围这些邻居看热闹，根据当时那个社会封建伦理的排序，他们就觉得人家是姑妈，人家姓杨，她出来表态，这很重要。你这个舅舅，你是外姓，你不是杨家血脉上的人。最后张四舅就败落，杨姑妈大获全胜。当时西门庆找一些人正在往外搬东西，要把属于孟玉楼的东西都搬走，张四舅开头是阻拦的。后来杨姑妈一出现，阻拦不住，人们成功地把这些东西都搬到了西门府，西门庆就把孟玉楼娶定了。

通过这一回书的描写，我们懂得，在明代，姑娘的一个含义就是姑妈。在整部《金瓶梅》的书里面，基本上没有什么小姐的形象，西门庆有一个闺女叫西门大姐，故事一开始她就已经出嫁了，嫁给了一个卖楠木的木材商陈洪的儿子陈经济，故事一开始她就不是小姐了，后来西门府里面也没有出现别的小姐，故事里面的其他角色，基本上也没什么小姐，所以它出现姑娘的字样，首先就是姑妈的意思。这个杨姑妈，杨姑娘，她对西门庆顺利地娶走孟玉楼，起了很大的作用，所以后来书里就多次写到她和西门府保持着比较多的联系，西门府有时候举行一些活动，请她来，她也很愿意参加，受到礼遇。

在《金瓶梅》里面，还有一次出现了姑娘这个语汇，怎么回事？就是李瓶儿，她一开头只是西门庆的一个情妇，丈夫死了以后，她想嫁给西门庆，但是西门庆没有马上把她娶进门，她很有心眼，她怕吴月娘和其他这些排在她前面的小老婆，在西门庆耳朵边下蛆，说她一些坏话，不利于她嫁来，所以她就想方设法去讨好西门庆的这些妻妾。她就准备好多礼物，到西门庆家讨好这些人。当时正好潘金莲过生日，你也不能无端到人家去，那么她以邻居的名义来给潘金莲庆生。她们就接待了她，那是她第一次进入西门府。

当然，首先要拜见吴月娘，吴月娘是正妻嘛，你今后嫁进来了，也得叫她大姐，甚至于得管她叫作娘。然后拜见了另外几房小老婆，首先二房是李娇儿，三房当时是孟玉楼，潘金莲排在第五房，她不是很清楚，她反正知道这几个人都是很重要的人，她想嫁给西门庆的话，这几个人不阻拦，她就嫁得成。当时还有一些亲戚，如吴月娘的嫂子、吴大舅的妻子吴大妗子、潘金莲的母亲潘姥姥，女儿过生日嘛，她也来了，李瓶儿都拜见。吴月娘招待她吃茶，以礼相待。这个时候她看有一个妇人走了过来，这个妇人身上的装饰品少，而且质量都比较次，但是也不像是丫头，她不敢认，就起身来问吴月娘，说："此位是何人？奴不知，不曾请见的。"吴月娘就告诉她："此是他姑娘哩。"他指的就是西门庆，西门庆当时不在家，吴月娘告诉她，除了我们这几个以外，来的这个人，也是西门庆的人，是他姑娘。这里姑娘的含义就是姨娘，小老婆的意思。她今后嫁给了西门庆，别人也可以说她是西门庆姑娘，也是可以这么说的。

这个时候李瓶儿才恍然大悟，你算一算，除了吴月娘，已经有几房小老婆？首先是李娇儿，然后是孟玉楼，然后还有这个人，后来知道她叫孙雪娥，然后才是潘金莲。她要再嫁进去，要排在最后，等于是第六房。

书里后来才交代，这个孙雪娥为什么也是西门庆的姑娘。当时收房，让你当小老婆，有一个标志，就是让你在脑后戴用别人的头发织成的一个装饰品鬏髻，孙雪娥当时是戴着鬏髻走过来的，这是她被收房，成为姑娘的一个标志。但是她头上插的这些簪子、珠花，装饰品数量少，李瓶儿是一个很富有的夫人，她懂这个，一看就知道，数量不但少，还不是少而精，有的人装饰少，但是她一样顶十样，这个姑娘不是这样子，她头上戴的装饰品少，而且一看就是次等货。后来发现，这个孙雪娥不能跟吴月娘、李娇儿、孟玉楼、潘金莲平起平坐，大家在一起宴饮的时候，她随着丫头们站着伺候，后来有西门庆在座的时候，她甚至还跪着伺候。这是孙雪娥的正式出场，使读者懂得"姑娘"这个语汇在明代除了姑妈的含义以外，还有姨娘、小老婆的含义。

这个语汇到了《红楼梦》里面怎么样呢？《红楼梦》里面，姑娘这个语汇出现得非常频繁。通读《红楼梦》会发现，它主要是未出嫁的小姐的意思。像林黛玉进荣国府，丫头们去通报，林姑娘来了！电影、电视剧也是这么演的，林姑娘指的就是林黛玉。后来像薛宝钗被称为宝姑娘，很多小姐都被称为姑娘，所以在《红楼梦》里面，姑娘的第一个含义就是小姐。

但是，《红楼梦》的文本现象，你必须注意，有林姑娘、宝姑娘，还有一些其他小姐被称作姑娘，但是史湘云，书里称呼她的时候很特别，从头到尾都叫作史大姑娘，没有史姑娘这么一说，一定要加一个"大"字，这是《红楼梦》一个很特殊的文本现象。有的人写文章，想论述《红楼梦》里面几个主要女性角色，造一个句子，如他造成：林姑娘、宝姑娘、史姑娘，你喜欢哪一个？这是不可以的，《红楼梦》里面对史湘云的称呼始终是史大姑娘，就因为在书里交代，她是荣国府的老祖宗贾母那边的亲戚，贾母娘家姓史，她本人也姓史，书里有时候把她叫作史太君，她是史湘云的祖姑。史湘云从小父母双亡，但是她的父母在史家的那一辈里面应该是最大的，后来她父亲的两个弟弟，即她的叔叔都封为了侯爵，这两个弟弟轮流来抚养他们哥哥留下的这个后代。史湘云在史家那一辈里面应该是第一个后代，所以在史家都习惯称她为史大姑娘。到了荣国府以后，所有人也都这么称呼她。

《红楼梦》里面有没有叫姑娘，但却是姑妈的意思呢？是有的，如王熙凤的贴身大丫头平儿，平儿后来很拿事。因为王熙凤管事，一个人管不过来嘛，平儿就等于是她的副手。有的小厮想请假，找王熙凤很困难，而且可能也准不下来，就追在平儿身后，求平儿给点假。他们追着平儿怎么叫呢？就叫姑娘——平姑娘，是平小姐的意思吗？不是，就是因为平儿年龄可能不比他们大多少，但是他们表示尊重，把你的辈分提高，姑娘，就是平姑妈。有一些小丫头称呼大丫头，也叫姑娘，表示自己矮一辈，你是我姑妈，所以它也有姑妈的意思，就说明从明代到清代，"姑娘"这个词除了称呼未出嫁的小姐以外，也用来称呼姑妈。

有没有用姑娘这个词称呼小老婆的现象出现呢？在《红楼梦》的文本里面也是有的，比如有一次袭人和晴雯拌嘴，把她和宝玉说成是我们，晴雯就不答应了，说了很尖刻的话，说："明公正道的，连个姑娘还没挣上呢，也不过和我似的，哪里就称上我们来了？"晴雯这个夹枪带棒的话里面说的姑娘，就是姨娘、小老婆的意思。就是你如果真的正式成了贾宝玉的姨娘，你说我们还说得过去，现在你的身份，起码明面上的身份不过跟我一样，是个丫头，正经姑娘没挣上呢，你嘚瑟什么呀？这个地方的"姑娘"，就是姨娘、小老婆的意思。

所以读这两本书，对"姑娘"这个词一定要懂得，在不同的语境里面，它有不同的含义。

迎儿与雪雁

　　两部小说都写到了弱小的生命存在。《金瓶梅》里面出现了一个角色叫迎儿，她是武大郎前妻给他留下的一个女儿。听我这么一说你就明白了吧？《金瓶梅》作者虽然是借树开花，从《水浒传》里面借了一段情节，借了几个人物，作为故事的开端，但他实际上并没有全盘地抄袭《水浒传》，即便他利用《水浒传》这部分情节和人物的时候，也有自己很多的主意。比如，设置了迎儿这个角色，这是《水浒传》里没有的，《水浒传》里面写潘金莲和武大郎的故事，给人感觉这个武大郎不仅长得丑陋，身材矮小，而且没有性能力，甚至根本就没有生育能力。所以在《水浒传》里面，武大郎这个角色显得特别猥琐，特别让人觉得不成个男子汉的样子。但是在《金瓶梅》里面，在兰陵笑笑生笔下，武大郎是有生育能力的，而且和他的前妻还生下了一个小生命，一个女孩子，叫迎儿。

　　这是兰陵笑笑生的独创，书里写潘金莲作为后妈，对迎儿非常不好，甚至虐待她。武大郎被她害死以后，迎儿成为一个孤女了，说是有一个母亲，是一个后妈，还不如没有呢，对她非常残忍。书里写有一次潘金莲让她去蒸饺子，蒸了以后让她端过来，一数少一个，就问：是不是你吃了？大家想一想，潘金莲很没有道理，迎儿是这家的家庭成员之一，而且先有她迎儿，才有你潘金莲的，对不对？她怎么就不能吃？但是潘金莲一数，少一个，不但打她，而且拿手指甲掐她的脸，掐出血来，迎儿是一个非常可怜的小生命。后来潘金莲嫁给西门庆了，没有把迎儿带过去，按说你改嫁，可以带着自己的孩子嘛，叫"拖油瓶"，我就"拖油瓶"了，怎么着？她把迎儿交给了王婆，王婆就把迎儿当作一个粗使丫头，所以在《金瓶梅》里面出现了这样一个小生命。作者写的时候不动声色，白描地写她的生存轨迹，但是读者读了以后都会心生怜悯，好可怜哟。

在有的版本里面，迎儿被写成蝇儿，苍蝇的蝇，说明她更是一个微不足道，不但被人忽略，甚至被人厌恶的脆弱的小生命。书里写武松经过了很多波折以后，又回到清河县，查明了哥哥的死因，知道是潘金莲和王婆下的手，就把潘金莲和王婆杀掉了。他是当着迎儿的面杀的，太残忍了，一个小生命，怎么能经受得住这样血淋淋的场面？而且书里写武松一点人情味都没有，你报仇，你为谁报仇？为你哥哥报仇，你有亲侄女在这儿，你对你侄女得呵护，对不对？而且你有继承你哥哥的遗志，抚养她、培养她的义务啊。但是武松很不像样子，对迎儿毫无感情，杀完人，走的时候就把迎儿等于是送给一个邻居了。这个邻居之所以接受，是因为白得了一个劳动力嘛，当时迎儿已经比较大了，能干活。

在兰陵笑笑生笔下，有迎儿这样一个贯穿性的角色，说明在那个社会里面有一种非常弱小的生命，在社会最底层被侮辱、被损害。书里还写到在西门府里面，有一个丫头是潘金莲那一房的，叫秋菊，这个丫头作为一个小生命也很可怜。不但潘金莲对她又打又骂，甚至庞春梅——按说她的身份也无非是个丫头，但是因为仗着西门庆宠爱她，对秋菊也毫不留情。一点小事，打了骂了还不算，让她跪在院子里，让她举一块石板受罚。所以书里也写到了一些人间的最悲苦的生命,像迎儿,像秋菊。

《红楼梦》里面也写到了弱小的生命。林黛玉从扬州乘船经过运河,到了京城上岸,再坐车坐轿到了荣国府,到了她外祖母贾母这儿。她随身带来的只有两个仆人,一个是老婆子王嬷嬷,另一个是小丫头,叫雪雁。当时贾母一看就觉得很不像样子,怎么我的外孙女只带了这么两个仆人呢?一个太老,一个太小。书里说贾母一看这个雪雁,一团孩气,林黛玉本来就不大,她比林黛玉还小,还是个小孩。这样怎么能够伺候好林黛玉呢?所以贾母就把自己身边一个丫头,原来叫鹦哥,交付给林黛玉,成为林黛玉的贴身大丫头,后来改名叫紫鹃。雪雁既然是老家带来的,自然也就随在林黛玉身边。后来林黛玉从贾母那儿搬进了大观园,住在潇湘馆,自然紫鹃、雪雁,后来交代还有一个丫头叫春纤,还有一些婆子,都住在潇湘馆。

雪雁就在这样一个府第里面默默地生长,没有人会特别注意她。府里面的丫头,前面说了,主要有两个来源,一个来源是家生家养,就是原来府里面的男仆和府里的女仆,被主子管家配婚以后,到一定年龄就让他们结婚,生下男孩继续做府里面的男仆,先做小厮,长大做男仆,生下女孩,长大以后就继续做府第里面的丫头,这种来源的小厮、丫头,他们之间的关系比较密切,这很自然了,他们不可能亲近雪雁。另外一个来源,就是从外面社会上拿钱买的,像贾宝玉的首席大丫头袭人,就是拿银子买来的,还有一些丫头也是买来的。家生家养的仆人之间因为来源相近,有认同感,会抱团。买来的呢,他们也会有相互的认同感,也会抱团。

雪雁跟谁去抱团?她既不是家生家养的丫头,也不是买来的丫头,是林黛玉带来的一个丫头,孤苦伶仃的。如果说林黛玉到荣国府是投靠贾母,算是寄人篱下,她呢,就更是寄人篱下了,她有什么欢乐呀?她有什么生命的前景?她是很可悲的。书里有一笔专门写到她的一段故事。林黛玉身体不好,总要吃药,一批药吃完以后,就要去荣国府中轴线的主建筑群，王夫人所住的那个最好的空间，领另一批药。当然，大丫头紫鹃也可以去领，但是紫鹃还有更多的照顾林黛玉的任务，这种事情就让雪雁去，雪雁也应该去。所以有一天雪雁就去那儿领药，看见院子里有人跟她招手，因为王夫人所住的是一个很阔大的院落，正房嘛，除了她住的正房以外，两边会有东西厢房，东西厢房旁边可能还有院门通向另外的小院子，是姨娘住的，可能一边是赵姨娘住，另一边是周姨娘住。

雪雁从王夫人的正房出来，就看见院子里在厢房旁，在小院门口，有人跟她招手，谁呀？赵姨娘。人家跟你招手，你得过去问什么事，赵姨娘说，你不是有月白袄子嘛？月白袄子就是像月亮一样的白色的一种衣服，这种衣服是专门在有丧事的时候穿的，平时还不一定穿，是在参与丧事活动的时候一定要穿的。府里给这些丫头、婆子也都配备了这种月白的袄子，一旦有丧事带着他们出门，有时候府内也会有丧事，举行这种活动的时候，就要穿这种袄子。

赵姨娘就说了，你有月白袄子，你拿来，你借给我的丫头小吉祥，给她穿。因为当时赵姨娘的兄弟赵国基死掉了，赵国基家要办丧事，她作为姐姐，得带丫头去，她要带小吉祥去。她柿子拣软的捏，知道雪雁是一个脆弱的生命。刚才不是说了嘛，在府里的丫头群里面，她很孤独，谁也不注意她。雪雁回到了潇湘馆，就把这个事跟紫鹃说了，紫鹃就问了，她问你借，你答应没答应，你借没借呀？雪雁的一番话，就说明了一个弱小的生命在那样一个险恶的府第里面，她默默成长成熟了，她说小吉祥自己应该也有这种月白袄子，府里给所有的仆人都配备了，但是参加丧事活动月白袄子容易弄脏，她们怕弄脏了自己的，就管我借。这真是欺负人，是不是？紫鹃问她，那你借不借呀？她说我不借。那你怎么说的呀？如果她由着自己的小脾气，态度很生硬地拒绝的话，对她是很不利的，她学会了应付人生当中这样的难题。她就说要借我这个月白袄子挺麻烦的，我先得跟紫鹃姐姐说，因为我的衣服都是紫鹃姐姐给我收着呢，紫鹃姐姐还得去跟林姑娘说，就是还得请示主人，林姑娘又正病着。

这样你想，我要是借给你们的话，多麻烦呀，程序很烦琐。真是林姑娘答应了，紫鹃姐姐给了我了，我再送过来，也误了你们的事了，那个丧事早就进行完了。

她把这一套话说完，紫鹃就笑了，说你不借倒也罢了，你还往我身上推，你还把咱们林姑娘拿来说事。**这就说明雪雁在府里面没人教她，她自学成才，渐渐懂得人情世故，应付各种人际关系，她在默默成长。**看起来她好像是很圆滑地把这件事搪过去了，但是我们静下来想一想的话，很鼻酸，什么叫鼻酸？就是想哭，不到哭的份儿，鼻子酸了。

两本书里写这个小生命都写得很成功，这样的合璧赏读能够使我们产生一种大悲悯的情怀。

架儿与扫地小厮

　　两本书里面都写到了最卑微的生命存在，前面讲到了《金瓶梅》里的迎儿、秋菊，她们还都不是最卑微的生命存在，因为迎儿后妈虽然虐待她，但是她曾经是有父亲武大郎的。像秋菊，虽然被潘金莲和庞春梅虐待，她毕竟住在西门府第里面。像《红楼梦》里面的雪雁，说她孤苦伶仃，被人忽视，默默地生存，但是起码在物质生活和生存环境方面来说还过得去。两本书都写到了比上述人物更底层跟卑微的存在。

　　《金瓶梅》写西门庆经常不着家，到妓院里面去鬼混，在妓院里面出现了一些帮嫖的人，西门庆的那些狐朋狗友，听说他去了，都会纷纷跟随而去，在里面白吃白喝，甚至于白拿、偷窃，但他们还不是妓院里面最下贱的存在，妓院里面还有一些人，如有一种人叫作圆社的，干吗的呢？妓院里会有各种各样的娱乐活动，让这些嫖客除了做那种事以外，还能够得到一些乐子，其中一种就是踢球。当时踢的球是用动物的膀胱做的，跟现代这种大球的球胆是类似的，当然，现代篮球、足球、排球的球胆都是用特殊材料制作的，比较结实，当年用动物膀胱做成的球是比较容易踢破的，踢破了一个就再续一个。这些专门在妓院里面陪着踢球的成员，叫作圆社，他们就很下贱。

那个时候像西门庆这样的嫖客，还有他那些帮嫖的狐朋狗友，乃至于妓女，都会在妓院的院子里面踢球。别看这妓女是三寸金莲，也能勾踢拐打，踢出各种花样。这些圆社很卑微，嫖客厌烦了，一挥手，他们就得让开，躲起来，别碍眼。妓院里面还有一种最卑微、最底层、最不像样子的生命存在，叫架儿。什么叫架儿？书里写到有一次西门庆跟帮嫖的这些狐朋狗友，一块儿和妓女餐饮，餐饮完了以后喝茶，这个时候忽然见帘子外头有人探头舒脑，作者写得很生动，不敢进来，但是又想进来，于是就往里探头舒脑，把脖子伸长了，把他的脑门往前送。**他们在寻找机会，在帘子后头探头舒脑的这群人就叫作架儿。**他们逮准机会，一看西门庆当时心情比较愉快，估计不会对他们非常严厉地呵斥，就一下子蹿进去。这些人衣衫褴褛，而且往往多日不洗澡，身上泛出恶臭，进来就跪下。他们手里一般都拿着三四升瓜子，用别人废弃的一些纸张、麻袋片什么的，裹着一些瓜子。他们希望嫖客能够赏点小钱，买他们一点瓜子，算是有点进项。他们进来跪下，抱着瓜子，说："大节间，孝顺大老爹！"希望西门庆赏他们点钱，收点瓜子。

这种架儿经常被嫖客厉声呵斥——滚！嫌他们衣衫褴褛，形象太糟，而且身上有味，太讨厌。但是西门庆的出身比较低微，一个游商的后代，通过自己的奋斗，最后成了一个财主，他在破落的时候，没有发这么大财的时候，也在底层混过，所以他跟那些嫖客不太一样，他对架儿是一种容忍的态度。当时他就掏出一两银子，但是他不能递他们手里头，他也嫌弃他们肮脏、有味，就把那银子扔地上。架儿就伸出手去抢银子，他们全部的瓜子加起来也不值一两银子，但是西门庆很豪爽，赏他们。因为西门庆在底层混过，所以他还认得出来架儿里面的一些人，他问其中一个是不是叫于春儿。那人回答说是啊，他就问：那几位跟你一块儿

416

的在哪儿了？于春儿回答他，说有叫段绵纱的、叫青聂钺的，在外头没敢进来，伺候着呢。

这就说明西门庆原来地位不高，他居然还认得几个架儿，当然他不愿意跟他们有更进一步的接触，就挥手让他们走掉。那几个人收了银子以后，磕头称谢，然后书里写得非常传神，他们就往外飞跑。一个是因为他们怕赏银子的嫖客后悔给多了，再索要回来；另一个是因为他们也自知自己衣衫褴褛，不像样子，身上有恶臭，得了赏银赶紧跑掉。**书里写到最底层的这种最卑微的生命存在，这些架儿就好像是妓院的华丽衣装上的虱子，妓院的表面会布置得非常堂皇富丽，整体上你会觉得它是一个温柔富贵之乡，但实际上藏污纳垢。**妓女、嫖客不说了，还有一些架儿，一般情况下，妓院的老板是不让他们进来的，但是他们会想方设法钻空子，如尾随着一群嫖客往里走，一下就跑进来了，然后就先躲在墙角、屋子旮旯，妓院的人来不及轰他们，因为得忙着接待这些嫖客，他们就存下来了。然后他们得了机会就探头舒脑，以兜售瓜子为名义，去讨一点嫖客的舍施。有的嫖客除了喜欢妓院华美的袍子似的外表以外，也有这种癖好，喜欢有点圆社，有点架儿，虱子般点缀。西门庆对架儿就不完全地厌弃，赏银子，他还能掏出一两扔下去。

所以《金瓶梅》写社会是立体的写法，写妓院，他也是方方面面都写到，对我们认知当时那个社会、那种现象的存在和各种生命的存在，有很大帮助。

《红楼梦》里面也写到了很多下层的仆役、仆妇，但是笔墨没有《金瓶梅》这么多，因为书里所写到的宁国府、荣国府，毕竟是豪门，是面积很大的、很森严的贵族府第。但是作者也见缝插针，除了写老祖宗、贾政、王夫人这样的府里面的主宰者们，写公子、小姐，写一些亲友，他也会写到丫头、小厮，乃至于写到最底层的一些生命存在。

有一次写贾宝玉出门，他一般要先到府里的一个夹道，什么叫夹道？就是荣国府的建筑群，房屋是一组一组的，当中的那一组叫作主建筑群，那个主建筑群是府主居住使用的。主建筑群最重要的空间就是荣禧堂，以及两边的住房，王夫人平常就在那儿活动，贾政偶尔也去，故事里很多情节就发生在那个空间。在主建筑群的西边，另有一个大院落，是贾母居住的地方，林黛玉一进荣国府，她一开头不是从荣国府的正门进去，不是先到荣国府的主建筑群的荣禧堂，而是先到荣国府最西边的那个院落，先进了一个前院，再通过一个垂花门，再经过很华丽的游廊，最后到了贾母阔大的正房。在贾政、王夫人所居住的主建筑群，那几进大院落，和贾母在西边的大院落之间，就有夹道，不是连成一片的。

你现在去北京参观故宫也好，参观恭王府也好，会发现中国的古典建筑，到一定规格以后，都会有夹道，一组建筑和另一组建筑之间会有夹道。当然两组建筑会有侧门，叫作穿堂，通向这个夹道。《红楼梦》里面写这个夹道的北头，有一个影壁，影壁后面是一个小院落，由贾琏和王熙凤居住。在这个夹道里面发生了很多事情，宝玉出门，先到这个夹道，有仆人小厮给他备马，这个夹道一直通到可以很方便出府的那个门，一般都不是正门了，会是旁门或者是侧门。宝玉会在那个地方上马，有人伺候着、尾随着，他好往外去完成他的外出任务，往往是家里派他去给重要的亲戚祝寿什么的。有一次宝玉骑着马，正准备往外走，正好遇见了一个小厮带着二三十个拿扫帚、簸箕的人进来，那些人不知道府里面的贵公子要出门，如果事前知道的话，他们会回避。他们按照上面管家的指示，在这个时间段要来负责打扫这个夹道，他们从那个边门一溜烟地都出来了，出来以后一看，哎哟！贵公子要出门，怎么办呢？就都靠墙垂手立住，跟《金瓶梅》里写的架儿那个心态差不多，自觉形秽，知道自己是底层的扫地的，在主子眼里应该是低微的、肮脏的，甚至有味的，就纷纷靠着那个夹道两边的墙站住，垂手而立，是一种很恭敬的姿势。书里写这群扫地的小厮有领头的，领头那个小厮就往前一步，给宝玉打千儿请安，什么叫打千儿？这就进一步说明《红楼梦》所写的是清朝的故事，不是明朝的故事。明朝人见了面，男子跟男子之间见了面，一般来说是弯腰作揖，双手抱拳，弯腰，表示行礼。只有清朝旗人之间，男人见了以后，才有所谓打千儿的礼节，你现在看话剧《茶馆》，里面就有很多打千儿的动作。大体而言是左腿先迈一步，右手下垂，然后右腿稍微弯一下，这样一种姿势。如果觉得还不能够体现自己对对方的尊敬的话，可以两次三次，这种肢体语言叫打千儿。《金瓶梅》里没有打千儿的描写，《红楼梦》写到了一群拿着扫帚簸箕的小厮在夹道里碰见贾宝玉以后，恭恭敬敬地靠墙垂手而立，为首那个就觉得自己应该有个表示，就上前一步给他打千儿请安，什么叫请安？就是祝您平安，给您道康健，祝吉祥。

书里写宝玉不识名姓，他当然不知道这些小厮，尤其是靠墙而立那些小厮姓甚名谁，领头的小厮他也不认识。宝玉怎么样呢？微笑点了点头，他的态度还不错，因为宝玉是主张世法平等的，他能平等待人。然后他骑着马，他的小厮仆人尾随着他就过去了。他过去以后，那一群扫地的人才能够恢复常态，去清扫那条夹道。

两本书里都写到了最下层、最底层的生命，作者关注到这些生命的存在，是写作上的一种进步。因为在以前的古典长篇小说里面，都没有这么细致地写到社会上还有这样一些最卑微的生命存在。

阴骘

　　有个词叫阴骘，它的含义是阴德。阳德是现世报的德行，如有人溺水，你把他救起来，他感谢你，甚至给你一些物质上的表达，你接收或者婉谢，这就是阳德；你们建立了联系，一次你遇到困难，他知道了，主动伸出援手，就是现世福报。什么叫阴德呢？就是说你做一些好事，你在世的时候可能得不到回报，但是你这种事情做多了，积累起来，就构成一种阴德，在你故去以后，你的后人就会因为你积了阴德而受益。所以过去就鼓励人要积德，除了获得现世报的，我们把它叫作阳德以外，你还要积阴德，为你的儿孙着想。阴德在古汉语里面有好几个含义，其中最主要的就是我说的这个含义。

　　在《金瓶梅》里面，西门庆就是一个不懂得积阴德的人，他活着的时候做了很多损人利己，或者损人并不利己的事。这里面包括他和潘金莲私通，又在王婆的教唆下，他们合谋害死了武大郎，这都是不积德的事情，不但没有积阳德，而且有损阴德。根据过去的说法，阎王爷会在地狱里面给你记下一笔，你做了坏事，会记你的过，最后你会得到报应。

《金瓶梅》写人性恶，力透纸背，他借树开花，借用了《水浒传》里面武松那段故事嘛，但是在《水浒传》里面，写得还比较缓和。《水浒传》里面写潘金莲把亲夫武大郎毒死以后，衙门里面验尸官何九来验尸，西门庆贿赂他，让他得出一个结论，就说武大郎是自己得疾病死的，何九留个心眼，他留下了武大郎的一部分尸骨，因为他是被毒死的，他的骨头是黑的，可以证明他是非正常死亡。武松又回到县城以后，何九把这个骨殖给他看了，武松就知道他的哥哥是被毒死的，更进一步让他认定了是他嫂子和西门庆，还有王婆，害死了他哥哥，最后去报仇。

这段情节到了《金瓶梅》里面，作者进行了改写，《水浒传》里面的何九还是一个积阴德的人，当时不敢得罪西门庆，只好昧着良心说我验尸的结果，武大郎是自己突发心疼病死掉的，但毕竟他还剩余一点良知，偷偷藏了一点发黑的尸骨。到了《金瓶梅》里面，这个何九就变得完全没有一点良知，得了西门庆的银子，他就代表官方做出了一个不能更改的结论——武大郎是自己得心疼病而死，是一种正常死亡。这种改写就说明《金瓶梅》的作者想揭示人性的黑暗是没有底线的。

两个何九，哪个是真实的？在社会类似的事件当中，两种何九都可能存在，但是兰陵笑笑生着力刻画一个人性极其黑暗的何九。这个何九完全没有良心了，不积阴骘。兰陵笑笑生认为这才是真实的人性。

前面多次讲到《金瓶梅》里的一个人物宋惠莲，讲过的不多重复，简而言之，宋惠莲的丈夫郑来旺，被西门庆迫害，西门庆一开始打算干脆让官府给来旺判个死刑，把他了结。郑来旺有什么罪啊？西门庆诬赖他，说他给来旺几包银子让他去做生意，结果到屋里把银子抄出来一看，好几包都不是银子，是锡做的锭子，贵金属变成了贱金属，就说被来旺调包了。咱们退一万步，就算他做了这件事，那是死罪吗？何况是诬赖的。另一条罪名就说他要杀主子，要杀西门庆，他酒后确实扬言过，但并无实际行动，西门庆陷害他的时候，抓他的时候做手脚，故意从他怀里面掉出一把刀来，其实是临时让底下人搁他身上的。就算是他真揣了一把刀要杀西门庆，他杀了吗？他也没杀呀，西门庆不是活得好好的吗，怎么就是死罪呢？但是西门庆这个时候就买通了官府，上上下下都打点了，旺儿被抓去以后就被严刑拷打，打得稀烂，后来就要给他定一个死罪。

定了死罪，毕竟还得通过一定的程序，当时衙门很黑暗，但明面上还得一环一环地来，当中有一环，要把旺儿的罪行由文书书写出来，要设置一个逻辑，就是为什么最后他是死罪。当时衙门里面上下都被西门庆给打点了，居然没有人站出来为旺儿说一句公道话。但是有一个人有良知，就是衙门里面的文书，提刑官让他写一份文件，说明旺儿是死罪。文书怎么也下不了笔，因为他良心未泯，还有一些良知，他当然也不能去为旺儿辩护，认为他无罪，那他做不到，但是他就坚持不能写成死罪。当时提刑所不是什么不得了的官方机构，没有很多个文书，这个案子必须要由他来写，提刑官本身又不会写这种公文，让他写，他就不写，他不按死罪来写。当然他也扛不住提刑官的威严，最后写成了流放，那也很惨，旺儿后来披枷戴锁，被流放了。

但是这个文书还是做了一件积德的事情，他应该算是积了阴骘，积了阴德。书里写得很有意思，这个文书叫什么名字呀？偏偏就叫阴骘，姓阴，百家姓里面有这么一个姓，名字就是骘。书里这样写，说明作者也没有一味地来展示人性的黑暗，他在一片黑暗当中，有时候还点亮一两支蜡烛，让读者觉得人间还多少有一点光，哪怕是萤火虫那样的一种微弱的光。他写宋惠莲为旺儿抱不平，大骂西门庆，和写这个阴骘，你让我写定死罪的文书，我就下不了手，下不了笔，最后他坚持住了，旺儿保住了命，都是在写人性深处毕竟还有良知。这个有良知的文书，作者就偏把他的名字取作阴骘，阴先生。

《红楼梦》里面有没有"阴骘"这个词汇出现呢？是有的。有一种说法，有的读者甚至于专家，说《红楼梦》里面有一个完美的人物——李纨。说李纨这个角色多完美呀，没毛病。在前八十回的文本里面，李纨确实看不出有什么大毛病，小毛病其实也可以找一点，可以叫作白璧微瑕。**如果你仔细读《红楼梦》的话，会发现作者对这个人物今后的命运和归宿是有预示的。**在第五回，他通过太虚幻境贾宝玉所看到的册页，以及听到的十二支曲，对李纨的八十回后的表现有预示，是伏笔。

李纨绝不是一个完美的人，她的命运怎么样呢？在《红楼梦》十二支曲里面有一支叫作《晚韶华》，说的就是李纨，是这么写的，或者这么唱的，因为根据书里描写，警幻仙姑请贾宝玉一边吃着餐，一边饮美酒和香茗，一边听曲，随着这个曲，还会有仙女舞动——"镜里恩情，更那堪梦里功名！那美韶华去之何迅！再休提绣帐鸳衾"。这是说她和贾珠两口子，开头挺美满的，但是后来就像镜中月、水中花一样，丈夫死了嘛，她要度过一段很艰难的寡妇的生涯。但是后来她把她儿子培养出来了，她儿子就是贾兰。贾兰后来习武，书里描写宝玉在大观园逛荡，忽然看见一只鹿跑出来，哎哟！怎么回事？后面一个少年在追鹿，拿着弓、搭着箭，要射鹿。这个少年就是贾兰，贾兰一看宝玉，宝玉是他叔叔嘛，就暂时放下弓箭，垂手侍立。这是当时的伦理秩序、礼教规范。宝玉问：你干吗呢？他说：我练习骑射呢！他是为了今后参加科举考试的武举做准备。当时科举考试分两种，一种是文举，主要是做文章，武举要考武功的。

根据前八十回的伏笔可以知道，后来贾兰武举考中了，为皇帝立了战功，封了官了，因此他的母亲得到皇帝的表扬了。《晚韶华》后面就唱道："只这带珠冠，披凤袄，也抵不了无常性命。"就是她儿子当了大官了，作为母亲受到了皇帝表扬，她是节妇嘛，为丈夫守节，培养儿子，所以就给她戴珠冠。只有一种特殊的妇女才能戴珠冠，你丈夫或者儿子当了大官，你成了诰命夫人，可以戴一种特殊的用珍珠点缀的头冠，而且能披一种绣着凤凰的很美丽的披风袄。但是她怎么样呢？她在戴上珠冠、披上凤袄以后，就喜极而死，乐极生悲了。一高兴，用我们今天的话说，可能就是心肌梗死，在她最快乐、最辉煌的时候，就死掉了。

那么回顾她一生，她有没有问题？是有问题的。曹雪芹在这首曲里面明明白白写出来："虽说是，人生莫受老来贫，也须要阴骘积儿孙。"李纨一生敛财，她在府里面待遇很高，银子很多，但是她全攒着，最后变得很自私，就是她不积阴德，所以等于冥冥中有一个神仙在谴责她，说你为了防止老来贫，你积攒银子，本来并没有什么错，可是关键时刻你不积阴德，不给你的儿孙在阴间积下功德，这是应予谴责的。怎么回事呢？就是在八十回后应该有这样的情节，当时贾府整个崩溃了，皇帝把荣国府，包括宁国府抄了，把府主贾赦、贾政、贾珍、贾琏都治罪了，但李纨获得例外的对待，因为皇帝觉得她是一个为丈夫守节的楷模，她又把儿子培养成了一个武举人，而且这个儿子后来为皇帝打仗，又立了战功，所以整个贾府毁灭了，但是李纨和她儿子，作为例外幸存了。

在这种情况下，王熙凤的女儿巧姐儿，在王熙凤被关到监狱以后，被她狠心的舅舅给卖到妓院去了，就需要有人去救她，当时刘姥姥又进城了，确认情况以后，因为刘姥姥家得到过荣国府的善待，就决心要来把巧姐儿从妓院赎出来，赎出来得需要银子呀，就去找幸存的李纨和她的儿子。刘姥姥知道李纨是有能力的，她存了很多银子，何况贾兰中了武举，前景很光明。可是李纨一毛不拔，不愿拿出银子来救巧姐，而贾兰呢，不但不伸出援手，还奸诈地设置骗局，支走了刘姥姥，可能还有贾芸，使得巧姐的处境雪上加霜。因此，贾兰作为巧姐的堂兄，就成为一个奸兄。关于巧姐的那首曲《留余庆》，是这样唱的："留余庆，留余庆，忽遇恩人。幸娘亲，幸娘亲，积得阴功。劝人生，济困扶穷。休似俺那银钱上，忘骨肉的狠舅奸兄！正是乘除加减，上有苍穹。"其含义就是，王熙凤虽然做了一些错事，但她当年救济刘姥姥二十两银子，是"积得阴功"，而贾兰在堂妹巧姐遭难的情况下，母亲李纨明着拒绝拿出银子倒也罢了，他使奸耍滑，可能是拿一张无法兑现的银票哄走了求援者，因此巧姐的舅舅王仁跟贾兰，正构成一对"忘骨肉的狠舅奸兄"，令人不齿。

李纨是贾珠的遗孀，是王熙凤的妯娌，王熙凤的丈夫贾琏是跟贾珠一辈的堂兄弟，巧姐儿是她的堂侄女，她居然不救巧姐儿，不积这个德。她如果当时拿出银子来救了巧姐儿的话，就积了阴德，就是有阴骘，可是她没有这样做。作者明白地指出李纨有毛病，她哪里是完美的？后来就接着唱："气昂昂头带簪缨，光闪闪腰悬金印。威赫赫爵位高登，昏惨惨黄泉路近。问古来将相可还存？也只是虚名儿与后人钦敬。"作者已经很明显地告诉你，李纨的美名是虚名，不是她真正有高尚的品质。**这是我们读《红楼梦》的时候要注意的，因为曹雪芹的原笔到八十回基本上就终止了，后来怎么写的，只能去推测、考据，到目前为止还没有找到八十回后的原笔。但是在第五回里面，这一首《晚韶华》曲，就已经明白地告诉我们，李纨是一个徒有虚名的人，她的问题在哪里？没有能够积阴骘。**

两本书里都出现了"阴骘"这样的字眼，值得我们去合璧赏读。

看戏落泪与闻戏名不语

　　两本书里写有钱人家的生活，都写到了他们看戏，这是富贵人家、财主人家生活当中必有的一项内容。《金瓶梅》里的西门庆是一个没有文化修养的人，更没有什么艺术细胞。书里写他看戏的情况不多，但是也写到，他最喜欢的小老婆李瓶儿死掉之后，为了给李瓶儿办丧事，过程当中也安排了戏剧演出。因为他有钱，所以他不请戏班子则已，一请，就让戏班子一连串演很多戏。有的读者可能会说，是演京剧吧。不要这么来说，京剧是产生得很晚的一个剧种，明朝根本没有，清代早期也没有，曹雪芹写《红楼梦》的时候有京剧吗？没有的，京剧是直到清朝的晚期，同治光绪年间才产生的一个新的剧种，京剧相对而言在中国古典戏曲里面是一个新兴剧种。所以《金瓶梅》里面西门庆请戏班子唱戏，千万不要想象成是京剧演出，它是当时流行的，叫作海盐弟子们的戏班子来演戏。

　　当时就安排了一大堆戏，书里列举了这些戏名，有《五鬼闹判》《张天师着鬼迷》《钟馗戏小鬼》《老子过函关》《六贼闹弥勒》《雪里梅》《庄周梦蝴蝶》《天王降地水火风》《洞宾挥剑斩黄龙》《赵太祖千里送京娘》。你看这一大串戏名，都是一些神出鬼没的热闹戏，明代就盛行这种由海盐地区的这些弟子排的戏。这些戏怎么个唱法，怎么个演法？到清代康熙朝就基本上失传了，但是它部分的元素融进了昆曲和后来的京剧当中。我们现在想复原西门庆看到的这些戏，已经不可能了。

427

西门庆在生活当中是一个强人，基本上不落泪，是非常强悍的、霸道的，这么一个行走的荷尔蒙，经常狂笑，很少落泪。当然，李瓶儿死的时候他是很悲痛的，他甚至大哭，一跳三尺高。后来办丧事就演戏，前面都是一些热闹戏，其实主要演给那些宾客看，把丧事当作喜事办，热闹热闹。当时他的那些结拜兄弟、亲戚朋友，官场上的一些同僚，都来看戏。西门庆对那些神出鬼没的戏也没什么感觉，只是陪看。但是后来就演了一出叫《玉环记》的戏，这一出戏就是文戏了，没有很多装神弄鬼那样一些场面了。

这是明代一个叫作杨柔胜的人创作的戏曲，写的是一个书生和一个妓女恋爱的故事。剧情这里不做烦琐的介绍，剧里面有一场是表现这个书生后来怀念他所爱恋的那个妓女。这个戏一开头，西门庆似乎也没太在意，演到当中的时候，就有管那个戏里一出一出转换的人，出来问他，说当中有一出叫作《寄真容》，唱不唱？他也没在意，说我不管你，我只要热闹。结果就开演了这一出，这一出里面就有故事里面那个妓女，这个妓女的名字跟吴月娘的丫头名字一样，叫玉箫，所以当时这个戏演的时候，那些丫头也在一侧观看，都拿玉箫开玩笑。西门庆开始也没在意，但是这一出开场不久，这个玉箫就唱出一句戏词，叫作"今生难会，因此上寄丹青"，就是剧里面的玉箫要把自己的一幅画像，想办法送给她的情人，觉得这辈子可能见不着了，那么我干脆把我的画像寄给你，你见画如见人。

其实这也不算什么不得了的情节和不得了的唱词，没想到忽然触动了西门庆。因为在李瓶儿死后，他曾经请一个画师来画过李瓶儿的真容，他挂起来，看着这个像，就等于又见到李瓶儿。没想到戏里面出现这么一个情节，也是通过画像来思恋一个人。他受了触动以后，从袖子里面掏出手帕。明代男女的服装，衣袖都是很肥大的，很宽的，里面会放东西，像大的手帕，包括扇子什么的，都可以放在里面。西门庆掏出手帕就默默地擦眼泪，他这个表现就比他见到李瓶儿死了以后，号啕大哭，跳起三尺高，被人从旁看来更耐人寻味。

李瓶儿刚死的时候，西门庆因为悲痛而痛哭，跳起三尺高，吴月娘看了以后心怀不满，你不过死了一个小老婆，也没死我，至于吗？但是，那个是当众公开的一种悲痛的表现，现在是看戏的时候，默默地落泪，一个男子汉，本来是一个很剽悍的、很霸道的大男子，忽然偷偷掏出手帕抹眼泪，这让人看了以后更觉得他对李瓶儿是有真情的。当时其他人都没注意，但是吴月娘注意到了，潘金莲也注意到了，潘金莲就被西门庆这个举动刺痛了，因为她希望西门庆只爱她。当时她为了争宠，灭掉了李瓶儿这一方，先让李瓶儿给西门庆生的儿子官哥儿受惊抽风而死，然后李瓶儿也死掉了。她本来心里头是拍手称快的，现在一看，西门庆居然在看戏的时候默默为李瓶儿落泪，拿手帕擦眼泪，她就心怀不满，说了一些话，煽动吴月娘，让吴月娘跟她一样表达不满。但是当时吴月娘对她丈夫这样的表现是宽容的，因为这个时候李瓶儿已经死掉了，办丧事了。李瓶儿对她没有威胁了，损害不了她作为西门府正妻的利益了，所以潘金莲一旁煽惑，让吴月娘不满，而且把不满表达出来，吴月娘不上这个当，她小声跟潘金莲说：悄悄咱们听吧。潘金莲很无奈。

《金瓶梅》里面写看戏主要就是这一场，通过西门庆悄悄落泪，悄悄地掏出袖中的手帕拭泪，写出了西门庆人性当中柔软的一面。他是一个恶人，但是他也不是一个一无是处的生命，他是贪图李瓶儿的美貌、她的财富而占有这个女人的，但是后来这个女人跟他在一起以后，他们之间产生了超出肉体的可以称之为真正爱情的情愫，所以李瓶儿去世以后，他是真悲痛。看戏落泪，思念李瓶儿，是他真情的表现。书里后来写到他还梦见了李瓶儿，梦中两个人还交欢，都说明西门庆虽然有那么多的女人，但很多都是逢场作戏，像潘金莲，他们作为性伴侣是最好的搭档，但是要论爱情，还说不上，书里写他对李瓶儿产生了真正的爱情。

《红楼梦》里面写看戏就写得多了，主要有两个场面值得注意。一个是贾元春省亲，其中一个环节就是要演戏，省亲的戏由贾元春来点，她点了四出戏，第一出叫作《豪宴》；第二出叫作《乞巧》；第三出叫作《仙缘》；第四出叫作《离魂》。书里面通过脂砚斋的批语点出来，这四出戏都是大伏笔，暗示了书中的四个大关节，书中的四件大事。《豪宴》是一个叫作《一捧雪》的戏里面的一出，过去这种戏就是一大本戏，分好多折，一折一段叫作一出。戏里的一件古玩"一捧雪"，导致了一个家族的悲剧。《豪宴》这一出戏是一个什么伏笔呢？伏贾家之败，就是贾府后来崩溃，当时皇帝抄家治罪，是怎么引发的呢？也是一件古玩引发了最后的全府崩溃。第二出戏《乞巧》是大戏《长生殿》当中的一折，或者叫作一出，演的是唐明皇和杨贵妃的故事，两人相爱，但是后来三军哗变，唐明皇不得不让杨贵妃自尽，这个是伏元妃之死。第三出戏《仙缘》是一出大戏《邯郸梦》里面的一折，脂砚斋指出这一折戏是一个大伏笔，伏的是甄宝玉送玉。贾元春所点的第四出戏是《离魂》，是全本大戏《牡丹亭》里面的一折，脂砚斋指出是伏黛玉之死。

《红楼梦》写看戏也不是作为一种事务性的交代，作者都是有用意的。 像《金瓶梅》里面写西门庆看戏，他看到《玉环记》当中的一折的时候，偷偷落泪，是作者用来刻画人物的。《红楼梦》里面写元妃省亲，点四出戏，它是四大伏笔。

书里还写了一个情节，贾母带着府里的这些女眷，照例有贾宝玉跟随，他们到一个叫清虚观的道观，去打醮。打醮是一种祈福消灾的宗教仪式。到那儿打醮也要看戏，看什么戏呢？就要由族长贾珍来管。因为贾母带动全府女眷去看戏，这是贾氏宗族一个大动作，族长贾珍要随行，他得保障后勤服务，包括唱戏时，他要代替贾母到神佛面前摇签，有很多戏签可供选择，最后贾珍抽出了三出戏，他就回来跟贾母汇报。

他说头一本，神佛安排先演的，叫作《白蛇记》。贾母就问了，《白蛇记》是什么故事？读者们不要误会，不要以为是《白蛇传》，现在京剧舞台所演的《白蛇传》是许仙和白素贞的爱情故事。这个《白蛇记》不是《白蛇传》，贾珍跟贾母汇报，说这演的是汉高祖斩蛇起义的故事。在秦末刘邦起义，要来夺取全国政权，他起义的起点就是斩了一条白蛇，所以演的是汉高祖起家的故事。贾母一听，这当然不错，因为他们贾氏宗族祖上也帮着皇帝夺取全国政权，和刘邦当年斩白蛇起义类似，就是要开国嘛，所以这一出戏，她应该很满意。

又问第二本是什么，贾珍说第二本叫作《满床笏》。这里面的床不是咱们今天睡觉的那个床，是一种宽大的几子，类似现在很多家庭客厅里面的茶几。古代有那种贵族，家里面很多人都当官，去见皇帝，要拿一个竖起来的板子，现在在戏曲、电视剧、电影上也可以看到，这个竖长的板子一般是用象牙做的，也有用骨头做的，简单一点可以用木头来做。臣子见皇帝的时候，可以把自己想跟皇帝汇报的事情的重点词写在板子上。当年唐朝有一家非常富贵，一家很多人都是朝廷里面的官员，上朝都要拿一个笏板，回到家以后，要把笏板放下，结果一个茶几子都放满了，叫作"满床笏"。贾母一听觉得这《满床笏》挺好，他们贾家不也有点满床笏的意味嘛。但是贾母当时有点疑惑，说怎么第二本就是这个《满床笏》呢，她觉得第三本是《满床笏》最好，预示这个家族的结局是一家人都当大官，贾母想了想说，那就算了吧，神佛要这样，也只得罢了。

她就问第三本呢。贾珍说，第三本是《南柯梦》。柯就是大树，故事写在一个院子的南边有一棵大树，有一个书生做了一个梦，被接到一个王国去做了驸马，当了大官，经历了一番荣华富贵，后来却犯了罪，被皇帝惩治了，他醒来以后，发现是一个梦，是在院子南边大树下做的一个梦，树底下有一个大蚂蚁窝，其实他梦里面是被请到蚂蚁国，去经历了一番荣华富贵，最后荣华富贵烟消云散，很狼狈地梦醒。这是很不吉利的。贾珍跟贾母汇报完以后，贾母怎么样呢？书里写得很生动，叫作"贾母听了便不言语"。所以这三出戏也暗示着贾氏宗族命运的三部曲，《满床笏》并不是第三出，是第二出，第三出是《南柯梦》，最后所有荣华富贵都是一场梦。两本书写看戏，都写得很好，都有很深的内涵。

灯笼簪与累金凤

　　两部书里面都写到很多女性角色，那么就会写到她们的装饰，既写她们的服装，又写她们的头饰。在《金瓶梅》里面有一个重要的角色孟玉楼，她是一个阔寡妇，被西门庆迎娶到了西门府，带过来好多值钱的东西，包括两架螺钿镶嵌的南京产的拔步床。孟玉楼很会打扮，很会给自己添彩，她本来身材就好，在书里众多的女子当中，她是高挑身材，长腿，这样的身材是潘金莲、李瓶儿都不具备的。

　　她很会妆饰自己。书里写到灯节，有一场戏是西门府这些妻妾应邀到李瓶儿住的狮子街上有门面房、有楼的那个住处去观灯。当时李瓶儿还没有被西门庆娶进门，她们等于是去做客。吴月娘、李娇儿、孟玉楼、潘金莲都去了，孟玉楼当时是怎么一个形象呢？说她穿着"绿遍地金比甲"，比甲就是无袖的，但是又比坎肩长，那样一种罩在外面的服装，她大胆地使用了绿颜色。她头上"珠翠堆盈，凤钗半卸"，这八个字的形容倒不算稀奇，因为她有钱，她从原来婆家改嫁过来，带来很多头饰，不用西门庆再给她买新的，她自己的就用不完，所以她珠翠堆盈。她还有凤钗，钗是一种双股的，用金子或者是银子做成的，妇女用来固定发型的装饰品。凤钗，就是这个装饰件的形态，它露出的部分是凤凰的形态，半卸，她还故意不把它插紧了，故意插松一点，让那个凤凰的形态更吸引眼球，她很会打扮。

这都罢了，有一笔很重要，说她鬓后挑着许多各色灯笼儿。灯节嘛，她还有她特殊的，专门在那一天使用的装饰品——很多小灯笼，应该数量不少，所以叫各色，每一个灯笼的形态还不一样，颜色也不一样，在她两鬓的后面，也就是她后面脖颈的上面，发型的下面，挂一串灯笼，很应景。**这一笔就写出了明代的一种市井文化的精髓，就是一些妇女能够根据节气来使自己的装扮更有趣。**

有的读者可能会跟我讨论，为什么你说是一种市井的装饰文化呢？难道贵族家庭的妇女就不这样装扮自己吗？是的，如果是大富大贵的、有贵族头衔的家族，妇女在打扮上还不能太随意，要根据有关的规则来妆饰自己。可以插金戴银，但是不能够在装饰品里面过分地去契合当时的节气或者是节庆。像到了灯节就专门去制作一串小灯笼，挂在自己的头上，皇亲国戚的家庭，或者是有贵族头衔的贵族家庭的妇女，是不可以那样做的。而孟玉楼她不过是一个土财主西门庆的小老婆，她本身又很有情趣，而且她不穷（西门府就不穷，她自己又带过来很多属于自己的财产），由着自己性子随意打扮自己是可以的，她也不是什么朝廷命妇，也不是诰命夫人，也不是什么有贵族头衔的人的妻子。这一笔就写出了市井气，一种随意的对美的追求，写得很有趣。

《红楼梦》里面写妇女的服装头饰，也很细致。前面说过了，清朝打进关以后，统治了全中国，形成一个什么局面呢？叫作"男降女不降"。开头对汉族妇女，他们也曾经打算很严厉地要求她们随着满族妇女那样来穿戴，后来发现行不通。而且汉族妇女从宋代开始就盛行缠足，把脚缠成三寸金莲，满族妇女都是大脚，因为满族男女都是军队编制，编成八旗。当时为了夺取政权，整个民族都不断要进行军事转移，妇女跟着男性一起进行运动战，有时候还要打游击战，最后要进行大规模的军事推进，所以满族妇女不能缠足，都是天足。当然，满族妇女在家里面，有时候会穿一种花盆底的高底鞋，那个穿起来走动就不像天足穿上平底鞋那么方便，但如果跟着整个群体转移，都是大脚，都是穿平底鞋。

八旗兵刚打进山海关，顺治皇帝在京城坐上了紫禁城的龙椅，要求汉族妇女一律放脚，不许再缠足，甚至试图在发型、服装上做一些管制，后来发现难度太大。而且又发现汉族妇女缠足，对他们满族实施全国统治并没有什么坏处，对他们的政权利益不构成威胁，就退让了。到了康熙朝的初期，废止了严禁妇女缠足的法令，所以清朝汉族妇女的服装、发型、头饰和明代没有太大区别，妇女缠足的风习也延续到了清朝。

《红楼梦》写的是清朝的故事，具体而言是写的康雍乾三朝的故事，更具体就写的是乾隆朝初期的故事，所以它里面妇女的服装、头饰形态和明代没有太大区别。他写林黛玉初进荣国府，见到了王熙凤，人还没出现，声音先飘出来，"我来迟了"，然后看见一群媳妇丫头围拥着一个人，从后房门进来。书里说这人打扮与众姊妹不同，那个时候黛玉已经见到了迎春、探春、惜春，三个贾氏宗族的小姐。发现进来的这个人跟这三个的装束不同，彩绣辉煌，恍如神妃仙子。她装扮得很夸张，头上戴着金丝八宝攒珠髻，绾着朝阳五凤挂珠钗，项上带着赤金盘螭璎珞圈，裙边系着豆绿宫绦双衡比目玫瑰珮，身上穿着缕金百蝶穿花大红洋缎窄裉袄，外面还罩着五彩刻丝石青的银鼠褂，下面穿着翡翠撒花洋绉裙，浓妆艳抹，一身富贵。

后来写刘姥姥一进荣国府，见到了王熙凤，也有对她衣装头饰的描写，说她家常戴着秋板貂鼠昭君套。因为那时候天气已经转凉了嘛，这种貂鼠昭君套可以保暖。她围着攒珠勒子，什么叫攒珠勒子？就是在额头上有一圈额外的装饰品，也可以叫作抹额。在电影、电视剧里你看到的王熙凤，都会有这样的一种抹额。说当时她穿着桃红撒花袄、石青刻丝灰鼠披风、大红洋绉银鼠皮裙，粉光脂艳，端端正正坐在炕上。王夫人的一个陪房周瑞家的，把刘姥姥和板儿引进了屋，王熙凤是什么形态呢？因为当时天气转寒，为了取暖，手里捧一个手炉，就是金属制作的一个可以握在手里的小炉子，里面会有木炭，当然外面会有防烫套。她拿一个小铜火箸儿拨手炉内的灰，那时候她的大丫头平儿站在炕沿边，捧着一个小小的填漆茶盘，盘内一个小盖钟。他写得很生动，说凤姐儿也不接茶，也不抬头，只管拨手炉内的灰。因为手炉里面烧的炭，烧酥了以后，会形成灰，要把这个灰拨开，让没有能够烧透的炭再露出来，使它继续发热。王熙凤慢慢地问道："怎么还不请进来？"一面说，一面抬身要茶时，只见周瑞家的已带了两个人在地下站着了，这才忙欲起身，犹未起身时，满面春风地问好，又嗔着周瑞家的怎么不早说呀，其实这一套的肢体语言透着虚伪，她是故意让刘姥姥见识她这个身份，同时又仿佛她很能够礼贤下士。不过后来王熙凤对刘姥姥发了善心，给了她二十两银子。

　　书里写府里的这些夫人、小姐，都是要戴很贵重的头饰的，其中有一种头饰叫作累金凤，是用金丝编的，再镶上珍珠，形成一个凤凰的形状，是一种大型的头饰，逢年过节，小姐们都要戴上这个东西。人人都有，迎春也有，探春也有，惜春也有。书里写迎春的奶妈在夜里聚赌，没有赌资了，居然把她的累金凤偷出去当了，作为赌资，构成一个很重要的情节，叫作"懦小姐不问累金凤"，就是丫头都着急了，她不着急。丫头说，马上就要到端午节了，端午节府里要进行盛大的庆祝活动，每个小姐都要戴一个累金凤，咱们这个累金凤没有了，到时候你戴什么？别人都戴了，你不戴，太太们问起来，你怎么应付？就写迎春懦弱到极点，毫无解决这个问题的办法，采取一种不闻不问的逃避态度。《金瓶梅》通过写鬓后吊一串小灯笼，刻画出孟玉楼的性格。《红楼梦》通过写累金凤，刻画出迎春的性格。对照阅读，很有味道。

一人观察多人

　　小说里面写人物出场，写人物之间的初次见面所形成的印象，一种写法是纯客观叙述，所有这些过程都由作者客观地加以描述。另一种写法是借助书中人物的视角，一个观察多人，通过这个人的主观印象，向读者传递信息，介绍其他人物。《金瓶梅》《红楼梦》在这方面都做得很出色。

　　《金瓶梅》写潘金莲经过一番曲折以后，终于被西门庆娶进了门，她当然就要拜见西门庆的正妻吴月娘，西门庆的其他几个小老婆也会出场。

　　作者先写吴月娘观察潘金莲，说从头看到脚，风流往下跑；从脚看到头，风流往上流。论风流，如水晶盘内走明珠；语态度，似红杏枝头笼晓日。用了一些生动的比喻，吴月娘发现潘金莲很风流。这个时候西门庆的其他小老婆也来观察潘金莲，潘金莲一个人就要观察好几个人，作者透过潘金莲的眼光，来写她所看到的吴月娘等人。说正房吴月娘约三九年纪——不要误解为三十九岁，三九年纪是三九二十七的意思，当时是二十七岁——说生得面若银盆，眼如杏子，举止温柔，持重寡言。她当然要先看大娘子，看西门庆的正妻，今后这个人是在她之上的。然后再看二房李娇儿，生得肌肤丰肥，身体沉重。李娇儿被西门庆娶进来的时候，可能还是一个美女，但是全书故事开始以后，已经是一个体态臃肿、行动不便的胖妇人了。再看三房孟玉楼，约三十年纪，孟玉楼是寡妇改嫁，所以年龄比较大，生得貌若梨花，腰如杨柳，长挑身材，瓜子脸，稀稀多几点微麻，自是天然俏丽。这个孟玉楼的形象最好，特别是她的长挑身材，其他几位女子都没有这么好的身材。潘金莲可能是长得很匀称，但是也没有孟玉楼细腰长腿，那样一种别有风味的身材。再看四房孙雪娥，五短身材，轻盈体态。

这种通过一个角色观察其他几个角色，就把书中的众多角色形象都呈现出来的写法，《金瓶梅》里面有，《红楼梦》里面也有。《红楼梦》写黛玉进府，黛玉从扬州告别了她的父亲，乘船先走运河，到了京城通州的码头，下了船，上了轿，进入城中，从纱窗往外瞧一瞧，这街市之繁华，人烟之阜盛，自与别处不同。行了半日，忽见街北蹲着两个大石狮子，三间兽头大门，门前列坐着十来个华冠丽服之人，正门却不开，只有东西两角门有人出入，正门之上有一个匾，匾上大书"敕造宁国府"五个大字，又往西行不远，照样也是三间大门，方是荣国府，却不进正门，只进了西边的角门，轿夫就把她抬进去了，走了一射之地，将转弯时便歇下退出去了。跟随的婆子们本来也都坐着轿子，这个时候都下了轿。赶上前来，另换了三四个衣帽周全的十七八岁的小厮上来，复抬起轿子，众婆子步下尾随至一垂花门前落下，众小厮退出，众婆子过来打起轿帘，扶黛玉下轿。林黛玉扶着婆子的手，进了垂花门，只见两边是抄手游廊，当中是穿堂，当地放着一个紫檀架子大理石的大插屏，转过这个插屏，小小的三间内厅，厅后就是正房大院。正面五间上房，皆是雕梁画栋，两边穿山游廊厢房，挂着各色鹦鹉、画眉等鸟雀，台阶上坐着几个穿红着绿的丫头，一见他们来了，便都笑迎上来，说："刚才老太太还念呢，可巧就来了。"于是就三四人争着打起帘子，一面听得人回话说："林姑娘到了。"

林黛玉到了外祖母那儿以后，贾母立刻搂住她，"心肝宝贝"叫着哭，因为所来这个林黛玉是她亲生女儿的亲女儿，血缘上是非常之近的。周围这些服侍她的人，劝住了她。这个时候就出现一个情况，贾母说："请姑娘们来，今日远客才来，可以不必上学去了。"就是荣国府里面还住着三位贾氏宗族的小姐，她们的日常生活当中有一个环节就是上学，这个上学应该不是说到宗族的私塾里面去上学，而是单请了教她们识字读书的老师，到府里面来当面教授她们。这一段时间，应该是她们学习的时间，贾母说今日远客才来，可以不必上学去了，所以这三个女孩子当天就等于是停课了。

书里写众人答应一声以后，又去了几个人，不一时，只见三个奶嬷嬷还有五六个丫头，就簇拥着三个姐妹过来了。确实是贵族府景象，一个小姐最起码得有一个奶妈和两三个丫头来伺候，这还只是场面上，回到住处可能婆子、丫头还更多。这时作者就通过林黛玉一个人的眼光，来观察走过来的这三位贾氏宗族的住在荣国府的小姐。这个写法跟《金瓶梅》里面潘金莲嫁到了西门府以后，她拜见吴月娘，并且和另外几个小老婆见面，一个人观察多人，写法是一样的。这种写法，就比完全客观地来交代那几个小姐什么样高明。他通过林黛玉的眼光来观察了三位小姐，第一个，肌肤微丰，合中身材，腮凝新荔，鼻腻鹅脂，温柔沉默，观之可亲。什么叫腮凝新荔？就是她脸上两腮的肤色像新摘下的荔枝剥了皮以后的样子，洁白光润。什么叫鼻腻鹅脂呢？鼻子长得非常好，好像鹅身上的那个脂肪似的，白而细腻。而且能看出她的性格，是一个温柔的女子，而且她不多言，沉默，一看就觉得可以亲近。后来就知道，这个女子就是贾迎春，是林黛玉的大舅贾赦的一个女儿。再看第二个，削肩细腰，长挑身材，鸭蛋脸面，俊眼修眉，顾盼神飞，文彩精华，见之忘俗。第二个小姐的长相和第一个就不一样，第一个身材微微发胖，这个削肩细腰，完全没有胖的感觉，而且是长挑身材。鸭蛋脸，这也是过去中国对女子的古典美的一种形容，是标准美女的脸型。特别她是俊眼修眉，顾盼神飞，眼睛非常有神，文彩精华，见之忘俗，一看就是一个有才能的、才华外溢的女子。后来就知道，这是她的二舅贾政和姨娘生的一个女儿，就是贾探春。再看第三个，叫作身量未足，形容尚小。这个写得比较简单了，因为她还没有发育成熟，所以拿眼一看就觉得还小，这就是贾氏宗族生活在荣国府的第三位小姐，她是林黛玉的堂舅贾敬的一个女儿，血缘上离得就远一点了，但是毕竟还是一个宗族的。林黛玉看她们三个人，钗环裙袄皆是一样的妆饰。就像养三胞胎一样，三个女孩虽然年龄不一样，身材不一样，但是给她们的衣装首饰的配置是一样的。后面写到，每到过节的时候，她们的头饰都是一样的，要戴一种金丝和珍珠编制而成的凤凰形态的高级头饰，叫累金凤，到时候戴出来都是一样的富贵模样。

后来继续往下写，林黛玉又见到了更多的人，包括人没出现，声音先到的王熙凤。《金瓶梅》和《红楼梦》的这种一人观察多人的手法非常高妙，直到今天当代作家写长篇小说，仍然可以借鉴。

银执壶与蜡油冻佛手

　　《金瓶梅》和《红楼梦》都很善于设置道具，通过一样东西、一个物件，最后生发出一些情节，通过这个物件不但能够刻画出一些人物性格的侧面，还能够推动情节的演进，乃至于通过一个物件、一个道具，还能够写出这个人物命运的轨迹和最终的结局。

　　在《金瓶梅》里面出现了一个道具，是一把银执壶，什么叫执壶？就是带把手的壶，银子打造的，所以叫银执壶，它是拿来给人斟酒的。银子打造的酒壶当然比较值钱，但也不是什么不得了的值钱的东西，还有金子打造的餐具呢。书里写有一天府里面在开宴席，完事以后，丫头们要来收拾、归置这些餐具，该洗的洗，该放的放，结果发现少了一把银执壶。对于丫头小厮们来说，那是一件贵重东西，所以就吵吵起来了，谁拿了呀？怎么丢的呀？现在在哪儿呀？惊动了吴月娘，吴月娘是府主婆嘛，她来过问这个事，觉得很蹊跷，怎么会大家吃餐饮酒，散了以后，一把银执壶就没了？书里就写这个银执壶的移动轨迹，怎么回事呀？

　　吴月娘的大丫头玉箫，和经常待在西门庆书房的小厮书童相好，书童是没有资格去参加吴月娘他们正房的那种宴饮活动的，平常吃不着非常鲜美的食物果品。书童虽然被西门庆占有，但他是知道自己性取向的，他是爱姑娘的，他和玉箫在接触当中擦出了火花，他们俩相好了。这天玉箫就从宴席上把这个银执壶灌满了酒，还拿了一些好吃的东西，送到书房，她想让她心爱的书童也能够喝上美酒，吃上这些好的果菜。但当时书童偏偏不在屋，玉箫又不能久等，她随时还要出现在吴月娘面前伺候她，她就把银执壶和一些吃的东西放在书房，离开了。

　　没想到这个时候另一个小厮琴童到书房来了，他一看，哎哟，一把上好的银执壶，里头还灌满了美酒，还有好多吃的，心想：这是谁搁这儿的？想必是有人给书童送来，那不能让书童这么享受，他也和府里一个丫头相好，就是李瓶儿屋里的迎春。他就想干脆我把这个银执壶和吃的，拿到李瓶儿房里去，我跟迎春说说，让她先藏起来，然后我们两个得便的时候私下里享受。

　　这就使得府里面乱哄哄的，一把银执壶怎么也找不着了，掀起一些波澜。吴月娘很生气，说：怎么搞的？西门庆从外头回到家，去了潘金莲房中，潘金莲就跟他说这个事。因为府里头查得紧，尤其吴月娘，她一定要查出这把银执壶去向，这时候李瓶儿房里的迎春就有点害怕，听着风声这么紧，她就主动把银执壶拿出来，给了西门庆，最后上交到吴月娘那儿。迎春就供出来，说是琴童把银执壶和一些吃的拿到我这儿来，让我帮他藏起来的。这种情况下，潘金莲就在西门庆耳边下蛆，她本来就嫉妒李瓶儿，借这个茬就叨唠，说：你看李瓶儿带过来的小厮，像话吗？偷银执壶，李瓶儿也不管一管，这个时候丢银执壶多不吉利呀！希望西门庆由此迁怒李瓶儿，怎么管教你的小厮的？怎么那么手长，那么眼拙，见银子就偷？她本来想煽动西门庆发怒，西门庆本来就是一个喜怒无常的人，特别易怒，一挑他就容易跳起来，大发雷霆，但是这个时候西门庆特别喜欢李瓶儿，爱屋及乌，所以李瓶儿的丫头、小厮，他都不愿意责罚，而且他觉得潘金莲说话不当，就质问潘金莲："听你这么说，你意思莫不是你大姐她爱这把银壶？"因为在西门庆的几房小老婆里面，李瓶儿是最富有的，她的财物比孟玉楼带过来的财物还多，是一个富婆，不像潘金莲，父亲是一个裁缝，又死掉了，母亲是一个老寡妇，没家底儿，李瓶儿根本就是不在乎什么一把银执壶的人、一个富婆，西门庆深知此点，所以他就过来质问潘金莲。潘金莲感觉到自己失言了，你说李瓶儿什么不好都行，你说她好像没见识，见银执壶开眼，这就太不对头了，所以她就软化了，就说：谁说姐姐手里没钱？就不往下叨唠了。不在西门庆面前搬弄是非，她又心里痒痒，就去了孟玉楼那儿。孟玉楼一贯跟她处得比较好，孟玉楼确实是好脾气，跟谁都不闹对立，潘金莲是一个头上长角、浑身长刺的人，孟玉楼尽量避免跟潘金莲起摩擦，也能跟她和平相处。潘金莲到孟玉楼那儿叨唠去，意思就说：你看像话吗？一把银执壶随便就偷了，虽然还回来了，咱们爹也不责罚他，就算了，这像话吗？如此等等。孟玉楼其实跟她一样，对李瓶儿也还是心存嫉妒的，因为李瓶儿她独得西门庆宠爱，还为西门庆生下一个儿子，她们也都想为西门庆生下一个儿子，都没生成，孟玉楼也是一样，西门庆有时候还是会到她房里去，两个人是有性行为的，可是她怀不上孕。兰陵笑笑生通过一把银执壶，写出了不同人的性格和不同人的生活态度、应变的方法，出现这样一个事态，虽然不是什么大波澜，但也是府内的一个小涟漪。孟玉楼听潘金莲跟她说这些事，煽惑她，想让她跟她一起同仇敌忾，最后见了西门庆也抱怨一下。可是孟玉楼不上这当，她对潘金莲还是客客气气地接待，但是潘金莲让她一起去埋怨西门庆偏袒李瓶儿那边的小厮，她不做这件事。所以你看一把银执壶，这个道具使用得多好呀！

在《红楼梦》里面出现了一个道具，叫作蜡油冻佛手，是贾母过生日的时候，一个外路和尚来给她庆生，献的这个道具。蜡油冻佛手，有的读者误解了，以为是一个蜂蜡制作的佛手模型，那就不值钱了，咱们逛庙会，会发现一些用蜂蜡制作的苹果、香蕉什么的，做得似模似样的，都很便宜的，蜂蜡制品不值钱。但是《红楼梦》里面写到的这个蜡油冻佛手，是很名贵的一种东西，它是用蜡油冻这种稀罕的高级石料雕成的一个佛手，因为这种石料看上去像是南方腊肉的肥肉部分，就叫蜡油冻，用这种高级石料雕成的佛手就非常昂贵了。现在美国旧金山一家博物馆里面还存有一个清代的蜡油冻佛手，成为那个博物馆的镇馆之宝。

书里写到鸳鸯，即贾母的首席大丫头，到了贾琏、王熙凤的住处，这个时候贾琏跟鸳鸯说，现在底下办事的，他们在老太太生日过后要把账目弄清楚，现在发现古董账上还有一笔，就是一个蜡油冻佛手，这东西现在找不着了，不知道到哪儿去了。鸳鸯告诉他，说你忘事了，当时这个蜡油冻佛手由外路和尚献给老太太以后，老太太摆着看了两天，就腻味了，后来送给王熙凤了，就是给二奶奶了。《红楼梦》里有这么一个古董出现，为它写下不少字数。

可惜在我们现在所看到的一百二十回的《红头梦》里面，八十回后就不再出现这个东西了，可见八十回后的续书四十回，虽然有些优点，而且使整个故事完整了，但是并不符合曹雪芹的原笔原意。曹雪芹设置这样一个道具，他是有用意的，还记得前面我跟你说过贾元春省亲的时候，点了四出戏，都是有寓意的，第一出戏是《一捧雪》，一捧雪就是一种古玩，就是用雪白的玉雕的一个玉杯，捧在手里就像捧着一堆雪似的。那一出戏讲的是，这样一个古玩，造成了一个人家的家破人亡。与曹雪芹合作的脂砚斋在批语里明确指出，这出戏是伏贾家之败，可见八十回后贾府的衰败应该由很多种因素引发，但触发点应该就是一个古玩——蜡油冻佛手。这一点希望细心的读者们都能注意到。两本小说在道具的设置上都是很巧妙、很精彩的。

《金》语入《红》书

　　说《金瓶梅》是《红楼梦》的祖宗，没有《金瓶梅》就没有《红楼梦》，可以从很多方面来论证，包括《金瓶梅》里一些用语的规律。**《金瓶梅》里面经常谐音寓意**，写西门庆热结十兄弟，这些结拜兄弟的名字都是谐音寓意的。**《红楼梦》就继承了这种手法**，《红楼梦》里面写荣国府的管家，管银库房的总头叫吴新登，就是没有星戥，登是戥的谐音，以前称量银子要用一种工具，叫作戥子，这个戥子上面有一个准星，通过准星滑动，来确定所称银子的分量，无星戥就是说根本他就没有准确地来使用这个称量的工具，他往外出银子，极不规范，极不靠谱，所以叫无星戥，写出字的话就是吴新登。书里说荣国府还有一个仓上的头目，就是管仓库的，叫戴良，谐音就是大量，凡是主子的这些东西，他才不吝惜呢，如量米，大斗往外量，绝不为你这个主子去节约，绝不耐心地准确地去管理你的仓储。还有一个府里的买办，买办就是为府里去采买东西的，叫钱华，这也是谐音，就是他把钱哗啦哗啦往外花。

《红楼梦》里还写贾政豢养了一些清客相公，就是过去的贵族人家或者官僚，会养一些有点文化的人，养来干吗呢？自己做官，要处理一些事务，高级的清客相公就会出点主意，称为幕僚。有的连这种功能都没有，就是陪着主人下棋、写书法、画画、写诗、喝酒、品茶、逛逛风景，乃至于插科打诨，说说笑话，逗他开心。书里给这些人取的名字也都是有谐音寓意的，如有一个叫詹光，那不消说，这就是要来沾荣国府光的一个混混。还有叫单聘仁的，就是善骗人呗，专门用谎话来伺候贾政。还有叫程日兴的，谐音就是成天一旁助兴，主人可能公务烦冗，家务事多，心情不好，就在旁边提起主人兴致，说个笑话，扮个鬼脸，想方设法来让主人高兴。还有叫胡斯来的，这个谐音寓意就更明显了，就是胡乱地肆意来。《金瓶梅》里面有个角色叫作卜志道，谐音是不知道，这个角色只提了一下，没有他的什么故事。《红楼梦》里面有一个卜世仁，谐音为不是人。《红楼梦》里面这个卜世仁是贾芸的亲舅舅，贾芸到他舅那儿借点银子，解决燃眉之急，没想到卜世仁不但对他非常冷淡，不借，而且用一大篇话数落他，使他非常扫兴。

《金瓶梅》里面，西门庆有琴、棋、书、画四个小厮，《红楼梦》里则有抱琴、司棋、待书、入画四个丫头，也是琴棋书画。《金瓶梅》里面西门庆的男仆里有旺儿、兴儿，又可以叫作来旺儿、来兴儿，《红楼梦》里贾琏和王熙凤的男仆里也有旺儿、兴儿，而有时候也写作来旺儿、来兴儿，所以这两本书的血缘关系非常明显。你细读两部书就会发现，《金瓶梅》里面的一些话语，出现在了《红楼梦》里面，如《金瓶梅》里面旺儿喝醉酒，喊出一句话叫什么呀？"破着一命剐，便把皇帝打。"在《红楼梦》里面王熙凤大闹宁国府的时候喊出类似的话，叫作"舍得一身剐，敢把皇帝拉下马"。这还是变化着使用，有的就直接照搬了，像底下这些话都是《金瓶梅》里面有，《红楼梦》里面直接使用：千里搭长棚没个不散的筵席、扬铃打鼓、不当家花花的、打旋磨儿、杀鸡抹脖、嗑着骨头露着肉、当家人恶水缸、不要前人撒土迷了后人的眼等。

什么叫"不当家花花的"？两本书里都有，有些专家就这个词语进行了讨论，大意就是感叹因为不当家，不知道柴米贵，就浪费、奢侈、乱说乱道、乱发议论，叫"不当家花花的"。什么叫"打旋磨儿"？就说一个人求另一个人，你求他，这个人根本不理你，转过身，你就跟推磨一样，再弯着腰旋过去，想办法对着那个人的脸再哀求，那个人不理你，再转身，你就再旋转着到他正面低声下气来哀求，这种形态叫打旋磨儿。什么叫"嚼着骨头露着肉"？就是这个事情太露骨了，包不住了。什么叫"不要前人撒土迷了后人的眼"？就是做事情要顾及后果，不要你前头撒土，后头跟着的人被迷了眼。

当然这些语言不一定是只在《金瓶梅》和《红楼梦》里有，在它们之前的一些古典小说和戏曲里面可能也有，但是《金瓶梅》和《红楼梦》里面词语的相似度这么高，这还是少见的。在古本《红楼梦》里面除了正文以外，还有脂砚斋的大量批语，脂砚斋的批语里面也使用了不少《金瓶梅》里面的词语。比如，《金瓶梅》里面有一个对子很有名，叫作"雪隐鹭鸶飞始见，柳藏鹦鹉语方知"——雪地里面停着一只鹭鸶，鹭鸶的羽毛是白的，如果它把长长的喙再插在它的一个翅膀底下的话，整个就是白颜色的。在雪地里面它那样站立的话，你猛一看，看不出来有它存在，但是它忽然飞动起来了，你才恍然大悟，原来雪地里面还有一只鹭鸶隐藏着，飞起来了，你才知道它存在过。柳藏鹦鹉语方知——就是垂柳在春夏的时候枝条很茂密，你看过去就是一株柳树，但是忽然柳树的树冠里面传出来声音，才知道原来柳树里面藏着会说话的鸟，藏着鹦鹉。脂砚斋在评点《红楼梦》的时候，就使用过"柳藏鹦鹉语方知"的句子。

《红楼梦》里面写大白天的，周瑞家的到了王熙凤的院子，发现很安静，有丫头坐在堂屋的门槛上，显然是在把门，防止有人随便闯进去。便隐约听见窗户里面传出了贾琏和王熙凤的笑声，过一会儿又见有一个丫头捧着大盆，舀水进去。他是写贾琏、王熙凤大白天的在屋里行乐，但是作者不直接去写，通过这样一些细节，让你意会到是怎么回事，这种写法脂砚斋叫作"柳藏鹦鹉语方知"。

《金瓶梅》里面还有一些话被脂砚斋引用了,如有这样的话,叫作"十日卖一担针卖不得,一日卖三担甲倒卖了",他那个针写的是针线的针,就是缝衣针,甲是铠甲的甲。其实这个针,谐音就是真假的真,甲谐音就是真假的假。所以脂砚斋也化用了这个谚语——"一日卖了三千假,三日卖不出一个真"。

类似的例子还有很多,总体而言,《金瓶梅》里面人物的语言是市井语言,都比较粗鄙,当中有很多爆粗口的文字。《红楼梦》里面有些人物,如王熙凤,偶尔也爆粗口,很难听,但除了这种个别人物以外,老太太、太太、公子、小姐说话都是不带脏字的,文质彬彬,含蓄,优雅。所以两部书在语言的使用上相似之处甚多,不同之处也有,**我们读的时候要体会到《红楼梦》对《金瓶梅》的语言继承,同时也要能意会到二者毕竟有所不同,一个写县城里面的一个土财主,一个写京城里面一个贵族府第的贵族生活,在语言上差别是很明显的,应该能够看出来。**

宋御史与戴权的花样索贿

两本书都写到了社会的黑暗，在那个封建时代，官场极其腐败，宫廷里面也很腐败。先看看《金瓶梅》里面所写的。他写了两个御史，御史官位很高，是皇帝派到外面的有很大权力的官员。这两个御史都被西门庆贿赂，西门庆想通过他们达到自己继续升官发财的目的。贿赂他们的方式，就是请他们到西门府赴宴，两个御史，一个是假惺惺的，一个是赤裸裸的。什么叫假惺惺？就是这个宋御史接到西门庆给他的请帖以后，表示自己是一个很廉洁的官员，到他们家去就撤减了仪仗，他作为御史出行的话，是很威风的，前后要拥着很多人，他就假意谦虚，裁减了很多前呼后拥的人员。到了西门府以后，他递上拜帖，写"侍生宋乔年拜"，很能放下身段，西门庆算老几呀？一个土财主，在地方上当一个官，也不是特别大，无非是一个提刑所的提刑，宋御史故意做出这种礼贤下士的姿态。

西门庆设置了非常丰盛的宴席，宴请他，同时还有一个蔡御史，蔡御史就无所谓，大摇大摆地来了，坐下就接受西门庆的款待。宋御史装模作样，刚坐了没多久，就说我公务要紧，还要回察院理事，察院就是他所负责的那个衙门，坐没多久就要走，就是一派好像谦虚、谨慎、礼贤下士，而且忠于职守，很勤政，这么一个姿态。但是他其实知道，西门庆不会不贿赂他，他等于是做出一种花样，来让西门庆贿赂他，我要走了，我不坐了。西门庆说那就这样吧，让手下把两张桌席，不光是桌上的那些精美菜肴给他打包，连那些金银的器皿都给他装在盒子里，共有二十抬，两个人一前一后抬一个东西叫一抬，二十抬，你想想，多少人力，抬了多少东西？这样赠送给他。每一张大桌席上面不光有美食，有精美的餐具，还包括两坛酒、两牵羊、两对金丝花、两匹段红、一副金台盘、两把银执壶、十个银酒杯、两个银折盂、一双象牙筷子。他表示谦虚，我还有事，我得忙去。那好，你来不及吃，我就把两张桌子上这些东西全送给你，这不比他大吃一顿得到的还多吗？宋御史就假惺惺的，再三推辞，说："这个学生怎么敢领？"蔡御史知道他是装模作样，就劝他，你收下吧，他就收下了。走了以后，宋御史不就可以更放开地来享受吗？这样他就做出一个万不得已，我真不能要，但是你非要给我，我不要，也让你下不来台的姿态，那好，我就要了吧，这么样就把东西全卷走了。蔡御史就留下来大吃大喝，西门庆安排一个妓女陪他，不但陪他喝酒，宴席过后还陪他睡觉。

书里写这两个政府的官员，真是恬不知耻，蔡御史赤裸裸地贪腐，已经让人厌恶，宋御史假惺惺的，明明很贪腐，还要装出一副清官的做派，更令人作呕。宋御史后来又来到西门庆家来了，这次更滑稽了，他索贿的花样更花哨了。他说有一个巡抚，巡抚比御史的地位高，而且这个巡抚又高升了，升太常卿了，那就在朝廷里面是很高的地位了，要庆贺，我牵头庆贺，我跟我平级和下面的一些官员凑份子，要给他庆贺，也算饯行吧，就说我们凑了十二两银子，但是我们找不着地方，你这儿挺宽敞，能不能借你这个地方摆宴席？用我们这十二两银子来给巡抚设宴，庆贺他高升，同时也给他践行。

　　大家想一想，十二两银子够干吗呢？但是宋御史就做出一副很真诚的样子，说你不要破费，就借个地儿。用我们的十二两银子，你把这个宴席给我们布置下来就行了。那你想，这明摆着就是让西门庆花大把银子给他挣脸面嘛，最后那个巡抚认为是他很下功夫来伺候自己，花了好多银子，实际上都是西门庆出的。西门庆知道这么回事，就是说他故意要搏一个清官的名声，像我们这些官员，我们还凑份子，一共凑了十二两，行，你拿来吧，我给你办这个事。结果西门庆给他怎么安排？摆了一张大茶桌，另外安排六张散桌，还请了一些戏子来唱戏陪宴。宋御史真认为他十二两银子就能把这些事全应付了，你想那不是揣着明白装糊涂嘛。西门庆满口答应，给他的意思就是说：十二两，行，能办这个事，我给你办。其实这十二两银子连打发戏班子，打发那些仆役，给他们的佣金都不够。最后西门庆为宋御史他们花了多少钱呢？花费了上千两银子，所以书里写宋御史的腐败，是披着清廉伪装的，非常恶劣。变着法、变着花样地索取贿赂，还要装作一副两袖清风的大清官样子。

　　《红楼梦》里面写没写到腐败呢？也写了。《红楼梦》写的是清代贵族家庭的事情。他写宁国府死了一个女子，就是秦可卿，秦可卿在贾氏宗族里的辈分是最低的，当时贾氏宗族两府还有一个老辈子是贾母，她是公爵夫人。宁国府的公爵、公爵夫人，故事一开始都不在了，但是荣国府的公爵去世以后，公爵夫人还在，就是贾母。从四大家族的史家嫁过来的，所以有的时候书里又把她叫作史太君。她是一辈，她下面一辈就是她的儿子、侄子这一辈，她的两个儿子，贾赦、贾政，她的一个侄子就是宁国府宁国公的后代，贾敬。这辈往下又有一批后代，男性后代的名字是玉字边，年龄最大的是宁国府的贾珍，然后是荣国府贾赦的儿子贾琏，贾政的儿子贾珠（贾珠在故事开始就死掉了，但是他结婚生子了），还有就是宝玉，宝玉还有一个庶出的弟弟贾环。贾珍有一个儿子是贾蓉，贾珍既然跟宝玉一辈，贾蓉就更晚一辈了，从贾母往下捋就是第四辈了，重孙子辈。贾蓉娶了一个媳妇就是秦可卿，秦可卿忽然死了，就是说贾氏宗族死了一个重孙子媳妇。按说这不算什么大事，但是书里写秦可卿的丧事非常之隆重，许多王公贵族官员都来参与祭奠，更有意思的是宫里面的一个大太监，叫作大明宫掌宫内相戴权，先备了祭礼让人抬出来，然后自己坐了大轿，还打伞鸣锣，亲自来给秦可卿上祭。一个宁国府贾氏宗族的重孙子媳妇死掉了，宫里面管理所有太监的总太监来祭奠。戴权这个名字也是谐音，就是大权，权力很大。这是怎么回事？引起了很多读者的讨论，引起了很多红学专家的研究。

　　他来以后，贾珍立即去迎接，把他接到一个叫作逗蜂轩的厅堂里，就跟戴权表达一个意思，想给他儿子贾蓉蠲一个头衔，因为贾蓉是一个白衣人，贾珍袭了一个三等将军的贵族头衔，但他儿子既没有贵族头衔，也没有官职，戴权会意了，就说："想来是为丧礼上风光些。"贾珍忙笑道："老内相所见不差。"请听底下戴权的话："事到凑巧，正有个美缺。如今三百员龙禁尉短了两员，昨儿襄阳侯的兄弟老三来求我，现拿了一千五百两银子送到我家里，你知道，咱们都是老相与，不拘怎么样，看着他爷爷的分上，胡乱应了。还剩了一个缺，谁知永平节度使冯胖子来求我，要与他孩子蠲，我就没工夫应他。既是咱们孩子要蠲，快写个履历来。"后来就马上写了一个履历，就是贾蓉，高祖是谁，祖父是谁，父亲是谁什么的。戴权看了看，随手把履历递给了一个贴身的小厮收了，说："回来把这个履历送给户部堂官老赵，说我拜上他，起一张五品龙禁尉的票，再给个执照，就把咱们的履历填上，明儿我来兑了银子送去。"这个话好像是戴权跟这个小厮说，其实是说给贾珍听——因为批准龙禁尉的缺额，这种事情是由户部来管，户部管理这个事务的官员姓赵，叫老赵。戴权只是宫内一个大太监，但是他很有权威，户部的老赵这种官员都怕他。

　　戴权公然在这儿做宫廷身份名号的买卖，本来这个龙禁尉的资格应该有很严格的规定，有严格的审核制度，不是说随便你填一张票，兑了银子，就能获得这个头衔的。但是书里写这个王朝的宫廷非常腐败，戴权和户部的官员联通一气，私下里买卖这种头衔，说是私下，实际上从书里写这个状况来看的话，也当着好多人，明目张胆做这种事。

戴权说完就告辞了，贾珍送他，趁他上轿的时候贾珍问：这个银子是我到户部去兑，还是我一并送到老内相府中？戴权说：你送到部里去，你又吃亏了，不如你平准一千二百两银子，送到我家里就完了。这不是花样受贿嘛，究竟他让赵堂官开一张龙禁尉的头衔票，会问他要多少银子呢？可能几百两，但他让贾珍送一千二百两银子到他家，他就从中赚下很多银子嘛。而他这个说法本身好像是在保护贾珍，就说你如果直接找赵堂官的话，他会向你要很高的价，你会吃亏的，你通过我，你省事。

贾珍就送了一千二百两银子到戴权的家里，这种大太监在城里面都会有自己的住宅，每天到宫里面上班，没事回到自己的住宅。这样秦可卿最后发丧的时候，就在祭奠她的榜文上，乃至于会举一些牌子，一些旗子上，写上她获得的名号，一大串名堂，叫作"世袭宁国公孙媳、防护内廷御前侍卫龙禁尉贾门秦氏恭人之丧"。这样丧事就显得风光了，但是戴权弄权，卖龙禁尉的这种官员官职的名号，多么黑暗！多贪得无厌！和《金瓶梅》里面所写的宋御史、蔡御史一样，胆大妄为，恬不知耻。

烧猪头与烤鹿肉

两部书里各有一段写吃东西的情节，很别致，很有趣。先说《金瓶梅》。《金瓶梅》里面写到了一个仆妇宋惠莲，前面已经讲了很多她的故事，最后她是一个悲剧的结局，但是这里讲有关她的一段这样的情节。她在西门府里开头在厨房做事，后来在席面上服侍吴月娘他们，最后得到了西门庆的宠幸，她就干脆什么事都不做，别的仆妇在忙活，去伺候主子们，应付宴席，她坐在廊子里面嗑瓜子。宋惠莲有一个绝技，她能用一根柴禾把一个猪头烧熟，烧出的猪头肉又熟又糯，又香又美。这是一般厨师不具备的，要烧出一个猪头，一般厨师要很多道工序，甚至要换好几个灶眼，但是她一根柴禾齐活。

她有一次被西门庆的妻妾说动了，就说你能不能够跟我们展示展示你的特技，露一手，她心动了，露一手就露一手，让你们知道我宋惠莲不是一般的角色，她果然用一根柴禾烧烂了一个大猪头。书里写她怎么来做这个事呢？她到大厨灶里面舀了一大锅水，把猪头刷干净，然后只用一根长柴，安在灶内。一般在灶眼里面点火，都得用好多根柴禾，她只用一根柴禾。然后用一大碗油酱，还有茴香、大料，把这些东西拌得均匀了，上下用锡箍子，把猪头扣定，然后开始点燃灶下的一根柴禾，当然她有她的技巧，她会转动这个柴禾，那不是一般人能够轻易学会的。最后把灶上的猪头烧得皮脱肉化，香喷喷，五味俱全，用大白盘子盛出，再用许多姜蒜装了很多碟儿，让小厮们用方盒子把猪头这些蘸料送到前边李瓶儿的房里去，当时孟玉楼、潘金莲在李瓶儿房里面吃酒玩耍，喝金华酒。在《金瓶梅》里面写到了很多酒，当今咱们所熟悉的酒，书里都没有，书里经常写到的是金华酒，认为是一种好酒，人们送礼送金华酒，宴席上人们要喝好酒了，上金华酒。

当然，这几个小老婆一想，吴月娘当时出去拜客了，那咱们独享这个美味猪头不合适；尤其孟玉楼，她是一个很能顾全大局的人，就说咱们拿大盘子，拣出一些齐整肉块，再倒满一壶金华酒，让丫头送到上房，这样吴月娘一回来，立刻就可以享用鲜美的猪头肉，而且孟玉楼又想起来，说：咱们三个在这儿聚，但是没约李娇儿和孙雪娥，是不是也分点给她们吃呀？潘金莲本来是最恨孙雪娥的，但是孟玉楼在这个情况下提出这样的建议，她也不好反驳，反正这猪头很大，肉很多，所以这样的话就很周全，最后吴月娘也有了，李娇儿、孙雪娥也都有了。她们三个先尝鲜，宋惠莲跑去献媚，问：我烧得怎么样？好吃不好吃啊？潘金莲本来是很嫉恨她的，因为西门庆跟她好了，也就等于夺了潘金莲的一部分爱嘛，但是因为猪头肉实在好吃，所以就夸她，说刚才三娘夸你好手段，烧的这个猪头稀烂。三娘说的就是三房孟玉楼，李瓶儿有点不信，问宋惠莲：这么好吃，你真是用一根柴禾就烧成这样？宋惠莲这么回答："不瞒娘们说，还消不得一根柴禾呢，我要是把一根柴禾用尽了，就能烧得所有的皮肉都脱了骨。"这样孟玉楼就招呼她，说你自己做的，你自己也尝尝，宋惠莲还表示谦虚，说："小的自知娘每吃不的咸，没曾好生加酱，胡乱也罢了，下次再烧时，小的知道了！"就是她觉得自己做的味道还不够浓，但是她最后也跟大家一起吃这个猪头肉。

吴月娘回家了，孟玉楼赶紧跟她汇报，说我们没等您回来就自己让宋惠莲展示她的绝技，烧一个大猪头吃了，说现在您也尝尝。吴月娘很高兴，觉得这些小老婆能这么团结，家里的气氛比较和谐，是好事。西门庆后来也回家了，听说女眷们有这样的聚会，一起吃猪头肉，也觉得挺好。你想本来吴月娘和几房小老婆之间就有矛盾，磕磕碰碰的，几个小老婆之间，尤其是潘金莲，不是省油的灯，总是跟这个那个闹别扭，而且宋惠莲被他占有以后，更加深了这些妻妾之间的矛盾，掀起很多波澜，虽然他是一个恶霸型的府主，大男子主义，他对每一个老婆都可以发威，但是他也不希望总是在他在或不在的时候，这些女子斗来斗去，从暗斗变成明斗，这种情况书里有多次描写，闹得鸡飞狗跳的。但现在一下发现一根柴禾烧了一个猪头，居然使得娘们团结、和谐了，很高兴，他就让仆人再给这些女眷送去一坛茉莉花酒。

在《红楼梦》里面也写到了一种特殊的吃东西的方式。宝玉、湘云原来是随着贾母吃饭，不好好吃，他们听说厨房里面有鹿肉，就去要来生鹿肉，想自己鼓捣着吃。他们这种话被做客的李婶娘听见了，李婶娘好惊讶呀，说：府里面戴玉的公子和戴一个金麒麟的小姐，怎么在商量吃生肉啊？生肉能吃啊？李婶娘是李纨的婶婶，都姓李，就是李纨娘家，她母亲的兄弟的夫人。李纨当时虽然在府里不管大事，但是她是嫂子辈，她对宝玉、黛玉这些小姐的生活也负一定的责任，所以李纨就找到了宝玉和湘云，跟他们说：你们两个要吃生的呀？我送你们到老太太那儿去吃，哪怕你们吃一只生鹿，撑病了不与我相干。现在你们瞒着老太太要吃生肉，这么大雪，怪冷的，你们不是给我惹事、造祸吗？宝玉跟她解释，说：不是生着吃，是要烧着吃。正说着呢，看见老婆子们拿着铁炉子、铁叉子、铁丝网子过来，闹了半天这个府里面是有这些工具的，怎么吃呀？烤着吃。所以我们今天流行的吃烧烤、吃串，其实在《红楼梦》里面就反映出来，贵族家庭偶尔也会这么吃，所以他们有现成的这些工具，李纨就嘱咐：仔细割了手，可不许哭！

后来他们就在一个叫作芦雪广的地方，使用这些工具吃起烧烤来了，烤了鹿肉吃。开头史湘云在那儿吃，其他一些小姐不敢吃，如当时也在那儿做客的薛宝琴不敢吃。史湘云招呼她说："傻子，过来尝尝。"薛宝琴说："哎哟，看着怪脏的。"宝玉也说："你尝尝去，你尝尝就知道好吃了。"薛宝琴就吃了一块，果然好吃，就也吃起来了。史湘云说："别看我们现在是割腥啖膻，一会儿作诗绝对是锦心绣口，是真名士自风流。"这段情节写出了贵族府第里面具有叛逆性格和创新意识的公子、小姐，他们的一次勇敢的饮食行为，也可以算是一种行为艺术。

胡僧药与绣春囊

　　古代远了不说，就以《金瓶梅》所描写的明代和《红楼梦》所描写的清代而言，整个社会文化当中包含有一部分，咱也不必避讳，就是性文化。当时就流行着一些性爱用品，在《金瓶梅》里面写到过，李瓶儿嫁给了一个花太监的侄子，这个太监后来告老还乡，定居在清河县，成了西门庆的邻居。花子虚一天到晚在妓院鬼混，不回家，李瓶儿性苦闷，西门庆勾搭上了她，李瓶儿就拿出一个什么东西来呢？春宫图。**这是那个时代很流行的一种东西，上面画的都是一些男欢女爱的图像，看着春宫图然后做爱，就能够在图画的刺激下获得冲动。**这种东西在明清两代挺流行，而且有一种迷信的做法，认为这种东西能防火。这不挺可笑吗？为什么能防火？据说火神是一个女神，她如果要到这儿来点火，一看见有春宫图，她害臊，就回避了，因此这个地方就不着火了，这是一种解释。还有一种解释是说这种东西是阴性的，阴气特别重，火是阳性的，那么阳性过来以后，这个阴性很浓酽，就会把火给消灭，所以能够防火。

因此这种图，有时候为了掩饰它色情的实质，就说是避火图。

《金瓶梅》里面写到了，因为花太监是从宫里出来，他自己虽然没有做爱的能力，但是他有这种东西，传到了他的侄子侄媳妇手里。后来西门庆还把这种东西带到自己家，跟潘金莲两个人在帐子里头边看边做爱。

书里写的这些少儿不宜，但是成年读者还是应该知道一些这方面的事情。在《红楼梦》里面也写到了一些类似的物件，就是绣春囊。《红楼梦》整体而言文字比《金瓶梅》干净太多了，《金瓶梅》有一些文字确实是色情文字，《红楼梦》里面真正属于色情文字的极少，但是写到了绣春囊。说在大观园的一个山子石上摆着这么一个东西，贾母房里有一个粗使大丫头傻大姐，一双大脚，她到大观园里面瞎逛，在山子石上捡到了这么一个东西。囊就是荷包，绣春囊，就是它上面绣的图案是色情图案，是一男一女光着身子搂在一起，这也是男欢女爱的时候，能够起到助兴作用的一种用品。当代把这叫作成人情趣用品，有一种商店是获得官方准许，必须是成年人才能够进去，专卖成人情趣用品的。

绣春囊是谁遗失在那儿的？书里面写得既明白，又迷离扑朔，他明写了一笔，就是后来因为这个事，引发了抄检大观园事件，当中抄到了贾迎春的丫头司棋那儿，在司棋的箱子里面抄出了她的情人潘又安写给她的情书，情书里面提到曾经赠给她绣春囊。但是傻大姐所捡到的这个绣春囊，究竟是不是司棋掉在那里的，没有明白地告诉读者，所以后来有各种各样的猜测。有一种猜测你听了可能觉得比较离谱，但是这种猜测确实存在，还不是一般人在猜，是饱识之士的猜测，说这个绣春囊是薛宝钗的，薛宝钗是一个虚伪的人，她其实内心里面是有欲火的，她自己也承认，胎里就有热毒，需要炮制一种特别古怪的药——冷香丸，不断地吞食冷香丸，把欲火压下去，所以她会偷偷地揣着绣春囊。这个说法仅供参考，认同的人不是太多，但是确有此一说，附带说明一句，这不是我的观点，这是别人的观点，但这种观点是明明白白写在公开出版的书上的。

在《金瓶梅》里面，西门庆和人做爱，他随身带着一个什么东西？

叫淫器包，就是他带着一个小包袱，里头装满了这一类的东西，有的还不是说只是看一看，诱发出你色情的想法，而是可以使用的一些技术性的东西。有的就比较可怕了，这里不细说。总之就是他经常带着一个淫器包，他和女子做爱的时候，使用里面的一些东西，来求得强刺激，来增大力度和延长时间。但是西门庆还不满足，他还总希望能拥有更厉害的辅助性的用品，使他获得更大的性满足。

书里写他后来遇到了一个胡僧，僧就是和尚，胡僧就是域外来的和尚，历史上咱们把很多东西都加一个胡字，说明是中国本土本来没有，从外国、域外，一般是西方传进来的，如胡萝卜。凡域外传进来，往往加一个胡字。中国本身就有一些弹奏的乐器，本来就有琴，但是有一种琴也是从那边传进来，叫胡琴，加一个胡字。这种事物，读者们想一想，还可以补充一些。

西门庆遇到的这个胡僧，说明这个和尚不是中国本土的和尚，是从域外游方，走到中国来的。这个胡僧的相貌被描写得极其夸张，生的是豹头凹眼，头像一个豹子，眼睛是凹进去的，这倒也罢了。鼻子颜色呢，色若紫肝，跟猪肝脏颜色一样，而且还发紫。他的颏下髭须乱拃，就是他有络腮胡子，这个络腮胡子还是往外拃着。头上有一溜光檐，什么意思？就说他秃顶了，但是围绕着秃顶有一圈头发。这相貌就已经够古怪的了，但是底下描写得就更古怪，这个就夸张过度了吧？真的有这种情况吗？西门庆见了他以后，这个胡僧当时盘腿在禅床上，禅床就是和尚打坐的一种器具。怎么样呢？垂着头，垂着头也不稀奇，忽然发现他把脖子缩到腔子里了，这个胡僧的头和乌龟头一样，能伸能缩，挺吓人。但是西门庆没有被古怪吓倒，因为西门庆听说胡僧能够提供胡僧药，帮助人在做爱的时候获得最大的快乐，他求胡僧药来了，所以胡僧长相越怪，脖子一伸一缩的，非同寻常，反倒让他觉得这样的和尚一定能够提供其他和尚、其他人提供不了的东西，越古怪，反倒越可信。

他跟胡僧提出来，能不能够给我提供春药？这种药叫春药，胡僧后来果然就给他两种药，一种是内服的丸药，可以吞服，一种是可以涂抹的膏药。西门庆得到胡僧药以后就非常高兴，就去和他的女人们拿这个药来做试验，这个药果然很厉害。**这就写出了明代，尤其是明代社会，社会风气的堕落，人为追求一种低级的快感，到处求医问药，当时连皇帝都带头寻求这种东西。**明朝皇帝曾经公开贴出告示，向民间征求春药。书里写西门庆作为一个地方县城里面的土财主、地方官员，追求这个东西是很真实的，上行下效嘛。这是不足为训、不好的社会风气。西门庆最后使用这个药，倒是获得了极大的快感，可是也给他自己带来了灾难。

西门庆最佳的性伴侣是潘金莲，潘金莲向西门庆索取的不是精神上相通的爱情，而是性快乐。后来潘金莲知道西门庆身上有胡僧药，除了西门庆自己服用、涂抹以外，她趁西门庆睡着了，她要进一步寻求快乐，就拿烧酒灌西门庆，把那个丸药硬塞到西门庆嘴里面，导致西门庆最后纵欲过度。西门庆后来晕倒在潘金莲的屋子里，最后死在潘金莲的床上，**他的死和潘金莲对他无穷无尽的性快乐索要是有关系的，跟这个胡僧药，药力的厉害也是有关系的。**

作者很冷静地写出这一切，但是我们今天来读《金瓶梅》的时候，我们要懂得，他也是一种揭露。他没有对这种风气、这种东西进行批判和否定，我们应该懂得这种东西是应该被否定的，现代我们也卖延时房事的药物，也有成人的情趣用品店，但是法律法规是有明确规定的，像胡僧药这种东西，像西门庆淫器包里面的一些器具，是要取缔的。

《红楼梦》里面写男欢女爱就比较含蓄，直接写到这种东西的地方不多，包括绣春囊，他只写了那么几笔，究竟司棋和潘又安在大观园里面幽会，他们怎么用这个绣春囊来诱发自己的情欲，他都没有去写。《红楼梦》的做法是对的，就是他告诉我们社会上有这种东西，另一方面在文本的书写当中，他构成了一个优美的文本，不让这些东西玷污读者的眼睛，相比而言，《金瓶梅》这方面的描写是用力过度，《红楼梦》在性爱描写方面是基本适度的。

色情与情色文字的把控

《金瓶梅》有人一听就皱眉头，说这是一本淫书，在它面世以后，从明代、清代、民国，一直到现在，都有人给它戴上一顶淫书的帽子。冤枉不冤枉呢？有不冤枉的一面，无论是词话本，还是后来的崇祯本，里面确实都有色情文字。什么叫色情文字？**就是它写男欢女爱的时候，将生殖器官进行描写，这样的文字就是色情文字。**全世界的标准大体是一样的，但是有的民族、有的宗教，标准更苛刻，泛泛而言，在文学作品里面，直接写生殖器官，多数情况下会被认为是色情的表现。

《金瓶梅》里面有这种文字，而且是作者刻意写下的，多不多呢？全书是一百回，以刚才我说的那个标准来衡量，直接写到性器官，加以描绘的，大约有几千字。它一回大约是一万字，全书的规模差不多是百万字，属于色情文字的大约有几千字，所占的比例也就1%，乃至于不到。所以刚才说了，说它有色情成分不冤枉，它确实有，这一点不要给它掩饰辩护，它就是有。另一方面，为什么说它冤枉呢？全书一百回，这么大的规模，分散在各处的这种色情文字加起来不足一万字，所占比例不大，此外的大量文字都是写社会生活，刻画人物，而且写得很成功。毛泽东主席对《金瓶梅》是有评价的，他指出《金瓶梅》对妇女不尊重，就是它里面的那些色情描写，基本都是从西门庆这个男性玩弄女性的角度来写的，这是它的问题。但是另一方面，毛泽东主席又高度评价了《金瓶梅》，他说你看《封神演义》或者是《东周列国志》，以及其他一些中国古典长篇小说，写了政治斗争、政权的争夺和更迭，写了意识形态，但是很少写到经济生活，而《金瓶梅》最可贵之处是它写了社会的经济基础，写了社会上的经济状况，特别是明代的商业状况、商品流通状况、商人经商的状况，写得还很仔细。有很多细节，他认为很可贵，大意是这样的，不是原话，只是概括他的意思。

所以读《金瓶梅》，我们确实要注意一点，就是它有色情文字，少儿不宜，有些人只对这些部分感兴趣，只对这不到1%的文字感兴趣，其他的描写社会经济生活，像我前面讲的共享繁华、对人物的刻画、人物命运的描绘，都不感兴趣，我就要看这点文字，对这种人来说的话，这本书确实有负面作用，这是我们不要讳言的。但是我们应该遵照毛泽东主席的指示，多看全书99%的部分，特别是通过读这本书，要了解到中国社会发展到明朝阶段，市场经济初露苗头，商品流通开始繁盛，出现了西门庆这种新人物。他很坏，有好多毛病，但是他突破了当时封建社会所设定的，通过科举考试作八股文，去谋取官位，获得利益，这样一种上进的管道和模式。他通过资本原始积累，通过积累财富，去寻租权力，就多少改变了当时社会原有的结构。他写到了这种商品经济发展的情况下，封建礼教被无情解构，这些都是很可贵的，是《金瓶梅》这本书能给予我们的正面的收获。

我们一定要懂得，划分色情和另外一个概念（叫作情色），它的界限就是要考察作品是否直接写了性器官，而不少古典文学作品，包括现当代的文学作品里面，写男欢女爱、写做爱，只要没有直接地描写生殖器官，就只能算是情色文字，不能够算作色情文字。有人神经过敏，一看写到接吻、拥抱，乃至于做爱，就觉得好色情，这个你就扩大打击面了，不能这样来看问题。举个例子，现在舞台上经常演出的昆曲《牡丹亭》，《牡丹亭》是明代剧作家汤显祖的一个作品，是一个剧本，《牡丹亭》写没写爱情呢？写了的。写爱情，写没写到做爱的地步？写到这个程度了。但是有人会问：《牡丹亭》是一个色情作品吗？当然在明清两代有些封建卫道士是这么抨击过它，但是以我们当代人的眼光来看，它是很优美的文学作品，因为它从头到尾没有关于性器官的描写。他整个故事是写一个有钱人家的少女杜丽娘思春，她到了生理上、心理上都成熟的青春期，她很寂寞，她希望遇到一个可心的男子，委身于他，后来在梦里面，她梦到了一个翩翩公子柳梦梅，在梦里面他们两个人做爱了。戏词里是这么唱的——"这一霎天留人便，草藉花眠"，就是她梦见在花园的牡丹亭的旁边，两个人就躺在那个草坪上，就拿落花当枕头了；"见了你紧相偎、慢厮连"，就是两个人搂在一起做爱；而且下一句写得很发力，叫作"恨不得肉儿般和你团成片"……写到这个程度，但是他没有去写性器官，所以不是色情的唱词，只能说是情色的表现。

现在你看舞台上《牡丹亭》演到这一段，这些唱词全部都保留，在舞台边有字幕屏，那上面会显示刚才我说到的这些词句，如果把这个也叫作色情的话，那就打击面太宽了，那等于说文学艺术完全不能够表达性爱了。这样我们就画了一条红线，建议读者们今后都能够根据这样一条红线来判断你所遇到的文学作品，这些文字文本是属于色情，还是仅仅是属于情色。当然也不是说不色情，只是情色，就都是允许的，都是好的，这种文字也有高低雅俗之分。像《牡丹亭》就属于没有色情，但是在情色表达上非常优美，让人非常舒服，非常好。

《红楼梦》深受《金瓶梅》的影响，我们前面举了无数例子说明，毛泽东主席说得真对："《金瓶梅》是《红楼梦》的祖宗，没有《金瓶梅》就没有《红楼梦》。"但《红楼梦》作者有一点真了不起，他那么喜欢《金瓶梅》，而且他那么多地方受到《金瓶梅》的影响，但是《红楼梦》里面严格来说一点色情文字都没有，情色描写有，也点到为止，加起来不过一二百字，他大量篇幅是写书中的主人公，贾宝玉、林黛玉精神层面的交流，共读《西厢》，诉肺腑心。林黛玉发表了她的宣言，"我为的是我的心"。**这个就大大超越了《金瓶梅》，不但没有情色的泛滥，更没有色情描写，他所写的宝玉、黛玉的恋爱，达到了现代社会的爱情的最高标准。注意——**宝玉、黛玉的爱情，也不是只有精神层面，没有身体仰慕成分，不是所谓的柏拉图式恋爱。柏拉图是古希腊的哲学家，他倡导一种百分之百的精神恋爱，一点身体方面的想法都没有，《红楼梦》写宝玉、黛玉还不是这样，宝玉对黛玉很尊重，黛玉身上有一种天然体香，他拉过她的袖子拢住闻个不停；他见到薛宝钗露出的雪白的臂膀，产生一个情色的想法，他说这个臂膀要是长在林妹妹的身上，我倒也得摸一摸。这个地方作者写得很高明，告诉你不要以为宝玉和黛玉之间就完全没有俗世的男女之间的那种身体方面的想法，现在有些读者和论家，为了肯定贾宝玉和林黛玉，就把他们拔高到百分之百是精神，没有其他想法，我认为是不准确的。他们以精神为主，但是分明作为一个成熟的男子和成熟的女子，他们彼此有身体上的两情相悦，互相吸引，他写得很准确。

《红楼梦》里面写了两个荡妇，一个是鲍二家的，一个是多姑娘（后来又写作灯姑娘），这两个荡妇的形象刻画得还算挺鲜明的。王熙凤过生日的时候，贾琏趁大家不注意，溜回住处，和一个仆妇鲍二家的私通，有几笔写得相当的情色，但是它没有涉及生殖器官，这就算是《红楼梦》里最露骨的笔触了。晴雯被王夫人撵出去，撵到她姑舅哥哥那儿，这个嫂子，恰恰就是灯姑娘，一个荡妇。宝玉偷偷跑去探视晴雯，还被这个荡妇灯姑娘纠缠，有些下流的动作，这就是《红楼梦》里面最厉害的一些情色描写，但是也无非如此。他完全没有写到色情的程度，说明作者对于这个情色和色情文字的把控非常自觉，也非常精准。这是《红楼梦》

高于《金瓶梅》的地方。《金瓶梅》里的那些色情描写，你也不能说完全没有价值，因为在一些评论家的眼里，色情文字也有高下之分，而且有一些这种色情文字，对一些身心健康的成年读者来说，也可以作为审美对象，产生一定的审美的认知和审美愉悦。像吉林大学的王汝梅教授，他就认为世界上存在着一种色情文学，有高有低，而《金瓶梅》，特别是其中一般读者认为是最色情的一段，就是"潘金莲大闹葡萄架"，他认为是世界色情文学当中写得最好的，不但不要去否定，而且是我们应该引以自豪的文学成果，他的看法可供参考。

词话体与小说体

　　传到今天的《金瓶梅》的版本，主要有两个体系。一个是大约出现在万历朝的，叫作《新刻金瓶梅词话》，简称词话本，到了崇祯朝，出现了一个显然是经过文人修订的《新刻绣像批评金瓶梅》。到了清代，又有张竹坡的评点本。这个评点本虽然有一些自己的特点，大体上是跟明代崇祯朝的《新刻绣像批评金瓶梅》很接近的，所以我们把它合并在第二种版本体系里。

　　词话本和后来崇祯本的区别在哪里呢？词话本里面穿插了大量的以词曲形式来表达的内容，有时候他是写里面的乐工或者是先儿，在特定场合唱一首曲或者一组曲，把那个曲词全都录下来；还有的时候是通过著书人的口气，用词曲形式来表达人物的内心和推进情节的演进。它里面有很多这种叙述文字以外的词曲，有点像茶馆酒楼里面的说书人使用的底本，也就是话本，所以叫作词话本，词话本的特色就在于此。

　　到了崇祯朝，就出现了刚才说的一个新的版本——《新刻绣像批评金瓶梅》，第一，它增加了绣像，第二，它增加了评语。翻开以后发现第一回有很大的修改，词话本第一回立刻展开武松打虎，武松到了县城遇见哥哥武大郎等情节；崇祯本一开头，先写西门庆如何和一些市井混混在一个道观里面热结十兄弟。这两个本子文本上有区别，除了第一回有比较大的改动以外，里面各回很多词曲被崇祯本的整理者删掉了，他觉得过多、烦琐，不利于读者把它作为一个文学作品来阅读。另外在回目上，在叙述文字上，也有很多改动。两个本子相比较的话，历来读者当中出现了不同的兴趣归属，有人更喜欢词话本，有人更认可崇祯本。

我个人对词话本做过评点，现在漓江出版社还在印制发售我的《刘心武评点金瓶梅》，我所评点《金瓶梅》的本自是词话本，当然这是一个删节本。词话本好在哪里？它产生得早，所以它的原生性比较强。一个作品的原创刚出来时候的面貌，可能你觉得不完善，有瑕疵，但是它的原生态是很可贵的。就像我们有时候看电视上的歌唱比赛，它是分类的，有美声唱法，有民族唱法，有通俗唱法，还有就是原生态的唱法。特别是一些少数民族，他们在山间水边、树下田边，他们用自然的嗓音，自编的语汇唱出那种歌，可能声音不如美声唱法那么优美，唱词不如后来一些作词家作的词那么雅俊，曲调又不如一些作曲家作的那么高明，有时候它曲调比较简单，来回地反复，但是原生态那种美感是很可贵的。

《金瓶梅词话》，我个人认为就具备原生态的优点，如书里写到西门庆不行了，要死了，当时吴月娘和其他小老婆都围在他的床边，他开始口述他的遗嘱了，在后来的崇祯本里面只保留了他口述遗嘱的那些话语，删去了词话本里面的一些文字。删去的是什么呀？删去的是在书里面，西门庆居然用一首曲来向吴月娘做交代，而吴月娘用一首曲来回应西门庆。按说在日常生活当中，不太可能出现这种情况，一个人要死了，忽然唱一首曲，日常生活当中这种情况应该是没有的，而他的妻子眼看他要死了，居然也唱一首曲来回应他，这就更不可能。**但是词话本通过文字的流动，让我们觉得有一种艺术上的增值。**

他写西门庆口述了遗嘱内容之后——西门庆的遗嘱在前面已经引用过，这里不再重复——又唱了一首《驻马听》。《驻马听》是一个曲牌，有固定的词句字数和韵律的限制，有固定的曲调，当然也可以稍有改动。西门庆是怎么唱的呀？"贤妻休悲，我有衷情告你知。妻你腹中是男是女，养下来看大成人，守我的家私。三贤九烈要贞心，一妻四妾，携带着住，彼此光辉光辉！我死在九泉之下，口眼皆闭！"

词句很粗鄙，很浅显，但是我觉得情意很深切，很真挚，凝聚了西门庆临终时候内心的期盼。当时吴月娘已经有身孕了，一是嘱咐吴月娘一定要把这个孩子养大成人，一个是他相信吴月娘会为他守节，做一个贞洁的烈妇。但是他又希望吴月娘和底下这几个小老婆都能够抱团，不要因为他死了就离散。作为一个文学作品，我读到这儿的时候不觉得突兀，我觉得写得很好。在真实生活当中，明代一个人死了，临死不会这么唱曲，但是在文学作品里面，他写西门庆临死的时候唱一首《驻马听》，我觉得文学性挺强的，就文学艺术本身的艺术真实而言，我能接受。

他写得很有趣，西门庆唱《驻马听》以后，吴月娘不是只在那儿点头哭泣称是，而是回唱一首，写得非常高明。她是怎么唱的呀？"多谢儿夫，遗后良言教道奴。夫我本女流之辈，四德三从，与你那样夫妻，平生做事不模糊。守贞肯把夫名污？生死同途，一鞍一马，不须分付！"在明代真实社会生活当中，一个妇女不至于在她丈夫死的时候，丈夫唱一首曲，她回唱一首曲，但是读《金瓶梅》这个小说的文本，读到这儿，我觉得挺舒服的。夫妻两个人对唱，都把自己内心的想法、肺腑之言和盘托出了。吴月娘就让他放心，她平生做事不模糊，她会为他守贞守节到底，她一鞍一马到底是不须吩咐。正夫正妻之间就叫作一鞍一马，她不会另外改嫁，成为另外一个人的正妻。书里后来的情节发展也证明吴月娘说到做到，唱到做到，确实她是为西门庆守节到底了。

到了崇祯本，就把词话本里面刚才我讲的，西门庆死的时候，先唱《驻马听》，吴月娘再回唱《驻马听》，把这段全都删了。可能是那个时候整理这个词话本的文人，觉得不合理，临死了怎么还能唱呢？另外又觉得比较鄙俗，不够雅，愣给删了。**我认为崇祯本虽然也有一些优点，但是像这些地方对词话本的大动干戈，加以删节，是败笔。**

《红楼梦》里面就没有这种手法，它里面有些词曲都有必要的安排，如贾宝玉神游太虚幻境，警幻仙姑让天上的仙女们奏乐唱曲，他听了十二支曲，加上开头和结尾是十四支曲，都安排得很合理。后面写到有时候宝玉和冯紫英等人在一起喝酒聚餐，分别唱曲，也写得非常自然。**但是整个《红楼梦》的文本里面，有一段历来引起了一些读者和研究者的特别注意，**如有一位五四运动以来了不起的文学家叫叶圣陶，那一代的文学艺术家对《红楼梦》都是热爱熟悉，并且都有所评议的，叶圣陶就说了，《红楼梦》里面有一段的文字有点古怪，就是写王熙凤到宁国府，作者怎么来写宁国府里面的景象呢？他是通过王熙凤的眼光，从王熙凤的主观视角来写宁国府景象的。他用了一首曲，这个写法在前后都没有，是非常特殊的一种处理。

他说，王熙凤看见什么情景呢？"黄花满地，白柳横坡。小桥通若耶之溪，曲径接天台之路。石中清流激湍，篱落飘香。树头红叶翩翩，疏林如画。西风乍紧，初罢莺啼。暖日当暄，又添蛩语。遥望东南，建几处依山之榭。纵观西北，结数间临水之轩。笙簧盈耳，别有幽情。罗绮穿林，倍添韵致。"这一段对于宁国府景象的描写就和书里面对荣国府大观园那些描写大不相同，他通过一首曲来表达王熙凤所见到的宁国府。而且里面用一些典故，又用了一些很文言化的词语，有一些词语的概括性很强，对具体景物的展现的细致度又不够，这是值得注意的，作者为什么突然在这个地方这么来写？这就有点像《金瓶梅》里面西门庆要死之前和他的正妻吴月娘各唱一段《驻马听》，有点那个劲儿，这是不是也证明《红楼梦》的作者确实受到了《金瓶梅》的写作方式的影响，但是仅保留一些影响的痕迹，总体而言在叙述文本上，他又超越了《金瓶梅》？只有一处是这样的。

正邪二气说与因果轮回说

　　《金瓶梅》总体而言非常成功，一部长篇小说开篇难，收尾更难，《金瓶梅》一百回，开篇词话本是从《水浒传》的武松打虎说起，崇祯本在第一回加了西门庆热结十兄弟这件事情，但总体而言都是借树开花，崇祯本写了西门庆热结十兄弟以后，也是再去讲武松打虎等事情。他用这样一个办法就开讲了，铺排他的故事了。那么收尾怎么样呢？前面讲了一段，就是他在接近收尾的时候，写当时金兵南下，整个清河县乱成一锅粥，人们纷纷逃窜，吴月娘就和她的兄弟吴二舅，还有她贴身的小厮和丫头——玳安、小玉，带着孝哥儿一块儿逃难。逃难当中她做了一个梦，是一场噩梦。吴月娘的梦境我前面讲过，这里不重复。梦醒以后吓出一身冷汗，顿悟了，就把儿子孝哥儿献给了普静法师，在金兵退了以后，回到了自己的住宅，打开门锁以后发现，虽然里面更破败了，但好在金兵没有进去，盗贼也没有进去，收拾收拾就重新开始生活了。

　　这部小说结束的时候，除了写吴月娘做了一场梦，还写在吴月娘做梦的时候，服侍她的丫头小玉——当然这个时候小玉已经成了玳安的媳妇了——没有睡觉，她隔着门缝看隔壁普静法师在作法，就是在处理亡灵，他把一些死去的人的灵魂一个一个进行安排，让他们去投生到新的地方、新的人家，在那儿成为一个婴儿，重新开始他们的生活。所以总体来说的话，《金瓶梅》没有给读者提供什么希望，就是对人生究竟应该有怎么一个认知，人生的本质是什么，他不探究，他只管去生动细致地描绘很多人的生活，在他的笔下死者自死，生者自生，生生灭灭最后都得不到一个明确的答案。为什么活着？死的意义是什么？最后他就归结到一个在中国的传统当中，最普遍的习惯性的思维，就是轮回，因果轮回。人死了，最后会复生，现在这么死了，然后投生到一个地方去，重新开始你的生命。你投生的地点和投生以后的身份、今后的生活，取决于你现世中的表现，你表现得好，积了德，之前不是讲了一个概念叫阴骘嘛，你积了阴德，你的儿孙就能相应地到好报，你自己在死了以后能有一个好的轮回、好的投生。

书里很详细地写了包括西门庆这些角色，最后在普静法师的安排下，纷纷去投生的一些情况，这里不一一地来介绍列举。因为他所提供的这种对人的生命、人的生死的认知是一种很落伍的观念，就是因果轮回。全书结束以后，作者写了一首诗作为整部书的收束："闲阅遗书思惘然，谁知天道有循环。西门豪横难存嗣，经济癫狂定被歼。楼月善良终有寿，瓶梅淫佚早归泉。可怜金莲遭恶报，遗臭千年作话传！"这首诗也体现了作者的因果轮回的陈腐观念，头两句他试图概括这本书的主旨，叫作"闲阅遗书思惘然"，就是你们现在这些读者，闲着没事来读我留下的这部书，那么这书里告诉你们什么呢？告诉你们天道有循环，就是因果报应。然后他就讲了一些书里面人物的因果报应的情况。

一个是"西门豪横难存嗣"，你看西门庆一辈子那么豪横，过着豪华奢侈的享乐生活，横行一方，最后怎么样呢？他等于是绝后了，他第一个儿子是他的小老婆李瓶儿给他生的，没养大，死了；第二个儿子是

471

他死的时候，他的正妻吴月娘生的，这种孩子叫遗腹子，或者叫墓生子，这个孩子出生的时候，也就是他死亡的时刻，养到十五岁了，到头来吴月娘经历一番奔波，做了噩梦，又被普静法师点化，就把这个儿子舍给普静法师，剃发出家，当了和尚了。这个儿子孝哥儿当了和尚自然也就不会再娶妻生子了，所以西门庆最后没有一个儿子能给他往下传宗接代了。作者得出一个结论：因为这个人活着的时候不积德、豪横，所以最后断子绝孙。

然后他又概括了一下陈经济，陈经济是这个书里面极重要的一个角色，原来的身份是西门庆的女婿。西门庆的前妻生下的一个女儿，叫作西门大姐，嫁给他以后，成为他媳妇。西门庆临死的时候还以为他是一个好人，是一个靠得住的人，说我有儿我靠儿，无儿我靠婿，其实根本靠不上。在西门庆死之前，他的恶行就已经逐渐暴露，西门庆死了以后更加肆无忌惮。最后陈经济死得也很惨，他想让他的主子周守备，那时候已经是统制了，把一个叫张胜的亲随干掉，没想到张胜偷听到了他和庞春梅的交谈，就取把刀，当时庞春梅躲开了，他就把陈经济杀掉了。作者在结尾诗里面概括陈经济说是因为他癫狂，所以他早晚要被歼，也是因果轮回的一种观念。

他认为有两个人是好的，一个是孟玉楼，一个是吴月娘。她还把孟玉楼搁在前头。说这两个人因为心地善良，所以最后活了足寿，没有死于非命。

然后他否定了两个角色，就是李瓶儿和庞春梅，说她们两个淫佚，就是很放荡，所以她们都命短，早早都归了黄泉了。其实书里面李瓶儿的后期表现，跟她前期还是有重大区别的，这是一个后来能够为自己产生救赎心理，有救赎行为的女性。可是作者最后把她归纳、归堆的时候，硬是把她和庞春梅，那样一个确实很淫荡、很恶毒的妇人放在一起。

作者笔下刻画得最充分，也最生动，引起历代读者浓厚兴趣的角色，就是潘金莲。结尾诗里却对潘金莲全盘否定，说"可怜金莲遭恶报，遗臭千年作话传"。他这个尾结得不怎么样。第一,文学性不高,没有诗意;第二,没向读者提供任何新鲜的思想,完全是宣扬因果轮回报应那一套。因果轮回报应也不是他的思想,那是在中国封建社会已经流传很久的一种很落后的、很肤浅的观念,所以说到《金瓶梅》,我们不得不一声叹息,全书非常好,但是缺乏积极的新鲜的思想,全书就这么结束了。

《红楼梦》就不一样了,它通过第二回里面贾雨村这个角色,和一个古董商人冷子兴,他们两个的交谈,提出了一种很新鲜的观点。而且这个观点笼罩全书,远远超越了因果轮回的这种陈腐的观念。贾雨村提出一个学说,叫作"正邪二气说",用我现在的归纳,你可以明白他所宣扬的这样一个道理,就是天地间存在着一股正气,也存在着一股邪气。如果光是点出来天地间有正气和邪气的话,算不得什么高明的想法,但是作者通过贾雨村的议论,进一步发挥,说有时候,正气是往上升,邪气是往下沉,但是在一个上升、一个下沉的过程当中,二者有时候会发生碰撞,会搏击掀发出一种类似雷电火光的东西。正好这个时候有生命要落生,那么这正邪二气相激相荡,就有可能在一瞬间灌注到一个生命的灵魂里面,使得这个新的生命就跟别的生命不太一样了。别的有的全是正气,有的就全是邪气,或者有的是正气为主,有的是邪气为主,但这种生命很独特,他的灵魂里面正邪二气分量差不多,共同存在于一个灵魂里面,这样就使得这个生命变得很特别、很怪异,和世界上其他千千万万的人不一样。

他是这样概括的:不管是男人还是女人,偶秉此气而生者,就是偶然地灵魂里就灌注了正邪二气,而且互相交融了,这种人,上则不能成仁人君子,下则不能为大凶大恶。置之于万万人之中,其聪明灵秀之气,则在万万人之上;其乖僻邪谬不近人情之态,又在万万人之下。有一种特殊的生命就产生了,和万万人都不一样,这个人若生于公侯富贵之家,则为情痴情种。情痴情种是《红楼梦》里面独特的语汇,贾宝玉就是一个情痴情种。什么叫情痴?他一生为人重情,他既不重名利、地位、金钱,也不重那个社会里面所宣扬的一些正统的思想规范，他只痴迷于纯真的情感，他是情感的产物，他似乎为情感而生，最后宁愿在情感中死去。贾宝玉对林黛玉爱得不行，书里后来给宝玉一个考语，叫作"情不情"。同时书里面给林黛玉一个考语，叫作"情情"。先说林黛玉这个考语，考语就是最后给这个人物一个生命的最终评判，情情，第一个情是动词，第二个情是名词，就是林黛玉她把她的全部感情，赋予她的情人，她所爱的人，书里就是贾宝玉。宝玉当然也爱林黛玉，他也有把他的感情奉献给林黛玉的这种想法和实践，但是"情不情"，第一个情是动词，不情是名词，什么叫不情？就是这个人或者这个事物对你没有感情，他对你没感情，你对他怎么样呢？你还要对他有感情，这是宝玉的一个为人的特点，书里有很多这样的情节。比如，书里那个小戏子龄官，宝玉很喜欢她，有一天还去找她给自己唱曲，遭到了白眼儿、拒绝。但是宝玉对这样的生命也尊重，他觉得那是一个值得赋予感情的生命。他甚至对无生命的事物，如看天上的星星，看天上的月亮，他就去和星星、月亮说话，看见水中的鱼儿，鱼儿虽然是生命，但是鱼儿对他应该是没有感觉的，可是他也要和鱼儿说话。所以《红楼梦》里面对生命有独特的解释，就是有一种生命的灵魂里面有正邪二气互相交融，成为怪人。比如贾宝玉，他生在了大富大贵之家，就成了情痴情种。情痴，就是他为了情变傻了，在旁人看来的话跟傻子一样，其实他自己是明白的。那么什么叫情种？他不但自己多情，还在世界上撒播感情的种子，他在大观园里面和那些青春的女性相处，他不但爱她们，也想方设法促进了她们之间互相友爱，所以他属于这种生于公侯富贵之家，成了情痴、情种的一种人。

贾雨村发挥正邪二气论，继续往下解释，说如果这种人生于诗书清贫之族，则为逸士高人；纵再偶生于薄祚寒门，断不能为走卒健仆，甘遭庸人驱制驾驭，亦必为奇优名娼。后面这句使我们想到，如书里的秦钟、柳湘莲、蒋玉菡，都是一些社会边缘人，不入社会主流，但是他们的生命价值超过了贾赦、贾政这些所谓社会上的主流人物。所以《红楼梦》

给读者提供了新思想，它的这种正邪两气搏击掀发以后，灌注到一个人的灵魂里面，形成了一种特殊的人格。这种对人的认知和解释，你可以不认同，你可以觉得太玄妙，不太好理解，但是你不得不承认，它是远远超过因果报应之类的陈腐的那种思想套路的，为我们读者的心灵吹拂了一阵阵的清风。

通观全书，贾雨村这个人物有忘恩负义、趋炎附势的很恶劣的一面，但是作者没有对他脸谱化，而是写出了他的多面性。正邪二气论，作者借他之口道出，既是作者想表达的一种新颖观点，也是把贾雨村当作奸雄来刻画。

无动于衷与终极追求

　　《金瓶梅》可以称作一部冷书，《红楼梦》却是一部热书。《金瓶梅》整个文本的特点是冷，冷漠、冷酷，作者好像不动声色地观察着、描绘着、反映着人世间的生生死死。里面多次写到死亡，像武大郎之死，死得很惨，先是潘金莲在王婆的教唆下给他灌了毒药，中毒以后他一下死不了，潘金莲残酷地拿被子把他捂住，他还在被子底下挣扎，潘金莲就跳上床骑在他身上，使劲儿地捂住他的头，最后他中了毒，再加上窒息便死去。按说作者写了潘金莲害死她亲夫到这个地步，后面多少得有几笔写她心灵上留下的阴影，毕竟自己杀过人，但是他往下写，仿佛这件事不曾存在一样，潘金莲若无其事地继续她的生活，继续寻求她的自我身体解放，寻求性伴侣、性快乐、性享受。一路写下来，到全书的后面，武松又回到这个县城，经过一番调查，把潘金莲和王婆害死他哥哥的事情凿实了，然后为哥哥报仇，书里写得血淋淋的。武松杀王婆和潘金莲的时候，还是当着他的侄女迎儿的面，迎儿那个时候已经长得比较大了，他根本不顾迎儿的感受。他就一味要给他哥哥报仇，把这两个人杀了以后，割下头颅，掏出内脏，写得非常血腥。

再往下写，武松好像做了这样的事情以后，心安理得。你报仇，但你是用私刑报仇，而且你手段如此之残暴、残忍，多少有几笔写他内心的负罪感吧？一点都没有。而且武松对迎儿也是冷到极点，这是你的亲侄女，你给你哥哥报仇，你哥哥有后代，留下了骨血的，也不带走抚养？他根本不把迎儿当回事，把她托付给一个邻居，等于是送给人家当一个丫头，最后迎儿再长大一点，就被那个人嫁出去了，当然就会得到聘方一定的礼金，等于是当作一个东西卖掉了，写得很冷。

书里写到很多人物的死亡都是这样的，下笔很狠，前面讲过的一些我就不重复了。他写宋惠莲的父亲棺材匠，最后被官府屈打成招，愣给活活害死了。他写张胜去杀陈经济，下笔也很冷，固然陈经济是一个坏蛋，但是那个杀戮的场面也是很残暴的，而张胜后来又被统制府的主子乱棒打死了。就不多举例子了，书里面写了很多人的死亡，都写得非常冷酷，而作者对这些生命的死亡，似乎无动于衷，死了就死了，死者自死，生者自生。大地上芸芸众生，普通生命，真是跟蚂蚁、苍蝇似的。

整部书的情调就是冷，冷眼旁观，冷静地来刻画，最后冷酷地写出一些人物的生命终点。那么这种写法，就是冷到有读者反映是无是无非的地步了，他不怎么去讲这个事情的对错，只负责告诉你，这些人是怎么活着的，怎么死去的，活的时候他们怎么吃，怎么穿，怎么做爱，怎么互相坑骗，怎么无耻，怎么享受，怎么只顾自己，不顾他人。他在里面很少有批判的笔触，他写贪官，勾勒出他们丑恶的嘴脸，使读者从客观上也看到那个社会黑暗腐败的一面，从而会产生一种书里所没有写到的，对农民反抗、农民起义的正义性的认知和同情，但是他写这些黑暗面的时候，也是冷冷地一路写来。

所以就有一个值得讨论的问题，一部小说这么写，这种文本现象是不是很令人惊异？我就发出过这样的议论，为什么在那个理想暗淡、政治腐败、特务横行、法制虚设、拜金如狂、人欲横流、道德沦丧、人际疏离、炎凉成俗、背叛成风、雅萎俗胀、寡廉鲜耻、万物标价、无不可售的人文环境里面，这个作者兰陵笑笑生不是采取拍案而起、义愤填膺、替天行道、复归正宗等叙述调式，更不是用理想主义、浪漫情怀、升华哲思或者魔幻寓言的叙述方略，而是以一种几乎是彻底冷静的"无是无非"的纯粹"作壁上观"的松弛而随意的笔触，来娓娓地展现一幕一幕的人间黑暗和世态炎凉？

掩上全书以后又会感觉到，它的文学性又很高，他没有去向我们指出是非，但是客观上读者能够产生出正常的是非判断。他没有去控诉、批判这个社会的黑暗，但是他留给读者的思维空间很宽阔，读者可以自己去引申，去加以分析批判。所以现在就产生这么一个问题：如果要是今后有作家从事这种写作，缺乏内在的思想高度，他就是冷静地、客观地，但是又非常精妙地、文学性很高地来写人们的生活故事，我们能不能承认它也是一种写法呢？当然，就我个人来说，对比之于《红楼梦》，我更喜欢《红楼梦》的写法，《红楼梦》和《金瓶梅》的不同之处就在于，**作者首先有浪漫情怀、有浪漫的想象**，他一开篇就有太虚幻境出现，有西方灵河岸、三生石畔、赤霞宫，神瑛侍者在天界给绛珠仙草灌以甘露，使得绛珠仙草修成了一个女体，成为绛珠仙子。最后前后脚下凡，下凡以后绛珠仙子就以她一生的眼泪来回报神瑛侍者给予她的甘露浇灌之恩。多美丽的一种浪漫想象啊！这完全是作者独创的。

当然，第一回里面有一些神话的内容是古已有之的，如女娲补天，这不是作者独创的一个神话叙事，但是女娲补天后剩下一块石头没用，石头哀叹自己无才可去补苍天，最后也下凡。怎么个下凡法呢？神瑛侍者下凡落生到京城的贵族府第荣国府，成为贾政、王夫人的一个儿子贾宝玉，一落生的时候，石头就已经幻化为一块像鸟蛋那么大的玉石，被衔在贾宝玉的嘴里。后面这些是古代女娲补天传说里面所没有的，是作者的独特想象。更不消说第五回，他写贾宝玉神游太虚境的幻境、梦境，非常好。不像《金瓶梅》，《金瓶梅》也写做梦，但是所梦见的是非常写实的一些情况，而《红楼梦》的作者张开想象的翅膀，引发我们读者的浪漫情怀，让我们跟着他一块儿在美丽的、想象的、浪漫的文学语言里面飞翔。

而且《红楼梦》是有终极追问的，什么叫终极追问？就是上升到哲学高度的一个追问。它里面有首诗，全诗我现在不引了，咱们只读第一句，叫作"浮生灼甚苦奔忙"，就是我们每一个生命其实都是飘浮在人间的，忙忙碌碌的，过去到今天所有大地上的生命不都是这样吗？忙找吃的，忙找穿的，忙找住的，忙找用的，最后还要忙着找伴侣，还要忙着生育后代，忙来忙去。那么究竟生命存在的终极意义是什么？在《金瓶梅》里面是没有追问的，他写了很多人的故事，生生死死，有的人到故事结束的时候还没有死，还活着，但是书里人们的追求都是现实的、狭隘的、具体的、有局限的。作者最后写一首结尾诗，所肯定的两个正面人物，一个是孟玉楼，一个是吴月娘，她们所追求的都是非浪漫的，没有深刻意义的，是普通世界上普通人的普通愿望。吴月娘希望能够为她死去的丈夫守节到底。虽然这个亲生儿子被捐出去，出家当和尚了，但是身边有干儿子玳安和他的媳妇服侍，给她养老送终，就满足了。孟玉楼两次改嫁，目的就是我不能耽误我的青春，想来想去，我不能够为一个男人去守节，当年不为姓杨的那个布贩子守节，后来也不为西门庆守节，我要让我的生活掀开新的一页，追求我个人的幸福，使我的青春岁月在迅速逝去之前，还能享受到一些人生的乐趣，无非如此。这两个人物被作者充分肯定了，也无非是到这个地步。

《红楼梦》就不一样了，书里面写宝玉"情不情"，他愿意赋予世界上万事万物以情感，而且他希望所有的其他人也都能够以情待人，珍惜青春，珍惜纯真的情感。而林黛玉，她所有生命的逻辑都围绕那颗爱宝玉的心，"我为的是我的心"。她要冲破很多家长的、旁人的那种用封建礼教观察她，给她翻白眼儿，斜眼看她的人生障碍，勇敢追求自己的爱情和婚姻的自主权。这些在《金瓶梅》里面都是不但欠缺，而且可以说是没有的，所以相比而言，我更希望读者今后去精读《红楼梦》。如果你没有那么多工夫的话，你听我这么讲一讲，知道《金瓶梅》是《红楼梦》的祖宗，没有《金瓶梅》就没有《红楼梦》，《金瓶梅》里面也有很多有价值的内容，也是一块美玉。你知道了以后，不去通读全书，我觉得也无所谓，但是在知道了二者的层级关系之后，你更多地去精读《红楼梦》，我会非常高兴，因为到头来，《红楼梦》能给予我们更多的心灵升华的满足。